A WOMAN OF VIRTUE
by Liz Carlyle
translation by Mieko Inomata

# 今宵、心をきみにゆだねて

リズ・カーライル

猪俣美江子［訳］



ヴィレッジブックス

各自の家庭によく気配りし、
無為の暮らしを送らない、
わが三人の姉妹たちに

# 目次

なんじ口を開きて、正しき裁きをなし、
貧しき者、乏しき者のために訴えよ。

徳高き女を見出す者は誰か？
なぜなら、そうした女は
紅玉よりもはるかに価値をもつ。
その夫は心より妻を頼み、
決して困窮することがない。
彼女は命あるかぎり夫に善をなし、
害悪をなさないだろう。

旧約聖書：箴言　三十一章九－十二節

今宵、
心を
きみに
ゆだねて

## おもな登場人物

| | |
|---|---|
| セシリア | 伝道所の後援者 |
| デイヴィッド・ブランスウェイト | ドラコート子爵 |
| ジョネット | デイヴィッドの姉。レディ・キルダモア |
| コール・アマースト | ジョネットの夫 |
| ジャイルズ・ロリマー | 下院議員 |
| マクシミリアン・ド＝ローアン | 水上警察の主任警部 |
| ジョージ・ジェイコブ・ケンブル | デイヴィッドの臨時の近侍 |
| スチュワート | ジョネットの長男 |
| ロビン（ロバート・ローランド） | ジョネットの次男 |
| ミセス・クインス | 伝道所の寮母 |
| エッタ（ヘンリエッタ・ヒーリー） | セシリアの小間使い |
| ベンサム・ラトレッジ | ロビンの知り合いの貴族 |
| エドマンド・ローランド | コールの従弟 |
| アン | エドマンドの妻 |

# プロローグ　徳高き女を見出す者は？

一八一八年六月

ついに見つけたぞ、とドラコート子爵、デイヴィッド・ブランスウェイトは考えた。まさに神の最高傑作だ。彼女は丸々とした、夏の桃のような胸をしていた。厩《うまや》の窓から流れ込む遅い午後の神々しい黄金《こがね》色の陽射しを浴びて、ほんのり赤みを帯びたそのふたつのみごとな球体は、彼女が動くたびにきらめきながらはずみ、男の唇を毎度の罪深き行為へといざなった。

もっとよく見ようとあぶなっかしく扉の上に身を乗り出したとき、またもや桃の実がはずみ、彼は不覚にも、罪に染まりたい気分になった。いささかショックを受けた——自分の欲情にも、悪友ウォリー・ウォルドロンの女の趣味にも。

デイヴィッドは初め、埃《ほこり》っぽい厩で田舎の娼婦、それも他人の選んだ女と寝ることには気乗りがしなかった。目の肥えた放蕩《ほうとう》者の子爵の好みはむしろ、彼以外の男の金は受けとらず、彼以外の男の欲求は満たさない女だったのだ。

だが、この女――あらわな胸と燃えたつような銅色《あかがね》の髪の娘は、このまま放っておくには忍びないほど愛らしい。それに今までのところ、ニューマーケット競馬場での一日は退屈そのものだった。最初の四レースは何の波乱も収益もなし。その後の第五レースでは、穴馬だったサンズ家のセッティングスターが勝利をさらい、慎重に中身を定めたデイヴィッドの競馬用の財布は、まともなブランディの最後のひと瓶とともに空になっていた。

ところが、ゴールを駆け抜けるセッティングスターを見守るウォルドロンの目に、苛立ちまじりのいたずらっぽいきらめきが浮かんだ。彼はにやりとゆがんだ笑みを浮かべてデイヴィッドを見ると、鷹揚《おうよう》に話をもちかけた。じつは、豊満な魅力たっぷりの娘を厩で待たせてあるのだが、自分は次のレースを見逃す気になれないと。

退屈でむしゃくしゃしていた子爵は、ちょっとのぞいてみることにした。「だがいいか、きみ」とウォルドロンは心得顔でウィンクした。「ひどいはねっ返りだぞ！　ちょっとした格闘が好きな、小さな鋭い爪の子猫ちゃんだ」

「へえ、そうなのか」デイヴィッドは応じたものの、ろくに気にしていなかった。いまだかつて、彼になつかない子猫にはお目にかかったことがなかったから。

しかし、たしかにこいつは手ごわそうだ――さまざまな意味で。うつ伏せに置かれた飼葉《かいば》桶《おけ》の上であやうくバランスをとりながら、子爵は木綿のドレスに身をすべり込ませる娘にうっとりと見入った。そのしなやかな動きに、酔いが一気にさめた。彼女が桃の実を小さく揺すってしかるべき場所におさめ、ストッキングに手をのばすと、口がカラカラに渇いて彼は息を呑んだ。ニューマーケット競馬場の大歓声が欲望の彼方へみるみる遠のいてゆく。

よし。喜んでウォルドロンのかわりに、この愛らしい商売娘の相手をしてやろう。そのとき、はたと気づいた。ピーチ嬢は服を着なおしている！ 彼は遅すぎたのだ。考えなおすひまもなく、デイヴィッドは飼葉桶から飛びおりて馬房へ駆けこみ、背後の扉を閉めた。

たちまち、銅色《あかがね》の巻き毛におおわれた頭がはねあがり、ストッキングが床に舞い落ちた。娘は誰もくるとは思っていなかったかのように、片手をさっと口に当て、深いブルーの目を皿のように見開いた。子爵は当惑しつつ、彼女を胸に抱きよせ、その耳に夢中で唇を押し当てた。

「しーっ、いい子だ！」と、なだめるように言う。「残念ながらウォリーはこられない。だが、ぼくが喜んできみの失望をやわらげてやるよ」

しかし、娘はウォルドロンにご執心のようだった。両手をデイヴィッドの肩に当ててぐいと押しやり、「あなたは誰？」と怒りにかすれた声で言った。「出ていって！ どうかしてるの？」

だが少々酔ってはいても、デイヴィッドはすでに、彼女がまさに女性美の化身であることに気づいていた。「まあ、そう言わずに」とささやき、片手をすべりおろしてふくよかな尻をつかんだ。「ウォリーより、はるかに楽しませてやるぞ。手当もはずむよ」娘の腰をぐいと引き寄せ、震える脚のあいだにひざを押しこみ、そっと彼女をのけぞらせた。

ピーチ嬢はあえぎ声をあげて飛びのき、よろよろ壁にもたれかかった。両目をさらに見開き、今にも悲鳴をあげそうに口を開いて息を吸いこむ。

漠たる不安を覚え、子爵はすばやく片手で彼女の口をふさいだ。何か誤解があるようだ。けれど、すでに血の気が頭から股間へ駆けおりていた。彼女の大きな瞳は愛らしかった。それに、このうっとりするような香り。あらゆる理性的思考が消え去ってゆく。分別を奮い起こす間もなく、ぎごちなく動いた彼は、ブーツでドレスのすそを踏んづけた。

二人はともに、ぶざまに手足を広げて干草の中に倒れた。彼のほうがなかばのしかかる形で。ドレスがビリッと音をたてて裂けた。それでもまだ娘は山猫のように身をよじり、またもや息を吸いこんだ。デイヴィッドの欲望が戸惑いと戦った。

「頼むよ、ピーチくん！」不意に是が非でも彼女が欲しくなり、「手当てを二倍払おう」とささやくと、彼はなだめすかすように娘の脚を撫でおろしつつ、口をこじあけにかかった。

とたんに、赤毛の娘はがぶりと彼に嚙みついた。ものすごい力で。それから、鋭い爪でうなじを引っかいた。

痛みが猛然と興奮をかきたて、デイヴィッドはさっと手を引くと、燃えるまなざしで彼女をながめまわした。「じゃあ、そういうやりかたがいいんだな？」あの落ち着きはらったウォリーの意外な趣味に驚きながら、猫なで声でささやく。まったく、とんだはねっ返りだ！

身体の下でうごめく桃の実をよそに、彼の口が娘の唇をさぐり、そしてとらえた。彼女はしばし動きをとめた。彼の下で唇を開きかけ、腰をわずかにそらして押しつけてきた。

ほう！　ウォルドロンの趣味も捨てたものじゃない。こんな説得をするのはじつに愉快だ！　デイヴィッドはぐっと唇を押し当て、娘の口の中へ夢中で突き入った。すぐに、ピーチ嬢が甘いうめきをあげた。そして、たしかにキスを返した。深々と歓喜に身を震わせ、そっと舌と舌を触れ合わせたかと思うと、両手を彼の肩から腕へとすべらせ、腰にまわしかけたのだ。彼女の右脚が誘いかけるように彼の脚の上を這《は》いあがりはじめた。

だが次の瞬間、彼女はわれに返った。あきらかに彼の急所をねらい、左ひざが跳ねあがる。

ねらいははずれた――危ういところで。

デイヴィッドはただならぬ不安に襲われた。と、ピーチ嬢が片手いっぱい彼の髪をつかんだ。堪えがたい力だ。これはどうにか逃げ出さなければ。いくら何でもあんまりだ。

ところが逃げる間《ま》もなく、小娘は全力で彼の頭皮を引っぱり、握りしめたこぶしを彼のわき腹に打ちつけた。ええい、くそっ！　今や英国じゅうの酒を飲んでも、この赤毛のじゃじゃ馬と寝る度胸は出そうもなくなっていた。ウォリーめ、くそくらえ。それにやつのはねっ返り娘も。「わかったよ、マダム」デイヴィッドはうなり、床に手をついて彼女の上から身体を持ちあげた。

そのとき、きいっと蝶番《ちょうつがい》のきしる不吉な音がした。デイヴィッドがすばやく首をめぐらせ、娘がほっとしたように身体の力を抜くのと同時に、下着姿の青ざめた小男が扉を引き開けて馬房に飛びこんできた。

男は不意に、はたと立ちどまり、「何てこった、お嬢さん！」とあえぎながら言い、四方八方に目をそらそうとした。

ぶざまによろよろ立ちあがった子爵は、気づくと第二の男を目のまえにしていた。若い紳士だが、名前はさっぱり思い出せない。くじかれた欲望に呆然としながら、デイヴィッドは何か恐ろしい失敗をしでかしたことに気づいた。ひょっとして、馬房を間違えたとか？　とにかく、女を間違えたのはたしかだ。

「ああ、ジェド！」娘が低いしゃがれ声で叫び、破れたスカートをぎごちなく握りしめて床から立ちあがった。「それにハリーも！　ああ、よかった！」

ハリー？　ああ、そうだ！　若きハロルド・マーカム＝何とか。どこかの……没落した伯爵だ。デイヴィッドは雄々しく力を奮い起こして片手をさし出した。

誰もその手を取ろうとはしなかった。ハロルド・マーカム＝何とかは、両目をぱちくりさせて突っ立っている。

「失礼、ハリー！」デイヴィッドはきまり悪げにつぶやいた。「この娘はウォルドロンのお相手かと思ってね。まったく、とんだ無作法をしてしまった」

すると、どうしたことか、娘はまたどさりと壁にもたれ、哀れっぽく身を守るように胸に腕をまわした。優美なわき腹を引きつらせ、深々と震えるため息をつくと、華奢《きゃしゃ》な肩が震え、胸の底から絞り出されたような音が響いた。

デイヴィッドは心底ぎょっとした。まさか……ああ、頼む。彼女を泣かせないでくれ。恐怖がうずまき、両手が震えはじめた。何がまずかったのだろう？　いったいおれが何をしたのだ？

　不意に吐き気がこみあげた。それどころではない。まるで、人生がふりだしにもどったかのようだった。つかのま、燃えるような髪の娘がまったくべつの若い女になった。これとはべつの薄暗い、人気《ひとけ》のない場所にいる、べつの時代の女。怯《おび》えきった、辱められた女に。

　子爵はぐっと胸をつかんだ。

　何と、今にも失態を演じそうだった。競馬場の厩の真ん中で。彼は必死に吐き気をこらえ、一日分の酒と溶解物を腹の底へ押しもどした。そしてやおら目をあげ、いまだに壁にもたれて震えている娘を見つめた。

　彼女はじつに美しかった。つかのま、ひどく孤独で、どうしようもなく保護を必要としているように見えた。なぜ、いかにしてかは不明だが、デイヴィッドは心に秘めたあらゆる怒り、巧みに装ってきた傲慢《ごうまん》さ、十年分の苦い思いが一気にこみあげ、まるで血でも流すように厩の床へこぼれ落ちてゆくのを感じた。

　柄にもなく哀れみに駆られ、彼は娘を腕に抱こうと向きなおった。むしょうに彼女を抱き寄せたい、いや、抱きしめずにはいられない気持ちだった。

　だが、ぐっとこらえた。

　いや。無垢《むく》であろうとなかろうと、彼女はあきらかにハリーのものだ。しかし、なぜかまだハリーの腕に飛び込もうとはしていない。娘は背筋をこわばらせ、壁から離れると、屈みこんでストッキングをひっつかんだ。

今では元気を回復したようだった。怒ってはいるが、どう見ても元気だ。何であれ、彼がさきほど目にしたものは、想像の産物にすぎなかったのだ。

子爵は懸命にいつもの落ち着きと不敵な表情を取りもどそうとした。「さて」と軽やかに切りだす。「どうやら、べつに害はなかったようだ。失礼させてもらうよ」するとついに、ハリーがあんぐり口を開いた。「あの、ド、ドラコート卿？」あえぎあえぎ、やっとのことで言った。「お、お帰りになるまえに……お尋ねすべきかと……あなたはなぜ、妹を組み敷いておられたのでしょう？」

牧師のコール・アマーストが奥方の体内に分け入り、至福の午後をすごしていると、執事が着替えの間のドアをたたいた。コールの自堕落な義弟、ドラコート卿がまたもや来訪したという。

彼の妻は忍苦のため息と細やかな二、三の動きで、自らはじめたことを慎重に終えると、夫のクラヴァットを結びなおして尻をぽんとたたき、今度はどんな新たな災難がもちあがったのか確かめに行かせた。

決して忍耐強いとはいえない彼女、レディ・キルダモアことジョネットは、さらにしばらく部屋にとどまり、悪名高い癇癪《かんしゃく》を意志の力で抑えようとした。近ごろ、彼女は弟に対して少々思いやりに欠けていた。といっても、残念ながらデイヴィッドは腹違いの弟――それも厳密に言えば、世を忍ぶ庶子にすぎない。

だがジョネットは厳密に言う気はなかった。デイヴィッドを心から愛し、進んでその秘密を守ってやっていた。けれど、まあ！　彼の怒りっぽさとタイミングの悪さときたら。今もまたこうしてエルムウッドの屋敷まで彼女を悩ませにきたのだ。

だが、デイヴィッドが会いたがったのは彼女ではない。コールに面会を求めたのだ。何と奇妙な！　ジョネットの夫と弟は、互いに気に食わないふりをして大いに楽しんでいた。あるいは、故意にいじめ合って喜んでいると言うべきか。じっさい、あれほどかけ離れた二人の男はいないくらいだ。

では、弟はコールにいったい何の用事なのだろう？　もう日も暮れかけているし、デイヴィッドは今週はニューマーケットですごしていたはずだ。なのに、三十マイル近くも離れたケンブリッジシャーの真ん中にあらわれるとは！

とつぜん、弟の怒り狂った声が階段の下から廊下に響き渡った。例によって好奇心に打ち負かされたジョネットは、ヘアピンの最後の一本を髪に刺し、片手で腹部のわずかなふくらみを撫でると、姿見に背を向け、身重のレディにあるまじき速度で階下へ駆けだした。

論争の主旨は、彼女が一階の床に降りたつまえにあきらかになった。

「いや、彼女はぜったいぼくと結婚するさ！」客間のドアの奥から、弟のどなり声が聞こえた。「だからアマースト、今すぐ大主教に遣いをやってくれ！　あなたの影響力を使って、いまいましい特許状をふんだくるんだ！　今すぐに！」

続いて、甲高い女の金切り声。「まあ、ほんとにどうかしてるわ！」未知の女は叫んだ。

「あなたはただのレイプ魔じゃない、いかれたレイプ魔よ！　この呑んだくれのろくでなし！　結婚許可証なんて、好きなだけ取ればいいわ――特許状でも普通のでも、あなたのお尻に刺青《いれずみ》されたものでも。ただし、わたしはそんな馬鹿と寝床をともにするくらいなら、死ぬまで干からびたオールドミスでいるわ！」

騒々しいやりとりの合間をぬって、ジョネットの夫のぶつぶついう声が聞こえた。いつもの穏やかな口調で、どうにか事態をおさめようとしている。

だがデイヴィッドは耳を貸そうとしなかった。「ああ、たしかにぼくはどうかしてるさ。なにせ、三時間も口汚い赤毛のガミガミ女と四輪馬車《バルーシュ》に閉じ込められていたんだからな！」

彼はわめいた。

「まあ！　よくもまあ……！」女は金切り声で叫んだ。「それはいったい誰のせい？」

そのとき、ミセス・バートウィスルが調理場のドアから頭をつき出した。そのすぐ背後に調理人が立ち、小柄な家政婦の頭ごしに目をこらす。ジョネットは二人をじろりとにらみ、足早にホールを横切って客間のドアの中に入った。

「あら！」と明るく言い、ドアを閉めなおす。「とても刺激的な議論みたいね！　間違いなく、使用人たちはみなそう思っているわ」

三対の見開かれた目がさっと戸口へ向けられ、ジョネットを見つめた。彼女の夫の顔は蒼《そう》白《はく》だった。弟の目はあざけるような苦い怒りに燃えている。だが最後にジョネットの注意をとらえたのは、燃えたつような髪をした華奢な娘だった。みるみる同情がこみあげた。

その娘——まったく小娘も同然だ——は、古びたマントとくたびれきった青いシルクの旅行着をまとい、暖炉のそばで身をこわばらせていた。それでも頭にはしゃれた小さなボンネットを乗せ、涙によごれた顔に断固たる決意の色を浮かべている。

夫がジョネットを見て言った。「なあきみ、悪いがドラコート卿を書斎へ連れていってくれ。コーヒーを頼むといい。どう見ても、彼にはコーヒーが必要だ」

「よけいなお世話だ！」デイヴィッドはこれまで聞いたこともないほど緊張しきったかすれ声で言った。

「ええ、コーヒーね」ジョネットはなめらかに応じた。「でもまず、そちらのお客様に紹介していただきたいわ」

「おっと、これは失礼！」コールは疲れたように髪をかきあげた。「レディ・セシリア、こちらは妻のジョネット・アマースト、レディ・キルダモアです。そしてきみ、こちらはレディ・セシリア・マーカム＝サンズだ」

「じきにレディ・ドラコートさ！」デイヴィッドがうなった。

ちらりと彼にさげすみの目を向けると、レディ・セシリアはジョネットに優雅きわまるお辞儀をした。みすぼらしい身なりにもかかわらず、育ちのよさがうかがえる。やれやれ！　たしかに、何かこみいった事情がありそうだ。でもそれはあとでいい。ジョネットは片手をドアのノブにかけ、弟をふり向いてもういっぽうの手をさしのべた。「デイヴィッド？」

「いや！」眉間のしわをさらに深め、彼は頑固に腕組みした。「ぜったいこの部屋を出ないぞ。いいか？　ぼくは責められ、罵《ののし》られ、ペテンにかけられたも同然なんだ。にもかかわらず、この恐るべきあやまちを正しにここへきた」

「あやまち――？」レディ・セシリアが腰に手を当てて彼をねめつけた。「そもそも、そちらが無理やり好意を押しつけたのが悪いのよ！　わたしはあなたの気まぐれに惑わされるような尻軽娘じゃないわ！」

両目を挑むようにきらめかせ、デイヴィッドはあごを突き出した。「きみはしばし、喜んで惑わされそうだったがね、セシリア。キスを返してきただろう。それも、かなり情熱的に。じっさい、ぼくを欲しがっていたようだぞ」

セシリアは地団太を踏んだ。「まったく、噂《うわさ》よりもひどい方ね！　わたしがあなたみたいな男を求めるものですか！」

「そうでもなかったみたいだぞ、その舌がぼくの口の中にあったときには」デイヴィッドがやり返す。

「この恥知らず！」セシリアは今にも彼に飛びついて両目をえぐり出しそうだったが、コールがそっと腕に手をかけた。

デイヴィッドは一歩あとずさり、うんざりしきった顔でコールを見た。「ほら！　彼女は頭にきてるんだ！　ひどいガミガミ女さ！　だからぼくが出ていけば」――ぐいとさげすむように娘のほうに首を傾け――「いよいよこちらの名誉を傷つけるようなことを言うだけだ」

コールは身体のわきに垂らした腕を硬直させ、両手をクリスチャンらしからぬ、闘志まんまんの握りこぶしにした。「ああ、頼むよ、デイヴィッド！　もうきみ自身の告白で、きみの名誉は聞くに堪えないほど傷ついてるよ！　さあ、ジョネットと行きたまえ。さもないときみとわたしは、いつもの馬鹿げた口論よりはるかに手荒なことをはじめるはめになるぞ」

デイヴィッドの顔に、何やら苦痛に満ちた感情がちらりと浮かんだ。そして不意に、彼は態度を一変させた。腕をだらりと垂らし、意外にも足早に部屋を横切ると、姉のわきをすり抜け、ホールへ出ていった。

コールはドアが静かに閉まるのを待った。それから、小声でぶつぶつ彼らしくもない悪態をつき、窓の下の小さなテーブルのほうに歩いてゆくと、震える手で勢いよく二つのグラスにワインを注いだ。

娘のまえにもどり、グラスのひとつを彼女の手に押しこむと、「さあ、お嬢さん」と穏やかに言った。「これを飲むといい。それとも、よければブランディを少し注いであげよう」

娘はしゃんと背筋をのばし、「ありがとうございます」と、堅苦しく言った。「でもお酒は必要なさそうですわ」

コールは無理にはすすめず、身ぶりで椅子をさし示した。娘はしぶしぶ、腰をおろすと、片手でスカートをぴっちりひざの下にたくしこんだ。コールは自分のグラスを置いて暖炉のそばへ行った。火かき棒を取りあげ、いまいましげに石炭をつついて炎をかき起こす。

デイヴィッドめ、地獄へでも堕ちろ！

いや、まさか！　もちろん、今のは本気ではない。だがデイヴィッドときたら！　まったく、最悪のトラブルをひき起こす天才だ。とくに今回は、修復不能な事態なのではないかと大いに気がかりだった。

　レディ・セシリア・マーカム＝サンズが何者なのかは知らない。しかしそれを言うなら、コールはイングランドの貴族と郷士《ジェントリー》の大半を知らなかった。そんなつまらぬことをこまごま記憶して、頭を悩ませるつもりはなかったからだ。学究肌で、素朴な聖職者でもある彼は、自分の理解できる問題にしか関わらないことにしていた。

　だがこれは！　これが社交界に知れれば、喧々囂々《けんけんごうごう》のスキャンダルになることはコールでさえ察しがついた。当面、どうにか損傷を緩和できるように祈るしかない。

　コールはやにわに、甲高い音を響かせて火かき棒をスタンドに突っこみ、レディ・セシリアの向かいに腰をおろした。「さて、では――」と穏やかに切りだす。「とてもそうは見えないかもしれないが、あのドラコート卿がわたしの特別な友人であることは知っていますね？」

「彼がそう言っていました」娘はフンと鼻を鳴らした。

　コールはゆっくり、片手をのばした。「だがわたしは何よりもまず聖職者だから、あなたを助けるために全力を尽くすつもりです――もしも、わたしを信頼してもらえれば」

　レディ・セシリアはさし出された手を疑わしげに見つめたあと、もういちど小さく洟《はな》をすすり、か細い冷えきった指を彼の手にすべり込ませた。

コールはいささかぎょっとした。暖かい春の宵にもかかわらず、彼女は凍えかけている。もちろん、ショックのせいだろう。彼はさきほどこの娘——客間の真ん中で青ざめ、震えおののいている、寄る辺ない風情の娘を見るなり暖炉に火を入れていた。だが彼女はろくに温まってはいないようだ。

コールはそっと、娘の指を握った。「ではまず、教えてください——あなたの保護者はどなたなのかな？」

娘の蒼《あお》い瞳が怒りに見開かれた。「最後にたしかめたときには、牧師《サー》さま、わたしが自分で保護することになってましたわ」

コールは内心、微笑した。「そうではなくて、レディ・セシリア、ご家族はいるのかという意味ですよ。父上は？」

わかっていますとも、といわんばかりにレディ・セシリアは目を細めた。「つまり、わたしの面倒をみる男性？　そういう意味ですの？」うんざりしたように優雅に鼻を鳴らした。「答えはノーです。父は一年ほどまえに亡くなりました。唯一残った家族は兄のハリー、サンズ卿です。でもこちらが彼の面倒をみることのほうが、その逆よりも多いくらいだわ」

コールの胸にどっと安堵がこみあげた。よし。少なくとも一人は家族がいるわけだ。「では彼を呼びにやるべきでしょう、マダム」と静かに言った。「これはじつに由々しい事態ですから」

「由々しい事態？」レディ・セシリアは声を震わせ、彼につかまれた手をさっと引っこめた。「それくらい、わかっています！　あなたのお友だちのドラコート卿が平然とこの……この身を襲ったとき、わたしはその場にいたんですもの！　それにたしかに、兄もそのことはよく存じてますわ。わたしがこんな横暴なやりかたでニューマーケットから連れ去られるのを許した張本人ですから」

コールはがっくり肩を落とし、悩ましげに鼻のわきをこすった。まったくひどい話だ。

「だがなぜ、マダム、兄上はそんなことを許したのだろう？」

レディ・セシリアは息巻いた。「いくじなしの間抜けだからじゃないかしら？」そのあと、彼女もまたがっくり肩を落とした。「いえ、ごめんなさい」と小声で言い、頭痛でもするようにこめかみに指先を押し当てた。「ほんとに、そんなことはありません。ハリーはただ、どうするべきかわからなかったんです」

「わからなかった？」

「だって、酔っ払った名うての放蕩貴族に妹がもてあそばれてるのを見るなんて、若い男がそうそう経験することじゃありません。しかもドラコート卿は逆上し、ハリーの仕組んだ罠《わな》だと責めたてて――」

「罠？」コールは鋭くさえぎった。「いったいどういう意味ですか？」

レディ・セシリアはつんとあごをそらした。「どうやらあなたのお友だちのドラコート卿は、自分はとても価値のある男だと考えておいでのようですわ。ほとんど無一文の二人の孤児に罠にかけられ、結婚を迫られるほど。わたしとしては、これほど侮辱されたことはありません」彼女は片手を激しくふり動かした。「ほんとに、こちらは兄と競馬場での一日を楽しんでいただけなのに、ろくに聞いたこともない男にいきなり襲いかかられたのよ」

コールは手にしたシェリー酒をゆっくり、長々とすすり、厄介な質問にそなえて気を引きしめた。「失礼ながら、マダム」とついに言った。「お尋ねせざるをえないのだが――あなたはニューマーケットの厩で何をしていたのです？　しかも……聞くところによれば……」彼は必死に厳粛そのものの顔をした。「まあ、競馬場の厩はどんな姿であれ、若いレディのいるべき場所ではないと言うにとどめましょう」

レディ・セシリアは一瞬、やましげな顔をした。「ああ、それはその、ハリーのためなんです。負債や……領地の……」大きな青い瞳がおずおずとコールを見あげたが、彼にはさっぱりわからなかった。そこで、いささか厳しい目を彼女に向けたまま、無理やり先を続けさせた。気の毒だが少々の涙に堪えてでも、事実を聞き出さなければ。

レディ・セシリアはため息をつき、ふたたび話しはじめた。「つまり、ミスタ・アマースト、兄はとても若いのです。おまけにひどい悪運の持ち主で――といっても、彼のせいじゃありません！」つややかな巻き毛におおわれた頭をきっぱりと横にふり、「ほんとに、それは先祖伝来のものですわ。それにもちろん、ハリーとわたしはどちらも未成年です」

「どちらも未成年？」事態はひどくなるばかりだ、とコールは考えた。

「ええ、残念ながら。わたしは十八歳になったばかりだし、兄も二十一歳には少し足りません。しかもわたしたちの後見人のレジー叔父は、ハリーにそれは厳しくて。たしかに、たいていは無理もないことです。でも今回は、あのいやらしいミスタ・ウォルドロンにさいころ賭博で負けて、ハリーは気も狂わんばかりでした。だから、わたしは自分にできる唯一のこと、いくらかお金になりそうな唯一のことをして——」

コールはショックにあえいだ。「おお、何ということだ！」

と、低い豊かな、浮きたつような声でレディ・セシリアは笑った。「あら、まさか、ミスタ・アマースト！　うちの馬です！　サンズ家のセッティングスター——第五レースでぜったいに勝つはずだった馬」彼女は椅子にかけたまま夢中で身を乗り出した。「父が自分で育てたんです、ホリーヒル——アッパー・ブレイフィールドのそばのうちの領地で。彼女は父が手にした生涯唯一の幸運でした。稲妻みたいに走るんです。彼女が勝てば、ハリーの負債をそっくり清算し、あのいやらしいミスタ・ウォルドロンがレジー叔父に言いつけるのを防げるはずでした」

コールもひざにひじをついて徐々に身を乗り出していた。「じつのところ、レディ・セシリア、ひどく興味をそそられるお話だ。どうぞ続けてください」

娘はそわそわ旅行着のスカートをつつきはじめた。「つまり、その、こういうことですの。気の毒なジェド……父のお抱え騎手ですが……彼は昨夜、ボティシャムのたいそう怪しげな宿屋でサバの燻製を食べました」

「ほう、ボティシャムの——？」コールはうながした。

「ええ、ほら、宿泊や食事をしたければ、郊外の村のほうがずっと安くすむので。とにかく、わたしはジェドに、兄やわたしと同じマトンパイを食べるように言いました。でも彼はレースのまえには少ししか食べないので——」

コールは鋭く咳払いした。この話の結末は目に見えている。「それでおたくの騎手は具合が悪くなったのですね？　そしてかわりの騎手を見つけられなかった兄上は、あなたに目をつけた。あなたはとても小柄だから……」そこで言葉をとぎらせた。

レディ・セシリアは恥ずかしげに目を伏せた。「ええ——それにわたしはすごく乗馬好きだし。じっさい、今は家でも少々人手不足なので、厩舎《きゅうしゃ》の手伝いをしています。ジェドによれば、わたしは彼に劣らないほどの腕前だし、わたしたちはほとんど同じ体格なんです」不意に、彼女はさっと頭をあげた。顔におおいかぶさっていた銅色の巻き毛が跳ねあがり、両目がついに晴れやかに輝いた。「そしてわたしは勝ったんです！　ゴールを通過したのがジェドでないことには誰も気づきもしませんでした」

コールは半信半疑で、彼女のミルク色の肌と特徴的な髪をながめまわした。あの巻き毛が少しでも見えれば、目ざとい者は気づいたはずだ。「お嬢さん——それはたしかですか？」

「ええ……」しばし言葉が途切れ、黒っぽい山形の眉がぎゅっと寄せられた。「少なくとも、そう願ってますわ。わたしは失格になってもしかたがなかったんですもの。こんなに苦労したのにハリーが借用証を回収できなかったら、何よりくやしいわ」

こんなに苦労した？　コールはたるきがカタカタ鳴るほどどやしつけたくなった。きみは名誉を汚されたんだぞ！　おそらく身の破滅だ！　それなのにまだ、自分より兄のことを心配しているようだ。

心を鬼にして、コールは苛立ちを抑えた。「兄上の身を案じるのはけっこうだが、われわれにはより差し迫った懸念があるはずですよ。あなたは名誉を汚され、ドラコート卿は償いを申し出ている。彼はあなたとの結婚を望んでいます。じっさい、かなり思いつめているようだ」

彼女が反論しようと息を吸い込むと、コールは片手をあげて制した。「いや、聞いてください。これがまったく……罠でなかったことは、ドラコートもすぐに気づくでしょう。じっさい、すでに気づいているのではないかな？　あれで根は善良な男だ。そこで聖職者の端くれとして、わたしは道義上、あなたにひとまず矛《ほこ》をおさめて彼の申し出を受けるようおすすめすべきだと思うのですがね」

彼女は決然と首をふった。「いいえ、ミスタ・アマースト、おことわりします。それに名誉について言えば、わたしは必ずしも……つまりその、完全に汚されたわけでは……」

コールは控えめに、小さく咳払いした。それはわかるが、どうにもすっきりしなかった。

「レディ・セシリア、失礼ながら、あなたは本当に……何というか、ドラコート卿に口づけされたとき、少しは……つまり、デイヴィッドは一般的には魅力あふれる男だとみなされている。もしやあなたも彼に何らかの……」コールはついに、その問いを口にできずにあきらめた。

しかし、結果はほとんど同じだった。レディ・セシリアの顔は屈辱に燃えあがっていた。

「ほんとに、魅力にあふれていますこと」彼女は苦々しげに認めた。「でもあの方の短所は有名です。こちらの落ち度に関しては、お話ししたくありません。とにかくドラコート卿と結婚する気はありませんから。もうその件は終わりにできません？　お願いです」

コールはゆっくり、うなずいた。正直いって、彼女が拒んでくれて嬉しいほどだった。デイヴィッドはこの気の毒な娘との結婚に驚くほど乗り気だが、コールとしては、ジョネットの弟がどんな女性にとってもよい夫になるとは思えなかった。とりわけこんな事情では。ただし、ひとつだけ明白なことがある。二人は互いに義憤を抱きながら、そのじつ、いくらか惹かれ合っている。ひょっとすると、それどころではない。ことはもっと厄介かもしれない。デイヴィッドの目には何やら奇妙な、憑《つ》かれたような光が燃えていた。かたや、レディ・セシリアはデイヴィッドに対するのと同じくらい自分自身に腹を立てている。そのわけを理解するには、まだまだ経験不足だろうが。

どうしたものかとコールは思案した。何もしない手もある。この件は彼女の言うとおり、終わりにするのがいちばんなのかもしれない。コールはグラスをわきに置き、考え込むように両手の先を合わせた。「よろしい、マダム、ご希望に従いましょう。ただしわかっていただきたいのだが、この大失態の噂がもれれば、ご自身がどう考えようと、あなたの名誉は汚されたことになる」

またもや、レディ・セシリアはさらに勢いよくかぶりをふった。「誰にも知られるものですか！　ハリーはぜったい口外しないはずだし、ジェドはわたしの命を賭《か》けてもいいほど信頼できます。それに、ドラコート卿があなたのおっしゃるような紳士なら、彼も間違いなく沈黙を守るはずではありませんか?」両目に問いをみなぎらせ、彼女はコールをじっと見あげた。

「彼がひとことたりともしゃべらないことは保証できます」コールはおごそかに言った。「しかしあなたは? たしかにほかの誰にも見られていないと言いきれますか?」

レディ・セシリアは下唇を噛《か》んで目をそらした。「たしかに、ドラコート卿と馬車で立ち去るところは見られたでしょう」彼女はついに答えた。「でもそれがそんなにまずいことかしら? 結局のところ、昼間のことだし、二人きりでいたのはほんの数時間です」

しばし心を決めかね、コールはワイングラスをこつこつ指でたたいた。まあ、ほんのしばらく彼女の故郷の村を、彼女の両親の同意を得て走ったのなら……そう、それなら問題あるまい。だが二人は彼女の両親といたのではない。彼女は孤児なのだ。それに兄はあきらかに、同行するだけの分別を持ち合わせなかった。

やがてついに、コールは口を開いた。「ひとつ、危険を減ずる方法がありそうだ。明日、デイヴィッドがあなたとの婚約を発表し――」娘が憤慨しきった声をあげると、コールは片手をあげた。「いや、お嬢さん! 最後まで言わせてください。わたしの妻が、あなたは彼女の特別な友人だと公言するのです――じっさい、今夜のうちにそうなるでしょうがね。それに、もしも父上が賭博好きだったなら――」確認を求めて娘に目をやった。

唇を噛みしめたまま、にこりともせずにレディ・セシリアがうなずく。

「ならば間違いなく、妻の亡き夫は父上と懇意だったはずだ。あなたと妻が親しいと知って驚く者はないでしょう。ジョネットがあれこれ慎重にほのめかせば、噂好きの連中はあなたとデイヴィッドがわれわれの客人としてこの屋敷で出会い、ひと目で恋に落ちたと思いこむにちがいない」

レディ・セシリアは疑わしげだった。「ほんとに、ミスタ・アマースト――！」

コールはさえぎった。「だがむろん、デイヴィッドはあんなふうだから、あなたは間もなく過ちに気づき、彼にごく当然の報いとして婚約破棄を迫る。社交界はドラコート卿が哀れなふられ役となれば大喜びで、ゴシップ魔たちも嬉々としてその話に飛びつくだろう」

そこでコールは注意深くレディ・セシリアの表情をさぐり、「そんなところでどうかな？」と穏やかに尋ねた。

娘はゆっくり、うなずいた。だが少しも嬉しそうには見えない。じっさい、勇ましい言葉にもかかわらず、まだ怯えきっているようだった。それにひどく寂しげだ。

コールは内心、ため息をついた。ともあれ、何とかこれでいくしかない。彼はがばと立ちあがり、彼女に手をさし出した。「さあ、お嬢さん。デイヴィッドとジョネットを見つけにいきましょう。婚約の報告をしなくては」

# 1　救いがたいヘンリエッタ

一八二四年二月

ウォルラファン伯爵夫人――ひと昔まえにはセシリア・マーカム＝サンズとして知られた女性――は、公園ぞいの瀟洒《しょうしゃ》なテラスハウス、パーク・クレセントに新居をかまえていた。天才建築家ナッシュのこの最新作は、水洗トイレを含むあらゆる近代的設備をそなえ、建物の正面は優美な化粧漆喰《しっくい》で仕上げられている。壁にはクリーム色のペンキがふんだんに塗られ、さながらバターが流れ落ちているかのようだった。

パーク・クレセントは古さや格式とは無縁だが、ウォルラファン伯爵家はその両方のかたまりだった。じっさい、令夫人に言わせれば、伯爵家の家系はあまりに古びて硬直し、今にも朽ち果てそうだった。かび臭い独善の匂いが幾多の街路を越え、ここまでただよってくるのが感じられるほどだ。

伯爵家のロンドン市内の公式の住所はメイフェア地区の中心部、ヒル・ストリートの堂々たる煉瓦造りの屋敷だが、彼女は年の離れた夫が齢《よわい》五十七で天寿をまっとうするや、そこに別れを告げていた。今では彼女よりも二歳年上の継息子、ジャイルズが一人で住んでいる。そうしてくれて、大助かりだった。

じつのところウォルラファン伯爵夫人は亡き夫よりもさらに古い、地味ながら高貴な家柄の出身で、夫はいつもその事実に少々苛立っていた。しかし、彼女にはなぜだか理解できなかった。爵位など何になるだろう、と彼女はしばしば自問した。なにしろマーカム＝サンズ家の男たちは現在にいたるまで、先祖代々、不運な間抜けばかりなのだ。

ちなみに初代サンズ伯爵は、かのウィリアム赤顔王（十一世紀のウィリアム二世）に爵位を授与されている。強欲と傲慢と不信心のはびこる時代に、サンズ一族はノルマン人の支配下で生き延び、繁栄した数少ないサクソン系の名家のひとつだった。

だがレディ・ウォルラファンの知るかぎり、その繁栄が彼女の先祖に訪れた最後の幸運だった。薔薇《ばら》戦争後、彼らは領地の大半を没収された。国教会の成立期には、一族は法王庁への忠誠をつらぬき、旧教徒のブラッディ・メアリが王位を継ぐと、なぜか強固な新教徒になった。十七世紀のいつごろか、彼らは財産目当ての婚姻により、その不運を裕福なマーカム一族にまで広げている。

その後も、マーカム＝サンズ家の男たちは代々、彼らの遭遇したあらゆる政争、社会動乱、闘鶏、闘犬、競馬、熊いじめで、みごとに敗者の側についてきた。あげくのはてに、彼らがたゆまず支持した王権は崩壊し、彼らの見放した王が復位した。

セシリアは音をたててため息をついた。なぜそうも裏目に出るのか、さっぱりわからない。

とにかく、物心ついたころからわかっていたのは、彼女には自分自身ばかりか出来そこないの兄、現サンズ伯爵の面倒まで見る責任があるということだ。のちに義姉のジュリアが家族に加わり、そのささやかな仕事を引き継いでくれたが、自分がそれをどう感じているのかセシリアはいまだに決めかねていた。少なくとも、ジュリアのそれとない圧力のおかげで、一族の束縛を解かれて嫁いだことはたしかだ。

それを思い起こしてため息をつき、セシリアはもう少し化粧台の鏡のほうへ身を乗り出した。まあ……右の目尻のあれはしわ？　たしかにそうだ。では左のあれも？　やれやれ。彼女の人生にもいくらか整合性があるわけだ。しわだけはきちんと釣り合っている。

セシリアはヘアブラシを取りあげ、ふたたびどさりと置くと、種々の瓶と容器がびっしり並ぶ化粧台を物思わしげに見まわした。人生が始まりもしないうちに終わってしまったような、みじめな思いを拭いきれなかった。夫の一周忌から、はや六カ月。それなのにまだ、二十四歳といういい年をして、深い悼みをふり払えずにいる。なぜ？　彼を愛していたから？

いや、夫としては愛していなかった。

彼が恋しいのだろうか？

いや、それほどは――。

不意に、着替えの間《ドレッシングルーム》から耳をつんざくような悲鳴が響き渡った。エッタだ！

セシリアはがっくり両手に顔をうずめた。ああ、今度は何をやってくれたの？

エッタが着替えの間から姿をあらわした。エメラルドグリーンの薄いシルク地を顔のまえにかかげ、その真ん中の大きな茶色い穴からまっすぐこちらをのぞき見ている。穴の奥で、痩《や》せこけた顔を涙が伝い落ちていた。

「ああ、レディ・ウォルラファン！」芝居がかったしぐさでうるんだ目を天に向け、メイドはわめいた。「あたしが何をしちまったか見てください！　ほんとに、これじゃ鞭《むち》で打たれても当然だ。うんと懲らしめて、安酒場に送り返されて……身体を売るしかなくなっても」

セシリアはどうにか笑みを浮かべた。「いいのよ、エッタ。青いほうのドレスを着るわ」

だが例によって、メイドは耳を貸さなかった。「ほんのちょいとアイロンを当てただけなのに、ほら！」これみよがしに焦げた布地をふりかざし、「見てください！　まったく、奥様、こんな小間使いに何を期待なすってるんだか。あたしみたいな馬鹿にはとても、こんなヒラヒラの布切れにアイロンなんてかけられやしない」またもや涙に濡れた目をぐるりとまわし、エッタは台なしになったショールをふり動かした。「いくら練習しても、できっこありません」

それを聞くなり、セシリアはスツールから立ちあがり、緑の布をひったくるようにメイドの手から取りあげた。「もう、お黙りなさい、エッタ！」じれったげに地団太を踏みながら言う。「そんな話はたくさん、いいわね？　たかがシルクのショールじゃないの！　そんなもの、十枚は持ってるわ。さあ、泣くのをやめてしゃんとして！　あなたが自分で信じなければ、誰があなたを信じるの？」

「まあ、そりゃそうだ！」エッタは最後にもういちど、盛大に洟をすすった。「そいじゃ青いほうを取ってきます。正直いって、この緑のやつの半分もすてきじゃないけど。あたし、今夜のミセス・ローランドの夜会には、奥様にとびきりきれいにしてってほしいんだ。だってそら、とうにお見通しだろうけど――」

「ご存知だろう、よ」

「ご存知だろう」エッタは即座に言いなおし、「あのうるさ型のジャイルズ様が奥様をじろじろ見なさるはずだもの」と続けた。

セシリアはエッタがなおもぺちゃくちゃ言いながら、着替えの間へ飛んでゆくのを見守った。メイドは片時も動きをとめず、破れたショールを部屋の隅に放り投げると、青いシルクの夜会服をぱたぱたふって広げはじめた。「いやね、じつはときどき、ジャイルズ様は奥様にちょっとばかしお熱なんじゃないかと思うんだ――継息子であろうとなかろうと。そりゃ、あの人がそのことを喜んでるとは言いません。でもねえ！　人間、必ずしも……その、気をそそられる相手を選べないでしょ、奥様にこの意味がおわかりなら」

「あら、わかりますとも」セシリアはいささか心もとなげにつぶやき、片手の甲を額に当てた。やれやれ！　ここへきて三週間になる今も、エッタは救いがたく思える。「でもジャイルズはたんに、わたしに責任を感じているだけよ。さあ、お願いだから何かほかのことを話して。今夜はどんな髪型にする？」

だがエッタは少しも聞いていなかった。「それに、あのミセス・ローランドって人はどうでしょう？」何枚ものローンの肌着をつつきまわしながら続けた。「いやはや！　食えない女だよ。どこもかしこも骨ばって、眉毛もつりあがってて意地悪そうだしね。だのに、ご亭主はあのご親切なミスタ・アマーストの従弟《いとこ》だって！　わからないもんだ」

「わたしたちみんなと同様、アマースト牧師も親戚を選べなかったのよ」セシリアはそっけなく言った。「それにエドマンドとアン・ローランドに関していえば、あれでもそれなりの役には立つわ。華やかな社交しか眼中にない浅薄な夫婦でも、大いにけっこう！　ただし愚行は代価をともなうし、わたしはミスタ・アマーストのために喜んでそれをしぼりとるつもりよ」

着替えの間からエッタの高笑いが聞こえた。「それじゃ、ほんとに食えない女は誰かね、奥様？　あの気取り屋のミスタ・ローランドはじきに、よき牧師さまの伝道所のために新しいマットレスを買うはめになるよ。さもなきゃ、あたしの名前はエンリエッタ・イーリーじゃないさ」

「ヘンリエッタ・ヒーリーでしょ！」

「あいよ、奥様！」メイドはしばし着替えの間の戸口から首を突き出し、ニッとよこしまな笑みを浮かべた。「それにはミスタ・アマーストも大笑いだろうね！　きっと部屋じゅうが沸き立ちますよ。あの人の笑顔には、あたしらすれっからしの娘たちもメロメロだったもの。あんなすごい男前だなんて、何だか罰当たりじゃないですか？」

セシリアはすでに化粧台のまえから立ちあがり、青いシルクに似合いそうな飾りを探して宝石箱をかきまわしていた。「まあ、たしかに、あの方はとても印象的ね」重厚なトパーズのペンダントを手にのせながら、しかつめらしく答えた。「でも誤解しないで、エッタ。ミスタ・アマーストはほんとに献身的なのよ、型どおりのやり方はなさらないけど。彼の伝道所はロンドン東部ですばらしい成果をあげてるわ」

今ではピンを何本もくわえたエッタはうなずき、ぺらぺらしゃべり続けた。「そうさね、ポン引きから逃げたがってる立ち飲み屋はたくさんいるし、あの人はほんとに紳士で――」

セシリアはガチャッと音をたててネックレスを落とした。「た……立ち飲み屋？」と鋭くさえぎる。

「街娼ですよ、奥様」口じゅうにピンをはさんだまま、エッタはしどろもどろに説明した。「妙なこと言ってすいません。で、男前のミスタ・アマーストの件だけど、あたしは一人だけ、もっとすごい人を知ってます。あの人の友だち――というか、奥方の友だちかな、例のど派手《あで》なドラコート卿。ひゃあ！　見たことありますか？」

「ほらほら、エッタ！」内心ぎくりとしながら、セシリアはたしなめた。「hの発音に気をつけて！　それにドラコート卿のことなど知る必要はありません！」頬にカッと血がのぼるのがわかった。

「おっと」エッタは愛嬌たっぷりに肩をすくめた。「とにかく、その人がほんとにハンサムなのはたしかです」やたらとhの音を強調して言った。「そういや、奥様、うちのマーシーおばさんのことは話しましたよね？　ほら、ラトクリフ街道のはずれで売春宿をやってるおばさん」

「ええ」セシリアはためらいがちに答えた。エッタの親族は山ほどいるが、そろいもそろって無法者なのだ。

「でね」とエッタは続けた。「そのおばさんの知り合いに女優あがりの娘《こ》がいて、なかなかの上玉だったらしいけど、その娘をドラコート卿が気に入ったとかで、豪勢に引きたててやったんだって。使用人を二人と四輪馬車と、赤いチョッキを着て首に鈴をつけた行儀のいい小猿までやって。どこへ行くにも、その娘と一緒だったらしいよ——その小猿がってことだけど」

「もう、エッタ！」またもやセシリアはさえぎり、うんざりしきってベッドに身を投げ出した。「ドラコート卿の小猿になんて興味はないわ！」

じっさい、ドラコートはセシリアが誰より思い出したくない男だった。この六年間というもの、心して、あの身勝手な放蕩者のことを考えまいとしてきたのだ。たとえ彼が罪深い、女のようにふくよかな唇をしていても。あの眠たげな緑色の目が、黄昏《たそがれ》の海のように謎めいていてもだ。それにあの髪！　磨きあげられたマホガニーのようにつややかで重厚な……。

そう、そんな表面的な要素——こみ合った舞踏室に響く、あの低いあざけるような笑い声、ダンスフロアをくるくると横切る彼の瞳に映った蠟燭《ろうそく》の光といったものにさえ、彼女は不可解な怒りをかきたてられた。あの嘆かわしい道徳観の欠如を考えるまでもなく。

だがロンドン社交界のようなせせこましい世界では、彼を見ずにいるのは不可能だった。しかも不快きわまることに、彼は歳月とともにいよいよほっそりし、非情な厳しさを増していた。それに間違いなく、自堕落さもだ。ドラコート卿の不義密通は、日常的なゴシップの種だった。彼が部屋を横切ると、見識のない社交界のレディたちはこぞって息を呑み、間の抜けた笑みを浮かべて扇を開き、炎でも起こすようにぱたぱた煽《あお》ぎだす。

だがまともな女なら、あんな男を気にかけたりはしない。たしかに、セシリアは彼など思い出したくなかった。少しもだ。ああ、けれど夢の中では何度、あの手が太腿をかすめるようにあがり、熱い唇が喉に押し当てられるのを感じて、渇望と羞恥に身を焦がしつつ目覚めたことか。ドラコートは彼女自身が気づくはるか以前に、彼女のあさましい一面を目覚めさせたのだ。とはいえ、セシリアも馬鹿ではない。欲望がどんなものかは心得ていた。

「そりゃそうだ」エッタが新しいシルクのストッキングを引っぱり出しながら陽気に答えた。「また話が脱線しちゃったみたいだね。あたしが言いたかったのは、一度だけじかに彼を見たってことですよ。マーシーおばさんと、ヘイマーケットで。すごいの何のって！」メイドの目玉がぐるりと裏返る。「見たこともないほどすてきな肩と可愛いお尻！　噂によれば、ドラコート卿は女が寒い晩に股にはさみこむには最高の――」

「エッタ！」セシリアは金切り声で叫んだ。「もうたくさん。まったく、下品きわまりないわ！　それに、わたしもドラコート卿と彼の……すてきな肩は見たことがあります。あんな人のどこがいいのかわからないわ。見かけだおしの道楽者よ。で、おばさんの友だちは今はどこにいるの、エッタ？」

エッタは肩をすくめた。「知りません、奥様」

「へえ、わたしは知ってるわ！」セシリアの口調が一気に熱くなった。「彼女はきっと、どこかの救貧院で飢えかけているのよ。まだ若いのに老け込んで、身体じゅうブツブツになって。例の子爵と彼の可愛いお尻は、カーゾン・ストリートの屋敷で豪勢な使用人の群れにちやほやされているのにね」


六時半ちょうどに、ドラコート卿とくだんの可愛いお尻は、彼が少なくとも週に四回は訪ねる姉のロンドン市内の住居、ブルック・ストリートの堂々たる煉瓦造りの屋敷に着いた。金の握りのついたステッキをあげ、いつもどおりすばやくドアをたたくと、例によって女主人の執事のチャールズ・ドナルドソンがすかさずドアを開けた。

「やあ、こんばんは、チャーリー」子爵はいつもの挨拶をして、にっこり笑い、優雅な黒い外套《がいとう》をするりと脱いだ。「どうだい、調子は？」

ドナルドソンがドラコート卿のすてきな肩から外套を取りあげ、お決まりの言葉を返す。

「まずまずですよ、閣下。そちらは？」

子爵は努めて平静な表情で、「ああ、チャーリー」と毎度のせりふを吐いた。「この国のどこにも、これほど満ち足りた男はいないさ！　さて、今日はどこで奥様に会えそうかな？といっても、本当に会いたいのか確信はないが」彼はちらりと皮肉な笑みを浮かべた。

執事は外套を腕にかけ、心得顔でうなずいた。近ごろ、二人の長年にわたる習慣に、ある小さな変化が起きていた。ありがたくない変化だ。「はあ、奥様は今日は少々、昂ぶられて」

ドナルドソンは警告した。「読書室でせっせと敷物をすり減らしておいでです」

「不吉な徴候だな」ドラコート卿はつぶやいた。「ブランディはあるかい、チャーリー？」

わざわざ尋ねるまでもなかった。ブランディは常に用意されている。常に彼の好みの銘柄の、金で買える最高のコニャックだ。それを切らさないよう、ドナルドソンがはからっていた。

「はあ、閣下。お好みのものをひと瓶、サイドボードに置いておきました」

そこで、執事は慎重に廊下の左右に目を走らせ、ドラコート卿の耳元に頭を寄せた。「ひとつご忠告させていただくと、奥様はまた例のリストを吟味中です。あなた様にとっては、かんばしくない状況のようで」

「ふむ！」ドラコート卿は黒っぽい眉をひそめた。「今日は母上の使いの者がきていたか？」

いかめしく、ドナルドソンがうなずく。「また何やらメモを手に」

ドラコート卿のあごがこわばった。「いまいましい、陰謀好きの女どもめ」彼はぼやいた。

「アマーストは？　また遊女たちを罪と堕落の生活から救いに行ってるのか？」

「はあ、晩餐《ばんさん》の時刻まで伝道所へお出ましで。あなた様お一人で奥様に対処なさるしかありません」

結局、ドラコート卿がどうにか対処できたのは喉の渇きくらいのものだった。彼が極上のコニャックをグラスに半分だけ飲んだところで、彼の姉は仕事に着手したのだ。横目で弟の様子を盗み見ながら、レディ・キルダモアは紙と鉛筆を手に、読書室の分厚いトルコ絨毯《じゅうたん》の上を物思わしげに行きつもどりつした。外では、夕暮れ時の通りを馬車がガラガラ行き交っている。彼女は苛立たしげにため息をついた。

田舎暮らしに慣れきってしまうと、都会の喧騒《けんそう》の中で集中するのは容易ではない。たとえ彼女の夫のここでの仕事が必要不可欠なものであっても。とはいえ、コールはじきに二人でエルムウッドへもどると断言しているし、彼は常に約束を守る男だ。

それを思って気をとりなおし、ジョネットは立ちどまって鉛筆の先っぽを嚙んだ。「ねえ、デイヴィッド。これなんかすごくよさそうよ」手にした紙を蠟燭の光のほうにわずかに傾け、「メアリ・エアーズ嬢。若くて、柔順で、とても豊かな――」

とつぜん、ドラコート卿は音をたててコニャックのグラスを置いた。「ぼくは何も豊かなものなど欲しくないぞ、ジョネット！」肘掛け椅子をぐいとうしろへ引きながら、さえぎった。「もういい！　ぼくは妻など欲しくないんだ。ミス・メアリ・エアーズも、レディ・カロライン・カークも。それに――ええい、くそっ！　誰もいらない。しつこく言うのはやめてくれ！」

ジョネットはむくれて紙を放り出し、片手を下腹に当てて用心深く向かいの椅子に腰をおろした。あきらめの吐息とともに、もういっぽうの手を腹の真上に置くと、赤ん坊が蹴《け》るのが感じられた。育児室にはすでにアラベラ、ダヴィニア、それに小さなフィオナがいるが、この子もはやく加わりたくてうずうずしているようだ。かつて、これほど疲労を感じたことはなかった。そのうえ今度は、弟が彼女を怒り狂わせようとしている。

「いいこと、デイヴィッド」ジョネットは憤然と切り出した。「レディ・ドラコートは六十七歳よ！　命あるうちに孫を見たがってらっしゃるわ！　わたしみたいに進んで、愛情から結婚するのが無理なら、母上のために結婚なさい。それに爵位を守るために」

デイヴィッドはグラスに残った酒を飲みほし、姉のふくれた腹と疲れきった表情に目をやった。「きみの生活は少々、愛情過多のようだぞ」彼はそっけなく言った。「それに、ぼくは爵位など屁《へ》とも思ってないよ、ジョネット。その理由《わけ》は知っているだろう」

ジョネットはその手には乗らなかった。「まあね、でも姉上のシャーロットはどうなの？　誰かが爵位を継いで、面倒を見てさしあげなくちゃ」

「シャーロットには不自由させていないさ」彼は激昂して言った。「ドラコートの資産は使わずに、ぼく個人の金で。これでも少しは蓄えがあるからね！」

ジョネットは居心地悪そうに椅子の上でもぞもぞした。「ええ、知ってるわ。あなたは大変なお金持ちよ。でも、それだけで幸福にはなれないわ」

デイヴィッドはあざけるように彼女を見た。「へえ？　するときみと母上はぼくを幸福にできるのか？――そのろくでもないリストとこそこそ届け合う手紙と、ミス・メアリとレディ・カロラインを使って。まったく、きみたち二人のおせっかい女をひき合わせるんじゃなかったよ」

ジョネットは柳眉《りゅうび》を逆立てた。「お母様は何より、あなたのためを思っていらっしゃるのよ。それにコールによれば、男が真に満たされるには――」

「よしてくれ！」デイヴィッドは即座にさえぎった。「いや、だめだ、ジョネット！　この件にご亭主を引きずりこむのはやめろ！　コールにはぼくの問題など知ったことじゃないし、こちらも同様だ。男というのはね、よけいな干渉はしないんだ。それが正解というものさ」

ジョネットは首をのけぞらせて笑った。「まあ、デイヴィッド！　あなたはそんなに利口なくせに、ときどき驚くほどうぶなことを言うのね！　ほんとに男はよけいな干渉をしないと思うの？」

「しないとも！　それほど暇じゃないからな」

またもや、ジョネットは声をあげて笑った。「おやおや！　女なんて、小細工にかけては男にとうてい歯が立たないわ。じっさい、男性は常に自分がいちばん賢いつもりなのじゃなくて？」

「たいていはじっさい、そうなのさ！」

「ええ、ときにはね」ジョネットは鷹揚《おうよう》に認めた。「でもわたしは夫のことを知っている。そしてわたしたち二人のうちで、彼のほうがはるかに狡猾《こうかつ》よ」

デイヴィッドは彼女をじろじろながめまわした。「まったく、ジョネット。身重のときのきみはひどく突飛なことを言うな」

つんとすまして、ジョネットは微笑んだ。「あなたに必要なのはね、デイヴィッド、自分の子供。うちの娘たちがひざによじのぼるたびに、そのよこしまな緑の目に羨望《せんぼう》が浮かぶわ。わたしに筋金入りの放蕩者のふりをしても無駄よ」

デイヴィッドはそしるように彼女を見やり、身を乗り出して、まるいクリスタルのデカンタから酒をグラスに注いだ。「さあ、ダーリン！　もうじゅうぶんぼくをいじめただろ。何かほかのことを話そう」

「けっこうよ」ジョネットはなめらかに言った。

その声は、不穏な冷気で彼を包んだ。姉が降伏を装うと恐ろしいのだ。彼はぼんやり、上等なウールのズボンから、ありもしない糸くずをつまんだ。「きみの娘たちといえば、どうしてる？　ぼくのベラは家庭教師《カヴァネス》に嚙みつくのをやめたかい？」

ジョネットの視線が室内をあてどなくさまよう。「ああ、ええ。ほとんどね」

「よし！　よかった！　それはそうと、ダヴィニアの誕生日にポニーを贈りたいんだ。かまわないよな？」

「ええ、ええ。ちっとも」ジョネットは両手をもどかしげに小さくふり動かしたあと、ひざの上でぎゅっとからみ合わせた。

デイヴィッドは尋ねるように眉をつりあげ、「で、きみは？　気分はどうなの？」

「上々よ、デイヴィッド、気分は上々」そわそわと、両手の親指が互いをもてあそびはじめた。

「それじゃコールは？　例の……〈ナザレの娘たち協会〉は……順調かい？」

「あら、ええ！　寄付が増えてるみたい」

「ああ！　資本か。まずは元手が肝心だ」

またもや両手がピクつく。ジョネットはあきらかにこれ以上、我慢できなくなっていた。

「ねえ、デイヴィッド――ひとつだけ教えて。あなたは幸せ？　本当に幸せ？　知りたいのはそれだけよ。わたし自身と同じくらい、あなたも満たされてほしいの。妙な理屈なのはわかってるけど、あなたが孤独でみじめなんじゃないかと思うと堪えられないの」

ジョネットは弟がさげすむようにグラスを押しやり、椅子から立ちあがるのを見守った。

「どうしても放っておけないんだな、ジョネット」彼は言うなり、ずんずん窓辺へ歩いていった。片手で豊かな、黒っぽい髪をかきあげ、もういっぽうの手でレースのカーテンを引き開けると、外の冷たい冬の夜にじっと見入った。

「先週、ボンド・ストリートで一緒にいたあの赤毛の美人とも、もう別れてしまったんでしょ？」ジョネットは穏やかに尋ねた。

「じきにかわりが見つかるさ」彼は窓ガラスに向かって答えた。

「その人もまた、銅色《あかがね》の豊かな巻き毛の持ち主かしら？」

「ひょっとしたらね」デイヴィッドは軽くいなした。「心配しないでほしいな、姉上。ぼくは関心を寄せてくれる女性には不自由しないよ」

「そうでしょうとも」ジョネットはあっさり認めた。「じっさい、関心を集めすぎてるみたいだわ。彼女はあなたが今年になって別れた二人目の女性よ、まだ二月なのに」

「何が言いたいんだ？」デイヴィッドは鋭くやり返した。「どうもよくわからないんだが」

「去年は八人。つまりダーリン、六週間ごとに新しい愛人がいたのよ」

「いや、必ずしも……それがどうした？　彼女たちがぼくの保護下にいるあいだは、あらゆる便宜をはかってやったよ。終わったときにも、じゅうぶんやっていけるだけのものは与えた。誰も傷ついてない」彼はいくらか苦々しげに笑った。「むしろ、女たちの多くはたっぷり利益を得たほどさ」

「でもあなたは？」ジョネットは穏やかに尋ねた。「あなたは何を得てきたの？　全世界を手に入れたかわりに、魂の一部を失ったとか？」

椅子から立ちあがって彼のそばに来ていたジョネットは、ガラスに染みわたった冷気に身を震わせた。思わずデイヴィッドのぬくもりに身を寄せると、眼下の街灯のくすんだ光の中に、銀白色の霧におおわれたメイフェアの通りが見えた。凍りついた石畳は鈍い光沢を帯び、あたり一面が冷たい、底知れぬ美しさに包まれている。その光景は弟の心を思わせ、つかのま、ジョネットは泣きだしたくなった。

そっと、片手をデイヴィッドの背中に当てると、彼の体内で脈打つ緊張が感じられ、やがてゆっくり、彼が窓からふり向いた。とつぜん、すべての虚飾を脱ぎ捨てた顔で。ふと、今度こそ本気でそしられるのかと不安になったとき、デイヴィッドがしぶしぶ両手を広げ、彼女をぐいと胸に抱き寄せた。「ああ、ジョネット！」彼女の髪に口をつけてため息をつく。

「ぼくらのあいだに秘密は無用というわけか?」

「そうよ」彼女は静かに答えた。じっさい、二人のあいだに秘密はない。これほど親密なきょうだいは少ないだろう——たとえ一人の自堕落な父親だけでなく、二親を共有していても。

彼女とデイヴィッドは、多くの点で似かよっていた。どちらもあまりに誇り高く強情で、しばしば孤立する。コールが彼女の人生を変えにくるまで、ジョネットとデイヴィッドは互いのほかに頼れる者がいなかった。まあ、彼女には夫がいるにはいたが、その結婚は破綻していた。それにもちろん、デイヴィッドには寡婦の母親と姉のシャーロットがいるものの、その姉と血のつながりはない。

ジョネットとは、血も心もつながっていた。ありていに言えば、デイヴィッドは彼女の父親の落胤《らくいん》だからだ。それはおぞましい、家族の秘密だった。彼女の父親のもっとも卑劣な罪——無垢な若い女性を犯した結果だ。

弟の腕の中で、ジョネットは身震いした。陵辱される恐怖など想像もつかない。たしかに、デイヴィッドはしじゅう思い出すはずだが、うまくそれを隠していた。育ちはいいが貧しかった彼の母親は、幼いシャーロットの家庭教師として先代のドラコート卿に雇われていた。そしてドラコート家の田舎屋敷で無礼講のパーティが開かれたとき、ミルクを一杯もらいに無邪気に裏階段をおりてゆき、放蕩者のキルダモア伯爵に犯されたのだ。

当時、ジョネットはまだよちよち歩きの子供で、母親とキルダモア城で静かに暮らしていた。父親の秘密は二人の耳には届かず、ほかの誰にも知れることはなかった。度肝を抜かれたドラコート卿が、そうはからったのだ。さらに子供が生まれることがわかると、初老のドラコート卿は、その子に名前を与えるために使用人を妻にした。おそらく、キルダモア伯爵のような悪党を友にし、無垢な若い娘の住む家へ入れたことへの償いのつもりで。

コールはむろん、一部始終を知っている。ジョネットの二人の息子たちも、それぞれ十四歳の誕生日に彼女とデイヴィッドから事情を聞かされていた。だが知ることと理解することはべつで、ジョネットには決して理解できそうにない。せめて、デイヴィッドが何も知らずにいてくれればどれほどよかったか。父の死にぎわの告白さえ取り消せるなら、彼女はデイヴィッドとの親交を何度でもあきらめたろう。

彼女の父親は、一人息子にあんな手紙を送れば神に許されると信じていたのだろうか？　だが、その行為で救われたのは当の本人だけだった。父親は心の重荷をおろしてさっさと昇天し、残されたデイヴィッドは恐るべき事実を知った。彼の血管には、彼を育てた男の高貴な血ではなく、自堕落な悪党の穢《けが》れた血が流れていることを。

だが人生はえてして不公平で、それを嘆くのは時間の浪費というものだ。ジョネットはつと、弟の抱擁から身を引いた。「あなたは、デイヴィッド、真の幸福をつかみかけたことがある？　それには何が必要なの？　話してもらえない？」

彼はジョネットをぐいと胸に引きもどし、彼女の頭にあごをのせた。まともに目を合わせまいとするかのように。「ああ、ジョネット」低い、絶望しきった声だった。「自分でもわかりそうにないよ」

その後しばし、読書室は静寂に包まれ、デイヴィッドは姉の低い、リズミカルな息に耳を傾けた。彼の胸で、ジョネットがぬくもりと安らぎを放っていた。だが、それでは足りない。じつのところ、ずっとそうだった。

彼女はなぜ、これほど人を苦しめるのだろう？　こちらが結婚できない理由を誰よりわかっているのに。デイヴィッドには自分の領地、爵位、それにそう、体内の血までもが、他人のもののように感じられた。彼はドラコートではない。何者でもない。貴族でも、爵位の保有者でもなく、ほとんど尊敬にすら値しない。ただし正直いって、最後の点は彼自身のせいだ。

とはいえ、そんな不運な血筋をどうして未来の花嫁にまともに説明できる？　それを聞いて彼女が彼を拒んだら？　信頼を裏切って口外したら？　だが、もうひとつの方法はさらに悪い。自分の正体を相手に告げぬまま結婚できるはずはない。

過去に一度だけ、異例の事態があった。あるおぞましい誤解のために、彼はやむなく結婚する気になりかけたのだ。たしかにひどい誤解だったし、彼の行為は卑劣だったが、自分の体内の血筋を故意に偽って口説くよりはましなはずだった。

だが結局、進んで償いを申し出たにもかかわらず、結婚を迫られたりはしなかった。どうやら、彼の早とちりだったようで、二人は悪趣味なおふざけの犠牲者だったのだ。相手の娘はデイヴィッドに見向きもしなかった。そこで彼はウォリー・ウォルドロンを半殺しの目にあわせて黙らせ――あれはめったにない殴り合いだった――その後も娘に償いをすべく努めた。

しかし、すでに理由がなくなったのに固執したのが馬鹿だったのだろう。彼女は期待したより冷淡で頑《かたく》なだった。まったく、傲慢な娘だ。彼女はデイヴィッドを侮辱し、彼の努力を軽んじ、ついには、笑いものにした。

だが、少なくとも彼は足かせを解かれた。そして当然、感謝していた。たしかに、もうほかの相手を捜す気はない。そんな危険を冒すのはまっぴらだった。

もちろん、彼とて気づいてはいる――自分の人生に何かが欠けているのは百も承知だ。しかし、それは断じて結婚生活の至福ではない。ただ、もう三十二歳だし、ジョネットが再婚してからの歳月は、なぜか足場を失ったようでつらかった。

愛する二人目の夫と田舎にこもったジョネットは、真の幸福を見つけ、すばらしい新たな家族を築きはじめた。かたやデイヴィッドは最良の友、まさに彼の道徳的指針であり、心から気遣ってきた唯一の者を奪われ、痛切な孤独を感じていた。彼は気づくと破滅へつき進んでいた。それもきわめて意図的に。一年ごとに背後に迫りくる闇をふりきりたいという、何やら無益な望みに駆られて。

ジョネットのためには喜んでいた。心から満足だ。それに彼女の言うとおり。もう人生を浪費するのはやめるべきなのだろう。たしかにそうだと彼も気づきはじめていた。男たるもの、優雅な客間から客間へと——ときにはもっといかがわしい場所を——飛びまわってすごすだけでは、ふぬけの役立たずになってしまう。

だが、何か理解できない力が目のまえに透明な壁を作っているかのように、身動きできない気分だった。いったい誰に助言を乞えばいい？　ジョネットはだめだ。ただでさえ、彼女はこのいまいましい混乱に、理屈に合わない責任を感じているのだから。

それにたしかに、母親もだめだ。デイヴィッドが自分の境遇にどれほど嫌悪を抱いているかを知れば、彼女は打ちのめされるにちがいない。ではコール？　あるいは。いくらか正直な気分になると、デイヴィッドは義兄への深い嫉妬《しっと》を認める気になった。

そう、彼はコールの静かな自信と揺るがぬ自制がねたましかった。そのくせ、しばしばコールと話したくてたまらなくなる——馬や猟犬や天気といった、陳腐な話題以外のことを。だがうまく言えなかった。言葉が口から出るまえに、決まってつまらぬプライドに阻まれてしまうのだ。

デイヴィッドは心の中でため息をつき、ジョネットを少しだけ押しやった。こんな内省をしても無駄だ。何の益にもならない。

不意に、子守のナナがさっとドアを開き、しばしの救いをもたらした。小さな少女たちが波のように押し寄せ、白い寝間着の泡がデイヴィッドの足元で渦巻いた。

「デイヴィッド！　デイヴィッド！」六歳のアラベラがさっと脚に腕をまわして彼を見あげた。「あが抜けた！」あんぐり開いた口の中を指さし、「おまじないの金貨をくれる？」

アラベラは母親に生き写しで、つややかな黒髪ときらめく目をしている。「おやおや、欲ばりなスコットランドのおちびさん！」デイヴィッドは叫んで彼女を抱きあげ、高々とかかげた。それを見て、ダヴィニアが彼の脚によじのぼろうとした。こちらは父親そっくりで、乱れたたてがみのようなブロンドの髪と光り輝く金色の目だ。デイヴィッドは二人の少女たちもろとも、いちばん近くの椅子に倒れこむようにすわった。

「歯が抜けたらね、ベラは泣いたんだよ」四歳のダヴィニアがすっぱぬき、ウンウンうなりながら彼の左腿にはいあがる。

「ちがうもん！」アラベラはデイヴィッドのひざごしに妹をにらんだ。

「そうだもん！」ダヴィニアはやり返し、デイヴィッドにとびきりの笑顔を向けて耳元でささやいた。「あたしのポニー、連れてきてくれた？」

ひとり床に残され、無視された気分になったらしい小さなフィオナが、尻もちをついてわっと泣きだした。

「ダヴィニア！」ジョネットが屈みこんでフィオナを抱きあげながらたしなめた。「告げ口はだめよ！　それに、甘ったれ声で名付け親におねだりするのも！」

「しいっ、お馬鹿さん！」デイヴィッドはダヴィニアにささやいた。「きみはまだ黙ってることになってたはずだぞ。さて！　ではソファに移ろうか？　そうすればみんな一緒にすわれる。きみたちのお母さんが、新しいベッドタイムのお話をしたがってるぞ」

「そうなの？」ジョネットはおどけて言い、フィオナを腰の上ではずませた。「それって、どのお話？」

デイヴィッドはさっと片腕にダヴィニア、もういっぽうの腕にアラベラを抱きあげた。

「おや、憶えてないのかい？　他人《ひと》のことに鼻を突っこんでばかりいて、とうとう鼻をちょん切られてしまう女の子の話さ」

「わあ！」アラベラが大喜びで言った。「面白そう！」


ウォルラファン卿の堂々たる馬車がポートランド・プレースを進み、約束の時刻のきっかり二分まえに、鋭くカーブを切ってパーク・クレセントの敷地に乗り入れた。髪を完璧に結いあげ、きれいにアイロンをかけられた青いシルクのショールをまとったセシリアは、ジャイルズの従僕が踏み段をおろすのを玄関の広間で見守った。

義理の息子が馬車から降りたつのを見ると、奇妙に心が沈んだ。彼が今夜のローランド家の夜会に同行できなくなるのをなかば期待していたのだ。結局のところ、こちらは未亡人だ。付き添いなど必要ないのでは？　もちろん、ジャイルズにはとても感謝していた。見かけはクールで堅苦しいが、根は優しく、彼女の面倒を見ようと懸命になっている。彼は女に安心感を抱かせるたぐいの男だった。なのになぜ、ときおり息苦しさを感じてしまうのだろう？

だが、もう手遅れだった。ジャイルズはおもての階段をあがってくるところだ。黒い燕尾服のすそをなびかせ、まばゆいばかりの姿で。洗いたての豊かな黒髪はまだ湿気を帯び、箇素ながら、優雅な夜の装いだ。セシリアはため息をついた。少なくとも、ジャイルズは彼女の慈善活動に快く協力してくれる――彼女がイーストエンドへ出かけることをしきりにたしなめる合間に。今夜もローランド家への道すがら、山ほど議論をするはめになるだろう。

執事が室内へ迎え入れると、ジャイルズはすばやく屈みこんで彼女の頬にキスした。「やあ、とてもきれいですよ！」いつもの如才ない笑顔で、さりげなく値踏みする。「間違いなく、ぼくは今夜の催しでいちばんすてきな義母の持ち主だな」

二人は冷え冷えとした二月の夜気の中へ踏み出し、馬車でリージェント・ストリートからメイフェア地区へ向かった。ローランド家の屋敷までは、わずかな距離だった――残念ながら、と間もなくセシリアは結論づけるのだが。着いてほどなく、彼女はアン・ローランドと共通の数少ない友人たちに残らず挨拶し終えていた。あとは退屈そのものだった。

セシリアは一時間あまり、いけ好かない退屈な人々の輪から、未知の退屈な人々の輪へとめぐり歩いた。以後も同様だった。会場にはそんな輪が無数にあったからだ。おまけに空気はむっとして、料理はおがくずなみの味なので、早く帰りたくてならなかった。だが、そうもいかない。ローランド夫妻から何を得られそうかたしかめるまでは。エッタに悲惨なアイロンがけをさせる危険を冒したのは、手ぶらで帰るためではない。

とはいえ当面、エドマンド・ローランドは頭の禿《は》げかかった長身の紳士、銀の象嵌《ぞうがん》細工がほどこされたステッキにすがりつくようにもたれた男と熱心に話しこんでいるようだった。二人は中央廊下に通じる広々としたアーチ型の戸口の向こうに立ち、客間の人々のことは眼中にない様子だ。室内には、アン・ローランドの姿もない。セシリアはそっと人ごみを縫《ぬ》って進むと、しばしの平安を求めてエドマンドの背後をすり抜け、薄暗い廊下へ踏み出した。

そこでちょっと足をとめ、エドマンドの肩の向こうの玄関に目をやると、二人の眠たげな従僕が早めに帰る客のために控えていた。廊下の反対側には、婦人用休憩室へつながる階段がある。そそくさとスカートをつまんでそちらへ歩きだしたセシリアは、壁ぎわに置かれた大きなマホガニーの書き物机のわきを通りすぎたとき、その陰からのびた赤いシルクの帯にあやうくつまずきかけた。誰かがスカーフでも落としたのだろうか？

とっさに屈みこんで拾いあげようとすると、布地はさらさらという音とともに、彼女の手からすり抜けていった。「まあ、こんばんは、レディ・ウォルラファン」書き物机の陰から、けだるい女の声がした。

セシリアは飛びあがった。

困惑の笑みを浮かべて、アン・ローランドが踏み出した。赤いスカートを片手でつまみ、もういっぽうの手でスカーフを引きずりあげている。「いやだ、驚かせるつもりはなかったんですのよ」彼女はからかうように笑ってささやいた。「ようこそ、わが家のささやかな催しへ」

セシリアはすばやく平静をとりもどし、「喜んでうかがいましたわ、ミセス・ローランド」と心にもない嘘をついた。「わたくしたちには共通の知人が大勢いるようですもの」

「本当に」アンは応じた。「ではこちらももっとお近づきにならなくてはね、奥様。ご一緒にホールをぶらつきません？　じつは、ちょっと新鮮な空気を吸いにきたところですの」

そのとき、エドマンド・ローランドが肩越しにふり向いて妻を見た。ミセス・ローランドはしばし、じっとその目を見つめ返すと、「失礼」と、まつげを伏せて手をふった。「今のお誘いは撤回しなければ。ほかに用事ができたようだわ」

セシリアは不意に、ひどくばつの悪い気分になった。アン・ローランドは夫の話を盗み聞きしていたのだろうか？　もしもそうなら、なぜ？　今夜にかぎって、彼のふるまいは無害なものに思えた。

だがエドマンドは妻の姿を見て、必ずしも驚いたふしはない。セシリアには目もくれなかったが、机と暗がりのせいで、妻が誰と話しているのかわからなかったのだろう。どのみち、べつにかまわない。すでにエドマンドはあちらを向いて客人とともに玄関へ歩きだし、かたやミセス・ローランドの長い真紅のスカートは、静かに廊下を進んで角の向こうへ消えようとしていた。

セシリアはすばやく婦人用休憩室へと階段をあがったが、中は人でいっぱいだった。つかのま足をとめ、社交界へのデビュー当時に身につけた悠然たる笑みを浮かべると、彼女はきびすを返して階段を駆けおり、こみ合った客間に飛びこんだ。いいかげんに行動を起こすか、帰宅するときだ。

そのとき、またもやエドマンドが目に映った。ステッキをついた年配の友人は姿を消し、屋敷の主《あるじ》は今や彼女のほうに部屋を突き進んでいた。よし。期待どおりの展開だ。

給仕係がかたわらを通りかかると、セシリアは少々やけっぱちの気分でシャンペングラスをひっつかみ、こっそり中身をぐいとあおった。もう三杯目だが、こうでもしなければ持ちそうにない。エドマンド・ローランドのような男は彼女を不安にさせた。だが、少なくとも彼らをかわすことにかけてはたっぷり経験をつんでいる。

四年まえに社交界にデビューして以来、セシリアはしばしばエドマンドに熱い視線で全身を嘗《な》めまわされるのを感じてきた。彼女の結婚後も、熱意は増すばかりだった。本人は颯爽《さっそう》たる貴公子のつもりらしいが、彼女の目にはエドマンドは空疎なめかし屋で、そのうえ噂が事実なら、卑劣きわまる習癖の持ち主だった。

とはいえ、先ごろの父親の死で、彼はまずまずの遺産とメイフェアの美しい屋敷を相続し、破産の危機を脱したようだった。妻のアンも、老いた謹厳な舅《しゅうと》が永眠した今ではせっせと派手なパーティを催し、由緒ある貴族やインド帰りの富豪の来訪を何より待ち望んでいた。そして、セシリアは前者の一人というわけだ。

エドマンドがさっと優雅に一礼し、その唇が彼女の手袋をかすめた。「レディ・ウォルラファン」彼はのどをごろごろ鳴らさんばかりの口調で言った。「何たる光栄！　妻はほとんどわれを忘れております」

無理やり笑みを浮かべ、セシリアは釣り糸を垂れた。「本当に？」さっきよりも上品にシャンペンをすすりながら答える。「奥様は興奮したりなさるタイプには見えませんけど」

エドマンドは薄い唇を何やらはっきりしない感情にピクつかせたあと、如才なく腕をさし出した。「室内をひとめぐりいたしませんか、マダム」そう言いながら、にじり寄ってきた。「あなたが喪服を脱いでふたたびわれわれの相手をしてくださることをロンドンじゅうの者が喜んでおります」

ちょうどそのとき、べつの給仕係が通りかかり、エドマンドはさっとトレイからグラスを取りあげた。「それで、親愛なるマダム、毎日どうしておられるのでしょう……お一人きりで」

それとない言外の含みは見逃しようもない。セシリアは釣り糸を懸命にのばした。「お優しいのね、ミスタ・ローランド、わたくしたち孤独な未亡人を気遣ってくださるなんて！」そこで、まつげを伏せてちらりと彼を見あげた。「でもわたくしのささやかな楽しみのことなどお聞きになりたくないわよね？　それに……ああ、思いきって言ってしまおうかしら……ご参加くださるつもりはないでしょう？」

ほとんど立ちどまりそうなほど歩調をゆるめ、エドマンドはにっと貪欲《どんよく》な笑みを浮かべた。「それは大きな誤解ですぞ、マダム。わたしは常に、あなたのすべてにただならぬ興味を抱いてきました。それに常に、参加すべき楽しみを求めております」

セシリアはグラスをかかげ、その縁ごしにじっと物憂い目を向けた。「まあ！」慎重にエドマンドの視線をとらえたまま、小声で言った。「それをうかがって本当に嬉しいわ。おおかたの殿方は、哀れな未亡人の秘めごとには興味のあるふりをなさるだけですもの」

「そうかな？」エドマンドは思わせぶりに目を伏せた。

「あら、そうよ」セシリアはささやいた。ミミズをちょっぴり揺すってみることにした。「もっとも、そういう方たちは、結局……満足させてくださる力がないんだわ。みじめですものね、殿方がみごと……期待に応えられなかったら」

セシリアは彼の目が光り輝くのを見守った。エドマンドは部屋の隅に置かれたヤシの鉢植えのほうに彼女をいざなった。「おお、あなたのような不朽の魅力をお持ちの女性を失望させるのは、よほど役立たずの男だけでしょう、レディ・ウォルラファン」彼は答え、一気にごくりと針を呑みこんだ。

「不朽の魅力？」

「そうですとも」彼はさらに近くに身を乗り出した。「わたしなら、遅ればせながらあなたのために、せいぜい根気よく――きわめて精力的に――奉仕させていただきますぞ」

「本当？」セシリアはささやき、釣り針を彼の肉に食いこませた。

「もちろん！　もう少し内密の機会にご希望を詳細にお話しくだされば、しかるべき努力をいたします」

「まあ、すてき！」セシリアは息を殺して言い、グラスの縁を彼のグラスにぶつけて乾杯した。「内密うんぬんはさておき、大いに安心しましたわ！　恥ずかしながら、今夜はひとえにあなたのご注意をとらえたくて参りましたの」

「そうなのですか？」エドマンドはつかのま、有頂天になったようだった。じっと彼女の目を見つめ、わずかにのどを詰まらせたような声で言った。「そ……それは思いもよらぬことで」

そう、事実この如才ない安ピカ男は、のどに何かがひっかかるのを感じているのでは？ これでは簡単すぎる、彼は不審に思いはじめたのだ……

セシリアはシャンペンの残りをぐっとあおり、とびきり晴れやかにほほ笑むと、空っぽのグラスでからかうように彼の腕をたたいた。「ああ、ミスタ・ローランド！」一気にまくしたてた。「あなたがアマースト牧師様の従弟だと知ったときから、当てにできるのはわかっていました！」

たちまち、エドマンドの顔からいくらか血の気がひいた。「従弟、ですと？」彼は少々神経質に笑った。「では親愛なるコールに感謝しなくては」

「まあ、わたくしたちはみなそうですわ」セシリアは両目を天に向け、敬虔《けいけん》ぶった顔をしようとした。「とくにわたくしは二倍も感謝しなければ。ミスタ・アマーストの伝道所で奉仕していなければ、どうやって夫の死を乗り越えられたか見当もつきません」

「で、で、伝道所？」

「あら、ええ」セシリアはまたもやまばゆい笑みを向け、最後にもう一度ぐいと釣り竿を引いた。「さて！ では正確には何をしていただけますの、ミスタ・ローランド？ ご遠慮なくおっしゃって！ ご希望をうかがっておかないと」

「ご希望？」エドマンドは逃げ道を捜して——床のどこかにぱっくり穴が開いて自分を呑み

こんでくれないかといわんばかりに――きょろきょろ周囲を見まわした。それから急に、窒息しかけたような小さな咳をした。

セシリアはそっと、彼のそでに手をかけた。「まあミスタ・ローランド！　だいじょうぶかしら？　のどを痛められたのでなければいいけれど。なにぶん、二月ですもの。ほんのわずかな炎症でも、扁桃腺炎になりかねないわ！」

エドマンドはふたたび咳をした。「いや」としゃがれ声で言う。「のどは何ともありません」

「じゃあ、腫《は》れたりはしてませんのね？　よかった！　で、さきほどの件ですが」セシリアはゆっくり魚を引きあげにかかった。「あなたのような名士はさぞかしご多忙でしょうから、一度にまとめて寄付していただくのがいちばんですわよね？　もちろん、こちらは常に奉仕も必要としています――もしも勇気をふるってイーストエンドの貧民屈へお越しいただけるなら。じつのところ、あそこの臭いは噂ほどひどくはありませんのよ」

「イ……イーストエンド？」

セシリアは打ち明け話でもするように声をひそめた。「ええ、ときには怖気《おぞけ》をふるう方もいらしてよ！　貧しい人々を救いたいと願うのと、じっさい彼らと交わるのとはまったく話がべつですものね？」

エドマンドはわずかに残っていた血の気を失った。「交わる？」

「ええ、そう！」いっそう熱を込めてうなずきながら、セシリアはエドマンドの顔に見入った。いまにして思うと、彼はただの魚ではない。じっさい、ウナギに近かった。「じつは、つい先週も、これとよく似た夜会に出ましたの。主催者はヨーク公のご親友で……あら、でもお名前を挙げるわけにはいかないわ。とにかく、ちょうどあなたのような紳士です」

「わたしのような――？」

「つまり上流社会の名士で、わたくしたちの運動にぜひとも協力したいとおっしゃる方。で、その方は五千ポンドの小切手をくださいました。あなたもそうなさるのがよろしいんじゃないかしら？　もちろん、少しも恥じる必要はありませんのよ」

魚はもう彼女の足元に落ち、のたうちながらあえいでいるも同然だった。と、不意に誰かが軽く彼女に触れた。見るとジャイルズで、その腕には魚に最後のとどめをさす役目にぴったりの、紫色のターバンをした丸っこい初老の女がぶらさがり、息を切らしてキーキー声を張りあげていた。何たる幸運！

「あら」セシリアは歓声をあげた。「ジャイルズ！　それにレディ・ウィリアムも！　ジャイルズ、ねえあなた、すごいのよ！　ミスタ・ローランドが伝道所に寄付をなさりたがってるの！　それも、ええと、おいくらでしたっけ――？」セシリアは眉をつりあげ、さりげなくエドマンドに目をやった。

エドマンドはじろりと、ジャイルズの連れのレディ・ウィリアム・ヒースをねめつけた。名うてのゴシップ魔で、根っからおしゃべり好きの女だ。またもや、彼は苦しげにゲホッと咳払いした。「ご、ご、五千ポンドだったと思います」

ジャイルズは息を呑んだ。「すごい！」

「本当に！」レディ・ウィリアムが感嘆の叫びをあげる。

「ああ！」セシリアは空っぽのグラスをうやうやしく胸に押し当て、さえずるように言った。「何てご親切な！　その寛大さに心温まる思いだわ！　今までのところ、だんぜん最高額のご寄付よ」

魚がまたもやピクリと引きつり、のたうった。「し、しかし、例のヨーク公の――」エドマンドは口ごもった。「たしかその……公爵のご友人も……五千ポンド出されたのでは？」

セシリアは両目を天からおろして彼の視線をとらえた。「まあ、いやだ！」無邪気そうに叫ぶ。「馬鹿ね、わたくしったら！　言い間違えたのかしら？　あちらは五百ポンドです。もちろん、それで混乱なさったのなら……つまり、再考なさりたければ……」

レディ・ウィリアムが柄つき眼鏡をかかげてエドマンドを見すえ、コルセットがきしむほど身を乗り出して、紫色の羽毛のついたターバンを会話の中心に突き出した。またとない、絶好のタイミングで。

エドマンドはぎくりとして両目を見開いた。「わたしが約束に背くとでも？　まさか！」横柄に言い捨て、くるりと背を向けた。

ジャイルズは困惑しきった表情で、エドマンド・ローランドが歩み去るのを見守った。そのとき、レディ・ウィリアムがフォアグラのパテをもうひと切れ取ろうとうしろを向いた。

「まったく、セシリア！」ジャイルズは非難がましくささやいた。「もうこんなことに加担するのはごめんですよ。あなたとちがって、これをクリスチャンの務めと呼ぶ気にはなれない。ぼくはたぶんさっさと自分でいまいましい小切手を書き、ケリをつけるべきなんだ！」セシリアは彼に、とっておきの笑顔を向けた。「まあ、ジャイルズ！　それじゃちっとも面白くないでしょ。ちなみに、あなたのタイミングはどんぴしゃりだったわ。それにレディ・ウィリアム！　まさに天才ね」

「何ですって？」レディ・ウィリアムがパテを飲みこみながらふり向いた。「わたくしの名前が聞こえたようだけど」

セシリアはまた、にこやかに笑った。「あら、ええ、奥様。たった今ジャイルズに、あなたとお会いしたのはずいぶん久しぶりだと話していましたの。近いうちに、パーク・クレセントへお茶を飲みにいらしてくださいな。じつのところ――」

レディ・ウィリアムはガチョウの肝の最後のかたまりを飲みこみ、さっと制するように片手をあげた。「だめ、だめ、あなた！　その愛らしい青い目でわたくしをだまそうとしても！」そこでふと、考え込むように言葉を切った。「でもたしかに、あなたがエドマンド・ローランドをうまく手玉に取ったのには感心したわ。ごく控えめに言っても、あの人は慈悲深さで知られるわけじゃありませんからね！」

セシリアのほうも、そうやすやすと乗せられはしなかった。「まあ、レディ・ウィリアム！　誰がアマースト牧師様の努力を応援せずにいられるでしょう？　ミスタ・アマーストは世の男性、それもたいていは裕福な名士に不当に辱められた無垢な女性たちの魂を救おうと、あれほど骨折られているのですもの」

レディ・ウィリアムは皮肉たっぷりに笑い、ターバンの紫色の羽根飾りがはずむように揺れ動いた。「おやまあ、ほんとに世間知らずでいらっしゃること、レディ・ウォルラファン！　よほど道徳心に欠けていなければ、まともな女が辱めを受けたりはしません！　それくらい、誰でも知っていますよ！」

でも神のご加護がなければ……心乱れる記憶をかきたてられて、セシリアは考えた。「誰でも？」細い脚がぽきりと折れそうなほどきつく空のワイングラスを握りしめ、彼女は挑むように言った。「それほど物知りなのはわたくしたちのうちの誰ですの、レディ・ウィリアム？　わたくしの経験では、しばしばまともな女たちが心ならずも――」

「おっと、セシリア！」ジャイルズがさえぎり、ぐいと彼女の腕を引っぱった。「うっかりしていて申し訳ない。十五分まえに馬車を呼びにやったんだ。あなたはひどく疲れているようだし。そろそろ家まで送りましょう」

セシリアが室内を見まわしたちょうどそのとき、時計が十一時を告げた。ジャイルズの言うとおりだ。レディ・ウィリアムは救いがたい偏見の持ち主だし、もう家に帰ったほうがいい。客の一部はすでに姿を消していた――ロンドン社交界はシーズンオフだとはいえ、かなり早めに。

無理やり明るい笑みを浮かべて義理の息子を見あげ、セシリアは彼の腕にそっと手をかけた。

「まあ、ほんとに気がきくのね、ジャイルズ！　わたしはすっかりくたくたよ。行きましょう」

## 2 ドラコート卿、知将にしてやられる

荒廃しきった港湾地区を一日歩きまわったアマースト牧師は疲労困憊《こんぱい》し、少なからず意気消沈して帰宅していた。しかも大いに落胆したことに、愛する妻子としばし水入らずですごしたあとは、階下にもどって義理の息子たちともども、厄介者の義弟を機嫌よくもてなさなければならなかった。

ほんのしばらくジョネットと二人きりでいただけで、最悪の懸念が再燃していた。彼女はまたもや、ドラコートのことで異常に気を揉《も》んでいた――よりにもよって、いちばん不適切なときに。じっさい、コールは彼女を叱《しか》りつけたい思いをこらえたほどだ。今はお互い、お腹の子供のことを第一に考えるべきだと。とはいえ彼自身、義弟のことがひどく気がかりだった。

ドラコートはあまりに長く人生を浪費していた。彼はロンドンじゅうでもっとも高慢で、金遣いが荒く、怠惰な紳士の一人だった。だが問題は、そのことではない。いや、むしろ気

がかりなのは、ドラコートがそれをみじめとしか思っていない点だ。これは牧師が扱うには複雑すぎる問題だった。

一人の男が怠惰で罪深い生活にふけっているだけなら話は簡単で、聖職者は彼の良心に訴えかければいい。悪に染まった生活をうしろめたく感じないのは、よほど非情で罰あたりな悪党だけだ。だが一人の男が何ひとつ感じない、あるいはそれに近い状態のとき、彼を救うためにできることは限られている。しかも、ドラコートの感情の枯渇は長期にわたるものだった。

じつはしばらくまえに一度、まさしくドラコートに必要なものが、ついにあらわれたように思えたことがある。それは、おぞましい誤解という翼に運ばれてきた。

だがコールはすぐに、セシリア・マーカム＝サンズこそ、尊大な若き子爵を不満と無気力から揺さぶり出すのに必要なものだと信じはじめた。ドラコート卿とレディ・セシリアの偽りの婚約が発表されたあと、コールは何週間も、義弟がわが子の誕生を待つ父親のごとく、そわそわと屋敷の廊下を歩きまわるのを目にしたものだった。何と、ドラコートは結婚を強行しようとした。そしてレディ・セシリアに面会を拒まれると、バッキンガムシャーまで彼女の叔父と兄を訪ねていった。二人の婚約をただの芝居で終わらせないよう、彼らが彼女を説得してくれるのを期待して。

しかし、レディ・セシリアは彼の関心を侮辱と感じたようだった。自分は名誉ある行動をとろうと真意を問われると、ドラコートはむきになって主張した。

しているだけだ、未熟なレディ・セシリアには何が最善かわからないのだ、と。だが尊大な若き子爵の忍耐強さが社会的慣習への敬意より、自らの執着心に根ざしていることは、占い師でなくとも察しがついた。

そもそも、ドラコート卿は慣習を侮り、それを楽しむことで有名なのだ。とはいえ、セシリア・マーカム＝サンズは彼が執着した最初の――そして最後の――女性だった。しかも、それでドラコートが少しでも快感を得たふしはない。

まあ、いくぶんは得たかもしれないが。相手がどんな女か知るまでは。

にせの婚約破棄のあと、二年近くしてようやくレディ・セシリアは生家を離れ、ロンドン社交界にデビューした。ジョネットが常々言うには、それは本人の結婚願望よりも、兄のとつぜんの結婚に関係していたようだ。

だがそのころには、かつてのじゃじゃ馬娘はたおやかな女らしさに満ちた、世にもまれな美女に成長していた。財産ひとつないにもかかわらず、上流社会の若造どもやより堅実な求婚者たちが、こぞって彼女の足元にひれふした。その先頭を切ったのが颯爽たる若き下院議員、ジャイルズ・ロリマーだ。奇妙にも彼のやもめの父親が、ほかの一連の男たちとともにあとに続いた。

そう、レディ・セシリアの求婚者たちはドラコートの手ごわいライバルとなり、彼はその中で唯一の筋金入りの放蕩者だった。だが今度も彼はベストをつくした。どうやら彼女が社交界に復帰したのは、すっかり大人になって彼の求愛を受け入れる気になったからだと考えたらしい。

彼女にその気はなかった。

じっさい、ドラコートはもののみごとに足蹴にされた。そしてその社交シーズンの終わりに、彼女はジャイルズ・ロリマーの父親でやもめのウォルラファン卿とひっそり結婚し、彼女自身の二倍あまりの年齢で、ドラコートの半分も財産を持たない男の妻となったのだ。

おかげで、彼女を財産ねらいの小娘よばわりする者はなくなった。

ドラコートも二度目は以前よりうまく失望を隠した。それまでが非情な放蕩児だったとすれば、その後は二倍もひどくなったが。

コールやジョネットの知るかぎり、ドラコートは結婚後のレディ・ウォルラファンとはいっさい言葉を交わしていない。じっさいコールと妻は、いつぞや彼がパーティ会場の入り口でぐずぐず足踏みするのを目にしたが、そんなひどいエチケット違反をしたのも、ひとえに彼女に挨拶するのを避けるためだった。ほかの人々も見ていたが、せいぜい陰でひそかに笑っただけで、癇癪もちの子爵を公然とからかうほど大胆、もしくは馬鹿な者はいなかった。

その後、結婚して三年足らずでウォルラファン卿が死んだときにも、ドラコートはくやみ状すら出そうとしなかった。いったい何が問題なのか、認めることができないようだ。それとも問題はわかっているものの、人生をどう先へ進めればよいのかわからないのか。

で、要するに何が問題なのだ？

ドラコートはセシリア・マーカム＝サンズに恋しているのだろうか？　それは何ともいえ

ないが、おそらくちがう。ドラコートの執着は恋よりさらに深いもので、コールにすら理解しがたいほど痛切に心をむしばむ、一種の自責の念に根ざしているようだった。そう、ドラコートはあやうくセシリアを犯しかけた。じつに忌むべき、人格そのものにかかわる行為で、ドラコートは今も苦にしているはずだ。しかもセシリアは彼に良心のうずきをなだめることすら許さず、冷たく拒んだ。故意の懲罰というより、自衛的な反応だったのだろうが、一人の人間が他者に下す罰として、それより非情なものはあるまい。

やれやれ！　まあ、これはよい教訓にはなるかもしれない。コールは首をふりふり、ディナーにそなえて着替えた。

だが彼は疲れきっていたし、食卓ではジョネットが快活に会話を仕切ったにもかかわらず、食事のあいだじゅう義弟の問題が脳裏を離れなかった。じっさい、それを頭の中で何度も反芻《はんすう》し、デイヴィッドと彼自身、それに年長の義理の息子のマーサー卿スチュワートに食後のポートワインが出されてもまだ考えていた。さらに、みなで客間へ席を移したあとも。

そうこうするうち、となりの読書室で振り子時計が十一時を告げた。すかさずジョネットが立ちあがり、片手を腰に当ててもういっぽうの手であくびを抑えながら言った。「今夜はもう失礼するわ、みなさん。といっても、わたしをベッドへ運びあげるのに少なくとも二人は必要そうね」

コールは愛情を込めて妻を見つめた。「いや、一人でじゅうぶんさ、きみは小さな妖精そのものだからね」彼は年下の継息子、ロバート・ローランド卿をふり向いた。「ロビン、お母さんに腕を貸して無事に階段をあがらせてやってくれるか？」

ロバート卿は求めに応じて即座に立ちあがった。

デイヴィッドの視線が部屋を出てゆくジョネットを追った。母子《おやこ》が廊下の先へ姿を消すや、彼は細めた両目を義兄に向け、「まったく、アマースト！」と非難がましく言った。「彼女が出産するのはこの八年間で四度目だぞ！　きみたち聖職者はどう見ても、世間で思われているより――何というか――情熱的らしい」

コールはゆったり椅子の背にもたれ、「それがどうかしたかい、デイヴィッド？」と穏やかに応じた。「じつのところ、わたしの結婚生活はきみの知ったことではないはずだ。わたしがきみの姉上を大事にするかぎりは」

デイヴィッドはちらりとスチュワートに目をやり、「一年の半分は女性を身ごもらせているのを大事にするというのか？」と、小声で冷ややかに言った。

いかにも気まずげに、スチュワートは立ちあがってサイドボードに近づき、シェリー酒をグラスに注ぎはじめた。

コールは義弟をしげしげと見た。「きみのジョネットへの気遣いは立派だが、少々大げさに考えすぎだぞ」

「そうかな？」とデイヴィッド。

コールはその問いを無視し、がばと椅子から立ちあがった。「まあさしあたり、もう少しひどい乱闘になる恐れのない気晴らしをしようじゃないか。ホイスト（通例、二人ずつ組んで四人で勝負するブリッジの前身のカードゲーム）はどうだ、諸君？」

ちょうどそのとき、常に快活なロビンが部屋にもどってきた。「へえ、カードゲームか！」彼は勢いこんで叫んだ。「そりゃいいや」

「賭け金は？」デイヴィッドはうんざりしきった顔で、シャツの袖口《そでぐち》のしわをのばしながら尋ねた。

コールはテーブルの上に身をかがめ、静かにブランディをもう一杯注いだ。そのまましばらく無言でいたあと、「これでどうかな、デイヴィッド」と、デカンタをトレイにもどしながら言った。「五回勝負で、一点につき二十ギニー……」

「ちぇっ！」ロビンが叫んだ。「それはちょっと高いよ、お父さん」

「獲得金は〈ナザレの娘たち協会〉へ寄付してもらう」コールは続けた。「それにロビン、きみが自分の小遣いを〝血の桶〟、あるいは何と呼んでもかまわんが、あのコヴェント・ガーデンの賭博場で補充してるのは百も承知だぞ。それについては、もう少し私的な機会に話し合おう。どのみち今夜の損失くらいでは、きみの不正利得にほとんど影響はあるまい」

ロビンはあんぐり口を開いた。

デイヴィッドは思案にふけるようなポーズをとった。「それは大いに結構だがね」ついに言った。「まったくスリルを欠くのは、認めざるをえないだろう」

「たしかに、われわれはきみがいつも相手にしているような賭博師たちにはかなわんさ」コールは落ち着き払って認めた。「だがむろん、よき主《あるじ》は世慣れた客人たちを少しも退屈させたくないものだ。では、何かもう少し刺激的な提案をすべきかな？」

「たとえば？」デイヴィッドは疑わしげに尋ねた。

「われわれ二人だけの賭けさ。きみが受けてたつなら、わたしは何か私的なものを賭けよう」

「どんなものを？」デイヴィッドはクールに応じた。一人で家に帰るのがどれほどいやか、認めたくなかった。だが、今はむしょうに甥《おい》たちとここにいたかった。それにコールと。

「ちょっとした好意……」コールは考え込むように言った。「私的な好意だ。もしきみが五回のうち三回勝ったら、希望をひとつかなえるよ。姉の健康に関するきみの懸念に配慮するとか。むろん、何でも好きに選んでかまわない、まずまず合法的で、完全に道義にかなうことなら」

デイヴィッドは不気味な笑みを浮かべた。「ほう！」ちらりと鋭い視線をロビンのほうに向け、ささやくように言う。「何でも注文できるのか！　だがそんなに快く応じてもらえるかな？　ぼくの姉に今度の出産後、長い長い——ひょっとしたら永遠の——休息期間を与える約束をしろと言ったら。どういう意味かはわかると思うが」

「いやはや、厳しい注文だ！」コールは深刻な顔つきになった。「それに、お忘れかもしれないが、きみの姉にも彼女なりの意志がある。だが、いいだろう——今度の出産のあと、わたしは全力できみの求めに応じると誓うよ」

「すばらしい！」デイヴィッドは高らかに言った。「さあ、スチュワート！　その象嵌細工のテーブルをもう少し暖炉のそばに寄せよう。ロビン、きみは新品のカードを二組、見つけてきてくれ」

だが牧師は片手にゆったりグラスをつかんで椅子のわきに立ったままだった。「デイヴィッド」と、穏やかに尋ねた。「わたしが何を求めるつもりか聞きたくないのかい？」

デイヴィッドとスチュワートはすでにテーブルに手をかけていた。「それはどうでもいいさ」テーブルを持ちあげながら、デイヴィッドはうなるように言った。「ぼくは十五年来、ホイストでは負けなしだからね」

「本当か？」まるで動じるふしもなくコールは応じた。「しかし、こちらの希望もきちんと話しておかないと、不公平な気がするよ」

「ではぜひ、聞かせてもらおう」デイヴィッドはテーブルを動かしながら、横柄に言った。

「じつはきみの姉上を出産のためにエルムウッドへ連れて帰る約束なんだ。十日後にはここを発ち、三カ月ほど滞在するつもりだよ。そこで、わたしがもどるまできみに伝道所の仕事を引き受けてほしい」

デイヴィッドは甥のつま先にどさりとテーブルを落とした。

「いてて、くそっ！」スチュワートは金切り声をあげて片足をつかみ、もういっぽうの足で跳ねまわった。

二人の男たちは彼を無視した。ロビンが椅子をひとつテーブルのそばに引き寄せ、兄をすわらせた。

やがてついに、デイヴィッドが口を開いた。「いいだろう」と静かに答える。「で、あそこで何をするんだ？　帳簿つけかい？　内務省をせっつくのか？　小切手を書いたりもするんだろうな？」

「それだけじゃすまないはずだがね」

デイヴィッドはさっと手をふってしりぞけた。「まあいいさ、こちらが負けるはずはない。ぼくは決して負けないんだ」彼は甥たちに注意を移した。「カードを切ってくれ、ロビン。コールとぼくが一枚ずつ引いて、きみたちのどちらをパートナーにするか決めよう」

四つの椅子がテーブルの周囲に引き寄せられた。カードが引かれ、デイヴィッドはスチュワートと組み、ロビンが最初の親になった。勝負はすばやいペースで進んだ。デイヴィッドは苦もなく得点を重ねて三ラウンドであがり、第一戦はコールとロビンの負けだった。

二度目の勝負はだらだらと続き、あきらかにつきが変わったようだった。八回目の札が配られると、デイヴィッドは汗をかきはじめ、執事のドナルドソンにもうひと瓶コニャックを取りにゆかせた。ついに、コールが僅差で勝ちをさらったころには、四人とも長い一夜をすごす覚悟を決めていた。

第三戦はコールのチームが着々と勝利へ進んだ。デイヴィッドは小声で毒づきながら、スコアを数えた。ひどくいやな予感がしはじめていた。

しかし、賭博場に足を踏み入れたこともない男と未成年の若造に負かされるはずはない。そうはさせるか、と集中心を奮い起こした。

第四戦はロビンが親で、彼が最後にめくったダイヤが切り札になった。デイヴィッドの持ち札は黒一色だ。まるで悪魔と勝負しているような気分で、彼は勇気づけの酒をもう一杯注いだ。じっさい、いかにも聖職者らしい身なりのコールが悪魔のように見えはじめていた。ロビンのほうは未熟なプレーが目立ち、不要な切り札を出したり、意味もなく絵札を捨てたりしている。にもかかわらず、コールにはそれを補う力があるようだった。十ラウンドのきびしい応酬のあと、デイヴィッドとスチュアートはかろうじて勝利をおさめたが、デイヴィッドは今夜のコールほどつきに恵まれた男を見たことがなかった。相手が信心深い義兄でなければ、いかさま師呼ばわりしているところだ。

第五戦の序盤は、ギロチンの刃がするすると引きあげられてゆくかのようにすばやく進んだ。わずか二ラウンドではやくもコールは勝利寸前まで得点をあげていた。時計が一時を告げると同時にコールが次の親となり、いつもの軍隊的な正確さできびきびとカードを配りはじめた。最後の札を返すとスペードの女王で、スペードが切り札となった。

デイヴィッドはごくりとつばを呑み、扇のように広げた真っ赤な持ち札を見つめた。何たる不運！　不吉な悪寒を覚えつつ、女預言者のようにテーブルに横たわる黒い女王にふたたび目をやった。

〈ナザレの娘たち協会〉での三カ月の苦役という罰が彼を見つめ返した。ええい、くそっ！

彼が上の空で酒瓶に手をのばすのと同時に、コールもそれに手をのばした。

どうしたものか――あとから思うと、さっぱり理解できないのだが――酒瓶が倒れてテーブルの上をころがり、精巧な象嵌細工にコニャックを撒《ま》き散らして床に落っこちた。ゲームは中断され、デイヴィッドとスチュワートがハンカチでテーブルを拭いて瓶を置きなおした。

デイヴィッドは最後にざっとテーブルを見渡し、汚れがきれいに拭きとられ、カードと得点表が被害をまぬがれたことを確かめた。そのとき、自分のカードをつかみあげたロビンが、泡をくったように身を乗り出した。「お父さん――？」

「しっ！」ロビンの義父は、柄にもない激しい口調で言った。「勝負の最中はテーブルごしの協議はなしだ」

「でもお父さん！」少年は必死に言い張った。

「いいから黙れ！」コールは鋭くたしなめた。「わたしは持ち札を調べてるんだ。その件はあとで話そう」

勝負の口火が切られて間もなく、コールがスペードをほとんど独占していることがわかった。むっつりと投げやりに札を出しているロビンまで、まずまずの得点をあげている。

最後の一手は、さながら弔いの鐘だった。つかのまリードを奪ったデイヴィッドが台札を出したが、コールはスペードのエースで勝ちをさらった。

デイヴィッドはギロチンの歯が空を切ってうなじに落ちてくるのを感じた。

ややあって、ロビンがカードを集めてしまい終えると、コールは得点表から目をあげた。

「さてと、諸君、かなりの接戦だったようだな？　わずか三ポイントの差だ」彼はその場のみなに微笑みかけた。「スチュワート、きみは協会にきっかり三十ギニーの支払い義務がある。明日にでもわたしがあずかろう」

「了解」

　コールはひたと視線を義弟に向けた。「デイヴィッド、きみには負債を金曜日にみずからとどけてもらおうか。それなら四日間の猶予がある。どうやら猶予が必要そうだからな」

　デイヴィッドは震える手で顔を撫でおろし、現実から隠れようとするかのように、指の隙間からもごもごと尋ねた。「何時に？」

「ああ、十一時ごろだ。ちょっと顔出しして、寮母とその日の当番の後援者に挨拶すればいい。そのあと一緒にファイルをチェックして、わたしが質問に答えよう。来週には理事会が開かれるから、きみも準備しておきたいだろう」

「準備……」デイヴィッドの声はうつろだった。

　コールはしばし、彼をじっと見つめた。「それと、デイヴィッド、これが少しでも慰めになるなら、わたしはきみの希望どおり、ジョネットのために配慮するつもりだよ。どのみち、わたしたちの生活はもう手一杯だし、彼女の健康を何より優先すべきだと話し合ったばかりなんだ」不意に、コールはぴしゃりとテーブルに両手をついた。「ということで、諸君、今夜はお開きとしよう。わたしはじきに寝床へひきとらせてもらうよ」

　デイヴィッドは部屋の奥の暗がりにうつろな視線をすえ、やおらテーブルのまえから椅子を引いた。「ではぼくはクラブにでも寄るか」と小声でつぶやく。「何もかもう少し酒が必要そうだ」

スチュワートがぱっと立ちあがり、「一緒に行くよ」ときっぱり言った。

コールは今にも反対しそうに年長の継子《けいし》に目をやった。若きマーサー卿はまだ十八歳で、先ごろ名門のブルックス・クラブに入会を許されたばかりなのだ。だが、デイヴィッドの青ざめた顔に目をもどし、コールは考えなおしたようだった。「ああ、では二人とも気をつけて。ロビン、きみはちょっと残ってくれ。話したいことがある」

のろのろと重い足どりでドラコート卿が部屋から出てゆき、彼の年長の甥があとに続いた。ロビンは二人が立ち去るのを慎重に見守り、客間のドアがガチャリと閉まるや、「今夜はデイヴィッドをみごとやっつけましたね、お父さん」と挑むように言った。

コールはカードゲーム用のテーブルを離れて部屋を横切り、窓辺の革張りのソファへと移動した。それに腰をおろすと、向かいの椅子にすわるようロビンに身振りで指示した。「きみの考えてることはわかっているつもりだよ」彼は義理の息子に弱々しい笑みを向けた。

ロビンは示された椅子にどさりと身を沈め、長い脚を無造作に床の上にのばした。「それで、お父さん——いったいなぜデイヴィッドとスチュワートが負けたりしたんです?」

「きみが疑問を抱くのも無理はない!」コールは心得顔でウィンクした。「神のご意志だと言えば、納得してもらえるかな?」

「へえ? 神にテーブルの下で二組のカードを入れ替えろと命じられたんですか? 勝負の

まえに、あの三枚のスペードをこっそり抜きとれと？」

コールはちらりとやましげな笑みを浮かべた。「ああ！　主はじつに不可思議な働きかけをなさるものさ。ところで、きみは例の店で少々トリックを見破るこつを学んだようだが……わたしは以前から、その修行をきみの母上に知られないように骨折ってきたんだ。むろん、感謝を期待してのことじゃないがね」

ロビンはさっと胸元で腕を組んだ。「いかさまなんて、あなたらしくもないよ」あきらかに、自分より継父の罪に注意を向けたいようだ。「たぶんそれなりの理由があってのことだろうけど、ぼくにはそれを聞かせてくれてもいいと思うな！」

コールは身を乗り出して少年のひざを軽くたたいた。「なあ、ロビン、たしかにわたしの行為は表面上は間違って見えるだろう。だがもしわたしが厳密には不正を働かず、むしろ、過去の過ちを正そうとしたのだとしたら？　とにかく信じてくれ。できるかい？」

わずかに表情をやわらげ、ロビンはついにうなずいた。二人はともに立ちあがり、ランプを消して階上の寝床へ向かった。

十八世紀の偉大な法律家、サー・ウィリアム・ブラックストーンはかつて、〝男は社会的生物である〟と書いたが、紳士社会の何より不可欠な要素は、避難所としてのクラブだと言えよう。ロンドン西部のどこにあろうと、およそ〝クラブ〟と呼ばれる男の砦《とりで》では、不注意な仕立て屋、気むずかしい愛人、エプソン競馬場での悲惨な一週間といった、人生のいかなる新たな災厄からも逃げられる。

むろん、それはドラコート卿にとっても同じはずだった。

だが、あいにくほかでもないこの晩は、そんな慰安を要する男が街じゅうにあふれていたようだ。じっさい、彼が広々した会員専用サロンのお気に入りの椅子に身を沈め、かいがいしいウェイターに極上のポートワインを注文するか否かのうちに、エドマンド・ローランドがぶらぶらドアから姿をあらわした。

初め、デイヴィッドはろくに注意を払わなかった。二人は友人同士ではない。むしろ、あくまで礼儀正しく距離を置いてはいるが、公然たる敵の一歩手前だ。

エドマンドは遺憾にもジョネットの亡き夫の甥で、ゆえにスチュワートの従兄にあたる。さらに母方の家系はコールともつながりがあるのだが、あまりに複雑きわまる血縁関係なので、デイヴィッドは無視することにしていた。

じっさい、いまいましいローランド一族は近親相姦《そうかん》だらけのヘビの巣窟《そうくつ》も同然で、若いスチュワートを遠ざけておくに越したことはない。ドラコート卿と世間知らずのマーサー侯爵の血縁は内密のものだが、少なくともデイヴィッドは心底、甥のためを思っていた。

ワインが運ばれ、若き侯爵と叔父が腰を落ち着けると、男らしい沈黙がテーブルを包んだ。ときおり、通りかかった紳士が会釈したり話しかけてきたりしたが、みなドラコート卿の表情を見て早々に立ち去った。二人とも、さきほどマーサー邸で起きたことはいっさい口にしなかった。

じつのところ、何を言えというのだ？　デイヴィッドは内心考えた。まったくヘマをしたものだ。しかし、どうしてそうなったのかいまだにわからなかった。コールに負かされる？　ありえない！　おかげで、今後のろくでもない三カ月間を義兄の年季奉公人も同様にすごすはめになったのだ。それを避ける紳士的な方法はないし、じたばたもがいてコールを満足させるのすらごめんだった。

よし、赤っ恥覚悟で、おもて向きは約束どおりにしてやろう。だが内心は、コールなど地獄に堕ちろという思いだった。くそっ、カード遊びなどまるで下手そうなやつなのに！

「カード遊びでも――？」マーサー卿がとつぜん切り出した。

デイヴィッドは音をたててグラスを置いた。「おい、スチュワート！　それはジョークのつもりか？」

「ま、まさか！」若い侯爵は口ごもった。「ぼくはただ……その、ひと晩じゅうここにすわって、そばを通る度胸のある人たちをにらみつけてるわけにもいかないと思って」

「ほう？」デイヴィッドは不穏な笑みをたたえた。「きみはぼくのお守りをしにきたわけか」

「そうじゃないけど」とスチュワート。「ただ……何ていうか、あなたはひどく落ちこんでたみたいだから。そんな気分のまま、一人で放っておくべきじゃないと思って。お父さんに負かされるなんて災難だよね」

デイヴィッドは甥にちらりと笑みを向けて立ちあがった。「では行くか。さあ、立って！　今夜はもう運だめしをする勇気はないが、少しばかりさいころ遊びを見ても害はあるまい」

デイヴィッドはさいころ賭博《ハザード》に興じるいくつかのグループから、目ぼしいものを慎重に選んだ。彼自身は攻撃的だが、老練な賭博師だった。自分の限界は心得ているつもりだし、長期的には決して損をしない。今夜、彼が選んだテーブルを囲んでいるのは、英国社交界でもっとも裕福な、最高の名士たちだった。スチュワートの継父の仕事が高潔なのは認めるが、これぞ罪深い光輝に満ちた現実の世界、若き貴族スチュワートが生きてゆくはずの世界だ。デイヴィッドは甥をそこへ送り出し、片目で常に注意深く見守る役目を自任していた。

胴元が勘定をとるあいだゲームが中断されると、デイヴィッドはさりげなく身を乗り出して咳払いした。「やあ諸君、わが友、マーサー卿スチュワート・ローランドをご存じかな?」

ほとんどの者は知っていたが、初対面の者が二人いたので、デイヴィッドはテーブルの向こう側からやってきた彼らを若い侯爵に引き合わせた。そのとき、誰かが肩先をかすめ、見ると、エドマンド・ローランドが仲間に加わろうとしていた。

「これはこれは!」エドマンドはなめらかに口をはさんだ。「従弟のスチュワートじゃないか、すっかり大人びて。それにサー・レスター。ミスタ・リード」彼は進み出た二人の紳士に会釈した。「それにもちろん、親愛なるドラコート卿! みなさん今晩は」

「今晩は、従兄のエドマンド」スチュワートがそっけなく言った。

エドマンドはちらりと値踏みするような目をデイヴィッドに向けると、「ねえきみ」とスチュワートに言った。「社交界へ打って出るなら、先導役はぜひ親族にまかせてほしいね。来週にでも訪ねてきたまえ。いろいろおしゃべりしよう」優美なエナメル細工の箱を手際よくパチッと開き、嗅ぎ煙草をひとつまみ手の甲にふり出した。「さてと、わたしもゲームに参加させてもらうかな?」

「ああ、もちろん」ミスタ・リードが鷹揚に言った。「わたしはもういいから、かわりにやるといい」

エドマンドは黒々とした山形の眉をデイヴィッドに向かってつりあげ、「ひと勝負どうです、ドラコート?」と愛想よく尋ねた。

ミスタ・リードは大笑いした。「いやはや、ローランド、ことわられるよう祈ることだ!」

サー・レスター・ブレークも、いささか酔いがまわったようにふらつくグラスをかかげ、「そうとも、ローランド、今夜はこんな強敵と勝負はできんはずだぞ」と相槌《あいづち》をうった。「聞くところによれば、きみは新たに五千ポンドも入用になったようだからな」

エドマンドはとなりのテーブルのゲームを見ているウォルラファン卿ジャイルズ・ロリマーに、さっといまいましげな目を向けた。「噂が広まるのは速いものだな」と静かに言った。「だが従兄の立派な伝道所のために、わずかでも貢献できて光栄だよ」

サー・レスターは高らかに笑った。「きみが貢ぎたかったのは、たしかに伝道所になのか、ローランド? それともひょっとして、ミスタ・アマーストの美しい後援者の一人にか?」

エドマンドは両目を細めた。「馬鹿らしい! レディ・ウォルラファンは冷血きわまる女性さ——少なくとも男に関しては。それを誰より知っているのは、この気の毒なドラコートだ」

とつじょ不安を覚え、デイヴィッドは二人の男に交互に目を向けた。「おい、ローランド」と、とびきり静かな声で言う。「それは聞き捨てならない、理解に苦しむせりふだぞ。レディ・ウォルラファンがコール・アマーストの仕事に何の関係があるんだ?」

エドマンドの目にあざけりの色が浮かんだ。「おや、あの善良なレディは〈ナザレの娘たち協会〉に全霊をささげておられるようだが! ご存じなかったというのかな?」

痛烈な皮肉のひとつも返したいところだったが、ショックのあまり、それどころではなくなった。その動揺はエドマンドとは関係なく、もっぱら彼の口からよどみなく流れ出たおぞましい名前のせいだった。

「〈ナザレの娘たち協会〉?」スチュワートがだしぬけに口をはさんだ。「それって父上が田舎へ帰ってるあいだ、あなたが運営するはずの組織じゃないの?」

たちまち、ミスタ・リードとサー・レスターが視線を交わし、どっとばかりに吹きだした。エドマンドの口があんぐりと開いた。デイヴィッドは苦りきった顔で甥をにらんだが、もはや手遅れだった。

「よもや本気でおっしゃったのではないでしょうな、マーサー卿?」サー・レスターがあえぎあえぎ、スチュワートに尋ねた。

ミスタ・リードは目から涙をぬぐっている。スチュワートは動揺しきっているようだった。「いや、ドラコート卿が進んで申し出たわけじゃありません」何とか取りつくろおうと、若い侯爵は言い添えた。「ホイストの賭けで父に負けただけで」

笑い声はさらに高まり、今度はエドマンドも加わった。「おやおや！　名うてのドラコート卿が聖人君子の従兄に負かされた？　これはいい！　じつに傑作だ！」

デイヴィッドはやにわに甥の腕をつかみ、「失礼」と、ぶっきらぼうに言った。「ちょっとこの若い友人と話があるので」

彼はきまじめな甥をサロンのテーブルへと追いたて、二人はその後の十五分をそこですごした。その間、スチュワートはしきりに詫び続けたが、無駄だった。デイヴィッドは屈辱にまみれ、救いがたい一夜となっていた。まもなく、彼はせっつくようにスチュワートを立たせ、クロークルームへと向かった。

だがサロンを出たとき、サー・レスターとミスタ・リードが酔っ払った女学生のように笑いさざめきながら、さっと賭け金帳から離れるのが見えた。デイヴィッドは不意に進路を変え、甥をそちらへ引きずっていった。

インクで黒々と書き記された、彼自身の屈辱の証《あかし》が目に飛びこんできた。

サー・レスターはミスタ・リードに対し、D子爵が五月祭《メイデー》の終了まえに某伯爵未亡人と同衾《どうきん》することに五十ギニーを賭けるものとする。

デイヴィッドはたじろいだ。何と！　彼らのいう未亡人が誰かはあきらかだった。セシリア・マーカム＝サンズ。セシリア・ロリマー。レディ・ウォルラファン。どう呼ぼうが、エドマンドの言うとおり――あの底意地悪い女の血管には氷水が流れているのだ。

ミドルセックス、セント・ジョージ教区のペニントン・ストリートは、比喩《ひゆ》的にも文字どおりの意味でも、暗黒の闇におおわれていた。比喩的な暗さは、主として周囲の環境によるものだ。通りの片端は犯罪だらけのシティ・オブ・ロンドン、そして反対側は、売春と盗みと全般的堕落に満ちたシャドウェル地区へとつながっている。はるか西にはロンドンのより高級な区域があるが、そこの人々はセント・ジョージ教区をフランスよりも未知の、アフリカ奥地よりも暗黒の地域だと考えていた。

だがペニントン・ストリートの南側の暗さは、文字どおり現実のものだった。セシリアは伝道所の上階のオフィスのカーテンを引き開けるたびに、それを痛感させられた。というのも、通りの南側には、ロンドン埠頭の高さ二十フィートの防壁がそそり立っているからだ。そびえたつ煤《すす》けた石の要塞は、ペニントン・ストリートに降りそそぐ光の大半と騒音の一部を遮断していたが、テムズ河から立ちのぼる悪臭はべつだった。

セシリアは引き開けたばかりのカーテンを放し、傷だらけの木製のデスクにもどった。それは室内に三台あるデスクのひとつで、ほかには不ぞろいな椅子が数脚と二台の収納用キャビネット、そして小さな作業用テーブルが、細長い倉庫のような部屋に詰めこまれている。今では暗さはいくらかましになったものの、窓ぎわの細長い敷物はボロ布よりもひどく、空気は今日の昼食の主菜とおぼしきキャベツの煮える匂いでいっぱいだった。

でも、もっとひどい場所もあるのよ、とセシリアは胸に言い聞かせた。清潔で暖かく、安全と善意に満ちたこの伝道所は、それらがろくに得られない世界の貴重な避難所なのだ。階下からは、通りに面した売店を出入りする足音や騒々しいベルの音、大きな張出し窓がカタカタ揺れる音が聞こえる。

建築学的には、伝道所はジョージ王朝初期の五軒のテラスハウスをつなげたもので、次々と壁をぶち抜きドアをつけ加えた結果、煉瓦とモルタルの迷路も同然だった。すぐ下の階では、ときおりしぼり機がギーギー音をたて、洗濯室で働く女たちが日々の仕事にいそしんでいる。上の階では、べつの者たちが作業用の革靴で行ったり来たりして、まずまず清潔な簡易ベッドと毛布が並ぶ、だだっ広い女子寮の掃除をしていた。

ここでの日々は楽ではないが、入居者の大半が送ってきた生活よりは、はるかにましだった。とはいえ、それを得るための代価は安くはない。伝道所の女たちは売春や盗みをいっさい断ち、毎日聖書を読み、裁縫や洗濯や革細工といった、自立のための仕事を学ぶことを求められた。

そうした製品の多くは船乗りや港湾労働者に売られ、貴重な財源として組織に還元される。セシリアは貴族階級の人間としてはめずらしく、幻想は抱いていなかった。ここは救貧院とは大違いだが、入居者たちの生活は厳しいものだ。

セシリアは椅子をデスクに引き寄せ、今週の収支を記入する一冊目の帳簿を開いた。これは彼女の専門となり、ミスタ・アマーストも喜んで一任してくれている仕事だ。もともと数字に強いセシリアは、疑いを知らない見栄っぱりの〝名士〟たちから平気で金を巻きあげる才能もあわせ持ち、まさに会計係にはうってつけだった。彼女は初めて伝道所の手伝いを申し出たとき、いくらかの抵抗を覚悟していた。もちろん、上流社会の人々は進んで理事会に名を連ね、ときには資金集めの派手なパーティを催したりもする。そしてたしかに、彼らの多くは彼女自身と同様、地位と富のある女性だ。けれど、セシリアがコール・アマーストに協力を申し出たときに考えていたのは、もう少し実のある仕事だった。

当時、彼女は夫を亡くしたばかりで、もともと決して充実してはいなかった人生に、何の意味も見いだせなくなっていた。そんなおり、長年忘れずにいたミスタ・アマーストのことが思い浮かんだ。彼はかつて、男たちの意のままにされる怯えきった小娘だったセシリアに温情をかけてくれたのだ。たぶんそのせいだろう、彼女は以前から、ミドルセックスの貧民街での彼の地道な努力を感嘆をこめて見守っていた。

セシリアは帳簿の数字をすばやく足し引きしはじめた。それぞれの列のいちばん下に小計を鉛筆でうすく書き、差引勘定を適当な場所へ繰り越してゆく。だが三ページも進まないうちに、とつぜんオフィスのドアをノックする音がした。

目をあげると、メイドのエッタ――彼女は頑として女主人を一人で危険な区域へ出そうとしないのだ――が戸口に立っていた。奇妙にも、顔からすっかり血の気がひいている。メイドの華奢な肩の向こうには、廊下の暗がりにたたずむ背の高い痩せた男のシルエットが見えた。

「お客人です、奥様」エッタがいつになく重々しい口調で告げた。

男は返事も待たずに進み出たが、いちおう帽子は脱いで両手に持っている。地味な黒っぽい毛織りのスーツの上にたっぷりとした黒い外套をまとった姿は、痩せた黒い目の猛禽《もうきん》を思わせた。粋でも高価でもない服装で、帽子はあきらかに風雨にさらされ、傷《いた》みきっている。

総じて、相手を怖気づかせる風貌だが、よく見れば悪意は感じられない。彼はその鋭い、吸い込まれそうな目を室内にめぐらし、セシリアと彼女の服装とすべての家具を二秒ほどで見てとった。

セシリアは気づくと椅子から立ちあがり、彼を迎えに進み出ていた。男の表情には、彼女を引き寄せると同時に躊躇《ちゅうちょ》させる何かがあった。「レディ・ウォルラファンです」彼女は言った。「わたくしに会いにいらしたの？」

エッタが二人を残して静かにドアを閉めた。まったく、ただならぬ気配だ。とつぜん、男が咳払いした。「じつはアマースト牧師に面会を求めたのですが、階下《した》の店の娘が牧師は不在だと言うので。おたくの……」彼は顔をゆがめて適切な言葉を捜した。「そう、ミス・ヒーリーがこちらへ案内してくれました」

セシリアはデスクのまえの椅子を身ぶりで示した。「ではどうぞ、ミスタ……？」

「ド＝ローアン」男は答え、ためらいがちに椅子のほうに踏み出した。「マクシミリアン・ド＝ローアン、テムズ河水上警察の主任警部です」

「け、警察の?」セシリアはいささか優雅ならざる動きでデスクの奥にもどって腰をおろした。「警察が何のご用でしょう? うちの女性たちは厄介ごとなど起こしません」

ド＝ローアン警部はすわろうともせず、「こちらの伝道所は三週間ほどまえに、アイルランド人の娘を受け入れましたな? ミス・メアリ・オゲーヴィン。友人か妹が一緒だったはずですが」

「ええ、それはキティのことでしょう」セシリアはにわかにこみあげた不安を静めようとした。「メアリと妹のキャスリーン・オゲーヴィン。どちらも一週間あまりここにおります」

「たしかにキティ・オゲーヴィンはそうかもしれないが、姉のほうはもうここにはいないはずです」ド＝ローアンは答え、ようやく、すすめられた椅子に腰をおろした。彼自身も、ここにはいたくないようだ。

あきらかにセシリアと話すのが気づまりなのだ。彼女の性別だけでなく、階級のせいで。それに、低いぶっきらぼうな声にかすかに大陸なまりがあるところをみると、彼は移民なのかもしれない。だがミスタ・ド＝ローアンのぎごちなさは、目下のいちばん緊急な問題ではなさそうだった。

「どういう意味でしょう、メアリがここにいないというのは?」セシリアは尋ねた。

ド＝ローアンは硬い椅子の上で落ち着きなく身をよじり、「本当に、この件はまずミスタ・アマーストと話し合いたかったのですが」と悲しげに言った。「しかし、彼女の妹に会う必要がありそうなので。昨夜、うちのたれこみ屋——つまり水上警察の情報提供者の一人が、疑わしい倉庫を見張っておりました。すると今朝がた、パール・ストリートのわきの路地でメアリ・オゲーヴィンの遺体を発見したのです」

「遺体――？」セシリアは両手でもてあそんでいた鉛筆をとり落とした。それはカタッと音をたててデスクにころがった。「つまり――死んでいたということ？」

ド＝ローアンの唇が皮肉っぽくよじれた。「さよう、それがのどを耳から耳まで切り裂かれた者の避けがたい末路です」

セシリアは椅子から立ちあがろうとしてよろめいた。ド＝ローアンが手を貸すべきか決めかねているように腰を浮かすと、彼女はさっと手をあげた。「いえ、だいじょうぶ！　何とも……ありません」

「お詫びします」警部はふたたびセシリアの高価な服に目を走らせ、ぶっきらぼうに言った。「わたしとしたことが。あなたにお話しすべきではなかった。まったく、こんな不快なことをお耳に入れるべきではありませんでした」

「不快なこと？」セシリアは噴然と言い返した。「警部、わたくしの繊細な神経をお気遣いくださって恐縮ですけれど、ここではこうした現実に触れるのは毎度のことですわ。ひとたびフリート・ストリートより東へ来れば、ありとあらゆる非情なことが目に映ります。わたくしは澄んだ朝の空気を吸いに港湾地区へきているわけではありません」

にやりと笑みを浮かべたド＝ローアンは、がぜん魅力的になった。「なるほど、マダム。おっしゃるとおりでしょう」

セシリアは皮肉を無視した。「容疑者はいますの、警部?」

ド=ローアンは耳ざわりな笑い声をあげた。「いや、今後も見つからんでしょう。あの哀れな娘は誰に殺されても不思議はなかったのですからな」

「なぜ?」セシリアは尋ねた。「いったいなぜ、小銭ひとつ持たない貧しいアイルランド娘を襲いたがる者がいるの?」

警官は庇護者ぶった目つきでセシリアを見た。「彼女の生業《なりわい》につきものの危険ですよ、マダム。ミドルセックス自治区《バラ》では、娼婦たちが驚くほど頻繁に命を落としている」

セシリアはぴしゃりと音をたててデスクに両手をついた。「まあ、そんな!」と抗議した。「いいえ、ミスタ・ド=ローアン、考えられません! メアリ・オゲーヴィンが身を売っていたなんて。そんな暮らしを続けるつもりなら、ここにいる理由はなかったはずよ」

ド=ローアンのあごがぐいとあがった。「では、この伝道所には脱落者はいないとでも?」彼は冷ややかに言った。「どれほど罪にまみれた小鳩も、ひとたびここに来れば不滅の魂を救われ、穢《けが》れない生涯を送れると? そう信じておられるのですか?」

「まあ、まさか!」セシリアは苦々しげに笑った。「もちろん、脱落者はいます! ここの女性たちの一部は何度も失敗しています。でも神がまだお見捨てにならない者を、どうしてわたくしたちが見放せるでしょう? まさにそのために、ここには厳しい入所規則があるのです。メアリは週に一夜だけ流し釣りをしても、ろくな稼ぎを得られたはずはありません」

「流し釣り?」ド=ローアンは弱々しく尋ねた。

セシリアは不意に、エッタの粗野な言葉に根気よく耳を傾けてきたことを喜ぶ気になった。「路上で客をとることですわ」懸命に虚勢を保って答える。

「その意味は存じております、レディ・ウォルラファン」警部は答えたが、彼女がそんな言葉を知っていることに仰天したのはあきらかだった。

セシリアは内心、肩をすくめた。まあ、こんな場所であくまで清純無垢でいるなんて、期待するほうが無理というものだ。

「レディ・ウォルラファン？」ド＝ローアンがとつぜん、ためらいがちに切り出した。「例の姉妹ですが……彼女たちは商売女だったのでしょうか？」

「商売女？」セシリアは問い返した。

意外にも、相手の冷厳な顔にかすかな赤みが広がった。「つまり売春宿で働いていたのか」彼は単刀直入に言った。「それとも余分な金が必要なときだけ、通りで客をとっていたのか。ご存知ですか？」

セシリアは眉根を寄せて集中した。「わかりません。それが重要ですの？」

ド＝ローアンは椅子の背にもたれた。「はい、ことによると」つかのまの当惑は消えうせ、考え込むように続けた。「売春宿の娘たちにはたいてい保護者がいます。ヒモやら宿のおかみやら、彼女たちを生かしておくほうが利益になる連中が。彼らはまた、自分たちの縄張りをかなり好戦的に守るものです」

セシリアは不意に寒気を覚えた。何ともぞっとする話だ！　可哀そうなメアリ。涙があふれそうになるのをこらえ、ふたたび鉛筆をとりあげて、ぼんやり指のあいだをすべらせた。「たしか、メアリはパール・ストリートのほうで発見されたんでしたわね？　それは、ミドルセックス捨て子養育院のそばではありません？」

「はい」ド＝ローアンは眉根を寄せた。「それが何か？」

セシリアはゆっくり、かぶりをふった。「どうかしら。でも彼女があそこに子供を預けていた可能性はあるわ。ここでは、女性たちの過去は詮索《せんさく》しないことにしています。でもメアリは毎週月曜日になると、火曜の晩にあの施設を訪ねる許可を寮母に願い出ていました。そしていつも水曜日には……どこか沈んだ様子でしたわ」

「あなたは毎日ここへ来られるのですか？」ド＝ローアンはいささか驚いたようだった。

「週に三日だけ、それもほんの数時間です。残りの二日はレディ・カートンの担当ですわ」セシリアはぎごちない笑みを浮かべた。「わたくしたちのここでの役目は――せいぜい真顔で言うように努めますけど――〝真の上流階級の徳性の見本を示す〟ことです。週末のあいだは、寮母のミセス・クインスがすべてを取りしきっています」そっと、様子をうかがうように彼を見あげた。「で、これからどうなさるおつもり？」

ド＝ローアンはまた落ち着きなく身体を動かした。「さて、どうしたものか。わたしは水上警察の者で、これは教区の事件です。しかし、この伝道所は一部のうるさ型の議員たちの肝いりですからな」彼は肩をすくめた。「地元の治安判事はすべてがきちんと処理されるように望んでいるし、ボウ・ストリートの捕り手たち（ロンドン警視庁の前身となった、治安判事直属の犯罪者逮捕組織）は今のところ手一杯のようだ」

「セント・ジョージ教区で若い娘の死体が見つかるたびに、それくらい職務に傾注していただきたいものね」セシリアはそっけなく言った。

警部はがばと立ちあがった。彼女に侮辱されたと感じたのかどうかは定かではない。「ありがとうございました、レディ・ウォルラファン。では妹を呼びにやっていただけますか？　彼女に知らせなくてはならんでしょう」

「いいえ！」セシリアはさえぎった。ド＝ローアン警部はあまり思いやりのあるタイプではなさそうだ。「彼女にはわたくしが話します」

ド＝ローアンはうなずいた。「しかし、こちらも少し訊きたいことがあるので」

「けっこうですわ、彼女に答える元気があれば」セシリアは一瞬ためらったあと、「ミスタ・ド＝ローアン、もうひとり仲間の娘がいるのをご存知？　マーガレット・マクナマラ――たしかメグと呼ばれていて、あの姉妹と一緒にここへ来ました。彼女とも話されたほうがよくはないかしら？」

何やら敬意に近いものが、ド＝ローアンの漆黒の瞳にひらめいた。「ありがとう」彼は答えた。「どちらかが何か参考になることを話してくれるかもしれません」

セシリアはうなずき、呼び鈴を鳴らしてエッタを呼んだ。朝のこの時間には、キティ・オゲーヴィンはせっせと船乗りのズボンを縫っているはずだった。来週中に出航予定の商船があり、大量の注文が入っているのだ。

セシリアのほうは、最悪の試練が終わるまでキティのそばにいてやるつもりだった。それが彼女にしてやれるせめてものことだ。そのあと、ミスタ・アマーストに知らせを送らなければ。何と恐ろしい！　もちろん、彼は打ちひしがれるにちがいない。馬鹿げた話だが、セシリアはなぜか責任を感じていた。彼から託された者たちを守りそこねたように思えたのだ。

ほどなくキティが見つかって、いたましいニュースが告げられた。それはセシリアにとってもつらい仕事で、ジャイルズに父親の死を告げたときより胸が痛んだ。キティは何ひとつ尋ねなかった。じっさい、それどころではないようで、血の気がうせて蒼白になり、今にも卒倒しそうだった。ミセス・クインスがそっと彼女を部屋から連れ出し、上階の寝室へ連れていった。さすがのド＝ローアンにも、キティがとうてい質問に答えられそうにないのはあきらかだった。

そこで、セシリアはエッタにメグ・マクナマラを呼びにゆかせた。友人が殺されたことを知り、メグが怯えきっているのは一目瞭然だった。けれど、その態度はキティとはまるでちがった。メグはマクシミリアン・ド＝ローアンを見ると不快感をあらわにしたし、オゲーヴィン姉妹よりはるかにしたたかそうだった。

初めのうち、彼女はド＝ローアンの質問にそっけなく答えた。いや、メアリ・オゲーヴィンがどこへ行っていたのかは知らない。いや、メアリといさかいを起こしそうな相手は知らない。いや、メアリに何も打ち明けられたことはない。しかし、ド＝ローアンがいささかどぎつい言葉でメアリに子供がいたかどうかを追求すると、メグの声がわずかにやわらいだ。「ああ、いたよ、二年ぐらいまえに生んだ子が。手元には置けなかったけど」メグは力なく肩をすくめた。「だから養育院に入れて、そうできただけ幸運だと考えることにしたのさ。女の子だったよ。けど、しばらくまえに死んじまった、クリスマスの直前に」

「でもなぜ——？」またも思いがけない痛みがこみあげるのを感じながら、セシリアは口をはさんだ。

メグは無表情に彼らを見あげ、ド＝ローアンからセシリアへと視線を移した。「つまり、メアリはなぜ何もなかったみたいにあの養育院に通い続けたのかってことかい？　たんにおセンチだったのさ。あすこの裏に埋葬所があって、メアリは墓参りするのが好きだった。それに、ほかのチビどももみんな可愛がってたからね」ついに、メグはわずかにのどを詰まらせた。「ひょっとすると、自分の子が死んだのがよくわかってなかったのかもしれない。ほら、ときおりそういうことがあるだろ」

「その子の父親を知ってるか？」ド＝ローアンが穏やかにうながした。

メグはぼろぼろに欠けた黄色い歯を見せて甲高く笑った。「いや、それがろくでもないやつでさ」ひとしきり笑うと、虚勢を保てなくなったかのように沈んだ顔つきになった。「じつを言うと、メアリにはそのころ面倒を見てくれる男がいてね。けど、そいつはさっさとずらかっちまったんだ」

セシリアの胸に冷たい怒りが燃えあがった。「彼女はなぜその男に子供を扶養するよう求めなかったの?」

メグはせせら笑った。「そうはいかないもんさ、奥さん。たしかに、メグはそいつの宿に手紙を持ってった。そしたら、帳場の男に追っ払われたんだ。もうここにはいないって。まあ、ほんとだったのかもしれないね。ここらは社交界のクズどものいるとこじゃないもの」

「その男の名は?」ド＝ローアンが身を乗り出してせっついた。「どこの出身だ?」

「がみがみ言うのはやめとくれ」メグはうんざりしたように答えた。「名前は知らないよ。メアリは言おうとしなかった。あたしたちみたいな稼業だと、おしゃべりはためにならないからね。でもそいつは田舎にときどき帰る家があって、一度そこにメアリを連れてったんだ。バラの庭に囲まれた、すごくきれいな家だとあの娘は言ってたよ」またもや、メグはさげすむように鼻を鳴らした。「正真正銘のお馬鹿さんだよ、そんな夢を見るなんて。でもメアリを殺したのはそいつじゃない。だって、どうしてそんな必要がある? 上流階級の男が場末の娼婦に父《てて》なし児をはらませたって、誰が気にするもんか。それにその女が殺されたからって、いつからいまいましい治安判事どもが気にするようになったんだい?」

「まったくだ」ド＝ローアンは沈んだ表情で静かに言った。それから今にも立ちあがろうとするかのように、椅子の上で身体を動かした。「では、一両日中にまた妹の話を聞きにくるとしましょう。たぶん、そのころには彼女もいくぶん落ち着くだろう」

「無駄だよ」メグが口をはさんだ。「キティはそのことは何も知らないからね。メアリはすごく恥ずかしがって隠してたし、キティは去年の春、おやじさんが熱病で死ぬまでセント・

ジャイルズで暮らしてたんだ。まだほんの十五だもの」

ド＝ローアンは冷ややかにメグを見つめた。「で、きみはいつからメアリと一緒に働いていたんだ？」

メグはしゃべりすぎたことを悔やんでいるようだった。「あの娘と会ったのはその赤ん坊が生まれて間もなくさ」

「どこかの宿で働いていたのか？」彼女に話を続けさせようとして、ド＝ローアンは尋ねた。「きみらは三人とも？」

メグの目が初めてそらされた。「ああ、ブラックホース・レーンからちょっと入ったところの宿さ。〈マザー・ダービンの館〉って呼ばれてる」不意に、その目がセシリアに向けられた。「もう行ってもいいかね、奥さん？　あたしはこの男の質問に答えたくなけりゃ、答える必要はないんだろ？　友だちに死なれたばかりだし、しばらく一人になりたいんだよ」

セシリアは黒い目をもどかしげにぎらつかせているド＝ローアンをふり向いた。「たしかにわたしには、彼女に無理やり話させる権限はありません」警部はこわばった声で言った。

セシリアも彼と同じくらい、法律の限界を知っていた。彼女が軽くうなずくと、メグは部屋から逃げ出した。ド＝ローアンはやにわに立ちあがり、堅苦しく一礼した。「では、レディ・ウォルラファン。数日中にまたまいります」

気づくと彼は立ち去り、セシリアはいつになく寒々しく空虚に感じられるオフィスに一人残されていた。もはやこらえきれずに、涙が静かにあふれ出るにまかせた。だがそうしながらも、デスクの抽出《ひきだ》しを開け、ゆっくりと慎重に紙を一枚とり出した。はやく気の重い書状をしたため、ブルック・ストリートのミスタ・アマーストへ届けなければ。

なるほど、ロンドン東部の生活は過酷だ。そこらじゅうに死の影がひそんでいる。だがそんな事実も、ろくに悲嘆をやわらげてはくれなかった。彼女は今日、仲間の一人を失ったばかりか、その子供まで失ったような気がした。伝道所の日々が二度と元にはもどらないという、恐ろしい予感をふり払えなかった。

# 3　レディ・ウォルラファン、頭痛の種にでくわす

ミスタ・ハイラム・プリングルは例のもっとも畏敬すべき人種、すなわち古風な威厳あふれる近侍《きんじ》で、不動の保守的嗜好《しこう》と分別をもちながら、決してそれを主人に押しつけたりはしなかった。これまで六十五年の生涯のうち、四十年間にわたって代々のドラコート子爵に仕えてきたが、彼らはえてして気まぐれで、しばしば愚かしく、ときには見栄っぱりだった。そのすべてに、彼は完璧な品位と鍛えぬかれた忍耐をもって仕えてきたのだ。

だがこの金曜の朝ばかりは、どれほど無頓着な者の目にも、プリングルが暇を願い出る寸前なのはあきらかだったろう。誰もが縮みあがりそうな目で、彼は完璧に糊《のり》づけされたクラヴァットがまた一枚、主人の着替えの間の床に舞い落ちるのを見守った。どう数えても、これで七枚目だ。目のまえの姿見を凝視したまま、ドラコート卿が片手をのばしてもどかしげに指を鳴らすと、プリングルはしぶしぶ、八枚目のクラヴァットを突き出した。

かたやドラコート卿は、なぜよりにもよって今日にかぎって、いまいましいクラヴァット

が完璧に結べないのかいぶかっていた。なぜお気に入りのチョッキがきつく感じられ、真新しいブーツがヤボくさく見えるのだろう。そもそも、完全無欠な服装であれ、素っ裸のままであれ、自分がなぜコールのろくでもない伝道所へ行こうとしているのかわからない。

だが現に、彼は行こうとしているようだった。むろん、さっさとコールの家へ出向き、これはペテンだと叫ぶことも考えてみた。けれど、それは非紳士的というものだ。それに、とつぜんクラブじゅうの笑い者になったところで何だろう？　デイヴィッドは常に、他人にどう思われようとへっちゃらだったし、その〝他人〟には間違いなくエドマンド・ローランドも含まれる。

どのみち、〈ナザレの娘たち協会〉で、じっさいセシリア・マーカム＝サンズに会うとは思えなかった。たしかに、二度と彼女とは口をききたくなかったが、今後もせまい社交界で慎重に避けていれば、口をきかずにすむだろう。彼女がそんな卑しい、みじめな場所に姿を見せるはずはないのだ。

ふん、後援者とは笑わせる！　その手のタイプなら知っていた。しかつめらしく取りすまし、園遊会の会場をめぐり歩いて、互いの服装をほめそやしたり、ひとりよがりの慈善活動を自慢したりするやつらだ。そのいっぽうで、せっせと意地の悪いゴシップを交換し、他人の問題に鼻を突っこもうとする。

そう、その種の女は自分の真っ白な手を下層民のために汚したりはしない。現に、ご立派なレディ・ウォルラファンは、彼のような男のために手を汚すことすらしなかったのだ。

不意に、どっと疲れを感じ――いくらか年をとった気さえして――デイヴィッドは姿見の中の自分を凝視した。すると、八枚目のクラヴァットの結び目もやはり不恰好にたるんでいる。彼は小声で毒づき、それをむしりとって床に落とした。

パーク・クレセントにはこの金曜日、寒くはあるが、二月にはめずらしく陽射しの明るい朝が訪れていた。けれどその陽射しも、レディ・ウォルラファンをろくに元気づけてはくれなかった。というのも、今日はメアリ・オゲーヴィンの葬儀があるのだ。セシリアは帳簿の遅れを取りもどそうと、一時間ほど早めに伝道所へ向かった。レディ・カートンは善良だが根気に欠け、いつも信仰や戒律に関する講義だけですませてしまう。たしかにそれも立派な奉仕だろう。だが、セシリアはもっと実際的な貢献がしたかった。

それに今後しばらくは、伝道所の会計を郵送する必要がありそうだ。さもないと、ミスタ・アマーストは売店の売り上げや、洗濯女たちの稼ぎを知りようがない。それでは伝道所が来月も五十人のよるべない女性たちに寝床と食事を与えられるか心配だ。

とはいえ、葬儀には参列するつもりだった。場違いだろうとかまわない。気の毒なメアリはロンドンにはろくに友人がいなかったが、気持ちのいい娘だった。たった二人の会葬者とうつろなこだましかない教会堂で見送るのは、ひどく不当なことに思えた。

セシリアが馬車からおりてドアをくぐると、伝道所は静かな、沈みきった空気に包まれていた。店の奥へと歩を進め、せまい階段をあがるあいだも、すれちがう者たちはみなふさぎこんでいた。裁縫室が並ぶ一角では、歌や冗談はおろか、いがみ合う声すら廊下に響いていない。いつもなら、そんな騒ぎは歓迎できないが、今日は少々の罵声《ばせい》や引っかき合いも悪くないような気がした。

メアリの死は間違いなく、安全な隠れ家を求めてやってきた女たちのはかない平和をかき乱していた。殺人現場はよその場所だという事実も、さして慰めにはならないようだ。セシリアはため息をつき、エッタを下の売店の手伝いにやると、帳簿を注意深く並べて今朝の仕事の準備にかかった。

ところが、新しい鉛筆を半ダースほど削り終えたとき、エッタが形ばかりのノックをして部屋に飛び込んできた。顔を真っ赤にし、骨ばった腕をふりまわしている。「きっと驚くよ、奥様！」「メイドはきんきん声で言った。「だめだめ、ぜったい当たるもんかね！」

セシリアはそっとペンナイフを置き、「そうでしょうね」と言った。「そもそも、わたしは何を当てるの？」

エッタはぎゅっと唇をすぼめ、小躍りせんばかりだ。「ああ、奥様！　あの人が来たんですよ！　この〈ナザレの娘たち協会〉に！　笑っちゃうでしょ？　しかも何と、ミスタ・アマーストに頼まれたんだって。上へ通してもいいですかね？　責任者に会いたいってことだけど」

わけがわからず眉根を寄せたまま、セシリアは立ちあがってデスクの上に身を乗り出した。「ほんとに、エッタ、何の話かわからないわ！　誰が会いたがってるの？　何の用事

「あの美男のドラコート卿ですよ！」エッタは天を仰いだ。「あの人がこの真下にいるんです、でなきゃあたしの名前はヘンリエッタ・ヒーリーじゃありません！　例の、きゅっとしまった可愛いお尻のあの人ですよ、上等なシルクのクラヴァットと天使の髪で織ったみたいな青いコートの！」

セシリアはどさりと腰をおろした。「ドラコート卿？」と、しぼり出すように言う。「いったいどういうこと？」奇妙な虫の知らせを感じつつ、エッタを見あげた。さまざまな可能性が脳裏にうずまき、ふと、エドマンド・ローランドに仕掛けた策略が思い浮かんだ。「ねえ、もしかして――彼は寄付でもするように説得されたのかしら？」

エッタは顔をしかめた。「かもしれないね」

セシリアは鋭く息を吐き出した。そう、それがいくらか納得できる唯一の考えだ。さもなければミスタ・アマーストが彼をここへよこすはずがない。ドラコートはアマーストの妻の親しい友人で――かってはもっとはるかに深い仲だったという噂もあるが――アマーストも彼を友人として受け入れている。すると、セシリアはここでの立場からして、面会に応じるしかなさそうだった。そして人間として可能なかぎり、礼儀正しくしなければ。絶句したりしないよう祈るばかりだ。

いたたまれずにがばと立ちあがり、両手でスカートを撫でつけたセシリアは、てのひらが汗ばんでいるのに気づいてうろたえた。

とつぜん、エッタがデスクの向こうから身を乗り出した。「ちょいと、奥様――だいじょうぶかね？　漂白したてのリネンみたいに顔が真っ白だよ！」

セシリアはきっとまなざしを強めた。「だいじょうぶですとも。彼を通してちょうだい」

エッタは疑わしげに彼女を見つめた。「もしかして、奥様はこのまえ言ってたよりもちっとばかり、あの美男の子爵と親しいんじゃないのかね？」メイドは問いただした。「あの浮気者に、何か悶着でも起こされそうなのかい？　そんなら子爵であろうとなかろうと、あたしが耳をひっつかんで放り出してやるよ」

セシリアはぐいとあごをあげて両手を握りしめた。「馬鹿いわないで、エッタ。あんな浮薄なうぬぼれ屋には、わたし一人でじゅうぶん対処できます。さあ、早く連れてきて！　今朝はほかにいくらも、時間をかけたい大事な仕事があるのよ」

だが彼に再会することを思っただけで不安がこみあげ、セシリアは内心、それを認めつつ、エッタがドアから飛び出してゆくのを見守った。神経がぴりぴりし、ふたたび腰をおろすこともできずに、窓辺の細長い絨毯の上を行きつもどりつしはじめた。ドラコート。ドラコートですって！　いったいなぜ？

彼と最後に会ったときのことは鮮明に憶えていた。わずか二カ月まえの、とある田舎屋敷《カントリーハウス》のパーティで、彼女にとっては夫の喪が明けて初めて受けた招待だった。じつのところ、行くのは気が進まなかった。もちろん、彼に会うとわかっていればやめていただろう。とはいえ、その催しは社交界の花形、すなわちドラコートの唯一の仲間たちでいっぱいだった。今にして思えば、予期して当然だったのだ。

彼は二日目の夜遅く、〝ダンスの夕べ〟のさなかにやってきた。セシリアはお気に入りの緑のシルクのドレスをまとい、おっかなびっくり一人で階下《した》におりていた。今では黒こげになったあのショールを巻きつけていても、二年間の結婚生活と喪服ですごした三年目のあとでは、裸も同然の姿に思えたものだ。

恐るべきショックを受けたのは、女主人を捜して無邪気に室内へ踏み出したときだった。まるでその機に合わせたかのように、とつじょ、踊り手たちがぱっと左右に分かれた。すると部屋の向こう側に彼が見えた。高い窓からたれる真紅のカーテンを背に、社交界きってのみだらな未亡人、レディ・スネリングの手の上に深々と屈みこむ彼が。

セシリアはしばし、目を離せなかった。例によって、彼は贅沢《ぜいたく》な優雅きわまる服装だった。つややかな黒い夜会服に、金糸で刺繍《ししゅう》をほどこされた象牙色のシルクのチョッキ、エメラルドのピンがきらめく、信じられないほど上質なクラヴァット。

忘れもしないあの髪は、昔から賞賛の的だった。深みのある栗色で、かすかに深紅の光沢をおびている。〝クラレット・ブラウン〟と、いつぞや彼を崇拝する社交界のレディたち――その手のことにくわしそうな女たちが呼んでいた。けれどもその夜、燃えさかる無数のキャンドルの下のドラコートの髪は、星のない夜空のように黒々としていた。

やがてふと、セシリアはわれに返った。彼の服装など、知ったことではない。あの悪党の髪の色が何と呼ばれようと、かまうものか。だが、手遅れだった。

人ごみの中の何か――あえぎ声か忍び笑い――が、彼女の存在を彼に気づかせたのだろう。レディ・スネリングの手をつかみ、もういっぽうの手を優雅に腰に当てたまま、ドラコートはわずかに首をめぐらしてセシリアを見た。その目がものうげに全身をすべりおりてゆく。

まるで裸でいるような感覚が強まり、セシリアの頬にかっと血がのぼった。

彼は何ごとかささやき、まばゆいばかりの笑みを浮かべてレディ・スネリングの手を放すと、そのまままっすぐ部屋から出てゆき、二度とそのパーティに姿を見せなかった。

「何てことだ！」戸口で声がして彼女の回想を断ち切った。

セシリアは足をとめ、くるりとふり向いた。

すると彼が立っていた。そっくり返った姿勢で、つややかな黒いトップブーツが敷居に貼りついてしまったかのように。

セシリアはごくりとつばを呑み、どうにかよろけずに進み出た。「何のご用件でしょう？」

おおむねしっかりした声で、かろうじて言った。

だが、ドラコートはまるで聞いていなかった。「こんなところで何をしているんです？」

彼は迫った。「ぼくが面会を求めたのは、ここの――ここの――」

「責任者でしょ？」セシリアはしめくくり、あごを突き出した。「残念ながら、それはわたしのようよ。今日は金曜日ですから」

ドラコート卿は黒々とした眉をひそめた。「どういう意味かわからない」苛立たしげに言い張った。「こちらは責任者に会いたいんだ。金曜日だというのが、何とどう関係があるんだ？」

セシリアは部屋を横切ってデスクの奥にまわった。おかげで、少しは無防備でなくなった気がした。「わたしは〈ナザレの娘たち協会〉の後援者です」堅苦しく答えた。「理事を務める二名の女性のうちの一人で、週に三日、数時間ほどここで奉仕をしています」

疑念に満ちた、小馬鹿にしたような表情が浮かんだ。「それでいったい、レディ・ウォルラファン、あなたはここへ何をしにこられるのかな？」

セシリアは怒りが燃えあがるのを感じ、鋭く言った。「まあ、あなたならきっと、夫の名声を利用しに、とでもおっしゃるのでしょうよ」

「ほう？」ドラコートは優雅に眉をつりあげた。「たしかに、またとない利用法だろうね」

「まったく無礼なかたね、子爵」

「そちらこそ、まったくひどい歓迎ぶりだ」彼が言い返す。

「わたしはここにいれば、協会の道徳的目標に貢献できます」礼儀正しくするという決意も忘れ、セシリアは主張した。「あなたがいるとどうなるのかは、考えるだけでぞっとするわ」

「ああ、わかるよ」彼は魅惑的といってもよい甘い声で応じ、セシリアは故意に煽られているような、奇妙このうえない気分になった。

「あら、ちっともわかりません」彼女は激昂して言った。「あなたはいったい何をしにいらしたの？」

結局のところ、ドラコート卿のブーツは敷居に貼りついてはいなかった。ほとんど苦もなく彼は踏みだし、ゆるやかな、男らしい足どりで部屋の奥へと進んだ。皮肉な、面白がっているような表情で。「腰をおろしてもかまわないかな？」

セシリアは自分のとんでもない非礼に気づき、「もちろん」と片手で向かいの椅子をさし示し、デスクの奥に腰をおろした。

彼は長身で脚が長いが痩せていて、大柄というよりは優雅なタイプだった。にもかかわらず、なぜかこの大きな部屋をちっぽけに感じさせ、その小粋な服装のまえではここの粗末な家具は滑稽にすら見えた。彼はくつろいだ姿勢で腰をおろし、両手の指先を軽く合わせると、前置きなしに切り出した。「あいにく、ぼくがここへきたのは協会の管理を託されたからだよ」

セシリアは口をあんぐりと開いた。すばやく閉じるだけの礼儀は心得ていたが。「意味がよくわかりません」

「では、もういちど説明させていただこう」ドラコートはケチのつけようのない礼儀正しさで言った。「今後の三カ月間は、ぼくがアマースト牧師にかわってこの神聖かつ慈悲深い組織を運営する。そう彼に求められ、承諾したからだ」

「彼に求められ？」

「あるいは〝はめられた〟と言ったほうが正確かもしれない」

「ではミスタ・アマーストはよほど切羽つまっていらしたのね」

「そうだな、彼の行為を善意に解釈すれば」ドラコートはそっけなく認めた。入念に装われたけだるい優雅な物腰にもかかわらず、子爵はあきらかに善意あふれる気分ではなさそうだった。「アマーストは夫人の具合がすぐれないので、春の終わりまでケンブリッジシャーの屋敷で休ませたいらしい。だからそれまで、ぼくがここにいることになる」

「ここにいる？」セシリアはさっと立ちあがった。「とても本気とは思えないわ！」

ドラコートはかすかに面白がっているような顔でデスクの上に手をのばし、積みあげられた帳簿の一冊を取りあげた。「信じようと信じまいとご勝手に、マダム」そう応じると、わがもの顔でさっと帳簿を開いた。「だが間違いなく、こちらは本気だよ」

セシリアは片手を腰に当て、デスクの奥を行ったり来たりしはじめた。「いったいアマースト牧師は何を考えてらっしゃるの？」

「それにも答える必要があるのかな？」ドラコートは考え込むように、数字の列に目を走らせた。「ところで、この先月分の借方項目の石鹸《せっけん》代だが……これは7？　それとも2？」

「で、でも——それはまったく好ましくないわ、子爵！　いえ、あ、あなたが好ましくないの！」

不意に、ドラコートの手が帳簿の上でぴたりと動きをとめ、「今度はぼくのほうが」と、彼はひどく静かに言った。「よく意味がわからないよ、マダム」

セシリアは彼の傲慢《ごうまん》さにかっとした。くるりと向きなおり、両目を細める。「では率直に言いましょう。あなたは、子爵、ろくでなしのゴミくずよ」彼女は言い放ち、彼の容赦ない目に見つめられてもひるまなかった。「野良猫なみの道徳観しか持っていないわ。あなたの評判がボロ布だとすれば、汚すぎて床も拭けないでしょう。あなたの一カ月のチョッキ代だけで、わたしたちは十二人の女性に家を与えられるのよ」

「いやはや！」彼は吐きすてた。「せいぜい気がすむまで言ってくれ」

「言いますとも！」セシリアは義憤に燃えていた。「ここの管理者は信頼できる男性でなければならないわ。組織内の道徳的な手本となり、財政的な安定にも責任を負うのよ。ふらふら賭博場を渡り歩いて、お金を家畜のえさみたいにばら撒くわけにはいかないの」

ついに、彼の身体が怒りにこわばり、セシリアは奇妙な満足感を覚えた。

「それはマダム」彼は食ってかかった。「言語に絶する侮辱だ。ぼくは生まれてこのかた、金にだらしなかったことはない」

「あら。でも道徳的なだらしなさは否定なさらないのね？」

ドラコートはがばと立ちあがり、帳簿をデスクに投げ出した。それは蠟引きされた板の上をすべり、セシリアの新しい鉛筆もろとも床に落っこちた。「さいわい、セシリア、ぼくにはいっさいきみに弁明する義務はない！」周囲のそこらじゅうに鉛筆がカタカタと飛び散るのもかまわず、彼はうなった。「自分の身持ちについても、財政状態についても、人格のさいな一面についてもな。きみはかつて、ぼくの人生を生き地獄にする機会を得ながら、それを放棄した。今さら説教するのはやめてもらおう」

セシリアは抑えがたいほど震えはじめた。「このえせ紳士！」怒りにかすれる声で叫んだ。

とたんに、ドラコートの顔が蒼白《そうはく》になり、セシリアは言いすぎたことに気づいた。彼の手がぐっと握りしめられ、音をたててデスクに打ちつけられた。「こんな仕打ちを受けるいわれはない」彼は怒鳴った。「ただでさえ、長年にわたるきみの絶え間ない侮辱にうんざりしてるんだ。ちくしょう、セシリア、こちらは一度は礼儀を――礼儀以上のものを示したのに、きみは事あるごとに人をこけにしたんだぞ」

不意に、セシリアは硬い板張りの床に散らばる鉛筆を無視して彼のほうに踏み出した。「まあ、嘘よ！」と、ささやくように言う。

ドラコートは皮肉な笑い声をあげた。「いや、マダム、あんな助平じじいと結婚したのを見てもあきらかだろう！」

セシリアは顔が真っ赤になるのを感じた。「いやらしい人！　よくもそんな口がきけたものね！　そもそもあなたがあんな……あんな……」怒りと当惑にのどが詰まり、最後までは言えなかった。

ドラコートは腕を硬直させた。「誰が何だって？」彼はわめいた。「ぼくが何をしたというんだ？　永久に許しがたいどんな罪を犯したと？　ああ、たしかにきみに魅力を感じたさ！　そしてそう、とんでもない判断ミスをした！　そうすることで、きみに不快きわまる思いをさせた。だが神かけて、ぼくがそれを償おうとしなかったとは言わせないぞ！　苦しんだのはお互いさまだ」

彼の怒りの深さは圧倒されるほどだった。だが道徳的な優位を保とうと、セシリアはそれに耳をふさいだ。「あなたは、ドラコート卿、生まれてこのかた一度も苦しんだりはしてないわ。苦しみという言葉の意味すら知らないはずよ」

「ならばきみは、マダム、耐えがたいほど高慢ちきだよ」彼は歯ぎしりしながら言った。

「人のことを何ひとつ知らないくせに」

セシリアはドアへと踏み出しながら、「いいえ、知りたくもないことまで知ってるわ」と言い返した。ドアをぐいと開いて彼を追い出すつもりだった。「ですからはっきり言って、子爵、わたしたちの一方がすぐにもここを出るのが——」

その先は言えなかった。

かわりに、デイヴィッドがぞっとしながら見守るまえで、彼女は頭をのけぞらせ、両手を狂ったようにふりまわしはじめた。彼女の足の下から鉛筆がはじけ飛ぶのを見て、彼は遅まきながら、何が起きたのか気づいた。だが腕をのばす間もなく、セシリアは仰向けに倒れ、鋭い音を鳴り響かせて硬い床板に頭を打ちつけた。

デイヴィッドはそちらへ駆け出したことも、床にひざまずいたことも憶えていなかった。怒りは瞬時に消えうせ、われを忘れるほどの恐怖がどっとこみあげた。「セシリア——！」彼は叫んだ。彼女のきゃしゃな肩を腕で支えて抱き寄せたとき、ヘンリエッタ・ヒーリーが部屋に飛びこんできた。

彼はメイドには目もくれず、セシリアのぐったりした身体の上に屈みこみ、もういっぽうの手でそっと彼女の頬を撫でた。「セシリア！　ああ、くそっ！　今度はきみに何をしてしまったんだ？」

そのとき、セシリアのまぶたがヒクヒクしはじめた。「ううっ」彼女はうめいた。

気づくと、メイドがかたわらにひざまずいていた。「あれ、まあ！」エッタは物なれた、がさつな手つきでセシリアの頭皮をまさぐった。「こけちまったかね、奥様？　傷はないけど、どでかいコブができそうだよ！」

セシリアはぼうっとした目をエッタの顔からデイヴィッド、そしてまたエッタへと向けた。それから、ふらつく手をあげて後頭部に触れ、「うっ！」とうめき、かろうじて言った。

「な、なにがあったの、ドラコート？」

「いいからじっとして」デイヴィッドはささやき、もういっぽうの腕を彼女のひざの下にすべり込ませて軽々と床から抱きあげた。黒い綾織りの喪服地が荘厳な滝のように彼の腕から流れ落ち、セシリアの温かい香りが立ちのぼって鼻腔をくすぐった。

彼はくるりとメイドをふり向き、「氷と布を少し持ってきてくれ」と指示した。

エッタは彼に値踏みするような目を向けたあと、さっと気をつけの姿勢をとった。「はい、ただいま！」形ばかりちょこんとひざを曲げ、ドアから飛び出した。

デイヴィッドはすばやく部屋を横切り、窓辺の革張りのソファにセシリアを寝かせた。後頭部が椅子の肘掛けに触れると、彼女はびくりとし、「いたっ！」と叫んで頭をあげた。

「よしよし、いい子だ」デイヴィッドはかすかな笑みに唇を引きつらせてつぶやいた。そしてすばやく、〝天使の髪のコート〟を脱ぎ、小さくまるめると、細心の注意をはらって彼女の肩のうしろに当てた。「ほら。これで少しはましかな?」セシリアはおっかなびっくり、頭をおろした。「え、ええ」指先をそっとこめかみに当てて顔をしかめる。「ありがとう。わたしは鉛筆を踏んだの?」

ソファの横にひざまずいたドラコートは、せっせとスカートのしわをのばしはじめた。「どうやらそのようだ」彼は答え、彼女の足首が隠れるようにぐいとすそを引っぱった。「ぼくのせいだよ。帳簿をデスクに投げ出したのはじつに軽率だった」

「まあ、わたしがうかつだったのよ」セシリアは言った。ようやく視界がはっきりしはじめ、ふと、ドラコートがどれほど間近にいるか気づいた。彼がすぐ横の床にひざまずき、慎み深く彼女のスカートをととのえている。

セシリアは不安になるのが当然だった。じっさい以前なら、〝ドラコート〟と〝スカート〟の二語を同時に思い浮かべるだけで、嫌悪に身もだえしただろう。だがあの優雅なコートを脱ぎ、クラヴァットと髪を乱した彼は、子供っぽいといってもよいほど無害に見えた。

子爵は顔面蒼白で、意外にも、彼女がころぶのを見て心底ぎょっとしたようだった。もちろん、彼など大嫌いだ。けれど、心配させたいわけではない。セシリアは不意に手をのばし、「本当に、どこも痛めてはいないわ」と言った。「ちょっと手を貸して起こしてくだされば、もうふらついたりはしないはずよ」

ドラコートはとがめるように彼女を見た。「いや、レディ・ウォルラファン、まだ横になっていたまえ」

その有無をいわせぬ言葉に、何かぴしゃりと言い返すべきだった。けれど頭がずきずきし、セシリアはもはや争う気力をなくしていた。とつぜん、自分のもろさを痛感させられた。それにひきかえ、ドラコートは揺るがぬ強さをたたえている。そのとき、セシリアは彼をひたと見つめていたことに気づいた。

不意に、彼が目をそらして首をうつむけ、たっぷりひだがとられた彼女のスカートを見おろした。豊かな黒っぽい髪がはらりと垂れ、セシリアは思わず、めまいがするのも忘れてうっとりと見入った。ふさふさとした、まっすぐな、ほんのわずかに長すぎる髪が、彼の貴族的な顔の骨格をきわだたせている。

彼はひざまずいたまま、黒い綾織りの生地をぼんやりと手の甲で撫でおろした。セシリアは彼の手がひざに落ちるまで、その奇妙なしぐさを見守った。しばし、彼はただじっと彼女のドレスの生地を見つめていた。やがてついに口を開くと、ひどく静かに言った。「彼をほんとに愛していたのか、セシリア？」

「何ですって？」彼女は戸惑い、尋ね返した。

ドラコートは冷たい笑みを浮かべた。「ウォルラファンだよ」と静かに言い、ふたたび彼女の目を見あげた。「きみはもう喪服を脱いだのかと思ってた」

どういうことかはたと気づき、「まあ、このドレスね！」とセシリアはささやいた。「いえ、ちがうのよ。あとでお葬式に行くの」

ドラコートの両目にひそんだ感情が戸惑いに変わった。「葬式？」

不意に記憶がよみがえり、「大変！　遅れてしまうわ！」と叫ぶと、セシリアはぎごちなく上体を起こした。わたしったら、何をしてるの？　こんなところで、ぽかんとドラコートに見とれたりして。

彼はのどの奥で非難がましい音を発したが、それでも腕を貸して彼女を支えた。「ありがとう」セシリアは言った。「すぐに馬車を呼ばないと」

ドラコートが異議をとなえようとしたとき、エッタが小さな湿ったかたまりを手にもどってきた。「いえ、やめて」セシリアはメイドがそれを後頭部に当てようとするのを、手をふってしりぞけた。「氷はいらないわ。馬車を呼んでちょうだい」

セシリアの横にひざまずいたまま、ドラコートがさっとエッタを見あげた。「誰の葬式だ？　どういうことなんだ？」

セシリアはエッタのかわりに答えた。「まあ！　アマースト牧師からわたしの手紙のことを聞いてらっしゃらないの？　ここの若い女性が死体で発見されたのよ、むごたらしく殺されて」

ドラコートはぎょっとした目つきになった。「何だって！　ここでじゃないだろうね？」

セシリアはどうにか頭をふった。「ええ、パール・ストリートでよ。二日まえの晩に」それから、すばやくエッタを見あげた。「キティはもう出たの？」

エッタはうなずいた。「半時間ほどまえに、メグ・マクナマラと」

セシリアはソファに片手をかけて立ちあがった。すぐさま、ドラコートが彼女の腋の下にするりと手を入れ、彼女は思わずそれにもたれかかった。「殺人のことなど聞いていないぞ」彼はもどかしげに言った。「それに、アマーストが手紙を読んだとは思えない。昨日レディ・キルダモアが足首を捻挫《ねんざ》して、彼はめんどりみたいに彼女の世話を焼いているからね」とつぜん、セシリアはげらげら笑いたくなった――頭を打ったせいだ、そうにちがいない。「それって、おかしな比喩じゃないこと？」ドラコートの腕をつかんで身体を安定させようとしながら、彼女は言った。「彼がめんどり？」

ドラコートは顔をしかめた。「話をそらさないでくれ。きみは具合が悪いんだ。ぼくにはきみを無事に家へ送り届ける責任がある」

彼が横柄な口調にもどったのに気づき、セシリアはわれに返った。まったく、ドラコート卿とふざけ合うなんて。この男はさきほど彼女が呼んだとおりのゴミくずにすぎない。「では、わたしを送りたければ、ムアフィールズ経由でお願いします」彼女は落ち着きはらった口調で言った。「あなたのお気に召そうと召すまいと、わたしは葬儀に行くつもりよ」

「葬儀はレディが顔を出す場ではない」彼は穏やかに主張した。「とくにあの界隈《かいわい》では」

「どんな界隈かは関係ありません。それに誰もわたしに気づかないはずよ」

ドラコートの両目が細まった。「それはどうかな、セシリア」

セシリアは声をあげて笑った。「イーストエンドの娼婦のためのミサよ、ドラコート卿」と皮肉たっぷりに言い返す。「あなたのお仲間のハイカラな伊達《だて》男のみなさんが、音楽会と間違えていらっしゃるとは思えません」

そうして一時間もたたないうちに、ドラコート卿はロンドンでも指折りのわびしい広場に近い、湿っぽい、がらんとした教会にやってきていた。彼はアーチ型の天井におおわれた堂内を見渡し、どうしてこんなところに来たのだろうかと考えた。セシリアはたしかに頭を打ったショックから回復したようだった。助けが必要なら、あのメイドがついてくればよかったのだ。彼が紳士ぶって言い張らなければ、まさにそうなっていただろう。

しかし面白いやつだ、あの威勢のいいメイドは。彼女がどこから来たかは一目瞭然だった。コヴェント・ガーデンの女子修道院、つまりは売春宿だ。そうでなければ、次の葉巻は先っぽがくすぶったまま食ってやる。

さきほど伝道所を出るまえに、そのメイドが女主人の豊かな髪を不器用に少しだけふんわりふくらませ、帽子とヴェールを少しだけうしろに載せなおしていた。奇妙にも、デイヴィッドは気づくとその作業に目を――いや、心を奪われていた。一瞬、あの燃えたつような巻き毛を梳《す》いているのが自分の指ならと願ったほどだ。

その奇妙な考えは彼を逆上させた。セシリアが倒れるのを見たときの、あの息がとまるほどの恐怖のあとだけに、なおさらだった。彼はあわてて、彼女を好きでない理由を思い起こした。なぜこれほど長年、彼女を避けてきたかを。

そしてとつぜん立ちあがり、ぶつぶつ言い訳して階下へ逃げ出すと、歩道で葉巻を一服しながらセシリアの馬車を待ったのだった。

かくして彼は今、ここにいる。セント・メアリ・ムアフィールズ教会の真ん中で、セシリア・ロリマー、彼の忌み嫌う女のそばに立っているのだ。高いアーチ型の窓という窓から冬の弱い陽射しが流れこみ、不快にも、そのひと筋がセシリアの無防備な、天使のような顔にまともに当たっている。彼はそっと、視線をさげて見入った。

彼女がどれほど小柄か、すっかり忘れていた。それにどれほど優美で愛らしいかも。思えば彼女の顔をまともに見たのはずいぶんひさしぶりだった。たしかに、初めて会ったときには顔など見なかった。そう、彼は顔よりわずかに下のものに目を奪われたのだ。

いかにも、あんなことになったのは残念だった。彼が今も抱える罪悪感は、彼女の裸体をながめた歓びをはるかに上まわる。とはいえ、じっさい、あれはまたとない歓びだった。あぁ、何としなやかな愛らしい肢体だったことか。しかも、この簡素な黒衣の豊かなカーブを信用できるとすれば、それは歳月とともにいよいよ向上しているようだ。あのこぼれんばかりのふくらみにもういちど触れられるなら、何をやってもかまわな……

いや、だめだ。デイヴィッドはぐっと心を抑えようとした。彼もよく承知しているとおり、男は好きでない女にも欲望を感じるものだ。彼はセシリア・ロリマーが好きではない。彼女は冷酷で辛辣な、口やかましい女だ。しかしときおり、あのすばらしい抱き心地を思い出さずにはいられない。そう、自分自身にさえ認めるのは腹立たしいが、この六年間、正直いって何度も考えた。あれなら生涯の苦痛に耐える価値があったのではなかろうか、と。

だが意外にも、彼はその運命をまぬがれた。彼女は本当に彼を求めなかったのだ。彼のしたことが世間に知れることもなかった。そして二年後、セシリアはせいぜい〝男たらし〟と陰口をたたかれただけで、身分ある立派な相手と結ばれた。

デイヴィッドは——これまで何度もしてきたように——彼女は二倍あまりも年上のウォルラファン卿のどこに惹かれたのだろうかと考えた。それに今、この美しいセシリアは、やもめ暮らしを寂しく感じているのだろうか？　少しは男の慰めを求めているのか？　ジャイルズはどうなのだろう？　セシリアはしじゅう彼と一緒のところを見られているし、彼がかつて彼女に求婚したがっていたのは周知の事実だ。だが、ジャイルズは機を逸した。老ウォルラファンがまんまと跡取り息子を出し抜いたのだ。ひょっとして彼女とジャイルズは恋仲なのだろうか？　しかし、セシリアはすべての誘いを拒んでいるという噂《うわさ》だ。もちろん、純粋に肉体的な意味でだが、あれほどみごとな女らしさが無駄になるのは見るに忍びない。

そう、やはり自分はアマーストに課された馬鹿げた任務を断固やり遂げるべきだ。じっさい、それを避ける紳士的な方法はない。セシリアがよほど大騒ぎしてコールに翻意させればべつだし、現に彼女は大騒ぎしかねない。だがもし、このまま堪えるしかないとしても、いくらか気晴らしにはなるだろう。たしかに、彼女はまだひどく用心深いが、もうおぼこ娘ではない。適度の熱を加えれば、氷のような冷血も溶け、シューシュー沸きたつ熱い流れになるだろう。

そう考えると、信徒席の囲いにかけた手にぐっと力がこもった。デイヴィッドは堅苦しく突っ立ったまま、深々と震える息を吸い、祭壇の奥の暗がりを見すえた。彼女はどれほど手ごわいことか。しかし、これまでどんな女も誘惑できなかったことはない。その気になれば、百発百中だった。

不意に、デイヴィッドは自分の思考が恐るべき方向へ進んでいるのに気づいた。それに今、どこにいるのかに。彼は決して、あの苛々するほど完璧な義兄ほど信心深くはないものの、弔いの場でみだらな空想にふけって神の怒りを買いたくはなかった。そこでしばし思考を中断し、許しを乞う短い祈りをささげた。まさにそのとき、司祭が聖具室からよろよろあらわれて内陣を横切り、とどろくような音で咳払いした。デイヴィッドはほっと安堵《あんど》のため息をついた。

墓前で祈禱《きとう》を唱和したあと、少しだけ残って司祭にたっぷり献金を渡すと、セシリアはドラコート卿をわきに従え、墓地の冷たい暗がりからまばゆい陽射しの中へと踏み出した。こんな忌まわしい午後に太陽が照り輝いているのは、何だか場違いに思えた。気の毒なメアリが旅路の果てに、こんな光を見出したことを祈るばかりだ。

錬鉄のゲートのそばで物思わしげに足をとめ、路上を見渡すと、キティとメグはどちらも姿を消していた。いつの間にかドラコートが手回しよく、広場に残してきた彼女の馬車を呼んでいた。今では馬車は通りのすぐそこで待っている。

彼はそっと、セシリアを歩道の先へと進ませ、御者が気づくのを待たずにドアを開いた。蝶番《ちょうつがい》のキーッという音で現実に引きもどされたセシリアは、はたと、自分の横にいるのが誰かを思い出した。

スカートをひるがえして進み出たとき、彼が謎めいた表情で彼女を見た。「まっすぐ家へ帰るのだろうね、レディ・ウォルラファン？」一緒に行く気はないかのように、高飛車に尋ねた。

セシリアはマントをもう少しぴたりとかき寄せ、彼を――ふり仰ぐように――見あげた。子爵が信じがたいほど長身なのをどうして忘れたりしたのだろう？「いいえ、そうはいかないわ」彼女はついに答えた。「伝道所へもどらなくては。まだいろいろやることがありますす」

ドラコートは不満げだった。「きみは頭を強打したうえに、マダム、とてもつらい午後をすごしたんだぞ」彼は頑固に主張した。「休むのが賢明というものだろう」

セシリアは踏み段をあがって馬車に乗りこんだ。「でも、あなたはあのご立派な馬車を伝道所に残してらしたのよ」シートに腰をおろすと彼をふり向き、苛立たしげにため息をついた。「さあ、ほら、ドラコート――お乗りなさい。わたしは行くつもりよ、あなたのお気に召そうと召すまいと」

ドラコートは厳しい顔つきで踏み台をあがった。「きみはその表現がことのほか好きなようだな。じっさい、無分別なことを山ほどする気だろう」

セシリアは黙って馬車の奥を見すえた。またもや、わけもなく怒りがこみあげるのを感じながら、それを抑える力が出なかった。まったく、わたしはどうしてしまったの？　ドラコートの態度は横暴だが、それは周囲のほかの男たちも似たり寄ったりだ。にもかかわらず、彼のことだけは無視できない。彼はあまりに大きく、間近に感じられた。そばにいるだけで、胸がどきどきして体温があがり、気づくとそのために彼を罰したくなっている。

とつぜん、ドラコートがステッキの金の握りでもどかしげに馬車の天井をたたいた。「進め！」と彼が命じると、馬車はがくりと揺れて動きだした。

セシリアはさっと彼に目をもどした。「うちの御者にあれこれ指図しないでいただきたいわ」

ドラコートは横柄に眉をつりあげ、「きみはペニントン・ストリートへもどりたかったはずだぞ」と冷ややかに応じた。「それには、誰かが指示するしかない」

「ではもっと礼儀正しくして」

ドラコートは優雅そのものの帽子を座席に脱ぎ捨てた。「きみはほんとに喧嘩《けんか》好きだな、セシリア。あれこれ、つっかからずにはいられないんだ」

セシリアはマントの紐《ひも》ボタンをぐいとはずした。「ここへ一緒に来るようお願いした憶えはないわ、ドラコート」そう言いながら、もどかしげにマントを肩から押しやった。「あなたが決めたのよ」

「ならばほかにどうすればよかったのかな、マダム？　きみはあきらかに具合が悪かった。そして、ぼくの評判はすでにきみのせいでじゅうぶん傷ついて――」

「あなたの評判が？」彼女は口をはさんだ。

子爵は冷ややかにさえぎった。「とにかく、負傷した女性を一人であんなゴミためへやって、非紳士的だと思われるのはごめんだよ」

「あなたが来なければ、うちのメイドがついてきたはずよ！」

「だがきみはそうは言わなかったぞ」低く、荒々しい声だった。「まったく、セシリア、ときおりきみは故意にぼくを苦しめたがってるんじゃないかと思うよ」

セシリアは頰がかっと赤らんだのを見られまいと、暗がりに身を引いた。いやだ、なぜこんなに真っ赤になるの？　それも、こんな男のまえで！「あなたにわたしの洗礼名を使う許しは与えていません」彼女は冷たい、静かな声で答えた。

ドラコートは座席のまえへと腰をすべらせ、彼女の鼻先に身を乗り出した。「いや、許してくれたはずだぞ、愛しい人」不気味な猫なで声で言う。「いいかい、ぼくらは一度は天下晴れて婚約したんだ。似合いの恋人同士、と言われたものさ――きみが正気にもどり、ぼくをこのとおりのげす野郎とみなすまではね」

彼はなめらかな動きで長い優美な指をあげ、彼女のあごの曲線をそっと、かすめるように撫であげた。

つかのまだが、穏やかならざる愛撫だった。彼は翳《かげ》に包まれてすわっているにもかかわらず、両目に燃えあがった邪悪な緑の光が見てとれた。口は真一文字にひき結ばれ、瘦《や》せたあごの肌が張りつめている。

セシリアは身震いした。欲望と嫌悪と狼狽《ろうばい》で、骨の髄までぞくぞくした。「わたしを放っておいて、ドラコート」彼女はささやいた。

彼の視線がまっすぐ彼女を貫いた。「なぜ？　どうしてきみを放っておかなきゃならないんだ、セシリア？　ぼくならいろいろ、まともな男にはできないことをしてやれるのに。その気になれば、きみが狂ったように悲鳴をあげて引っ掻こうとするようなことまで。きみも、それを考えてるんじゃないか？」

「わたしは放っておいてと言ったのよ」

だが彼はそう簡単には黙らなかった。「憶えているかい、セシリア？」と、なめらかにささやく。「ぼくが初めてキスしたときのことを。舌をその口に深々と差し入れて。ぼくは憶えてるよ。ああ、もちろん。なぜって、今でもそれを証明する傷跡がうなじの下に残っているからね」

渦巻く敵意が今にも嗅ぎとれそうだった。彼にこれほど激しい感情を示されようとは、セシリアには思いもよらないことだった。なぜだろう？　この六年間、ドラコートは彼女に冷たい侮蔑《ぶべつ》いがいのものはいっさい示さなかったのに。

ふと彼の近さに不安をおぼえ、セシリアはさらに座席の隅へと身を引いた。彼はうんざりした顔で、ふたたび手をあげた。どうやら、帽子を取りあげようとしたようだ。だが揺れ動く光の中で、セシリアは愚かにもその動きを誤解した。「もうさわらないで！」すくみあがって、かすれ声で言う。

ドラコートの張りつめた顔が怒りに燃え、それからとつじょ、さめた侮蔑の表情になった。「きみがこの世で最後の女でも願いさげだよ」彼は両目を細めてささやいた。「もう一度きみに触れるくらいならこの手を切り落とし、安物のジンの樽《たる》にでも漬けたほうがましさ」そのとき、とつぜん馬車がぐらりと傾き、ビショップスゲートへとカーブを切った。不意をつかれたセシリアは、壁にたたきつけられ、あやうくボンネットを落としそうになった。片手で扉にしがみつき、もういっぽうの手でさっと帽子をつかんだ拍子に、どうしたものか、頭のこぶをしたたかに打ってしまった。

「いたっ!」彼女は悲鳴をあげた。ボンネットが片目の上にずり落ち、さぞや間抜けな姿だったにちがいない。ドラコートの口元があやしげにピクついたかと思うと、彼はあの罪深い唇にこぶしを押し当て、すばやく窓へと目をそらした。

辛辣な言葉がセシリアの舌の先まで飛び出した。けれどそのとき、窓の向こうの歩道をキティ・オゲーヴィンがとぼとぼ歩いているのが見えた。大きすぎる灰色のマントが痩せた肩からずり落ちている。だがその下には、機転のきくミセス・クインスが用意した一応まともな黒い毛織りの服を着ていた。そのすそをでこぼこの玉石の上に引きずりながら、キティは首をうなだれ、背中をまるめて南の伝導所へと歩いていた。

セシリアはすぐさま、馬車をとめさせて窓をおろした。「まあ、一人なの?」彼女は尋ねた。「ミス・マクナマラと一緒かと思っていたわ」

キティの顔に、うしろめたげな表情が浮かんだ。両目がさっと通りの向かいの薄暗い路地の入り口に向けられる。「メグはおっかさんに会いたかったんです」キティは赤くなった鼻を手の甲でこすりながら言った。「夕方まで外出許可が出てるから、かまわないだろうって」

セシリアは背筋がぞくぞくするのを感じた。しかし思えば、メグやキティのような娘たちには、ここはなじみの界隈なのだ。セシリアは無理やり笑みを浮かべた。「彼女が暗くなるまえにもどれば、ちっともかまわないわ。でもあなたは？　一緒に乗っていかない？」

キティは首をふり、「いいえ、奥さん」と、わびしげに言った。「二人のほうがいいんです」

セシリアはうなずいた。馬車がまた揺れながら進みだし、光と影がドラコートの顔面をちらちらとよぎった。

「さあ、また二人きりになった」彼は猫なで声で言った。「きみはぼくから逃げられないぞ」

「少しのあいだよ」セシリアはきっぱりと言い、彼の目から視線をそらした。

「まる三カ月間だ」彼はささやき、にやりと笑った。「長い長い……三カ月間さ」

セシリアはキッと、挑むように彼を見すえた。「ではせいぜいお楽しみなさい、この傲慢な人でなし。おかげであなたの人格が向上するかもしれないわ」

と、ドラコートは不可解きわまることをした。不意に、首をのけぞらせて笑いだしたのだ。思いがけないほど太い、豊かな声を響かせて。

彼は笑い続けた――ビショップスゲートを進み、ハウンズディッチを通り抜け、港湾地区に入るまで、馬鹿のようにひとり笑い続けていた。

その夜、セシリアは小さな居間でひとり、冷たいハムとアスパラガスの食事をとった。ジャイルズを誘うこともできたはずだし、現に彼は父親の死後、ちょくちょく彼女と食事をともにしてきた。だが今夜は気がかりなことが山ほどあった。そのくせ、一人でいると不安でならず、説明のつかない寂しさを感じた。

なぜだろう？　セシリアは一人ぼっちには慣れていた。結婚後も、夫はしばしば政務で家を空け、こちらもそれに不服は唱えなかった。二人は恋愛感情で結ばれたわけではないからだ。セシリアの知るかぎり、ウォルラファン卿が彼女と結婚したのは、たんに腕にすがらせる若い妻をもつため。そして彼女が結婚したのは、家族がほしくてならなかったからだ。

それで？　少なくともいっぽうは、望みどおりのものを手に入れた。だが奇妙にも、今夜はこの優雅な新居、ほかならぬ彼女の自立のシンボルが、だだっ広い、空疎な、それでいて名状しがたい閉塞感のある場所に思えた。食後、セシリアは部屋から部屋へとぶらつきながら、この落ち着かなさはメアリ・オゲーヴィンに関する心痛のせいだと考えようとした。けれど、それが原因の一部にすぎないことはわかっていた。

セシリアは世間知らずではあっても、愚かではない。ドラコートのかきたてる感情の正体に、うすうす気づきはじめていた。あの手の男に向けるのは、悪趣味な浪費としかいえない感情だ。ああ、なぜ彼なの？　なぜあんな悪党のために顔を真っ赤にしたりするのだろう？　今は亡き夫、彼女が喜ばせたかった善良な男には、何の魅力も感じなかったのに。

かつて社交界ですごした唯一のシーズンに、美貌で知られる多くの若者たちに求愛されたセシリアは、誰にも心を惹かれなかった。にもかかわらず、混み合った舞踏室の向こうからドラコートが燃えるような緑の目で見つめているのに気づいただけで、全身の肌が熱く火照ったものだ。

初め、彼は故意にセシリアを苦しめた。それも、ごく慎重に。たとえばワルツのさなかに、流れるような優雅な動きでかたわらを通りすぎ、パートナーの肩ごしにちらりと彼女を見て、あの謎めいた、物憂い笑みを浮かべる。おびき寄せ、からかうような目つき――きみが慎みさえ捨てれば、みだらな悦びをたっぷり教えてやるよ、といわんばかりの目で。

そんな男らしい魅力をふりそそがれて、セシリアはじっさい、みだらな気分になった。まるで誰かべつの奔放で無節操な女、彼女自身の熱い肌の中にとらわれた、彼女には理解しがたい欲求と感情をもつ、未知の女になったように。こちらが無視すると、彼はさらに圧力を強めた。そしてすぐに、いたるところに顔を出し、彼女のひじの下に手をすべり込ませ、彼女の耳にささやきかけてきた。ただのダンスの誘いが、あの低い官能的な声にかかると、もっとはるかに危険な誘惑に聞こえた。

セシリアは当時、彼が自分を追いまわすのは、たんに傷ついたプライドをなだめるためだと考えた。すると怒りがこみあげた。彼女はその怒りを楽しみ、義憤を込めて炎のようにかきたてた。でも、それはなぜ？

セシリアはうなだれた。なぜなら彼女はまだ若く、ぞっとするほど無知だったから。そして真実よりも怒りのほうが、はるかに直視しやすかったからだ。彼女は残酷なほど冷ややかに、彼のあらゆる申し出を拒み、ついに彼を追い払うことに成功した。するとようやく、胸の鼓動が落ち着いた。ようやく、正気にもどったように思えた。

ウォルラファン卿があらわれたときには、安堵すら覚えたものだ。彼は地味で温和で、退屈にさえ見えた。つまり安全に。彼女の父親や兄やドラコートとはちがう、頼もしい大人の男。彼女を導き、脅威に満ちた世界を歩ませ、彼女が切望していた子供たちに、名誉ある名前を与えてくれるはずの男だ。そこで、セシリアは彼を受け入れた。

だがそれがドラコートのプライドを傷つけたのだろうか？　あちらは彼女を苦しめる気はなかったのかもしれない。あるいは——ひょっとして——彼はただ、和解を申し出るつもりだったとか？　さきほど彼の内に感じた激しい怒りを思うと、その考えがさほど唐突とは思えなかった。もちろん、ドラコートがかつて彼女を辱めたのは事実だ。だが大人になった今にして思うと、セシリアは知らず知らずのうちに、相手の罪を上まわる報復をしていた気がする。

それにしても情けないのは、いまだに彼の一瞥《いちべつ》、ほんのひと触れで興奮させられてしまうことだ。さらに悪いことに、彼は自分の力を心得ている。ああ、そう、彼は知っているのだ。恥ずかしいことに、彼女はいまだに、彼の差し出す多くのみだらな悦びを想像せずにはいられない。そして、慎みを捨てることを考えてしまうのだ。そうすれば、いったいどんな……

いいえ、だめ。たとえ誰も見ていないわが家に一人きりでも、そんなことを考えるのはもってのほかだ。

セシリアはふと、客間の真ん中に立っているのに気づき、どうしてこんなところにいるのかといぶかった。とはいえ、使用人は少ししか置いていないし、今夜は執事のほかはみな早めに休ませたから、あてどない徘徊《はいかい》を見咎《みとが》められる心配はない。彼女は静かに絨毯《じゅうたん》の上を進むと、書棚からあれこれ本を引き出し、ふたたび押しこみ、今度はアンティーク磁器のコレクションを必要もないのに並べなおしにいった。最後に書き物机のまえで立ちどまり、今日の郵便物をざっとしらべた。仕立て屋からの法外な請求書と、社交シーズンにロンドンへ来るというハリーの妻からの短い手紙だけだった。

気の毒なハリー！〝あわてて結婚し、ゆっくり悔やむ〟のいい例だ。セシリアは手紙を机に投げ出した。兄夫婦の結婚生活はみじめだが、義姉にはあまり同情できなかった。ジュリアはかつて、セシリアをホリーヒルから追い出して結婚させようと懸命だった。どんな結婚でもかまわないようだった。悪名高いドラコート卿を捨てたセシリアには、高望みはできないと信じていたからだ。だがウォルラファンの思いがけない求婚を知るや、ジュリアは自分の性急さを悔やみはじめた。

でもまあ、彼らが来たいなら来ればいい。どうでもよいことだ。ほとんど無意識に、セシリアはまたぶらぶら歩きだしていた。ちょうど客間の戸口へ来たとき、誰かが玄関のノッカーをつかんで猛然とドアをたたいた。執事のショウが音もなく暗がりから進み出て、玄関広間を横切った。

セシリアは暗闇にたたずんだまま、あの風変わりな警察官、ド＝ローアンがすばやく入ってくるのを見守った。彼が帽子を脱いでふり向き、外に残った誰かに厳しい口調で指示すると、一匹の巨大な黒い犬――おもにマスチフの血統のようだ――が戸口のわきにどさりとすわり、垂れさがったあごの奥から吐息をもらした。

ド＝ローアンはおおむね以前と同じ服装で、ショウが苦もなく品定めしているのが見てとれた。警部は長身の人目をひく容貌で、自信に満ちてはいるものの、あきらかに上流の紳士ではない。高貴な伯爵夫人の館へ通されるとは思えなかった。

苛立ちまじりの好奇心に駆られ、セシリアは進み出た。「ミスタ・ド＝ローアンのご用件をうかがうわ、ショウ。ありがとう」

執事は如才なく一礼し、するりと奥へ引っこんだ。セシリアはしばし、思いがけない客人に目をこらし、「どうやら、警部」と静かに言った。「吉報を伝えにいらしたわけではなさそうね。客間へお入りになりません？」

「いえ、結構です」ド＝ローアンはひどく居心地が悪そうだった。「夜分にお邪魔して申しわけない。しかしさきほど、もう少し話を聞こうと伝道所を訪ねたところ、ミス・マクナマラが行方不明のようなのです」

「行方不明？」セシリアは鋭く問い返した。「メグは母親を訪ねていたはずよ。たんに帰りが遅れているのではないかしら？」

ド＝ローアンはかぶりをふった。「彼女の母親はたしかに、ホワイトチャペルの酒場で働いています。だがメグはもうひと月以上もそこには行っていません」彼はふうっとため息をついた。「じつのところ、レディ・ウォルラファン、行方不明の娼婦など水上警察の知ったことではない。あなたをわずらわせるような問題でもありません。しかしながら、ミセス・クインスは逆上しきっておりまして。あの娘の所在について、あなたが何かご存知ではないかというのです」

にわかに懸念を深め、セシリアはひたと彼を見つめた。「たしかに午後には彼女を見ましたが、警部、残念ながらお役に立ちそうなことは知りません。でも何が問題なの？　あなたはひどく心配なさっているようだわ」

「鋭いかただ」警部はそっけない笑みを浮かべた。「このまえ話したとき、メグが何か隠しているように思えたからですよ」

「隠している？」

「あの下町女らしい図太さの裏で、メグ・マクナマラは怯《おび》えきっていた。そして、われわれにろくに何も話そうとしませんでした」冷たい隙間風が広間を吹き抜け、セシリアを震えあがらせた。ド＝ローアンは厳しい目つきで、顔をこわばらせている。

「では、どうなさるの、ミスタ・ド＝ローアン？」彼女は小声で尋ねた。「わたしはどうすべきかしら？　何でも言ってくだされば、そのようにします」

ド＝ローアンは首をふり、くるりと背を向けてノブをつかんだ。「いや」と静かに答える。

「現時点では、誰にもあまりできることはありません。だがもし彼女がもどったら、すぐに知らせてください」

「ええ、もちろん」セシリアは同意した。

ド＝ローアンはドアを開け、夜の闇の中へと踏み出した。すかさず、石段の上でまるまっていた大きな黒い生き物が立ちあがる。

「すてきな犬！」セシリアは言った。「本当に、外に置いていらっしゃらなくてもよかったのに」

まるで彼女の言葉が通じたように、マスチフ犬は尻尾をバサバサふった。ド＝ローアンはいっぽうの眉をつりあげて驚きらしきものを示し、かすかな笑みを浮かべた。「それは痛み入ります」と応じると、彼は犬に向かって指を鳴らして静かに言った。「さあ、魔王《ルシフェル》！ 行く《ヴィアン・キ》ぞ！」

# 4 ドラコート卿、英雄的ふるまいに出る

「ああ！」彼女はささやいた。「デイヴィッド……！　もっと強く……もっと！　ええ――そんな感じよ。まさにそこ。あ、そうそう！　あなたはほんとに上手ね！」

デイヴィッドは姉のストッキングに包まれた足をどさりと寝椅子の上に落とした。「ちくしょう、ジョニー、ぼくの話をぜんぜん聞いていないな！」

ジョネットは枕の山の中から頭をもたげ、ふくれあがった腹の向こうの弟を見た。「あら、聞いてるわ！」と、なだめすかすように言う。「いいから足をさすって、デイヴィッド。そのほうがじっくり聞けるのよ」

デイヴィッドは彼女が従僕に指示して寝椅子のわきに置かせた椅子にふたたび背をもたせかけ、「きみには夫がいるんだぞ、ジョネット」とぶつぶつ言った。「彼に足をさすらせろ。結局のところ、きみの苦痛に責任があるのは彼なんだ、ぼくじゃない」

ジョネットは口をとがらせ、ふわふわの羽根枕にどさっと頭をもどした。

デイヴィッドは片手で苛立たしげに髪をかきあげた。「とにかく、今も言ったように、ジョネット、彼女をあんな場所に行かせておくのはもってのほかだ」彼はぐっと身を乗り出し、嘆かわしげなジェスチャーをした。「考えてもみてくれ！　あんな身分の女性が毎日、薄汚れた港湾地区の貧民窟を歩きまわるとは！　コールはぜったい、どうかしてるよ！」

ジョネットは頑として反対側の足をあげ、彼のまえに突き出した。忍従のため息とともに、デイヴィッドはそれをひざの上に引き寄せた。「できれば、腫れた足首もお願いね」ジョネットはうながし、つま先でそっと彼を小突いた。

デイヴィッドは思わずのけぞった。「うわっ、ジョネット！　それは苦手なんだよ！」

「じゃあさすって！」彼女は命じた。

「よし！　きみの使用人たちをここへ乱入させよう！」

「五人も子供を生むとね、何を見られても平気になるの」ジョネットは言った。「さて、その伝道所の件にもどりましょ。あなた、コールにあそこへ送りこまれたのが苦痛じゃないの？　真っ先にそれを訴えそうなものなのに」黒い眉をつりあげ、探るように彼を見つめた。「あなたはかんかんに怒ってるはずよね？」

デイヴィッドはしばし、両目をぱちくりさせ、不意に表情を変えた。「ああ、もちろん」と、腹立たしげに言う。「コールは何のつもりだったんだろう？　つまり、彼が変わり者の学究肌の男なのはわかっているが……ぼくがあの赤毛の厄介者にどんな目に遭わされたか、どうして忘れたりできたんだ？」

ジョネットは同情しきった顔を装った。「まったくね！　どうしてコールはそんなに思慮のないことができたのかしら？」

デイヴィッドはつと姉の目から視線をそらし、ふたたび彼女の土踏まずに巧みに指をすべらせはじめた。「しかも、最悪なのはそのことじゃない」とぶつぶつ言った。「あの執念深い女がぼくにどんな暴言を吐いたか、ジョニー、きみはきっと信じられないぞ」

「気の毒に！」ジョネットは小さく舌打ちした。「この協定からあなたを解放するようコールにせまってみましょうか？」

デイヴィッドの頭がぱっとあがった。「やめてくれ！　そんなのは非紳士的だ」

「わたしがあなたのために頼んでも？」ジョネットは首をかしげて彼をしげしげと見た。

「それはとくにだよ！」彼はとつぜん、知的な緑色の目を細め、入念に彼女の足を揉みほぐしはじめた。「いやね、ジョネット、やっぱりコールはぼくを困らせようとしてこんなことをしたんじゃないかと思うんだ。あんな仕事にこれほど不向きな男は考えられないからね。だがそれをセシリア・マーカム＝サンズだかロリマーだかに認めるのまっぴらだ。彼女の名前が何であろうと」

「あら、それならロリマーよ」ジョネットは穏やかに言った。「彼女はウォルラファン卿と結婚したんですもの、憶えてるでしょ」不意に、デイヴィッドの指が深々と食いこみ、ジョネットは「いたっ！」と叫んで足を引っこめた。

なぜか、彼女の弟は顔を赤らめた。「ごめん！」と叫んだ声は、うかつな行動がばれたときのロビンとそっくりだった。

ジョネットはどうにか上体を起こしてすわり、弟のほうに身を乗り出した。「ねえ、デイヴィッド、どうして何を悩んでるのかさっさと話してくれないの？　原因は昔の恋人のつまらない侮辱なんかじゃ――」

「彼女は決して恋人じゃなかったよ、ジョネット」彼はさえぎった。「じっさい、ぼくのような男には触れられたくもないと断言された」

「でも、それで悩んでるわけじゃないのね？」ジョネットは巧みにかまをかけた。弟が黙ってにらみつけると、自分で答えた。「そう、もちろんちがうわ。けれど何かが気になっている。それを話してくれないつもり？　あなたが先週言ったように、わたしたちのあいだに秘密はないはずよ」

「ちょっと心配なだけさ」彼はぶっきらぼうに主張した。「いくらレディ・ウォルラファンが嫌いでも、ぼくは今や彼女の安全に責任があるからな。イーストエンド、というよりあの周辺はどこも、危険でいっぱいだ。ぼくの知るかぎり、紛争地帯も同然さ。すでに殺人事件まで起きている。庇護を求めて伝道所にきた哀れな娘が、まともな理由もなく路上で刺し殺されたんだ」

ジョネットは軽く眉をつりあげた。「その件について、ずいぶんくわしいみたいね」

「そりゃ、誰かが知っていないと。きみのご亭主が行ってしまうつもりなら！」デイヴィッドは口元を引きしめた。「じつは葬儀のあと、ハイ・ストリートの庁舎に治安判事を訪ねてみたんだよ。ところがそいつはひどい間抜けで、娼婦の死亡事件に割く人手はないとかぶつくさこぼしはじめた。遺体を見つけたのは水上警察の情報提供者だから、彼らがどうにかすべきだと思ってるらしい！」

「ほんとに？」

「ああ。それにたしかに、そのほうがはるかによさそうだ」デイヴィッドは息巻いた。「少なくとも水上警察の連中は有能で、勇猛果敢だと言われているからね。だが治安判事には、今の地位にとどまりたければ今後も調査の責任をとれと言ってやったよ。さもないと、内務省の猛犬どもをけしかけてやるとね。ピール大臣（警察制度の改革で知られる政治家。のちに首相）は喜んでぼくの願いを聞き入れてくれるさ、まさにこの手の混乱と人手不足を改革しようとしてるんだから」

「おやまあ、デイヴィッド！」ジョネットは叫んだ。弟の脅しが口先だけでないのはあきらかだった。ひとたびその気になれば、彼の影響力は絶大なのだ。「結局のところ、うちの夫の目に狂いはないのかもしれないわ」

「何だって、ジョネット」デイヴィッドは仰天したようだった。「どういう意味かさっぱりわからない」

ジョネットはにやりと笑った。「まず最初に、あなたはレディ・ウォルラファン――あなた自身の訴えによれば、大嫌いなはずの女性のことが心配でならないという。そして今度は、面識すらない若い娼婦の死を気にかけて、内務大臣のかわりに説教をしてるのよ！」

デイヴィッドは鋭い目で姉をにらんだ。「いったい人を何だと思ってるんだ？　きみの陰険な亭主にこんなみじめな仕事を押しつけられたとはいえ、ぼくは断固、きちんと調査をさせるつもりだ」

ジョネットは弟らしくもない、厳しい口調に気づいた。「じゃあその娘が殺されたのは、ただの偶然じゃないかもしれないというの？」

デイヴィッドはいつになく物思わしげな顔で、「まさかとは思うが」と、とつぜん静かになった声で続けた。「しかし、売春の邪魔をされたくない連中——たいそう不快な連中がいるのはたしかだ。誰かがコールの仕事にケチをつけたがっている可能性も否定しきれない。彼はそれを考えてみたのかな、ジョネット？　どうだろう？」

「さあ、どうかしら」彼女はなだめるように言った。

「じゃあ誰かが考えるべきだ」デイヴィッドは不意に言葉を切り、整った顔を疲れきったように撫でた。「といってもじつは、ぼくもリージェント・ストリートより東ではろくに道もわからないのさ！　自分がいかに庶民の暮らしに無知か気づきはじめたところだよ」

「でも一理あるわね」ジョネットは少なからず不安になっていた。「ねえ、あとでコールと会ったら、今の話をそっくり話してみて」

「もちろんさ」デイヴィッドは答えたが、姉を心配させたことを後悔しているような口ぶりだった。

ジョネットはなかば上の空で身を乗り出し、彼のクラヴァットのひだをととのえはじめた。「それとね、ダーリン」薄い平織りの生地を仕上げにぐいと引っぱって、考え込むように言う。「あなたの近侍は働きすぎじゃないかしら。そうだ、わたしが新しい人を見つけてあげるから、明日にでもプリングルに長い休暇をやるといいわ」

「新しい近侍？」デイヴィッドは不機嫌に言った。「いやはや、ジョネット！　どうして新しい近侍なんかいるんだ？　プリングルは十年以上もぼくに仕えているんだぞ」

「そしてその間、一度も休暇をとっていないはずよ」ジョネットはオーバーに顔をしかめた。「あなたはほんとに利己的ね！　プリングルをすぐにも休ませるべきよ。彼をブライトンへ行かせなさい！　あるいは湖水地方にでも」

「あいつがいないと困るんだよ！」

ジョネットは肩をすくめた。「ちょうど、ラノック卿にささやかな貸しがあるのよ。エリオットは今、スコットランドに帰っているわ――ほら、うちの母の遠縁だったでしょ。ところがあいにく、彼の近侍はオクスフォード・ストリートより北へは行かない主義なの」

デイヴィッドは腹立たしげに彼女を見た。「ああ、わかったよ！　たしかにプリングルは休暇を与えられて当然なんだろう。だがほかの男に来てほしいとは思わない。とりわけ、黙って主人についていかないようなやつには」

「でもエリオットの近侍はすごく有能らしいのよ、つまりその……あらゆる方面で」ジョネットは漠然と言った。「さっそく彼をカーゾン・ストリートへ派遣させるわ。もちろん、一時的にね」

デイヴィッドの緑の瞳がきらりと光った。「よけいなお世話だよ、マダム！」

ジョネットはさらに身を乗り出し、そっと弟の頬を撫でおろした。「デイヴィッド？」

「何だ？」彼はぶっきらぼうに答えた。

「いいからわたしを信じて、ね？」

デイヴィッドがなおも抵抗する気だったとしても、まんまと出端をくじかれた。メイドのアグネスがドアから首を突き出し、屋根裏部屋から旅行鞄《かばん》が運びおろされて、小間使いが荷造りの指示を待っていると告げたのだ。

ジョネットはそそくさと屈みこんで靴をはきはじめた。「それじゃ、いいわね、デイヴィッド！」と、警告するように言う。「わたしたちの留守中、息子たちから目を離さないでね。とくにロビンには注意して！」もういっぽうの靴をすばやくはくと、悩ましげに彼を見あげた。「あの子は近ごろ、〈子羊と旗《ラム・アンド・フラッグ》〉亭でさいころ遊びにうつつを抜かしているわ。それをコールに知られないようにしたいの」

デイヴィッドは立ちあがって手をさし出した。「ああ、いいとも」

ジョネットはどうにか立ちあがり、「それにスチュワート！　ぜひともあの子を従兄のエドマンドから遠ざけておいて！　あの役立たずの悪党が昨日、あつかましくも訪問カードを置いていったの！」

「いいとも、エドマンドの件は引き受けた」デイヴィッドはきっぱり請けあった——少なからず楽しげに。

ジョネットは弟の腕に大儀そうにもたれ、ドアへと歩きはじめた。「ああ、それとデイヴイッド！　スチュワートのフェンシングのレッスンを続けてもらえない？　チャーリーがあなたに舞踏室の鍵を渡してくれるはずよ」

「ああ、いいとも」デイヴィッドはこれで三度目の返事をしながら、彼女をそっと廊下へ連れ出した。

階段の下に着くと、ジョネットは彼に軽くキスした。「さあ、コールのところへ行って。弟をそこに残してメイドの腕にもたれると、ジョネットは階段をあがって自分の部屋にもどった。そしてドアが閉まるや、メイドをふり向いた。「アグネス、今すぐレディ・ドラコートに手紙を届けてもらえる？」

「カーゾン・ストリートのお屋敷に？」アグネスは興味津々で尋ねた。「はい、もちろん」

ジョネットは窓辺の書き物机のまえに飛んでゆき、筆記用紙をすばやくとり出した。「成功は目前です」ぶつぶつ読みあげながら、ペンを走らせた。「お屋敷の使用人たちに暇を出し、ご用意ができしだいケンブリッジシャーのわが家へお越しください……」

コールとの二時間にわたる打ち合わせのあいだ、デイヴィッドの脳裏にはたえず姉の奇妙な忠告がちらついていた。彼はほとんど誰の指図も受けない男だが、姉にさからうことには常に消極的だった。ときおりひそかに思うのだが、ジョネットには魔力があるようなのだ。たしかに、キャメロン一族は代々、多くの者がそれを持ってきた。おかげで二人がイングランド人に火あぶりにされたほどだ。

しかし、デイヴィッドには未来は予知できなかった。もしもできれば、家路を急いでいただろう。だが彼はブルックス・クラブに寄って《タイムズ》紙を読み、友人たちと遅めの昼食をともにした。彼らとすごすのはなぜか退屈で、会話も妙にくだらなく思えた。にもかかわらず、そうして故意に帰宅を遅らせたあと、カーゾン・ストリートの屋敷へもどったときには、どうしたものか、プリングルを次の郵便馬車でブライトンへやる気になっていた。

まずは、母親とお茶を飲もうと〈青の間〉へ向かいかけたとき、シャーロットが母親の車椅子を押して廊下を階段のほうに進んでゆくのが見えた。「母上？」彼は鋭く叫んだ。「シャーロット？　お茶を飲まないんですか？」

シャーロットはつと足をとめ、老婦人の車椅子をくるりと回転させた。「まあ、デイヴィッド！」二人は声をそろえて言った。まさにそのとき、従僕の一人が重たげな旅行鞄を担いでシャーロットの背後の階段をおりてきた。

「母上――？」デイヴィッドは仰天して旅行鞄を見つめた。「それはあなたの荷物ですか？」

「あら、いえ、まさか」レディ・ドラコートはぶつぶつ言い、首をのばして柄付き眼鏡《ロルネット》をあげた。「あれはプリングルの鞄でしょう」

「プリングルの――？」デイヴィッドは彼女をまじまじと見た。「彼はいったいどこへ行くつもりなんです？」

レディ・ドラコートはあきらかに落ち着きを失っていた。「さあ、ブライトンだったと思うけど。レディ・キルダモアが手紙をくださって……」

デイヴィッドは苦りきった顔でにらんだ。「ほう、彼女が?」

彼の母親は柄にもなく後悔しているようだった。「まあ、ええ。でもあなたが行かせたくなければ……あら、でも忘れていたわ! もうかわりの人がきているの」

「代わりの――?」

「ええ、そう! それはもうすてきな人で……キャンベル? ケンドールだったかしら?」

レディ・ドラコートは混乱しきったか弱い老女を装った。デイヴィッドはだまされなかった。肉体的には衰えても、彼の母親は研ぎたてのカミソリのように鋭いのだ。

「ともかく」シャーロットが明るく口をはさんだ。「彼はまっすぐ上へ行ったわ」

デイヴィッドはぎくりとした。「上のどこへ? 何をしに?」

レディ・ドラコートが華奢《きゃしゃ》な肩を優雅にすくめた。「あら、あなたの着替えの間にですよ。いろいろ……整理するとか言って」

そのとき、またべつの従僕と旅行鞄の隊列を引きつれ、いつもより十歳は若く見えるプリングルがはずむように階段を駆けおりてきた。彼はレディ・ドラコートの車椅子の背後をまわると、足をとめてデイヴィッドの手を両手で握りしめた。「ああ、感謝します、旦那様!」近侍は熱を込めて言った。「では六月一日にまたお会いしましょう!」

気づくと彼は消えていた。続いておりてきた二人の従僕は、注意深くバランスをとって荷物を担いだまま階段の下で立ちどまり、尋ねるようにデイヴィッドの母親を見た。

またもやうしろめたげな表情で、レディ・ドラコートは手をふった。「それは玄関広間に置いて、ヘイニーズ。わたくしの馬車が着くまで、しばらくかかりそうですから」

デイヴィッドはもう何も尋ねようとはしなかった。あきらかに、シャーロットと彼の母親は出かけるつもりだ。たぶんダービシャーの領地へ。だが当面、それよりはるかに火急の問題がある。誰かが——赤の他人が——彼の服をつつきまわしているとは！　もってのほかだ！

ミスタ・ジョージ・ジェイコブ・ケンブルは、例のもっとも恐るべき人種、すなわち当世風の優雅な近侍だった。たしかな保守的嗜好と分別をもつ彼は、無知なやからを支え、啓発するのが現世における使命と心得ている。あいにく、彼の見るところ、地上は無知なやからであふれ返っていた。

どんな不屈の意志が待ち受けているかわかれば、ドラコート卿もあれほど決然と部屋へ急いだりはしなかったろう。だが彼は何も知らずに、静かに寝室を横切り、疑念たっぷりに着替えの間をのぞいた。

彼は物音ひとつたてなかったはずだ。にもかかわらず、室内の男は目下の仕事——子爵のクラヴァットを慎重に品定めしているようだ——から頭もあげずに話しかけてきた。「何かご用で——？」高らかな、歌うような口ぶりだ。それから、深いトパーズ色の目をあげてデイヴィッドを見つめた。細身の、整った顔だちの年齢不詳の男で、ブルックスの会員の誰もが羨みそうな非の打ちどころのない服装をしている。

「きみはいったい何者だ?」デイヴィッドは問いつめた。

「わたくしは」男はさっと片手を広げた。「ケンブルでございます」

デイヴィッドはすっかり相手のペースに呑まれ、どうしたものか、少々気おされていた。

「ほう?」と、かろうじて応じる。

相手はすぐさま仕事にもどり、デイヴィッドのクラヴァットをわきに置くと、衣装戸棚を掻きまわしはじめた。「毎週、木曜の晩と日曜日はお暇をいただきます」と歯切れよく言った。「それについてはお聞き及びで?」

「いや、正確には」にやりとしそうになるのをこらえ、デイヴィッドは心得顔で男をながめまわした。「盛んな社交生活のためかな?」

「いかにも」ケンブルはしばし手をとめ、デイヴィッドのお気に入りの乗馬服の生地に指を走らせ――眉をひそめた。

「ぼくの上着が気に入らないかい?」デイヴィッドは軽やかに言い、もう少しだけ戸口のそばへ踏み出した。

ケンブルは上着をざっと指のあいだですべらせたあと、てきぱきとチョッキの棚へ移った。「まあいいだろう、無難なチョッキと組ませれば」ほとんど上の空でつぶやき、「それについて何かご不満でも?」

「いや、べつに」デイヴィッドはなめらかに答えた。「ただ、きみがなぜぼくの着替えの間を引っかきまわしているのかよくわからない」

ケンブルはさげすむようにちらりと彼を見た。「用命されたのですよ、子爵。わが主《あるじ》、ラノック卿の屋敷に、至急こちらへ赴くようにとの書状がまいりました」

デイヴィッドは思わず目をむいた。「至急？　レディ・キルダモアはなぜぼくに至急、助けが必要だと――」

ケンブルの恐怖のあえぎが彼をさえぎった。「おお――これは――何と！」近侍は叫び、食いつかれでもしたように手を引っこめた。

「何だ？」とデイヴィッド。

ケンブルはデイヴィッドのいちばん新しいチョッキをひっつかみ、無遠慮にほかのものから引き離した。「おそらく子爵、理由はまさにこの手の……悪趣味《マンク・ド・グー》です！」非難がましくチョッキを振りあげて言う。

だがハーロウ校でフランス語の授業の大半を眠ってすごしたデイヴィッドには、自分が侮辱されたことしかわからなかった。「何が言いたいんだ、え？」彼は食ってかかった。「そのチョッキは大流行のものなんだぞ！」

「そうかもしれません、大馬鹿者にとっては」シラミでもわいているかのように真紅のシルクを親指と人差し指でつまみ、ケンブルはぶつぶつ言った。

「その色は〝カラスの血〟と呼ばれてるんだ！」デイヴィッドは不機嫌に言った。「それにぼくは気に入っている！　手放す気はないぞ」

ケンブルはその目ざわりな服をチョッキの列の奥深くに突っこむと、くるりと新たな雇い主をふり向いた。「では、お互いはっきりさせておきましょう、ご主人様」またもや横柄に手を振りあげ、断固たる口調で切り出した。「わたくしにも守るべき評判があります。ここで働くことには同意しましょう。だがそのかわりあなたにも、めかしたてたごろつきさながらの姿で出歩いたりしないと同意していただきます。それだけは我慢なりません！」

「我慢ならない？」デイヴィッドは着替えの間にすっかり足を踏み入れ、腰に手を当てた。

「おい、いいか、きみ――」

ケンブルはじろりと彼をにらんだ。「いや、そちらこそ、いいですか」皮肉たっぷりにやり返す。「男の生涯にはいずれ、ふらふら流行を追うのをやめるべきときがきます。ある年《と》齢《し》になったら、控えめな色のほうがよいことに気づかねば――」

「年齢《とし》？　年齢《とし》だって？」デイヴィッドはこれほどひどい侮辱を受けたのは初めてだった。

「おい、こら、ぼくは老人じゃないぞ！」

と、不快にも、ケンブルはさらに近くへ身を乗り出した。落ち着きはらって冷たい指先をデイヴィッドの目尻に当て、皮膚をこめかみのほうに引っ張り、ぱちんと放した。「カラスの爪跡ですな」と気取りかえって言う。「あなたは少なくとも三十三歳でしょう」

デイヴィッドは愕然《がくぜん》とした。相手の言葉より、そこに悪意がまったくないことに。いや、彼はまだ三十二歳だ！　少なくとも、あと数カ月間は。だが、それが顔に出ていようとは……。

疑念がどっと押し寄せた。たしかに、近ごろやたらと疲れを感じる。人生への情熱が萎《な》え、たえず倦怠感《けんたい》につきまとわれている。堕落に満ちた生活のせいで、容貌が何年分か衰えたのか？　考えたくもないが、自分はもう魅力的ではないのだろうか？　ただの悪趣味な、年寄りくさい道楽者になりかけているのか？　ならば、その先は？　痛風もち？　ケバいおやじか？

「お煙草は？」ケンブルの声がした。

デイヴィッドは化粧テーブルの椅子にどさりと腰をおろした。「いや、けっこうだ」とつぶやくように言う。「だがブランディを少しもらえると――」

ケンブルが食いしばった歯の隙間から言った。「あなたは喫煙なさるので、ご主人様？」

「え？」デイヴィッドはおどおど目をあげた。「ああ、上等の葉巻は好きだが」

「では即刻、おやめください」近侍はまたもやさげすむように手をふった。「その手のお肌に煙草は禁物です。しわと黄ばみの元ですぞ。だが心配ご無用！　わたくしが特製のシャンペンとキュウリのパックを作ってさしあげましょう。一日二回、二週間で別人のようになります！」

「だがぼくは別人にはなりたくないぞ」デイヴィッドは懸命に疑念をふり払おうとしながら言った。

ケンブルは痩せた肩をすくめた。「では、さきほどのご質問をくり返すしかありません」ふたたびさっと片手を広げ、「わたくしはなぜここにいるのか？」

あの手首をへし折るにはどれぐらい力が必要なのだろう、と腹立ちまぎれに考えながら、デイヴィッドは眉をつりあげた。「さあ、見当もつかんね」

「ともかく、問題がファッション上の危機でないなら、もっと悪いことにちがいない！　そんなことがあればですが」とつぜん、近侍は両目を細めた。「ゆ、す、り、でもされておいでで？」

「いや、まさか」デイヴィッドは答えた。少なくとも、こいつは笑える男だ。

ケンブルは胸の上で腕を組み、つま先でコッコッと床をたたいた。「では女性問題……情婦の浮気ですか？　それともあなたを中傷した誰かに復讐したいとか？」

デイヴィッドはがばと立ちあがった。「いやはや、きみはじつに奇妙なやつだ！」

「かもしれません」ケンブルはあっさりと認めた。「しかし、あなたは何か問題を抱えておいでのようだ。どんな問題か、まだご自分ではお気づきでなくとも──だいじょうぶ、じきにわかります」

## 5　啓蒙の灯火《ともしび》に焼かれて

臆する心を奮い立たせる間もなく、月曜の朝が訪れた。それでも義兄との約束どおり、デイヴィッドは夜明けとともに起きだし、人生の峠を越した男にふさわしい服をまとうと、八時半という法外な時刻にペニントン・ストリートへ行った。そしてそこで、ミセス・ミルドレッド・クインスなる女性の荒れた手に身をゆだねたのだった。

鋼《はがね》のような目をしたこの寮母は、たった一夜のカード遊びの代償としては過酷に思えた。だが代価は支払うべきだし、デイヴィッドは泣きごとを言う気はなかった。たしかに、ミセス・クインスに泣きごとを言っても無駄だろう。彼女は肩幅の広い、百戦錬磨といった感じの女性だった。じっさい、お気に入りの灰色の綾織りのガウンを着たナイジェル伯父に似ていなくもないが、それはまったくべつの話だ……

ともあれ、寮母はなかなか仕事熱心で、彼に伝道所をくまなく見せてまわった。地下からはじめ、屋根裏部屋にいたるまで。そこには、彼がしぶしぶ観察したところでは、悪臭ただよう広大な調理場、湯気のたつ大桶《おけ》と恐ろしげな搾《しぼ》り機でいっぱいの巨大な洗濯室、それに細長い、板張りの縫製室がある。さらに、もっと器用な入居者たちのために、革細工用の作業室も造られていた。

これまでの恵まれた生涯にただの一度も、デイヴィッドは自分の手袋やズボンがどのように作られるのか考えてもみなかった。もちろん、下着の洗い方を考えたのも、これが最初で最後だろう。だが、せめて今後は二度と、使用人たちを軽んじまいという気になった。作業所を離れるころには、心ならずも肉体労働への敬意と、それをろくにせずにすむことへの深い感謝を抱いていた。

室内はどこも若い娘たちでいっぱいで、みな首をうつむけて各自の仕事に励んでいた。いちおう礼儀は心得ているようだが、ちらちらと向けられる視線が、部外者という彼の立場を告げていた。それよりさらに悪い、〝お偉方〟という立場もだ。デイヴィッドはふと、深い同情を覚えた。この娘たちは、慈善家ぶった名士が形ばかりの視察にくるのに慣れっこなのだろう。まるで何かの社会的実験でもながめているようだが、じっさい、そのとおりなのかもしれない。

意外にも、自分自身にさえそう認めるのは胸が痛んだ。だが彼がその未知の感情――罪悪感か同情、あるいは両方が複雑にからみあったもの――の正体を探っていると、さらに気の滅入る知らせがもたらされた。またもや、若い娘が行方知れずになったという。

今度はマーガレット・マクナマラという娘で、彼も金曜の葬式で見たのをぼんやり記憶していた。「そりゃまあ、むつかしいケースでしたよ、あの娘《こ》は」寮母は陰気につけ加えた。「うまく助けられる娘もいれば、本気で助けを望まない娘もいるんです。身体を売れば、もっと楽に暮らせますから。それをあっという間に覚えちまうんですよ、旦那様」

そんなことは知りたくない、とのどまで出かかった。彼がこの湯気と騒音と過熱した博愛精神あふれるおぞましい迷路にいるのは、紳士同士の賭《か》けに負けたからにすぎない。それに、こんなろくでもない仕事を引き受ける馬鹿はほかにいないからだ。何やら、夜遊びした男を家まで送ってゆく野良犬みたいな気分になりはじめていた。

まったく腹が立つ。こんな知りもしない連中のために、罪悪感や同情や痛みを抱くのはまっぴらだ。けれど、デイヴィッドは早くも気づいていたが、ミセス・クインスには彼の毒舌も通用しそうになく、ぐっとこらえるしかなかった。そのとき、朝の聖書講読のベルが鳴り響いた。寮母は翼を広げてヒナ鳥たちをかき集めながら悠然と歩み去り、デイヴィッドはひとりその場に残された。

彼は事務用スペースに充てられている大部屋にどうにかたどり着き、ドアを押し開けた。すべてが静寂に包まれ、煤《すす》けた窓から朝の陽射しが流れこんでいる。

室内には茹《ゆ》でたキャベツと合成洗剤と、静かな絶望の臭いがただよっていた。このみじめな場所を初めて訪ねた日のことを思い浮かべて、デイヴィッドはゆっくり、奥へと歩を進めた。あのデスクの奥の天使のように愛らしく、復讐の女神のように手ごわい女を見つめたのは、わずか三日まえのことなのか？

ふと、彼女が倒れるのをなすすべもなく見守った記憶がよみがえり、銅色《あかがね》の巻き毛におおわれた頭がのけぞるさまや、床を打つ恐ろしい音が思い出された。今にしてはっきりわかったが、もしも彼女が深手を負ったら彼は堪えられなかったろう。

デイヴィッドは椅子のひとつにどさりとすわり、両手に顔をうずめた。ああ、よかった。セシリア・マーカム＝サンズがあの石のような心に劣らぬ石頭で……。

レディ・ウォルラファンの紋章入りの四輪馬車は、十一時ちょうどに伝道所に着いた。従僕が踏み段をおろし、彼女とエッタはいつもどおりにドアをくぐった。だが奇妙にも、今朝は何ひとつ、いつものようには感じられなかった。東へ進む道中も、街路がいつになく汚らしく見え、伝道所の売店は、先週よりもずっと狭苦しく見えた。階上にあがれば、事態はさらに悪化するはずだ。

じつのところセシリアは、彼は来るまいと考えていた。来るとしても、放蕩《ほうとう》ざんまいの一夜の疲れの見えるだれた姿で、整いすぎた顔に例の傲慢な薄笑いを刻みつけ、お茶の時間ごろにのこのこあらわれるのだろうと。ところが、伝道所の敷居をまたぐやいなや、ドラコートがすでに彼女のオフィスにいるのが感じられた。

まあ、厳密には、彼女のオフィスではないかもしれないが。ちらりと天をあおぐと、彼がいるのがわかった。あの腹黒い悪魔はきっと彼女のお気に入りの椅子にかけ、つややかな黒いトップブーツをほかでもない、彼女のデスクにのせているにちがいない。

そこで、セシリアは両腕いっぱいに帳簿をかかえて昂然と頭をあげたまま、ずんずん階段をのぼって中に入った。

意外にも、ドラコートは壁ぎわの、ほかの二台よりもはるかに小さなデスクの奥にかけていた。彼の背丈と肩幅のせいでよけいにちっぽけに見えるデスクにへばりつき、彼女が入っていっても、頭をあげようともしない。

どうにも許しがたい傲慢さだ。セシリアは故意にどさりと音をたてて帳簿を置いた。ドラコートがやおら、じっと見入っていた手紙から視線をあげ、はっと両目を見開いた。本当に彼女が入ってくるのが聞こえなかったかのように。セシリアはてっきり、彼が待ちかまえているものと思い、恐れをなしていたのだ。彼女を苦しめようと、てぐすね引いているのだろうと。

「あら!」セシリアは先手を打った。「またここにいらしたのね」

「ほかのどこにいろというんだ?」彼は小さな椅子から静かに腰をあげ、デスクのかたわらに立った。「ぼくの時の観念が道徳観念とともに消えてしまったのでないかぎり、今は月曜日の朝だぞ」

セシリアはギーッと耳ざわりな音をたてて自分の椅子を引き出した。「もう十一時よ、子爵」と冷たくやり返す。「残念ながら、あなたの朝はとっくに過ぎてしまったわ」

「よく承知しているよ、マダム、ぼくはその大半をここですごしたからね。パーク・クレセントでのんびり風呂に浸かってすごすかわりに」ドラコートはちらりと皮肉な笑みを浮かべた。「さて、まだこの子供じみた口喧嘩を続けたいかな？　それとも今日の仕事にかかろうか？　お互い、どっさり仕事がありそうだが」彼は手紙をかかげて苛立たしげにふり動かした。内務省の紋章が見てとれる。

セシリアは一瞬、うろたえた。彼は……真剣そのものの口ぶりだ。「おやまあ、ドラコート」かろうじて口にした。「まさか本気で――こんなことを続けるつもりじゃないでしょうね？」

彼はふたたび、あの突き刺すような緑の目をあげた。「もちろん続けるよ。それがそんなに気に障るなら、そちらがやめるのがいちばんだろう」穏やかな、ほとんど期待に満ちた口調だ。ただし両目はまだ陰険な、あざけるような色をしている。

いくら何でもあんまりだ。「わたしはずっと、ここでの仕事を楽しんできたのよ」セシリアは静かに言った。「なぜ今になって苦しめたがるの？　あなたはこれまでずっとわたしを避けてきたのに」

ドラコートの表情は謎めいていた。「きみを避けてきた？」

セシリアは目を怒らせようとしたが、失敗だった。「ほんの二カ月たらずまえにも、わたしを無視してオグデン屋敷の舞踏室から出ていったわ」

「ええ？　ぼくが？」ドラコートの顔に、いかにもわざとらしい笑みが浮かんだ。彼はゆっくり、デスクの奥から進み出た。「いや、セシリア、それはきみの思いすごしだろう。ぼくは急用でロンドンへ呼びもどされたのさ。じゃあ、きみもあのパーティに来ていたのか？」例によって、セシリアの頬にかっと血がのぼった。「そうよ――つまり――あなたはたしかに無視したわ。みんなの見ているまえで」

彼がゆっくり、オーク材の床の上をこちらへ進み、重いブーツの音がだだっ広い部屋にこだました。「セシリア、きみはまだすぐに真っ赤になるんだな。しかも、じつに愛らしく」

今や彼が間近に立っていた。あまりに近く、そそり立つように。胸が早鐘のように打ち、どきどきしはじめた。「そんなの信じられないわ」セシリアはかろうじて言った。

彼女のあらゆる動きを見守りながら、デイヴィッドは背中できつく両手を組んだ。「ではどう言えば信じるんだ、え？　きみのためにオグデン屋敷を離れたと言えばいいのか？」誘いかけるように声を低めた。「それとも、きみはもう愛らしく頬を染めたりはしないと？」

「あなたは故意にわたしに気づかないふりをしたのよ」セシリアはぐいとあごをあげようとした。「それも、あれが初めてじゃなかったわ」

彼女の目がうるみ、デイヴィッドの心をかき乱した。むしろヒステリックにわめいて引っ掻いてくれたほうがましだ。なのに、あの大きな青い瞳が……くそっ！　おかげで、彼は厄介な感情でいっぱいになった。苛立ち、怒り、混乱。それに何と、引き込まれる思い。だがそれを見せるのはまっぴらだった。プライドを捨てて誘惑に屈するのも。

デイヴィッドは指が痺《しび》れるほどきつく両手を組み、完璧になめらかな声で続けた。「きみはなぜかセシリア、ぼくがこの六年間、報われぬ恋に苦しんできたと考えているのか？」首をさっとのけぞらせ、無理やり笑い声をあげた。「まあ、報われぬ欲望ならありうるな。だが男はそんなもののために逃げ出したりはしない。どこかよそで簡単に満たせるからね」

セシリアの目が不安げに室内を駆けめぐった。小さな手がそわそわとあがり、ぎごちなく腰に当てられる。今にも彼を押しやろうとしているかのようだ。押しやる気だろうか？　デイヴィッドの目が彼女の視線を追った。彼女は彼の目を避けたがっている。彼は意地でも見させようとした。

とつぜん、二人の視線がからみ合い、彼はさらに近くへ踏み出した。と、見開かれた青い瞳の奥底にひそむものが見えた。もちろん、怒りだ。荒れ狂う怒り。けれど、ほかにも何かある。

欲望？　そう、ほんのわずかに。だがその激しさが彼女をさいなんでいる。誘惑の達人の彼にはそれがわかった。

つかのま、デイヴィッドの理性が揺らいだ。ついで安堵がこみあげた。ただし最悪の安堵――自分が抱いているとは思ってもみなかった不安からの解放だ。いったい何を考えているんだ？　彼はその疑問を締め出し、彼女のあごの下に指をすべり込ませて仰向かせた。燃えたつような色の巻き毛がひと房、たなびく絹の炎のように彼の手首をかすめた。

と、不意に何か、さっきとはべつの不可解な感情がこみあげ、息が詰まりそうになった。だがデイヴィッドはとっておきの武器であらがった。冷ややかな戯れ。辛辣な皮肉で。「ああ、きみに欲望を感じるさ、セシリア」努めてものうげな声で認めた。「生身の男なら当然だろう？」

「からかうのはやめて！」セシリアは彼の手からさっと顔を離した。

「からかう？」デイヴィッドはおうむ返しに言った。「ああ、可愛いセシリア！　きみがそれほどうぶとは、どうしたことだ？」しばし言葉を切り、尋ねるように眉をあげたあと、「事実なのは簡単に証明できるさ。証拠は……隠しきれないほど固まってるからな」

セシリアは両目を怒りに見開いて身を引いた。だがデイヴィッドは非情に――なぜなら、彼を駆り立てているのは非情な衝動でしかありえなかった――彼女がデスクにぶつかるまで追いつめた。

「いいえ！」彼女はうなった。「やめて！　あなたは言ったはずよ――」

やめるべきなのはわかっていたが、デイヴィッドはのしかかるように身を乗り出した。

「ぼくが何と言ったって、愛しい人？」彼女の両目を縁どる、長い黒々としたまつげに見入りながらささやく。

セシリアの優美な眉が逆立った。「あなたは、子爵、わたしに触れるくらいなら手を切り落とすと断言したわ！」

「ああ、だがもしそれが嘘なら、セシリア？」彼はささやき、するりと彼女の手をつかんで引き寄せた。「ぼくは嘘をついたのかもしれないぞ」唇を彼女の肌に押し当て、「しじゅう嘘をつくからね。それも、じつにうまく」とくぐもった声で言い、彼女の手を裏返して手首の脈に舌を這《は》わせた。

まつげの下からそっとのぞくと、セシリアは息をはずませ、苦しげにハアハア言っていた。彼女は恐れ、同時に魅了されているのだ。ごく慎重に、デイヴィッドは彼女の肉を少しだけ口に吸いこみ、優しく噛《か》んだ。そして彼女のまぶたが今にも閉じそうに垂れ、優美な鼻孔が広がるのにうっとりと見入った。

たまらなく、彼女が欲しかった。

彼女も彼を求めている。

どちらの事実がより恐ろしいのか、よくわからなかった。

とにかく終わらせるのがいちばんだ。彼はゆっくり口を開くと、彼女の手首にもう二回、熱いキスをした。「そうだ、愛しい人、もしもぼくらのいっぽうが去るしかないのなら、それはきみだよ。このとおり、ぼくは獣じみた衝動をろくに抑えられない男だからね。今にも欲望にわれを忘れかねない」

不意に呪縛《じゅばく》を解かれたように、セシリアが手首を引っこめた。「この傲慢な人でなし！女と見れば、もてあそばずにはいられないの？　なぜわたしをもてあそんだりするの？」

デイヴィッドはいかにも無邪気そうに彼女の目を見あげ、穏やかに答えた。「きみがそれを期待しているからさ。認めてしまえ、セシリア。きみはぼくにもてあそんでほしいんだ。いかにも悪党らしく。きみの侮蔑の正しさを証明するために。結局のところ真の紳士なら、高潔な女性の胸に欲望を掻きたてたりはしないはずだからな？」

セシリアはしばし、言葉を失った。それからついに、「あなたは軽蔑しか掻きたてないわ」

とかろうじて言った。

とつぜん皮肉は消えうせ、それよりはるかに危険な感情がデイヴィッドをとらえた。彼はさらに身をかがめ、彼女を無理やりのけぞらせた。「まったく、セシリア」とささやく。「きみはぼくと同じくらい嘘が上手だよ」彼の息が彼女のこめかみの産毛をそよがせ、気づくと――どうしてそうなったのか不明なのだが――デイヴィッドは彼女にキスしていた。必ずしも強引にではない。だが、セシリアはたしかに怯えていた。

なかばそそられ、恐れおののく、混乱しきった女性にキスするのはまれな体験だった。最後にこんな無分別なまねをしたときは少々酔っていたので、どうすればよいのか確信がなかった。そこで彼は腕をゆるめ、唇の力をやわらげた。

効果絶大だったようだ。

そっと、ゆるやかにセシリアの口をついばみ、味わい、探りつつ、彼女のうなじのほつれ毛を指にからませるうちに、彼女の怒りが引いて溶け去った。ついに彼女が緊張を解くと、デイヴィッドは細心の注意をはらって舌先で彼女の舌に触れた。口にしたくない言葉はいっさい使わずに、求め、懇願し続ける。それに応えるかのように、彼の胸に押し当てられていたセシリアの手が襟の下に入りこみ、無意識のたくまざる愛撫をしはじめた。

まだ自制を失ってはいないぞ、とデイヴィッドは考えようとした。ちょっと彼女と遊んでいるだけだ。そのとき、口元で彼女がうめき、彼はわれを失った。文字どおり、さらなる深みへ突き進み、唇で彼女の口をふさいで一気に舌を突っこむと、石鹸と素朴なラヴェンダーの香りを胸まで吸い込んだ。指を痛いほどぎゅっと握って彼女の髪をつかみ、反対側の手を優美にたわむ背筋へすべらせて、豊かな乳房が自分の胸に押し当てられるまで彼女を抱き寄せた。彼は彼女が嫌いな理由を数えあげるのをやめ、どれほど長く彼女を求めてきたか、ただそれだけを考えた。本当はずっと、ふたたび彼女を味わい、感じ、この香りを嗅ぎたくてならなかったのだ。そう認めると、全身を震えが走った。

不意に、セシリアが息を詰まらせ、苦しげにうめいた。それから、今にも身を引こうとするかのように動きをとめた。だめだ、と彼の中の何かが叫び、デイヴィッドは彼女をつかむ手に力をこめた。けれど、すでに甘やかな瞬間は遠のいていた。彼の手のわずかに届かないところへ。これまで常にそうだったように。

たちまち、彼女の胸に真の恐怖が渦巻くのが感じられた。今度は彼もじゅうぶん年をとり、しらふでもあったから、自分が誰にキスしたのかは心得ていた。つまり、いっさい言い訳はできないということだ。

そっと口をあげて彼女を見おろすと、恐怖よりも深い何かが見えた。怒りよりも悪いもの……拒絶だ。それは昔ながらの、苦い味がした。

彼女はさっと目をそらし、彼の肩の向こうを見すえた。「わたしを放っておいて、デイヴィッド」と静かに言う。「お願い、その手をどけて」

「ぼくの両手は身体のわきにあるよ、セシリア」思わぬ感情の高ぶりが引いてゆくのを感じつつ、彼は静かに言った。「それより、きみの手はどこだ？」

はっと恐怖の表情を浮かべ、セシリアは彼の襟の下にもぐり込んだままの指を見おろした。

デイヴィッドは如才なく咳払いした。「たぶん――あるいは間違ってるかもしれないが――きみのもういっぽうの手はぼくの上着の下にあると思うよ。腰のあたりに」

セシリアは彼がとつぜん燃えあがったかのように、ぱっと両手を引っこめた。

デイヴィッドは無理やり、うんざりした口調を装った。「ああ、正直にふるまった結果がこれだ!」

セシリアのそばからあとずさり、「またもや見捨てられたよ」

セシリアは死にもの狂いの目つきでデスクの向こうへ逃げこんだ。「そばにこないで、ドラコート!」怒りのにじむ声で言う。「二度と――わたしに無理やり――」

「いや、だめだ、セシリア」彼は穏やかにさえぎった。「こちらだけを責めるわけにはいかないぞ。ぼくは女性に何かを無理じいするような男じゃない」

「そう?」セシリアは挑むように言った。「じゃあほかの人たちは進んであなたの足元にひれ伏すの?」

デイヴィッドは懸命に笑みを浮かべた。「ときにはね」

「わたしはごめんよ!」

意外にも、彼女の声には例の心をかきむしる、おぼつかなげな響きが聞きとれた。「セシリア」彼は皮肉を抑え、静かに言った。「欲望というのは、きみが考えたがっているほど単純な善悪の問題じゃないんだ。ただし、他人に好意を押しつけるのは間違っている。どんな場合でも。ぼくの言う〝押しつける〟というのがどんな意味かは――わかるね？」

セシリアはさらに怒りをつのらせたようだった。「ならば、ひとつだけ聞かせて、ドラコート」と挑むように言った。「いったいどんな女が、自分を辱めた男に誘惑されたがるというの？」

はたと、デイヴィッドは彼女を駆りたてている感情を理解した。自己嫌悪という、最悪の自信喪失だ。そのたちの悪さは身をもって学んでいた。「ねえきみ」彼は穏やかに言った。「そろそろ、ぼくに性的欲望をかきたてられることを認めてもいいんじゃないか？　とくに敬意を感じない相手に欲望を抱いても、恥じることはない」

デスクの向こうで、セシリアの顔が蒼白になった。

無駄と知りつつ、デイヴィッドはもういちど言ってみた。「セシリア、二人の人間のあいだに自然と燃えあがる反応、つまり欲望は、運命的なものなんだ。不運。幸運。どちらでもいい。だが、ぼくらはそれを感じてる。とんだ災難かもしれないが、ぼくを責めるな。それは公平じゃない」

と、彼女が小さな声をもらした。笑い？　嗚咽《おえつ》か？　わからなかった。「いわば痒《かゆ》みのようなものさ、セシリア」彼は静かに続けた。「人を狂わんばかりにする。そこできみは引っ掻く。場合によっては、それで終わりだ」

だが、終わらないこともある。その言葉は口にされぬまま、宙にぽっかりと浮かんだ。

「あなたはこれがお得意なのね、そうでしょう？」彼女がついにささやいた。

「何が？」

「誘惑よ」

デイヴィッドは無言でかぶりをふった。そもそも、なぜ彼女を説得したりしているのだ？何のために？

セシリアはあきらかに納得せず、苛立たしげにぴしゃりとデスクに手をついた。「ああ、あなたはなぜさっさと出ていけないの？」苦痛に満ちた声で訴えた。「それなら、こちらが出ていくしかないわ。そうするしかないの」

デイヴィッドの胸にどっと苦い思いがこみあげた。「ああ、いいさ、セシリア、出ていけよ！」彼は声を低めて言った。「それでまた、ぼくの罪悪感が増える」

「あなたは生まれてこのかた、罪悪感なんて抱いたことはないくせに」

事実にはほど遠い言葉だが、デイヴィッドは答える気にもなれなかった。「きみはぼくをゴミくず呼ばわりしたんだぞ、セシリア」彼は静かに言った。「そんな侮辱を受ければ男として、ひと騒ぎせずにはいられないさ」

「この恥知らず！　人ののどまで舌を突っこむのが〝ひと騒ぎ〟なの？」

デイヴィッドは彼女の果敢な攻めに感嘆せずにはいられなかった。じっさい、彼女にキスするなんてどうかしていた。「いいだろう、セシリア」とため息をつき、「きみの勝ちだ。ここにいてくれ。誓って、もう指ひとつ触れないよ。ぼくは逃げも隠れもしないから、きみは何年もまえにすべきだったことをして復讐を果たすといい」

「何をして?」セシリアはいかめしく尋ねた。「あなたを撃つの?」

「いや」デイヴィッドは弱々しく笑った。「ぼくを改心させるのさ」

セシリアは口をあんぐり開き、床に棒立ちになった。そのとき誰かのこぶしが猛然とドアをたたき、二人はさっと戸口をふり向いた。

ミセス・クインスが義憤に燃える帆船さながらに、グレーのスカートをひるがえして飛びこんできた。「まあ来てくださいな、奥さん」寮母は天井に向かって指を突き出した。「またあのナンですよ。モリーの髪を引っぱって、船乗りみたいに悪態をついてるんです。それもみな、今朝がた石炭を届けにきた若造のせいときた!」

セシリアは問題児のナンをいさめにいったきり、もどらなかった。たぶん作業所でぶらぶら午後をすごし、周囲の娘たちに種々の道徳的手本と淑女の雅量を示しているのだろう。彼女が部屋にいないのは寂しいが、これは虫歯を抜いたあとの寂しさみたいなものだ、とデイヴィッドは胸に言い聞かせた。なるほど、触れると痛むうつろな穴が開いてはいるが、じつはひどい苦痛の種がなくなっただけなのだ。

そうとも、人は嫌いなものにも、ある種のひねくれた魅力を感じたりする。彼は例によって、退屈を紛らわせていただけだ——美しい女とたわむれて。しかしまあ、セシリアも少しは打ち解けてほしいものだ。彼女は陽気な、愛らしい女性だ。しかも未亡人! もっと肩の力を抜いて、社会のみとめる自由を楽しむべきだろう。

だがこの午後はもう、彼女が彼と自由を楽しむことはなさそうだった——ここへもどる気はないのだから。それぐらいは男の直感で察しがつく。そこで、デイヴィッドはコールが残した山のようなメモと書簡に無理やり注意を向けた。まず例の内務省からの手紙。どうやら、ハイ・ストリートの役所にねじ込んだのが功を奏したようだ。メアリ・オゲーヴィンの死に関する調査は、最精鋭の水上警察に正式にゆだねられていた。異例の、めざましい進展だ。少しだけ慰められた気がした。

デイヴィッドは二通目の、伝道所へじかに届けられたとおぼしき封書を開けた。たまげたことに、エドマンド・ローランドからの銀行小切手が傷だらけのデスクに舞い落ちた。それを取りあげ、整然と書きこまれたゼロの列を見て、彼はヒューーッと口笛を吹いた。何と！クラブで冷やかされていた件は本当だったのか。こんな大金、ローランドはすっからかんにちがいない。あの赤毛のじゃじゃ馬はどうやってこんなまねをやってのけたのだろう？ちくしょう、またセシリアだ！　あいつは何かにつけて脳裏に飛び出さずにはいられないのか？　デイヴィッドはいまいましげに、ぐいとペンナイフをふり動かして次の手紙の封を切った。

毛布か。彼はため息をついた。北部の教区が一ダースの毛布を寄付したがっていた。たぶん、すごい朗報なのだろう。そのあとは、二人の大口支援者からのもったいぶった手紙が続いた。おおかたローランドのように、罪悪感をなだめるために寄付した連中だろう。セシリアやコール、レディ・カートンとちがって、彼らは種々の問題に横柄な助言と手軽な金を送ってよこすだけで、じっさいには何ひとつしそうにない。じつのところ、イーストエンドの犯罪と貧困を本気でどうにかしたければ、袖《そで》をまくりあげてそこの住人たちが織りなす泥沼へ入ってゆくしかないのだが。

デイヴィッドははたと、自分がやけに説教がましくなっているのに気づいた。

いやはや！　これでは評判に傷がつく！　いったいどうしてしまったのだろう？　ここへ来てわずか二日で、はやくも熱狂的左派なみの考え方をしている。次には労働組合の旗振りでもはじめかねない。ブルックスは彼の会員権の取り消しを迫られるだろう。名誉ある男として、それだけは防がなければ。

ミセス・クインスをナンとモリーの元に残して部屋を出たあと、セシリアはオフィスへもどる勇気を奮い起こせなかった。まだ興奮に身ぶるいしながら、彼女はタイバーン刑場へ向かう囚人のような気分で薄暗い廊下をのろのろと進んだ。オフィスのドアに手をかけてはみたものの、最後の瞬間にきびすを返し、廊下を突き進んでミセス・クインスのちっぽけな居間に飛びこんだ。

ああ、わたしは分別のかけらも失くしてしまったの？　セシリアは部屋の奥のクルミ材のサイドボードに近づき、その両端に手をつくと、頭を垂れて深々と震える息を吸いこんだ。いまいましい、またもやドラコートごときに動揺させられて。いや、それよりはるかに悪いことをさせてしまった。どれほど富と影響力があろうと、彼はただのろくでなしの放蕩児だ。なのになぜ、いまだに彼女をあんな気分にさせるのだろう？　あれほど深く……

だめよ！　セシリアはさっと背筋をのばし、サイドボードにこぶしを打ちつけた。蠟燭《ろうそく》が燭台から飛び出て床にころがったのもかまわず、背中を向けて行きつもどりつしはじめた。何と、今後は週に三日も彼と伝道所に閉じこめられるのだ。そして部屋の向こうの飢えた緑色の目を見るたびに、彼女は感じるにちがいない——あの腹の奥底の、引きつり、よじれるような感覚を。

セシリアはくるりと向きを変え、窓辺へ歩を進めた。眼下の通りを、いつもどおり馬車と人が行き交っていた。石炭を積んだ荷車、野菜の行商人。そのあとからは、優雅な四頭立ての馬車。ロワー・プールに入港する船を見にゆく裕福な船主でも乗せているのだろう。ペニントン・ストリートではいつもと変わらぬ一日がすぎているようだった。

けれどちがうのだ。セシリアはゆっくり、窓から視線を離してふり向いた。もうここを出て、家へ帰らなければ。そして入浴しよう。あるいは乗馬。いっそ一杯やるとか。とにかく、これ以外のことをするのだ。

不意にドアが開き、洗いたてのシーツを山のように抱えたキティ・オゲーヴィンが入ってきた。セシリアが窓辺から踏み出すと、キティは小さくきゃっと叫び、怯えた獣のように目をあげた。

セシリアの私的な悩みは背後へ消え去った。彼女はすばやく進み出てシーツを取りあげ、椅子のひとつに乗せた。「キティ、驚かせてしまった？」と穏やかに尋ねる。「ごめんなさいね」

ぎゅっと唇を引き結び、キティはかぶりをふった。「いえ、奥様。ただ……あの……」まだぶるぶる震えている。

セシリアは片手をそっと娘の腕にかけ、ミセス・クインスのソファへと導いた。「おすわりなさい、キティ。ちょっと話があるの」

キティはしぶしぶ腰をおろした。「ほんとに、奥様、だいじょうぶですから」

セシリアはどうにかほほ笑み、ソファの反対側の端にすわった。キティは疲れきっているようだった。目元にくまができ、ただでさえ痩せているのに六、七キロも減ったように見える。「毎日どうしてるの？　ひどく疲れているようだけど」

キティはまともに目を合わせようとしなかった。「けっこう元気にしてます、奥様」

セシリアは優しく手をのばし、娘の腰のないブロンドのほつれ毛を耳のうしろにかけた。「でもキティ、あなたはお姉さんなしに一人でやってゆくには若すぎるわ。誰か家族はいるの？　身を寄せるところは？　必要なら、旅の手配をしてあげるわ――アイルランドでも、アメリカでも」

キティはじっとひざを見おろしてかぶりをふった。「いえ、あたしの知ってるかぎり身内はいません」

「それなら、将来について考えたことがある？　わたしにどんな手助けができるか話して。奉公先を探しましょうか？　腕のいい洗濯女はいつでも引く手あまたよ」

キティはぎょっとしたように頭をあげた。「いえ！　あの……あたしはここがいいんです。できるかぎり、いさせてください。一生けんめい働きますから、奥様、ほんとです」

セシリアはなだめるように娘の腕を撫でた。「まあ、でもね、一生けんめいとかいう問題じゃなく……」

言葉が尻すぼみに消えた。彼女が言いたかったのは、ここへ来た女たちは何かの技術を学び、人生を先へ進めなくてはならないということだ。けれど、今のキティはそんな話を聞かせるにはあまりに頼りなげだった。「もちろん、あなたは好きなだけここにいていいのよ」

セシリアは請け合い、話題を変えた。「ところで、キティ、何かほかに警察に話すことを思いついた？　何か、あんなまねをした人間を見つけるのに役立ちそうなこと」

キティはそっけなく首をふった。

セシリアは穏やかに探りを入れた。「あなたがた三人はなぜここへ来る気になったのかしら？　つまり——三人いっぺんに。ちょっと奇妙に思えるわ」

キティはついに彼女を見あげ、「メグの考えだったんです」と小声で答えた。「彼女とメアリの。二人はある晩遅くに屋根裏部屋にもどってくると、あたしを起こし、すぐにここを出ると言いました。そしたら、あたしはどうすりゃいいんでしょう？　一人で残るんですか？　だから一緒に来たんです。ほかには何も知りません」最後は甲高いきんきん声になり、キティは部屋から逃げ出したくてならないようだった。

セシリアはもう一度そっと、彼女の腕をたたいた。「わかるわ、キティ。本当よ。じゃあ、そのほうがよければ仕事にもどって。もう引きとめないわ」

　キティを送り出したあと、セシリアはまえよりいくらか落ち着きはしたものの、はるかに沈みこんでいた。ほかの人々の問題にくらべて、自分の悩みがとつぜん取るにたりないものに思えた。炉棚の上で、小さな真鍮《しんちゅう》の時計が時刻を告げた。三時――？　たいへん、家に帰る時間だ。オフィスにはもどらないことに決め、彼女はまっすぐ階下へおりた。

　売店には、客はいなかった。カウンターの奥で、売り子の一人がせっせと床を掃いている。いつもながら気のきくエッタはすでに、馬車を呼びにいっていた。セシリアが壁のフックからマントを取ろうとふり向いたとき、不意に、箒《ほうき》を持った娘が話しかけてきた。

「レディ・ウォルラファン？」どこか不安げな口調だ。「ミセス・クインスがずっとおりてこないんで、ちょっと気になってることがあるんです」

「気になってること？」セシリアはマントの紐ボタンをとめながら尋ねた。「何なの、ベティ？　また手許金がなくなった？」

　ベティはカタンと音をたてて箒を隅に置き、カウンターの奥からおずおず進み出た。「いえ、奥様、そうじゃなく」両手でエプロンを撫でつけながら答えた。「何だか妙な男がきて……二時間ぐらいまえかな、あれこれ訊いていったんです」

ド＝ローアン？　その名がぱっと思い浮かんだが、あの警部が許可もなく質問しまわるとは思えない。「どんな男だったの、ベティ？　警官？」

　ベティはひどく落ち着かなげだった。「いえ、奥様。少なくとも……あたしはそうは思いません。でもそういや、たしかにちょっと警官みたいだったかな」

セシリアはフードを引きあげて髪を押しこみはじめた。「その人はわたしに会いたがっていた？　あるいはドラコート卿に。正確には、何を訊きたがったの？」

「それが、あの——刺し殺された娘《こ》について」ベティは神経質にエプロンの中で両手をよじった。「あの娘がこの伝道所にいるか知りたがってました。だからはっきり、ここの決まりどおりに、そういう質問には答えられないと言ってやりました」

セシリアはつと、手をとめた。「それで？」

ベティは肩をすくめた。「少し待ってもらえれば誰か呼んでくると言ったのに、次にふり向くと、彼は消えてたんです」

セシリアの胸にどっと安堵《あんど》がこみあげた。あきらかにメアリを殺した男ではなさそうだ、彼女がいないのを知らなかったのだから。それにありがたいことに、キティに会いたがったわけでもない。「彼女の友だちじゃないかしら？　あるいは元の……顧客とか」

ベティの表情がぱっと明るくなった。「そういや、たしかにちょっとそんなタイプでしたね」

「どんな？」セシリアはうながした。あいにく、ベティは伝道所きっての利発な娘とはいえない。

ベティはまたもや肩をすくめ、「あたしはひどくビクついてたもんで」と、あやまるように言った。「とにかく、背が高くて上等な服を着てました。といっても、あんまり上等すぎないやつ。どういう意味かわかりますかね」

さっぱりわからなかったが、どのみちベティからはもうあまり情報を得られそうにない。おりしも、店のまえに馬車がとまるのが見えた。「いいこと、ベティ」セシリアは注意深く言った。「あなたが彼の質問に答えなかったのは正解よ。もしまたその男を見たら、すぐにミセス・クインスを呼んでほしいの。できるわね？」

ベティははにかんだようにうなずき、すばやくひざを曲げてお辞儀した。「はい、奥様。そうします。かならず」

デイヴィッドのにらんだとおり、セシリアはついにオフィスにはもどらなかった。さらに二時間ほど手紙を書いたあと、彼はうんざりしてペンを放り出し、家路についた。だがひとたび馬車の座席にゆったり身を沈めると、懸命に保っていた集中心が薄れ、またもやセシリアが脳裏に浮かびあがった。ビロードのクッションにもたれてくつろごうとしても、無駄だった。幾重もの高価な衣服の下で、彼はまだ彼女の拒絶にさいなまれていたからだ。彼女に見下されたことにも傷ついていた。

虫歯とは！　何と間抜けな比喩だろう。薄暗い馬車の中ではいくらかたやすく認められたが、彼はただの救いがたい馬鹿者だった。たしかに、セシリアは彼に欲望を感じたかもしれない。しかし敬意も好意も感じていないのだ。なぜよりにもよって、彼女と火遊びなどはじめたのだろう？　たんなる年齢的なあせりだろうか？　それとも、かつて実現しかけたことが忘れられないからか？

デイヴィッドは両目を閉じて頭をうしろへ倒した。まったく、いやになる。そんな記憶があることすら認めるのは堪えがたく、考えたくもなかった。

ほとんど希望とすらいえず、夢にも満たない。

だがまぶたをぎゅっと閉じると、今でも見えた。一条のまばゆい陽射し。そして光のほうに向けられた、黄金《こがね》色に輝く優しい顔と、しなやかなぴちぴちした身体。低いあえぎ声。おずおずと、ためらいがちに彼の口に押し当てられた、やわらかい唇。若い娘の純真さ。筋金入りの放蕩者の悪夢。

いや、あれは悪夢ではなかった——必ずしも。

最後の瞬間までは。

デイヴィッドはさらにきつく両目を閉じたが、思考は馬車の車輪と同じくらい容赦なく回転し続けた。午後の薄れゆく陽射しが通りの端の木々と建物の影をまだらに投げかける中、デイヴィッドはまっすぐすわりなおすと、両手をのばしてじっと見つめた。

たしかに、もはやあまり若くはない男の手だ。だが彼がセシリアと戯れたのは、颯爽《さっそう》たる若者が無情にも中年になってゆくことへのあせりより、もっと厄介な理由によるような気がした。デイヴィッドは座席の上でそわそわ身体を動かした。じつのところ、セシリア・マーカム＝サンズは社交界の未亡人らしい、世なれた浮気者ではなかった。むしろ、ひどく不慣れなキスをした。だから彼は深い良心の呵責《かしゃく》を感じて当然だった。

だがちがった。彼は危険な高揚感につらぬかれたのだ。

彼女は二年のあいだ、ほかの男の妻だった。にもかかわらず、いまだに自分の魅力に気づいていないようだった。そんな女性は初めてだった。デイヴィッドは、数えきれないほどの女たちとかかわってきた。彼女たちはみな、ごく些細《ささい》な点をのぞけば同じだった。彼はうぬぼれ屋ではない――というか、過度にうぬぼれてはいないつもりだが、鍛えぬいた技で女を歓ばせるのは得意だ。女たちの心の動きは残らず読みとれた。うわべだけの情熱も、本物の気おくれも、偽りの慎みも。そして結局は、すべての女たちが彼の求愛に屈した。

これまで、彼のキスにあれほど頑固に抵抗した者はない。自分自身にあれほど抵抗した者も。セシリアの荒れ狂う感情――恐怖、怒り、深い欲望――は、どれも驚くほど本物だった。あれが心からのものであることに、彼の少なからぬ財産を賭けてもよいほどだ。しかし、彼女を苦しめたのは残酷だった。デイヴィッドにはじっさい、多くの面があり、その一部はあまり自慢できないものだが、故意に女性を苦しめたことはない。

もちろん、セシリアを好きでないのはたしかだが。二人のあいだにあったあらゆることに深い怒りを感じたし、初めて彼女にキスしたあの日、どんな気分を味わわされたか考えるだけで怒りがこみあげた。まったく、思い出したくもない。

このさい必要なのは、何かほかのことを考えること――

あるいは、もっと率直に言えば、セックスだ。というのも、激しい罪悪感と怒りの下で、彼は今もあの昔ながらの渇望に身をうずかせていた。息を殺して待ちうける女性の中に押し入り、燃え尽きたくてならなかった。彼女の脚が腰に巻きつき、湿った肌と肌を押しつけようとするのを感じたかった。二人の匂いが混ざりあい、甘く官能的な熱気となって周囲に渦巻くのを。

もうどれくらいご無沙汰だろう？　ずいぶん長い。彼としては異常なほど。しかも事態は日増しにひどくなっている。ここ三晩は、まさに欲望に悶々《もんもん》として、夜明けまでベッドの中でころげまわっていた。そう、彼は快楽主義者だ。好色という者もいるだろう。だが他人がどう思おうと、かまわなかった。彼は女好きで知られるが、常に公正にふるまい、たっぷり支払い、与えられただけのものは返してきた。それを上まわるほどではないとしても。デイヴィッドは常に自制を失わないが、肉欲の強さは彼の否定しがたい一面だった。ひょっとしたら、ろくでなしの父親ゆずりの？

そう考えると、握りこぶしで窓ガラスをぶち割りたくなった。

いや、断じてあんなやつとはちがう。自分は気ままな放蕩者かもしれないが、レイプ魔ではない。決していやがる女性を抱いたりはしない。そうとも、相手がいやがっているとわかれば。そして基本的には、セシリア・マーカム＝サンズは今も〝いやがる〟女性だ。彼女は常にそうだった。その点、二度と誤解があってはならない。

馬車がチャリング・クロスに着くと、彼は手袋とステッキを取りあげ、天井を乱暴にコツコツとたたいた。こんな昂った欲望と新たに目覚めた良心とともに、暗く狭苦しい馬車に閉じこめられているのはうんざりだった。じつに不快な組み合わせだ。それに、もうひとつの責務が待っている。

馬車を先に屋敷へ帰らせたあと、デイヴィッドはセント・マーティンズ・レーンを北へ進んで、さまざまな厄介事のあふれるもうひとつの迷路――コヴェント・ガーデン周辺の入り組んだ路地の奥へと入っていった。ほどなく、ローズ・ストリートの〈子羊と旗《ラム・アンド・フラッグ》〉亭に着いた。幾多の流血沙汰の舞台となった歴史から、しばしば〝血の桶〟と呼ばれる背徳的な酒場だ。店内はたいてい、あらゆる階級の烏合《うごう》の衆であふれている。しかし、今夜は退屈やのどの渇きではなく、気の重い責務のためにやってきたので、デイヴィッドは戸口でしばし、それについて考えてみた。

やはり、やるしかない。いまいましいコールとジョネットめ。店内に足を踏み入れるや、ここまできたのが無駄ではなかったことがわかった。いちばん奥の一角で、ロバート・ローランド卿が古びた長テーブルに腰をひっかけ、二人の若いしゃれ者が夢中でさいころを振るのをものうげに見守っている。

カウンターのまえでしばし足をとめ、一パイントの酒でのどをうるおすと、デイヴィッドはすえたエールと薄汚れた身体の臭いの中を、どうにかロビンのそばまで突き進んだ。薄暗い照明しかないその隅には、むき出しの緊張感が煙草の煙と同じくらい濃密に垂れこめ、勝負に興じる年長の男の顔をちらりと見ただけで、デイヴィッドの最悪の懸念が裏付けられた。

ちくしょう！　ジョネットが心配するのも無理はない。

だれた姿勢でロビンの向こうにすわっているのはベンサム・ラトレッジ、さすがのデイヴイッドも赤面しそうな偉業で知られるごろつきだった。あの命知らずがロンドンにもどっていたとは。彼は二年ほどまえに決闘の相手に瀕死の傷を負わせ、街から逃げ出したと聞いていた。噂ではその後、大陸経由でインドへ渡ったという。だがあきらかに、彼は舞いもどっていた。ラトレッジの肩には黒髪の娼婦がしなだれかかり、手元には銀行券が整然と積みあげられている。

その向かいでは、勝負相手が玉の汗を浮かべていた。やれやれ、ロビンは狼《おおかみ》の群れの中の子羊も同然だ！ どうやって割りこむかデイヴィッドが思案していると、汗だくの男がテーブルの上の硬貨と借用証の山にセーヴル焼きの嗅ぎ煙草入れを押しこみ、震え声で勝負をうながした。

デイヴィッドは甥《おい》の耳元に屈みこみ、「お告げによれば、また七の目だぞ」とささやいた。ロビンは銃で撃たれたように飛びあがった。「うわっ！」と叫び、あやうくテーブルからころげ落ちそうになったが、母親と同様、すばやく立ちなおった。「やあ、何だ！」と陽気に言い、さっと片手をさし出した。「あなただったのか、ドラコート！」

二人のプレイヤーが目をあげ、興味もなさそうにデイヴィッドに会釈した。

「ええと！」ロビンは高らかに言った。「ぼくの友人のウェイデンは知ってますよね？ それにたぶん、こちらの命知らずの先輩も」

どちらも面識はなく、デイヴィッドは堅苦しく頭をさげた。「よろしく、ミスタ・ウェイデン。ミスタ・ラトレッジ」

ロビンはズボンのベルトに親指を引っかけ、かかとに体重を移して神経質な笑みを浮かべた。「で、いったいどうしてこんなところへ、子爵?」

その質問を無視し、デイヴィッドは身をのけぞらせて少年の胴まわりに目をやった。「いやはや、ロビン!」ケンブルの愕然とした顔つきをまねながら叫んだ。「その親指をはさむポーズはいただけないぞ! 伊達男ナッシュの猿まねだ。しかもズボンのひだが台なしだ!」

ロビンはさっと目ざわりな指を引き抜き、背筋をのばした。「ああ……」快活な笑みが薄れた。

デイヴィッドはさいころ賭博に興じる二人のほうにあごをしゃくった。「これで思い出した! このまえホイストでやられたお返しに、ピケット(二人でするトランプのゲーム)でひと泡吹かせてやる約束だったな?」冷ややかな笑みを浮かべる。「どうだ、今からカーゾン・ストリートの家へこないか? ついでに夕食をおごるよ」

ロビンは落胆しきった顔つきになった。「今から?」

「だめかい?」デイヴィッドはいっぽうの眉をつりあげ、テーブルのほうに頭を傾けた。

「よもやきみは、こんな悪どいゴミためで賭けをするほど馬鹿者じゃなかろう?」

「え、まさか!」ロビンは両目を見開いてかぶりをふった。「ちがうさ!」

「ああ、そうだと思ったよ」デイヴィッドはなめらかに応じ、さっと少年に腕をまわした。

「さて、何を食べる? コックが今朝、子羊のあばら肉をローストしようとしていたが。それでいいかな?」

ロビンをせきたてて外の通りへ出るまで、彼は気さくにおしゃべりを続け、少年にも同じようにさせた。やがてグドウィンズ・コートの暗がりに入ると、慎重に足どりをゆるめ、追いはぎやすりはいないか目を光らせた。一刻もはやく少年を家へ連れ帰りたかったが、すでに夕闇がおり、高い壁に挟まれた細い抜け道は、いつにも増して不気味に見えた。

あるいは姉と同じ直感をいくらか持っているのか、それともたんに並はずれて耳がいいのか、デイヴィッドは厄介ごとが起きるのをいちはやく察知した。彼がすばやくロビンを背後へ押しやると同時に、路地に面したドアのひとつがぱっと開いて、煉瓦造りの外壁にぶつかった。すぐに、ずんぐりした手がすすり泣く女をドアの外へと突き飛ばし、女はピンクのサテンと赤いベルベットを渦巻かせてうしろへよろめいた。

彼女は路上の汚物の上にぶざまに尻もちをつき、向かい側の壁に頭を打ちつけた。続いて男が飛び出し、丸石の上を突き進んで女のまえに立ちはだかった。高価だが悪趣味な服装の、肥満気味の大男だ。

「こっちの好きにさせてもらうと言ったはずだぞ、このうすのろめ」男はガラガラ声で叫んで女の赤いマントをひっつかみ、握りしめた反対側の手をさっとうしろに引いた。「ぶつくさ文句をたれやがって! さあ、これでもあの女将《おかみ》がおまえを店に入れるか見てみようじゃねえか、気取り屋の石頭め」

少し離れたところにいるデイヴィッドにも、女の鼻が血だらけで、片目はすでにつぶれるほど腫《は》れあがっているのが見えた。「じっとしてろよ」彼はロビンに指示し、わめき合う二人のほうへぶらぶら歩を進めた。

女は――じつのところ、ほんの小娘だが――今ではすすり泣いている。「あんたの金は返すからさ、グライムズ」彼女はあえぎながら言った。「もう行かせてよ」

男は口汚くののしって彼女を引きずり起こし、脅しつけるように揺さぶった。娘の歯が文字どおりカタカタ鳴るのを聞くと、デイヴィッドはひらりとステッキをのばし、男の肩をたたいた。

娘をつかむ手をわずかにゆるめてふり向いた男は、ぽかんと口を開いてデイヴィッドを見つめた。「おう、何だ？」とうなるように言い、すばやく彼をながめまわした。錆《さ》びついた金属のようにざらついた冷たい声だ。

「やあ、どうも！」デイヴィッドは用心深く笑みを浮かべた。「そちらの若いレディは、きみの求愛を喜んでいるようには見えないぞ。放してやるほうがいいんじゃないかな」

「ほう？」男は苛立たしげに尋ねた。「あんたはいったい何者だ？」彼が上体を起こして手をゆるめたすきに、娘はだっと駆け出して路地のわきの戸口に縮こまった。

デイヴィッドはやおら、優雅なステッキを男のつま先に触れんばかりにつき、ぐっと身を乗り出した。「まあ、女性美の崇拝者とでも言っておこう」穏やかそのものの声で答える。「だから、きみが彼女の美しさを台なしにしたのが気に食わんのさ」

男は落ち着きなく左右に体重を移し、あらためてデイヴィッドの全身をながめまわした。

そしてついに、一歩だけあとずさり、「誰の邪魔をしてるかわかってるのか、お節介な旦那」とうなるように言った。「他人の正当な取引にちょっかいを出せると思うのか、え？」

「じつのところ、出せるつもりだよ」

「失せろ」男は路上につばを撒《ま》き散らしながら答えた。

「悪いが、そうはいかない」またもや、デイヴィッドは笑みを浮かべた。左手をぐっと握りしめたものの、ロビンのことを考え、身体のわきに押しつけた。「では、お互い筋を通すとしよう。あの女性はきみにいくら借りがあるんだ？」

「二ポンドさ」男はうなった。「あんな不細工なやつには不相応なほどだがな。それに、あいつとやるにはほかのクズどもにも金を渡さなきゃならないんだ」

デイヴィッドは財布を取り出し、男のまめだらけのてのひらに数枚の硬貨を落とした。

「さあ、これでよかろう。もうあの娘とのかかわりは忘れることだ」そこでゆっくりと目をあげ、男の視線をとらえた。「この提案を受け入れてもらえるな？　何より、治安判事とのごたごたできみをわずらわせるのは忍びない。あるいは、彼らほど慈悲深くない連中とのごたごたで。どういう連中かわかるはずだが」

「ちくしょうめ」グライムズは硬貨をポケットに突っこんだ。

「すばらしい」デイヴィッドは満足げに言った。「どうやら合意に達したようだ」

ロバート卿と彼の叔父が、しぶる夜の女を連れてドラコート邸に着いたときには、すでに日もとっぷり暮れていた。いったい何のつもりで娘を連れてきたのか、デイヴィッドにはわからなかったが、コヴェント・ガーデンの娼婦を自宅の表玄関から引きずり込むのはまずいことぐらいは察しがついた。少なくとも、カーゾン・ストリートでは。

そこで彼はロビンと怯えきった娘を連れて裏口へ向かった。彼女をどうすべきか、決めかねていた。当の娘は気にもしていないらしく、メイフェア地区へと歩くあいだも、終始無言で何ひとつ尋ねなかった。デイヴィッドが屋敷の裏の路地へ引っぱりこんだときでさえ、悟りきったように黙ったままだった。考えるだけでぞっとするが、いかにひどい絶望の中で生きてきたかを示す証拠だ。

デイヴィッドは暗澹《あんたん》たる思いで、使用人用の戸口に首を突っこんだ。あいにく、そこのホールはすでに彼の新たな近侍に占領されていた。どうやらケンブルは、わずかに残った使用人を残らず怒らせに階下へやってきたようだ。

「糊《のり》？　糊だって？」ケンブルはランドリーメイドに向かって金切り声をあげ、ひと握りのクラヴァットを彼女の鼻先で振りまわした。「こんなものをよくも糊と呼べるな、マダム。まるでパリパリの焼き石膏だ！　上等のクラヴァットにつけるものじゃなかろう」

「やあ、ケンブル」子爵は穏やかに言ってドアの中に入った。「シートン、きみは洗濯室へもどっていいよ」

「ふてぶてしい女め」近侍はうなり、引きさがるメイドを非難がましく見守った。それから、いくらか平静な表情で主人に向きなおった。その目が即座に、若い娼婦の汚れたマントとピンクのドレスを見まわした。さらに、暗がりでぐずぐずしている若いロビンに向けられる。ケンブルはまたもや苦りきった顔になった。「いやはや、ご主人様！　どうにも賛同いたしかねます！」

「何にだ？」デイヴィッドはそっけなく応じた。「ぼくの新たな三角関係《メナージュ・ア・トロア》にか？」

ケンブルはおぞましげに彼をにらんだ。「それには、そちらの青年はいささか若すぎましょう」

ロビンがずかずか暗がりから進み出た。「いや、そうでもないさ」今のやりとりの意味もわからず――少なくとも、デイヴィッドはそうであるように祈ったが――ロビンは抗議した。

「黙ってろ、ロビン」デイヴィッドは小声で指示し、ふたたび近侍に笑みを向けた。「ケンブル、こちらはレディ・キルダモアの子息のロバート・ローランド卿だ。彼女が田舎にいるあいだ、ぼくが注意してやることになっている」

「ついでに、情事の仲介もなさるので？」ケンブルはむっつりと言った。「令夫人はいたく感動なさるでしょうな！」

疲れてすぐには反論する気になれず、デイヴィッドは帽子とステッキをドアのわきの長椅子に投げ出した。「そちらこそ、よくもうちのメイドをふてぶてしい女と呼んでくれたな」とやり返し、「すまんがきみの邪推を正させてもらうと、ロビンとぼくはコヴェント・ガーデンからもどる途中でこの女性が難儀しているのに出くわしたんだ」

みるみる怒りをやわらげ、ケンブルはもう少し近づいて娘に目をこらした。「さようで？」デイヴィッドはすばやく手袋を脱ぎ、ステッキの上に投げ出した。「ああ、彼女はとある客と不幸な意見の相違があり、ひどい言葉を浴びせられていたのさ」

「それにパンチもですね」ケンブルは陰気につけ加え、のどの奥で小さく舌を鳴らすと、近くの壁に取りつけられた燭台のほうにそっと娘を引き寄せた。奇妙にも、彼女は逆らわなかった。「いい子だ、名前は？」近侍はあやすように言い、娘のあざだらけの顔を光のほうに傾けた。

「ドット」彼女がささやくように言う。

ケンブルは微笑んだ。「さて、ではドット！　その目にはステーキ用の牛肉、そして切れた唇にはわたしの特製カミツレ軟膏《なんこう》が必要そうだ」彼は娘をキッチンへ追いたてるようなしぐさをした。

デイヴィッドは安堵の吐息をついた。あきらかに彼は事態を持てあましていたのだが、同じくらいあきらかに、ケンブルはちがった。罪悪感がちくりと胸を刺すのを感じつつ、彼はためらいがちに切り出した。「なあ、ケンブル。彼女をどうしたものかな？」

「どうする？」ケンブルは優雅な肩をすくめた。「少し手当てをしてやるつもりですが。ほかにはあまり、してやれることはないと存じます」

デイヴィッドは即座に財布を取り出した。「それなら、ぼくがいい避難所を知っている。ペニントン・ストリートのアマースト施設だが……下僕に貸し馬車を呼ばせて今夜じゅうにドットをあそこへやってくれるか?」

初めて、娘の顔にぱっと警戒の色が浮かんだ。デイヴィッドは彼女のそばへ踏み出し、肩にそっと手を置いた。「いや、そこは安全な場所だ。売春宿じゃなく、伝道所だよ。寮母のミセス・クインスがきみを風呂に入れて寝場所を与えてくれる、いいね? それにもしきみがそこにいたくなければ、明日にでもどうするのがいちばんか考えよう」

# 6　ミセス・クインス、憂き世の現実を説く

水曜の朝、セシリアはしぶしぶ伝道所に足を運ぶと、オフィスには顔を出さずにすばやく教室へ向かった。十一時の聖書の講義にかろうじて間に合った。もともと自分には道徳を説く資格などないように思えていたのだが、日々の人生にドラコートがもどってわが身の下劣さを思い知らされた今では、なおさら自信がなくなっていた。けれど今日は当番だ、やるしかない。

セシリアがドアから飛びこんで教壇に立つと、十五対の目が長椅子の左右の仲間たちから離れ、かしましいおしゃべりがやんだ。セシリアは鍛えあげた快活さで旧約聖書を開き、口早に祈りを唱えると、ダニエル書の炎の試練の物語（王命にそむいて燃えさかる炉に投げこまれた三人の信心深い男たちが神に救われ、名誉を回復したエピソード）を一気にまくしたてた。だが娘たちはまるで感銘を受けず、退屈しきっているようだった。たしかに、劫火《ごうか》の中を進む男たちの恐怖は、荒廃しきった貧民街を歩んできた者たちには少々色あせて見えそうだ。

講義が終わり、セシリアがバタンと本を閉じると、室内にざわめきがもどった。ミセス・クインスがきびきび進み出て、子羊たちを作業室へと追いたてはじめた。そのとき、セシリアは後方の席の、かぼそい黒髪の娘に目をとめた。背中を丸めてすわった娘の顔は、青あざでまだらになっている。彼女は片腕をキティ・オゲーヴィンにまわし、席を立とうとしなかった。

「ミセス・クインス？」二人に視線を向けたまま、セシリアは大声で呼んだ。

寮母がせかせかとかたわらにやってきた。「何かね、奥さん？」

「まだメグに関するニュースはないの？」

「はあ。あいにくですけど」

予想どおりの答えだが、セシリアの心は沈んだ。と、黒髪の娘が優しくキティのこめかみに手を走らせた。「それと、キティのとなりの黒髪の娘《こ》──彼女は新入り？」

「はい」ミセス・クインスは答え、考えこむように顔をしかめた。「ええと、名前はドット・キング。ご親切なドラコート卿がおとついの晩、送り込んできなすったんです」

「ド、ドラコートが？」セシリアは口ごもった。

「ええ、そうですよ！　なんでも、コヴェント・ガーデンの近くで客にぶんなぐられてたのを助け出したとか、使いの男が言ってました」寮母は淡々と答えた。「まったくよかったわ。あの気の毒な娘は傷だらけでね──たぶん、子爵様がご存知ないところまで」

そのそっけない言葉から、セシリアは即座に理解した。「彼女はレイプされていたのね、寮母はうなずいた。「ええ、こっぴどく。たぶん、相手は一人じゃないね」

セシリアはどさりと聖書を演台に置いた。「ならばその男――その悪魔を捕らえさせるべきよ」彼女は息巻いた。「すぐに手を打つようにドラコート卿に話してきます」

ミセス・クインスは庇護者ぶった、いたわるような目を彼女に向け、「けど、世の中そうはいかないもんだよ、奥さん。よくわかってなさるでしょ。それに、ドラコート卿みたいな人をギャーギャーせっつけば、逮捕どころじゃすまなくなるかもしれません」

セシリアは驚いて寮母を見た。「まあ、どういう意味？」

ミセス・クインスは値踏みするように両目を細めた。「つまり、こういうことさね。あの人の如才ない言葉やけだるい物腰はみんなうわべだけ。根は激しい人ですよ。そういう男は変態どものために、警官の手をわずらわせたりはしません。もっと手っ取りばやい方法があるときには」

セシリアはちらりと、まだ長椅子から動かない二人の娘に目をやった。もうこんな痛ましいことには慣れたつもりだった。けれど、少しも慣れてはいなかったのだ。どうか今後も慣れたりしませんように。さもないと、お茶と仮面舞踏会と悪気のない美辞麗句にしか向かない女になってしまう。

しばし、セシリアは無言で部屋の奥を見つめた。それからついに尋ねた。「ドラコート卿はひどくたちの悪い男なのかしら、ミセス・クインス？」

寮母は笑ってかぶりをふった。「まさか！　ちっとも悪い人じゃありません。ただ――」

まさにそのとき、よろよろ立ちあがったキティが祈禱書の棚を倒し、あぶなっかしく身体をふらつかせた。もしもそんなことが可能なら、以前にも増して青白く痩せ細り、もっぱらドットの腕のおかげで床に倒れこまずにいるようだ。

ドットが必死の形相で目をあげた。「この子は具合が悪いんです、奥さん」とかすれ声で言い、キティを助けて通路を進もうとした。セシリアがあわててそちらへ踏み出したとき、キティがまたよろめき、片手をさっと口に当てた。あごを突き出し、ぎょっとしたように両目を見開いている。

察しのいいミセス・クインスが驚くべき速さで石炭バケツをとりに走ったが、ほんのわずかに遅すぎた。セシリアが駆け寄ると同時に、キティはゲッと朝食を吐き出した。ミセス・クインスがすばやく飛び出し、セシリアと新顔の娘はどうにか最悪のときがすぎるまでキティを支えた。それから、ごく慎重に彼女をいちばんまえの長椅子にすわらせた。

ミセス・クインスがエプロンからハンカチーフを取り出し、ひざまずいてキティの額を拭うと、「よしよし、いい子だ！」と優しく言った。「ちっとは気分がよくなったかい？」

キティはおごそかにうなずいた。それから、ぞっとした顔でセシリアの汚れたスカートを見た。「ああ、奥様！」あえぎながら言う。「何てことをしちまったんでしょう！」

「いいのよ」セシリアは娘の冷たい手を撫でた。「それより、あなたをお医者様に見せなければ」

「ふむ」ミセス・クインスが心得顔で言った。「むしろ産婆だね」非難がましい響きはなく、たんに確信に満ちた声だった。

キティはうちひしがれて寮母に目をやった。

「どれぐらいになるの、え？」ミセス・クインスは穏やかに尋ねた。

キティはぐったり椅子によりかかり、ドットの肩にもたれて身を震わせた。「よくわからないけど」片手を腹に当て、みじめそうにささやく。「四、五カ月です」

セシリアは恐怖に息を呑んだ。「でもミセス・クインス、そんなはずないわ！　見て！　彼女はこんなにか細いのよ」

寮母はうなり声をあげて床から立ちあがり、「ああ、痩せすぎもいいとこですよ。おまけにあたしの目に狂いがなけりゃ、死ぬほど怯えきってます」彼女は人差し指でキティのあごを持ちあげた。「さあ、いい子だ――出血はあるのかい？　話したほうがいいよ」

キティはかすかにうなずいた。

ミセス・クインスはため息をついて新入りの娘をふり向いた。「この気の毒な子を上の寝床へ連れていくのを手伝っとくれ、ドット。たぶん奥さんのおっしゃるとおりだ。結局のところ、お医者が必要そうだよ」

ドラコート卿の水曜の朝一番の仕事は、ウォッピングのテムズ河水上警察署に立ち寄り、殺人事件の調査の進展状況を尋ねることだった。ようやく彼らを焚《た》きつけた今、その火をせっせとあおるのが得策だろう。ところが、あいにく目当てのド＝ローアン主任警部は不在だった。

デイヴィッドは苛立ちもあらわに、受付のデスクで目をまるくしている巡査からペンと紙をひったくり、質問事項のリストを走り書きした。印章は携帯していないし、密封の必要も感じなかったので、そのままピシッと音をたてて紙をデスクに置いた。「これを今すぐド＝ローアンに届けてくれ」

巡査は目をしばたたき、やがてついにデスクの奥から手をのばした。取りあげた紙がわずかに震えている。「か、かしこまりました、閣下！」

デイヴィッドは不意に、しげしげと相手を見やり、いったいどちらがより居心地悪い思いをしているのだろうかと考えた。おそらくこの警官はこれまで、仕事場で貴族を目にしたことがないのだろう。かたや彼自身は、もう二十年近くも警官と口をきいていなかった。思春期にウェストエンドの劇場街ではめをはずし、母親の家までよぼよぼの夜警に引きずっていかれて以来だ。

だが一週間分の欲求不満と懸念を罪もない人間にぶつけるのは不当だと、遅まきながら彼は気づいた。そこで巡査に微笑みかけようとした。「いや、悪かった。どうもここ一週間ほどどついてなくてね。若い娘は殺されるし、こちらはこちらで……」あとは言葉をにごし、もう少し穏やかに続けた。「とにかく至急、ミスタ・ド＝ローアンから連絡をもらう必要があるんだ。彼にそう伝えてもらえないかな？」

優しい言葉の効果は驚くほどだった。「承知しました、閣下」同情のにじむ声で巡査は答えた。

デイヴィッドはきびすを返して立ち去りかけたあと、くるりとふり向いた。「ああ、もうひとつ、ド＝ローアンに用事があったんだ」彼はさっきの手紙を取り返し、余白にひとつの言葉を書きこむと、巡査に見えるように紙を逆向きにした。「ひょっとして、この男を知らないか？」考え込むように指先でその名前をたたきながら尋ねた。「グドウィンズ・コートの店で輸入レースとシルクを売っているそうだが、じつはもっとうしろ暗い商売なんじゃないかと思えてね」

「へえ？　どんな商売ですか？」

デイヴィッドはこわばった笑みを浮かべた。「たしかなことはわからない。友人たちにちょっと女を世話するとか……とにかく卑劣な野郎なんだよ」

巡査は額にしわを寄せた。「グライムズ……どこかで聞いたような名前だけど、うちの署で扱うのはおもに窃盗と密輸だからな」とつぜん、しわが消えて顔が輝いた。「でもド＝ローアン警部は以前はボウ・ストリートで働いてたから、あのへんのやくざ者にはくわしいはずですよ。で、正確には何を知りたいんですか？」

「何かそいつにみじめな一生を送らせる方法があるかどうかさ」デイヴィッドはちらりと笑みを浮かべた。「できれば警官や税関吏、徴税人――まあ要するに、各種の法の手先に小うるさくつきまとわれる一生だ」

「そりゃいいや！」巡査は愉快そうに言った。「とにかく、合法的ないやがらせをお望みなら、ド＝ローアン警部はぴったりですよ。すぐに話してみます」

デイヴィッドはにっと笑みを浮かべた。「恩に着るよ」

それから、戸口で待たせてあった馬車に飛び乗り、奇妙な高揚感が全身を駆けめぐるのを覚えつつ、ペニントン・ストリートまでの短い距離を飛ばした。

そう、彼はミスタ・グライムズを忘れてはいなかった。ドット・キングの腫れあがった目を思い浮かべるたびに、少々荒っぽい正義を達成したくてならなくなった。一人の女を殴るほど病的な男は、たぶんほかの女も殴るはずだし、その種の病には治療よりも予防のほうがいい。

伝道所に着くと、彼はまた馬車から飛び降り、足早に売店を通り抜けて階段をあがった。この朝はもうひとつ、果たさねばならない道義的な責務があった。謝罪だ。

しかし、セシリアはいなかった。二時になっても彼女がオフィスにあらわれないと、デイヴィッドはあやしみはじめた。彼女があっさり伝道所の大儀を捨て、彼の好きなようにさせるとは思えない。そんなことをするには彼女はあまりに頑固だ。すると、残る可能性はただひとつ。

あの無礼な女は彼を避けるつもりだろうか？

デイヴィッドはにやりとし、またもや血が沸きたつのを感じた。どうにも解せない話だが、きっと彼女を見つけてやるというひねくれた決意に駆られた。そこで陰気な薄暗い廊下をぶらぶら歩いてゆくと、かわりに彼女のおしゃべりなメイドが見つかった。彼はメイドからキティ・オゲーヴィンの痛ましい一件と、サウスワークから医者が呼ばれたことを聞き出した。

だが、四階の寮の入り口の古びた椅子にすわりこんだセシリアを見たとたん、彼はあらゆる高揚感も熱意も忘れ、胸のむかつくような不安にとらわれた。彼女は疲れきった様子で華奢な肩をまるめ、ひざにひじをついて、片手に額をうずめていた。今にも壊れてしまいそうだ。それに、信じられないほど美しい。

ふと、彼女は泣いているのではないかと恐れ、デイヴィッドは身を凍らせた。以前に一度、今にも泣きだしそうな彼女を目にした彼は、その遠い記憶にいまだに苦しんでいた。それにしても、彼女はいったい何をしているのだ？　こんなみじめな、寒々しい場所で。そう考えると、苦い怒りでいっぱいになった。

良家の女性を過酷な現実にさらしたりすべきではない。彼女の保護者はいったい誰なのだ？　あの愚かなハリー？　それとも気取り返った義理の息子のジャイルズか？　まったく、セシリアのような女性はのどかな田舎屋敷にでもしまい込み、暖炉のそばで子供たちと遊ばせておくべきなのだ。献身的な夫に憂き世の穢《けが》れから守られ――。

だが、それは彼の知ったことではないはずだ。

デイヴィッドは苦い思いをふり捨て、懸命に怒りを抑えた。片足を踊り場にのせ、手すりの支柱に手をかけて、「セシリア？」と穏やかに呼んだ。

彼女は目をあげ、彼が誰かわからないかのように、頼りなくまばたきした。デイヴィッドは最後の五段をのぼり、気遣わしげに近づいた。「セシリア、ミス・オゲーヴィンのことは本当に気の毒だった。医者はまだ彼女のところか?」

セシリアは無言でうなずき、もつれた髪を大儀そうに額からかきあげた。明かりのついていない廊下の冷たいくすんだ光の中で、やつれきって、ひどく孤独に見えた。不意に、デイヴィッドはプライドを捨て、彼女の椅子のわきにひざまずいた。

「それにきみは?」彼女の小さな、血の気のない手を優しくつかみ、両手でそっとさすった。「きみはだいじょうぶかい?」

セシリアは何も答えずに椅子の背にもたれたが、彼につかまれた手を引っこめようとはしなかった。「キティは赤ちゃんを失くしそうなの、デイヴィッド」と静かに言った。「それというのも、彼女がまだほんの子供で、ひどい寒さと栄養不足に冒されてきたから……あまりに長く、邪悪な世界にひとり放り出されてきたからよ」セシリアは胸を震わせて深々とため息をついた。

そのとき、寝室のドアがさっと開かれ、蝶番がキーッと抗議の叫びをあげた。革の診察鞄をもった背の高い中年の男が、戸口の低い横木をくぐって廊下に踏み出した。続いて、ミセス・クインスがピンク色に染まった水の入った洗面器を慎重にささげ持ってあらわれ、それを廊下の小さなテーブルに置いた。不意にすべてが現実味を帯び、デイヴィッドはたじろいだ。

「サー・ジェイムズ、彼女はどうですの？」セシリアがゆっくり、椅子から立ちあがった。「それに赤ちゃんは？　生きられるかしら？」

医師は重々しくかぶりをふった。「彼女は衰弱しています、レディ・ウォルラファン、とてもひどく。子供はまず、見込みがありませんな」

セシリアは奇妙な、窒息しかけたような声をあげてあとずさった。寮母がそっと身を乗り出して肩をたたいた。「さあさあ、奥さん！　そんなにしょげないで！　こんなことは初めてじゃなし。サー・ジェイムズができるだけのことをしてくださったんです。赤ん坊は神に召されたんですよ」

「まあ、たしかに神は山ほどの赤ん坊を召されるようですものね」セシリアは苦痛に満ちた、とげとげしい声で言った。「わたしはもう、うんざり。あの娘《こ》たちだって、ほかの誰にも負けず子供が欲しいのよ」

一瞬、ミセス・クインスは反論しそうに見えたが、その気になれなかったようだ。「まあまあ、レディ・ウォルラファン！　ちっちゃな命が失われるのがあなたにはどんなにつらいかわかってますよ」

デイヴィッドはこれ以上、セシリアの苦痛を見ていられなかった。「どうすればいいんです？」紹介も待たずに、口をはさんだ。「つまり、ミス・オゲーヴィンが快復するには何が必要なのかな？」

どうやら紹介は不要だったとみえ、医師はかすかにさげすむように彼を見た。「彼女に何が必要かと、子爵？」信じられないといわんばかりの口ぶりだ。「むろん、よい食物と清潔な水、煤煙で汚れていない空気でしょうな。それにまともな仕事――路上で魂を売り歩いたりせずにすむ仕事と、安心して子供を生み育てられるまともな世界。そんなものを魔法のように作り出せるとお思いですか？」

怒りがデイヴィッドの胸を刺した。こんなやつに見下されるいわれはない。いったい人を誰だと思っている？　彼は傲慢そのものの目つきで医師をねめまわしたが、見えたのは疲れきった顔のやつれた中年男だけだった。シャツのすそが飛び出し、完璧に糊づけされていたはずの袖口に血が飛び散っている。

認知の光が稲妻のようにひらめき、次の瞬間、デイヴィッドは考えた――この悲惨な場所の内実を知らずにすめばどんなによかったか。だがもう遅い。今では義憤という盾にしがみつこうとしても、裂け目から不快な現実がしみ入り、彼の心をくじこうとしていた。

上流階級の多くの者たちと同様に、デイヴィッドは現世の社会的病弊など、容易に改められると考えたがっていた――そもそも、少しでも考える必要があるのなら。だがそんな態度はむろん、貧困と悲哀の中で日々戦っている人々への心ない侮辱だ。

意外にも、すかさず彼を弁護したのはセシリアだった。「ドラコート卿は問題を軽んじるおつもりはないのでしょう、サー・ジェイムズ」彼女は穏やかに言った。「ただ、わたくしたちのまえにある障害をまだ理解していらっしゃらないんだわ」

医師の顔つきはとくにやわらがなかったが、次の言葉はいくらか友好的だった。「いや、

「まあ、たしかに」彼はつぶやいた。「われわれみなにとってつらい午後でした」セシリアがあらためて尋ねた。「サー・ジェイムズ、あとはキティに何をしてやればいいのかしら？」

医師は革の鞄をかきまわし、ずんぐりした茶色いガラス瓶をとり出すと、ミセス・クインスの手に押しつけた。「これを四時間ごとに飲ませてやりなさい。ほかには、あまりできることはないが——せいぜい暖かくして、栄養をとらせることだ。肉汁のスープ、カスタード、煮込んだ肉——彼女が食べればの話だが、はたしてどうか。ミス・オゲーヴィンは身重の身体で、ただならぬ悲嘆と緊張にさらされてきた。姉の死に深い打撃を受けているし、何かわたしには理解のおよばぬ不安を感じているようだ」

ミセス・クインスが勢いこんでうなずいた。「そう、何かが心にのしかかってるのに、あの子はひと言も話そうとしないんですよ。アイルランド人てのは、頑固で我慢強いですからね」

とつぜん、デイヴィッドがまた口を開いた。「彼女は移動させてもだいじょうぶかな、先生？　つまり、もっと健康的な滞在先があれば」

「移動？」サー・ジェイムズは面食らったようだった。「まあ、出血と吐き気がおさまって、少しは栄養をとれるようになれば。しかし、あの気の毒な娘がいったいどこへ行くというのかね？」

あきらかに返事はないものと見て、医師はそれを待とうとはしなかった。かわりにぴしゃりと鞄を閉じて金具をとめ、階段へと向かった。「では五時まで聖トマス病院の診療所にいるから」と肩越しにふり向いて言う。「容態が悪化するようなら知らせてくれ」

すぐに、ミセス・クインスが洗面器を取りあげて医師のあとから階段をおりてゆき、デイヴィッドはセシリアと二人きりで廊下に残された。彼女はふたたび、ぐったり椅子に腰をおろした。

名状しがたい悲哀に胸をうずかせながら、デイヴィッドはふと、二人の長年にわたる奇妙な関係の中で、セシリアと五分以上口論せずにいたのは初めてなのに気づいた。それを達成するのにこんな悲劇が必要だったとは、何とも残念だ。

彼はそっと、ほとんど衝動的に、彼女の肩に手をかけた。「セシリア、ちょっと話があるんだが、それはまたにしたほうがよさそうだ。きみが帰宅できるように馬車を呼んでもいいかな？」

彼女はぼんやり、かぶりをふった。「どうかしら」

「今日はもうここにいてもできることはない。ドレスが台なしだし、少し休んだほうがいい」

セシリアは彼の背後の、廊下の奥を見つめたまま、「たぶんあなたの言うとおりね」と静かに答えた。

「そうだとも」

彼女は立ちあがり、彼の手が肩からすべり落ちた。「では荷物をまとめてきます」ゆっくり、憂いに満ちた足どりで階段へと歩きはじめたセシリアは、不意に肩越しにふり向き、穏やかな謎めいた表情で彼を見た。「今夜はお会いできるのかしら、子爵？」

「今夜？」馬鹿げた希望が脳裏をよぎり、デイヴィッドはおうむ返しに言った。

「理事会の会合よ」彼女はうつろな声で答えた。「今夜はわたしが主催する番なの」

「ああ、理事会か」デイヴィッドは静かにくり返したが、そこでまた希望が渦巻いた。「きみの家へ行けばいいのか？」

「パーク・クレセントの三番地よ」彼女は答えた。「毎月、第三水曜日に集まるの。もちろん、ほかに予定があれば……」

デイヴィッドは一瞬ちらりと、先月シアター・ロイヤルで見つけた官能的なとび色の髪の女優を思い浮かべた。彼女の芝居は今夜で打ち切りなので、彼は慰労として、新たな、より刺激的な役柄を提供するつもりだったのだ。だが、もう少しだけセシリアのそばへ踏み出し、甘く素朴な香りに触れたとたんに、その考えは消え去った。

「いや、何も予定はない」彼はいささかぶっきらぼうに答えた。「アマーストとの約束を履行する以外には」

ややあって、二月の夕闇がおりはじめたころ、ヘンリエッタ・ヒーリーはぶ厚いウールのマントをかき寄せながら、リージェント・パークの芝生の向こうの運河を進む細長い艀《はしけ》に目をやった。空っぽのボートは水面をかすめ飛ぶようにして、ふたたび荷物を積みにイーストエンドの波止場へもどってゆく。幅のせまい甲板には、腕にロープを巻きつけた船乗りが脚を広げて立っている。彼はものうげに首をめぐらし、肩越しにエッタにウィンクした。

不意に風向きが変わり、首元のスカーフをはためかせると、エッタは傍目《はため》にもわかるほど身体を震わせた。「エッタ、あなた寒いのね？」マントのすそを干からびた冬の草にひっかけながら、彼女とそぞろ歩いていたセシリアが気遣わしげに言った。「わたしったら、ちっとも気がつかないで。もう帰りましょうか？　あなたもはやく叔母様のところへ出かけたいでしょう」

「おお、さむ！」エッタは言った。「じきに真っ暗ですよ、奥様。あなたは寒くないんですか？」

セシリアは笑ったが、少しも楽しげには聞こえなかった。「あなたより少々多めに肉がついてるからよ、エッタ」彼女は答え、運河ぞいの小道でつと立ちどまった。「あなたに少し分けてあげられたらいいのに！」

エッタはわけ知り顔で高らかに笑った。「まさか、奥様！　ちょうどいい肉のつき具合ですよ。肝心な場所がみんなふっくら豊かで。まさに男の目を引く身体だね」

セシリアはエッタのひょろ長い身体を値踏みするように見おろした。「そうかしら、エッタ。でもたしかに、あなたは痩せすぎね……」

とつぜん、脳裏にキティの姿が浮かんだ。簡易ベッドの上で吐き気に身を震わせる、か細い、青ざめた娘の鮮烈なイメージに、つかのまセシリアは言葉を失った。いったいなぜキティは身ごもることの重大性に気づかなかったのだろう？　あるいは彼女の世界では、それはありがたくもないことで、むしろ、苦難に満ちた人生にまたひとつ加わった問題にすぎないのかもしれない。それでも伝道所の者たちが知っていれば、彼女に特別な食料、余分な肉やミルクを与えられたろう。だが、当の娘が食べようとしなければ同じではないか？

エッタが奇妙な目でじっと見ていた。「ああ、またあの気の毒なキティのことを考えてなさるね」すべてお見通しといわんばかりの口調だ。「けど、うちのマーシーおばさんの言うとおり、一人で世界じゅうの不幸をどうにかできるわけじゃなし。とっても無理ですよ」

セシリアは、ふたたびゆっくり歩を進め、引き船道を離れて運河と家のあいだの広大な芝地を横切りはじめた。「でもエッタ、どうしてあんなことになるの？」

エッタは痩せた肩を曖昧《あいまい》にすくめた。「たぶん、その月のまずい時期だったのに、あの娘はスポンジを忘れちまったんでしょう」

セシリアはいぶかしげに尋ねた。「何をですって？」

芝地の向こうから粋な身なりの二人の若者が、背中を屈め、互いの山高帽を触れ合わさんばかりに夢中で話しながら近づいてきた。彼らを無視し、セシリアはエッタに目を向けた。驚いたことに、メイドは頰を赤らめた。「やだよ、奥様！」彼女はついに答えた。「立派な未亡人だってのに、知らないんですか？」

「何を？」とセシリア。

エッタはもどかしげにため息をついた。「男がかぶせものを使おうとしないときには、こちらが小っちゃなスポンジを酢にひたして——もしあれば、ブランディでもいいけど——それをその……入れるんですよ。まともなレディはそんなことも教わらないのかね？」

「ええ。そうよ、教わらないわ」セシリアはわけがわからずに答えた。「それを何に入れるの？」

男たちは今ではかなり近づいていたが、うろたえたエッタの目には映らなかった。「あれま、奥様！」メイドは叫んだ。「スポンジだよ！　子供ができないようにするんだってば！」

前方の小道で若者の一人がぷっと吹き出し、それを優雅な山羊革の手袋で隠そうとむなしくあがいた。今度はセシリアが赤面する番だった。「いやだわ、エッタ！」怒りにかすれる声でささやく。「キティがどうして身ごもったか訊いたんじゃないわ！　あの質問はもっと抽象的な意味だったのよ！」

「ちゅう……何だって？」

「ああ、もういいわ」セシリアは言った。少なくともエッタは常にふさぎの虫を蹴散《けち》らしてくれる。公園の縁に優雅な弧を描くテラスハウスで、ひとつ、またひとつと窓に明かりが灯るのが見え、セシリアはとつぜん、家にもどりたくなった。あの象牙色の壁に囲まれて、世界じゅうの不正を閉め出したかった。

だが足どりを速め、無言で家路をたどるうちに、ついに好奇心に打ち負かされた。「でもエッタ、その月のまずい時期というのはどういう意味？」

今度は周囲を見まわしてから、エッタは答えた。「日にちを数えるんですよ、奥様、月のものの中間まで。それがいちばん身ごもりやすい時期で、スポンジを使わなきゃいけないんです」彼女はしつこくささやいた。「おっかさんに何も教わらなかったのかね？」

「母はわたしが生まれたときに死んだわ」セシリアは静かに答えた。「姉もいなくて、遠くに伯母が一人いただけ。わたしはさぞや間抜けに見えるでしょうね」

「それじゃ」エッタは警告するように言った。「いろいろ覚えといたほうがいいよ、奥様、例の親しいお相手もいなさることだし。べつに、出すぎたことを言う気はないけどさ」

「ドラコート卿のことで人をからかうつもりね」セシリアは言った。「でもわたしだってそれほど馬鹿じゃないわ。彼は本気でわたしに興味があるわけじゃない、ただ苦しめたいだけよ」

「そりゃ、たしかに、あの手の男には苦しめられるもんです」エッタは穏やかに言った。「ただし、どんなふうにかはわかっていなさらないと思うよ。さて、さっさと歩いてください。あたしがマーシーおばさんのとこへ泊まりにいくまえに、そのくしゃくしゃの髪をきれいに結わないと」

セシリアは従順に足どりを速めながら、ひそかに、エッタはこれ以上ないほど間違ってるわ、と考えた。ドラコートのような男がどんなふうに女を苦しめるか、セシリアは正確に理解していた。現にもう何年も、まさにそうして苦しめられたのを認めざるをえないし、彼はそれをいともたやすくやってのけたのだ。あの最初のキスの記憶は今も彼女につきまとっている。あのときも今と同じくらい、彼が欲しくてならなかった。

それでも抵抗できたのは、あの手の男は抵抗しやすいからだ。たんに善悪のけじめを思い出せばいい。道徳と不道徳のちがいを。だが今日の午後、彼女が伝道所で目にした男は……ああ、あれはまったくべつだ！　苦悩のにじむ声で優しく触れる男に抗《あらが》うのははるかに厄介だし、他人を懸命に気遣う男に抗うのは不可能に近い。そしてドラコートはやくざ者かもしれないが、徐々にあきらかになってきたとおり、驚くほど周囲のみなを気遣っていた。

## 7 深夜の客人

その夜、ドラコート卿はパーク・クレセントへ出向くのが少々遅れたが、それはケンブルの最善の努力にもかかわらず、またもや子爵が不満だらけのクラヴァットに悩まされたからである。彼は苛立ちつつも、ついにあきらめ、ほんの二週間まえならとうてい我慢ならなかったはずの平凡な滝状の垂れ布《カスケード》を着けて出かけた。

今夜は、それもろくに気にならなかった。じっさい、彼の優先事項のじつに多くが、不可解な形で変わってしまったようだった。

御者がリージェント・ストリートの雑踏を縫《ぬ》って馬車を進めるあいだに、デイヴィッドはポケットをまさぐり、夕刻になって使者が届けてきた手紙を取り出した。ド＝ローアン主任警部の返答はすばやく簡潔だった。だがその筆跡は、馬車の薄暗いランプの光で読み返すには、あまりに小さくきっちりとしていた。まあいい。内容はわかっている。

デイヴィッドは目をあげ、窓の外のにぎやかな夜の通りをガラガラと行き交う荷車や馬車をながめた。今夜は身を切るような寒さで、じきに雨が降りだしそうに分厚い雲が垂れこめている。

窓ガラスの向こうをよぎる街灯の光の中に、商店やコーヒーハウスから足早に立ち去る人々が見え、デイヴィッドはふと考えこまずにはいられなかった。彼らには何か人生の使命があるのだろうか？　あんなすばやい足どりで、強い目的意識をもって、いったいどこへ向かうのだろう？　自分はかつて一度でも、何かをめざしたことがあるのだろうか？　それとも永遠にただのドラコート——世間ずれした、無気力な、ほとんど無益な男なのだろうか？

ようやく馬車がとまり、彼がおもての階段を駆けあがったときには、セシリアの小さな客間はすでに人でいっぱいだった。セシリアの執事らしき、長身のしゃがれ声をした涙目の青白い男に導かれて入ると、すぐにレディ・カートンの姿が目についた。セシリアとともに伝道所を手伝っている、もの静かな寡婦だ。

デイヴィッドは前日に彼女と会い、意外にも大いに好意を抱いていたので、理事会のほかのメンバーたちに会釈しながらそちらへ進んだ。驚くほど見憶えのある顔ばかりだったが、とくに親しい者はいない。それにみな彼が思っていたような、浮薄な気まぐれ屋ではないようだ。むしろ政治や社会改革、福祉の分野で活躍する人々ばかりで、社交界の花形とみなされているような者は見当たらなかった。

もちろんジャイルズも来ていたが、彼の態度はせいぜいよく言っても冷淡だった。レディ・カートンがデイヴィッドにもうっすら見憶えのある友人のローダーウッド大佐を紹介してくれたあと、ほとんどすぐに彼らはディナーの席へ呼び入れられた。気づくとデイヴィッドはジャイルズとリッジ卿のあいだにすわらされ、緩衝材としてふるまうはめになっていた。父親の死に先立って下院入りしたジャイルズは改革派寄り、かたやリッジ卿は根っからの保守主義者だ。少々意外なことに、伝道所で会った医師のサー・ジェイムズ・シースも理事の一人だった。

デイヴィッドの加入に関しては、ローダーウッド大佐のあからさまな疑念からリッジ卿の熱心な激励まで、反応はさまざまだった。彼のほうはみなに友好的態度をとるよう努めたが、ひとたびその気になればわけもなかった。あとは、セシリアにぽかんと見とれないように心したものの、そちらはただならぬ大仕事だった。

不自然なほど晴れやかな笑みを浮かべたセシリアは、テーブルの上座に着いていた。客の一人から一人へと首をめぐらすたびに、揺れ動くダイアモンドのイヤリングが蠟燭の光にきらめいている。いつもは決まって保守的な服装の彼女だが、今夜は彼がオグデン屋敷のパーティで見たのと同じ、象牙色のサテンに深緑色のクレープを重ねた大胆なドレス姿だった。あれから少し手直しされて、格式ばった感じが薄れているが、どこで見ても彼はすぐに気づいたろう。あの夜は肩まであらわなネックラインに言葉を失い、わけもなく怒りを覚えたものだ。ちょうど今のように。

よもや彼女は象牙色の胸のふくらみがどれほど派手にのぞいているか、気づいていないわけではあるまい。いったいなぜ、今夜の会のためにそんな服を選んだのだろう？　たしかに、なかなかシンプルで優雅ではある。それに、あの豊かな胸の谷間が展示に値することは否定しがたい。それにそう、緑は彼女の豊かな銅色の髪をこれ以上ないほど引き立てる。だが彼女はあのドレスで誰かを感心させるつもりだったのだろうか？　もしもそうなら、誰を？

周囲の顔ぶれを見まわすと、ほぼ全員が既婚者か耄碌《もうろく》しかけの老人だった。そのとき、ジャイルズが目にとまった。くそっ。そうか、彼ならじゅうぶんハンサムだ。きわめてハンサム、といってもいい。それに分別ある堅実な市民で、何か邪悪な性癖があったとしても、慎重に隠し通すタイプだ。そういえば、セシリアはすぐ左どなりにジャイルズをすわらせている。しかも、あの男はときおり彼女の間近に身を乗り出し、所有者然として腕に触れたり、少々優しすぎる声で話しかけたりしている。デイヴィッドはそれが妙に気になった。

魚料理が運ばれて間もなく話が本題に移り、会話に参加せざるをえなくなったときには、ほとんどほっとしたほどだった。彼は思いのほか準備ができていて、彼らの質問の大半に答え、いくつかささやかな提案をすることさえできた。いちばん切実なのは金の問題で、冬場の石炭代が大きな負担となっていた。

もうひとつの懸案はメアリ・オゲーヴィンの死で、彼が聞き出した調査の進展状況を慎重に言葉を選んで説明すると、理事たちはぶつぶつ賛意を口にした。最後には、セシリアは完全に黙りこみ、サー・ジェイムズもいくらか感銘を受けたようだ。だがローダーウッド大佐は盲目も同然にもかかわらず、なぜかその夜の会合のあいだじゅう、ちらちらと疑わしげな視線をデイヴィッドに向けていた。

デイヴィッドは彼を無視することに決め、ほどなく、話題は活発な政治論争に移っていった。だが彼自身の注意はたえず伝道所の問題、とりわけ殺された娘と、彼女の行方不明の友人に引きもどされていた。すべてはどこかで関連しているのだろうか？　それともたんに、彼の考えすぎなのか？　あの妹をどうするべきなのだろう？　この悲惨な事態の全般に、デイヴィッドは奇妙に責任を感じた。ある意味で、じっさい責任がある。

この会合にそなえて着替えるあいだに、彼はケンブルに一部始終を話していた。近侍は山ほどの推理と疑問点をあげ、デイヴィッドはそれらをすべてド＝ローアンと話し合うつもりだった。どうやら彼の近侍は人間性、それもきわめて邪悪なたぐいのものに精通しているようだ。

デイヴィッドは頭の中で、ド＝ローアンの手紙の要旨を見なおした。警部はメアリにじっさい婚外子がいたこと、父親は不明で、子供は死亡したことを確認していた。キティ・オゲーヴィンによれば、彼女の姉は宝飾品や金はいっさい持たず、ゆえに強盗の標的になるとは思えない。メアリが以前いた売春宿を訪ねても、それ以上のことはわからなかった。

例の捨て子養育院の話では、メアリは優に一年あまりも毎週してきたように、その夜も八時に帰途についていた。医師の報告書によれば、彼女は襲撃者に抵抗したふしも犯された痕跡もなかったが、デイヴィッドはレディたちのまえではそれに触れるのを如才なく避けていた。

だが、セシリアはあまりに人生の過酷な現実にさらされてきた。いずれは、あれこれ尋ねはじめるだろう。そうとも、間違いない。それを思い、デイヴィッドはぎゅっと目を閉じた。彼にはとても答えられそうにない。力なく椅子にもたれた今朝のセシリアのあの悲痛な姿から何か学んだとすれば、それは彼女を心ない冷酷な女と考えてきたのは、むしろ彼自身の思いやりのなさを正当化するためだということだ。彼女は冷酷ではない。そうであってくれれば、と思えるほどだ。ときには、そのほうが安全だ。

ふたたび目をあげると、セシリアはリッジ卿と何やら議論を戦わせていた。デイヴィッドは彼女の瞳にひらめく青い炎に見入り、話の内容はそっちのけで彼女の声の軽快な響きに聞き入った。と、不意に、ぼんやりした意識にリッジ卿の反駁《はんばく》の言葉が食いこんできた。「いや、いや、レディ・ウォルラファン!」リッジ卿は陽気に声を張りあげた。「わたしなどあなたの敵ではありません! ご叱責はこちらのドラコートに、彼こそ真の保守主義者ですからな!」

そちらに目を向けたセシリアは、つかのま、リッジ卿との議論を忘れた。今しがたまで閉じられていたデイヴィッドの目が、ぎょっとするほどひたと彼女の視線をとらえたからだ。不意に揺り起こされ、何か不可解ものを見つめているとでもいうように。豊かな、黒っぽいまつげに縁どられた目は大きく見開かれ、これまで常に彼の属性のように思えた、あの奇妙な、誘いかけるようなけだるさが消えている。やがて混乱の色が消え、何かもっと深いものが見えた。静かな、哀しげといってもよい達観。さらに、それとはべつのもの。焦燥？　注意深く隠された秘密？

よくわからない。けれど、彼に凝視されるのはひどく気詰まりだった。じっさい、またも唇を奪われ、周囲のすべてがかすんでしまったような気分だ。

情けないことに、彼に触れられ、からかわれ、心にもないことを言われるたびに、セシリアは自分がわからなくなる。しかも、彼への欲望は抗しがたいほどだった。そのとき、ほっとしたことに、彼の口がきゅっと結ばれ、豊かなまつげが垂れて、彼はまたあのドラコートになった。

うなじにかっと血がのぼった。わたしは何て馬鹿な空想をしているの！　リッジ卿の挑発に答えなければならないのに、まごまごしたりして。

セシリアはぎごちなくフォークを置き、震える手をスカートのひだの中に隠した。「いいえ、リッジ卿」と、落ち着きはらった声で言う。「わたくしたちはみな立場の相違を越え、この使命をみごとに達成するために集まりました。ならばなぜ、議会が同じようにできないのでしょう？　こうした慈善事業だけでなく、下院にも女性を送りこむしかないのかしら？」

レディ・カートンが笑った。「まあ、セシリア！　あなたがそんなことをおっしゃるのを聞いたら、亡くなったご主人は仰天なさるわよ」

セシリアはかぶりをふった。「いいえ、わたしは今でも忠実なトーリー党支持者よ。ただ歩み寄りを求めているだけ」

「いやはや」ローダーウッド大佐がうなり、落ち着かなげに椅子の中でもぞもぞ身体を動かトーリーだ！」

した。「そんな了見では、そこのジャイルズと似たり寄ったりですぞ――まさしくピール派トーリーだ！」

大佐の正面で、リッジ卿が彼女に向かってフルーツナイフを振った。「それは本来のトーリーとはまったく別物ですぞ！」

「そうかもしれません」セシリアは軽やかに言った。「でもピールは内務大臣としてよくやっているし、ジャイルズによれば、彼が新たに警察の改革をおし進めるのは時間の問題です。そうなれば、あなたがたのおっしゃるピール派トーリーのおかげで、もう罪のない女性たちがイーストエンドで無残に殺されたりせずにすみますわ」

「はっ……改革！」リッジ卿は一蹴《いっしゅう》した。「近ごろその言葉が嫌いになってしまいましたよ。それにジャイルズは忠誠心の置き場に気をつける必要がある！」

ジャイルズが咳払いして、物思わしげに人差し指をあげた。「どのみちピールの改革に関するわれわれの期待は早とちりかもしれません。またアイルランド人の抵抗運動が起こりかけていて、じきに彼はカトリック教徒解放問題に時間をとられてしまいかねない」

「ああ、それもまた、われわれが時間を浪費すべきではない問題だがな」使用人たちが皿をさげはじめるのを横目にリッジ卿がぶつぶつ言った。

ふたたび勢いづいたローダーウッド大佐がリッジ卿に向かってワイングラスをあげた。

「そうとも、いいぞ」同意を示してぐっとグラスを傾ける。

セシリアは内心、これほど偏屈な二人の不満分子を間近にすわらせた自分を責めた。「でも少しはカトリック教徒の権利を認めることも必要ですわ」彼女は大胆に主張した。「アイルランド人には、この国の政治のおこぼれしか与えられていないようですもの。伝道所の寄宿者の四分の一はアイルランド人です。メアリ・オゲーヴィンに何があったかごらんになって」

「でもねえ、セシリア」レディ・カートンがやんわり口をはさんだ。「問題は彼女がアイルランド人だったことだとは思えないけど」

「そうね」セシリアはぴしゃりと言い、音をたててワイングラスを置いた。「問題は彼女が貧しいアイルランド人で、セント・ジャイルズの貧民窟で育ったことよ」

デイヴィッドは不意にぐいと椅子を引き、チョッキのポケットからずっしりした金の懐中時計を取り出すと、「おや、こんな時間か！」と、時刻をろくに見もせずに叫んだ。「紳士諸君、食後のポートワインでもいかがです？」

客間でコーヒーを飲んだあと、セシリアの客人たちが辞去するあいだ、デイヴィッドは慎重に目立たない場所に居残っていた。執事が帽子とステッキを取りにゆくたびに、セシリアの不安がじりじり高まってゆくのがわかった。彼の御者はまだ呼び出されていないのに、彼女は玄関に馬車がくるたびに、ほとんど死に物狂いで外の暗がりに目をこらし、紋章の色をさぐっている。それでも、デイヴィッドはねばった。二人だけで話すべきことがあるとわかっていたからだ。

てっきりジャイルズもぐずぐず残ると思っていたのだが、意外にも、クラブで約束があるとか言ってさっさと出ていった。最後に立ち去ったのはレディ・カートンと大佐だ。いかにも具合の悪そうな執事のショウは、彼らの外套の重みで今にも倒れんばかりだった。

「ではね、あなた」レディ・カートンがセシリアの頰にキスしてささやいた。「せいぜい厄介事に首を突っこまないようにして」

セシリアは軽やかに笑った。「あなたはわたしを金曜日のお茶に招いてくださったのよ、イザベル！　そんな短いあいだに、そうそう厄介事があるものですか！」

「あら！」レディ・カートンは大佐に外套を着せている執事の横で甲高く叫んだ。「それで思い出した――昨日、ひどくめずらしい人が訪ねてきたの。ほんとに、すっかり忘れかけていたけど……」

セシリアは熱心に身を乗り出した。「まあ、誰なの？」

「アン・ローランドよ」当惑のにじむ声でレディ・カートンは答えた。「エドマンドの奥さんの。でもわたしは彼女とはろくに面識がないから、いったい何の用事か興味津々になったわ」

ローダーウッド大佐が鼻を鳴らした。「驚くには当たらんさ！　あの女は社交的野心のかたまりだからな！　どこでも好きな家の玄関に訪問カードを置いてゆけると思っとるんだ。むろん、あんたは不在だったのだろうな？」

レディ・カートンは彼に疑わしげな目を向け、「馬鹿をおっしゃらないで、ジャック」と優しくたしなめた。「社交的野心のかたまりがわたしを訪ねたりするものですか。それが何の役に立ちますの？ わたしはどこにも出かけないのに」

「それで彼女にお会いになったの、イザベル？」セシリアが興味深げに尋ねた。

レディ・カートンはうなずき、帽子の小さな桃色の羽根飾りが陽気に揺れ動いた。「ええ、でもそれが奇妙でね。ご主人が彼女に奉仕をさせたがっているというのよ！」

「何の奉仕だ？」大佐がぶっきらぼうに尋ねた。

「まあ、〈ナザレの娘たち協会〉へのですわ！ じっさい、彼女もひどく乗り気でね」

セシリアは優雅に肩をすくめた。「それなら、していただけばいいわ。もうひとつ寄付集めの晩餐会か音楽会があっても害にはならないでしょう」

「晩餐会だと！」ローダーウッド大佐は鼻を鳴らした。「あんな多額の寄付のあとでは、自分たちの食費すらなかろうに」

だがレディ・カートンは首をふり続けている。「まあ、ちがうのよ、セシリア！ そんなことじゃないの。彼女は伝道所で働きたがってるのよ。あそこの女性たちと一緒に。でも正直いって、とてもそんなタイプには見えないわ。それによくよく尋ねると、どうもご主人にせっつかれて慈悲深い淑女を演じて――」レディ・カートンはぎょっとしたように言葉を切った。「あら、いやだ、心ない言い方だったかしら？」

ローダーウッド大佐がレディ・カートンの腕にマントをぴっちり巻きつけてやりながら、

「いや、むしろ的確な評に聞こえたぞ」と好ましげに肩をたたいた。「さて、では行くとしよう。この寒さでショウの風邪が悪化しそうだし、冷たい雨がパラつきはじめたようだ」

「ショウはすぐに寝床へ行かせます」セシリアはきっぱり宣言し、つま先だってローダーウッド大佐の頰にキスした。「そして親愛なる大佐！　あなたはそのすべりやすい階段で足元に注意なさって」

「足元に注意！　足元に注意だと？」大佐はぶつぶつ言い、開け放たれたドアのほうに向かった。「賢明な助言だな、若奥様！　だがそちらこそ要注意だぞ。いいかね――ときには盲目の老人たちは、あんたが思っとるより目ざといんだ！」

やがてついにドアが閉まると、デイヴィッドはセシリアがショウに彼の馬車を呼んでコートを取ってくるように言うまえに、急いで進み出た。「帰るまえにちょっと話せるかな、セシリア？」と静かに尋ねる。ショウは慎み深く引きさがり、くぐもった小さなくしゃみをひとつして立ち去った。

セシリアは観念したようだ。「ええ、もちろん」と答え、礼儀正しく客間をさし示した。デイヴィッドはすばやく中にもどった。客が押し合いへし合いしていないと、室内はこぢんまりして居心地がよさそうだった。

デイヴィッドはしばし、青灰色のシルク地が優美に垂らされた壁に視線をめぐらせた。フランス製の分厚い絨毯《じゅうたん》も同系色で、赤みがかった暖かい茶色がアクセントになっている。高い天井は青灰色の美しい漆喰《しっくい》のパネルでおおわれ、花綵《はなづな》模様の白いギリシャ風の浮彫りがふんだんにほどこされていた。

藍《あい》色のベルベットのカーテンがさがった広い窓は三日月形の広場に面していて、上階からのながめはさぞみごとだろう。暖炉の炎は急速に衰えつつあるものの、室内はまだ豊富な蠟燭の火で暖まっている。家具はどれも粋というより上質で、使い心地がよさそうだった。たっぷり詰め物がされた二脚の椅子とそろいの長椅子が暖炉を囲み、その背後には優美な書き物机。全体として、自然と誘いこまれて長居したくなる部屋だ。

だがセシリアは、誰にも長居してほしくはなさそうだった。開いたドアのかたわらに立ち、彼に椅子をすすめようともしない。どう見ても、さっさと話をすませて帰ってほしいのだ。

しかし、言葉がなかなか出なかった。なかば上の空で、デイヴィッドは彫刻入りの書き物机から中国製の磁器のひとつを取りあげた。セシリアはこの手の置き物をたくさん持っているようだが、これはひときわ目を惹いた。小さな踊り子をかたどった繊細な水差しで、緑と赤のエナメルで美しく彩色されている。彼はそれをおっかなびっくり片手にのせ、「とてもきれいだ」と、ようやく口にした。

「明朝《みん》のものよ」彼女は説明し、戸口から長椅子のわきまで進んできた。「それはわたしのお気に入りで、二十一歳の誕生日にジャイルズが贈ってくれたの」

「ずいぶんたくさんあるんだね」デイヴィッドはぼんやり室内を見まわした。

セシリアは首をわずかに傾け、「明朝の装飾品を集めているの」と答えると、もう少し近くへ踏み出した。「わたしの唯一の贅沢《ぜいたく》かしら」

「どれも……とてもきれいだ」デイヴィッドはまた言った。

ついに、セシリアが彼に目を向け、深々とした青い瞳でひたと見すえた。結局のところ、彼女はそれほど神経質になってはいないのだろう。この午後に分かち合った悲嘆が、二人の関係を微妙に変化させたのかもしれない。

「あなたも東洋の磁器がお好きなの、子爵？」挑むような声の響きに、デイヴィッドははっとした。

彼は水差しを置いて彼女に目を向け、「いや、とくには」としどろもどろに答えた。

セシリアの唇の端にちらりと皮肉な笑みが浮かんだ。「ええ、そうだと思ったわ」彼女は暖炉のわきの二脚の椅子を指さした。「さあ、おすわりになって……本当は何が望みなのか話して」

本当の望みを話せだと？　死んでも言うものか、とデイヴィッドは考えた。たとえそれがわかっても。しかし、口にした言葉はこうだった。「きみと休戦したいのさ」

「休戦？」セシリアはおうむ返しに言い、背筋をぴんとのばしたまま、椅子のひとつに浅く腰をおろした。

デイヴィッドは向かいの椅子にすわった。「それと、きみにあやまりたい」彼は静かに言った。「二日まえのぼくのふるまいは言語道断だった」

セシリアはじっとひざに視線を落としたままだ。今度はそわそわスカートのひだをつまみはじめた。「でも、それなら……なぜあんなことをしたの？」

「わからない」彼は正直に答えた。「わかっているのはきみと仲直りしたいことだけだ、セシリア。少なくともこの恐ろしい数カ月がすぎるまで。そのあと、ぼくが伝道所から消えたら、きみは好きなだけぼくを憎めばいい」

とたんに、彼女の頭がさっとあがった。「わたしはあなたを憎んではいないわ、ドラコート。たしかに以前はそのつもりだったかもしれない——とても若くて愚かで、悲劇とは何かわかったつもりでいたころは。でもあなたは、子爵——」不意に、口をすぼめて首を小さく左右にふった。

「何だい、セシリア？」彼はせまった。「言ってくれ！　もうやめにしよう——こんなふうに、すねた子供みたいに爪をたてて小突き合うのは！　ちくしょう、とても堪えられない」

セシリアは深々とため息をつき、今では消えかかっている炉床の炎に目をやった。やがてついに口を開いたが、彼をまともに見ようとはしなかった。「あなたは怒ってるのよ、子爵。そしてたぶん、その怒りにしがみついている……まるで経帷子《きょうかたびら》のように怒りをまとい、それにすっぽりくるまって、他人を締め出してるの」

彼女のぶしつけさ——いや、率直さだ——にデイヴィッドは息を呑み、「ならば、きみはぼくを憎んではいないのだろう、セシリア」と堅苦しく言った。「だがあまり好きでもなさそうだ」

彼女の視線が炎を離れて彼の目をとらえ、彼を椅子の上に釘づけにした。「それよりたぶん、あなたが自分をあまり好きではないのよ、ドラコート。みんなあなたのことを誇り高くて傲慢《ごうまん》で、執念深いとさえ考えてるわ。でもわたしは思いはじめたの、あなたはたんに、とても不幸な人だ。それはなぜなのだろうって」

デイヴィッドは胸の鼓動が遅くなり、あやうく止まりかけるのを感じた。目のまえで一枚のドアが音をたてて開き、その向こうの黒々とした、未知の空洞があらわになったかのようだ。そのドアをばたんと閉じたくてならなかった。けれど、そうはしなかった。「きみは悲劇がどうとか言っていたが、セシリア」かわりに、そう言った。「きみの考える悲劇とはどんなものか話してくれないか？　ぜひ知りたい」

それを聞くとセシリアは立ちあがり、デカンタとグラスが並ぶ小さなマホガニーのテーブルに近づいた。デカンタの栓を抜こうとするかのように片手を優雅に動かしたあと、とつぜんその手を引っこめ、じっと見つめた。「たぶん……」と彼のほうを向かずに、静かに切りだした。「ある人たちにとっては、悲劇というのはたんに人生が望みどおりにならないことでしょう。わたしたちはみな……何がしか期待を抱いて生きている。期待して当然だとさえ考えて。なのに、それが実現しないとなると――」

彼女はしばし黙り、言葉を吟味しているようだったが、ふたたび口を開くと、ひどく静かに言った。「ごめんなさい、子爵、今夜は哲学的な議論をする気になれないみたいだわ。お帰りになるまえに、少し飲み物でもいかが？」

それは辞去をうながす彼女なりのやり方で、種々の事情を思えば礼儀正しい、寛大な提案とさえ言えた。しかし、デイヴィッドは受け入れたくない心境だった。「ではもしあれば、ブランディを少々。今夜はひどく冷えるからね」

彼が無言で見守る中、セシリアは極上のコニャックらしきものをグラスに注ぐと、もうひとつのグラスにシェリー酒を注いだ。それから部屋を横切り、彼の手にコニャックを押しこんだ。つかのま、彼の指がさっと彼女の手を撫でた。その温かい、優しい手触りに、奇妙に心が安らいだ。だがすぐにそれは消え、彼の手には本当はほしくもないブランディのグラスだけが残された。

不意に、デイヴィッドはまだ彼女を見つめていることに気づいた。まずい、とんだ阿呆だと思われるぞ。彼はセシリアの奇妙な言葉に、彼女には想像もつかないほど動揺していた。はやく心を鎮め、例の名高い沈着さを取りもどさなければ。彼は何か気軽な、嬉しがらせの言葉を捜した。

「今夜はとてもきれいだよ、セシリア」どうにか、いつものものうい口調で言う。「その緑のドレスはすばらしい……このまえ見たときと、どこかが変わったような気がするが」

セシリアは片手にグラスをつかんだままスカートを見おろし、もういっぽうの手でエメラルド色のシルクを撫でた。「ええ、これはおろしたてのイヴニングドレスだったの」陳腐なおしゃべりにもどれて喜んでいるように、陽気といってもよい口調で答えた。「喪服を脱いでから一度、着ただけよ。でもそのあと、エッタがショールを焦がしてしまったから、飾りを切り取ってディナードレスにしたの。すごいわ、よく言い当てられたわね」不意に、ぴたりと手がとまり、セシリアの目が彼の視線をとらえた。

デイヴィッドはごくりとつばを呑んだ。セシリアは静かに尋ねた。ひたと彼の両目を見おろしたまま、セシリアは静かに尋ねた。「言い当てたんじゃないのね？」

デイヴィッドはグラスの中のブランディを見おろした。長く、重苦しい沈黙が広がり、彼の肺から息を押し出した。「なぜか話して」彼女がささやくように言う。「なぜオグデン屋敷ではわたしに気づかなかったと嘘をついたの？　べつに……気分を害したわけじゃないのよ。ただ知りたいの」

デイヴィッドはしどろもどろに答えはじめたが、とつぜん、セシリアの執事の重い足音に救われた。ショウは開いたドアの外で立ちどまり、「お客様です、奥様」と、ぜいぜいあえぎながら言った。「また例の警部ですが」

ド＝ローアン！　ずっと捜していた男だ。今しがたまで必死で逃げ出そうとしていたのに、今やデイヴィッドは地獄の猛犬に追いかけられてもここを出る気はなくなっていた。

まだ話はすんでいないわ、といわんばかりにセシリアが彼を見たとき、警部が室内に通された。「ありがとう、ショウ」彼女はそっけなく言った。「さあ、もうお休みなさい。これは命令よ。もう真夜中近いし、あなたは具合が悪いのよ」

ショウがほっとした様子で立ち去ると、セシリアはすぐに注意を客人たちに向け、てきぱきと二人を紹介した。ドラコートの名を聞くと、ド＝ローアンは黒々とした鋭い眉をつりあげた。「これは子爵」と冷ややかに言い、驚くほど優雅に一礼した。「お問い合わせの件に関するわたくしの返答に、ご満足いただけましたでしょうな？」

「この状況で満足できることなどひとつもないさ」デイヴィッドは堅苦しく答え、相手の黒っぽいフロックコートと質素な麻のシャツ、磨きあげられた黒いブーツに目を走らせた。

「まあ、それはきみらのせいとはいえないが」

警部はいささか憤然とした面持ちで、しばしデイヴィッドを凝視した。「しかしあなたは、子爵、グドウィンズ・コートの知人にも注意を怠らぬよう指示されました。しかるべき人員が投入されたと申しあげればご満足いただけるかと」

デイヴィッドは軽く頭をさげた。「ありがとう」

セシリアは興味深げに、彼らを交互にながめた。「さあ、二人とも、おすわりになって。ミスタ・ド＝ローアン、ブランディはいかが？　あるいはホット・ラムでも？」

「いや、けっこうです」ド＝ローアンは答え、暖炉のまえの綾織りの長椅子にぎごちなく腰をおろした。「すぐに失礼しなければならないので」

デイヴィッドは椅子にかけなおし、コニャックを取りあげた。「もうかなり遅いが、ミスタ・ド＝ローアン」と、グラスの底にたまった澱《おり》を漫然とぐるぐる揺すりながら言った。

「いつもこんな時間まで仕事ではないのだろうね？」

深夜に訪ねたことを咎《とが》められていると考えたのか、ド＝ローアンの表情がさらに険悪になった。「レディ・ウォルラファンが行方不明の娘についてなにかわかりしだい知らせてほしいと言われたので。悲劇はえてして、時を選ばず起こります」

「まあ！」セシリアが小さな、のどの詰まったような叫びをあげ、両手で椅子の肘掛けを握りしめた。「メグは……死んだの？」

ド＝ローアンは彼女に向きなおった。「はい、マダム。もっとよい知らせをお届けしたかったのですが、かないませんでした。残念です」

「何があったの？」セシリアは静かに尋ねた。

「わたしは彼女が姿を消した日から懸念を抱いておりました」ド＝ローアンは打ち明けた。「そこですべての支署に、警戒を怠らぬよう指示しておきました。すると今夜、一人の夜警がやってきて、河から若い娘が引き揚げられたというのです」

デイヴィッドはセシリアの悲痛な表情を見るに忍びず、「何かの間違いということはないのか？」と、わらにもすがる思いで尋ねた。

ド＝ローアンの唇が皮肉っぽくゆがんだ。「まずないでしょう。わたしがみずから、死体置き場へ出向きましたから」

セシリアはしばし目を閉じた。「彼女は溺《おぼ》れたの？」

ド＝ローアンはきびしい声で答えた。「いいえ、奥様」

「じゃあ、どうしたんだ？」デイヴィッドは鋭く尋ねた。

ド＝ローアンはセシリアの気丈さを推し量るかのように、横目でちらりと彼女を見やったあと、デイヴィッドに目をもどし、「のどを切り裂かれていました」とぶっきらぼうに答えた。「そのあと誰かが遺体を――きわめて意図的に――ペリカン階段の繫船柱《けいせん》につなぎ、みすぼらしい小船のように河に浮かばせていったのです」

「何てことだ」デイヴィッドはつぶやいた。「発見者は?」

「〈ホィットビーのプロスペクト号〉亭の給仕係です」ド＝ローアンは答えた。「その気の毒な少年は、店のわきの路地を通って調理場のゴミを河へ捨てにいったそうです。そして繫留所に目をやった」

「しかし、犯人はなぜそんなことを?」デイヴィッドは考えこんだ。「彼女が発見されてしまうことに気づきそうなものだが」

「ああ、間違いなく気づいていたでしょう」ド＝ローアンは静かに言った。

デイヴィッドは一瞬、吐き気を覚えた。「では、メッセージを送ろうとしたというのか?」

「メッセージ?」セシリアがささやくように言う。「いったい誰に?」

「キティ・オゲーヴィンに宛てたつもりだろうか?」デイヴィッドは確認を求めてド＝ローアンに目をやった。

ド＝ローアンは驚いたようだった。「たぶん」と答えた声には、不承不承の敬意がにじんでいた。「あの娘たちはずっと何かを隠していました。じっさい、それが伝道所へ逃げこんだ理由なのかもしれない」

「つまり……誰かから身を隠すため?」セシリアが尋ねた。「かわいそうなキティ!」

ド＝ローアンはあいまいに肩をすくめた。「ひどく神経質になっていますな、あの娘は。

それに、ミス・マクナマラはほとんど敵意をむき出しにしていた。初め、わたしはそれをあの連中ならではの警察への侮蔑《ぶべつ》にすぎないと考えました。だがすぐに、何かもっと深刻なことではないかと気づいたのです」

「そしてあきらかに、殺されるほど深刻だったわけだ」デイヴィッドは言い添えた。今では椅子から立ちあがり、室内を歩きまわりはじめていた。「で、今後の予定は、警部?」

ド＝ローアンも立ちあがり、疲れたように片手で髪をかきあげた。「さしあたり、帰宅して少し眠ります。朝になったらまた〈プロスペクト号〉亭に足を運んで、例の少年と店の者たちの話を聞き、近所のどこかに目撃者がいないか捜して——」

「ぼくも一緒に行こう」デイヴィッドはさえぎり、きびすを返して暖炉のほうにもどりはじめた。

ド＝ローアンは一瞬、むっとした顔になったが、ほとんどすぐに、あきらめの吐息をついた。「それは助けになるかもしれません。下層階級の者たちは警察の力より、貴族の怒りをはるかに恐れるものですからな。結局のところ、われわれの力などたかが知れている」

デイヴィッドはうなずいた。残念ながら、ド＝ローアンの言うとおりだ。してみると、警察制度改革の必要性を説くセシリアにも一理あるのだろう。そして彼自身は、いったいなぜそれが進まないのかわかるぐらいは議会に出席すべきなのだ。「では、よければ九時にウォッピングできみを拾おう」デイヴィッドはすばやく言った。「だが何も情報が得られなかったら?」

「伝道所へもどって」ド＝ローアンはきっぱりと答えた。「キティ・オゲーヴィンから事情を聞き出します」

「それにも立ち会うよ」デイヴィッドは重々しく言った。「何か助けになるかもしれない」

「あの娘《こ》を問いつめたりしないで！」セシリアがさっと椅子から立ちあがった。「キティは弱りきっているのよ」

ド＝ローアンはわずかに眉をつりあげた。「お言葉ですが、マダム、誰かが問いつめねば、彼女は弱るだけではすまなくなるかもしれません」

「だがセシリアの主張ももっともだ」デイヴィッドは考えこむように言った。「キティはたしかに、しばらく休ませる必要がある。それにサー・ジェイムズによれば、もっといい空気とましな食物が必要らしい。それに身の安全。ぼくが少し人を雇って伝道所を見張らせ、一両日中に警部と二人で話を聞くとしよう」

セシリアが口をはさみかけたが、デイヴィッドは片手をあげて制した。「セシリア、われわれに選択の余地はない。だがキティが旅に耐えるぐらい快復したら、すぐにダービシャーのうちの領地へやるつもりだよ。いずれ彼女が健康を回復すれば、家政婦が何かの仕事に就かせてやるはずだ」

セシリアは彼がたった今、紫色に変色したかのようにじっと見つめた。ド＝ローアンのほうは、何やら思案するような顔つきになり、「なるほど」と、ゆっくり言った。「それはいい考えだ。あなたが避難所を提供すれば、彼女はもっと話す気になるかもしれない」

「では、彼女と話すときにはわたしも同席します」セシリアが燃えたつ髪をきっぱりと振った。「とにかく、二人で彼女を責めたてたりはさせません。彼女は身ごもっているのよ」

両手を背中のうしろで組み、ド＝ローアンはうなずいた。「まあ女性がいれば、いくらか雰囲気がやわらぐでしょう」

デイヴィッドはあわてふためいた。にわかにただならぬ様相を呈しはじめた事態に、これ以上、セシリアをかかわらせたくなかったのだ。それはよくない。ひどく危険だ。しかしどうやら、彼に言えることはあまりなさそうだった。そこで慎重に咳払いした。「ではキティにどんな質問をするか、何か名案があるかな？」

主任警部はかぶりを振った。「あればいいのですが、子爵」彼は言った。「まあせめて、彼女たちの得意客ぐらいは聞き出さねばならんでしょう。それに彼女たちがいたのはただの売春宿か、あるいは何か裏の顔があったのかを」

「彼女たちが人身売買にかかわった可能性はあるだろうか？」ケンブルのおぞましい推理を思い出し、デイヴィッドは言ってみた。「あるいは密輸か盗品の故買に」

ド＝ローアンはしばし、彼をどう評価すべきか決めかねているように見つめた。「いや、密輸の線はないでしょう」と静かに答えた。「窃盗と故買はわたしも考えないではなかったが、彼女たちはそんなふうには見えなかった。じつのところ、みな自称どおりの、ただの貧しい娼婦に見えました」

「だが殺し屋どもは理由《わけ》もなく娼婦を殺しまくったりはしない」デイヴィッドはもどかしげ

に主張した。「異常者でもないかぎり。そしてもし彼らが異常者なら、危険きわまりないはずだ」

「ああ、彼らはじっさいひどく危険です」ド＝ローアンは同意した。「それは証明ずみでしょう。あとは、彼らが誰かを証明すればいい」彼はやおら、くるりと向きを変えてセシリアに一礼した。「ではレディ・ウォルラファン、夜分にお邪魔しました。もう失礼します。よろしければ、金曜日に伝道所を訪ねさせていただきますが？」

デイヴィッドが少しでも、セシリアの翻意を期待していたとすれば、それは彼女がきっぱりうなずいた瞬間に打ちくだかれた。そうして話が決まり、彼女は穏やかならざる心境のデイヴィッドを残してド＝ローアンを見送りに出ていった。

静まり返った中、セシリアはマクシミリアン・ド＝ローアンと玄関ホールを横切った。彼のコートと帽子を取りあげ、ドアを引き開ける。石段の上でルシフェルが起きあがると、彼女は屈みこんで優しく挨拶した。荒々しい犬の顔に、ニッとゆがんだ笑みが浮かんだようだった。

ド＝ローアンはかすかに微笑み、指を鳴らして犬に気をつけの姿勢をとらせると、ドアの外へ踏み出した。だが階段をひとつおりたところで足をとめ、空をふり仰いだ。リージェント・パークの上で、分厚い雲のおおいにとつぜん裂け目が開き、魔法のようにきらめくあざやかな月が姿を見せている。

ド＝ローアンはじっと夜空を見あげ、「三日月か《ルナ・クレセンテ》」と、畏敬《いけい》の念をこめてつぶやいた。

「何ですって？」

警部はふり向き、いささか気恥ずかしげに彼女を見あげた。「三日月です」と英語で言いなおし、肩をすくめた。「あれを見ると祖母の古い格言を思い出す、それだけですよ」

セシリアはにっこりした。この男が大好きになりはじめていた。「あなたはイタリア人ね、ミスタ・ド＝ローアン？」

ド＝ローアンはふたたび、広々とした肩をすくめた。「何分の一かは。祖母はミラノの出身でした」彼は見下すようなそぶりを待ちかまえるかのように、無言でセシリアを見つめた。

だが、彼女は見下す気などなかった。「それで、おばあさまの格言はどんなもの？」と穏やかに尋ねる。「わたしは古い格言に目がないの」

からかわれているのかうかがうように、彼はまたちらりとふり向いた。あきらかに、彼女はからかっているのではない。「三日月は」ド＝ローアンはすばやく歩道へとおりながら答えた。「曇った冬の夜に目にすると、胸の底に秘めた願いが叶えられるしるしだそうです」階段の下で立ちどまり、不意に悲哀に満ちた顔でふり向いた。「だがメグ・マクナマラにはちがったようですな？」

セシリアはかぶりを振った。

ド＝ローアンはしばし無言で彼女を見つめたあと、「では今宵は、麗しきお方《ベラ・ショーラ》、あなたの願いがかなうことを祈りましょう」と静かに言った。「どうぞよき一夜《ボナ・ノッテ》を」それから、流れるように優雅な動きで帽子をあげ、くるりと背を向けた。すぐに、彼と月はどちらも霧の中へ消えていた。

緑色のドレスをめぐる困惑などほとんど忘れ、デイヴィッドはひとり客間で、ド＝ローアンの訪問が呼びさました恐怖の影について思いめぐらしていた。彼は決して、びくついた心配性の男ではない。むしろ正反対で、それゆえ何度も痛い目に遭ってきた。だがメアリとメグの死について考えると、不快きわまる悪寒が背筋を駆け抜けた。まんまとしてやられ、責任を感じた。ただならぬ責任を。コールが田舎へ行って不在の今、殺人者に法の裁きを受けさせるのは彼の務めだ。その単純な事実から逃れるすべはない。しかし同時に、セシリアの安全を守るのも彼の務めだった。いやはや！　二つのうちのどちらがより厄介なのだろう？

いまいましいことに、ド＝ローアンはこのろくでもない混乱にセシリアを引きこむことに何のためらいもないようだった。イーストエンドで——とりわけ今のような状況で——働くことの危険を、ほかの誰より理解すべき立場だというのに。もしも殺人者がほかならぬ伝道所に潜入していたら？　もしも彼、あるいは〝彼ら〟が、セシリアは何か知っているのではないかと疑いはじめたら？　考えるだに恐ろしいが、もしも彼女がじっさい、キティから何か危険な情報を得ていたら？

ド＝ローアンが巻き込まれるのは結構だ、犯罪の調査が仕事なのだから。それにデイヴィッド自身もかまわない、身の守り方くらいは心得ている。どのみち、数カ月すれば彼は嬉々としてあそこを去り、賭け事と社交と仕立て屋めぐりに明け暮れる空疎な生活にもどるのだ。だがセシリアはどこにも行かない。これまでずっとしてきたとおり、まるで従順な売り子のように週に三日ずつ、港湾地区で働き続けるはずだ。

デイヴィッドはコニャックの残りを飲み干し、バンと音をたててグラスを置いた。外の通りで、夜警が大声で深夜零時を告げている。彼はぼんやり、セシリアとド＝ローアンが階段の上で何やら言葉を交わすのに耳を傾けた。だが頭の中は、セシリアが馬車から引きずり出され、薄暗い路地に連れこまれる悪夢のような光景でいっぱいだった。

せっせと動いて気をまぎらわそうと、彼は石炭入れと火掻き棒を取りあげて炎をかきたてた。だが無駄だった。あらぬ想像がなおも脳裏を駆けめぐり、セシリアが客間にもどったころには、彼はもののみごとに集中力と善意と、慎重につちかった忍耐心の大半を失っていた。

「セシリア」彼女をろくに見もせず、炎に向かって切り出した。「キティと話すときにきみが立ち会うというのは、まったく賛成できない考えだ。じつのところ、ぼくらは伝道所の勤務態勢を見直すべきだろう」

たちまち、室内の緊張が高まった。セシリアはシルクのスカートを苛立たしげにカサカサ鳴らし、絨毯の上を暖炉のほうに進みはじめた。「要は何が言いたいの、ドラコート？」声がこわばっている。

「つまり、こういうことだ」彼は石炭入れを押しやり、床から立ちあがった。「あそこの船着場の周囲は危険だし、もはや伝道所も安全とは言いきれない。二人の女性が殺され、しかもそれで終わるとはかぎらないんだ」

「それがわたしたちの勤務態勢とどう関係があるの？」

彼女の声はとげとげしかったが、危険は無視できないほど深刻だった。「きみの献身ぶりにはたいそう感服しているが」デイヴィッドは断固として言った。「もうそんな危険を冒してまで、あの不運な娘たちのためにあそこへ行く価値はない」

彼女が鋭く息を吸いこむ音が室内に響き渡った。目をあげると、セシリアの瞳に冷ややかな青い怒りがひらめくのが見え、デイヴィッドは自分の言葉がいささか横柄だったことに気づいた。

「価値はない？」彼に言いなおす間も与えず、セシリアはやり返した。「ならば、子爵、あなたは一人の人間の価値をどう決めるの？　わたしは裕福で爵位があるから、メアリやキティとはちがうというの？」

「そうは言っていないさ、セシリア」デイヴィッドはうなり、うしろを向くと、最後にもういちど腹立たしげに石炭をつついた。

「ええ、あなたはそうは言っていないわ」怒りに震える声で彼女は認めた。「でもそれこそまさに、あなたの言わんとしたことでしょう。わたしにはあの人たちより大きな価値があると考えてるんじゃなくて？」

現にそうだからさ、このバカ娘！　彼は叫びたかった。くそっ、きみはぼくにはかけがえのないものなんだ！

だがそうは言えない。彼女への感情の恐るべき正体がちらついて、彼ののどを詰まらせた。そこでただ、はっきり名ざす勇気のない苦しい感情が腹の中でのたうつのを感じつつ、口ごもるしかなかった。

やむなく、デイヴィッドは誰もが彼に抱く高慢な暴君のイメージそのままに、じっと立ちつくしていた。てのひらにつめが食いこむほどきつく火掻き棒を握りしめ、燃えさかる炎を見おろして。その間ずっと、セシリアは室内を行きつもどりつしながら、容赦なく彼に近づいていた。

「もうきみを伝道所へ行かせるわけにはいかない」彼は静かに言った。「ぼくはあそこの責任者だし、それがぼくの決断だ」

「なぜ？」セシリアはまたもや問いつめた。「それともあなたはたんに、わたしを追い払う口実を捜しているの？」

彼女を追い払う？　まさか。デイヴィッドはかつていちども彼女を追い払えなかった気がしはじめていた。初めて二人の唇が触れ合った瞬間から。彼は空いているほうの手を炉棚にのせてもたれかかった。

「答えてよ、ドラコート！」

答え。彼女は答えが欲しいのだ。よし、ならばやろう。「きみは貴族の家柄の女だ」彼は炎を見すえたまま、ぶっきらぼうに言った。「つまり、お嬢さんなのさ。ぼくは人生の現実を話しているだけなのに、頑として耳を貸そうとしない」

「わたしがお嬢さん？」信じられないといわんばかりの声だ。ふり向くと、セシリアは今や腕を組み、彼のすぐ横に立っていた。

「そのとおりだよ」

「ならば、あの伝道所の女性たちについて話しましょう、子爵」優雅なシルクのドレスの中で、彼女は怒りに身を震わせた。「あの人たちの育ちについて。たしかに、卑しい生まれの者もいるけど、これはたしかよ――彼女たちはみな、無垢《むく》なまま人生を歩みだしたの」

そんなことは聞きたくもない。「今はきみの説教に耳を傾ける気分じゃないんだよ、セシリア」彼は警告するようにささやいた。

だが、セシリアは黙ろうとしなかった。「あなたの気分なんて知るものですか。彼女たちの多くはもともとメイドや売り子、それにそう、ときには家庭教師だった者さえいるわ。そしてほとんどが、どこかの男に破滅させられたの――おそらくは〝紳士〟と称する男に」

デイヴィッドの脳裏に、火薬が炸裂《さくれつ》するように恐るべき光景がひらめいた。「黙れ、セシリア！」指が痺れるほどきつく火掻き棒を握りしめ、彼は叫んだ。「そんな話は聞きたくない！　まっぴらだ！」

「そう、紳士によ」しだいに声を高めて彼女がくり返す。「自分には何でも欲しいものを手にする権利があると思いこみ、結果などかまわない男。その筋書きに聞き憶えがあるかしら、子爵？　いかが？」

彼のこめかみで、血がドクドクと脈打った。彼女の言葉はぐさりと胸を刺した——当の彼女には、知るよしもない意味で。「やめろ、セシリア！」火搔き棒をふりまわしているのにろくに気づかず、デイヴィッドはしゃがれ声で叫んだ。「頼むから、ぼくを追いつめないでくれ！」

「いいえ！　答えて！　答えて、ドラコート——」今では両目に涙をみなぎらせ、セシリアはささやいた。「答えて！　誰かが代弁しなければ、哀れな女の名誉が踏みにじられるのをどうやって防ぐの？　誰が彼女を守るの？　ついでに言うなら、彼女がわが子を——哀れな父なし子を——育てるのを誰が助けるの？」

怒りがデイヴィッドの目をくらませ、恐怖と憤怒がどっと押し寄せた。「ちくしょう、セシリア！」彼が叫ぶと同時に、まるで自らの意志で動いたように、火搔き棒がさっとあがって彼女のデスクに打ちつけられた。そして繊細きわまる中国の水差しが、無数の醜いかけらとなって飛び散った。

# 8　ドラコート卿、大地に破壊の跡を刻む

ショックのあまり、セシリアはただ呆然と、自分の書き物机や長椅子、スリッパの先にまで降りそそぐ磁器の破片を見つめることしかできなかった。しばし時の流れがとまり、彼女はジャイルズの高価な贈り物の残骸に見入った。

と、不意にデイヴィッドがガチャンと火搔き棒を大理石の炉床に投げ出し、恐るべき静寂を破った。彼は彼女に近づくと、ぐいと胸に抱き寄せた。「くそっ、セシリア」

それに続いたのは、優しい恋人のキスではない。一気に唇を奪い、舌を押しこむと、彼は片手を彼女の髪にすべり込ませ、頭皮がヒリヒリするほどぎゅっとつかんだ。そして死にもの狂いの、無謀な、技巧も優しさもないキスを続けた。彼の口が唇を引っ搔き、うっすらのびた髭が彼女の肌をすりむいた。

セシリアは高まる感情のうねりに身をまかせ、彼の体内を駆けめぐる怒りを味わった。彼女に対する怒りでない。彼女はずっと、ごく意図的に彼を責めさいなんできた。だが今回

は、何か理解できないものを解き放ってしまったのだ。熱い欲求は意志に反していよいよ高まり、それとともに、あの昔ながらのうずきがこみあげた。それが誘いかけるように胸と腹を引っぱり、うつろな子宮に流れこむと、セシリアは渇望に身を震わせた。デイヴィッドに触れられるたびに感じてきたものだ。

だが今回はわけがちがった。今夜の彼は、ただの情欲で彼女を求めているのではない。彼の飢餓《きが》と痛みが感じられた。進んでぴたりと身を寄せ、彼の胸に両の乳房を押しつけると、デイヴィッドはうめいて片手で彼女の背筋を撫でおろし、腰をぐいと引き寄せた。たちまち、セシリアは迷いを捨てた。彼に何を感じようと、かまわない。

過去は忘れ去られた。決して許すまいと誓ったすべてのこと、幾多の苦い屈辱が記憶から消え、気づくとデイヴィッドしか頭になくなっていた。わかっているのは、彼が痛みを感じていること。そして、それをなだめてやりたいことだけだ。ただただ、彼が欲しかった。思えば干草の中へ倒され、彼のふくれあがったものを突きたてられたあの恐ろしい午後から、ずっとそうだったのだ。

ああ、彼女はひどくそそられたものだ。どうかしていた。今もそうだ。一瞬ちらりと、あのとき誰にもとめられなければと思った。あのまま彼に身体を開き、自分自身の邪悪な衝動に屈していれば、六年間も苦しまずにすんだものを。

あの日、彼は少し酔っていた。だが今はちがう。そしてあきらかに、彼女を求めている。こちらはまだ、燃えさかる欲望を鎮められそうだった。けれど、セシリアはキスを返した。

彼と同様に、激しくむさぼるように口と舌を動かし、彼のぬくもりの中へすべりこんで味わい、触れ、そして学んだ。

「ああ、セシリア」彼がつぶやき、彼女の髪に顔をうずめると、広げたてのひらで背中を撫であげた。「きみはなぜ、こうもぼくをとりこにする？」

燃えさかる怒りが消えた今も、彼の熱い香りがただよい、彼女の肺に吸いこまれるのを待っていた。セシリアは開いた口を彼ののどに当てると、糊のきいた高い襟の縁にそってすべらせ、エキゾチックな白檀《びゃくだん》のコロンと彼の優美な男らしい香りを味わった。すごいわ、こんなすてきな匂いの男性がいるなんて。

彼女は驚嘆しながら、両手を彼に這わせた。デイヴィッドは長身で、彼女よりもはるかに背が高く、猫のようにしなやかで、細い腰と幅の広い肩をしていた。まさに仕立て屋の夢、女の憧れだ。どうりで、しじゅう彼女の眠りを妨げてきたわけだ。

両手をチョッキの下にすべり込ませて背中を撫であげると、彼がぶるっと身震いした。むき出しの、肉感的なエネルギーが彼の体内を駆け抜け、どっと注ぎこんできた。彼女をいっさい理性の及ばぬところへ押しやるかのように、デイヴィッドの手が二人のあいだにすべり込み、彼女の胸をさすった。やがて彼は動きをとめ、顔をあげた。

「ええ」彼の視線を避けて、セシリアはささやいた。

それでじゅうぶんだった。デイヴィッドは片手でぐいと、緑のドレスを肩から押しさげ、乳房のひとつをあらわにした。セシリアはずっと、自分の胸は少し大きすぎると考えていた。だが、デイヴィッドはちがうようだ。「ああ、完璧そのものだ」とうやうやしくささやくと、彼女の胸をすくいあげてそっと親指で乳首を撫で、それがしだいに固くなるのを見守った。

それから、大胆にも頭をさげて口に含み、敬《うやま》うように優しく吸った。セシリアの自制もここまでだった。不適切でもかまわない、彼が欲しかった。自分の服を引きはがしたかった。これほど長く、自分を本来の自分ではない何かに縛りつけてきた皮膚を脱ぎ捨てたかった。正否の判断はあとでいい。デイヴィッドの指の猛攻を受け、髪が崩れ落ちようとしている。セシリアは肌からシルクを剝ぎとりたい思いをこらえ、反対側の肩を揺すってドレスをすべり落とした。

だがデイヴィッドの考えはちがった。彼はとつぜん、口を胸から引き離して彼女を抱き寄せた。「もういい、セシリア」彼女の頰に口を寄せ、しゃがれ声で言う。「ああ、もうやめてくれ。ぼくらは……いや、ぼくは自制すべきだ。これは正気の沙汰じゃない」

セシリアはやむなく彼を見あげた。非の打ちどころのない美しさに、胸がよじれそうだった。「わたしが欲しくないの?」彼女はささやいた。

腕の中で彼が身を震わせ、両目を閉じた。そして片手をあげ、彼女のやわらかい頰に走らせた。「欲しいだけで、こんなことをするのはよくない」静かに言った。だが、不意に手がすべり落ち、ゆっくり——ああ、本当にゆっくりと——彼が頭をさげた。

最初のキスが炎なら、今度は熱い溶岩だった。彼女の全身を流れ落ち、筋肉を圧迫し、彼へと引き寄せた。彼の口が唇をぴたりとふさぎ、舌が曲がりくねりながらすべり込み、なだめすかすように彼女の欲望の深さを探る。彼を支配し、体内に引き入れ、自分の一部にしたいという狂おしい欲求は、もはや否定しようもなくなった。セシリアは自分が彼のシャツをズボンから引き出しはじめたのをぼんやり意識した。次には、彼の引きしまったなめらかな裸の背中を両手で撫でていた。

気づくと、彼の器用な指がドレスの背中のボタンをはずしている。

「待って《ステイ》……」彼ののどの熱い肌に向かって、くぐもった声で言う。

「もう何もぼくをとめられないさ、愛しい人」彼は答え、緑色のシルクを腕の下へと押しさげた。

「ちがうの」セシリアは訴えた。「コルセットの芯《ステイ》よ！」

だが、そんなことはかまわないようだった。いつしか、二人は床に倒れこんでいた。デイヴィッドが彼女にのしかかり、やわらかい絨毯に押しつけた。

「ああ、だめだ、セシリア」彼女の唇からわずかに口をあげてささやく。「きみに入らなければ。今すぐに！」

「ええ」彼女が答えると同時に、スカートの中で彼の手が握りしめられた。デイヴィッドは片手をついて上体を起こし、無我夢中で布地を引っぱった。とつぜん、ひんやりした空気がふくらはぎから太腿へとあがり、セシリアの顔にかっと血がのぼった。

デイヴィッドは起きあがって床にしゃがむと、正気に立ちもどるのを恐れるかのように、彼女の靴、ストッキング、ズロースを手当たりしだいにわきへ投げ出した。彼女が知っているはずの男らしからぬ、死にもの狂いの、不器用な動きだ。セシリアはぼんやり、レディというより街の女のような自分の姿に気づいた。コルセットが腰までずり落ち、スカートは太腿まで押しあげられている。

だが激しい欲求が慎みとプライドを抑え、彼女は夢中で彼に手をのばした。デイヴィッドがクラヴァットと上着をむしり取り、布地の裂ける音が響き渡った。彼が無造作に服を暗がりに投げ捨てると、すかさずセシリアの両手がシャツの下にすべり込み、堅く引きしまった腹を撫であげた。彼は深々と息を吸い、ズボンの閉じ目を狂おしくまさぐりはじめた。

不意に、セシリアは身を凍りつかせた。麻とウールの抑制を解かれて屹立したデイヴィッドのものは、驚くほど大きく、力強かった。自分の顔に恐怖がひらめくのがわかった。だが、もう逃げるには遅すぎる。彼は片手をついて身を乗り出すと、彼女の肉を二つに分け、少々ぎごちなく入り口を探った。

そして、はたと動きをとめた。彼女が予期していたような挿入の気配はなく、ただじっと彼女を見おろし、裸の胸から肩へと視線をさまよわせ、最後に顔の上でとめた。

「デイヴィッド?」セシリアはささやいた。

彼は無言で身体をさげて彼女に重なった。口を開き、彼女の耳元でぜいぜいあえいでいる。やがて、その手が二人の結合部を離れて彼女の身体を這いあがり、今ではこめかみのあたりがほつれた髪の中をあてどなく進んだ。

「どうしたの？」セシリアはそっと尋ねた。

そのやるせない響きに、デイヴィッドは深い恥辱に襲われた。それに心底、戸惑っていた。

何と、情けないことに……彼はできなかったのだ。

これまでついぞ、彼の肉体は期待を裏切ったことがない。むしろ、常に持てあますほどだった。それが今は持続できなくなっている。なぜならズボンを押し開き、セシリアの半裸の身体――まさに、夜ごと夢に見た姿――を見おろしたとき、彼女の顔に浮かんだ疑念と混乱が、すべてを鮮明によみがえらせたのだ。

ああ、まるで昨日のことのように思える。たしかに、セシリアはあの日と同じくらい無邪気で不安げだった。おかげで……ああ、周囲にただよう干草と馬の甘い匂いが嗅ぎ取れるようだ！　足元の厩《うまや》の床が傾き、彼女の若々しい張りのある身体がぴたりと吸いつくのが感じられたかと思うと、両手でぐいと押しのけられ、彼は自分の浅はかさを思い知らされた。彼女を意のままにして、ただただ、おのれの欲求を満たすために彼女の身体を使おうとしたのだ。恥ずかしさがどっとこみあげた。またもや、父親と同じに思えた。

「ああ、セシリア」彼女の上気した肌に口をつけてささやく。「ああ、とても――できそうにない。つまり、こんなことは……よくない気がするんだ」

だが彼の下で、セシリアはすでに怒りに身を震わせていた。少なくとも、彼にはそう思えた――熱い涙が彼女の頬を伝い、流れ落ちてくるまでは。

デイヴィッドは言葉を失い、彼女を引き寄せながらごろりと横になり、暖炉を背に、まっすぐ向き合った。片手をあげて彼女の顔から巻き毛を押しやり、恐ろしい事実を確認した。「わ、わたしが欲しくないのね！」彼女は握りしめた手を口に押し当て、むせび泣いていた。

不意に、デイヴィッドは理解した。彼女はわかっていないのだ。くそっ、まるで悪夢だ。「ああ、セシリア、愛しい人！」彼はささやいた。「そうじゃないんだ！」彼女はぎごちなくうなずき、豊かな銅色《あかがね》の巻き毛が絨毯をこすった。「いえ、そ、そうよ！」力なくすすり泣く。「あなたはわたしがほ、欲しくないのよ、ウォルラファンと同じ！たんにわたしをいじめていたんだわ。だ、誰もわたしなんか欲しがらない。寄ってくるのはあのいやらしいエドマンド・ローランドみたいな男たちだけ！」彼女は音をたてて洟《はな》をすすった。「そ、それはわたしがどんな女だから？」

それまで、とんだ卑劣漢の気分だったとすれば、デイヴィッドは今や、さらにひどい気分になっていた。彼は荒々しく彼女に腕をまわして抱き寄せた。セシリアはふっくらとして甘やかで、彼女の涙がシャツの胸元を濡らすのが感じられた。しばし、彼はどうしてよいかわからず、泣きじゃくる彼女を無言で抱きしめていた。こんな感情の爆発に対処する用意はできていなかった。彼の知っている女たちは泣いたりはしない。そのための金は支払われないからだ。

それはつまり、彼がどんな男だからか？　彼はつかのま真実に感じられるが、じつは重大な欠陥がある、うわべだけのもの——真実にはほど遠いものを金で買ってきたのだろうか？

やれやれ、何という問いだ！　そんなことは考えたくもないし、考えられない。デイヴィッドは首をうつむけ、彼女の額にそっとキスした。「セシリア、いいかい、きみはとてもきれいだ。正気の男なら、誰でもきみを欲しがるさ」

「嘘はやめて、デイヴィッド」セシリアは彼のシャツに向かってみじめっぽく洟をすすった。「あなたは欲しくないのよ。まともな男性はみんなそう」

デイヴィッドはその言葉にはっとした。まとも？　以前の〝ろくでなしのごみクズ〟から大躍進ではないか。なぜか彼は昇格したのだ。望みありということか？　デイヴィッドはそっと少しだけ彼女を押しやり、澄んだ瞳を見つめた。「セシリア」と、皮肉な笑い声をあげて言う。「男たちが部屋を横切るきみをどんなふうに見つめるか、きみはまったく気づいていないようだな。気づいていれば、その考えがどれほど見当違いかわかるはずだよ」

セシリアは当惑したように、さっと目元の涙をぬぐった。「あなたはあの日、伝道所でわたしにキスしたわ」と、そしるように言った。「だからてっきり、わたしを欲しいのかと思ったの」

「欲しかったとも」彼は恨めしげに言った。「だがセシリア、男の欲望は複雑なものなのさ」

「そのようね」彼女は苦々しげに同意した。

「ああ、セシリア」デイヴィッドはうめき、屈辱を忘れて彼女をふたたび抱き寄せた。「きみをどうすればいいんだ？」

そのときふと、奇妙な考えが浮かんだ。もしもそうなら、すべてが納得できる。だが紳士たるもの、いったいどう訊けばいい？　彼はぎごちなく切り出した。「セシリア、きみの結婚生活は……ウォルラファンはあまり……求めない、というか、できなかったのかな……男女の行為が」

「本当にはね」彼女はぐすぐす洟をすすった。「彼は言ったわ……そう、きみはきれいだと。そして試した。何度かね。でも結局、何もしなかった。きっとわたしに魅力を感じなかったのよ。それでも、あとでいつも頭を撫でて──きみはじつに従順な妻だって」声が哀れっぽくうわずり、途切れ途切れに苦しげな嗚咽がもれた。「でもわたしは妻じゃなかった。なろうと望んだ何物でもなかったわ。彼はわたしがその違いもわからないほど馬鹿だと思ってたのよ」

「何てことだ」

「何てみっともない話かしらね」セシリアはぴしゃりと言った。「あなたにこんなことを話すなんて信じられない」

「セシリア」デイヴィッドはやんわり指摘した。「きみはぼくに抱かれたがっていたんだよ。それなら、どのみちぼくには察しがついたはずだ」

「ああ、恐ろしい！」彼女はうめいた。

「ダーリン、ちっとも恐ろしくはないさ」ウォルラファンが夫婦の営みに失敗したことを喜ぶまいとしながら、デイヴィッドはささやいた。「よくあることだ。きみの夫は若くはなかった。きっと……彼なりにベストを尽くしたはずだ」そう言いながらも、内心、男ならセシリアの胸を見ただけで、いやでも奮い立つはずだと考えた。じっさい彼自身、うっすら希望を感じはじめていた。

「それならなぜわたしと、け、結婚したの？」セシリアはデイヴィッドの興味が再燃したのに気づかぬ様子ですすり泣いた。

おそらく息子への当てつけだ、彼を苦しめて楽しんでいたのだろう、とデイヴィッドはひそかに考えた。だが口にするのは控えた。セシリアにそんなことを聞かせるのはもってのほかだ。「それはきみがきれいで魅力的だったからさ」デイヴィッドは穏やかに言った。「きっと、とても愛していたんだ」

「でも、人は好意すら感じない相手とでも寝たがるものよ」セシリアは静かに言った。「わたしだってそれくらい知ってるわ」もがきながら、どうにか起きあがって敷物の上にすわると、彼女はドレスの袖を引っぱって慎み深く身体をおおいはじめた。その静かな、あきらめきったしぐさを見ていると、なぜか彼まで泣きだしたくなった。これではあまりに哀しい。ひどく間違っている。

デイヴィッドはズボンを腰骨にひっかけたまま、どうにか彼女のまえにひざまずいた。じっさい、彼女が欲しかった。これまでずっとそうだったのではなかろうか？　それどころか、自分が感じているのは欲望よりも始末の悪い、はるかにややこしいもののように思えてならなかった。

だがセシリアの望みはもっぱら、欲望をそそる女と見られることなのだ。しかも彼女はあきらかに過去のどこかで、欲望というものを誤解している。そのいささか悲惨な事態にデイヴィッドが寄与したのは間違いないだろう。なぜなら、六年前の彼女は彼のような男を相手にするにはあまりに若く未熟だった。その反動で、彼とくらべて健全で、信頼できそうに見える男と結婚したのだ。

とはいえ、デイヴィッドはあの日、もう少しで彼女を——十八歳の生娘《きむすめ》を——誘惑できそうだった。もしも成功していたら？　人生は今よりみじめなものになっていたのだろうか？……互いにとって。彼はつと背筋をのばし、気が変わらないうちに口を開いた。「何が問題なのか教えよう、セシリア」と、ぎごちなく言った。「この部屋さ。つまりこの床、敷物だ。いやはや、ムードがなさすぎる。紳士はきみのようにすてきな女性をこんなふうに扱うべきじゃない」

彼女は神経質に目をしばたたいた。「どういうことかわからないわ」

デイヴィッドは身を乗り出し、両手で彼女の顔をそっとはさんだ。そして優しく口づけし、「いいかい、セシリア、ぼくを欲しければ」と、静かに言った。「たしかにそれが望みだと心から言えるなら……きみを寝室のベッドへ連れていかせてくれ。きちんと、きみにふさわしいやり方で愛させてほしい。けっして、失望はさせないよ」

鼓動がひとつ打つあいだ、セシリアは黙っていた。それから、ゆっくり腕をのばして彼の手をとり、「わかっているわ」と静かに言った。

二人がその後、どうやって暗闇の中を二つ上の階まであがったのか、セシリアは思い出せなかった。ただぼんやりと、寝室のドアが押し開かれ、部屋の奥の小さな天蓋《てんがい》つきのベッドへ導かれてゆくのを意識していた。やがて、デイヴィッドがマットレスの端に腰をおろすと、脚のあいだに彼女を引き寄せた。そこに立った彼女を見あげた目は、エッタがつけていったランプの光に黒々ときらめいていた。

外では、凍てつくような雨がみぞれに変わり、激しく窓にたたきつけている。だが室内は聖域のように、暖炉のぬくもりと優しい光に満ちていた。炉床から炎がデイヴィッドの顔に揺らめく光と影を投げ、貴族的な優美な骨格と、謎めいたいちずな表情を際立たせている。彼は無言で手をあげ、彼女の髪からピンを抜きとりはじめた。

ようやく髪が肩に垂れると、デイヴィッドは彼女のドレスのたるんだ胴部に注意を向けた。「セシリア、いいんだね？」としゃがれ声で言い、わずかに震える手で袖を肩から引きおろし、少しずつ、素肌をあらわにしていった。

セシリアは彼のすらりとした指が、シルクを腕の下へと引きおろしてゆくのを見守った。「ええ」とささやき、両目を閉じた。「どうやってあなたを悦ばせればいいのか教えて」

「セシリア」彼は優しく答えた。「もう悦ばせてくれてるよ。きみを見ているだけで、われを忘れるほど幸せだ」

そのあと、何かきまりの悪いことを口にしたかのように、さっと立ちあがって彼女にうしろを向かせた。彼の指が背中をくだり、一列に並んだ小さなボタンをすばやくはずしてゆく。そして彼の唇がうなじ、ついで肩甲骨をそっとかすめた。「あの……コルセットが」セシリアはおずおずとささやいた。

「どうにかするさ」

「ああ……」セシリアは顔がかっと火照るのを感じた。もちろん、彼ならどうにかするだろう。「あなたは数えきれないほどの女の服を脱がせてきたんでしょうね」少々みじめな思いで言った。

「ああ、だが今夜は一人だけにするつもりだよ」デイヴィッドは頭をさげて彼女の耳を吸い、それから、気遣うように続けた。「セシリア、いいかい、ぼくは穢《けが》れない人間じゃない。たしかにきみにはふさわしくない男だし、それはきみもずっと知ってたはずだ。だが、ぼくはきみに悦びを与えてやれる。きみがどれほど欲望をかきたてるか見せてあげるよ」

そっと、ドレスを腰まですべり落とすと、デイヴィッドは彼女に腕をまわした。コルセットからあふれ出た乳房を両手にすっぽりおさめ、背後から愛撫しながら、彼女の髪に唇を走らせた。ほんとにわたしが欲しいんだわ。彼の熱い目が、愛撫に応えて固くなって震える胸を肩ごしに見つめている。その快感はあまりに甘美で堪えがたかった。セシリアは思わず、すすり泣くような声をあげて身をのけぞらせ、すべてを彼の目にさらした。

「ああ、セシリア」デイヴィッドはささやき、親指と人差し指で乳首をつまんだ。「きみはあのときよりもきれいだよ、ぼくが初めて――」

セシリアは彼の腕の中でくるりと向きを変え、開いた唇を彼の口に押し当てた。彼の誘惑の魔力にとらわれた今でさえ、過去は思い出したくなかったのだ。

外では、降りしきるみぞれが勢いを増し、彼女の鼓動に合わせてパタパタ窓を打っている。デイヴィッドが両目を閉じ、豊かなまつげが頰に扇型に広がって、キスが燃えあがるように激しくなった。

とつぜん、彼はさっと身を引くと、手際よく残りの留め金をはずして彼女の服を脱がせた。あっという間の出来事で、次にはシュミーズを頭から脱がせ、彼女の髪に顔をうずめると、両手を裸の肩から背中の下へと走らせ、腰をつかんだ。

もどかしげな、低い、男らしいうなり声をあげ、彼は彼女をベッドに押し倒し、自分もシャツを脱ぎ捨て、残りの衣服を剝ぎとった。昂りかけた彼のものは、さっきと同じくらいセシリアを不安にさせた。気づくと、彼がまた胸を見つめている。

「ちょっと……ふっくらしすぎでしょ？」

デイヴィッドは彼女を見つめ、ほとんど恨めしげに微笑した。「まさに、ずっと夢見てたとおりだよ――完璧な、熟れた桃の実だ」そうささやくと、自分もベッドに乗った。「何年間も、桃を食べるたびにきみを思い浮かべた。その穢れない美しさ、たくまざる純朴さをね」

彼の率直な言葉に、セシリアは顔を赤らめた。男性に裸身をさらすのは初めてだった。亡き夫でさえ、不器用なむなしい努力をするとき、彼女の服をすっかり脱がせたことはない。暖炉の中で石炭がはじけ、炎が彼女の肌を赤々と照らした。セシリアは恥じらい、ベッドカバーを引きあげようとした。

たちまち、デイヴィッドの手がのびてその手をつかむ。「やめろ、セシリア」彼の身体が彼女を麻のシーツに押しつけ、ひんやりした、やわらかな布地が背中をこすった。彼は彼女におおいかぶさったまま、頭をさげて胸に口づけし、その先端を舌で探ると、彼女があまりの快感に背を弓なりにして叫ぶまで吸いこんだ。黒っぽい豊かな髪が垂れて、彼女の火照った肌を撫で、彼がそっと嚙みながら吸いつくうちに、あの奇妙な生暖かいうるおいが彼女の股間にあふれ出た。

ああ、こんなことは初めて……夢にも想像しなかった。これほどな甘美な責め苦があろうとは。もちろん、デイヴィッドがまさにその技巧ゆえに引く手あまたなのは知っていた。だからこそ、非情な放蕩《ほうとう》者に思えたのだ。けれど不意に、どうでもよくなった。じっさい、彼は非情だったが。

ベッドに片腕をついて彼女の上に身を乗り出したまま、デイヴィッドは反対側の乳房に注意を移し、軽くついばんでは鼻をすりつけた。もういっぽうの手をすべり落として彼女のふくよかな腹を撫で、「完璧だ。きみはとてもきれいで、とても女らしいよ、愛しい人」とささやくと、彼はその手を広げてさらに下へと愛撫を続け、ついに指の一本を股間のやわらかい割れ目にすべり込ませた。彼女は濡れていた。恥ずかしいほどなめらかに。彼の指が官能的な微風のように肉のあいだを進み、巻き毛の中にうるおいが広がった。

やがてまた、指がそこをたどって、満足げなささやき声とともに、親指が彼女の核心そのものように感じられるところに触れた。もう堪えられなかった。あまりに強烈だ。セシリアは息を切らしてかすかにあえぎ、ぐいと身を引こうとした。胸の上で、デイヴィッドがのどの奥からわきあがる、歓喜に満ちたうなり声をあげた。彼が片手で彼女を押さえ、親指でもういちどあのすばらしい場所を撫でると、セシリアは快感にもだえ、すすり泣きたくなった。

「あっ、ああ……」暗がりに向かってささやく。「やめて、デイヴィッド……ああ！」恥ずかしさと悦びに身体が燃えあがるようだった。だが気づくとかかとをマットに食いこませ、腰を彼の手に押しつけていた。その手がなおも探り続ける。執拗《しつよう》に。

デイヴィッドは熱い舌をゆっくり乳首に這《は》わせ、「甘い桃の実だ……」としゃがれ声でささやいた。「ほんのひと口で男を狂わんばかりにさせる」彼女の腿のわきで彼のものがうごめき、さらに硬くなってゆく。思わずまた身体を押しつけると、デイヴィッドは全体重をかけて彼女を堅固なベッドの中へ押しもどした。

女らしい本能で、セシリアは片脚をあげて彼の腰に巻きつけ、ぐっと引き寄せて塩辛いのどを舌でなぞった。彼女は欲しかった。欲しくてならなかった――何かが。

デイヴィッドはそっと彼女の脚を押しさげ、「落ち着いて」とかすれ声で言った。「ゆっくりとだ、セシリア……急がずに」彼の肌も今や燃えるように熱い。彼女はその張りつめた力強い背中から、固くしこった腰の筋肉へと両手をすべらせた。

と、彼が両手をついて身体をわずかにあげ、ひたと彼女を見つめた。あの気だるげな目に、むき出しの感情をみなぎらせて。「ああ、くそっ、セシリア……」

　不意に、彼が下へと身をすべらせ、股間のしげみに顔をうずめた。力強い、強靭《きょうじん》な手が腿の内側に入りこみ、彼女の脚を押し開く。彼は無我夢中で、濡れた部分に舌を突き入れ、さきほど彼の指にいたぶられて固くなった場所を見つけた。セシリアは悲鳴を押し殺した。腰が弓なりにベッドから浮きあがったが、デイヴィッドの力強い腕に無理やり押しもどされた。優しく、じわじわと、いたぶるように、彼は彼女の中にまず舌を、それから指をすべり込ませた。

　デイヴィッドは気づくと、必死に自制を保とうとしていた。彼女は美しかった。あまりにも。彼はむさぼるように吸いつき、彼女の熱情の香りを吸いこむと、暖かいベルベットのような肉の中、そしてさらに向こうの、固くしまった禁じられた領域へと指を進ませた。そこをそっと探り、思いめぐらした。これほど繊細な純潔を突き破るのは、どんな感じなのだろう？　自分は彼女の苦痛に堪えられるだろうか？　自分自身の悦びに？　それでも彼女を奪い、わがものにしたくてならなかった。むろん、彼にそんな権利はない。かつて一度もなかった。しかし、二度目のチャンスを与えられたのだ。

　それをつかむのは正気の沙汰ではないのかもしれないが、彼はつかむつもりだった。今度は何も――何ひとつ――彼をとめるものはないはずだ。たしかに、セシリアはとめそうにない。今ではベッドの上で身もだえし、支離滅裂なことをつぶやきながら、両手で上掛けを握りしめている。みごとな銅色の髪がくしゃくしゃにもつれ、枕の上に広がっていた。火明かりに肌が照り輝き、美しい胸とふくよかな腹がほんのり赤く染まっている。

デイヴィッドは低くうめいて両目を閉じ、彼女を深々と味わいながら、長かった六年間のみだらな空想、憑《つ》かれたような熱い夢の数々を思い浮かべた。どれひとつ、この現実とは比較にならない。そのとき、セシリアが彼の下でビクリと跳ね、苦しげに息をはずませた。

デイヴィッドはどっと汗をかきはじめていた。それでも、今すぐ奪いたい思いをこらえ、ふたたび舌で触れると、じらすように撫でてあげた。彼女を悦ばせると約束したのだ、たとえ抑えすぎて爆発しようとも、そうするつもりだった。

だが、爆発したのはセシリアのほうだった。解放のときが急速に迫り、彼女はぶるぶる震えながら、こわばった身体を彼に押しつけた。「あ……ああ、デイヴィッド」彼女はうめいて両手を全身に走らせ、のど、胸、腹に触れたあと、最後に彼の指に重ねた。

すかさず彼は這いあがり、震えがおさまるまで彼女を抱きしめた。「中に入って」ついに、耳慣れないしゃがれ声で彼女がささやく。「今すぐ。お願い。いけないことだとわかってるけど、あなたが欲しい」

引きつる手を彼女のうなじにまわし、デイヴィッドは彼女の頬を胸に押し当てた。「ああ、ぼくの可愛いセシリア」髪に口をつけてささやく。「いいかい、これはちっとも悪いことじゃないんだ――二人がともに望むなら」

「あなたはほんとに……望んでる？」彼女はおぼつかなげに尋ねた。「わたしが欲しい？」

デイヴィッドは皮肉な笑い声をあげた。「痛いほどだよ、お馬鹿さん」彼はまた彼女におおいかぶさり、キスを浴びせた。彼女はどこもかしこもふくよかで愛らしく、繊細だった。繊細すぎるほどだ。彼は股間の硬く脈打つものを片手で撫でおろし、彼女をどうしたものかと思案した。いや、われわれ二人をどうしたものだろう？

セシリアは魅入られたように、彼の触れているものを見つめた。「それはどんな感じなのかしら？」

何と無邪気な質問だ。彼ほど利己的でない男なら、そこでやめていただろう。だがデイヴィッドは身を屈め、片手で彼女を広げると、心地よいぬくもりの中へ一インチだけすべり込ませた。「そんな感じさ」と小声でささやき、ぐっと抑えた。

セシリアは初めての感覚に身を震わせた。デイヴィッドの重たい、熱したものが、彼女の肉体を焼き焦がしながら押し広げている。いい気持ち。完璧だ。今までずっと待っていたような気がする。彼女は本能的に腰を押しつけた。硬いものがもう少しすべり込み、さきほど彼の口が見つけた甘美な場所をわずかにかすめると、即座に彼女は理解した。彼に手をのばし、もっとそばへ引き寄せようとした。

デイヴィッドは抗った。彼がゆっくり引き抜くと、セシリアはうつろな感覚に苛立ち、大声で叫んだ。片手で股間の重みをささえたまま、彼はふたたび、今度はもう少し深く突き入れた。そして何度も、少しずつ、肉を肉の中へとすべらせた。奇妙な感覚。すばらしい。

それでも、彼女はもっと何かが欲しかった。と、彼がうつむき、二人の結合部に目を向けたかと思うと、ぎゅっと筋肉を引きつらせて震えはじめた。「お願い」セシリアはため息まじりに言い、またもや彼に手をのばした。

「まだだ」張りつめた声で、デイヴィッドがささやく。

「いいえ」彼女は訴えた。「今よ。ぜんぶ」

「いや！」彼はうなった。

そのあと、とつじょ彼が胸の底からうめき、低い苦悶の叫びをあげて手を動かした。そして、彼女の身体を堪えがたいほど押し広げ、一気に、深々と貫いた。つかのま鋭い痛みが走り、無理やり蹂躙《じゅうりん》されたように感じたものの、やがてついにセシリアの身体が彼を受け入れ、すっぽり呑みこんだ。

「ああ、何てことだ」畏敬に満ちた声で、デイヴィッドがささやく。

彼は頭をあげた。両目はきつく閉じられ、浮きあがった首の腱《けん》が汗でつるつるになっている。「きみを……傷つけなかったかい？」超人的な努力に身を震わせながら、彼は弱々しいしゃがれ声で言った。

「わ、わたしは――だいじょうぶ」子宮の入り口で彼がドクドク脈打つのを感じつつ、セシリアはかろうじて答えた。痛みは消え、デイヴィッドの熱く硬いものがすべり込んでくる、あの感覚の再来だけを待ちこがれていた。またもや、彼が骨の髄から身を震わせた。セシリアは貪欲《どんよく》に腰をすりつけ、本能の導くままに、両手を彼の尻にまわした。

デイヴィッドはぎょっとしたように目を見開いた。「だめだ！」と叫び、彼女の腰を手荒くベッドの上に押しもどす。「ああ！　頼むから……引っぱるな」かすれ声でささやいた。

「それに押すな。ああ！　セシリア！　いいからじっとして」

外では、激しいみぞれがいつしか霧雨となり、室内はデイヴィッドのぜいぜいあえぐ声をのぞけば、完全な静寂に包まれている。

「よくないの？」セシリアは小声で尋ねて腕をあげ、彼の顔から分厚いカーテンのような髪を押しやった。

「よすぎるんだよ、ピーチくん」彼はつぶやいた。「あまりによすぎて……死にそうだ」

彼女は努力した。ああ、どうにか言われたとおり、彼の下にじっと横たわっていようとした。けれど、片脚が彼の動きに合わせてしなやかに揺れ動き、腰が勝手に浮きあがって飢えたように彼を求めた。一度は、高い角度で深々と貫かれ、目のくらむような感覚が近づいた。薄闇の中で、デイビッドが叫びをあげた。抑制をつき崩された男の低い苦悶の叫びだ。

だが、セシリアは何か理解できないものを求めて身体を押しつけた。

「お願い……」と哀れっぽく訴える。「やめないで」

デイヴィッドは両目を見開き、荒々しく警告するように彼女を見すえた。「やめないさ」声がしゃがれた。「だがとにかく……ぼくにまかせろ」

セシリアが無言でうなずくと、彼はふたたび突き入った。もうだめだ。堪えがたい快感だ。彼女が手をのばし、彼の引きしまった肩を力なく引っ搔いた。何と、彼にしがみついて高々と身をそらし、彼がさっきと同じものを与えるようにせきたてた。

「ああ、我慢できない」デイヴィッドはつぶやき、頭をさげると、熱くなめらかなものをすばやく引き抜いた。そしてふたたび、彼女を大きく押し広げ、炎と歓喜の源まで一気に貫いた。

ああ、そうよ。そう……完璧だ。とても深くて。セシリアはうめき、またもや腰を浮かせて身をよじった。何度も何度も、彼は彼女を貫いた。首をのけぞらせ、苦しげに息をはずませ、腰を激しく動かして。かつては苦痛だったものが拷問となり、さらに……それを超えてゆく。セシリアは無我夢中で、ふたたび彼に手をのばした。

すると、デイヴィッドは彼女にぴたりと身を重ね、肩をマットに押しこみながら、力まかせに突きはじめた。すぐに、セシリアは彼の名前をささやくことしかできなくなった。そしてついに、体内の何かが炸裂して彼を呑みこみ、彼女のまさに中心まで、深々と引き入れた。

「ああ、セシリア！」彼が叫んだ。「ああ――だめだ！」かすれた、死にもの狂いの声だった。彼の歯が彼女の髪をからめてうなじに食いこんだ。彼の腰がさらに二度ほど彼女を突きあげ、ヘッドボードを壁にぶつけた。彼はいよいよきつく彼女をつかんで引き寄せ、震えながら刺し貫くと、そのまま果てるまで彼女の中で脈打っていた。

その後しばらく、大海原で溺れかけた者が丸太をつかむように、彼はぎごちなく彼女を抱いていた。やがて固くこわばったあご、以前は傲慢そのものに思えたあごが、汗にまみれて彼女の額に落ちてきた。そしてついに、ため息――というより嗚咽――をもらすと、最後にもう一度だけ肩を震わせ、彼はどさりとくずおれた。

彼はゆっくり、彼女を抱いたまま横向きにころがった。ほどなく、セシリアは夢すら見ない深い眠りに落ちていた。

# 9　ドラコート卿、真実に目覚める

まるで未知の場所へと歩いているような深い霧の奥から、デイヴィッドの脳裏にふたたび現実が浮かびあがった。眠気と戸惑いを抑え、枕がわりにしていたセシリアの胸から頭をあげると、彼は周囲を見まわした。暖炉の炎が消えかかっている。暗がりの中に、一対の肘掛け椅子とロココ風の化粧テーブル、大きな衣装だんすが見えた。どれもごく普通のものだ。じっさい、そこは緑と金色のフリルつきの布地で飾られた、ごく普通のレディの私室だった。たしかに、こんな部屋は数えきれないほど見てきたはずではないか？

にもかかわらず、ふり向いてセシリアを見ると、とうてい普通ではない感情に胸を締めつけられた。彼は無理やり息を吸いこんだ。足首に何か——シーツのようだ——がからみついている。さっと足をふってそれをはねのけると、眠ったままのセシリアがため息をついて寝返りをうち、枕の山に深々と身を寄せた。デイヴィッドはうっとりと、彼女の腰のふくよかなカーブと肩に垂れかかるつややかな髪に見入った。不意に激しい所有欲、彼女をすっぽり抱きしめ、その身体が本能的に緊張するのを感じたいという思いに打ち負かされそうになった。

くそ、何を考えているんだ？ 彼はがばとベッドから起きあがって窓辺へゆくと、カーテンをかき分け、外の暗闇をのぞいた。どうやら、空気がいくらか温まったようだった。もやもやとした濃霧がメリルボーンの街路をおおい、つややかな丸石を静かに包みこんでいる。上の廊下で、時計が鳴るのがかすかに聞こえた。四時？ それとも五時か？

ふり向いてもう一度セシリアを見ると、はやくここを出なければならないことに気づいた。さもないと、何か言語に絶する馬鹿げたまねをしそうだ。たとえば彼女を起こし、足元にひれふして、きみを初めて目にした日から愛していたとしどろもどろに口走るとか。くそっ！ そんなことは考える資格すらない。デイヴィッドは震える両手でシーツを引きあげ、彼女の裸の身体をくるむと、すばやく自分の服を着け、盗人のように足音を忍ばせて階下へおりた。じっさい、ある意味で彼は盗人だった。つかのまの愚かきわまる衝動に負け、手にしてはならないものをつかみとったのだから。

客間に入ると、彼は急いで上着をまとい、クラヴァットを首にひっかけた。だがまだセシリアの衣類が床に散らばっている。こんな礼儀上の問題に直面したのは初めてだった。やはりレディの下着をこのまま放置して、明日の朝いちばんにここへきた者に発見させるのは紳士らしからぬ行為では？ 最初にやってくるのは、まずセシリアではあるまい。彼女はあきらかに、何も知らずに無邪気に眠りこんでいる。

デイヴィッドはすばやく彼女の衣類をひろい集め、そっと階上《うえ》の部屋にもどると、ドアのそばの椅子に残らず積みあげた。そのあと、こらえきれずにもう一度だけふり向くと、彼女は子猫のように上掛けに身をすり寄せていた。彼はあやうく、くじけそうになった。思わず、彼女のシルクのストッキングのひとつを抜き取り、ポケットに押しこんだ。それから急いで階段をおり、コートをひっつかんで、湿った二月の朝の空気の中へ飛び出した。

ほどなく、彼はガラガラと通りを進む、薄暗く冷たい馬車にひとり腰をおろしていた。こんなふうに黙って立ち去るのは、思慮深い行為なのだと考えようとした。セシリアのようなレディは、恋人が夜明けにこそこそ出てゆくのを使用人たちに見せたくないはずだ。だが、じつのところ、彼は臆病風に吹かれたのだ。昨夜のあとで、何を言えばよいのかわからなかった。

昨夜。いやはや。

あれは何かすばらしいことのはじまりなのだろうか？　それともたんに、長年の妄執にふさわしい幕切れなのか？　暗がりの中で、デイヴィッドは頭《こうべ》を垂れた。決して、神に祈るためではない。そもそも、自分が何を求めているのかよくわからなかった。あるいは、より正確に言えば、自分がそれに値する男なのかが。だが、自分の人生にセシリアが必要なのはわかった。

で……どうすればいい？　彼女の足許にひれ伏すのか？　そして——結婚してくれと乞う？　まさか。それは以前にやってみた。するとあの子猫は、彼の顔につばを吐きかけたのだ。だが、よもや今ならそうはするまい？　なぜだ？　あれから何が変わった？　まともな男うんぬんという評価はさておき、彼は以前よりも高潔な、尊敬すべき男と言えるだろうか？――ついにまんまと彼女の処女を奪ったからといって。デイヴィッドは音をたてて鼻を鳴らした。

いや、セシリアは彼を責めたりはすまい。しかし、目覚めたときには大いに悔いているかもしれないし、じっさい、たぶんそうだろう。そしてたしかにその悔いは、彼がじつは何者かを知れば、深まるばかりだろう。それでも、今度は話すしかない。今度は彼女のために、これが最善だから結婚してやるのだと、罪悪感をなだめることはできないのだから。今のセシリアには多くの選択肢がある。彼女は誰でも好きな相手と結婚できるのだ――もしも結婚する気なら。

デイヴィッドはくるりとふり向き、パーク・クレセントの優雅な入り口が遠ざかるのを見守った。少なくとも、彼女ともういちどだけ愛し合いたい。だが彼女はその気になるだろうか？　どう見ても昨夜の彼はぶざまだった。何と皮肉な！　よりにもよって肝心なときに、名うての放蕩者のドラコート卿が、初めは発作的な躊躇《ちゅうちょ》に屈し、結局は少しも自制できなくなってしまうとは。

彼女は目覚めたとき、彼を卑怯者だと思うだろうか？　それとも紳士だと？　ともかく、怒りを爆発させて彼女の貴重な磁器を壊してしまったのは大失敗だ――たとえあれが、朴念仁のジャイルズからの贈り物でも。そして今度は、尻尾を巻いた犬のようにこそこそ逃げ出している。もどって彼女と対峙《たいじ》すべきなのだ。あやまるために。

しかし、彼はまさにそのために、この恐るべき混乱に陥ったのではなかったか？　大事なのは彼女をせっつかないことだ。だいいち、彼女をせっつくのは得策はでない。それはとうの昔に学んでいた。そして第二に、これまでセシリアの周囲の男たちは——彼自身も含めて——あまりにしばしば彼女の信頼につけこんできた。

ならば率直に、どうしてほしいか彼女に尋ねるべきなのか？　奇抜な考えだが——そう、それがフェアというものだろう。彼女に選択権を与え、好きなだけ考えさせるのが。ただし、それはひどく危険な賭けだ。

もしも彼女が彼を選ばなかったら？

陽気な酒場の流行《はや》り歌をハミングしながら、ヘンリエッタ・ヒーリーは椅子の上のくしゃくしゃの山から女主人のとっておきのペティコートを取りあげ、批判がましくじっとにらんだ。それから、怖気づいたしわが自然に消えるのを期待しているかのように、頑固にパタパタ振り動かした。

セシリアはしぶしぶ、もういっぽうの目を少しだけ開いた。ようやくエッタの姿がはっきりすると、「ふうっ」とつぶやいて両手を握りしめ、シーツの下でものうげにのびをした。

「はい、おはようございます、奥様」エッタは快活に言い、セシリアのシュミーズを取りあげた。「ぐっすり眠れましたかね？　やれやれ、あたしはぜんぜん！　スニードのコーヒーハウスの煙突が燃えちまってね。まあ、すさまじい騒ぎでしたよ！　しかもあのみぞれ。そのあとは、マーシーおばさんのちびの孫たちが夜通し泣きわめいてさ。それにしても、妙だね」セシリアの衣類を腕にかけながら、「ストッキングが片方だけなくなるなんて」

セシリアはもう一度、けだるげに伸びをした。「マーシー叔母様がストッキングをなくしたの？」今度はあくびをし、どうにか眠気をおさえて話についてゆこうとした。

「いや」エッタは眉間に深々としわを寄せ、ぴしゃりと言った。「マダム・ジャーマンがあの緑の服のために特別に作った象牙色のやつですよ」

とつぜん、セシリアの注意が衣類の山に向き、記憶が揺り起こされた。「まあ、いやだ！」

「まあ、しょせんはただの靴下ですよ」エッタが小生意気な口調で言った。「それに、ベッドの中にはないだろうね」

ベッドの中でがばと起きあがり、狂ったように周囲のカバーを撫でまわす。

「まあ、いやだ！」セシリアはぱっと頭をあげ、一糸まとわぬ姿でベッドを飛び出すと、急いで部屋着に腕を通した。「いま何時？　ショウはどこ？　もう誰か客間を掃除した？」

「客間？」エッタは戸惑い顔で尋ね返した。「さあ、奥様」だが答えたときには、女主人はもうドアへと駆けだしていた。

「あれまあ！」エッタは不意に、心得顔でウィンクした。「そいじゃ奥様もついに、ちょっぴり冒険なすったわけだ」

デイヴィッドは朝の七時には、お気に入りの読書椅子（うしろ向きにまたがってすわる、書見台つきの椅子）の上でしゃっちょこばって身をのけぞらせ、寝室の天井を見つめていた。少なくとも、彼はそうしたかったのだが、両目を開けても、見えるのは淡い緑の霧だけだった。

「なんだか、脱皮しようとして皮を耳に引っかけてしまったろくでもない菜園のヘビみたいな気分だぞ」彼はぷりぷりして言った。

かたわらで、ケンブルがリズミカルにシャッシャッと革砥《かわと》でかみそりを研ぐ音がした。

「ヘビには」と、近侍は軽やかに答えた。「耳はございません」

「ふん。やれやれ、あとどれぐらいかかるんだ？」気むずかしげに言おうとしたが、ケンブルが顔じゅうに塗りたくった膏薬《こうやく》のおかげで、うまく格好がつかない。

黒ずんだ影がデイヴィッドの上に屈みこみ、冷たい指先が目の下をつつきまわすのが感じられた。「きゅうりの薄切りは、今すぐにでもはがせます」近侍はこしゃくな口調で言った。

「けれど、パックはあと十五分はこのままにしないと」

「十五分？　おいおい、九時にはウォッピングへ行くことになってるんだぞ」

「時間厳守と見苦しくないのと、どちらをお望みで？」とケンブル。

「時間厳守だよ、くそっ。今日はいまいましい警部とちんぴら狩りにいくんだ！　どう見えようとかまうものか」

「なにも、わたくしに当たらずともよろしいでしょう！」ケンブルはぴしゃりと言った。

「あなたのお齢《とし》で夜更かしは禁物です。朝の五時に帰宅、ベッドにはしわひとつない！　いやはや、これぞ不眠不休の一夜というものです」

「一部はぐっすり眠ったさ」デイヴィッドはぶつぶつ言った。

「さようで？」近侍は忍び笑いをもらした。「肝心なときにでなければよろしいのですが」

「おまえはどうしようもなく無礼なやつだ、誰かにそう言われたことはないのか？」デイヴィッドは椅子の上でもがきながら、ぶつくさ言った。「さあ、このろくでもないものを顔からどけてくれ。きちんとすわりたい。話があるんだよ」

「ほ、ほう！　面白そうですな」ケンブルはゴロゴロのどを鳴らさんばかりに言うと、さっとタオルを取り出してデイヴィッドののどに巻きつけた。「その女性は既婚者で？　現場をおさえられたのですか？　わたくしが行って、あちらの従僕に鼻薬でも嗅がせましょうか？」

「まだだよ、いや、それにまだいい」デイヴィッドはうなった。

「おお、では本当に――？」

はたと、デイヴィッドは自分が何を口にしたか気づいた。「ちくしょう、つまりその……いや、いや、まだだ！」

「なかなか意味深長なご失言では、ご主人様？」ケンブルはのどを詰まらせて笑っている。

デイヴィッドは話題を変えようとした。「くそっ、もういい。それより、いいか――きみにやってほしいことがある。明日の午後、ボウ・ストリートへ行って捕り手を二人、雇い入れてくれ。腕利きのやつらだぞ。それからぼくの旅行用の軽馬車を伝道所へやって、例のそら、姉を殺されたキティという娘を拾い、捕り手たちに警護させてこっそりダービシャーの領地へ送りこんでほしい」

「承知しました、ご主人様」ケンブルはうってかわった真剣な声で答えた。「では、その娘の身を案じておられるのですね？　二度あることは三度、というわけで？」

「そうだ」デイヴィッドはケンブルが目元からきゅうりの薄切りをつまみあげ、ごみ入れに放りこむのを見守った。「それに今のところ、彼女からろくに情報を得られていないんだ」

「ふむ」ケンブルはデイヴィッドの顔にかみそりを当て、きゅうりの調合物をこそぎ落としながら言った。「あるいは、わたくしがお役に立てるかもしれません」

デイヴィッドは首をねじ曲げてケンブルを見あげた。彼は妙に、この男が気に入りはじめていた。それもまた、理性が狂いかけているしるしだろう。ケンブルの存在は冷雨のようなもので、必ずしも快くはないものの、またとない気分転換になる。ときおり、ラノック公爵は彼を手放す気はないかと考えたりもするのだが、たぶんだめだろう。

ともあれ、ケンブルの提案は考慮に値した。彼が人の心を開かせるのは否定できない。ひょっとすると、セシリアはキティと話す必要がなくなるかもしれない。

「下層階級の者たちは、何というか……貴族をあまり信頼しないようだからな」デイヴィッドは考えこむように言った。「残念ながら」

「残念ながら？」ケンブルは皮肉な笑い声をあげ、きゅうりのパックをもうひと筋こそぎ落とした。「それが残念なら、ご主人様、彼らが役人や警官たちにどんな態度をとるか観察なさることです」何やら心得たような口ぶりだ。「きみはイーストエンドの生態にくわしいのか、ケンブル？」デイヴィッドは興味を引かれて尋ねた。

ケンブルはめずらしく口ごもり、「まあ、生き抜くのに必要な程度には」と静かに答えて作業を続けた。「で、わたくしは何をすればよろしいのでしょう？」

「その娘だが」デイヴィッドは本題にもどった。「彼女は何か、ひどく危険なことを知っているんじゃないかと思う。それを聞き出せるかな？」

手首を二回、あざやかにふり動かしてケンブルは作業を終えた。「仰せのままに、わが太守よ！」優雅な、流れるようなイスラム式の礼をする。

「おいっ、そのかみそりに注意しろ！」デイヴィッドはぎょっとして身を引いた。

だがケンブルの気取りかえった表情は――その他の姿勢ともども――少しも崩れない。デイヴィッドはどっと息を吐き出した。「よし、キティの件は頼んだぞ。探りを入れてくれ。ただしそっとな！　彼女はひどくつらい目にあってきたんだ」

「おまかせください、ご主人様」ケンブルはかみそりの汚れを銅製のたらいの縁でこそぎ落とした。「刃物の扱いも、その他の何ごとも」

じっさい、彼ならまかせておけそうだった。その気になれば、ケンブルはきわめて魅力的だし、あれこれうるさく騒ぎはするものの、一種独特の資質――いかにも有能で、しかも温かい雰囲気がある。女性ならあれに本能的に反応するはずだ。

ケンブルに首のタオルを解かれると、デイヴィッドはしばし、比較的静かな部屋で、服を着せられるがままになっていた。すさんだ貧困地区を歩きまわって午前中をすごすのは、待ち遠しくはない。だが午後にしなければならないことは、さらに気が重かった。

クラヴァットを結びはじめたとき、その苦境を抜け出す——というか、緩和する——方法に気づいた。「ああ、それとケンブル？」

「はい？」近侍は衣装戸棚から首をつき出した。

「きみは中国の古い磁器について知識があるかい？」布地の端を引きあげて結び目を作り、さり気なく尋ねる。

近侍はデイヴィッドの上着を広げながら、形のいい眉をつりあげた。「明朝の花瓶とかいったもので？」

「やあ、うん、まさにそれだ！」デイヴィッドは鏡から少し離れて結び目の出来具合をチェックした。

「あいにく、ご主人様」ケンブルは悲しげに言った。「わたくしの好みは清朝《しん》のほうでして」

「ああ……」デイヴィッドは落胆の表情で上着に腕を通した。「だがどれも似たようなものじゃないのか？　つまり、きみにはいろいろってがあるだろう。何か明朝のやつを捜し出せないかな？」

「それは、もう」ケンブルは誇らしげに背筋をのばした。「セント・ジャイルズの故買屋を少々知っております。それにストランドの合法的な工芸品のディーラーを二人。どのようなものをお考えで？」

「いや、よくわからんが……半ダースほどかな？　緑色がかったものを入れてくれ」

「半ダース？」ケンブルは鋭く問い返した。両目にちらりと、薄笑いが浮かんだようだったが、それは瞬時におおい隠された。「承知しました、ご主人様。お屋敷の管理人に、いくらか現金が入用だとお話しいただければ」

「ああ、きみから話してくれ」デイヴィッドは手袋をはめながらぶつぶつ言った。「とにかく急いでほしいんだ。ひどい窮地に陥ってるんだよ」

「はい、もちろん」ケンブルはなめらかに答えた。次にデイヴィッドが化粧テーブルから目をあげたときには、近侍は姿を消していた。


九時十五分すぎになっても、ロンドンの霧は晴れていなかった。むしろ、河のそばではいよいよ厚く垂れこめ、ひんやりとした金属的な匂いがデイヴィッドの鼻腔をくすぐった。ド＝ローアンと曲がりくねった通りの端に立ち、彼は〈ホイットビーのプロスペクト号〉亭のわきの路地に目をやった。湿った革のチョッキを着た男が、ペリカン階段へと大樽《おおだる》をころがしてゆく。もうひとりの男が路地の先端で、ロープを握りしめているのがぼんやり見えた。おそらく彼らのボートが階段の下の河に浮かんでいるのだろう。

「彼女はあそこで発見されたのか？」デイヴィッドは尋ねた。ド＝ローアンは厳しい顔でうなずいた。

やがて、大樽を運ぶ男たちが階段の下へ姿を消すと、ド＝ローアンはどこにでもついてくるらしい巨大な黒い犬に向かってパチッと指を鳴らし、すばやく路上に踏み出した。朝霧の中で漆黒の外套《がいとう》をひるがえして歩く姿は、黒々とした復讐の天使さながらだ。デイヴィッドも続き、彼らは路地――というより、じっさいはせまい通路だ――を縦一列になって数ヤードほど進んだ。路地は先端が広がって、〈プロスペクト号〉亭とすぐ横の建物の裏のスペースにつながっている。そこをしばし歩きまわって地面に目をこらしたあと、ド＝ローアンが防壁の足場に乗って河を見おろすと、ちょうど二人の男たちが船を漕ぎ出すところだった。

小さなボートの起こす波がわびしくピチャピチャと階段に打ち寄せ、彼らは徐々に霧の奥へと姿を消した。「あと半時間で満潮だ」ド＝ローアンがつぶやいた。「どのみち、もう見るべきものは残っていません。〈プロスペクト号〉亭へ行きましょう」

「中に入ったらどうするつもりだ？」戸口に着くとデイヴィッドは尋ねた。マスチフ犬は進んでドアのわきに寝そべり、低くうなって頭を前足にのせた。

「まず給仕係の少年の話を聞きます――まだ消えうせていなければ」警部は肩をすくめた。「そのあと店内をぶらついて、誰かわれわれの知人がいるか見てみましょう」

「ぼくの知人がこの手の店に出入りするとは思えないがね」デイヴィッドはつぶやき、うさんくさそうに店のドアを見つめた。

だがそれは間違いだった。店内に入って周囲の暗さにようやく目が慣れるや、あの〝命知らずのラトレッジ〟がせまい階段をバタバタとおりてくるのが見えたのだ。にぎやかな舞曲《ジグ》を口笛で吹き、あわてて結んだクラヴァットの下のチョッキのボタンをとめながら。片腕に、くたびれた青い上着がひっかけられている。

部屋の反対側では、頬のこけた痩《や》せた男がカウンターの奥に立ち、スティルトンチーズの塊を切り分けていた。その横には四つ切りにした玉葱《たまねぎ》の皿がある。男は顔をあげ、親しげにラトレッジを見た。だが彼が声をかけるまえに、デイヴィッドはなめらかに戸口から踏み出し、「おはよう、ミスタ・ラトレッジ」と静かに言った。「こんなところで会うとは奇遇だな」

ラトレッジはぱっと頭をあげて首をめぐらし、ぼんやりした目で朝の弱々しい陽射しを透かし見た。「なんだ！　またあなたか、ドラコート」と陽気に言い返す。「この手の安酒場には妙な魅力がありますからね」小馬鹿にしたように片目をつむり、奥のカウンターへ歩いてゆくと、若者は身を乗り出してチーズの崩れ落ちたかけらをくすね、図太い笑みを浮かべてほおばった。

「おはよう、ラトレッジ」酒場の亭主は、ため息まじりに言ってナイフを置いた。「出かけるまえに何か食うかね？」

まだもぐもぐやりながら、ラトレッジが身をくねらせてまとった上着は、見るもあわれな状態だった。まるでそれを着たまま、というより、その上で眠ったようだ。ただし、誰と何をしながら眠ったのかは考えたくもなかったが。「コーヒーでいいよ、プラット」ラトレッジはチーズを飲みこみながら答えた。「それとこのチーズの分も勘定につけといてくれ、な？」そのあと、ぶらぶら部屋を横切り、河に面した煤《すす》けた窓の横のベンチにどさりと腰をおろした。

すでに、カウンターの男が二人の訪問者を無視したがっているのはあきらかだった。ゆっくり、ゆるぎない足どりでド＝ローアンが近づき、カウンターにひじをついて身を乗り出した。「昨日、裏で死体を見つけた少年に会いたいんだがね、ミスタ・プラット」

亭主は彼をじろりとにらんだ。「あいつは関係ねえよ、ド＝ローアン。あんたがた水上警察の連中は、追っかけまわす雑魚《ざこ》どもに不足してるのかい？」

ド＝ローアンは傷だらけのオークのカウンターに指をコツコツ打ちつけた。「いいから連れてこい、プラット」と疲れきった口調で言う。「こっちは三時間しか寝てないし、ブーツは濡れるし、当分、ここへくる懐の肥えた船頭どもを片っ端からしょっぴくほど暇じゃないんだ。だから、そんな手間を省かせてくれないか？」それだけ言うと、警部はカウンターから離れて部屋を横切り、ラトレッジのテーブルのわきを通って横手の調理場のそばの席へ向かった。

デイヴィッドがあとに続きながら、ちらりとラトレッジに目をやると、ちょうど眠たげな目の痩せこけた給仕係の娘がテーブルの上に屈みこみ、陶器のマグとぼろぼろの新聞を置いていた。ラトレッジはぼんやり外の霧を見ながら、片手で娘の脚を撫であげて尻をつかんだ。それから、人違いだったとでもいうように、ビクリと目をあげた。娘は気のないしぐさで彼をひっぱたき、さっさと奥へもどっていった。

「お知り合いですか？」そろって隅の席に腰をおろすと、ド＝ローアンが尋ねた。

「少しだけ」デイヴィッドは答えた。「あれはベンサム・ラトレッジという男で、少しばかり貴族の血を引く厄介者さ」それはたぶん〝ろくでなしのゴミくず〟と大差ないのだろう、と彼は苦笑しながら考えた。

それからそっと首をめぐらし、ラトレッジの入念に装われた人なつこさを観察した。あの下にはおそらく根深い、若者らしい怒りが隠されているのだ。やがては中年男の憤怒へと煮詰まり、あの整いすぎた顔ばかりか、心まで硬化させてしまうはずの怒りが。

そう考えると、皮肉な笑みが浮かんだ。おかしなもので、そうした隠しきれない徴候は、遠くからでもひと目でわかる。自分もあの年頃にはあんなふうに見えたのだろうか？　そしてその後、どれほど硬化したのだろう？

デイヴィッドはハーロウ校とオクスフォードで至福の学生時代をすごしたあと、今のラトレッジよりわずかに若い年齢でロンドンに出てきたころを思い浮かべた。裕福な貴族で、まずまず魅力もある彼は、いっぱしのプレイボーイ気取りで社交界を意のままにしようとしていた。そこへ例の父親の――いや、母親を犯した男からの手紙が届いた。そして彼の知っていた世界、期待していた世界は、ガラガラと崩れ落ちてしまったのだ。

では……ラトレッジの秘密は何なのだろう？　間違いなく、あの若者も秘密をもっている。だが、デイヴィッドは心の中で肩をすくめ、知ったことかと考えた。そのとき、調理場のドアがさっと開いて、十五、六歳のひょろりと背の高い少年が、薄汚れたエプロンで両手を拭きふきあらわれた。「おれがトマスだけど」少年は、彼らのテーブルのわきでためらいがちに言った。

ド＝ローアンは唇の端をつりあげたが、両目は笑っていなかった。「こちらの紳士とわたしは、きみが河で見つけた娘について訊きたいんだ」

トマスはエプロンを放し、「あんまし知ってることはないよ」と肩をすくめた。

デイヴィッドはやおら、ポケットから二枚の硬貨を取り出した。ド＝ローアンがのどの奥で非難がましい声をあげたのもかまわず、傷だらけのテーブルの端へクラウン銀貨をすべらせた。「それなら、きみが現に知っていることを聞こうじゃないか」と穏やかに言い、パチッと音をたてて銀貨をテーブルに置く。「そのあと、きみが知っているかもしれないことを聞こう」あざやかな手つきで、その横にソヴリン金貨を置いた。

少年は目を見はり、「どういう意味だい？　知ってるかもしれないことって」と疑わしげに尋ねた。

デイヴィッドは肩をすくめた。「この手の場所には噂話《うわさ》が山ほどあるだろう」

少年はいっぽうの眉をつりあげ、デイヴィッドの服をながめまわした。どうやら、それで納得したようだ。「おれは日が暮れてすぐに外へ出た」と切り出した。「ポテトの皮や何かを捨てようとして。そしたら、あすこの繋船柱に綱が結ばれてた。けどボートは見当たらない。それで身を乗り出してのぞいたら、彼女がぷかぷか浮かんでたんだ。うつ伏せに、両手を天使みたいに広げてさ」

ド＝ローアンは落胆したようだった。「では、あまりよくは見えなかったんだな？」トマスは病的な口調で言った。

「いや、夜警の連中が彼女を引きあげるあいだもそばでうろうろしてたから」

「恐ろしくふくれあがってたよ。それでも、メグらしいことはわかった」

「彼女を知っていたのか？」デイヴィッドはテーブルの上に身を乗り出して口をはさんだ。

「おもに仕事着でわかったんだけどね」トマスは言った。「真紅のサテンのやつ。メグがいつも着てたから」

「彼女はここでも知られてたのか？」ド＝ローアンがせっつくように尋ねた。

「おれは〈プロスペクト〉で働きはじめて四年近くになるけど、彼女は常連だったよ」少年は誇らしげに答えた。「うちは船乗りや艀の船頭がしじゅうやってくる。たまには紳士もね。こっそり何かをしたけりゃ、ぴったりの場所なんだ」

ド＝ローアンはちらりとラトレッジに目をやった。「上にいくつか部屋があるんだな？」

彼の言いたいことは明白だった。

トマスはかぶりをふった。「メグはここの部屋は使わなかった。ほかの場所――決まった宿があったから」

「だがここへも客を拾いに来ていたんだな？」

トマスはうなずいた。

「ひいきの客は？」

「とくに決まったやつは知らないよ」少年はデイヴィッドのほうにわずかに身を乗り出し、ラトレッジのほうにあごをしゃくった。「けど、やつをしょっぴいてみたらどうかな。彼女の仲間を何人か知ってるみたいだし、このごろ、妙なことを訊きまわってるんだ」

それを聞いて、デイヴィッドは眉をつりあげたが、ド＝ローアンはじっと外の河を見つめたままだった。濃霧で動きのとれなくなった艀と商船が、風下のロワー・プールに集まっている。「それで、トマス」警部は考えこむように言った。「彼女はどんなふうに縛られていた？」

トマスは馬鹿かといわんばかりに彼を見た。「首にろくでもないロープを巻きつけられてさ」

「だが結び目は？」ド＝ローアンはせまった。「どんな結び方だった？」

はたと、合点したように少年の目が輝いた。「巻結びだ」即座に答えた。「それも、まともな。きっちり結ばれてたよ。それに真新しいロープだったな」

「よし、いいぞ」とド＝ローアン。「で、最後にここでメグを見たのはいつだ？　憶えてるかな？」

「ああ、ほんの三日ぐらいまえさ」少年は落ち着きはらって言った。

「三日まえ？」デイヴィッドは半信半疑で口をはさんだ。「たしかかい？」

少年は顔をしわくちゃにして考えた。「ああ、月曜だ。彼女はずいぶん早く、十一時ごろにやってきた。プラットは市場に野菜を仕入れに行ってたから、ここにはおれとネルしかいなかった」

「彼女は一人だったか？」ド＝ローアンがせっつくように尋ねる。「どんな服を着ていた？」

少年は一瞬、戸惑ったようだった。「真紅のドレスさ、いつもどおりの。一人だった。けど誰かを捜してた」

「客をか？」ド＝ローアンは問いつめた。

「さあね」とトマス。「とにかくこう言ったんだ、『トミー、あたしに会いたがってる男がこないか注意しててね』それからウィンクして、そっと一シリング渡してくれた。けど、誰もこなかった。少なくとも、彼女が関心をもつようなやつは。昼ごろ、おれがまた店に出ると、彼女はいなくなってたよ」

ド＝ローアンはしばし黙って、すらりとした指でテーブルをコツコツとたたいた。顔と同様、両手も細長くてオリーヴ色だ。もう何度目かになるが、彼の先祖は何人だろうとデイヴィッドは考えた。「では彼女はいくらか自由になる金をもっていた」警部は考えこむように言った。「きみにこっそり何かくれるのは、いつものことだったのか？」

「いや、まさか」給仕係の少年は鼻を鳴らした。「だから、ちょっと妙に思ったのさ。それに、彼女は満足げにじっとすわってた、ご馳走にありついた猫みたいに。けど、それどこじゃなかったのかもしれないな」

「ああ」ド＝ローアンは静かに答えた。「たぶんな」

トマスの話はそれだけだった。どうやらメグは小金を手にしたようで、彼女が誰かをゆすっていたことはデイヴィッドにすら察しがついた。ふと店内を見まわすと、ベンサム・ラトレッジはいつの間にか外へ姿を消していた。

だが、心配はない。あの手の男は容易に見つかる。いちばん近くの闘鶏場か、流行りの賭博場を捜せばいい。どこを当たればいいかはわかっていたし、どのみち、彼の無邪気ならざる甥が教えてくれるはずだった。

同じ朝の十時に、パーク・クレセントではセシリアが途方に暮れていた。ひどい災難続きの朝だった。死にもの狂いで捜しまわったのに、謎の消えたストッキングはいまだに見つからない。彼女は力なくこそこそ寝室にもどり、めずらしくそこへ朝食を運ばせていた。階下《した》におりて、陰で嘲《わら》っているかもしれない使用人たちと顔を合わせる屈辱には堪えられなかった。そこで、エッタが風呂をたてるあいだにトーストをつまんでみたが、文字どおりのどを詰まらせてしまった。おまけにお茶をひっくり返し、シーツのそこらじゅうにパンくずをゴホゴホ吐き出した。

エッタがバスルームから飛んできて、陰険なわけ知り顔で彼女の背中をポンポンたたいた。セシリアは力なく手をふって朝食をさげさせ、バスルームへと向かった。いっそ溺れるか、せめて、ゆっくり熱い湯につかって苦痛をやわらげようとして。

ところが何と、そこらじゅうがヒリヒリし、ようやく湯に身を沈めると、傷のひとつは心身両面にわたっていることがわかった。ごくうっすらと、左の腿に血がたれている。じっさい、ほとんど見えないほどで、乗馬に明け暮れた歳月を思えば、少しでも出血したのは驚きだった。とはいえ、それは否定しがたい証《あかし》だった。彼女は間違いなく処女を失ったのだ。低い苦悶のうめきをあげ、セシリアは水中にすべり落ちた。今にも肺が破裂しそうになると、少しだけ運命を受け入れ、ゆっくり頭を出した。少々の出血は予期しないでもなかったし、それが意味する喪失など悔やんですらいない。だがまあ！　よりにもよって、ドラコートとは。濡れた髪を顔からかきあげ、頭を湯船の縁にもたせかけると、セシリアはバスルームの高い羽目板張りの壁を見あげた。

まったく、ほとんど笑い話だ。もう何年も、彼女は懸命に彼を避け、あちらも彼女を避けてきた。それが今、運命のいたずらで――少しばかりミスタ・アマーストも加担して――二人はとつじょベッドをともにしたのだ！

いや、それはちがう。何ひとつ運命のせいではない。こうなったのは、紛れもなく彼女自身の欲望のせいだ。そう、彼女はデイヴィッドの手をとり、進んで寝室まで引っぱってきた。彼がためらうと、せっついた。彼がやめようとすると、懇願したのだ。

まさに、恐れていたとおりの展開だった。彼女はハンサムな緑色の目の悪党に、異常にみだらな魅力を感じてしまうのだ。だが少なくとも、そんな弱みをもつのは彼女ひとりではない。デイヴィッドにやるせない目で見つめられたら、女は誰でも服を脱ぎ捨て、身を投げ出してしまいかねない。じっさい、もしも噂どおりなら、少なからぬ女たちがそうしてきたはずだ。それを思うと、ちくりと胸が痛んだ。わたしはデイヴィッドが征服した幾多の愚かな女たちの一人にすぎないの？

けれど、そんな感じはしなかった。むしろ、ぜんぜんちがう。セシリアは思っていたほど彼をわかっていない気がしはじめていた。間違いなく、デイヴィッドはそれよりはるかに複雑だ。たしかに、昨夜の怒りは強烈だった。けれど、あきらかに深い痛みに駆られたもので、彼女の心をかきむしった。それに彼女を抱き寄せてキスしたとき、彼は必死に何かの魔物を追い払おうとしていた。

以前は彼がただの空疎な道楽者に思えた。けれど昨夜、セシリアが感じたのは、慎み深さと誠意と……そう、不安だ。奇妙にも、その記憶が胸に渦巻き、希望の火をともした。でも、何への希望だろう？　わたしはのぼせあがったお馬鹿さんになってしまったの？

不意に、セシリアはくすくす笑い、それから大声で笑いはじめた。いつぞや馬車の中でデイヴィッドが笑ったときも、こんな感じだったにちがいない。異常だわ、と彼女は考えたものだ。どうかしている、馬鹿みたい、と。だがそれはこちらのほうかもしれない。というのも、ついに、真実に思い至ったからだ。

わたしは彼に恋している。あのドラコートに！

そう、間違いない。彼女は英国きっての筋金入りの放蕩者に、心底、どうしようもなく惚《ほ》れていた。ぜったいに避けると誓った男、あちらも彼女を避けると誓ったはずの男に。けたたましい笑い声を抑えられずに、セシリアは何度もこぶしで湯をたたいた。

気づくと、エッタが平手でばんばんノックしていた。「奥様！」どっしりした木の扉ごしにメイドは叫んだ。「奥様、だいじょうぶかね？」

セシリアは徐々に平静を取りもどし、「いいえ、エッタ」と、額に手を押し当ててあえぎながら答えた。「だめよ。もう二度と立ち直れそうにない」

これには、さすがのエッタも絶句した。「だめ……？」

「ええ、だめ」セシリアは答え、滝のように水をたらしながら立ちあがってタオルをつかんだ。「残念ながら、処置なしよ。とにかく、茶色いメリノの乗馬服を用意して、ゼファーに鞍《くら》をつけるようにジェドに伝えて。めちゃくちゃ馬を飛ばしたい気分なの。ころげ落ちて首でも折るかもね」

セシリアがハイド・パークに着いたのは、ロンドン市内の基準では、まだまだレディが出歩くにはふさわしくない時間だった。けれど、彼女はいつも早めに馬に乗る。そうすれば、いくらか爽快《そうかい》な速度で走れるからだ。午後には社交界の連中とのろのろ歩くはめになるので、それだけは心して避けていた。

彼女はパーク・レーンの北端で馬をそっと小突き、公園の乗馬道へと進ませた。土手の上でしばしとまって、眼下のサーペンタイン池から霧が立ちのぼるのを見守った。周囲はほとんど人気がなく、紫色のクロッカスがけなげに春の回帰を予告している池のほとりを、二人の紳士がそぞろ歩いているだけだ。セシリアは満足し、冷たい空気を深々と吸いこむと、ジェドに合図を送ってさっとゼファーの手綱をゆるめた。

それからほぼ一時間、二人は可能なかぎり馬を飛ばして園内を駆けめぐった。その間、ジェドは危険がないように背後で目を配りつつ、たえず競走をしかけて彼女を前へと駆りたてた。といっても、こんな町中《まちなか》で存分にはめをはずすわけにはいかなかったが。

やがてついに、セシリアは速度をゆるめて元の方角へもどりはじめた。乗馬は期待どおりの効果をあげていた。今では頭がすっきりし、両手の震えもおさまっている。昨夜は夢のように思え、今朝には悪夢と化した一件が、むしろ現実の理性的な問題になりはじめていた。

もちろん、今でも不安だ。けれど昼間の醒めた目で見ると、当面、彼女にできることはろくになさそうだった。残念ながら、まずはデイヴィッドの出方を見るしかない。いちばんの理由は、彼女にはどうすればよいのか見当がつかないからだ。ことをどう進め、この奇妙な新たな関係から何を得たいのか、さっぱりわからなかった。

ただひとつわかっているのは、彼が欲しいということだ——彼がおもて向き装っている、横柄なしゃれ者の貴族ではなく、昨夜のあの彼が。

セシリアは長年、心の中でデイヴィッドをろくでなし扱いしてきたので、この急展開に戸惑いきっていた。たぶん彼のほうも、同じくらい混乱しているのだろう。しかも昨夜、二人のあいだに燃えあがった情熱は、彼女がこれまでついぞ知らず、夢想だにしなかったものだった。

だが、どんな炎もときには燃え尽きる——それも、かなり急速に。デイヴィッドが多くの恋をして、いずれも数週間と続かなかったことはよく知っていた。そんな男を相手に、うぶな自分にどんな望みがあるというのだろう？　セシリアは深々とため息をついた。もう家に帰る時間だ。当面、デイヴィッドの件で思い悩むのはやめよう。どうせ解決できないのだから。

セシリアは無理やり注意を伝道所に──厳密に言えば、メアリとメグの不可解な死に向けた。たとえデイヴィッドが反対でも、ド＝ローアン警部はあきらかに、セシリアが調査の助けになると考えていた。そこでこの午後は、馬車でブラックホース・レーンを通ってみることにした。〈マザー・ダービンの館〉と呼ばれる売春宿をぜひとも見たかった。ときには女の目は、男の見落とすことに気がつくものだ。

セシリアはジェドに家へもどる合図を送り、手綱を坂の上へと向けた。そのとき、例の二人の紳士が池のほとりに立っているのが見えた。いっぽうの顔は見えなかったが、もう一人はかなりの年配で、細長い顔はやつれて青白い。不意に、彼がきびすを返し、ナイツブリッジ・ロードのほうに進みはじめた。グレーの長いコートと優雅な帽子を身に着け、片足をかばうように、ぎくしゃくとした足どりで歩いてゆく。やがて、砂利道に着いて向きを変えると、陽射しの中でステッキがきらりと鈍い銀色の光を放った。

かすかな記憶が渦巻き、セシリアは水辺の男にすばやく視線をもどした。だがエドマンド・ローランドはすでに彼女に目をとめていた。「おはようございます、レディ・ウォルラファン」彼は叫び、片手をあげて近づいてきた。

セシリアはやむなく、馬をとめて挨拶を返した。「おはようございます、ミスタ・ローランド」

「こんなわびしい日にも、あなたは光り輝いていらっしゃる」彼はゼファーの手綱をつかもうとした。

癇《かん》の強い騸馬《せんば》はいきり立ち、首をふりあげて猛然と鼻を鳴らした。おかげでびしょ濡れになった手をふりながら、エドマンドは反対側の手をさりげなくポケットに入れ、麻のハンカチを取り出した。

「心からお詫びしますわ、ミスタ・ローランド」セシリアは袖口を拭うエドマンドをまえに、笑いをこらえながら言った。「この寒さのせいでゼファーは鼻水が出てしまって。それにあいにく、少々人見知りをしますの」

エドマンドはこわばった笑みを浮かべて彼女を見あげ、ハンカチをポケットに押しこむと、「ではこの馬ともご主人様とも、もっとお近づきにならなくては」と言葉巧みに応じた。

「さあ、ご一緒に少し水辺を歩きませんか？」

セシリアはせっぱつまった。エドマンドは今や、彼女の謀略のおかげで、伝道所の大口支援者だ。その誘いを拒むのは無礼に思えたので、彼の助けを借りて馬からおり、手綱をジェドに渡した。

エドマンドは片手をするりと彼女のひじに添えた。「つねづねお噂は耳にしていましたぞ、麗しのレディ・ウォルラファンはたぐいまれな乗馬の名手だと」水辺へぶらぶら進みながら、エドマンドは言った。「しかし、この目で見るまでろくに信じていませんでした。しかもあの馬！　いやはや、あれほど堂々たる馬は、男でもそうそう操れるものではありません」

セシリアは頬をぱっと赤らめ、つかのま彼への嫌悪を忘れ去った。「まあ、ありがとうございます、ミスタ・ローランド」乗馬が自分の虚栄心をくすぐる唯一の弱みなのは心得ていた。「じつのところ、わたくしは何より乗馬が好きですの」

エドマンドの眉が優雅につりあがり、彼女のひじをつかむ手に力がこもったようだった。「何よりも？」声が低まる。「おやおや、それは残念といってもよいほどだ。ひどく……閉鎖的な感じで」

さり気ない口調だが、セシリアは即座に警戒心を強めた。「わたくしはかなり閉鎖的な生活を送っていますから、ミスタ・ローランド」と、いささかきつい口調でやり返す。「そのほうがずっと好きですし」

エドマンドはショックを受けた様子で、「これはこれは！」と優しく言った。「お気にさわったようですな！　決してそんなつもりはなかったのだが。本当に、あなたとお近づきになりたいだけなのですよ」

「お近づき？」セシリアは疑わしげな声を出すまいとしながら言った。

「それだけです」エドマンドは主張し、ベンチのそばへ足を進めた。セシリアがしぶしぶ腰をおろすと、ほっとしたことに、彼は適度な距離を置いてすわった。「あなたを崇拝する友人、そして――」彼は続けた。「コールのもっとも近しい親族として、わたしはこうして内密にお話しできる機会に感謝し――」そこでふと、ためらうように言葉を切った。

「それで――？」セシリアはうながした。

エドマンドは困惑した笑みを浮かべてかぶりをふった。「いや、やめておきましょう」ちらりと天をあおいだ。「あんな卑劣な憶測を吹聴したら、お叱《しか》りを受けそうだ。もっと気楽な話をしましょう。ええと、金曜日はレディ・カートンのお茶会に行かれますか？　アンとわたしもお招きにあずかったのですが。その後の舞踏会にも。たぶんレディ・カートンは、あなたがたのご立派な協会へのわれわれの寄付に感謝してくださったのでしょう」

お茶会うんぬんは、ろくに耳に入らなかった。「どんな憶測ですの？」セシリアはごく静かに尋ねた。

エドマンドはさげすむようにさっと手をふり、「レディ・ウォルラファン、高潔な女性はあてこすりなど気になさるべきではありません。つまらぬ噂話はいっさい無視なさることです」

「ミスタ・ローランド」セシリアは張りつめた声で言った。「ぜひともお聞きかせいただきたいわ」

エドマンドは困惑しきった顔をした。「まあ、しかたない」とささやくように言い、少し離れたところに立っているジェドにちらりと目をやった。「コールはうかつで衝動的なところがあるから、これがどう見えるか考えてもみなかったのでしょう――」そこでまた言葉を切り、目をそらす。

「どう見えるって、何が？」しだいに不安をつのらせながらセシリアは尋ねた。

エドマンドは彼女に目をもどし、ためらいがちに見つめると、「あなたがあの下劣なドラコートのそばで働くことです」と一気にぶちまけた。「つまり――いやはや、コールは何のつもりだったのだろう？　あなたがあの男を棄てたのは周知の事実だし、それは無理からぬことだ。なにしろ、あなたは純真無垢で、あちらはすでに……あんなふうだったのですからな。しかも、ドラコートは執念深いタイプだ。それにしても、あんなことを書かせるとは！まったく、ひどすぎる！」

セシリアは吐き気をもよおしそうになった。「書か……せる？」

エドマンドは心底みじめな顔つきになった。「いや、その、〈ブルックス〉クラブの賭《か》け台帳ですよ。遺憾ながら、あなたの勝率はたいそう低く、しかもその予想ときたら――まあ、愉快なものではありません」

エドマンドの言わんとするところは明白で、こんな話を六年まえに聞いたら、セシリア・マーカム＝サンズは即座に屈みこみ、感想を草むらに吐き出していただろう。だがウォルラファン伯爵夫人は、そうするくらいなら死んだほうがましだった。まあ、ひとつには、ろくに朝食をとっていなかったせいもあるが。

そこでかわりに、さっと肩をそびやかし、女王陛下のごとく傲然と背筋をのばした。「ミスタ・ローランド、あなたは善意でおっしゃったのでしょう」彼女はおごそかに言った。「けれど、ドラコート卿とわたくしは反目しあってはおりません。むしろ今では……そう、友人同士だと申しあげてよいでしょう。そしてもし、わたくしたちの関係がそれ以上のものだと憶測なさる方々があれば、そのためにいくらか散財なさるはずだわ」

エドマンドは身を乗り出し、そっと彼女の肩をたたいた。「いや、じつのところ、それをうかがって大いにほっとしました。というのも、なぜか――まあ、家族としての義務とでもいうか――親愛なる従兄の留守中にあなたに何かあったら、彼に怒られそうな気がしましてな」

セシリアはどうにか弱々しい笑みを浮かべた。コールとエドマンドがそれほど親密だとは。じっさい、驚きだった。エドマンドを誤解していたのだろうか？　そうは思えない。

「ではあなたの家族としての義務は果たされましたわ、安心なさって」彼女は答え、故意に話題を変えた。「それより、そうそう――さきほど話していらした、あの長身の紳士はどなた？　よくお見かけするような気がしたんですけど」

エドマンドは額にしわを寄せた。「あのような者をあなたがご存知とは思えませんが」

不意に、セシリアはあのステッキを思い出した。「ああ、わかったわ！　おたくの夜会に招かれていらした方ね」

「いや、それは何かの間違いでしょう」

「あら、いいえ、たしかにあの晩お見かけしたわ」

エドマンドは軽やかに笑った。「ああ、それならありえます。もしかして、廊下で？　だが彼は客人ではなく、ただの仲買人ですよ――レドンホール・ストリートのね」エドマンドは鼻にしわを寄せた。「おまけにユダヤ人です。どう見ても、夜会に招かれるような者ではありません」

ずいぶんな言い方ね、とセシリアは考え、冷ややかに答えた。「あら。ではお楽しみの最中に邪魔されて災難でしたわね」

「まったくです」エドマンドは何も気づかずに答えた。「だが至急わたしの署名が必要な書類があったので。それはそうと、ウォルラファン卿はいろいろきちんと整理していかれたのでしょうな？　いや、詮索《せんさく》する気はありませんが、わたしはビジネスに通じているのでね。何かご心配なことがあれば、いつでもいらしてください」

「ご好意はありがたいですけれど」セシリアはきっぱりと答えた。「その手の助言はジャイルズがしじゅうしてくれますの。彼はわたくしにもっと傾注してほしいようですわ」彼女は財産の管理について、よりにもよってエドマンド・ローランドと話し合う気はなかった。それを言うなら、ジャイルズともだ。法の許すかぎり、自分のことは自分で処理し、そうすることには熟達していた。

おりしも、セント・ジェイムズ宮殿の時報が風に乗って響き渡った。「大変！」セシリアはすかさず、さっと立ちあがった。「もう一時？　時が飛ぶようにすぎてしまうこと。ミスタ・ローランド、失礼しなくては。さもないとコックに二度と許してもらえませんわ！」

エドマンドもすばやく立ちあがったが、ジェドがさっさと進み出て彼女を馬に乗せた。パーク・レーンを家へと向かいながら、セシリアがちらりと背後に目をやると、エドマンドは今しがた反対方向に進んでいった幌つき四輪馬車のほうへぶらぶら歩きだしていた。

テムズ河畔では、ドラコート卿とド＝ローアン主任警部が酒場の主《あるじ》と給仕係の娘を相手に、もう一時間ほど無益な時をすごしていた。その後、デイヴィッドはド＝ローアンと彼の犬――魔王《ルシフェル》という名がぴったりの獰猛《どうもう》そうなやつだ――と通りを行ったり来たりして、〈プロスペクト号〉亭から五百ヤード以内のあらゆる商店と酒場を訪ね歩いた。こぞって用心深い目をした寡黙なイーストエンドの住人たちは、せいぜい今の時刻ぐらいしか知っていることを認めなかった。

残念ながら、それは事実のようだった。たしかに誰も、特徴のある二人の殺し屋が、はっきり番号の書かれた貸し馬車から、赤いドレス姿の女の死体を引きずり出すのを見たふしはない。デイヴィッドは無邪気にも、そんな話を期待していたのだが。

ド＝ローアンが指摘したところによれば、殺人者はもっとたやすく小舟で死体を運べたはずだった。川下のライムハウス・リーチ、あるいは川上のアッパー・プールからでも。まあ要するに、どこからでもだ。さらに、犯人は誰であっても不思議はなかった――船乗りの結索法さえ知っていればだが、それは港湾地帯のほとんど誰にでも当てはまる。デイヴィッドは深々とため息をついた。ド＝ローアンの忍耐力への感嘆の念が、刻々と高まっていた。

正午になると、ド＝ローアンは彼に、ほかの用件がある旨を簡潔に告げた。昨日、ポルトガル人の二人の密輸人が取りおさえられ、午後の二時に開かれる審問に立ち会わなければならないという。デイヴィッドは内心ほっとした。そこで手早く、キティを田舎へ送る計画について話し、警部と犬を警察署のそばでおろすと、屋敷へもどるよう御者に命じた。骨まで冷えきっていたうえに、寝不足で頭がぼうっとして、今朝の情報が何ひとつ理解できなかった。

カーゾン・ストリートの屋敷に着くと、ケンブルが見あたらないので自分で服を脱ぎ、身体を洗って着替えたあと、階下におりて無意識のうちに、いつもの昼食をとろうと、いつもの椅子に腰をおろした。考えにふけっていたのと睡眠不足とで、いつものビーフステーキが即座に運ばれなかったことに、すぐには気づかなかった。

やがて、戸口にひかえた従僕が静かに咳払いして、デイヴィッドは室内の奇妙な緊張感に気づいた。彼は疲労にかすむ目をテーブルの上に向け、驚愕《きょうがく》に言葉を失った。不気味にきらめく黒々とした目で、恐るべき顔がにらみ返している。

その小男は彼のテーブルの上、こんがり焼けた彼のステーキがあるべきまさにその場所に、どっかとすわりこんでいた。ふくれあがった頬はあざやかな草色に塗られ、身に着けているのは、何やらおむつのように下半身に巻きつけられた小さな黄色い帯だけだ。デイヴィッドの目がゆっくりと、ダイニングルームのサイドボードにずらりと並んだ同様の――ただし、不気味さの点でははるかにましな――磁器の置き物に向けられた。

疑念が一気にこみあげた。

「ケンブル！」彼はどなった。

すぐさま、二人の従僕が暗がりから飛び出し、ほどなく近侍が室内に引きずられてきた。

「これはいったい何だ？」デイヴィッドは午後の闖入者《ちんにゅう》を指さしながら問いつめた。

近侍はさっと手を広げ、「いやあ、見事でございましょ？」と呆《ほう》けた笑みを浮かべた。「感激なさるのはわかっておりました」

「そりゃもう、茫然自失だよ」デイヴィッドはつぶやいた。そして、コーヒーとステーキを持ってくるよう苛立たしげに合図しながら、もういっぽうの手で磁器の小像を押しやった。

「正直いって、ケンブル、これほど醜いものを見たのは初めてだ。きみがこんなデブの草色の半裸のしろものに、大枚を投じていないことを切に願うよ」

ケンブルは憤慨しきって身を乗り出し、テーブルクロスの上の置物をひっつかんだ。「わたくしのせいではありません！」と気色ばんで言う。「わたくしの好みが清朝なのは憶えておいでてでしょう。ところが何と！　あなたは明朝の、それも緑色のものを所望された」近侍は人形の奇妙な形の台座をあぶなっかしく腕にのせ、彼の鼻先に突き出した。「だからそら、あなたの緑色の明朝です！」

「やれやれ、ミンだのシンだの頭が変になりそうだ！」デイヴィッドは指先でこめかみをさすった。「で、そいつはいったい何なんだ？」

「屋根瓦です」

「屋根瓦？」デイヴィッドはぶつぶつ言い、げんなりしたように昼食の皿を押しやった。

「ぼくは磁器を――小さな中国の踊り子や、花瓶や鉢を――買いにやったのに、きみはろくでもない屋根瓦を持ち帰ったのか？　それも、胸くそ悪い東洋の妖怪が乗っかったやつを？」

「花瓶もいくつかございます」ケンブルは憤然と言い、ぐいとサイドボードのほうにあごをしゃくった。「それに鉢が二点。しかし、あなたは中国の踊り子なぞとはひと言もおっしゃいませんでしたぞ！　おまけに、この屋根瓦は大流行の——」

「ああ、そうだろうとも！」デイヴィッドはさっと両手を広げ、芝居がかった口調で叫んだ。「大流行のもの！　きみが無理やりぼくに着せてる味も素っ気もないチョッキと同じさ」

ケンブルは緑色の男のつるつるの頭をいとおしげに撫で、「これらはきわめて希少な品で」と息巻いた。「邪悪な霊を防ぐために戸口の上に据えるものです」

「ああ、さぞかし効果てきめんだろうよ」デイヴィッドはつぶやき、コーヒーをすすった。

「泥酔しててもそいつに近づこうとは思わんからな」

「まったく、感謝を知らぬお方だ！」ケンブルは心底傷ついた顔で、磁器を胸に押し当てた。「こちらは今朝のあの霧の中、勇気をふるってセント・ジャイルズへ出かけたのです！　それがどれほど危険なことかおわかりですか？　わたくしは命と身体を——ひょっとしたらさらに大事なものを——危険にさらしたのですよ。それというのもたんに、あなたがどこぞの女性を感心させてものにしたいから——それがまさにあなたの魂胆なのを否定しようとしても無駄です。だのに今になって、いっぱしの目利きを気取りたがるとは。明朝とマイセンの違いも知らないくせに！」

「もういい！」デイヴィッドはさえぎり、ガチャンと音をたててコーヒーカップを置いた。

「そいつを残らず箱に詰めて、馬車を呼べ」

# 10　レディ・ウォルラファン、トロイの木馬を受け取る

誰であれ、レディ・ウォルラファンをよく知る者なら――それには間違いなく、彼女の使用人たちも含まれるが――その午後の彼女の落ち着きのなさと寡黙さを、何か心配事のあるしるしだと考えたろう。普通なら、彼らの女主人にはあまり不可解な面がない。レディ・ウォルラファンは思ったままを口にする底意のない人間で、おおむねきさくで快活だった。

だが今日の彼女は、きさくでも快活でもなかった。じっさい、午後の大半をいらいら客間を歩きまわってすごし、最初は左手、次には右手の親指の爪を噛《か》みながら、ぶつぶつ独り言をつぶやいていた。それでもついに、少しだけ立ちどまり、一時間以内に出かけられるように馬車とメイドの用意をするように漠然と指示した。

そんなわけで、パーク・クレセント三番地を訪れたドラコート卿は、いくらかためらいがちな執事に迎えられた。まだ苦しげにゼイゼイ息をしながら、ショウはデイヴィッドの背後で二人の従僕が馬車からおろしている大きなリボンつきの木箱に目をやった。

「まずは奥様がご在宅か、たしかめてまいりましょうか？」執事はさりげなく申し出た。

「気遣いはありがたいが」デイヴィッドはしっかり足を踏ん張った。「もしも彼女が留守なら、これだけ置いていくよ」

内心、彼女がいないことを期待しかけていた。不意に、和解の贈り物を戸口に置いて逃げ出すほうが賢明に思えてきたのだ。なにしろ、いったい何を言えばいいのかいまだにわからないのだ。

けれど彼女は家にいた。そして彼を受け入れた。いくらか控えめに。あれは迷いだろうか？　デイヴィッドは控えめな女にも、迷える女にも慣れていなかった。従僕たちは彼女の綾織りの長椅子のまえに木箱を置くと、ドアを閉めて立ち去った。

「プレゼントだ」デイヴィッドはぎごちなく木箱をさし示し、ぶつぶつ言った。「お詫びのしるしだよ」

たちまち、セシリアの優美な眉がつりあがった。「お詫び？」戸惑った声だった。「こういうときにはお詫びをするものだとは知らなかったわ」どうにか弱々しい笑みらしきものを浮かべる。

デイヴィッドは無理やり笑みを返した。ああ、だめだ。今日の彼女はやけにきれいで、昨日よりもきれいなほどだった。セシリアの場合は常にそうなのかと不安になってくる。この午後、彼女が身に着けているのは、くすんだ青いシルクの昼間用のドレスだった。襟ぐりは鎖骨のすぐ下まで開き、最新流行のぴったりした袖《そで》とウェストが、ふわりと広がる腰の線を際立たせている。

セシリアは肘掛け椅子のひとつに手をかけたまま、じっと木箱を見おろした。人目のない自宅では手袋をしておらず、長めの青い袖から、象牙色のレースのひだ飾りが手の甲に垂れさがっている。そこからのぞくほっそりとした器用な指を見て、デイヴィッドは思いめぐらした。午後の光を浴びたセシリアのベッドに寝そべって、あの指で愛撫されるのはどんな気分だろう？ 彼女のてのひらが胸をすべりおり、さらに下へとおりて、彼の股間の巻き毛に指をからませるのを感じられたら……。

肘掛け椅子にかけられた彼女の手が、湾曲した椅子の背を落ち着きなく撫でまわしはじめると、デイヴィッドは彼女の指が彼の硬くなったものをつかみ、愛撫するさまを思い浮かべた。やがて彼女がそれを――

「デイヴィッド？」気づくとセシリアがひどく奇妙な目で見ていた。「あなたは何をあやまりたいと――？」

デイヴィッドはかっと頬に血がのぼるのを感じた。何と！ 生まれてこのかた、ついぞ赤面などした記憶はない。彼はぎこちなく、もう少しだけ椅子の陰に引っこんだ。いささか用心すべきではないかと大いに懸念されたのだ。彼女がひょいと視線をさげ、さかりのついた雄豚のように思われてはまずい――たとえじっさい、そうだとしても。

デイヴィッドは片手をまたもやためらいがちにふり、「それはきみの中国の踊り子を壊してしまったお詫びのしるしさ」と不器用に説明した。それから、かすれたささやき声で続けた。「本当に、セシリア……昨夜のぼくはどうかしていた」

セシリアはつかのま、ひたと彼を見すえた。「あなたは後悔しているの?」

その問いに、デイヴィッドは苦々しげに笑った。「悔いなら山ほどあるさ、愛しい人。だが昨夜の件で後悔してるのは、癇癪《かんしゃく》を起こしたことだけだ。じつのところ、自分でもショックだったよ」

セシリアの目が彼の顔面をさまよい、口元にとまった。「本当はわたしも少しばかりショックだったの」

彼はこらえきれずに、椅子から離れて踏み出した。彼女を抱き寄せ、自分の中の醜さのみならず、彼女が心に注いでくれた美をも分かち合いたい思いでいっぱいだった。けれど、言葉が見つからない。それにたとえ見つけても、彼女が聞きたがらない恐れもある。

そこでかわりに、片手をあげて彼女の頬にすべらせた。「セシリア、愛しい人、ぼくらには話し合うべきことが山ほどありそうだ。昨夜は……夢のようだった」

彼の心を読めるかのように、セシリアがするりと彼の腰に腕をまわした。「わたしたち、お互いの反感をおおむね克服したようね」

「ああ、セシリア」彼は穏やかに言った。「たしかに、ぼくがきみに感じているのは反感じゃない」

「では何を感じているの、デイヴィッド?」セシリアは静かに尋ねて、彼から視線を引き離し、上着の襟に頬を押し当てた。「正直に言ってほしいの。お願い」

どうしたものかわからず、デイヴィッドはじっと彼女を見おろした。彼女は何を聞きたいのだろう？　まるで氷におおわれた山腹に立ち、底知れぬ割れ目をまえにしているようだった。そのとき、彼女をせっつかないという決意を思い出した。彼女が渡す用意のできていないものを強要してはならない。

「きみに敬意を感じているよ」彼はついに答えた。「きみを少しでも困惑させるような言動はしたくないほど」

「敬意？」セシリアはつと身を引き離して目を伏せた。「それは……心強いわ」

デイヴィッドはぐいと、指が食いこむほどきつく彼女の肩をつかんだ。「ならば教えてくれ」と、しゃがれ声でうながす。「言ってくれ、セシリア。きみはぼくに何を期待している？　ぼくはどうすればいい？　指示してくれるだけでいい」

セシリアは即座に、彼の言いたいことに気づいた――きみは結婚を迫るつもりか、という意味だ。けれど、彼女は以前と同様、そんな気はなかった。彼の行動は何であれ、自発的なものでなければならない。ちょうど昨夜、彼女が進んで自分を与えたように。それにたとえ求婚されても、今の時点では慎重な考慮を要するだろう。

たしかに、セシリアは彼に恋していた。けれど決して馬鹿ではない。デイヴィッドといかに親密な関係を結ぼうと、それはまだ、真の親密さのいちばん大事な要素を欠いているはずだった。彼が自分のことをあまり話したがらないのがいい証拠だ。彼はあまりにふさぎがちで寡黙だった。これでは本当の近しさ、身も心もひとつだという思いは得られそうにない。

けれど、セシリアにはたしかにそれが必要だった。

それに、たとえ遠まわしにでも、こちらが何かを期待しているように言われたのは少々心外だった。「あなたは誤解しているようね」セシリアはわずかに身を引いた。「わたしは何も期待してないわ」

デイヴィッドは彼女の肩にかけた手をゆるめ、かすかに指を震わせた。「ごめんよ、可愛い人」そっと額をさげて彼女の額に当てた。「言葉の選びかたがまずかった。たぶん本当は……つまり、ぼくが言いたいのは——」

とつぜん、彼はあの伝説的な図太さを失くしてしまったようだった。「ああ、くそっ、セシリア！　こういうのは苦手なんだよ。とにかくきみはすばらしい人だ。それより、ほら——ぼくの贈り物を開けてみたらどうだい？」

セシリアは苛立ちながらも、ほろ苦い笑いに両目をきらめかせた。まあ、せいぜい秘密を守って賄賂《わいろ》を差し出すのね——今はそれしか差し出せないのなら。彼を愛していたし、辛抱強く待つつもりだった。当面は。

「いいわ」セシリアは折れた。「でも首に鈴をつけた、躾《しつけ》のいい小猿じゃないといいけど！」

「躾のいい子猿？」デイヴィッドはいたずらっぽく答えた。「いったい誰がそんな馬鹿げたものを女性に贈るんだ？　さあ、中を見ないのかい？」

彼は注意深くセシリアの顔を見守った。いまだに拒まれるのではないかとビクついて。彼は安易な逃げ道を選び、彼女もそれに気づいている。彼がせっせと贈り物をしているのは、そのほうが言葉を贈るよりもたやすいからで、これまで無数の女性にしてきたことだった。ただし、理由はまるで異なる。今度にかぎり、彼は好意ではなく時を買おうとしていた。情けないことに、怯《おび》えきっていたからだ。彼女を失うのが怖かった。とはいえ、せっつくことはできないし、自分が何を彼女に堂々と差し出せるのかわからなかった。

ついに、セシリアが抵抗をやめ、導かれるままに長椅子に近づいた。デイヴィッドがすかさずリボンをはずし、木箱を開いてうながすと、花瓶や鉢の包みを解きはじめた。

どうやら彼女は喜んでいるようで、〝あら〟とか〝まあ〟とか歓声をあげ、ひとつずつ慎重に光にかざした。彼はかたわらに腰をおろして疑心暗鬼で見守った。彼女の口元にちらついた、あれは微笑だろうか？　それとも彼女は苛立っているのか？　たしかに、苛立っても無理はない。彼の昨夜のふるまいは、われながら不快きわまるものだった。そのうえ今日は、説得力に満ちたよどみない言葉がぜひとも必要なのに、阿呆のようにしどろもどろになっている。それでも、セシリアはわずかに心をやわらげつつあるようだ。やがて、彼女は箱の底に手をのばした。

くそっ！　彼の手がのびてそれを押しとどめた。ぎごちなく箱の上に屈みこんだ二人は、気づくと顔が触れ合わんばかりで、彼の息が彼女のこめかみの産毛をそよがせている。デイヴィッドはさっと身を引いた。

「その最後のやつは」とあわてて言う。「ほんとに、つまらないものなんだ。ただのガラクタさ。きみが欲しがるかどうかも疑問だよ」

「あら、そんなはずないわ」セシリアは礼儀正しく主張した。「だって、東洋の磁器に関するあなたの趣味は驚くほど完璧よ――恐ろしいほど贅沢で」彼女は細心の注意をはらって、紙の包みを解いた。それから永遠とも思えるあいだ、黙りこくっていた。

「まあ」とついに、驚愕に息を呑んで言う。「何てこと！」

デイヴィッドはあわてふためいた。「だからガラクタだと言っただろ。しかも見苦しいガラクタだ」

「まあ、デイヴィッド！」彼には目もくれず、それを持ちあげてひざにのせると、セシリアはゆっくり、いとおしむように、緑の男の黄色い帯に指先を走らせた。「こんなにすごいものを見たのは初めてよ！」

デイヴィッドは落胆のあまり、ふうっと息を吐き出した。と、セシリアが頭をあげて彼を見つめた。驚いたことに、その目は優しく潤んでいるようだった。「初めは、わたしをなだめようとしているだけかと思ったの」彼女はささやいた。「でも、これは考え抜かれたプレゼントだったのね？　それにしても、どうしてこんなにはやく見つけられたの？」

デイヴィッドは戸惑い、両手を広げた。「ぼくは何もわかっていないような気がしてきたよ。たしかに、磁器に関してはそうだ。それにたぶん、女性に関しても」

セシリアは不意に、にっと笑みを浮かべて立ちあがった。「これを上へ持っていって、どんなにぴったりか見てみましょうよ」

何のことか理解できないまま、デイヴィッドは腕を引っぱられてホールを横切り、階段をあがって彼女の寝室へ向かった。二階の廊下で、ショウが非難がましく彼をにらみ、次の踊り場では、ハウスメイドが掃除の手をとめてぽかんと口を開いた。

だがセシリアは右手でしっかり彼の手をつかみ、左手で人形を胸に押し当てたまま、三階の廊下の奥の、寝室のわきの暗がりへ進んだ。すると、深い貝殻型のアルコーヴの棚に、一ダース近い奇妙な小像が鎮座していた。どれも一風変わったアーチ型の台座がついている——屋根瓦、とケンブルが呼んでいたやつだ。昨夜は、欲望に目をくらませて薄暗い廊下をよろめき進んだので、デイヴィッドはこのコレクションに気づかなかった(というか、じつはいつもこうしたものには気づかないのだ)。けれども不意に、セシリアが彼の配慮に感動したわけがわかった。神の恩寵《おんちょう》にはろくに縁のない彼も、この幸運を素直に信じることにした。

それより今は、彼女の喜ぶさまを楽しまずにはいられなかった。並みの女性なら、少しは気取った態度をとるのだろうが、セシリアは並みの女性ではない。さもいとしげに、緑の男を赤い男のわきに置き、満足しきった吐息をつくと、何やらぶつぶつ言いながら、すばやくコレクションを並べ替えはじめた。両目を輝かせ、頬を愛らしくピンクに染めた姿に、デイヴィッドは即座に、その場で決意した。ケンブルにもう一ダースほどこの醜い小鬼を買ってこさせよう、いくらしようとかまうものか。

彼はさりげなく咳払いした。「ところで、この男たちは邪悪なものを追い払うためのものだそうだね。ならば戸口に飾るべきじゃないかな」

「あら、だめよ」セシリアは緑の男を少しだけ光のほうに向けながら言った。「通りかかった誰かが、よじのぼって盗んでいくに決まってるわ」

デイヴィッドは思わず、彼女の腰に腕をまわして抱き寄せた。「ぼくが言ったのは――」とささやき、首をねじまげて彼女のうなじをそっと嚙む。「あそこだよ」

セシリアは頰を真っ赤に染め、彼が指さした寝室のドアに目をやった。ためらうように唇を嘗《な》め、「ああ、そうね……」と言ったあと、にやりといたずらっぽい笑みを浮かべた。「ねえ、それより、これはベッドの枕元に置いても同じ効果があるのかしら？」

ごく慎重に、デイヴィッドはさらに身を屈め、彼女をすっぽり抱きしめた。「さあ、それはどうかな」舌の先を彼女の耳に這わせた。「何やら邪悪きわまることが起きかけているようだが。中へ入ってためしてみよう」

そのとき、階段をあがってくる重々しい足音が聞こえた。うしろめたい若い恋人たちのように、二人がぱっと離れると同時に、ショウが階段の上に姿をあらわした。「失礼ながら、奥様」執事はちらりとデイヴィッドに目をやった。「まだ馬車の用意をご所望で？」

デイヴィッドはショウからセシリアへと目を移し、「ああ！　きみは出かけるところだったのか」と、深い失望を押し隠そうとしながら言った。「すまない。引きとめる気はなかったんだ」

セシリアは心を決めかねているようだった。それに、少なからずやましげな顔だ。「そうね、じつは……ちょっと、ブラックホース・レーンへ様子を見にいくつもりだったの」

たちまち、デイヴィッドの股間の昂りは萎《な》え、心臓がドキンと音をたててとまった。彼はどうにか、こわばった笑みを浮かべた。「ショウ、悪いがちょっとはずしてくれ」執事は面食らったようだが、黙って引きさがった。デイヴィッドはセシリアに向きなおり、懸命に言葉を吟味した。「頼むから言ってくれ」と、静かに切り出す。「いや——誓ってくれ。きみはよもや、例のミセス・ダービンの売春宿へ行くつもりではなかろうね」セシリアは無邪気な表情を装ったが、デイヴィッドはだまされなかった。「ちょっとのぞいてみるだけよ」彼女は弁解がましく言った。「それにエッタを連れてくわ」

デイヴィッドは進退きわまった。さて、どうしたものだろう？　行くなと言えば——そうしたいが、彼にそんな権利はないし——彼女はさっさと馬車に飛び乗り、気づいたときには消えているだろう。

とつじょ新たな災厄に直面し、デイヴィッドはまたもや、コールのスペードの女王、あの女預言者を見おろしているような気分になった。そして今度も、ほかに道はない。セシリアはどのみち行くつもりだ、それなら彼が連れていくしかないだろう。いまいましいが、それが彼女の安全を守る唯一の方法だ。すでに二人の娘が殺され、いまだに誰が、なぜやったのかもわからない。ひょっとしたら〈マザー・ダービンの館〉にかかわりがあるかもしれないのだ。考えすぎかもしれないが、危険は無視するには大きすぎた。

「どこへもエッタとは行かせない」彼はぴしゃりと言った。「あんな娘が護衛になるものか、馬鹿らしい！　どうしてもそんな無謀なまねがしたいなら、ぼくと行ってもらおう」

「あなたと?」セシリアの眉がつりあがる。

「ああ、そうだ」怒りのにじむ声で答えた。

「ぼくの馬車で。いまいましい紋章を隠して」デイヴィッドは彼女のもつれた銅色《あかがね》の髪と子猫のような顔、大きな青い目をねめつけた。「どう見ても、こんな女はロンドンじゅうに二人といまい。「そして後生だから、セシリア、きみはヴェールを着けてくれ。分厚い真っ黒なやつを。二枚だ。さもないと、カーテンを少し開いただけで気づかれてしまうぞ――きみは間違いなく、開くつもりだろうがね」

二人が目的地に着いたときには夕闇が迫っていたが、たそがれの空はいつになく澄みきっていた。早くも、暮れなずむ空を背に、銀白色にきらめく月がおぼろに見えている。ブラックホース・レーンぞいの路地や横丁は翳《かげ》に包まれているものの、街灯はまだ点されていなかった。

ウォッピングと西インド埠頭にはさまれたこの界隈《かいわい》は、こんな時間でもたいそう賑わっていた。通りには船乗りや商人、仲買人相手の質屋や酒場、輸入品問屋や安食堂がびっしり立ち並んでいる。

そこまでの道中ずっと、デイヴィッドはセシリアの向かいで身をこわばらせ、堅苦しく脚を縮めてすわっていた。彼女は横を向いて窓の外を見ていても、彼の体内でドクドク脈打つ緊張を感じとれるほどだった。彼はほとんどこちらを見ず、かわりに何もない馬車の奥を見すえている。怒っているんだわ、とセシリアは思った。それにちょっぴり心配なのだろう。

ただし、彼自身のためにではない。

重苦しい沈黙の中で、彼女はふと、今日の彼の思いがけない訪問について思いめぐらした。さっきの説明どおり、デイヴィッドはたんにあやまりにきたのだろうか？　そうでなければ、ほかの何を言うつもりで？　あきらかに、何か罪悪感より強いものに駆られてやってきたにちがいない。口では否定しているが、彼は後悔しているのではないかと気がかりだった。二人のはかない絆《きずな》を失うことを彼女がどれほど恐れているか知ったら、彼は笑うだろうか？

いいえ、そんなはずはない。誰がどう言おうと、彼は本来、理由もなく残酷なまねをする人間ではなさそうだった。それに、男はこれきり別れるつもりの女に、高価な贈り物と優しい言葉を持ってきたりはしない。もしもセシリアが疑い深い性格なら、不安になっていただろう。デイヴィッドはただの復讐心から彼女を巧妙に誘惑したのではないか、例の〈ブルックス〉のおぞましい賭けにも関与したにちがいない、と。だが、そうは思えなかった。

彼女はじっさい、奇妙にも、彼の誠意を信じきっていた。ほんの数日まえなら、勢いこんで否定したはずなのに。何とひどい誤解をしていたことか。デイヴィッドは尊敬すべき男だ。どこから見ても。どうしてそうではないと信じたりしたのだろう？

セシリアはかつて、ようやく彼の執拗な戯れがやんだときの、複雑きわまる心境を思い浮かべた。もちろん、彼女はほっとした。けれど、今でも認めるのは恥ずかしいが、ほかの、もっと暗い感情もあった気がする。失望が。

そう、それは事実だ。彼女は何と愚かな子供だったのか！　心の底では無意識のうちに、いっぱしの女のつもりで火遊びしていたのに、その火がただの嫌悪という冷たい灰になってしまうと、傷ついて怒りを感じたのだ。

今ならわかる。ドラコート卿は、おもちゃにすべきたぐいの男ではない――心の底でも、無意識にでも。ともあれ、ついぞ公然と女を追いかけたことのない彼が、二度も彼女に求婚しようとしたのだ。いつかまたそうしてくれるだろうか？　二人にとってまだ手遅れでありませんように、とセシリアは神に祈った。そしてこらえきれずに、伏せたまつげの下からちらりと彼を見あげた。厳しい顔。ぐっと歯を食いしばっている。

やはり、デイヴィッドは容易にあやつれる相手ではない。セシリアは長年、彼にしてきた仕打ちの代価をたっぷり支払うはめになりそうだった。たしかに、彼はいまだに彼女に欲望を感じ、当面は恋人として受け入れるかもしれない。けれど、公然と付き合うのはプライドが許さないのでは？　きっと彼が求めるのは……そう、ひそかな情事《アフェルダムール》ぐらいのものだろう。だがセシリアはそれよりはるかに多くを望んでいた。希望を抱くのは愚かだろうか？

そのとき、不意に馬車の速度が落ち、デイヴィッドが近くの建物を身ぶりで示した。〈マザー・ダービンの館〉と呼ばれる店は、窓に分厚いカーテンがさがった小さなタウンハウスで、曲がり角のそばの絶妙な位置に、煌々《こうこう》と明かりのともるコーヒーハウスと煙草屋にはさまれてたっていた。奇妙にも、想像していたようなおぞましい印象はない。むしろ、事情を知らなければ、いくらか騒がしい場所にあるただの個人住宅に見えたろう。

デイヴィッドがやにわにステッキをあげ、馬車の天井を三度たたいた。そしてついに、不穏な声で言った。「さあ、あそこだ、セシリア。見てのとおり、外からは何もうかがい知れない」

彼の御者がゆっくり、路地の向かいの歩道の縁に馬車を寄せた。そのとき、たいそう優雅な幌つき馬車が反対方向からガラガラ近づいてきたかと思うと、速度を落としてコーヒーハウスのわきにとまった。どこかで見た馬車のような気がしたが、もういちどのぞいても、セシリアには思い出せなかった。

と、コーヒーハウスの扉がさっと開いて、ひと筋のランプの光が通りにあふれ出た。贅沢な帽子とマントを着けた男が足早に進み出て、幌つき馬車の扉を引き開けるや、踏み段もおろさず、ほっそりとした優雅なドレス姿の女を抱えおろした。路上の玉石に足が触れると、女は首をのけぞらせて笑い、両手をなごり惜しげに男の胸の下へとすべらせた。彼女も、分厚いヴェールを着けている。

男は腕をふって幌つき馬車を立ち去らせると、何と、笑い続ける女と〈マザー・ダービンの館〉に姿を消した。彼女が街娼でないことは一目瞭然だった。ひょっとして、金持ち相手の高級娼婦だろうか？　それにしても、ひとかどの紳士らしき男がなぜ、ひいきの娼婦をこんな場所へ連れてくるのだろう？

かたわらで、デイヴィッドがかすかにさげすむようなジェスチャーをした。セシリアはふり向いて彼を見つめた。「あの人たちはなぜあんな場所へ入ってゆくの？」

デイヴィッドはその質問を予期していたかのように、「たぶん密通なのさ」と答え、ぎごちなく肩をすくめた。「あの女性は人妻なんだろう。上流社会には不義の快楽や、ほかの想像も及ばぬことを好むやからが多いんだ。彼らはこうした地域、とりわけ正体を知られる恐れの少ない場所に来ることに、よこしまな快感を覚えるんだよ」

セシリアはその説明にぞっとしながらも、興味をそそられた。自分のことを世慣れた、さばけた女のように思いはじめていたのだが、エッタの個人指導もついぞそこまでは及ばなかった。だがあきらかに、デイヴィッドはこの手のことにくわしいようだ。まさにこうした場所で、あまたの女性に不義の快楽を与えてきたのだろう。そう思うと、ひどく落ち着かなくなった。

そのとき、またべつの馬車、今度は貸し馬車が近づいてきた。一人の男がおり、御者に硬貨を放り投げると、〈マザー・ダービンの館〉のほうにぶらぶら歩きはじめた。若々しい優雅な動きでドアに近づき、もの慣れた手つきで押し開ける。とたんに、かたわらのデイヴィッドが鋭く息を吸った。そしてなぜか、すばやく上着のポケットから小さな手帳を取り出し、貸し馬車の登録番号を書きとめた。

今こそ行動に出るときだ。デイヴィッドを説得できるように祈りつつ、セシリアはもどかしげに身を乗り出し、カーテンを大きく引き開けようとした。デイヴィッドの空いているほうの手が飛び出し、彼女をぐいとつかんで窓から遠ざけた。「くそっ、セシリア、誰かに見られたいのか？」

セシリアはそれには答えず、「あの男――彼を知ってるの？」と尋ね返した。

いや。デイヴィッドはため息をつき、ぴしゃりと手帳を閉じた。「一瞬、そう思えたんだが……いや。人違いだろう」皮肉な笑みが浮かんだ。「たぶん、過剰な想像力のせいさ。ぼくは近ごろ、それにひどく悩まされているからね」

セシリアはそれについても触れるのを避け、「デイヴィッド」と、説きつけるようにささやいた。「わたしたちもあそこへ入るべきよ」

「いやはや」デイヴィッドはがくりと頭を片手にうずめた。「やっぱりぼくには予知能力があるぞ」

セシリアはさらに身を乗り出し、彼の髪に向かって哀れっぽくささやいた。「でもデイヴィッド、あなたはああいう店に入ったことがあるんでしょ？　それほどひどい場所じゃないはずよ」

デイヴィッドはわずかに頭をあげて彼女を見つめた。口の片隅にピクリとゆがんだ笑みを浮かべて。

ここぞと、セシリアは訴えた。「ね、わたしは分厚いヴェールをかぶっているわ。誰にも気づかれないはずよ。だからちょっとだけ中に入って、何ていうか……みんながこうした場所ですることをしにきたふりをしたらどう？」

それを聞くと、デイヴィッドは声をひそめて笑いだし、好色そうに眉をつりあげた。「ああ、この胸の高鳴りを静めてくれ！」そうささやくなり、身を乗り出して彼女を抱き寄せた。「ぼくの夢想が実現しかけているぞ！　今すぐカーゾン・ストリートへ馬車を進めよう」

セシリアが怒ったふりをして手提げ袋で頭をたたいても、デイヴィッドの笑いはやまなかった。「まあ、真面目に聞いて！」彼女は憤然と言い、するりと座席の上にもどった。「ほんの少し中の様子を見てみたいだけよ。あるいは誰か、殺された娘たちについて知ってる人がいるかもしれないわ」

「おいおい、セシリア！」デイヴィッドは叫び、やわらかい座席の背にぐったりともたれた。「あそこでは、ろくでもないティーパーティをやってるわけじゃないんだぞ！　たんに室内をぶらついて、きゅうりのサンドウィッチをつまみながらおしゃべりしたりはしないんだ。まったく、きみはこういう場所がどんなものかわかっていないようだ――まさにそうあるべきだがね」

「でもこのままじゃいや！」セシリアはしょんぼり手提げ袋をひざに押しつけ、甘え声で言った。「好奇心のあまり死にそうよ」

「ああ！」デイヴィッドは小さく叫び、彼女のあごの下を指でなぞった。「読めてきたぞ！　それならきみを人目につかないわが家へ連れ帰らせてくれ、可愛い人。好奇心を満たしたければ、じゅうぶん満足させてあげるよ。ただし、ぼくの家でだ。ここじゃなく」

その言葉の甘くみだらな響きに、セシリアの背筋をぞくっと震えが走った。彼はまだわたしを求めているんだわ！　なぜ、どんな相手としてかは知らないけれど、今はそんなことはいい。

セシリアはゆっくり、視線をあげて彼に向け、ちらちらと揺らめく馬車の明かりが、罪深いほど完璧な顔を撫でるのを見守った。しばし、暗く謎めいた瞳を心ゆくまでながめたあと、ふっくらとした、女性的といってもよい唇に目を移す。ああ、何と心惹かれる誘いだろう。

だが、彼の声にはかすかに降服のきざしが感じられたし、セシリアはぜひとも〈マザー・ダービンの館〉に入りたかった。「あそこに入るのもすごく面白そうよ」彼女は誘いかけるようにまつげを伏せ、そっと彼を見あげた。「それにもちろん、エッタよりもあなたと行くほうがずっと安全そうだし」

それは効果てきめんだった。デイヴィッドは優しげな態度をかなぐり捨て、両手で彼女の肩をつかむと、ボンネットが片目の上にずり落ちるのもかまわずぐいと引き寄せた。「いいか、セシリア、あそこに少しでも足を踏み入れてみろ——！」

不意に、力なく両手が垂れた。「だがきみは聞かないつもりだな？」と苦々しげに言う。「たとえこちらがひざまずいて懇願しても。そしてぼくが連れていかなければ、ぜったいにあの出来そこないのメイドと出なおすはずだ」

彼はやおら、あきらめきったように身を乗り出すと、馬車のホルダーからどっしりとした拳銃を引き抜き、外套の内ポケットにすべり込ませた。セシリアの体内を興奮が駆け抜けた。

それを感じとったかのように、デイヴィッドがさっとふり向き、「きみはそのヴェールをあごの下までさげて、ずっとそうしておけよ」と、ぶっきらぼうに言った。「そしてひと言もしゃべるな、いいな？　きっと今日はきみにツキがあるうえに、ぼくはどうかしてるんだ。だがさっき入っていった男をちょっと見たいし、どうせきみはここに残していっても、くっついてくるだろう」

彼は御者と従僕に注意を怠らないように指示すると、セシリアの手をつかんで引きずるようにブラックホース・レーンを横切り、その向こうの路地に入っていった。店のドアをくぐり抜けると、中は小さな薄暗い玄関ホールだった。背の低い、がっちりした男が進み出てきたが、暗くて顔はよく見えない。

デイヴィッドがミセス・ダービンに会いたい旨を告げると、男は承知したしるしに低くうなり、ホールの奥の大きな客間へ進むように身ぶりで示した。そこには、すわり心地のよさそうな椅子と湾曲した長椅子に囲まれたティーテーブルがいくつか置かれ、それぞれのスペースが鉢植えの椰子《やし》で巧みに仕切られていた。どうやら椰子は造り物のようだが、そうした配置はあきらかに、一定のプライバシーを確保するためのものだった。

室内は閑散としていた。セシリアの左側で、黄色いサテンのドレスを着た豊満な女が、暗がりにたたずむ一人の男と悲しげに話しこんでいた。その向こうでは二人の男がワイングラスを手にくつろぎ、赤いサテンの長椅子の背にみごとな髪を広げた、細身のブロンドの女に見入っている。

やがて、何かの合意に達したとみえ、二人の男は立ちあがり、いっぽうがブロンドの女に腕をまわした。それから三人そろって客間の奥の、分厚いカーテンのさがった戸口の向こうへ消えた。その意味するところにセシリアは愕然とした。頬にかっと血がのぼり、すっぽりヴェールをかぶっていることに心から感謝した。

そのとき、黄色いドレスの女がふり向き、歓迎の手を差しのべながら近づいてきた。女はしばし足をとめ、デイヴィッドをざっとながめまわすと、「まあ子爵さま」と、低いしゃがれ声で言った。「まことに光栄ですわ」

デイヴィッドは近づいてきた女に見覚えはなかったが、あいにく、あちらが彼を知っているのはあきらかだった。セシリアもそれに気づいたようで、彼の腕をつかむ手にぎゅっと力をこめた。

ちくしょう。だがお互い、予想はついたはずではないか？　セシリアが大胆にも指摘したとおり、彼は以前にもこうした場所を訪れている。というか、あちこち出入りして、みずから地獄への道を踏み固めてきたのだ。彼はしぶしぶ、もう少しだけ踏みこんだ。

「やあ、どうも」内心よりもはるかに落ち着きはらった口調で言う。「こちらのレディが興味を示しているのでね、ここではどんな……〝お楽しみ〟が提供されるのか」

ミセス・ダービンは貪欲な笑みを浮かべた。「それはもう、子爵さま、手前どもはお二人がいつも行かれるような、手のこんだ店ではありません」と、ささやくように言う。「とはいえ、お連れさまの戯れのご要望にはじゅうぶんお応えできますわ。お相手をご所望ですのね？　ここには若い娘がおおぜい——」

「若い娘はいらない」デイヴィッドはきっぱり口をはさんだ。「その他の女もだ」

つかのま、ミセス・ダービンは戸惑ったようだった。だがすぐに立ちなおり、ちらりと値踏みするような目をセシリアに向けた。あきらかにどうやら、高貴な客を喜ばせるのに熱心らしく、すぐに、合点したようにきらりと目を光らせた。

「では、たくましい若者のほうがよろしいかしら？」暗がりに残してきた男に、肩越しにすばやく目をやった。「普通は、その手のご用意はありませんけど、あちらの紳士がご相伴くださるかもしれません。あちらがお求めのサービスは、残念ながらもうご提供できませんの」彼女は意味ありげにうなずいた。

どうやら自分が話題になっているのを察したらしく、男がまえへ踏み出し、その顔にさっと、ほの暗い蠟燭《ろうそく》の光が当たった。デイヴィッドはたじろぎ、続いて羞恥、最後に焼けつくような好奇心に襲われた。

やはりあいつだ！　ベンサム・ラトレッジ。またしても。

だが今回、ラトレッジはあまり気楽で人なつこくは見えなかった。じっさい、その顔のひねくれた表情は、とうてい言葉では表現できなかったろう。デイヴィッドが申し出を拒んでセシリアを引き離す間もなく、ラトレッジは嘲笑《あざわら》うように口をゆがめた。

彼は堅苦しくセシリアに一礼し、暗い目でじろじろながめまわした。「あなたは女の趣味が洗練されていることで知られるのに、子爵」と、不気味な猫なで声で言う。「今夜はそうでもなさそうですね。では都合がつくまで待たせてもらうよ、ミセス・ダービン。こちらの用件にはまだ満足な答えが出てないからね」彼はふり向き、デイヴィッドに軽く頭をさげた。「そしてあなたのほうは、子爵、じきにまたお会いできそうな気がするな」それだけ言うと、若者は元の暗がりにもどった。

ミセス・ダービンはあきらかに落ち着きをなくしていた。ここで何が起きているにせよ、ラトレッジがそれに深くかかわっているのは、デイヴィッドには今や間違いなく思えた。

と、不意にセシリアが口を開いた。「ねえ、ダーリン、ちょっと気が変わったわ」巧みに偽装した低いしゃがれ声だった。彼女はミセス・ダービンのほうを向き、「その若い娘とやらをよこしてちょうだい。ただし、今すぐあたしたちをもっと人目につかない場所に移して」

「よろしゅうございますとも」女主人はなめらかに言い、すぐさま、さきほど二人を通した男と話しに玄関ホールへ出ていった。彼女が声の届かないところへ行くや、デイヴィッドはくるりとセシリアをふり向き、信じられない思いでささやいた。「いったい何のつもりだ？」

セシリアはもどかしげに両目を光らせた。「だってまだ何もわかっていないのよ！　役に立ちそうなことは何ひとつ！」

デイヴィッドは彼女を力いっぱい揺さぶるのをかろうじてこらえた。「きみは、マダム、何もわかっていないのだろう。だがぼくはきみがとんだ馬鹿者なのを知ったよ。それに、ここへ確かめにきたことは確かめた。もういつ帰ってもかまわない」

残念ながら、それしか言えなかった。ミセス・ダービンがもどってきたからだ。片手に鍵を持って。「アンジェリーンがきっとお気に召しますわ、子爵様」彼女はささやき、思わせぶりにゆっくり、鍵を指先へすべらせた。「いつでも七号室へおあがりください、彼女もじきにそちらへまいります」

片手に女主人の指が触れると、デイヴィッドはしぶしぶ鍵を受けとり、ぐっと握りしめて、肌に深々と食いこませた。くそっ、セシリアめ、こんなまねをして、ただではすまないぞ。いっそ二階へかつぎあげてぴしゃぴしゃ尻をたたくか、ベッドの支柱に縛りつけ、許しを乞うまでいじめてやりたいほどだった。あるいは七号室に用意されている、何か病的な道具を使って。間違いなくそうしたものが山とあるはずだし、もっぱら彼女を守るための指示にそむいたセシリアは、痛い目に遭わされて当然だ。

彼は容赦なくセシリアを二階へ引きずっていった。七号室は右手のいちばん奥で、そこへ向かうあいだ、セシリアは薄暗い廊下をきょろきょろながめまわした。あたりは甘ったるい匂いと、押し殺された男の笑い声でいっぱいだ。

廊下の壁には卑俗な絵画が並び、そこここのくぼみに、露骨な石膏の像が飾られていた。壁付けの蠟燭のひとつの揺らめく光の下では、ギリシャの神らしき横臥《おうが》像のかたわらに水の精がひざまずき、性器をくわえて一心不乱に愛撫している。そのわきを引きずられながら、セシリアは懸命にのばした首をねじ曲げてまじまじと見入った。

さらに事態は悪化した。七号室のドアの横のくぼみでは、ひづめと角のある牧神《パーン》が半裸の田舎娘を岩の上に這いつくばらせ、背後から容赦なく刺し貫いていた。

セシリアは、はたと動きをとめた。「まあ、あれは……」もう少し近くへ屈みこみ、娘の白い石膏の臀部《でんぶ》に目をこらす。「へ、変態行為?」ついに、かろうじて言った。

デイヴィッドは羞恥のあまり、床に沈みこみたくなった。「そうともかぎらない」かすれ声で言い、セシリアの腕をつかんで引き離した。「変態というのとは——そんなこと訊くな!」

鍵を開け終えたころには、室内が聖域のように思えはじめていた。彼は乱暴にドアを押し開け、セシリアを引きずりこんだ。暖炉の中では、客を当てこんで焚《た》きつけたのだろう、石炭が赤々と燃えていた。だがあいにくその熱は、すえたような性交の臭いと廊下に充満する甘ったるい匂いをさらに強めているだけだ。デイヴィッドはすばやくセシリアの肩からマントを取りあげ、自分も外套を脱いだ。椅子はないので、二枚ともベッドの足元の板に投げかけた。

ウェストエンドの貴族的基準からすれば、室内は言語を絶するほど悪趣味だった。中央には天蓋つきの大きなたわんだベッド、支柱にお決まりの革ひもが結びつけられ、マットは黒い縞柄《しまがら》入りの赤いベルベットのカバーでおおわれている。片側の壁には各種の黒い革鞭《かわむち》がかけられ、もう少し気弱な客のために、それぞれの握りに赤いシルクの紐が巻きつけられていた。部屋の隅にはゆがんだ柳細工のついたてがあり、その背後に簡易便器と洗面台。デイヴィッドは身震いした。ああ、たしかにこんな場所を出るときは、手でも洗いたくなるだろう。

セシリアはすでに、口をあんぐり開けて周囲を見まわしている。デイヴィッドとしては、彼女が衣装戸棚をひっかきまわしはじめないことを祈るのみだった。マザー・ダービンが中に何を隠しているか知れたものではないし、これ以上、セシリアの詮索がましい質問に答えるのはまっぴらだった。いやはや、彼女は最悪の方法で彼の忍耐力を試そうとしている。

そのとき、戸口で軽やかなノックの音がして、黒っぽい髪のなまめかしい娘が入ってきた。「あれ、こんばんは、お客さん」デイヴィッドを見るなり、両目を輝かせて言った。そのあとセシリアを見て、いくらか表情を曇らせた。「どんな趣向にすっかい？」

デイヴィッドはゆっくり進み出て、「なかなか印象的ななまりだな」とそっけなく言った。「アンジェリーンとかいう名の娘にしては」

アンジェリーンは口をねじまげ、片目をぐっと細めた。「マザー・ダービンがそのほうが商売にいいって言うんだよ」そうやり返し、「で、どうすんの？　まずはあたしを見ながら彼女とやる？」と、セシリアのほうに頭を傾けて小声で尋ねた。「それとも、男らしく二人いっぺんに？」

デイビッドは引きつった笑みを浮かべた。「できないことはないと思うが、そういう習慣はないのでね」

黒いヴェールの下で、セシリアは怒りに息を呑んだ。それ以上、彼が何も言えないうちに、さっと進み出て手提げ袋から銀行券を取り出した。「わたしたちはただ」と急いで口をはさんだ。「あなたに少し訊きたいことがあるだけよ」

アンジェリーンはぎょっとしてあとずさったが、両目は銀行券に釘づけになっている。「へえ？　どんなことだい？」彼女は尋ねた。

「以前ここにいた、三人の娘たちについてよ」セシリアは説明した。

「三人！——」アンジェリーンはあらためてデイヴィッドをじろじろながめまわした。「ひゃあ！」

笑いをこらえるデイヴィッドのわきで、セシリアはもどかしげに首をふった。「そういうことじゃなく」と強調し、「二人姉妹のメアリとキャスリーン・オゲーヴィン、それにその友人のメグ・マクナマラだけど。あの人たちを知っていた？」

アンジェリーンは心を決めかねているように、唇を嘗めた。「いや——」と言いかけてやめ、もういちど銀行券に目をやった。「まあ、ちっとは噂を聞いたことがあっかもしんないけどね。もうここで働いちゃいないよ」

デイヴィッドが胸元で腕を組んで進み出た。「こちらが本当に知りたいのは」と、穏やかに言う。「彼女たちはなぜ出ていったかだ。何か不快な出来事でもあったのかな？　きみたちここの女性は不当に扱われてるのか？　何かやりたくないことを強要されるとか」

アンジェリーンは、彼がほのめかしたことに立腹したようだった。「ちょいと、ねえ、あんた——あたしは自分の仕事が気に入ってんだ。それにどう扱われようと、たっぷりそれに見合うだけの金はもらってるさ」

デイヴィッドはゆがんだ笑みを浮かべ、「そうか」と静かに言った。「きみがみずから選んだ仕事に満足してるのは結構なことだ。しかし、言ってはなんだが、あの三人は違ったんじゃないかな？　彼女たちは深夜にここを逃げ出している。その理由《わけ》をぜひとも知りたいんだよ」

「べつに客に乱暴されてたわけじゃないよ、あんたがそれを言いたいんなら」アンジェリーンは釘をさした。「たぶん、メグとメアリがよけいなことに鼻を突っこまなきゃ、今でもここにいたはずさ」

「どういう意味？」セシリアが尋ねた。アンジェリーンは頑固に、床に目を落とした。すかさず、セシリアは銀行券をこれみよがしにヒラヒラさせた。彼の愛するセシリアは、かよわき乙女どころではないようだ。「お嬢さん」彼女は容赦なく続けた。「これはあなたのひと月分の稼ぎよりも多いはずよ。それと引き換えにわたしたちが求めているのは情報だけ。あなたの知ってることを話してもらえれば、こちらは満足して階下にもどり、あなたに最高のサービスを受けたとミセス・ダービンに話すわ」

アンジェリーンは顔をあげ、セシリアからデイヴィッド、そしてまたセシリアへと視線を向けた。「これはぜんぶ、あたしがここへ来るまえにあったことだよ」と、しぶしぶ話しはじめた。「でも噂によると、その子たちはこっそり地下室へおりて、二人のすけべなフランス野郎にちょいと特別サービスをしてやったんだ。ここじゃ、そんなことしたらまずいのは誰でも知ってるのにさ」

セシリアは眉根を寄せた。「つまり――フランス人を相手にするということ？」

アンジェリーンは盛大に鼻を鳴らした。「ダービンのばあさんは、うちらが街灯柱とやっても気にしやしないよ、誰かが金を払ってくれりゃね。でも地下室は……あすこだけは行かないことになってるんだ」

デイヴィッドが不意にまえへ踏み出し、「なぜだ?」と問いつめた。

娼婦は彼をぎろりとにらんだ。「見当がつくだろ。ここらにゃロンドンの船着場の半分近くがあるんだよ。でもあたしは――」アンジェリーンは言葉を切り、猛然と首を左右にふった。「そんなこと、何も知っちゃいないからね」

「ミセス・ダービンは地下室で起きていることを知っているのか?」デイヴィッドは鋭く尋ねた。「それとも、誰かほかにかかわってる者がいるのか?」

アンジェリーンは肩をすくめた。「週に一度、家賃を取りにくるスミスとかいう男がいて、彼女はそいつを怖がってるよ。地下室の鍵はそいつが持ってる。あたしが知ってるのはそれだけさ」

スミス? デイヴィッドはぐるりと目をまわした。「そのミスタ・スミスだが、黒髪で茶色い目の、若いやさ男かい?」

アンジェリーンは甲高い、耳ざわりな笑い声をあげた。「まさか。あたしも何度か相手をしたけど、無骨な大男さ。それに、たちの悪いやつでね。荒っぽいのが好きなんだ、どういう意味かわかるだろ? けど、若くはない」

あきらかに、この娘はもう話す気があることをすべて話していた。セシリアは彼女に金を渡すと、「アンジェリーン」と、とつぜん声をやわらげた。「もしもいつかこの仕事がいやになったら、頼れる場所があることを知っておいてね」

アンジェリーンは皮肉っぽく鼻を鳴らした。「ああ、ろくでもない作業場だろ？　でなきゃ、例のお堅い伝道所」ゆっくり、かぶりをふった。「まっぴらごめんだね。あたしはせいぜい、俗世のスミスたちに賭けてみるさ」

どうやら、アンジェリーンの決意は固そうだ。デイヴィッドは思案にふけりつつ、ざっと髪をかきあげた。「では、アンジェリーン」と、おもむろに切り出す。「きみはこうしてくれないか。ひとまず自分の部屋か、しばらく隠れていられる場所へ行き、セント・ジョージ教会の六時の鐘が聞こえたら、ここへもどって部屋を使ったように見せかけてほしいんだ」

「いいよ」娼婦は答え、背を向けて立ち去ろうとした。

デイヴィッドはさっと片手をあげて制した。いやはや、うかつだった！「それともうひとつ――この部屋にはのぞき穴があるのか？」

「のぞき穴！」セシリアはぞっとして叫んだ。

アンジェリーンは彼女を小馬鹿にしたようにちらりと見て、衣装戸棚のほうに首を傾けた。「あの戸棚の左側さ。けど、今夜はのぞき料を払った者はいないよ」それからセシリアの銀行券を胸に押しこみ、軽く揺すると、ぶらぶらドアから出ていった。

デイヴィッドはすぐさま壁に近づき、難なくのぞき穴を見つけると、ハンカチを取り出し、隅を小さく丸めて詰めこんだ。

「デイヴィッド？」セシリアがおずおずと尋ねた。「ど、どうして……壁に穴があるの？」またもや質問。むろん、訊きたいことだらけだろう。デイヴィッドはしぶしぶ、戸棚に背を向けた。「それはね、世間には山ほど悪趣味な人間がいるからさ」と、ぶっきらぼうに答えた。「そしてこの手の場所は、彼らが喜ぶようにできているんだ。これでぼくがなぜ、きみをここへ入れたがらなかったかわかったか？」

セシリアはわずかに血の気を失った。デイヴィッドがこらえきれずに近づいて抱き寄せると、少しもさからわなかった。そのとき初めて、彼女がどれほど無理に虚勢をはっていたかに彼は気づいた。セシリアは大胆不敵にもなれるが、それは必ずしも生来の気質ではない。今回もおそらく、必要と思うことをしただけなのだ。今では彼の腕の中で身を震わせている。

と、彼女がシャツに顔を埋めたままふうっと震える息を吸い、両手を——あの非の打ちどころのない愛らしい手を——彼の背中の上へとすべらせた。彼女が手袋をしていることも、彼の素肌がボンド・ストリートで誂《あつら》えた三層の衣服におおわれていることも、体内に走る快感をしずめる役には立たなかった。さらに、彼女の次の言葉が追いうちをかけた。

「デイヴィッド」彼女は静かに言った。「ここで待つあいだに、わたしを抱いてくださる？」

「いや」彼はきっぱり答え、壁に鞭とロープが並んだ下卑た部屋にすばやく視線をめぐらせた。

セシリアは即座に、彼の考えていることに気づいた。彼女のことを、あまりに純真無垢《むく》だと考えているのだ。彼はいまだに、彼女をウォルラファン卿の生娘の妻として見ていた――ありのままの彼女、人並みの欲求をもつ女ではなく。けれど、セシリアは肉体的な快楽のやりとりを進んで学ぼうとする、いや、学びたくてならない大人の女だ。それに、どのみちデイヴィッドの洗練された性的嗜好《しこう》は、簡単に満たせるものではなさそうだった。ならば、彼の興味を引きとめられるような女になるしかない。そうなる自信はあった。

じっと彼の視線をとらえ、セシリアは意思の力で震えをとめた。「わたしを子供扱いしないで、デイヴィッド」と静かに言った。「もし昨夜だけでじゅうぶんなら、そう言って。でもそうでないなら、わたしに無邪気なふりをさせないで。わたしは無垢な小娘じゃないわ。何かの邪魔になるほどは」

デイヴィッドは歯を食いしばり、低い、苛立たしげな声で言った。「何の話かわからない」

「あなたの情婦になりたいの」彼女はずばりと口にした。「ほら。言ってしまった。さあ、あなたはこの申し出を受け入れるなり、笑い飛ばすなりご自由に。ただしもし受け入れるなら、わたしに飽きるまではどうかよそ見をしないで」

「ほう？」デイヴィッドは険しい表情になり、口元に冷笑が浮かんだ。「で、ぼくらはどこでその密会をするんだ？」両手をおろして彼女に背を向けた。「ぼくは金でも払ったように、わがもの顔できみの家へ乗りこむのか？　きみを金で買ったみたいに？」

痛烈ではあるが、基本的にはもっともな質問だ。セシリアはこの提案をどこでどう実行するか、いっさい考えていなかった。もちろん、彼女は未亡人だから、少々の道徳的脱線は許される。とはいえ、自宅を使うのは少々、ためらわれた。それにデイヴィッドのほうは……そう、母親と姉が同居している。さらに都合が悪かった。

少なくとも、うちの使用人たちは忠実で口が堅い。そこでふと、セシリアは気づいた。もしもデイヴィッドをその気にさせられなければ、わたしは二度と結婚しないだろう。ならば、非の打ちどころのない評判を保つ必要もないわけだ。「そうよ」セシリアは答えた。

彼がくるりとふり向いて見つめた。

「ええ、あなたがうちへ来るの」セシリアはきっぱりと答えた。「わたしはあなたとの関係を知られても、少しも恥ずかしくないわ」

気づくと彼が目の前にいた。「馬鹿な！　むしろ恥じるべきだろう」デイヴィッドはうなり、彼女の肩をつかんで揺さぶった。とみに、おなじみになりつつある反応だ。

「わたしはあなたを情夫にしたいの。それは恥ずかしいことじゃないわ」

「それがぼくらの関係か、セシリア？」彼はささやいた。「ぼくらは愛人同士なのか？　もしもそうなら、いつまで？」

「わたしはあなたの答えを待っているのよ」セシリアは穏やかにうながした。

と、胸の内の何かが崩れたように、デイヴィッドはがくりと肩を落として目を閉じた。そして不意に、彼女を抱き寄せてけばけばしいベッドへと導いた。二人はともに、マットの上に倒れこんだ。デイヴィッドはごろりと彼女のかたわらに横たわり、両目を開くと、肘をついて上体を起こした。

だが片手を腰にまわした以外、彼女に触れようとしなかった。しばし、ただじっとそうして抱いたまま、彼女の顔を、髪を、そして彼女の腰にまわした自分の腕を見つめた。

「きみは一人の情夫よりもましなものを人生に望まないのか、セシリア？」やがてついに、疲れきった声で尋ねた。「しかも、なぜぼくのようなごろつきを？　きみは子供をもつべきだ。美しい金髪の赤ん坊を」そっと、彼のてのひらが彼女の腹を撫で、ふたたび腰にまわされた。「子供を生むための身体というものがあるなら、まさにこれだ。きみは再婚すべきだよ」

つまりほかの男と、という意味だ。あきらかに、彼はセシリアと真剣な仲になることを考えていなかった。あるいは、そんな考えは端から拒んでいるのか。一人の女に貞節を尽くすのは、相手が誰であれ、彼には疎ましいことなのかもしれない。男たちはえてして、愛やら責任やらと考えただけで怖気《おじけ》づくという。それがデイヴィッドのうわべの顔の下に感じられる当惑の原因なのだろうか？

だがセシリアは本能的に見抜いていた。もしもデイヴィッドが結婚に踏みきれば、それを生涯守り抜くはずだ。そして彼女は天に誓って、彼をその気にさせるつもりだった。彼を誘惑し、たぶらかしてでも。自制を失わせ、理性をとろかし、抵抗心を木っ端みじんにして。どうにか、貞節という犠牲に値するような女になろう。彼が自分のすべてを、心の闇まで分かち合える唯一の女に。

とはいえデイヴィッドに対しては、ゆっくり行動するのが賢明だろう。そのスタートを切るのに、これほどの好機はない。セシリアはおずおずと手をあげ、分厚いカーテンのように彼の顔に翳《かげ》を落とす髪に指を走らせた。そしてこらえきれずに、彼のふくよかな下唇を親指の腹でなぞった。と、彼が目を閉じてそっとその指にキスした。

「わたしにキスして、デイヴィッド」彼女はささやいた。「昨夜のように、唇に」

「ここではだめだ」彼はしゃがれ声で言い、彼女のてのひらに唇をすり寄せた。

「いいえ、ここでよ」セシリアは起きあがって彼の口をとらえようとした。

初めはデイヴィッドも優しく応じ、彼女が枕に頭をおろせるように顔を低くした。そしてそっと、彼女の口元に唇を当て、ぴたりとふさいだ。だがセシリアがその下で口を開いて彼の下唇を嘗め、熱いキスをしようとすると、彼はさっと身を引いた。

「ぼくを追いつめないでくれ、セシリア」と、両目を開いて言った。「きみを欲しがらないとか責めたてる、例の手を使っても無駄だぞ。ぼくはきみが欲しいし、それはきみもわかっているはずだ。だがここは……胸がむかつくよ。それに、きみはたんに真面目な話を避けようとしているだけだ」

「ならば、それはどんな話なの?」

デイヴィッドは彼女の横に仰向けになり、目元を腕でおおった。「たしか、ぼくらはきみの未来の子供たちについて話していたはずだ。そしてぼくは心ひそかに、すでに一人がさずけられていないことを神に祈っていた」

セシリアはひじをついて起きあがり、じっと彼を見おろした。彼の声の厳粛な響きを聞き逃してはいなかった。ふと、エッタの助言――あの無用の助言が思い浮かんだ。彼女は気が滅入るのを防ごうと、両手でいたずらっぽく彼の胸を撫でおろし、「ああ、いずれはわたしも再婚するかもしれないわ」と陽気に言った。「もしも理想の男性に乞われれば。だってそう、とても子供がほしいの。それも大勢」

不意に、デイヴィッドが笑ったように思えたが、その声は顔をおおった上着の袖のせいでくぐもっていた。「大勢？　それは勇ましいな、セシリア。何人欲しいんだ？」

「あら、わからないけど」セシリアは彼のクラヴァットのひだをいじくりながら答えた。「四、五人。それじゃ多すぎかしら？　あなたは子供についていくらか知識があるんでしょ。お友だちのレディ・キルダモアには五人いらっしゃるのよね？」

デイヴィッドはその問いが耳に入らなかったようだが、少なくとも顔から腕をどけた。「で、その男――きみの子供たちの父親だが――彼は高潔そのものでなければならないんだろうな？」と軽やかに言う。「由緒正しい家柄の、完璧な血統の男」

「あら、もちろん」セシリアは笑った。「それにハンサムで、裕福で、非の打ちどころのない趣味の持ち主ということにしましょう。そのうえ、わたしのどんな気まぐれも許して、惜しげもなく高価な贈り物をしてくれるの。誰かそんな過酷な条件にぴったりの人がいたら、ぜひとも伝えてね？」

かたわらで、デイヴィッドが心なしか身をこわばらせ、「だめだ」と、不意に声を荒げた。「見込み違いさ、セシリア――ぼくにはきみの要求を満たせるような男は思いつかない」

彼はとつぜん横を向き、ひたと彼女の目を見つめた。「きみの情夫になる件は喜んで受けよう。ただし、いいか、その理想の男を捜す気になったら——それを本気で考えはじめたら——さっさと前進するんだぞ、愛しい人」

「わかっているわ」セシリアは静かに言った。「たぶん——そう、わたしはたぶん、あなたが思っているよりわかっているの」

「これはべつに複雑な状況じゃないからな」彼はそっけなく答えた。「それにぼくは複雑な男じゃない」

「そうなの？」セシリアは快活に言った。「それを聞いて安心したわ。で……六時までどうするの、デイヴィッド？　愛し合うのがだめならば」

彼はにやりと、ゆがんだ笑みを浮かべて彼女に腕をまわした。「恋人たちがじつは多くの時間を割いてることをするのさ、きみ」そう答えると、彼女の腰をぐいと引き寄せた。「眠ろう。ちなみに、ぼくはいささか睡眠不足でね——理由はきみも知ってのとおりだが」

「いやだ——！」セシリアは口にぱっと手を当てた。

「何だい？」デイヴィッドがいぶかしげに尋ねた。

「わたしのストッキング！」

「ああ……」デイヴィッドはうめき、どさりと仰向けになった。「返してほしいのかい？」

セシリアの目が希望に満ちて見開かれた。「あなたが持ってるの？」

「偶然ね」彼はすばやく言った。「あれは……客間でぼくの服、つまり上着に——からみついたんだ」

セシリアは小さく安堵《あんど》のため息をついた。「いいえ、どうぞごみ箱に投げこんで。それにしても、デイヴィッド！　わたしがどれほどひどい朝をすごしたか、想像もつかないでしょうね。あのストッキングを使用人の誰かに見つけられたのかと思って、気も狂わんばかりだったわ。しかもそのあと！　ああ！　ジェドと馬を飛ばしに出かけたら、何とエドマンド・ローランドにばったり出会ったの」

「エドマンド・ローランド？」デイヴィッドは嫌悪を込めて言った。「きみがあの間抜け野郎をうまく避けられたことを祈るよ」

「いいえ、そうはいかなかったわ」とセシリア。「しばらく一緒にぶらつくはめになって……そのとき、彼に言われたことがあるの。あなたがあまり気にしないといいけれど」

デイヴィッドは首をめぐらして彼女を見た。「何だい――？」

例によって、セシリアは頬が赤らむのを感じた。「あなたはたしか、〈ブルックス〉の会員よね？　ええ、もちろん、それはわかってるの。でもひょっとして、あそこで賭けがあったのを知らなかったんじゃない？　わたしが聞いたかぎりでは、ひどく不快な賭けよ」

デイヴィッドは低くうめいた。「ああ、くそっ」

「知ってたの？」

「ああ、それにたぶん、エドマンドはあの悪だくみの首謀者さ」デイヴィッドは断固たる口調で言った。「あいつが二人の酔っ払いをけしかけて、賭け金帳に書きこませたんだ。セシリア、あれがきみの耳に入ったのはじつに残念だよ」

「デイヴィッド？」彼女はおずおずと尋ねた。「それって、正確には何と書かれているの？もちろん、わたしは詳細を尋ねてエドマンドを満足させるわけにはいかなかったのよ」

つかのま、デイヴィッドは胸を撫でおろした。「じゃあきみは知らないんだ」

だがセシリアは苛立ちをつのらせていた。「だから知らないと言ったでしょ。話してくださる気があるの？　それとも、ほかの誰かに訊くしかないのかしら？」

デイヴィッドは罠《わな》にかかった獣の気分だった。あれこれ気がかりなことがあり、どうしたものか、あの下劣な賭けのことを忘れ果てていたのだ。くそっ。すぐにもエドマンド・ローランドをとっつかまえてやりたかった。今なら、あの細い首を絞めるくらいは朝飯まえだろう。だが、セシリアがまだ答えを待っている。

「例によって、選択の余地を与えてくれないんだな、セシリア」彼はぼやいた。「いいだろう。どうやらサー・レスター・ブレイクとミスター・リードには、ぼくが伝道所をあずかるはめになったのが滑稽《こっけい》に思えたらしい。きみは驚くかもしれないが、いまだにぼくが以前、きみにふられたのを喜んでる連中がいるうえに、きみがコールの仕事を手伝ってるのは周知の事実らしい。ただし、ぼくがそれを知らなかったことは保証するよ。少なくとも、あの晩までは」

セシリアは驚いた。「そうだったの？」

デイヴィッドはかぶりをふった。「ああ、だがぼくの友人たち、とやらが、すかさず教えてくれたよ。そして即座に、ぼくがきみを落とすのにどれだけかかるか賭けをした」

「まあ！」セシリアは低くつぶやいた。「それで……彼らはどれだけかかると踏んだの？」

デイヴィッドは気まずげに咳払いした。「たしか、五月祭までかな。そんなところだ」

「あら、あなたの腕前をひどく過小評価したものね」彼女は考えこむように言った。「それで、掛け金は――？」

「ええと――五十ギニーだ」

「すごい金額！」不意に、セシリアはさっと上体を起こした。「わたしが安く見られなくてよかった。それに、今やあなたはわたしをみごとに落としたわけだから、観念するしかないわ。さっさと負けを認めたほうが賢明よ」

デイヴィッドは仰天して彼女をまじまじと見た。「セシリア、そうはいかないよ。二人の馬鹿な酔っ払いがよけいなお世話の賭けをしたからって――」

「あら、それは殿方がしじゅうしていることよ」セシリアは驚くほど陽気に口をはさんだ。

「――ぼくには彼らが決着をつけるのに手を貸す義理はない」彼はしめくくった。「きみはどうしろいうんだ？　カードルームで結果を告白しろとでも？」

セシリアはにやりとした。「どうでも、子爵、お好きなように。でもひょっとしたら、わたしはまったくべつの意味で負けを認めろと言ったのかもしれないわよ？」

聖ジョージ教会の鐘楼から響き渡った低い、哀しげな鐘の音のおかげで、デイヴィッドはそれ以上の尋問をまぬがれた。六時だ。彼はがばと起きあがり、セシリアの手をつかんだ。

とにかく、アンジェリーンが室内を荒らしにもどってきたとき、ここにいたくないのだけはたしかだった。

# 11　ドラコート卿、一難去ってまた一難

デイヴィッドはほどなく、巧みに〈マザー・ダービンの館〉から逃げ出した。ドアへと向かう途中で、豊満なおかみに法外な謝礼を握らせ、アンジェリーンのサービスに大満足だとささやいて、いずれ再訪すると――嘘いつわりなく――請けあった。それから、セシリアをせっついて外の通りへ連れ出した。

外では急速に夕闇がおり、細いわき道は今や、黒々とした翳に包まれていた。前方の、ブラックホース・レーンの交差点に進むと、彼は醸造所の荷馬車がガラガラ通りすぎるのを注意深く見守った。今度はべつの貸し馬車が反対方向から近づいてくる。貸し馬車の御者が鞭を軽く帽子のつばに当て、二台の馬車は騒々しく闇の中へと姿を消した。よし。

セシリアの腕をつかんだまま、デイヴィッドは目抜き通りへ踏み出した。商店の大半はとうに閉まっていたものの、通りの少し先の酒場は賑わい、角のコーヒーハウスも細長い窓ごしに、かなりの客が入っているのが見えた。さいわい、彼の御者と従僕は指示したとおり、

向かいの角で待っていた。

デイヴィッドはすばやくセシリアを馬車に乗せ、従僕にそばへ来るよう合図した。「ランプをくれ、ストリッカム」と小声で言う。「そしてぼくがちょっとぶらつくあいだ、あのレディに注意しててくれ」

たちまち、セシリアがドアから首をつき出し、「デイヴィッド？」と鋭く言った。「何をするつもり？」

デイヴィッドは眉をつりあげて彼女を見あげた。「いやその、生理的欲求に応えようかと――」

セシリアは疑わしげだった。「ならば、歩道の先に積まれたあの樽の陰にいらっしゃい」鼻にしわを寄せ、嫌悪を込めてささやく。「すでにここの人たちの半分はそうしているようよ」

デイヴィッドは恥ずかしげなふりをした。「いや、まさか。ぼくはひどく内気なんだよ」

「それで用を足すのにランプが必要なのね？」とセシリア。「たぶん、あなたはそれを持って売春宿の裏の路地へいくつもりでしょ。ほんとに、とても人目につかない場所ね」

図星をさされ、デイヴィッドはにやりとした。「ああ、地下室へ通じる裏口があるか見たいのさ」従僕からランプを受け取りながら答えた。「あるいは、となりの煙草屋の裏側にでも。ああした建物は迷路みたいな造りで、半分はつながってるからね」彼はドアを閉めようとした。

さっと、セシリアの手袋に包まれた手がのびて押しとどめた。「一人ではだめ」と、厳しさの消えた声でささやく。「あそこは安全じゃないかもしれないわ」

「きみはよもや、愛しい人、ぼくの警護をする気じゃなかろうね」デイヴィッドはランタンをかかげ、炎を調節しながらぶつぶつ言った。「ただでさえ、ぼくは男らしさに欠けると見られているんだぞ。きみの信頼のなさがどんな危害をおよぼすか、考えただけでぞっとする」

セシリアはどさりと馬車の座席にもどり、頑固にさっと腕組みした。「でも誰かがあなたを警護すべきよ、高慢ちき殿下」皮肉たっぷりに言う。「わたしがここにじっとしていると約束すれば、ストリッカムを連れてゆく？」

彼女の不安をなだめようと、デイヴィッドはからかった。「おやおや、きみはぼくの身を案じるあまり、危険に飛びこむ絶好のチャンスを捨てる気かい？　じつに胸を打たれるね」

「まあ、せいぜい人を小馬鹿になさい」セシリアはついに、本気で泣き出しそうな口調になった。「あなたなんか、売春宿の用心棒に脳天を殴られて次のカルカッタ行きの貨物船に放りこまれればいいのよ！」

不安どころか、怯えきった声だ。デイヴィッドはじっさい、胸を打たれた。またもや自分がろくでなしのように思え、ランタンを従僕に渡すと、馬車の座席に両手をついて身を乗り出した。腕をさっとのばし、ヴェールをあげて彼女にすばやくキスした。「ごめんよ、お転婆さん。もちろんきみの言うとおりだ。ストリッカムを連れてくよ」

それだけ言うと、彼は従僕を従え、今しがたやってきた方角へ姿を消した。セシリアはランプのともった馬車の中で、じりじりしながら待った。永遠にも思える時がすぎたあと、ほのかなランタンの光がゆっくり路地からもれ出すのが見えた。ほどなく、二人の男たちが通りに姿をあらわした。

誰も見てはいないようだが、彼らはじっさい、路地で用を足しただけだといわんばかりに、ぶらぶら馬車に近づいた。やがて、デイヴィッドがランタンを従僕に渡して乗りこんできた。

セシリアはさっとヴェールをあげて身を乗り出した。「それで？」

「あったよ」デイヴィッドは答えた。「裏口へ続く、踏みならされた通路もね。そのうえドアには三つも錠がついているんだ、疑われても当然だろう」

ようやく安心したように息を吐き出し、セシリアはどさりとヴェルベットのシートにもたれた。「それで、どうするの？」眠たげに、左目にこぶしを押し当てて尋ねる。

デイヴィッドはかぶりをふった。「いや、セシリア。ぼくらは何もしない。あとはド＝ローアンに話すだけだ――といっても、今夜のわれわれのささやかな手柄をどう説明したものかわからないがね」あきらめきった声だった。「彼はさぞかし、ぼくの性的嗜好にろくでもない印象を抱くだろう」

それを聞くとセシリアは黙りこみ、彼はまたもや、彼女がこの小さな冒険に、はっきり認めたくないほど動揺しているらしいことに気づいた。間もなく、馬車がブラックホース・レーンを出てラトクリフ街道に乗り入れると、セシリアは疲れきったように頭をうしろに倒して目を閉じた。

デイヴィッドはうっとりと見つめた。まどろむ彼の子猫は、美しかった。左目の下に小さなほくろがあり、しみひとつない肌にぽつんと焦げ茶色の点がついている。彼はそのちっぽけな斑点《はんてん》にずっと惹かれていたのだが、こうしてのんびり観察できるとは、無上の贅沢《ぜいたく》に思えた。

路上の往来がまばらになり、馬車が速度をあげても、セシリアは目覚めなかった。波乱万丈の午後のあとだけに、デイヴィッドは喜んでゆったりシートにもたれ、彼女をながめて楽しんだ。ふわふわの黒いヴェールが彼女の磁器のような肌や、ボンネットの下からのぞく銅色の髪とみごとな対象をなしている。それにあの口。デイヴィッドは彼女の甘くふくよかな、天使の弓ような唇が大好きだった。それに、先端がわずかにつんとそり返った鼻も。

セシリアのまつげは長く、驚くほど黒々としているし、常にほんのり桃色がかった頬は、しばしば真っ赤に燃えあがる。心のあらゆる動きが顔に出る、そんなところも彼は大好きだった。思うに、それは一種の正直さだろう。彼の知る女性たちの多くは人を欺く達人だが、わざと頬をきれいに染めることはできない。その点、セシリアは完璧だった。

しかし、いったい彼女をどうすればいい？

互いの合意による情事、それもとくに隠し立てはせず、期限も定めないとかいう彼女の提案は、とうてい賛成しかねるものだ。といっても、きっぱり拒むほど不賛成というのではない。いやはや、およそ生身の男にそんなことができようか？　間違いなく、彼にはできない。

だが、彼女は再婚の意思も否定しなかった。子供が欲しいのだ。四、五人ね、と言っていた。そしてもちろん、彼らに完全無欠な血を与えたがっている。たしかに、そう答えたときの冗談めかした口調には彼も気づいたが、あれが基本的には真実の――そして賢明な――答えだったことに変わりはない。

デイヴィッド自身はジョネットの最初の夫が急死して、彼女が二人の男児をもつ若い寡婦になるまで、ことさら子供については考えなかった。だが、スチュアートとロビンは彼を魅了した。そしてジョネットの娘たちが生まれると、彼は夢中になった。女の赤ん坊には特別なものがある。あの匂い、ククッという笑い声、彼の指を小さなこぶしで握りしめ、彼が奇跡でも起こしたようにじっと見つめるさま……ああ、そう、何か……男としての根源的な本能に訴えかけるものだ。それは手を触れ、甘やかし、抱きしめたいという抗しがたい思いをかきたてた。何とか守りたいという、切実な思いを。

それは痛みをともなった。

彼は向かいの座席の、ランプの光を浴びたセシリアの、青白い、安らかな顔に見入った。そう、彼女はすばらしい母親になるだろう。ジョネットと同様、注意深くわが子を守り、根気強く教えさとす雌トラのような母親に。それを見たかった。ああ、どれほど見たいか。可能だろうか？　たしかに、その考えは初めてセシリア・マーカム＝サンズを目にしたときから、山ほどの罪悪感とプライドにうもれて、心にひそんでいたものだった。デイヴィッドはひと目ぼれの恋を信じない。本来、ロマンティストではないからだ。けれど心の通う者同士は、それとわかるものだろう。そして正しい相手とならば、完璧な一体感が得られるはずだ。間違いない。なぜならじっさい、それが姉の身に起き、彼女の人生を一変させるのを目にしたからだ。

それをセシリアと体験できるだろうか？　あるいは。ちくしょう、考えなければ！　彼にはどんな選択肢があるだろう？　例の情夫うんぬんは、どれほど彼女を愛していても、うまくはいかないはずだ。むしろ、愛しているからだめなのだ。自分との情事で彼女の名を汚すのは堪えられなかった。彼女に事実上、まさにその許可を与えられた今も。だがたとえ結婚しても、彼がみなにろくでなしの放蕩者《ほうとう》、執念深い冷血漢と見られていることに変わりはない。

なぜなら、すべて事実だからだ。というか、かつてはそうだった――彼が〈ナザレの娘たち協会〉の中心に放りこまれるまでは。その後わずか数日で、彼の怒りや罪悪感、運命に不当な仕打ちを受けたという熱い確信は、あそこで目にしたことにくらべて取るに足りなく思えてきた。

そこへ、セシリアの件が重なった。彼女に対する、絶え間ない心の葛藤《かっとう》が。彼はあのいまいましいストッキングを失敬した本当の理由すら彼女に話せないのだ。なのに、出生の秘密を話せというのか？　自分は結局のところ、ドラコート子爵ではないのだと。

だが、問題はそんなことではなさそうだ。彼女はとても誠実で、地位や身分を気にしない。今ではそれがよくわかる。おおかたの女たちとちがって信頼できた。たとえ真相にショックを受け、彼を拒むとしても、彼女ならばピカデリーを駆けずりまわって相手かまわず吹聴し、ついには誰かまずい者——彼の敵の一人——に知られてしまうようなまねはするまい。

いや、むしろ困難なのは、彼の尊敬すべき母親の恥をさらすことだろう。それに彼が築きあげてきた心の防御をゆるめ、完全にとり払うこと。自分はそれに値する人間か、疑問を抱きながら、彼女の子供たちの父親となる特権を求めること。さらに、これほど長く孤独な歳月をへたあとで、あの遠い夏の日にニューマーケットで荒々しくあばかれたのは、彼女ではなく彼自身の子供っぽさだと認めることだ。

手に余る課題だった。あまりに急な話だ。彼にそんな力はない。

「デイヴィッド?」セシリアの眠たげな声が、ぼんやり考えこんでいた彼をわれに返らせた。「わたしたち、どこへ向かっているの?」

不意に、彼は答えられないことに気づいた。御者に馬車を出せと指示しただけで、行く先は考えていなかった。無残な衝突へまっしぐら、とか? だがセシリアの質問は、もっと具体的な意味だ。

「ぼくの家さ」デイヴィッドは内心よりもはるかに断固たる口調で言った。「カーゾン・ストリートの屋敷で夕食をとろう……その後は何をするにせよ」

その夜初めて、セシリアは動揺をのぞかせた。「でも、まさか情婦を家へ連れ帰ったりはしないでしょ？　つまり、お母様が……」

ただでさえ感情が昂っていたデイヴィッドはかっとして、「きみはぼくの情婦じゃない」と声を荒げた。「母が自宅へ迎えても何ら不都合はないはずだ。じっさい、彼女はとても光栄に思うはずだよ」

セシリアはどうにか、弱々しい笑みを浮かべた。「けれど――？」

彼女は彼の煮えきらぬ口調に気づいていた。彼をあまりに理解していたからだ。デイヴィッドはしかめ面をやめ、いくらか穏やかに言った。「けれど、たまたまぼくは目下、家族の女性たちから解放されているのさ。母はレディ・キルダモアの出産に付き添いにいっている。シャーロットも連れて、使用人の大半に暇を出してね」

「まあ」セシリアは少々、戸惑ったように尋ねた。「お母様はレディ・キルダモアとお親しいの？」

「大の親友さ」彼は答えた。

またもや、セシリアは落ち着かなげに座席の上でもじもじした。「デイヴィッド」と、ためらいがちに切り出す。「ちょっとよけいな質問をしてもいい？」

デイヴィッドは気楽な口調を保とうとした。「いいとも、愛しい人。きみをとめると、ろくなことはないからな」

彼の視線を避けて、セシリアは神経質に手提げ袋のひもを指にからませた。「あなたがレディ・キルダモアと結婚しなかったとき、お母様はひどくがっかりなさった?」おずおずと尋ねる。「あなたのほうが年下だとはいえ、彼女は裕福で、すごい美人だと言われているわ」

さて。どう答えたものだろう？

「いや」デイヴィッドはゆっくりと言った。「ぼくらは友人同士だ、家族ぐるみのね。だが結婚は常に問題外だった。じっさい、ぼくは彼女に我慢できないだろう。おそらく、あちらもぼくに我慢できない。ぼくらは性格も気性の激しさもそっくりで——」

はたと、口をつぐんだ。あやうく秘密を明かしそうになったからだ。彼は深々と息を吸い、「セシリア、ジョネットのことは話したくないんだ」と、ため息まじりに言った。「それよりきみと愛し合いたい、たまらなく。だからそのヴェールをおろして一緒に家へ来て、きみをベッドへ連れていかせてくれ」せまい馬車の空間の向こうへ、手をさし出した。

その手に指をすべり込ませて、セシリアは微笑んだ。「ヴェールは必要ないわ」

デイヴィッドは眉をひそめた。「そうはいかないよ、セシリア」ゆっくりと言う。「ぼくはまだ、きみが無鉄砲に飛びこみたがってるスキャンダルまみれの生活への覚悟ができていないんだ」

セシリアは戸惑ったように彼を見た。「未亡人は恋人を持つものよ。ほんとに、よくある話だわ」

「きみはべつだ」彼はぴしゃりと言った。

「では仰せのとおりに、子爵様」流れるように優雅な動きで両手をあげ、セシリアはふわふわの黒いヴェールを引きおろした。「ほらね？　望むものを得るためなら、わたしもときには従順になれるのよ」

セシリアはカーゾン・ストリートのデイヴィッドの屋敷の、控えめな優雅さをひと目で見てとった。そこはまた、彼が言っていたとおり、恐ろしく人手が不足していた。長々と待たされたあと、ようやく予備の従僕がドアを開けると、デイヴィッドはまるで毎日そうしているかのようなさりげない口調で、軽い食事を寝室へ運ばせるように指示した。

従僕はまばたきひとつせずにセシリアのマントを受け取った。それからデイヴィッドが腕をさし出し、彼女に家の中を見せてまわった。セシリアはすっかり心を奪われた。一階はダイニングルームと朝食の間、青と金色でととのえられた客間、それに小さな庭に面したフランス窓がある、風通しのよい美しい居間からなっていた。

「母が昼のあいだすごす部屋だよ」デイヴィッドは穏やかに言い、彼女を上の階へと導いた。正確には、二つ上の階へ。そして、彼女の当惑を感じとったかのように説明した。「二階の主寝室は今も母が使ってるんだ。母は足が不自由で、使用人たちやシャーロットもそのほうが楽だからね。ぼくは三階の部屋を使ってる。そこでじゅうぶん用は足りるし、見てのとおり、この家はとても広いんだ」

ほどなく、彼がどっしりしたマホガニーのドアを押し開け、セシリアは驚くほど簡素な部屋に通された。デイヴィッドの寝室は、茶色と象牙色の上質な家具がほんのいくつか置かれているだけだった。部屋の中央には、垂れ幕も天蓋《てんがい》もない堂々たるベッド。右手の暖炉のまえは、テーブルと茶色い革張りのソファと一対の頑丈な肘掛け椅子が置かれた小さなくつろぎの場になっている。そしてベッドの左側には、巨大なクルミ材の戸棚といかにも男性的な書き物机、それに着替えの間へ続いているらしいドアがある。

暖炉の中では、炎が赤々と燃え、小さなサイドテーブルには、ポートワインらしきものが入ったデカンタと数個のグラスがのっていた。決して広くはないが、暖かくて気取りがなく、何より主《あるじ》の人柄を感じさせる部屋だ。

彼に負けず自信たっぷりにふるまうことに決め、セシリアはヴェールをあげてボンネットを脱ぐと、ベッドの上に投げ出した。そこでふと、不安が首をもたげた。「あなたの近侍は？」

デイヴィッドは肩を揺すって上着を脱ぎ、長椅子に投げかけた。「ケンブルは木曜の晩はいつも暇を取るのさ」静かな、ためらいがちな声で言う。それから、何かを決意したようにくるりと向きなおり、セシリアの手をつかむと、息を呑むほどすばやく抱き寄せた。

彼の唇がせまり、大きな期待を抱かせるキスをしようとしていた。ゆっくり彼女の唇に触れ、ぴたりと重なって、ものうげに左右に揺れ動く。夜通しかかりそうなキスだが、それでもいいと、セシリアは即座に心を決めた。胸が高鳴り、激しい原始的な欲求がこみあげ、思わず彼に身体を押しつけた。

デイヴィッドの唇は完璧で、温かく、かすかに甘い味がした。彼がまた口を左右にすべらせ、そっとついばみ、吸い、うっすらのびたひげで彼女の肌をこすった。セシリアの鼻腔が広がり、生暖かい、麝香《じゃこう》のような香りを吸いこんだ。背の高い彼に合わせ、小柄な彼女は懸命につま先立ち、そうしながらふと考えた。男性の寝室でひそかにキスするなんて、普通なら気詰まりだろう。たしかに、彼女はそんなことをするのは初めてだった。

けれど、もう幾度もこうしてきたかのように、デイヴィッドは口を開いて入念なキスをしている。彼女の下唇をじらすように噛み、舌をくねらせて差し入れ、彼女の魂そのものを探り、味わい、揺さぶるように。

それでもまだ足りず、セシリアは両手を彼の肩から腰へ、さらにチョッキのボタンへとすべらせた。ひとつ目のボタンをはずすと、彼は身震いし、徐々に身を引き離したが、彼女の口から唇をあげようとはしない。

「ディナーが……」彼が口元でささやいた。「使用人たちが食事を運んでくる」

と、号令に応えるように甲高いノックの音がした。デイヴィッドはさっと彼女から離れて戸口へ行くと、トレイをひとつ受け取り、残りは廊下に置いてゆくように指示した。そしてセシリアにウィンクしながら部屋を横切り、トレイをテーブルに置いた。続いて白ワインの瓶と、フルーツ入りの鉢。

セシリアは眉をつりあげた。「よく訓練された使用人ね」

デイヴィッドはにやりと笑みを広げ、「たんに楽観主義者なのさ」とぶつぶつ言った。

セシリアがどういう意味か尋ねかけたとき、デイヴィッドがさっとワインをとりあげてグラスに注いだ。そして彼女に近づき、グラスのひとつを手渡した。

「では、今夜のために」彼女の視線を優しくとらえて言う。

セシリアはグラスの縁ごしに彼を見つめ、「今夜のために」とくり返した。

デイヴィッドは一気にグラスを空けると、彼女に目をもどし、「こいつを暖炉に投げつけたいところだが」と、おどけて言った。「ベネツィア製なのでね。勘弁してもらいたい」

セシリアは笑って自分のグラスを見おろした。「わたしのスコットランド人の伯母にそっくりの言い方よ、子爵様。あくまで現実的で」

なぜか彼は何の反応も示さず、堪えがたいほどの沈黙が広がった。いったいわたしが何を言ったの？　セシリアは戸惑い、ワインをぐっと飲み干したが、それも賢明ではなさそうだった。

「あなたの近侍が留守ならば」彼女はグラスをわきに置いた。「わたしがご奉仕しましょうか？」

すると、デイヴィッドはついに笑った。「それはまたとない贅沢だ、可愛い人」おおむねいつもの口調にもどり、「では一緒に着替えの間へ来てもらうかな？」

彼について控えめな茶色と金色の絨毯《じゅうたん》を踏みしめ、ベッドのわきを進むと、セシリアは着替えの間に入っていった。彼の寝室が簡素だとすれば、こちらは正反対で、その差はじつに象徴的だった。殺風景な寝室が彼の内面の純朴さを示しているのに対し、小さな着替えの間には、ドラコート卿の外面的な貌《かお》が、幾重にもくっきり刻みこまれている。まったく別人の部屋のようだ。

そこには、造りつけの戸棚と一対のオークの整理だんすに加え、坐浴用の真鍮《しんちゅう》のバスタブと化粧テーブルが置かれ、革の小物入れの上には帽子箱がうずたかく積みあげられていた。それにステッキがぎっしり入った木製の傘立て、大きな宝飾品の収納庫、洗いたてのクラヴァットが詰まったクルミ材のラック。大きなマホガニーの姿見が、この究極の紳士の着替えの間を優雅きわまるものにしている。

「どうもまだ身体じゅうに売春宿の臭いが染みついてるようだ」デイヴィッドがぶつぶつ言い、クラヴァットを解こうと鏡を傾けた。「ドレッシングガウンに着替えてもかまわないかな？」

セシリアは大胆に進み出た。「失礼、子爵様」と彼ののどに視線をおろすと、驚くほどしっかりした手つきで複雑な結び目を解き、クラヴァットをはずして絨毯の上にすべり落とした。

そこでつま先立ち、のびあがって彼にそっとキスした。「さて、次は」と考えこむように言い、またもや視線を落とす。「たぶんチョッキね」すばやく残りのボタンをはずし、肩から押しやるようにチョッキを床へ落とした。

デイヴィッドはいっぽうの眉をつりあげ、床の上にできつつある衣類の山をにらんだ。

「これで間違いなく、うちの近侍は木曜に休むのをやめるよ。さあ、マダム、ぼくをどうでも好きにしてくれ」

それに勇気づけられたセシリアはひざまずき、彼の靴を脱がせて部屋の隅に投げ捨てた。それから、立ちあがってシャツのすそを引き出しはじめた。デイヴィッドは平然と腕をあげ、口をよじってにやりと笑みを浮かべた。「せっかちな人だ」

だが、セシリアはろくに聞いていなかった。シャツのすそがズボンから解放されるや、糊《のり》のきいた上質な生地の下に両手を差し入れ、ウェストの周囲をさっと撫でたあと、胸元の豊かな毛を指で梳《す》きあげた。彼の体内に男らしい熱気と力がわきあがるのが感じられ、それが新たな、奇妙な渇望をかきたてた。

デイヴィッドもそれを感じているのがわかった。彼女が触れると、おどけた態度がかき消え、彼はのどの奥で低く甘い苦悶のうめきをあげた。勢いづいたセシリアが彼の乳首を見つけると、それは愛撫に応えて固く突き出した。しばし、ためらいがちに指でもてあそんだあと、彼女は思いきって両手を引っこめ、シャツを胸の上へ押しあげた。デイヴィッドはまたもやのどの奥でうめき、シャツを頭から脱ぎ捨てた。

たちまち、セシリアの唇が乳首をとらえ、このまま彼がしたように口に含んだ。彼も悦びを感じるのだろうか？

感じたようだ。「ああ、セシリア！」と、のどを詰まらせた。

セシリアがそっと、肌に舌を這《は》わせると、彼は彼女の肩をつかんで指を食いこませた。またもや、飢えたようなうめき声があがったが、セシリアは急がなかった。彼をいじめたかった。彼にされたように。

そう、これこそ夢見ていたことだ、存分に楽しもう。それに、よほどの馬鹿でないかぎり気づくはずだが、デイヴィッドは二人の関係に懐疑的だった。ひょっとするとこれは彼女が楽しみ、学びとる唯一のチャンスかもしれない。ならば両方してみよう。

抗しがたい力に引かれるように、彼女の指がデイヴィッドの灰色のウールのズボンの閉じ目へおりた。ぎごちなく手探りしていると、ほっとしたことに、彼が両手をさげてボタンをはずし、布地を押しやった。彼の昂ぶったものが両手のあいだで首をもたげ、まっすぐに力強く脈打ちながら、白いリネンの下着から突き出した。

なぜか、次のステップはごく自然で、さきほど目にした下卑た絵や彫像とは何の関係もないように思えた。セシリアが迷わず、しわくちゃのスカートとペティコートの中にひざまずくと、両手がむさぼるように彼をつかんだ。

「ああ、何てことだ」デイヴィッドはささやき、そっと彼女の髪を撫でおろしてうなじに手を添えた。「だめだ、セシリア。やめろ。ぼくはとても……」

だが、押しとどめる気配はない。

セシリアは深々と、温かい口に彼を引き入れた。身体を安定させるため、片手をまわして彼の引きしまった尻をつかんだ。それもごく自然なことに思えた。力がみなぎり、とても女らしい気分だ。

彼女の口は初め、彼の上でぎごちなく動いていたが、しだいに自信を深めてリズミカルになった。デイヴィッドは彼女のうなじに手をかけたまま、反対側の手で肩をつかみ、指をピクピク引きつらせている。「ああ……愛しい人、頼む……」のどを詰まらせてささやくと同時に、筋肉が張りつめ、骨盤がせがむようにまえに突き出された。

不意に、優しく彼女の頭を支えていた指が頭皮に食いこみ、髪からピンを引き抜きはじめた。「やめろ！」彼はしゃがれ声で叫んだ。「ああ、やめてくれ……！」

　セシリアが目をあげると、デイヴィッドは首をのけぞらせ、苦しげに無言の叫びをあげた。そして一気に、有無をいわさず、彼女を引きずり起こして抱き寄せた。ぶざまにも靴のかかとをスカートにひっかけ、セシリアはよろよろ彼の胸に倒れかかった。ビリッとシルクの裂ける音が室内に響き渡る。

　その後、いったいどうしてそうなったのか、デイヴィッドが彼女を床に引きずり倒した。ひじをクルミ材のラックにぶつけ、白いシャツが滝のように絨毯の上に崩れ落ちたのにも気づかず、彼はもどかしげに無言で彼女のスカートを押しあげ、ズロースの切れ目をまさぐった。原始的な、容赦ない欲求に駆られ、一刻も待てない様子で。男らしい野蛮なうなり声とともに、彼の指が差しこまれると、その感触にセシリアは身震いし、彼のために身体を開いた。彼の目が狂おしく燃えあがる。

　セシリアはとっさに、彼の腰に脚を巻きつけて引き寄せた。靴が脱げて、彼の背中をころげ落ちてゆく。デイヴィッドは片手をついて彼女の上に屈みこんだまま、荒々しく一気に突き入った。何かに憑《つ》かれたように彼女を刺し貫くにしたがって、腕と首の腱《けん》がぴんと張りつめた。

やがて、両目がぎゅっと閉じられた。首がのけぞり、ガクガク揺れ動く。「ああ、セシリア……ああ、くそっ……」彼はしゃがれ声をあげ、狂ったように何度も突いて彼女をうしろへ押しやった。セシリアは頭のてっぺんが何か硬いものにぶつかるのを感じた。二人の背後で、ステッキ立てがぐらりと揺れたかと思うと、音をたててバスタブにぶつかり、床に倒れた。帽子箱のひとつが落ち、蓋《ふた》がはずれて絨毯の上をころがってゆく。デイヴィッドは最後にもういちど深々と突き、震えながら彼女の上にくずおれた。

セシリアが湿ったのどに唇を当てると、彼は引きつるようにごくりとつばを呑み、「ああ、愛しい人」とかすれ声で言った。「ごめんよ。本当に悪かった」

セシリアはなだめるように彼の背中を撫で、「なぜ？」とささやいた。

デイヴィッドは、今ではくしゃくしゃにもつれた彼女の髪に顔をうずめた。「ぼくはこれまで……」苦しげに息をつき、「ああ、一度も……こんなぶざまにわれを忘れたことはない」

セシリアは彼ののどの下へと唇を這わせた。「それは光栄よ」

デイヴィッドはぎごちなく身体をあげ、しばし、じっと彼女の顔を見おろした。そしてついに、「どうしたのかわからないんだ、セシリア」と、まだハアハアあえぎながら言った。「とにかく、きみにさわると自制をなくしてしまうみたいだ。あるいは……そう、じっさいもう年齢《とし》なのか。一時はこの道の達人と言われたのにな」

セシリアはにやりとした。「まあ、デイヴィッド、あなたは今でも達人よ」

デイヴィッドはあきらめのうなり声をあげ、彼女を気遣うように身体の重みをわずかに横へずらした。それから、「本当はこんなふうにするものじゃないんだよ、セシリア」と優しく言った。

セシリアは彼の広々とした胸の筋肉に指を走らせた。「でも、もし……」しばしの間を置き、「もしも、本当はこんなふうにするものだとしたら？」

デイヴィッドは両目を閉じてかぶりをふり、穏やかに答えた。「よいセックスは音楽やバレエと同様、優雅さとリズムが欠かせない。だが何より重要なのは、対等であることだ」

「でももし、あなたが間違ってたら？」セシリアは彼の顔に垂れかかった豊かな髪を撫であげた。「もしも本当はむき出しの、荒々しいものだとしたら？　必ずしも対等でも、優雅でもなく。もちろん」小声で言い添えた。「自分が初心者にすぎないのはわかっているわ。でも誰かがわたしの知らないルールでも決めたの？」

デイヴィッドは胸締めつけられる思いで、彼女の見開かれた無邪気な青い目を見おろした。そしてやおら屈みこみ、彼女の額に額をのせてささやいた。「セシリア……ぼくは怖いよ」

彼女は驚いたように彼を見あげた。「何が怖いの？」

「きみ。ぼくら。このすべてがさ」

セシリアは少しもひるまず、彼を見つめ返した。「デイヴィッド、わたしを愛して」静かな、きっぱりとした声だった。「昨夜のようにゆっくり服を脱がせて、あなたのベッドで愛してちょうだい」

「セシリア――」それきり、言葉が続かなかった。彼の身体と同様、肝心なときに機能しない。いったいどうすればいい？　世界がまっさかさまになろうとしていた。「セシリア、ダーリン、できないことはないが……しばらく時間がかかりそうだよ。そういうものなのさ。男というのは。それを話そうとしてるんだ」

セシリアはそっと、彼を押しやり、「時間ならひと晩じゅうあるわ」と思い出せた。「というか、ほとんどひと晩じゅう。だから悦びを与え合う方法を教えて」

デイヴィッドは片手をついて立ちあがり、彼女を床から助け起こすと、腕をまわして抱き寄せた。「きみはもう知りすぎてるよ、セシリア」耳元に口を寄せ、優しく請け合った。「たとえば今しがたぼくを焚きつけたあの技巧――きみがどこで覚えたのかは承知してるよ。なぜ急にそんなに興味を抱いたのかもね。だがきみはあんなことをする必要はないし、知っている必要さえないんだ」

セシリアはつと身を離し、まっすぐ彼の目を見つめた。「でも知りたいの。わたしを感情に駆られたら粉々に割ってしまいそうな、壊れやすい磁器みたいに扱うのはやめて。まるで生身の女じゃないみたいに。そんなの、公平とはいえないわ」

二人はまだ着替えの間の真ん中に立っていた。デイヴィッドは彼女を放し、ズボンの閉じ目をぐいと引きあげた。「セシリア、ぼくはきみをレディらしく扱おうとしているだけだ。娼婦ではなく」空いているほうの手で、もどかしげに髪をかきあげる。

と、彼女がまた身をすり寄せ、彼の胸を撫でながら、あごをそらして彼を見あげた。「わたしは長いこと独りぼっちだったわ、デイヴィッド」低いしゃがれ声で言い、まつげを伏せた。「情熱なしに生きるのはもういや。だから教えて——あなたを、これまで記憶にないほど満足させてみせるわ」

いやはや、とデイヴィッドは考えた。きみはもうとっくに……

口には出さずに呑みこんだが、まさにそれが問題なのだという気がしはじめていた。彼女がこれ以上新しいことを学んだら、こちらは何をするか知れたものではない。すでにこのざまなのだから。とはいえ、そんな考えが理屈に合わず、非情ですらあるのはわかっていた。たぶん、本当は彼女がどうなるか怖いのだ。もしも彼女の心を勝ち取れなかったら、ほかの誰かにとってどんな女になるのかが。

そう、事実を直視するのはつらいものだ。デイヴィッドはそっと彼女の手をつかみ、寝室のベッドへと導いた。そして昨夜のように——ああ、あれはたった一日前のことなのか?——彼女の髪から残りのピンを引き抜いた。それからゆっくり、服を脱がせはじめた。緑色がかった青いシルクをそっと肩からはずし、腰の下へとおろすにつれて、今日の午後の暗いみだらな夢想がよみがえった。彼はどれほど彼女の手に垂れかかる象牙色のレースに魅せられ、その手が自分のものに触れるのを見たくてならなかったことか。だがあれはただの夢で、実現するとは思いもしなかった。セシリアのように素朴な女性には、期待できないことだった。それでなくとも、彼女の純真さを奪いすぎたように思えるのだ。

しかし、彼女の手の感触は想像を超えていた。それに対する自分の反応も。あれではまるで、初めての女性をまえにした未熟な少年だ。自分自身を彼女の口や、あの美しいドレスの上にぶちまけず、彼女に突き入るまで抑えるだけで精一杯だった。

なのに、彼女は彼に愛し方を教えてほしいというのか？　あれほどいちずに乞われなければ、笑ってしまうところだ。ズボンを腰のまわりにだらりとひっかけたまま、彼はセシリアの背後に立ち、レースや結び目を解いてコルセットをはずし、彼女を一糸まとわぬ姿にした。それから肩をつかんでふり向かせ、むさぼるように視線をめぐらせた。

「きれいだよ、ピーチくん」彼はつぶやいた。「みごとに熟して、女らしい」

それは本当だった。形のよい、ふくよかな胸から優美な胴部のくびれ、豊かな腰の丸みにいたるまで、女らしさにあふれている。唇はすでに激しいキスで赤く腫《は》れ、ピンク色の乳首は固くとがり、髪はまばゆくうず巻いて肩へと流れ落ちている。デイヴィッドはゆっくり、ふうっと息を吸った。

彼女の勝ちだ。彼女が求めることは何でもしよう。

正しかろうと、なかろうと。

デイヴィッドはベッドに腰をおろすと、できるだけ率直な、励ますような表情で彼女を見あげた。「さあ、何が知りたい？」

# 12　常に誠《まこと》を

「どうすれば男と女はいちばん悦びを与え合えるか」セシリアはすばやく答え、片手をあげて彼の目元に垂れた髪をはらった。「つまり……あなたのどこに触れればいいのか知りたいの。あなたがわたしのどこに触れたいのかも。それに、いろいろな体位――」不意に言葉を切り、胸まで真っ赤になった。「姿勢についてよ、男女が交わるための――」

「愛し合うためだ、セシリア」デイヴィッドはさえぎり、すばやく彼女の腰に腕をまわすと、首を傾けてふっくらした腹にキスした。「ぼくら、つまりきみとぼくは愛し合うんだ。性交でも、交接でも――」それぞれの言葉を強調するように口づけし、「ほかのいかなる非人間的な婉曲語《えんきょく》で表現されることでもない。その違いがわかるかい？」

「あなたは？」彼女は小声で挑むように言い、彼の頭をみぞおちに抱き寄せた。「それとも、そのすてきな言葉はわたしの気分を軽くするため？」

デイヴィッドは首のうしろで彼女の指がからみ合うのを感じつつ、頭をあげてじっと彼女を見あげた。「ああ、セシリア」と穏やかに答える。「ぼくにはたしかに違いがわかる。わかりすぎるほどさ」

彼は無言で立ちあがり、残りの衣服を脱ぎ捨てると、上掛けをめくって彼女にベッドに入るように身ぶりでうながした。早くも欲望がわきあがっていた。もう長くはかかるまい。彼はベッドにまっすぐ横たわるセシリアの裸身に視線をめぐらせた。

情熱にふくれあがった乳房は重たげで、頭はやわらかい枕の中にのけぞるように沈みこんでいる。いや、少しも長くはかからない。セシリアのまえでは二十一歳にもどり、青年時代の生気がそっくりよみがえるような気がした。

彼女のかたわらにすべり込むと、重みでベッドがキーッときしんだ。片ひじをついて上体を起こし、指先をそっと彼女の胸に走らせる。そのコントラスト、彼の浅黒い手がほの白い肌の上をかすめ飛ぶさまはすばらしかった。「セシリア」彼は優しく言った。「もっといい考えがある。きみがぼくにどこをさわってほしいか言うのはどうだ？」

「ん……」セシリアは首をのけぞらせ、ごくりとつばを呑みこんだ。「いいわ」

デイヴィッドはそのまま、そっと触れ続けた。「これは好きかい？」腹部のふくらみを軽く撫で、その下で彼女が震え動くのを感じながらささやく。

セシリアは両目をきつく閉じ、切迫したうめき声をあげた。「ええ、お願い……」

「のんびりいこう」彼はささやき、頭をさげて彼女の耳たぶに唇を這わせた。それからそっと、耳の内側をぐるりと嘗めた。「これはどうだい、ん？」

「ああ！」息もたえだえの反応だ。

デイヴィッドは外耳を一周したあと、舌を中へ差し入れた。肌にはろくに触れていないのに、セシリアはかつて経験のない欲望が駆けめぐるのを感じた。彼が舌を引っこめ、耳たぶをくわえてついばむように噛んだ。

つかのまの鋭い痛みが興奮をかきたて、セシリアは思わず腰をマットに押しつけた。どっと欲望が渦まき、熱し、下腹と子宮にあふれたかと思うと、飢えたように脚のあいだを引っぱった。快感のあまり死にそうだった。

と、彼の指がさっと股間の割れ目を撫で、彼女はあえいだ。「そうだ、セシリア」と彼がささやく。「一度に少しずつ、きみの愛らしい秘密の場所を見つけていく。だがゆっくりとだよ、愛しい人。ごくゆっくりだ」

セシリアは両手がシーツを握りしめるのを感じた。口を開いて彼に懇願しようとしたが、声にならない。そのとき、彼がもっとしっかり二本の指を脚のあいだに差し入れ、そっと、いじめるように濡れた部分を撫であげた。セシリアは鋭く息を吸い、かすかな音を暗がりに響かせた。

またもや、デイヴィッドが撫であげた。何度も何度も、優しく完璧に。彼女は悦びにわれを忘れた。怖いほどだった。天にものぼる心地だ。そしてついに、彼の手が波のように襲いかかってわずかに残った理性を奪い、彼女を星々の彼方の熱い歓喜の波間へ投げこんだ。

彼女の震えが徐々にひくまで、デイヴィッドは身体を丸めて優しく抱いていた。いやはや。これほどたやすく達する女性を見たのは初めてだった。嬉しいが恐ろしくもあり、信じがたいほどそそられる。すでに彼のものはなかば固くなり、貪欲《どんよく》に彼女の腿を押していた。ついに、セシリアの両目がぱっと開いた。「ああ！　何てこと……」デイヴィッドは身体を下へすべらせ、そっと彼女の脚を開かせた。「だめ」セシリアは訴えた。「そんなの……堪えられない！」

「しーっ、いい子だ」デイヴィッドはささやき、彼女の腹に唇を押し当てた。「ちょっときみを味わわせてくれ」

彼は腿の内側に手をかけて彼女を大きく押し開き、舌で優しく愛撫した。初めは小山の感じやすい肉を軽くついばみ、甘さを味わいながら。彼女をもう一度、悦ばせたかった。愛されたのだと感じさせたかった――彼女を愛する者の手で。

そう、彼は彼女を愛していた。

二人の周囲のすべて、室内のすべてが、炉棚の時計のチクタクいう音と、石炭の小さくはぜる音をのぞいて静まり返っている。やがて、セシリアの用意がととのい、愛撫に堪えられそうなのがわかると、デイヴィッドはそっと舌先で肉のひだをなぞった。だが彼女の匂いに彼自身の欲求がみるみるつのり、股間に熱くずっしりとたまった。

彼のものが執拗《しつよう》にドクドク脈打ちはじめた。かまわずぐっと息を吸い、無理やり彼女に注意をもどすと、デイヴィッドは甘く固い蕾《つぼみ》を撫で続けた。やがてついに、セシリアののどの奥で小さな降伏の叫びがあがる。

彼女の呼吸が速まるのを感じ、彼は頭をあげた。「今度は指をきみの中へ入れたい」自分でも驚くほど声がしゃがれていた。「きみがもういちど達するのを感じたいんだ。あの収縮――きみの悦びを分かち合いたい」

「ええ――」セシリアは嗚咽《おえつ》とともに言葉をほとばしらせた。またもや、腹の奥底が震えはじめた。彼女は怖かった。歓喜に溺《おぼ》れ、二度と自分を取りもどせなくなることが。今では彼の力を思い知らされていた。なぜ女たちが彼にむらがるのかを。けれど、この誘惑には逆らえない。

彼の指がすべり込むと同時に、セシリアの手がさっとのびてシーツを握りしめた。「ああ、神様!」彼女は叫び、両目を見開いた。視線をからみ合わせたデイヴィッドの目には、暗い欲望がみなぎっている。セシリアは彼の名前を大声で――というか、大声を出そうとしながら――呼んだ。もうやめてと懇願しながら、彼の手に夢中で身体を押しつけた。その間ずっと、デイヴィッドは熱にうかされたようなきらめく目で彼女を見すえていた。「あ、ああ……デイヴィッド――!」

彼は絶頂の最初の波に指が締めつけられるのを感じた。セシリアの身体がこわばり、ふくよかな腰が完全にマットから浮きあがり、開いた口から声にならない叫びがあがる。彼はこらえきれずに身体を引きあげ、荒々しく彼女に重なった。「中へ、セシリア」とうなるように言い、片手で自分をつかんで彼女の肉を押し広げた。「頼む」とささやき、一気にするりと突き入った。

　セシリアは背を弓なりにして腰を押し当て、彼を体内に引き入れた。その優しい激しさが、彼の荒ぶる本能を解き放った。彼女はほかのどんな女もしなかったやり方で、わが身を彼にさし出したのだ。デイヴィッドは彼女が欲しかった。身体じゅうが、かつて経験のない切望を込め、大声で彼女を求めていた。

　どれほど彼女を愛しているか。にもかかわらず、これまでずっと、彼は何かを抑えてきた。だが今夜は、苦痛が彼を切り裂き、魂をえぐって、すべてを彼女の中へと流れこませた。欲望と愛と飢餓《きが》を炸裂《さくれつ》させて、デイヴィッドは自分自身を彼女に注ぎ続けた。

　やはり、この闘いに勝ち目はない。

　セシリアが相手では。

　ついに、デイヴィッドは彼女の上にくずおれ、肉体と魂がふたたびひとつになるのを待った。しかし、二度とそうはならないのかもしれない。今では自分の本質的な一部が彼女に流れこみ、解きがたい絆で永遠に結ばれたような気がした。

　セシリアはデイヴィッドの寝室の外の通りで午前三時を告げる、夜警のかすかな声で目覚めた。ぎごちなくひじをついて起きあがり、室内を見まわした。暖炉の炎は弱まり、ランプのひとつはすでに消えているものの、あたりにはまだワインと甘い情熱の香りがただよっている。

　セシリアはかたわらで眠る男を見おろし、ふと、すべての理屈を超えた鋭い切望を覚えた。肉体的な解放への切望ではなく、もっとはるかに深く、とらえがたいもの……手を触れ、匂いを嗅ぎ、抱きしめずにはいられぬ思い……ずっとそばにいたいという思いだ。

彼女は片手をあげ、もつれた髪を顔からかきあげた。ああ！　もう帰らなければ。じつのところ、遅すぎるほどだ。また眠りこんでしまわないように、デイヴィッドの温かい、ひょろ長い身体から離れ、無理やりベッドからすべり出た。両足が床に着いたところで、こらえきれずにふり向いた。彼は起きているときよりさらにすてきだったが、それは眠るとリラックスした感じになるからだろう。ほとんど無邪気にさえ見える。まあ、うっすらのびたひげのせいで、ちょっと海賊のようだけど。セシリアは首をかしげた。それとも、追いはぎかしら？

ともかく、彼は始末に負えない魅力の持ち主だ。セシリアは眠たげに伸びをし、両足のつま先を合わせ、彼は子供のころはどんなふうだったのだろうと考えた。さぞや愛らしかったにちがいない。母親は彼を甘やかしたのだろうか？　わたしならきっと甘やかしている。

彼を起こさないよう、裸足でそっと毛織りの絨毯を踏みしめ、セシリアは室内をぶらついた。暖炉のそばでしばし立ちどまり、その上に掛けられた肖像画をしげしげと見た。ぴんと背筋をのばして優美なアン女王朝様式の椅子にかけ、湾曲したアームに両手をかけた白髪《はくはつ》の貴婦人の絵だ。手つきも姿勢も威圧的だが、口元のしわにいくらか衰弱がうかがえる。それでも毅然《きぜん》たる表情で、間隔の開いた目は漆黒に近い。

デイヴィッドの母親だ、そうに違いない。髪や瞳の色はずいぶん違うけれど、顔の骨格が似かよっている。それに、例の高慢そうなあごの突き出しかたも、断固たるまなざしもそっくりだった。レディ・ドラコートはたしかに、誰も甘やかしそうな女性ではない。

セシリアは暖炉から離れて部屋を横切った。向かい側の壁には、みごとな庭園に囲まれた広大なカントリーハウスの油絵がかけられていた。彼のダービシャーの領地だろうか？　それとも、どこかほかの地所？　いずれにせよ、並々ならぬ富を示す絵だ。

セシリアはその絵に背を向けてあくびをし、またもや温かいベッドにもどりたい誘惑に駆られた。だがそうすれば、夜明けまで二度と目覚めそうにない。かわりに何かに没頭しようと、デイヴィッドのデスクに歩み寄り、にじみ止めの粉が入った古風な小箱や万年筆をいじくった。それに、華奢《きゃしゃ》な黒い目の少女が描かれた手のひら大の細密画。

好奇心をそそられ、ひっくりしてみた。裏面には黒々と、〈ミス・ブランスウェイト、一七九四〉と書きこまれていた。お姉さんのシャーロットだわ！　セシリアは微笑んだ。デイヴィッドは口で言うより、はるかに情深いのだ。細密画を置いたとき、ふと、となりの小さな磁器の鉢――というより、蓋つきの壺に近いものが目にとまった。

がぜんコレクターの目つきになり、セシリアは身をかがめた。とぼしい光の中でさえ、みごとな彩色がうかがえる。蓋のすわり具合をたしかめようとつまみあげると、意外にも、壺はベルベットで内張りされていた。何だろう？　彼女は指を突っこんだ。

中には指輪がおさまっていた。手触りからして、ずしりと重い男性用のものだ。

こらえきれずにそれを取り出し、じっくり見ようと暖炉のそばへとって返した。肌の上で、金属の感触が氷のように冷たい。セシリアはひざまずいて指輪を光にかざした。たしかに、これをデイヴィッドがはめているのは見たことがない。彼女の手のひらいっぱいもありそうな、古めかしい盾形の紋章入りのもので、上面にもリングにもびっしり模様が刻まれている。紋章の左右には、古風なカボションカットのルビーが純金の台に深々とはめこまれていた。

もう少し炎のほうに向けると、意匠が見えた。翼を広げたタカが鉤爪《かぎづめ》でスコットランドの国花、アザミをつかんでいる。そしてラテン語の銘刻――センペル・ヴェリタス。常に誠《まこと》を。妙に憶えのある言葉だ……

とつぜんがばと立ちあがり、セシリアは指輪を床に落とした。それは絨毯の上で一度だけはずみ、カタッと音をたてて炉床にころがった。息を呑んですばやくベッドに目をやると、デイヴィッドはまだ穏やかに寝息をたてている。セシリアはひざまずいて指輪をつかみ取り、壺の中にもどしにいった。これは好奇の目にさらされないように隠されていたのだ、間違いない。なぜなら、ここに刻まれているのはキルダモア伯爵家の紋章だった。ときおりミスタ・アマーストが伝道所へ乗ってくる優雅な黒塗りの馬車の扉に描かれているのを、セシリアは幾度も目にしていた。

では、この指輪はキルダモア伯爵令嬢から贈られたのだろう。でもいつ？　どんな理由で？　あきらかに、デイヴィッドにとっては大事なものらしい。そうでなければ、こんな特別の場所に保管したりはしない。じっさい、これはきわめて私的な贈り物、ジョネット・アマーストが恋人か、結婚したい相手に贈りそうなたぐいのものだった。

　だがこれを持っているのは彼女の夫ではない。デイヴィッドだ。やはり、あの古い噂《うわさ》にはいくらか根拠があったのだろうか？　それがデイヴィッドの根深い怒りや、アマーストへの反感の理由なのでは？　考えるだけで胸をえぐられたが、わたしはデイヴィッドの最初の女だなどと、自分を騙してみてもしかたない。セシリアはゆっくり、つま先だってベッドにもどると、デイヴィッドの裸の尻に腰を押し当て、片手でぎゅっと彼に抱きついた。

　それでもまだ、デイヴィッドは身じろぎもしない。いっそ揺り起こしたいほどだった。あの指輪について尋ねたかった。けれど、ひどく差し出がましい気がした。それに、他人《ひと》の私物を調べまわったことをどう説明すればいいのだろう？　あいにく、あの指輪を見つけても、デイヴィッドへの思いは少しも変わらなかった。彼がみなにどう思われていようと――放蕩者、悪党、傲慢《ごうまん》な貴族でも――セシリアは彼を愛していた。ついに、神話と噂の背後の真の姿を目にしたからだ。ことによると、彼がほかの誰にも見せたくなかった部分まで。今やセシリアは彼に、あらゆる混乱しきった幼い感情を超えた、大人の女としての愛を抱いていた。

　自分はたしかに、彼とベッドをともにした最初の女ではないだろう。だがなぜか、彼に愛されている気がしはじめていた。ただし、彼は怖いと言っていた。いったい何が怖いのだろう？　責任を負うこと？　いや、今ではそうは思えない。何かもっと根深い――彼が懸命に折り合いをつけようとしていることだ。きっといつかは折り合える、その点は確信があった。それに、わたしはとても辛抱強い。彼のために待とう。少なくとも、それくらいの借りはある。

セシリアはそっと首をうつむけてデイヴィッドの頰にキスした。もう帰る時間だ、彼を起こして、家まで送ってほしいと頼まなくては。さもないと使用人たちに外泊したことを知られてしまう。じっさい、消えたストッキングの件であんな大さわぎをしたあとだけに、エッタにさんざんからかわれるのは目に見えていた。あの娘は馬鹿ではない。あれこれ考え合わせ、下卑た想像をして笑うにちがいない。

だが何度キスしても、デイヴィッドは動かなかった。セシリアはそっと耳たぶをくわえ、ついばむように嚙んだ。と、両目がピクピク震えて開き、彼がシーツの下で彼女の腕の中へころがり込んできた。彼はしばし、まぶたを細めて彼女を見あげ、にっと眠たげな、まばゆい笑みを浮かべた。「すごくきれいだよ、ピーチくん」と、寝ぼけたしゃがれ声でささやく。

セシリアはおどけて彼のわき腹を小突いた。「あなたはお世辞の天才ね」非難がましく言うと、デイヴィッドはさっと身を引いた。

「いや、まさか」とつぜん、真剣そのものの口調になった。「ぼくには山ほど悪癖があるかもしれないが、それは違うぞ、セシリア。きみに決して嘘はつかない」

まあ、そうね――常に誠《まこと》を。セシリアは皮肉っぽく考えた。むしろ嘘をついてほしいくらいだ。愛しているよ、セシリア、これまで誰にも感じたことがないほど、と。けれどやはり、それではどこかが違う。

そのとき、デイヴィッドの顔にやましげな表情が浮かんだ。「何でも正直に言うと誓ったからには、ひとつだけ……」彼はぎごちなく切り出し、セシリアを見あげた。「きみに話したほうがよさそうなことがあるんだ。あの磁器について」

指輪をながめているのを見られたのだ。そう考えたセシリアは、「いいえ」とすばやくさえぎった。「ほんとにいいの。お願い……これをぶち壊さないで、デイヴィッド」

彼はセシリアの手首をつかんで引き寄せ、「だがきみにはあくまで正直でいたい」と頑固に言った。「あれをどんなふうに手に入れたか、きちんと説明すべきだよ。とくにあの屋根瓦」

屋根瓦？　安堵のあまり、全身の力が抜けた。「まあ。ええ、聞かせて」

デイヴィッドはためらい、少年のようにおずおずとした顔つきになった。「あれを選んだのはぼくじゃない。うちの……ええと、近侍だよ。じつを言えば、どの磁器もぜんぶ。彼はあの手のものにけっこう目がきくみたいでね」

セシリアは笑い出したい思いをこらえた。「じゃあ……あの屋根瓦は偶然の大当たりだったの？」

デイヴィッドは悲しげにうなずいた。「残念ながら」

「まあいいわ！」いたずらっぽくにやりとし、セシリアは肩をすくめた。「それぞロマンというものよ！」

「ロマン？」デイヴィッドはうなり、彼女を上掛の奥へ引きずりこむと、全体重をかけておおいかぶさった。「よし、ならばロマンを見せてやるぞ、欲深なお嬢さん。本物のロマンはね、リボンをかけた木箱で運ばれてきたりはしないのさ」

# 13 駒鳥《ロビン》卿、高らかにさえずる

パーク・クレセントからもどると、デイヴィッドはもう眠りにつけなかった。むろん、疲れてはいた。疲労困憊《こんぱい》していたし、夜明けまではかなり間があった。けれど、くしゃくしゃのシーツにはセシリアの香りが染みつき、そのぬくもりの中へ一人でもどる気になれなかったのだ。そこでかわりに、上掛けの上に寝そべり、天井を見あげながらぼんやり考えにふけったが、こんな小ぶりな部屋にしては、ベッドばかりがやけに大きく感じられた。

じっさい、いつも一人で寝るのなら、この半分の大きさも必要ないのでは？ 昨夜は大胆にもセシリアを連れてきたが、カーゾン・ストリートで女性をもてなしたのは初めてだった。これまで一度も、自宅を情事に使ったことはない。なぜだろう？ 母親とシャーロットはしじゅう留守にしている。それでも常に、どこかよそで金を払って欲望を発散したほうが、気楽で面倒がないように思えたのだ。

デイヴィッドはふたたびベッドから這いだしながら、心ひそかに決意した。こいつをさっさと処分して、もっと小さいやつに替えよう……つまり、セシリアの心をうまくつかみそこねたら。それこそ、自分の望みなのではなかろうか？　彼女に今のような欲望だけでなく、恋心を抱かせるのが。それは容易ならざる挑戦に思えた。昨夜、彼女の家で、彼はもう少しで彼女への不変の愛を宣言しそうになった。そして今夜は彼女を愛しているうちに、あやうくあの底知れぬ暗黒の淵に陥りかけた。

じつに奇妙なものだ。デイヴィッドは長らく自分の正体——もっと正確に言えば、にせの正体——が露見するのを恐れ、そうなれば母親がこうむりかねない損失と恥辱を恐れてきた。だからこそ長年、ジョネットは彼の秘密を守って沈黙を貫き、二人の真の関係を明かさなければコールとの仲があやうくなりそうなときでさえ、デイヴィッドへの誓いを守り通した。彼がコールを嫌い、信頼していないのを知っていたからだ。

あのとき、デイヴィッドは深く胸を打たれた。不実と欺瞞《ぎまん》に満ちた世界で、彼の姉は計り知れない犠牲をいとわず、誓いを守り抜いたのだ。なのに今、彼は奇妙にも、セシリアの本心を知るためなら、姉がそれほど尊重してくれた秘密を明かしてもよい気になっている。かつて拒絶を恐れたことのない男にしては、ひどい自信のなさだった。

まあ、一度は拒絶されたこともないではないが。

不吉な記憶を押しやろうと、デイヴィッドはデスクに近づき、中央の引き出しから便箋を一枚、すばやく取り出した。ド＝ローアンに信書を送るつもりだった。今日じゅうにすませたい、差し迫った仕事がある。だがランプの芯を切りそろえ、火をともしなおすあいだも、不安は締め出せなかった。マホガニーのデスクの上の白い便箋を見おろすと、まばゆいほど真っ白な紙に書かれたべつの手紙が目に浮かんだ。

あれは五年ちょっとまえ、彼がセシリア・マーカム＝サンズとの短い、異例の婚約の終焉《しゅうえん》をついに悟った日のことだ。八月の初旬で、彼女の叔父のレジナルドからの手紙は、先方の使者がここへ届けてきた。〝残念ながら姪《めい》は貴殿の求愛に応じる気はないようだ〟その文面に劣らず重々しい、陰気な筆跡で書かれていた。〝そこで遺憾ながら、今後はいっさいの接触を絶ち、彼女への説得を断念するよう貴殿に求めざるをえないと……〟

その時点まで、デイヴィッドはうかつにも、すべてをゲームとみなしていた。そのくせ彼女が欲しくてならず、プレーを続けていたのだ。ほんの六週間たらずまえ、二人の婚約を告知すべく《タイムズ》社を訪れたとき、彼は内心、婚約などするのはさぞ不快なはずだと考えていた。けれど、ちがった。嘆かわしい過ちをただすために、個人的幸福を犠牲にしている気分になって当然なのに、そうは感じなかった。

しかも、そんなふうに感じなかったのは、偽装の婚約だと思ったからではない。偽装だとは思わなかったからだ。なぜか愚かにも、彼はうまくやれると考えていた。たとえ富や地位が通用しなくても、頑として迫ればセシリアもその気になるはずだと。さらに悪いことに、やむなく結婚するのだから、出生の秘密を話す義務はないと自分を納得させていた。何と卑劣な理屈だろう？　彼がセシリアに示した敬意のほどが知れるというものだ。

その後、彼女の叔父の手紙を何度も読み返し、彼は激怒し、勇気づけられ、安堵した。激怒したのは、彼女に拒まれたから。勇気づけられたのは、彼女に彼を拒むだけの賢明さがあったから。そして安堵したのは、結局のところ、彼女には彼を罠にかけるつもりなどなかったからだ。今度こそ、セシリアが彼の同情を引き、有利な結婚にこぎつけようと純情ぶっているのではないことがわかった。要するに、彼女は彼が欲しくない。彼にぞっとしている。そういうことだ。

とつぜん、軽やかなノックの音がして、デイヴィッドははっとわれに返った。すばやく首をめぐらし、炉棚の時計に目をやった。くそ！　もうこんな時間か、朝風呂だ。大声で入室をうながすと、使用人の一人が真鍮の水差しを手に入ってきた。

続いてケンブルがあらわれ、陽気に朝の挨拶をすると、風呂の用意をしに着替えの間へ姿を消した。デイヴィッドはうつむいてド＝ローアンへの手紙を書きはじめたが、たちまち、憤然たる金切り声が耳をつんざいた。

「おお、これは！　何たること！」ケンブルが両手を身体のわきで握りしめ、着替えの間から踏み出した。「あの室内の冒瀆《ぼうとく》的惨状はいったいどうしたことでしょう――？」

記憶を呼びさまされて、デイヴィッドはたじろいだ。「そんなにひどいか？」おずおずと尋ねる。

ケンブルは腕組みし、つま先で猛然と床をたたきながら、着替えの間のほうにあごをしゃくった。「何と、あなたの最高のシルクハットが台なしです」それですべての説明がつくといわんばかりの口ぶりだ。「ぺちゃんこにつぶれて！　修理のしようもないほど！　何たる侮辱！　おぞましい！　棚と帽子箱がひっくり返って、シャツもクラヴァットもしわくちゃときた！　まったく、存じていればわたくしはこちらへまいりませんでした、あなたが……こんな……」

怒りにのどが詰まったとみえ、近侍は不意に言葉を切った。だがデイヴィッドは妙に罰せられたい気分になり、けしかけた。「ぼくが何だって？」

「酒乱です！」ケンブルは言い放ち、さげすむように手をふった。「過度の飲酒、と言うべきでしょう。あの着替えの間でなされた蛮行は、それ以外に説明がつきません。男がおのれの衣類に無用の危害を加えるほど大酒を飲むとは、まったく常軌を逸している」

デイヴィッドは彼に表情を見られないように頭を垂れた。「では、酔いをさます努力をするとしよう」できるだけ謙虚な口調で言った。「悪いが、コーヒーを頼んでくれないか？　回復の助けになりそうだ」

とめどない近侍の芝居じみた非難を聞き流しつつ、デイヴィッドはどうにかコーヒーを飲み、ド＝ローアンへの手紙を走り書きすると、その配達を従僕に託し、バスタブに飛びこんだ。彼がすばやく湯浴みをするあいだに、ケンブルはまだ怒りをたぎらせながら、朝の衣服を用意した。やがて、デイヴィッドが泡だらけの湯をしたたらせて立ちあがると、ケンブルはバスタオルを手に進み出た。

その目が、デイヴィッドの左肩の掻き傷をとらえてきらりと光った。たちまち、唇の片隅に興味深げな笑みが浮かんだ。「ふむ……」近侍は彼にタオルをかけながら、しみじみつぶやいた。「考えてみると、ブランディの瓶がそのような傷痕を残すのは見たことがないぞ」

可愛い子猫がほかにも思わぬ傷を残していかねないので、デイヴィッドはケンブルの疑わしげな目を精いっぱい無視し、大急ぎで服を着た。

「今日は夕方までもどらないつもりだ」ケンブルが広げた渋いグレーの極上のコートに腕を通すと、彼は宣言した。

「わたくしもです」近侍はコートの肩をぽんぽんたたいてなじませながら答えた。「例の用心棒を雇いにまいりますので。それからみなをダービシャーへ送り出すまえに、キティ・オゲーヴィンから何か聞き出せるかやってみましょう」

「そうだったな！」とデイヴィッド。「彼女が旅に耐えられるほど回復してるといいが」

「ご心配なく」ケンブルはうしろへさがり、両目を細めてデイヴィッドのシルクのクラヴァットをにらんだ。

「確かめたのか？」

「昨夜、あのしっかり者の寮母に手紙をやりまして」ケンブルはシルクを心もちふくらませ、ぶつぶつ言った。「うん、あの小粒のダイヤだな」

「そうか、きみはじつに気がきくよ」デイヴィッドは感心しきって言った。

「ああ、いつも申しあげるとおり、グレーのウールには簡素なダイヤモンドにかぎります」ケンブルはうなずき、ひだのあいだにピンを留めつけた。「しかしあの寮母は、分厚いスカートの下に隠し玉でも持っているのでしょうか？」

それには、デイヴィッドも噴き出した。「ではまた夜に」と、帽子をつかみながら言う。

「きみが必要になりそうなんだ、今夜はどっさり予定があるのでね」

ケンブルはさえずるように笑った。「包帯が必要そうなたぐいのご用事で？」

「そうでないことを祈ろう」デイヴィッドはいかめしく言い、ドアの外へと踏み出した。

ほどなく、彼は馬車に乗り込み、ブルック・ストリートへ向かった。こんな早朝にはメイフェアの通りは閑散としていて、ものの数分で目的地に着いた。チャーリー・ドナルドソンと従僕の大半はジョネットについて田舎へ行っているので、ドアを開けたのはろくに見覚えのないハウスメイドだった。

娘は彼がロバート・ローランド卿を訪ねてきたのを知ると、いささかぎょっとしたようだった。「申しわけありません、だ、だんなさま」と、しどろもどろに言った。「でもどうしたらいいのか――つまりあの、たぶんロビンさまは――」

「無作法な早朝の訪問者には居留守を使う気かい？」デイヴィッドは続きを言ってやり、ホールのテーブルに帽子を投げ出した。「心配ないよ、きみが起こす必要はない。その栄誉はこちらに譲ってもらおう」さっと外套《がいとう》を脱いで渡すと、あんぐり口を開いたメイドをホールに残してすばやく階段をあがった。

ロビンの部屋の外に着くと、立ちどまってノックした。反応がない。デイヴィッドは片手の手袋を脱ぎ、もういちど、がんがん音をとどろかせてマホガニーの扉を力いっぱいたたいた。それでもまだ、応えはない。やにわに片足を引いて蹴《け》りつけると、扉が枠の中でガタガタ揺れ動いた。

廊下の向かい側で、スチュワートの部屋のドアがわずかに開くのが聞こえた。「ああ、かんべんしてくれよ！」背後でぼやく声がした。「さっさと入れ！　あいつを引きずり出すなり、ベッドの中で殺すなり、好きにしろ！　とにかく、そのやかましいノックはやめてくれ！」

デイヴィッドはふり向き、「悪いな」とささやいた。

それを聞くと、若きマーサー侯爵は頭をドアから突き出し、鼻先に垂れたナイトキャップの先端をぷっとわきへ吹き飛ばした。「やあ、あなただったのか」両目を細めて廊下の向こうのデイヴィッドをにらみ、ぼそぼそ言った。「ま、入ってください。部屋の外からあいつを起こすのは無理ですよ。じっさい、まだ帰ってもいないかもしれないし。神のみぞ知る」

デイヴィッドはにやりと、からかうような笑みを浮かべた。「きみは弟の番人じゃないってわけか？」

ようやくスチュワートは両目を開き、傲然と眉をつりあげた。「だからあなたが役目を果たしにきたんでしょ」ばたんとドアが閉まった。

おやおや。朝向きの人間ではないようだ。

胸の中で肩をすくめ、デイヴィッドはロビンの部屋のドアノブをひねった。思ったとおり、鍵はかかっていなかった。だが部屋の奥へと進み、天蓋式ベッドのカーテンをさっと開いたとたん、大いに後悔させられた。どっと立ちのぼって彼の鋭い嗅覚に襲いかかった臭いは、これほど世慣れた男でなければ卒倒しそうなものだった。

どうやら彼の甥は安物のジンをしこたまあおり、さらに安物の香水にひたってきたようだ。ロビンは腹這いになって尻をむき出したまま斜めに寝そべり、大きな片足がベッドの端からねじれたように垂れさがっている。

「さあ起きた！」デイヴィッドはぴしゃりと、甥《おい》の真っ白な尻をたたいた。

ロビンはびくりとし、仰向けになってマットに片ひじをついた。もつれた栗色の髪が垂れさがって片目をおおう。「くそっ」彼はぶつぶつ言って髪をかきあげ、しばし、デイヴィッドが器用に手袋をはめなおすのを戸惑い顔で見つめた。

やがてついに、はたと現実に気づき、「やあ、デイヴィッド……」とかろうじて言った。「えらく早いじゃないですか」

デイヴィッドはにやりと笑って胸に片手を当てた。「ああ、だがきみを思えば、夜明けに飛び立つヒバリもかくやの悦びに満つ」とシェークスピアの詩を口ずさみ、「さあ！　起きて、可愛い駒鳥《ロビン》くん、天国の門で歌ってくれ」

「まるで地獄だ！」彼の甥はぼやき、ベッドの上にすわった。「それって、男を起こすときのせりふかな？　ろくでもない、ぶつ切りのソネットなんか使ってさ」

「ああ、ちがうだろうな」デイヴィッドはロビンの腕をつかんでベッドから引きずり出した。「だが、きみにはせいぜい歌ってもらうぞ！」

ロビンは彼のあとからよろよろ椅子へと進み、酩酊《めいてい》寸前の者ならではのぶざまな動きでシートにころげこむと、屈みこんで両手に顔をうずめた。「ちくしょう」絨毯に向かってぶつぶつと言う。「いったい何を話せばいいんです？」

デイヴィッドは慈悲深い使用人が気をきかせてコーヒーを運んでくれることを期待して、呼び鈴のひもをぐいと引き、自分も暖炉のそばに腰をおろした。足元の床にはロビンが昨夜、着ていたとおぼしき衣類が散らばっている。

「いやなに、きみに話してもらうのは」デイヴィッドは答えた。「誉れ高きベンサム・ラトレッジについてだよ」

ロビンはさっと頭をあげた。ひどい二日酔いがこれほど一気に醒めるのを見たのは初めてだった。「でも、ベントリーのことなんて何も知りませんよ」ロビンは勢いこんで主張した。「知るわけないでしょう？ ぼくが何か知ってるようなことを言ったやつがいるんなら、ひどい誤解だ。ちょっと町を案内してやっただけなんだから」

真っ赤な嘘だ。粉飾と熱心な否定の寄せ集め。よくない徴候だ。デイヴィッドは、背筋を不快な震えが走るのを感じた。「誤解してるのはきみのほうじゃないのかな」彼は静かに言った。「ぼくはただ、きみがどこでラトレッジに出会ったのか知りたいだけだ。それに彼がどこに住み、毎晩どこですごすのか。彼は賭博場が好きなようだが、ひいきの店がわかればありがたい。なぜか、きみはそうしたことを知っていそうな気がしてね」

ロビンは面食らったように両目をぱちくりさせた。「ええと……最初に会ったのはたぶん、〈子羊と旗《ラム・アンド・フラッグ》〉だ」

つまり、はっきりは憶えていないということだ。これもよくない徴候だった。「それはどれくらいまえだ？」デイヴィッドはせっついた。「彼は最近までインドにいたようだが、どの船で、いつ帰ったのかぜひとも知りたい」

そのとき、部屋付きのメイドがあらわれ、コーヒーセットがのったトレイをテーブルに置いた。それからふと、何気なくロビンを見やり、きゃっと耳をつんざくような悲鳴をあげた。その後の静寂の中で、トレイから落ちたティースプーンがカチャリと床にころがった。

ロビンはすばやく脚を組み、両手で胸をおおったが、すでに娘の黒いスカートはドアの向こうへ消えようとしていた。デイヴィッドは床からしわだらけのシャツを取りあげ、おっかなびっくり二本の指でつまんでロビンに投げた。

「ミスタ・ラトレッジの旅程は？」と、あらためて尋ねる。

シャツを頭からかぶり終えると、ロビンはまた両目をぱちぱちさせた。「ええと、彼はロンドンに着いて一、二カ月だと思うよ。たしかインドからきたんだ。どの船でかは、調べなくてもいい」不意に明るい声になった。「それだけはよく知ってるから」

「本当か？」デイヴィッドはびっくりして尋ねた。

ロビンは両目を細めてうなずき、「〈クイーン・オブ・カシミール〉号さ」と即座に答えた。「ニーナが――〝命知らず〟のひいきの子だけどさ――彼女がある晩、一杯機嫌でその船名をテーブルにペンナイフで彫ったんだ。あたしの幸運の船だ、彼が乗ってきたんだからって」

ほほう。それはこちらにとってもちょっとした幸運だ。〈クイーン・オブ・カシミール〉号はまだ港にいるのだろうか、とデイヴィッドは考えた。荷揚げや再装備に要する時間からして、じゅうぶんありえる。ド＝ローアンならそうしたことにもくわしいはずだ。尋ねてみよう、と彼は頭の中にメモした。もしラトレッジが密輸にかかわっているなら、その船で不正利得が運ばれたのかもしれない。インドから持ちこみ、税関をすり抜ければ、多大な利益を生む商品はいくらもあるはずだ。だがそのうちいくつが、殺しに見合うほどの価値なのだろう？

考えこみながら立ちあがり、部屋の向こうのトレイに近づくと、デイヴィッドは二つのカップにコーヒーを注いだ。ひとつをロビンに手渡し、ふたたび腰をおろした。「ラトレッジの家族については何を知ってる？　あるいは彼の住居について」

ロビンはためらいがちに、ゆっくり切り出した。「たしか、出身はグロースターシャーだ。でもそこにはあまり行かない。兄貴がトレイハーン卿の位を継いで、ベントリーはハムステッドにある義理の姉さんの実家に住んでるらしい」

デイヴィッドは無言ですべてを頭にたたきこみ、「噂によれば」と切りだした。「ラトレッジは名うての賭博打ちらしいな。知ってるかい？」

ロビンはあやうく、コーヒーを喉に詰まらせそうになった。「そういうことはよく知らないけど」とあいまいな口調で言い、カタカタ音をたててカップを置いた。「たぶん本当じゃないかな」

デイヴィッドは考えこむようにコーヒーをすすり、「まあ、これだけは憶えておけよ」と穏やかに言った。「彼と勝負すれば、きみは愚か者だし、かならず負ける。そして相手がやくざ者であろうとなかろうと、こちらが成年に達していようといるまいと、負債は負債だ。わかるな?」

ロビンは即座にうなずいた。「ああ、そうだよね。でもその点は心配無用さ」

「それを聞いてじつに嬉しいよ」とデイヴィッド。「もうひとつ言っておくが、ラトレッジは年こそ若い――せいぜい二十五歳だろう――が、ひどく危険な人物とみなされているんだ」

「やあ、そうでもないさ、デイヴィッド」ロビンは主張した。「すごく感じのいい男だよ」

デイヴィッドはうなずいた。「ああ、だがそのすごく感じのいい男は、十八歳にもならないうちに最初の決闘相手を殺したんだぞ。その後も、まだ若い男を二人も天国へ送ってる。だから用心しろよ、ロビン。賭け事でも撃ち合いでも、きみがそんな男を相手にするはめになっては痛恨のきわみだ。ぼくの言いたいことはわかるな?」

どうやら、わかったようだ。ロビンの肌からわずかに残っていた血の気が引いた。

デイヴィッドはいっぽうの眉をつりあげ、コーヒーカップを置いた。「さて、ではその賭博場の名は?」

「〈ラフトン〉だ」ロビンはすばやく言った。「ジャーミン・ストリートの」

いささか懸念は残るが、ロビンの件が片づくと、デイヴィッドはただちに伝道所へ向かうように御者に指示した。はやくセシリアに会い、昨夜の情熱が消えていないのを確かめたくてならなかった。いずれはこんな不安から解放されるのだろうか？　二人のもろくか細い絆が、今にも切れてしまいそうな気がした。じっさい、未明にパーク・クレセントへ向かうあいだ、セシリアはどこか沈みがちだった。しかしそれは、ろくに眠らず一夜をすごしたせいかもしれない。それだけであるよう、彼は祈った。

馬車がストランドからさらに東へ進むと、デイヴィッドはさきほどの甥との会話に注意を向けた。あのときの何か、とりわけロビンのうしろめたげな表情が、少々気がかりだった。とはいえ、まんいちロビンがのっぴきならない羽目に陥っていれば、すでにこちらの耳にも入っているはずだ。デイヴィッドは常に周囲の動きに注意を払い、たいていのことは見逃さない。やはり、その心配はないだろう。

少なくとも、当面は。ただしロビンはどう見ても、年齢にふさわしくない、享楽的な連中とつき合っていた。たしかに母親の言うとおり、監視が必要だ。いっぽうラトレッジに関しても、デイヴィッドはいささか戸惑っていた。ハムステッドのような牧歌的な村に住むとは、あの手の男らしくない。しかも義姉の生家とは。家族と完全に疎遠になってはいないわけだ。しかし、ときおり市内に泊まるのはうなずけるが――宿はデイヴィッドなら決して選ばない、川べりの密輸人の巣窟だ。

何もかも、ひどく不可解だった。ラトレッジが〈ラフトン〉に出入りしているのも。なるほど、〈ラフトン〉は悪名高い賭博場だが、顧客はそこそこまともで、不快な騒ぎはめったにない。デイヴィッドも何度か訪れたが、彼の好みからすると、少々退屈だった。ただし、ロンドン屈指の名家がいくつかあそこでつぶれているし、ああした施設の例にもれず、〈ラフトン〉はたっぷり利益をごまかしている。

それでも、ラトレッジのような男が好む店とは思えなかった。たしかに勝負は熾烈《しれつ》だが、背徳的なスリルに欠ける。では、ラトレッジは何かべつの目的で行っているのだろうか？　どんな？　ロビンのような愚かな若造から金を巻きあげるため？　あるいはもっと卑劣なことか？　このさい、〈ラフトン〉を再訪してみてもいいが、何のためにかは、まだよくわからない。あれこれ謎を解きほぐそうとしているうちに、気づくと伝道所のまえに着いていた。

デイヴィッドはすばやく、売店を突っ切った。そこで働く三人の女たちが陽気に挨拶し、そのあと、ぐらつくリネンの山を抱えて階段をおりてきた洗濯女がおはようございますと言った。おかげで奇妙にも、ここの一員らしい気分になったうえ、それがさほど不快に感じられなかった。

まだ十時だったが、オフィスのドアをそっと開けると、セシリアはもう着いていた。さらに嬉しいことに、一人きりだ。どっと安堵がこみあげた。と、彼女がやりかけの仕事から目をあげて立ちあがった。デイヴィッドはそちらへ近づき、両手を広げて抱き寄せようとした。

唇を離すとそう言った。

だが彼女のためらいを感じとり、すばやくキスして手を放した。「おはよう、可愛い人」

セシリアは目が閉じてしまいそうなほどまつげを伏せた。昨夜の奔放な要求を思うと、驚くほど乙女らしいしぐさだ。「おはよう、デイヴィッド」温かい声だが、何か気がかりなことでもあるのか、少々よそよそしかった。

デイヴィッドは失望に襲われた。たぶん、熱烈な声を聞きたかったのだ。昨夜のように、こちらのキスに応えて唇を開き、両手でしがみついてほしかった。彼はそんな気持ちを押しやった。非現実的になるな。ここは仕事場だ。さらに重要なことに、二人にはよき手本を示す責任がある。自分が誰かによき手本を示そうとするとは。考えただけで笑えそうなものだが、彼は笑わなかった。そうとも、セシリアが一定の距離を保っているのは正しい。

ではなぜ、それがひどく気に食わないのだ？　なぜ彼女のそっけなさには、まったく別の理由があるように思えてしまうのだろう？「今朝はずいぶん早いね」デイヴィッドは言った。彼女は自分に会いたくてならなかったのだ、と期待して。「それに、とりわけきれいだよ。そのドレスも――きみがいつも伝道所へ着てくる服よりはるかにエレガントだ」

「ああ、今日は帰りにジャイルズとレディ・カートンのお茶会へ行くの」セシリアはデスクの隅の書類をかきまわしながら、無頓着に言った。「二週間後にお譲様が結婚なさるんで、いろいろ催しが計画されているのよ」

デイヴィッドの体内で何かがわずかにしぼんだ。レースとひだ飾りのついた淡い黄色のドレスは、自分のためかと期待していたのだ。「会いたかったよ、セシリア」彼は優しく言い、彼女の頬をそっと手の甲で撫でた。「今朝はベッドがひどく空虚に思えた。きみが隙間を残していったのさ。ぼくの心に穴を開けて」

セシリアはちょっぴり面白がっているようだった。「あら、あなたには心がないという噂よ、子爵」と、からかうように言う。

デイヴィッドは派手なしぐさで彼女の手をつかみ、唇を当てた。「たしかに心はないよ、愛する人」その手の上に屈みこんだまま、彼女の目を見つめた。「きみにあずけてしまったからね」

セシリアはさっと手を引いて胸に押しあて、彼の触れた跡でも捜すように見おろした。「冗談はやめて、デイヴィッド」と静かに言った。「わたしは傷つきやすいのよ」

デイヴィッドは腕をのばして抱きしめたかったが、彼女の声にはそれを許さない響きがあった。「いや、ぼくは真剣そのものさ。なぜそんなしかつめらしい顔で、静かな声を出すんだ？」彼は探りを入れた。「今朝は、ぼくの怒りっぽい子猫ちゃんはどこへ行った？」

セシリアの表情がわずかに明るくなった。「ごめんなさいね、デイヴィッド」彼女はすばやく言い、慰めは無用といわんばかりに両手を広げた。「わたしは元気よ、本当に。からかったりして悪かったわ。あなたが心の広い、誠実な人なのはよくわかっているの、そうでないふりをしたいようだけど」

デイヴィッドは我慢できずに、もういちど彼女の頬を撫で、「おや、嬉しいことを言ってくれるね！」と冗談めかして言った。「まったく、今夜は一人で帰るのに堪えられそうにない。メイドがシーツを変えてくれたことを祈るのみだよ。さもないと、きみの香りがまだ消えずに、ぼくは欲望に身を焦がして眠れなくなりそうだ」

セシリアは微笑した。「まあ、デイヴィッド、たまには真面目になれないの？」ぼんやりデスクから鉛筆を取りあげ、もてあそびはじめた。

デイヴィッドは思わず、鉛筆が落ちるのもかまわず彼女の両手をつかんだ。「ああ、ぼくはきみのそばにいるときのこの喜びをどうすればいい？　それにきみと離れているときのみじめな気持ちを」

彼女が目をあげ、ひたと彼を見すえた。「それで、あなたはどうしたいの？」挑むような口調に、デイヴィッドはたじろいだ。

一瞬ためらったあと、「そうだな、二人で足かせをはめるとか」と軽い口調で言ってみた。彼女が即座に怒りを爆発させるのをなかば恐れつつ、「もしもきみが望むなら」とすばやく言い添える。

セシリアはひたと彼を見つめ、声もなく口をぱくぱくさせた。それから、「いいえ、けっこうよ」と冷ややかに言い、両手を引っ込め、煤《すす》けた窓のほうを向いた。「わたしの一人目の夫は誤った理由でわたしと結婚したわ。そんなの、もうたくさん」

「どういう意味だ？」

セシリアはふり向きもせずに、静かに言った。「もしも再婚するとしたら……相手はわたしなしには生きられない人よ。便宜ではなく、愛のための結婚。あらゆる意味で、パートナーになるための。全幅の信頼。揺るぎない誠意。そして責任。一時の衝動じゃなく、真剣な敬意で結ばれたいの」

彼女がどうしてほしいのか――そもそも、何か求めているのか――わからないまま、デイヴィッドは彼女の背後に近づき、そっと左右の肩に手を置いた。だが彼女の肩はこわばったままで、またもや最悪の展開になりそうだった。

やれやれ、なぜ今ここであんなことを口走ったのだろう？　とうてい、まともなプロポーズのしかたではなく、場所もタイミングもまずい。しかも、相手は拒むこと必至の女だ。そもそもあんなことを言うまえに、頭の中で整理すべきことが山ほどあるはずだ。そのうえで、彼女に過大な要求をするまえに話すべきことが。やはり彼は血管を切り開き、真実という血を流すしかないのでは？　だがそれでも、彼女に受け入れられなかったら？　まだそれを聞かされる準備はできていなかった。

「セシリア」デイヴィッドはわずかにのどを詰まらせ、唇を彼女の髪に這わせた。「ぼくのそばにいてくれるね？　つまり、恋人として。気が変わったりはしていないよな？」

「ええ、気持ちは変わらないわ」セシリアは答え、ついに、ふり向いて彼を見あげた。見開かれた青い目が彼の表情をさぐる。「あなたはそれを恐れているの？」

デイヴィッドはどうにか笑ってみせた。周囲に垂れこめた深刻さが堪えられなかった。いつものように、呑気《のんき》にふざけ合っているほうがはるかに楽だ。どうにか彼女をなだめすかして、陽気な気分にもどせないものか？　そのほうがずっと安全そうだ。

「そうさ、ダーリン」彼は軽やかに応じた。「何より怖いのは、きみが誤りに気づいて――」

そのとき、せわしげなノックの音がして、二人がぱっと離れると同時にドアが開いた。ミセス・クインスが脳卒中でも起こしそうな真っ赤な顔で戸口に立っている。「まったく、ひとつ片づきゃ、またこれだ！」寮母は不吉に言い放った。

「何が？」デイヴィッドとセシリアはいっせいに尋ねた。

ミセス・クインスは百五十センチの身体を精一杯のばし、「マディのあの、金ピカのネックレスが消えちまったんですよ」と、ずんぐりした指をぐいと天井に向けて答えた。「ナンが盗ったんです。しかも、さっさと窓から投げ捨てずに枕の下に隠したもんだから、上の階はもう大騒ぎ」

「ひどいこと」セシリアはもぐもぐと言い、両手で神経質にスカートを撫でつけた。「すぐに彼女と話してみるわ」

ミセス・クインスは軽くうなずいた。「そうしてください、奥さん。ナンにはきちんとした道徳的な指導が必要です。もいちど十戒の講義をするのも悪くないでしょう」

「ああ、こ、講義ね、そのとおりだわ」セシリアは戸口へと踏み出した。

不意に、デイヴィッドが押しとどめるように指をあげると、彼女はつと足をとめ、横目で彼を盗み見た。ミセス・クインスも、向きなおって彼を見つめた。「何かご質問かね、子爵様？」寮母は尋ねた。

「じつのところ、そうなんだ」デイヴィッドは考えこむようなポーズをとった。「その十戒についてだが――じつは、ミセス・クインス、しばらくまえから気になっていたんだよ。あなたはどうやら、エキスパートのようだしね」

「十戒の?」ミセス・クインスは堅苦しく答えた。

デイヴィッドはすかさずたたみかけた。「ああ、そうさ。あるいは七つの大罪、というのかな? とにかく、どこにも〝隣人の妻を欲《ほっ》するな〟とは説かれていないよね?」

セシリアのうなじがみるみる赤く染まった。ミセス・クインスは馬鹿かといわんばかりに彼を見つめた。「もちろん、説かれていますとも!」

「だがそれは正確にはどういう意味かな? つまり、〝欲する〟というのは。たんに……そう、〝望む〟とか〝崇める〟とかいうより、邪悪な感じなのかな? むしろ――欲情に近くて」

混乱しきった顔で、ミセス・クインスはかろうじてうなずいた。「そう、じつに恐ろしい罪ですよ」

デイヴィッドは考えこむように眉根を寄せた。「しかし、彼が死んでたら?」

「誰がです?」ミセス・クインスは苛立たしげに尋ねた。

「わが隣人。ぼくの欲する女の夫だよ、たとえて言えば」デイヴィッドはにっこりし、無邪気そうに両手を広げた。「つまり――そうした戒律やルールはどこまで厳格に適用されるんだ? どうも理解できなくてね。じっさい、ミセス・クインス、そこらの明確さに欠けるせいで、多くの善良な男たちが道を誤らされてきたんじゃないのかな」

寮母はまるまるとしたこぶしをまるまるとした腰に当て、「けど、お言葉ですが、子爵様、地獄の炎にお尻を嘗められたら、明確さに欠けるどころじゃないでしょう、え？」

デイヴィッドは思案するようにあごを掻き、「ああ、マダム」とおごそかに言った。「正直いって、一本とられたよ」

ミセス・クインスは、いくらか態度をやわらげた。「そうはいっても、もし気の毒なご亭主が死んでるんなら……ま、それなら、もうじっさいは妻ってわけじゃなし。戒律は関係ないんじゃないのかね」

デイヴィッドはさっと人差し指をあげた。「そう、そこなんだ、ミセス・クインス——まさにぼくが考えていたのは。だがこうした件はよほど慎重に考え抜かないと、とんだ誤りを犯しかねない。まあ、彼女を晴れて妻にするのがいちばんいいんだろうな？」

寮母は疑わしげな表情にもどりはじめた。「それは子爵様、意味がわかりかねますね」

セシリアが不意に動きを再開し、黄色いシルクをサラサラいわせて戸口へと急いだ。「せいぜい機嫌をとってさしあげて、ミセス・クインス」寮母のわきを通って廊下へ出ながら、にこやかにささやく。「子爵は今朝は少々、近侍にクラヴァットで首を絞めあげられたようですから」

最後にちらりと好奇の目を向けて、ミセス・クインスはセシリアのあとを追った。だがグレーの分厚いスカートが風を切って視界から消えるや、マクシミリアン・ド＝ローアンの厳めしい、黒々とした姿が戸口に立ちふさがった。かたわらにはルシフェルがいる。そうして立っていると、犬のつややかな黒い頭は警部の腰までとどきそうだった。

# 14　ド＝ローアン警部の堕落

「お手紙、拝読しました」警部は挨拶がわりに言った。デイヴィッドもすでに気づいていたが、めったに無駄口をきかない男なのだ。

「それはよかった」デイヴィッドは片手をふって彼を作業机のほうに進ませた。「ともかく、ド＝ローアン、すわってくれ」

「犬を連れているのですが」ド＝ローアンはいささか弁解がましく言った。「下の通りで子供らが遊んでいたので、まんいちこいつをからかって――」

「いかにも」心から納得し、デイヴィッドはさえぎった。「さて！　いろいろ話し合うことがありそうだぞ」

利口なド＝ローアンは、デイヴィッドがいつまでも捜査に口を出すことに苛立っているのだとしても、それを顔には出さなかった。キーッと音をたてて椅子を引き出し、革の紙ばさみを机に投げ出すと、デイヴィッドの右側に腰をおろした。「このご要望の裏には、何やら興味深いお話がありそうですな」探るような笑みを浮かべた警部の足元に、ルシフェルがどさりと寝そべった。

デイヴィッドは皮肉っぽく、いっぽうの眉をつりあげた。「遺憾ながら、そうなんだ。だがそれはいずれまた。で、〈マザー・ダービンの館〉の所有者の調べはついたかい？」

ド=ローアンの笑みが揺らいだ。「いちおうは」警部はためらいがちに言った。「だが、あまり役には立たんでしょう。どうやら、おもて向きはある団体——合名会社が保有しているようで。そうした場合、えてして実態をつかむのは至難の業なのです。とりわけ、所有者の目的が偽装の場合は」

デイヴィッドは考えこむように、銀製のペンでこつこつ机をたたいた。「その会社とは？」

「レドンホール・ストリートの会計事務所です。だが流感のため閉鎖中、という標示がドアに張られていました」ド=ローアンはかすかな笑みを浮かべた。「まあ事実なのかもしれません、あの病が大はやりのようですから」

「くそっ！」デイヴィッドは罵声《ばせい》をあげ、机にこぶしを打ちつけた。「何かできることはないのか？　そこへ押し入るとか……誰かをベッドから引きずり出すとか」

ド=ローアンは皮肉たっぷりに笑った。「真の貴族らしいお言葉ですな、子爵。たしかに、あなたならドアを蹴破っても罪には問われんでしょう。だが警察には何ひとつ権限はないのです。じつのところ現時点では、彼らに面談を強要できるだけの証拠すらない。それを探す権利もわたしにはありません」ぶっきらぼうに続けた。「たとえそこのドアが吹き飛ばされて、あらゆる記録が床に散らばっているのを見つけても」

デイヴィッドは机に両手をついて背筋をのばした。「いや、ド＝ローアン、悪かった」彼は認めた。「きみらが務めを果たしているのはわかっているよ。それにたしかに、こちらには証拠がない。だが、何か手に入れられるんじゃないかな？」

ド＝ローアンは不信に満ちた顔をした。「どうも気に入らん響きですな」

「ならば、聞かないほうがいいだろう」デイヴィッドは冷ややかな笑みを浮かべた。

ド＝ローアンはしかめ面になり、口元のしわが深まった。「それより、あなたはどうやって〈マザー・ダービンの館〉に入りこんだのか話してくださったほうがいいのでは？」不穏な口調で言い返す。

デイヴィッドはしぶしぶ、ため息をついて椅子の背にもたれた。「そうくるんじゃないかと思ったよ。まあ偽りの口実で、とでも言っておこう。紳士として、口外できないことがからんでいるのでね」

ド＝ローアンは簡潔にうなずいた。「続けてください」

そのとき、セシリアが颯爽《さっそう》とドアから姿をあらわし、黄色いシルクのスカートがぱっと室内を明るく照らした。男たちは、そろって椅子から立ちあがった。

意外にも、警部はセシリアに向かってたいそう優雅に一礼し、「レディ・ウォルラファン」と温かい声で言った。「おはようございます」

「おはようございます、警部」セシリアは快活に応じ、ルシフェルに目をとめた。「あのすてきな犬を連れていらしたのね！」

ド＝ローアンの足元にうずくまった巨大な犬は、うっとりした目で彼女を見つめた。それから、従順な子犬のようにごろりと仰向けになり、四肢を広げてだらりと舌を垂らした――まさに、デイヴィッドがセシリアを見るたびにしたくなるように。彼はにやりとしそうになるのを抑え、セシリアがひざまずいてルシフェルの耳を撫でるのを見守った。

「ド＝ローアン警部はぼくが求めた情報について、報告しにきてくれたんだ」彼女の小さな指が犬のつややかな毛を撫でるのを見ながら説明した。「ほんとに、セシリア、きみは気にしなくていいからな」

セシリアは黙って立ちあがり、彼の向かいの椅子の背に手をかけた。「馬鹿らしい」と軽やかに言って腰をおろした。「わたしもぜひ聞きたいわ」

ド＝ローアンは彼女が加わることに何の異存もないようだった。じっさい、この男は良家のレディの扱いについて、少々変わった考えをもっているようだ。あるいは中流階級の育ちのせいで、そうしたことにはうといのか。デイヴィッドは内心、ため息をついた。だが、ひょっとするとド＝ローアンの考え方は、あながち間違ってはいないのかもしれない。デイヴィッドはもう何も――とりわけセシリアに関しては――確信できなくなっていた。とにかく、彼女が昨夜の件について沈黙を守るよう祈るばかりだ。

「で、どこまでお聞きしたのでしたかな、ドラコート卿？」ド＝ローアンが話を本題にもどすべく口をはさんだ。

「ああ……ええと」デイヴィッドはまたもやペンをいじくりながら、先を続けた。「要するに、ぼくはマザー・ダービンに、一夜の相手を求めていると思いこませたわけだ。そして客間で待つあいだに、ベンサム・ラトレッジを見つけた。このまえ〈プロスペクト号〉亭で会った男だが、憶えてるかな?」

ド＝ローアンは興味を引かれたようだった。「あのやくざ者の貴族ですか?」

「そうだ。驚くべき偶然だろう?」

「わたしの仕事では」ド＝ローアンはゆっくりと答えた。「驚くべきも何も、偶然などめったにありません。彼の住まいはどこですか?」

「たしか、ハムステッドと聞いたが」

「あまり若い放蕩者が住みそうな場所ではありませんな」ド＝ローアンは静かに言った。

「ああ」デイヴィッドはつぶやいた。「それはぼくも気づいたよ」

ド＝ローアンは眉をつりあげ、さっと紙ばさみを開くと、いくつかメモを走り書きした。

「あの男について、ほかに何を知っていますか?」

デイヴィッドは肩をすくめた。「じつのところ、ごくわずかだ」彼はできるだけ簡潔に、ラトレッジの経歴と性癖について話した。決闘でトラブルを起こし、インドへ逃げていた件も含めて。「まさに災いの種さ」そうしめくくり、視線をあげてド＝ローアンを見つめた。

「だが……」

「だが?」ド＝ローアンがうながす。

ちらりとセシリアに目をやると、彼女は食い入るように彼を見つめていた。「だが、あの年頃には、こちらも大差はなかったのだろうな」デイヴィッドは静かに言い、派手に咳払いした。「ともあれ、ラトレッジがぼくを見て少しも喜ばなかったのはたしかだよ。じっさい、ひどく苛ついた様子でね。鬱積《うっせき》した怒りをたぎらせている、とでもいうのかな」

「それがあなたには理解できると？」ド＝ローアンは穏やかに尋ね、黒い角ばった眉の下から彼を見つめた。

デイヴィッドは口元がこわばるのを感じつつ、「ああ、理解できるつもりだ」と答えた。

「そのミスタ・ラトレッジが決闘で撃った男――」セシリアが不意に口をはさんだ。「彼は死んだの？」

「いや」デイヴィッドは静かに答えた。「だが瀕死の傷を負った。彼はさる公爵の秘蔵っ子だったから、ラトレッジは国内にいれば痛い目に遭わされていただろう」

セシリアは考えこむような顔をした。ド＝ローアンは椅子の背にもたれ、先をうながした。「で、あなたの一夜のお相手ですが。見つかりましたか？」

デイヴィッドはすばやくうなずいた。「アンジェリーンとかいう娼婦に金を握らせ、わずかながら知っていることを話させたよ」自分も一緒だったとセシリアが言いださないうちに、彼はさっさとごまかした。「どうやら、殺された二人の娘たちは地下室に入りこんだらしい――あそこで働いている女たちが厳しく出入りを禁止されている場所だ」

セシリアが人差し指をあげて口を開きそうになった。デイヴィッドは急いで先を続けた。

「彼女たちはそこで二人のフランス人船乗りと密会したとかで、そのとき何かまずいものを見たにちがいない。その夜のうちに荷物をまとめ、妹をつれて逃げ出したんだ」

まんいちセシリアのむこうずねを蹴飛ばす必要が生じた場合にそなえ、彼はそっと片足の靴を脱いだ。

ド＝ローアンは何も気づいたふしはなかった。「その情報提供者は、彼女たちが見たものについて何か意見を述べましたか？」

セシリアが今にも答えそうに口を開くと、デイヴィッドはすかさず行動に出た。ところが、最後の瞬間に足首をねらうことにしたため、つま先がスカートの下にすべり込んで彼女のふくらはぎを撫であげ、どっとこみあげた欲望に胸が締めつけられた。おかげで、何とか舌をコントロールすべく、悪戦苦闘するはめになった。

「彼女は……ええと、地下室が密輪に使われているようなことを言ってたな」彼はかろうじて答えた。

「密輪？」ド＝ローアンが鋭く問い返す。

だがこともあろうに、セシリアはデイヴィッドの合図を誤解し、自分も靴を脱ぎ捨てていた。そして誘いかけるように、ストッキングに包まれた足を彼の土踏まずに這わせ、彼の肌に熱い筋を引きながら足首へとすべらせた。

ふつうなら馬鹿げた、青臭い行為に思えたろう。ところが、ぞくぞくするほど官能的だった。セシリアのつま先が戯れるようにむこうずねをあがるにしたがって、欲望と安堵の入りまじる思いがこみあげた。少なくとも、彼女はもう彼に無関心には見えない。デイヴィッドは必死にド＝ローアンの質問を思い出そうとした。

ド＝ローアンはもどかしげに低く舌を鳴らした。「子爵、彼女は密輸が行われていると言ったのですか、言わなかったのですか？」

デイヴィッドは集中しようとした。「ええと——いや。はっきりとは。ほのめかしただけだ。彼女がそれを事実として知っていたのか、たんに推測したのかは、ぼくら——いやその、ぼくにはわからなかった」

「ほかには？」ド＝ローアンは彼の昂ぶった感情に気づいていないようだった。

とつぜん、デイヴィッドはごくりと喉を鳴らした。弱ったことに、セシリアはまだ彼の脚に子猫のようにじゃれついている。首をわずかにのけぞらせ、唇をわずかに開き、豊かな長いまつげを閉じんばかりにして。はらわたがとろけそうな気がしたが、彼の一部は、それとは対照的に硬くなっていた。

デイヴィッドは下唇をくわえ、思いきり嚙みしめた。「ええっと……ああ」痛みが欲望を切り裂くと、どうにか答えた。「うん、そうだ。彼女はほかに、ミスタ・スミスとかいう男がいると言っていた。毎週、月曜の朝にマザー・ダービンのところへ家賃を取りにくるそうだ」

「それだけですか？」ド＝ローアンは今ではさらに苛ついていた。

デイヴィッドは顔がかっとほてるのを感じた。「ああ、たぶん」

不意に、ド＝ローアンが奇妙な目で彼を見つめた。「子爵、だいじょうぶですか？　あなたまで流感にやられたのでなければいいが。お顔色がすぐれませんぞ」

とたんに、セシリアがぱっと目を開けて足をおろした。

どっと安堵がこみあげ、デイヴィッドはド＝ローアンの問いに驚いたふりをした。「いや、まったく元気だよ」いくらか横柄に答える。「とにかく、話を元にもどすと、マザー・ダービンはスミスとやらをひどく恐れているようだ。しかも、スミスは地下室の鍵を持っている。あいにく彼の年恰好は、どう想像をたくましくしてもラトレッジとは一致しないがね」

ド＝ローアンは苦々しげに笑った。「ミスタ・スミスはただの使い走りでしょう。ラトレッジのような家柄の男は、みずから汚れ仕事はしたがらんものです」

「いい指摘だ」デイヴィッドは応じた。「それに例の情報提供者も――彼女が何を知っているにせよ――警察に話したり、証言したりはしないだろうな」

ド＝ローアンはおもむろにうなずいた。「そこであなたは問題の地下室に押し入るつもりだ、違いますか？」

「まあね」デイヴィッドは平然と答えた。「退屈しているときのわれわれ貴族がどんなものかは知ってのとおりだよ」

ド＝ローアンの両目が細まった。「こんな話はもういっさい聞きたくありません」

デイヴィッドはうっすら笑みを浮かべた。「やっぱりな」

ド＝ローアンの険悪な表情がわずかにゆるんだ。「いいでしょう。道理をわきまえていただけてよかった」

デイヴィッドは軽やかに手をふった。「おっと、誤解しないでくれ、ド＝ローアン。ぼくは行くつもりだよ。きみもとめはしないだろう。だが自分はかかわりたくないというのなら、よくわかる」

警部はさげすむように、革の紙ばさみを机の端へ押しやった。両目が怒りに黒々ときらめく。「わたしをのっぴきならない立場に立たせてくれましたな、子爵」

「そんなことはない」とデイヴィッド。「とにかく、ぼくは行くよ」

ついにこらえきれなくなったとみえ、セシリアがとつじょ口をはさんだ。「そんな、デイヴィッド！　あなたは撃たれるか――もっとひどい目に遭うつもり？」

ド＝ローアンは冷たい笑みを浮かべた。「ほら、夫人のおっしゃるとおりです」

「ぼくは行く」デイヴィッドはド＝ローアンにひたと目を向け、もういちどゆっくりと言った。「そしてそう、きみはかかわらないのがいちばんだろう」

「そうはいかないのはご存知でしょう」警部は嚙みついた。「あなたは殺されかねないのですよ。そしてたしかに、イーストエンドで貴族が死ねば、どんな密輸よりはるかに大きな騒ぎになります」

「残念ながら、ぼくは売春宿の地下室に押し入るよりもはるかに馬鹿なことをしでかしてきた」デイヴィッドは張りつめた笑みを浮かべた。「だから気遣いには痛み入るが、あまり人の身を案じるのはやめてくれ」

「まったく内務省が」にがりきった顔でド＝ローアンはぼやいた。「このろくでもない事件を本来の管轄署へ送ってくれていれば」

デイヴィッドはひょいと眉をつりあげ、「では、今夜ということでどうかな？」

ド＝ローアンはいまいましげに紙ばさみを開いて鉛筆を取りあげた。「くそっ！　何時です？」

「ふむ」デイヴィッドは穏やかに言った。「それはきみがまず、セント・ジェイムズへついて来たいかどうかによるな。あそこにラトレッジの行き着けの賭博場があるんだよ」

セシリアがついに、テーブルに両手をついて背筋をのばした。「ほんとに、デイヴィッド！　やりすぎよ。あまりこの件に鼻を突っこむと、痛い目にあうわ」

ド＝ローアンはセシリアのほうに首を傾けた。「もちろん、夫人のおっしゃるとおりです」

デイヴィッドはセシリアを見やり、「ぼくが痛い目にあう？」と冷やかすように言った。

「ならばマダム、あそこに入ると言い張ったのはどこの誰――」はたと言葉を切り、なだめるように切りだした。「いいかい、われわれはみな、これ以上誰かが傷つくのを望んではいない。だが、次はキティだとしたら？　彼女を永遠に隠してはおけないぞ」

セシリアは少々すばやすぎるまばたきをして目をそらし、「ええ」と静かに言った。「たしかに、そのとおりよ」

ド＝ローアンが椅子の上で気まずげにもぞもぞし、デイヴィッドは遅まきながら、今のやりとりがいささか痴話喧嘩《ちわげんか》めいていたことに気づいた。「わたしはセント・ジェイムズのクラブには同行できません」警部はきっぱりと言った。「そんな衣服も資格もありませんから」

「クラブではなく、ただの賭博場さ。求められる唯一の資格は、裕福なやくざ者に見えることと」デイヴィッドは無頓着に肩をすくめた。「だからぼくと一緒なら、間違いなく入れるよ。今夜九時に、カーゾン・ストリートの屋敷へ来てもらえれば、うちの近侍に身支度をととのえさせよう。といっても、上着をべつのものにして、シルクのクラヴァットでもつければじゅうぶんだろう。ケンブルがうまくやってくれるさ」

ド＝ローアンはさらに居心地が悪そうになった。と、不意にセシリアが割りこんだ。「わたしも行くわ」断固たる口調だ。「九時までにお宅へうかがいます」

「問題外だ。レディのすることじゃない」

セシリアはぐるりと目をまわした。「まあ、デイヴィッド。そんなの馬鹿げてるわ、わかってるでしょ！　それに、どこの賭博場へ行くつもり？」

「〈ラフトン〉さ」彼はぶっきらぼうに答えた。

セシリアは両手を広げて派手に肩をすくめた。「ほら、それで決まりよ！　たしかにあそこは賭博場だけど、とくにひどい場所じゃない。既婚女性や未亡人も出入りしてるわ。あなたも、ド＝ローアン警部、まったく問題なく溶けこめるはずよ。それに、三人で行ったほうがずっと疑いを引かないわ」

「そう、夫人のおっしゃるとおりですよ」ド＝ローアンが、これで十五度目にもなりそうなせりふを吐いた。

デイヴィッドは不機嫌に彼をにらんだ。「なぜそんなことばかり言う？　きみは無鉄砲な女と見れば調子を合わせるのか？　どう見ても、独り者じゃあるまいに。そういうやつにはさっぱり抵抗できないようだな」

「そういうやつ？」セシリアの眉がつりあがる。「それはいったい、誰のこと？」

デイヴィッドは言葉を失った。だがあきらかに、ド＝ローアンは二人の言い争いにうんざりしていた。ぐいと椅子を引いて立ちあがり、紙ばさみを机からすばやく取りあげた。「では、今夜九時に」警部はぶっきらぼうに言った。「まったく気に入らないが、わたしも行きましょう」

# 15　伯爵夫人、知恵を授けられる

レディ・カートンの午後のお茶会は、セシリアにはじつに堪えがたいものだった。伝道所へ迎えにきたジャイルズはいつになく横柄で——おもてに待たせた馬車までデイヴィッドが彼女をエスコートすると言い張ったのもまずかったのだろう——二人の男たちは、たちまち反感を抱き合ったようだった。

おまけに、先方に着いてみると客間はむせ返るほどの混みようで、周囲は退屈きわまる顔ぶれだった。みな室内をあちこちさまよいながら、知人たちと言葉を交わし、未来の夫婦に祝辞を浴びせている。セシリアも喜んで二人を祝福したが、しつこくまとわりついてくるエドマンド・ローランドには辟易《へきえき》させられた。

この男を追い払うのは不可能なのかしら、とセシリアはいぶかった。それとも無理に相手をさせた罰として、もう五千ポンドほど巻きあげてやろうか？　ひどく心をそそられ、ティーカップを手に立ちどまったセシリアは、ジャイルズとほかの客たちが幸福なカップルの周囲をうろつきまわるのを見守った。彼女の横では、エドマンドが彼の靴屋と新しい馬車への不平を並べたてている。それに、マウント・ストリートの屋敷の改装プランに関する愚痴。やれやれ。恐ろしく退屈な男だ。

不意に、かたわらで低い女の声がした。「ねえあなた」アン・ローランドが猫なで声で夫に言った。「わたくしたちにも少しは、レディ・ウォルラファンとお話しさせて」

悪さを見つけられた男子生徒さながらに、エドマンドは顔色を変えた。「もちろんだとも、きみ」彼は言うなり、セシリアのそばを離れた。

だが、アン・ローランドが嫉妬に駆られていたのだとしても、表情からはうかがい知れなかった。ミセス・ローランドは謎めいた、冷たい美貌の持ち主だが、今はいつになく率直で親しげな顔つきだ。

「親愛なるレディ・ウォルラファン」彼女はセシリアにひじをさし出し、明るく言った。「先日、わが家の夜会でお約束したお散歩がまだでしたわね。いつもおきれいだこと！　義理のご子息もすてきだわ」

セシリアはやむなく、つき出されたひじに腕をからめた。相手の肩越しに、エドマンドがレディ・カートンに注意を移したのが見えた。

アン・ローランドが頭をわずかに寄せ、「ごめんなさいね、あなた」と小声で言った。「夫はつまらない長話ばかりしますでしょ？」

「いいえちっとも、ミセス・ローランド」セシリアは嘘をついた。「とても楽しいかたですわ」

それを聞くと、アン・ローランドは首をあおむけ、耳にからみつく豊かな声で笑った。「おやまあ！」と、ユーモアあふれる口調で言う。「その如才なさを、ご主人との結婚生活でも大いに役立てられたのでしょうね」

「ごめんなさい」セシリアはかろうじて答えた。「おっしゃる意味がよくわからないわ」

「いえね、夫というのはえてして、少々退屈ではなくて？」アン・ローランドは告白めいた口調で言った。

二人は向きを変え、部屋の反対側へともどりはじめた。「わたくしはウォルラファンに退屈させられたことはありません」セシリアは穏やかに答えた。「そういう意味でしたら。じつを言うと、めったに会いませんでしたの。彼は政務でとても多忙で」

ミセス・ローランドはあっさりうなずいた。「そして、今はあなたは未亡人。何でも好きになされるし、そんな自由をうらやむ女は多いでしょうね。といっても、賢い女は常に、殿方の指図をかわす方法を見つけるものじゃないかしら」

セシリアはいぶかしげに彼女を見やり、そっけなく答えた。「さあ……ウォルラファンにあれこれ指図された憶えはありませんけど」どのみち、彼は妻にろくに注意をはらわなかったのだが、それをアン・ローランドに話す気はなかった。

ミセス・ローランドは今の言葉をべつの意味にとらえたようだ。「ああ、そうかもしれないわ」考え込むように言った。「ご主人にはきっと、そんな勇気はおありにならなかったのよ」

セシリアはひどく居心地が悪くなっていた。それが顔に出たのだろう、不意に、アン・ローランドがわずかに青ざめた。「いやだ！　エドマンドが横暴だというわけじゃないの。わたくしたち夫婦はとてもうまくいってますのよ」

「ならば安心しましたわ」すかさず答えたものの、セシリアは内心、アンは夫を恐れているのかしらとあやしんだ。

ミセス・ローランドは微笑み、セシリアの手を軽くたたいて話題を変えた。「それより、ほら、おたくの伝道所のことを話して。じつは、エドマンドにしじゅうお噂を聞かされていますの」

「あら、もちろん」セシリアはなめらかに答えた。「これ以上の喜びはありませんわ、お二人は大事な後援者ですもの」

アンはぱっと顔を輝かせ、「レディ・カートンにも申しあげたんですけれど」と勢いこんで言った。「エドマンドはぜひいちど、伝道所にお邪魔したいようでね。わたくしにも、何かの形でお手伝いをさせたがってますのよ」

セシリアは逃げ道を見つけられずに、「光栄ですわ」と答えた。

「じつはすでに、ちょっとだけお役に立てそうな方法を思いつきましたの」アン・ローランドは微笑んだ。心からの熱のこもった笑みだった。「いえね、ちょうど新しい小間使いが必要なの。あの伝道所では、娘さんたちを奉公に出していらっしゃるんでしょ？　あなたもあそこで小間使いを見つけられたようだし、その髪……ほんとに、いつもみごとに結われているわ」

セシリアはおっかなびっくり片手をあげ、頭のうしろに触れてみた。いつもどおり、ぞんざいに束ねられた巻き毛のかたまりがあるだけだ。エッタは知らぬ間に何かの流行でも生み出したのかしら？　笑いだしたい思いをこらえ、セシリアは答えた。「いいえ、うちではとくに女性たちを奉公に出しているわけではありませんのよ」

ミセス・ローランドは驚いたようだった。「そうですの？」

セシリアはかぶりをふった。「彼女たちはそれぞれ興味のある仕事を選び、こちらはできるかぎり訓練に手を貸す。エッタは大胆にも高い目標をたて、わたくしは機会を与えるべきだと考えた。それだけですわ」

「まあ」ミセス・ローランドはいささか面食らったようだった。「では、きっと主人に何かべつの方法を考えろと言われるわ」

そのとき、部屋の向こうから、見なれぬ老婦人に腕を貸したジャイルズが颯爽と近づいてきた。そういえば、シュロップシャーからきたレディ・カートンの伯母を紹介してもらう約束になっていたのだ。だがアン・ローランドは老婦人にはまるで興味がないようで、もういちどそっとセシリアの手をたたき、「ではね」と小声で言った。「最後に、ひとつだけご忠告をしてもよろしい？」

セシリアは戸惑いながら、うなずいた。「もちろん」

「あのハンサムな義理の息子さん」とミセス・ローランドはささやいた。「ほんとに、あまりご一緒に出かけられないほうがよくてよ。」それだけ言うと、牙をむいた番犬は、えてして求婚者たちを遠ざけてしまいますから」それだけ言うと、彼女は人ごみの中へ姿を消した。

九時十五分すぎには、ドラコート卿の着替えの間の空気はナイフで切り裂けそうなほど張りつめていた。じっさい、マックス・ド＝ローアンはナイフを振りまわし、子爵の近侍に切りつけかねない面もちだった。

考えこむように二本の指であごをつまんだケンブルは、軸の定まらないコマさながらに、警部の周囲をあちらからこちらへと旋回していた。ときおり、のどの奥でチッと奇妙な音をたてている。

緊急の繕《つくろ》いを要する場合にそなえて呼ばれたランドリーメイドのシートンが、かしこまってかたわらにひかえていた。片腕に黒い極上の上着、もういっぽうの腕には六枚のつややかなシルクのクラヴァットをかけて。あきらかにケンブルに叱咤《しった》されたのだろう、両目をキッと見開いたままだ。

ついに、ケンブルが歩きまわるのをやめてあごから手をおろし、「すばらしい」と宣言してデイヴィッドに目をやった。「とにかくすばらしい。すねは理想の長さだし、あの肩！ほとんど完璧だ！」

デイヴィッドはド＝ローアンの頭からつま先へと視線を走らせた。「ちょっと背が高すぎるし、太りすぎじゃないのか?」と、疑わしげにケンブルを見る。

ド＝ローアンの黒い目がきらりと光った。「わたしはせりに出されたあなたのデブ馬ではありませんぞ、ドラコート」

視線をゆっくり上へともどし、「失礼、警部」とデイヴィッドはなめらかに答えた。「われわれの言葉が気にさわったようだが、他意はないんだよ。よかれあしかれ、社交界の紳士は日がな一日、こうしたことを話してるのさ」

「ならば、あなたが夜盗という第二の職を求められるのも当然ですな」ド＝ローアンはせせら笑った。「さぞ退屈しきっておられたのでしょう」

「じつは、そうみたいなんだよ」デイヴィッドは腹も立てずに、感慨深げに答えた。

とつぜん、ケンブルが片手をつき出して指を鳴らした。シートンがさっと進み出て腕をのばすと、ケンブルの手がその上でしばしためらい、クラヴァットの一枚を取りあげた。それを、ド＝ローアンの首に優美に巻きつける。

何歩かあとずさり、近侍は値踏みするようにド＝ローアンをながめまわした。「たしかに、こちらはあなたより少々上背がおありですな、ご主人様」ずっとその話を続けていたかのような口調だ。「しかしズボンは上質な素材ですから、これでよろしいでしょう。上着のほうも……何とかなりそうだ。ただしチョッキが——いや、いや、だめだ!」

ド＝ローアンがぐるりと目玉をまわすあいだに、ケンブルはクラヴァットに非のうちどころのないひだを寄せた。それからあとずさり、眉をひそめ、もっとシンプルに結びなおした。「ストックタイ！」彼が叫ぶと、シートンが糊のきいた黒い布地をさし出した。手ぎわよくそれを留めつけ、ケンブルがうなずく。「よし！　たしかに簡素だが、黒髪と形のいい首によく似合う」

「ほんとだな」デイヴィッドは感心して言った。「で、チョッキは？」

ケンブルはまた指を鳴らしてチョッキが並ぶ棚に目をやり、「あの真紅のだ、シートン」と指示した。「あれを持ってきてくれ」

デイヴィッドは怒りにあえいだ。「だが――しかし――あれは〝カラスの血〟だぞ！　きみが捨てようとしたやつだ！　こんなものを着るのは、よほどの阿呆だけだと言って！」

「ほう、では決まりだな」ド＝ローアンがぶつぶつ言った。「そのいまいましいチョッキはたしかにわたし向きだ」

ケンブルはド＝ローアンのぼやきを無視し、横柄に眉をつりあげた。「わたくしの判断をお疑いで？」と、デイヴィッドにぴしゃりと言った。「こちらは髪と目の色がちがいます！肌も浅黒い！　だからこれが映えますが、あなたがお召しになると、銃で撃たれたように見えるだけです」

「だが――しかし――」デイヴィッドは抗議しようとした。

ケンブルはさっさとド＝ローアンのほうを向き、胸元をきれいに撫でつけた。「どうぞこれはお持ち帰りください、警部」と静かに言う。「さてと、上着だ、シートン。それがすんだら行ってもいいぞ」

真紅のチョッキをめぐる戦いに敗れたことを知り、デイヴィッドはため息をついた。もう少し無難な話題に変えようと、ド＝ローアンに上着を着せかけているケンブルに尋ねた。「ところで、キティをダービシャーへ送り出してくれたかい？」

ケンブルは上着の袖口をぐいと引っぱり、満足げにうなずいた。「はい、彼女と二人の用心棒は午後のなかばに発ちました」ちらりとデイヴィッドに目を向けて続けた。「それに、はい、あの娘としばらく話してみましたが、どうやら、あなたのおっしゃるとおりのようです――わずかながら、わかった点に関しては。彼女はほとんど何も知りませんが、姉とミス・マクナマラが二人の男と地下室へ行ったことは憶えていました。男たちはフランス人の船乗りだったそうです。商船でインドから着いたばかりの――」

デイヴィッドはにわかに注意を引かれた。「商船？　船名はわかるか？」

ド＝ローアンも渋面から興味津々の顔つきになり、じりじり身を乗り出している。

ケンブルの視線が、二人のあいだを行ったり来たりした。「キティは知りませんでした。しかし、ミス・マクナマラはその男たちと長い付き合いで、彼らの船がいつ着くか知っていたようで」

デイヴィッドはド＝ローアンに目をやった。「ラトレッジは数週間まえに、〈クイーン・オブ・カシミール〉号でインドから帰ったらしいんだ。ひょっとすると、これもきみの言う〝存在しないはずの偶然〟かもしれないぞ」

「あるいはね」ド＝ローアンは考えこむように言葉を切ったあと、「〈クイーン・オブ・カシミール〉号の所有者と船籍は容易に調べがつくでしょう。それにまだ出航していなければ、船員を何人かつかまえられるかもしれない」

デイヴィッドはため息をつき、自分の黒い夜会服を取りあげた。「とにかく」と、疲れた声で言う。「これをすませてしまおう、ド＝ローアン。もうすぐ夜だし、セント・ジェイムズからブラックホース・レーンまで行くつもりなら、山ほど仕事があるぞ。ぼくとしては、少しは眠る時間がほしかったがね」

ド＝ローアンは大声で笑った。「それよりあなたがほしいのは、子爵、錠前をこじ開けられる人間でしょう――しかも、暗闇ですばやく」

ド＝ローアンのクラヴァットにつけるピンを選んでいたケンブルの手が、宝石箱の上で動きをとめた。彼はゆっくり、デイヴィッドをふり向いた。「では、あなたはどこかの錠前をこじ開けたいと？」

「ああ……そうだ」デイヴィッドは認めた。それからふと、かすかな希望を感じ、尋ねるように眉をつりあげた。「だが、よもやきみは……」

ケンブルはぎくりとしたように警部を見やり、ふたたびデイヴィッドに目を向けた。そして、ひょいと肩をすくめ、「まあ、いいでしょう」と答えると、小さな楕円形のルビーをド＝ローアンの襟元に突き刺した。「いつ、どちらで？」

それはあるまい、とデイヴィッドはひそかに考えた。セシリアが今夜の使命を忘れているのを期待するのは、無理というものだ。あんのじょう、彼女は彼の母親の昼用の居間で、手袋をはめた両手をつつましく組み、ドアのすぐそばの綾織りのソファにかけていた。彼らが階段をおりてくるのを目にするや、立ちあがってすばやく近づいてきた。

期待に頰を赤く染め、薔薇《ばら》色の大胆なドレスと、それに合う薄物のショールを身に着けている。そんな配色は赤っぽい髪とぶつかりそうなものだが、むしろまばゆい金色《こんじき》のきらめきを引き出し、青い瞳に深みを添えている。

「ド＝ローアン警部！」彼女は叫び、警部の両手をつかむと、部屋じゅうを踊りだしそうに高々と掲げた。「何てすてきなの！　それにそのみごとなチョッキ！　鳩の血色、というのかしら？」

「カラスの血だよ」デイヴィッドはぶつぶつ言った。

「ああ、それよ！」セシリアがうなずく。「その半分でも優雅なチョッキは見たことがないわ」

ド＝ローアンはひどくきまりが悪そうに、「ありがとうございます、伯爵夫人」と言うなり、両手を引っこめた。

「あら、いやだ」セシリアは眉根を寄せた。「今夜はあなたをミスタ・ド＝ローアンとお呼びしたほうがよくはない？　それと、デイヴィッド？」ほんの付け足しのように彼に笑いかけ、「とってもすてきよ、あなたも」

通りで馬車が待っていた。デイヴィッドは彼女に腕を貸し、おもての石段をおりた。「今夜はルシフェルはどこなの、ミスタ・ド＝ローアン？」セシリアはがっかりしたように警部をふり向いた。

「あれは堅苦しい場が苦手でして」ド＝ローアンはまじめくさって答えた。「失礼させていただきたいそうです」

セシリアは笑い、ほどなく彼らは馬車でセント・ジェームズまでの短い距離を走りだしていた。だが最初の曲がり角までも行き着かないうちに、セシリアが反乱をくわだてた。「ところで、この計画は変更の必要があるという結論に達したの」人差し指を優雅につき出し、彼女は切り出した。

「本当かい？」デイヴィッドは鋭く言った。

「ええ」セシリアはきっぱりうなずいた。「考えてみたら、店には二手に分かれて入ったほうが疑いを引かないと思うの。わたしが先に、ミスタ・ド＝ローアンを連れて入るわ。アッパー・ブレイフィールドからロンドンの名所と悪徳を見にきた従兄だと紹介するつもり」

「いやはや」デイヴィッドは薄暗い車内で、向かいの席のセシリアを見つめた。「ちっとも知らなかったよ、きみの母上が……大陸の出とは」

「レディ・ウォルラファン」ド＝ローアンが穏やかに言った。「わたしたちはじっさい、少しも似ていません」

セシリアは譲らなかった。「では母方の遠い親戚。母は名もない田舎地主の娘だったから、誰も見やぶれっこないわ。それじゃ、デイヴィッド、あなたは五分待ってあとからきてね」

デイヴィッドは腕を組み、「なぜそんな必要があるのかわからんね」と不平がましく言った。

セシリアはつんとあごをそらした。「ならば教えてさしあげるわ、子爵。あなたとわたしが一緒に入ってゆけば、室内の半分の人たちが耳をそばだてるからよ。その理由はご存知ね？　こっそり行動できる望みはなくなってしまうわ」

「ああ、わかったよ」デイヴィッドはぼやいた。「だがそれは一緒に行くと言い張るまえに考えてほしかったな」

とはいえ、たしかに彼女の言うとおりだった。デイヴィッドはぜひとも人目を引かずに店内にまぎれ込み、あそこの常連客をたしかめて、店の者にいくつか鋭い質問をしたかった。必要なら、鼻薬を嗅がせてでも。それには、ド＝ローアンの非難がましい目から離れたほうがいい。警部を連れてきた唯一の目的は、もういちどベンサム・ラトレッジをじっくり見させるためだ。そうすれば、警部は何か思い出すかもしれないし、もちろん、どこかよそでまた彼に気づくかもしれない。

デイヴィッドはやむなく、かたわらにすわったド＝ローアンに目を向けた。「では彼女に気をつけてやってくれ」と、ぶっきらぼうに言う。「ところで、きみらのどちらかは、どうにかこれをしのげるぐらいは遊び方を知ってるんだろうね？」

セシリアは笑った。「あら、まかせて、子爵。わたしはホイストの名手だし、ルーもなかなかの腕前よ、あそこにカード用のテーブルがあれば。さいころ賭博《ハザード》のやり方も、ジェドとハリーに教えてもらったわ」

デイヴィッドは逆上し、「さいころ賭博なんかするなよ」と声を荒げた。

「あなたはわたしがやるのを見ててください、奥さん」ド＝ローアンが優しく言った。「これでも腕は悪くないので。あるいは、ご一緒にマッカオでもしましょう」

そうして計画がまとまり、セシリアとド＝ローアンが店の戸口に降りたった。門番は二人のどちらにも見憶えがなかったが、セシリアの優雅な馬車とド＝ローアンのルビーのピンを見て彼らを中に通した。店内は人波であふれんばかりだった。客の一部はあちこち歩いて社交に努めたり、面白そうな遊びを捜したりしているが、多くはすでにゲームに夢中になっている。数少ない上流婦人の客はもっぱらカード遊びに興じ、部屋の端ではロンドンの高級娼婦が数人、パトロンの腕にしなだれかかっていた。

ド＝ローアンと店内をぶらつきながら、セシリアは左右に目をこらした。壁にはきらびやかな金色の垂れ布がかけられ、床にはそれと合う金色と赤の絨毯が敷きつめられていた。どの部屋も巨大なシャンデリアがさがり、カード遊びのテーブルのそばの壁には、巧みな位置どりで燭台が取りつけられている。ほどなく周囲の客が、りゅうとした見慣れぬ浅黒い男の腕をつかんだセシリアに気づき、そこここで首をめぐらし、ひそひそ話を交わしはじめた。

セシリアは背筋をこわばらせ、にこやかに会釈する人々に笑顔でうなずき返した。と、近くのテーブルでさいころ賭博をしているサー・クリフトン・ウォードが目に映った。若き准男爵はジャイルズの親友だ。しかも、こちらへやってくる。まずい、これでジャイルズに大目玉を食うこと間違いなしだ。逃げ出すひまはない。

セシリアはとっさに、ド＝ローアンのほうに頭を傾けた。「ミスタ・ド＝ローアン、忘れていたけれど――あなたの洗礼名は何でしたっけ？」

「マクシミリアン」ささやき声が返ってきた。「あるいはただのマックス」

サー・クリフトンがずんずん近づいてきて一礼し、彼女の手をとった。「レディ・ウォルラファン」非難の色を隠そうともせず、眉をつりあげる。「何と嬉しい驚きでしょう！　あなたがここにおられることをジャイルズは知っているのかな？」

「ジャイルズが？」セシリアはひざが震えるのを感じた。「まさか彼がきているわけでは――？」

准男爵は頭をふった。「いや、今は」

セシリアは即座に立ちなおり、二人の男たちを紹介した。「マックス・ド＝ローアン？」

サー・クリフトンはいぶかるように言い、警部にざっと好奇の目を走らせた。「それも、アッパー・ブレイフィールドのご出身とは！　ようこそロンドンへ。あなたがこの町を楽しむお役に立てることがあれば、どうぞ何なりと」

そのとき、勝負に参加していた客の一人があきらめたように肩をすくめた。顔は見えなかったが、彼は背後の暗がりに引っ込んだ。セシリアはすかさず、「従兄はさいころ賭博をしたいようですの」と口をはさんだ。「できれば、わたくしもぜひ見たいわ。かまいません？」

「もちろん」サー・クリフトンはテーブルのほうに大きく腕をふり動かした。

間もなくド＝ローアンが位置に着き、プレーが再開された。セシリアは二人の背後に立ち、片目をテーブルに向けたまま、そっと室内を見まわしてデイヴィッドを捜した。たしかに、もう五分以上すぎている。彼はどこ？　やはり彼の言うとおり、ここへついてきたのは間違いだったのかもしれない。周囲の人々の捨て鉢な熱気に、ひどく落ち着かなくなった。連れの女たちも男たちと同じくらい、熱にうかされたような顔をしている。

そのとき、腕にぞくぞくするようなぬくもりが広がり、彼女は直感的に察知した――さきほどテーブルを離れた男が、勝負を見ようと暗がりから踏み出してきたのだ。

「うるわしき娼婦？」低い、思わせぶりな声が耳元で響いた。「それとも倦《う》んだ人妻かな？」

ショックを受けて、セシリアはさっと身を引いた。すばやく首をめぐらし、彼をにらんで高飛車に言う。「あら、わたくしたちはまだきちんとご紹介を受けて――」そこではたと、相手が〈マザー・ダービンの館〉で出会った美貌の若者なのに気づき、彼女は言葉を失った。

ベンサム・ラトレッジは恥じらうように目を伏せ、剃《そ》ったばかりの口ひげを懐かしむかのように上唇を撫でた。「おやおや」と静かに言い、黒々とした眉の下から彼女を見た。「あなたを絶句させてしまった。ぼくはしじゅう、女性をそんなふうにさせるんですよ。喜ぶべきか、傷つくべきかわからないけど」

「この場合は、傷つくべきでしょうね」とつぜんわれに返って、セシリアはぴしゃりと言った。「それに、最初のご質問の答えは未亡人よ。さあ、どうぞあちらへ行って」

ラトレッジはしょげ返り、意外にも、深々と頭をさげてあとずさった。「お許しを、マダム」不意にきまじめになった声で言う。「ご無礼しました、ほんの戯れのつもりでしたが」何と、本当に引きさがろうとしている。本気で悔やんでいるようだ。わたしったら、何を考えてるの？　願ってもないチャンスなのに。セシリアはさっと、こめかみに指先を押し当てた。「ごめんなさいね、ミスタ……？」

かすかな希望の表情を浮かべ、ラトレッジは一歩だけ進み出た。「ラトレッジ」聖歌隊の少年よろしく、胸元で両手を組んで答える。「卑しきベンサム・ラトレッジです、お見知りおきを。よろしければ〝命知らず〟とお呼びください」嬉々とした笑みが広がった。「とびきりすてきな方々は、みなそう呼ばれます」

セシリアは唇の隅に浮かびそうになった笑みを抑えた。「では、ミスタ・ラトレッジ」いくらか礼儀正しく言った。「お許しくださいね、じつは頭痛がして……それで怒りっぽくなっているんだわ。わたくしはセシリア、レディ・ウォルラファンです」

ラトレッジの表情豊かな目が見開かれた。「では……たしかにうるわしき娼婦じゃないわけだ」落胆しきった声で言う。「あなたをこんな場所へ連れてきた愚か者からかっさらい、庇護を申し出ようかと思ったのにな」

「あなたはとうてい、女を〝庇護〟しそうには見えませんけど」セシリアはなめらかに応じた。

ラトレッジはそれを聞くなり首をのけぞらせ、両目のわきにみごとなしわを寄せて笑った。

た。「おやおや。だがぼくはじっさい、ウィットに富む辛辣な女性に惚《ほ》れこむくせがあるんです」頭をさげて、ひたと彼女を見つめた。「この先、いったいどうなるのかな」

「まあたぶん」とセシリアは警告するように言った。「いずれはそのウィットに富む女たちの一人につかまって、辛辣にこきおろされながら生涯をすごすはめになるわ、ミスタ・ラトレッジ」

「うへっ！」ラトレッジは苦悶の表情をよそおった。「考えただけで萎《な》えてしまうぞ」

セシリアは顔が三段階の朱色に染まるのを感じた。さすがのラトレッジもたじろぎ、「やれやれ」と、みじめそうに言った。「またやらかしたかな？」

「何を？」

ラトレッジは神妙な顔をした。「また裕福な美女を怒らせてしまった。これでもうあなたは一緒に逃げ出して、ぼくの狙いどおりの流儀でぼくを支えてはくれないだろう」

またもや、セシリアは気づくと懸命に笑いをこらえていた。「拒まれて当然よ」彼女はたしなめた。「まったく、ミスタ・ラトレッジ。あなたみたいな男性に必要なのは、悪ふざけをとめてくれる生まじめな伴侶と半ダースの子供たちよ」

彼女の想像かもしれないが、ラトレッジは不意に愕然《がくぜん》たる表情になった。しばし、思いがけないほど厳粛な目つきで彼女を見つめ、やがてついに口を開いた。「じつは、自分でも近ごろ、あなたのおっしゃるとおりじゃないかと思いはじめていたんです。だが哀しいかな、ぼくを受け入れてくれそうな相手を思いつかない」

セシリアはその声の奇妙に沈んだ響きにはっとして、ひたと彼を見つめ返した。今では、カタカタとさいころを振る音がぼんやり聞こえるだけだった。遠くのほうで、ド＝ローアンが〝八〟と叫んだかと思うと、笑い声とぴしゃぴしゃ背中をたたく音がした。ラトレッジはまだ彼女の視線をとらえ、両目を奇妙にきらめかせている。頭では、この手の男が危険なのはわかっていた。彼はきっと、蛇使いのように女を操れるのだ。けれど心情的に、反応せずにはいられなかった。彼の感情は作りものではない。それならわかるはずだった。

「あきらめないで、ミスタ・ラトレッジ」セシリアは優しく言った。「その非凡な魅力を駆使すれば、きっとすてきな女性があなたにひれ伏すわ」

ラトレッジは力なく微笑んだ。なぜ、どんなふうにかは不明だが、セシリアは彼の弱みを突いたようだった。彼はまたもや黙りこみ、しばし、じっと彼女を見つめた。それからついに、「あなたは子供が欲しいと思われたことは、レディ・ウォルラファン？」と尋ねた。

一瞬、セシリアは耳を疑った。「え、何が？」

「子供です」ラトレッジはぎこちなく言った。「ほら、女性はたいがい子供を欲しがる――というか、欲しくてならないようだから」

今度はラトレッジが弱みを突いた。ぐっさりと。なぜか、セシリアは無礼なラトレッジをひっぱたきたくなった。

だが、彼には無礼をはたらくつもりはなかったのでは？　その顔には、まだかすかな悲哀の色がうかがえる。それに彼はセシリアのことを知らないのだ、彼女の秘めた痛みなど、理解もできなければ興味もないはずだ。何と不思議な若者だろう。じつに妙な気分だった。よりにもよってこんな場所で、初めは馬鹿げた戯れのつもりが、いつの間にかきわめて私的な話を交わしている。二人は奇妙にも、互いに存在すら知らない心の闇を探り合っているようだった。どちらも真剣そのもので。

「ええ」セシリアはのどを詰まらせまいとしながら、静かに言った。「わたしは子供がとても欲しいわ。あなたは、ミスタ・ラトレッジ？　どう？」

それを聞くとラトレッジは笑ったが、甲高い、今にもひび割れそうな声だった。「いやはや、レディ・ウォルラファン」彼は冗談めかして言った。「ぼくにはもう何人かいそうだな。こんな救いがたい放蕩《ほうとう》者ですからね」

驚くには当たらない、とりわけラトレッジのような男なら。だがなぜかセシリアは驚いた。それに、彼の声がとつぜん冷ややかになったことにもショックを受けていた。「でも失礼ながら、ミスタ・ラトレッジ、あなたはおいくつ？」

そんな個人的な質問をしたのは間違いだった。かすかな悲哀の色は消え、とつじょ、両目にまた不遜《ふそん》な光がひらめいた。それまで、セシリアは彼がどれほど間近に立っているか気づかなかった。けれど今では、彼の身体の熱さが感じられた。

「二十三歳になったばかりです」ラトレッジは静かに答え、今にも彼女にキスをしそうに、まつげを伏せてうつむいた。「さあ、マダム、どうか若きならず者に誕生日祝いの口づけを――」

不意に、鋼《はがね》のように固い、所有者然とした手がセシリアの裸の肩をつかんだ。「セシリア、可愛い人」デイヴィッドがうなるように言い、広々とした胸にぐいと彼女を抱き寄せた。「きみの従兄を呼んでおいで。今すぐに。もう家に帰る時間だ」

ラトレッジの顔に不穏な冷笑が広がった。「おや、またお会いしましたね、ドラコート卿」彼は堅苦しく言った。「これは驚きだ」

「こちらとしても」デイヴィッドはぴしゃりと応じた。「まったく会いすぎのように思えるね」

ラトレッジは不意にうんざりした顔になり、静かに言った。「正直いって、子爵」ちらりと周囲を見まわし、上着のポケットから銀のシガーケースを取り出しながら続けた。「ぼくはわれわれがしているらしいこのゲームに飽き飽きしてるんだ。もう男らしく決着をつけませんか？」

「それがきみの望みなら、ラトレッジ」デイヴィッドが鋭くやり返す。「男らしく明朝、チョーク・ファームできみの息の根をとめてやるさ」

セシリアはその露骨な脅しに息を呑み、あやうく床にくずおれそうになった。たちまち、肩をつかんでいた手が腰におり、彼女をデイヴィッドのわきに固定した。今では少なくとも半ダースの人々がこちらを見つめ、デイヴィッドのわがもの顔のしぐさや怒り狂った口調に気づいたようだった。

ラトレッジがちらりとセシリアを見て、「この話はまたの機会にしましょう、子爵」と、彼女のほうに頭を傾けた。「だが近いうち……ごく近いうちに」

セシリアは身をよじり、デイヴィッドが手をゆるめるか、必死につかみ直すしかないようにした。ほっとしたことに、マックス・ド＝ローアンが横目でこちらを盗み見ながら、儲《もう》けを数え、帰り支度をしているのが見えた。やれやれ。

ふり向くと、ラトレッジは人ごみに姿を消していた。だがデイヴィッドはまだ、荒れ狂う嵐のように不穏な顔つきだ。こんど二人きりになったら、たっぷりお仕置きをされそうだ。でもそれはたぶん、今夜ではない。彼はド＝ローアンとブラックホース・レーンへ行くつもりなのだから。それが無事にすんでも、次にはベンサム・ラトレッジが彼を殺そうとするだろう。

どちらがより恐ろしいのかわからなかった。とにかく今夜の件で彼女にできるのは、彼と警部の無事を神に祈ることぐらいだ。だがラトレッジに関しては、何か考えなければ。早急に。さもないと、いずれは彼らの一人が相手の頭を撃ち抜くはめになりそうだが、それは無意味なことだと彼女は思いはじめていた。

# 16　レディ・ウォルラファン、策を練る

カーゾン・ストリートの屋敷へもどるまでの短い、静まりかえった道中、デイヴィッドはラトレッジのような悪党に無礼な戯れを許したセシリアを叱《しか》りつけるのをこらえた。かわりに、ぐっと下唇を噛みしめ、彼女の肩の向こうの暗闇を見すえた。またもや、ド＝ローアンに痴話喧嘩を聞かせるわけにはいかない。

しかし、彼女は何のつもりなのだろう？　今朝の彼とド＝ローアンのやりとりを聞かなかったのか？　いや、聞いていたはずだ。なのに例によって、みずから危険に飛びこんだのだ。とはいえ、おおかたの人間に言わせれば、セシリアが冒した最大の危険はデイヴィッドとベッドをともにしたことだろう。彼はラトレッジよりもはるかにひどい放蕩者とみなされているのだ。

いささか男らしい嫉妬《しっと》に駆られながらも、内心、彼女に悪気がなかったことはわかっていた。セシリアは本来、浮気者ではない。おそらくラトレッジに本性をさらけ出させようとし

たのだ。だが、たとえ今回の殺しに関与していなくとも、彼は油断ならない男だ。セシリアはそこがわかっていないとみえる。明日にでもそれを誤解しようのない形で、はっきり説明しておくほうがいい。

それに、いずれは世間の好奇の目にふれない場所で、ラトレッジとケリをつけよう。いまいましいが、あいつの言うとおりだ。いかなる事情でも、セシリアのまえであんなあさましい議論をすべきではない。

と、ついにセシリアが口を開き、張りつめた沈黙をやぶった。「あなたはまだブラックホース・レーンで例の馬鹿げたことをするつもり？」挑発的というより、怯《おび》えた声だった。

「ああ、そうだ」

彼女は神経質に黒いヴェルヴェットのマントを撫でおろし、「では帰りにパーク・クレセントを通って」と断固たる口調で言った。「あなたがたが無事にもどったしるしに、わたしの寝室の窓に小石をぶつけてちょうだい。四時までに合図がなければ、こちらがあなたがたを捜しにいくしかないわ」

デイヴィッドは初めは笑いたくなり、次には彼女をののしりたくなった。その実、ほろりときてもいた。そしてもちろん、指摘する気はなかったが、彼女はたった今、彼に寝室の場所を知られていることを公言したのだ。となりの席で、警部が控えめに咳払いして窓の外に目をやった。

「四時までに行くよ」デイヴィッドは請けあった。

「でも、もし――」

「きっと行く」さらにきっぱりと言う。

ややあって、セシリアはうなずいた。「わかったわ」

「あれ、奥様！」セシリアが寝室に足を踏み入れるや、エッタは叫んだ。「もうお帰りかね。それっぽっちのために、どうしてあんなにおめかしなさったのやら」

セシリアはエッタが肩からマントを取りあげるあいだに、うんざりしたように手袋を脱ぎ、それをベッドに投げ出しながらぶつぶつ言った。「ああ、ドラコート卿をひどく怒らせてしまってね。彼がはやく帰ろうと言いはったの」

エッタは眉をつりあげた。「今度は何で？　どう見ても、奥様はわざとあの方をいじめてるんじゃないかね」

セシリアは頬をほてらせた。「ほんのちょっと、ベンサム・ラトレッジの悪ふざけを許しただけよ」

「ラトレッジ？」マントを腕にかけながら、エッタは鋭く言った。「このまえ〈マザー・ダービンの館〉で見たって男ですか？　子爵様が、とんだ食わせ者だと考えてなさるやつ？」

セシリアは唇を嚙みしめてうなずいた。ここ数日間の出来事を、あれこれエッタに話したのは失敗だっただろうか？「でもね、エッタ、ミスタ・ラトレッジはとても感じがよかったわ。何だか悲しげで。とうてい、今回の殺人に関与したとは思えない。とにかくドラコートが彼と殺し合いをするまえに、それをわからせたいの」

エッタは疑わしげな顔をした。「お言葉ですけど、奥様」と警告するように言う。「どうだか怪しいもんですよ。だって、あなたはそうしたことにはあまり経験がないんだから。ドラコート卿におまかせするのがいちばんです」

セシリアは化粧テーブルに近づき、どさりと椅子に腰をおろすと、握りしめた両手をひざに押しつけた。「もう、エッタ！　お説教はやめて。どのみち機会がありしだい、彼に説教されるのはわかりきっているのよ」セシリアはうめいた。「でもミスタ・ラトレッジは潔白、それだけよ」

「へえぇ！」エッタは叫び、セシリアの髪からピンを引き抜きはじめた。「何とまあ、潔白？」

セシリアは勢いよくかぶりをふった。「もちろん、何の罪も犯していないとは――」

「ひょこひょこ動かんで、奥さま」口いっぱいにヘアピンをくわえたエッタが言った。「でないと、目玉をつつき出しちまうよ」

セシリアは努めてじっとしたまま、「わたしが言いたいのはね」と、もつれた長い髪が肩に垂れかかるのを感じながら続けた。「ラトレッジはたしかに、手に負えない女たらしよ。それに短気だわ。でもその下に、何かよくわからないべつの面がある。とにかく、誰かが傷つきそうで不安でならないの！　ドラコートはまったく見当ちがいの線を追ってるような気がして。そのために彼に恐ろしいことが起きたら、わたしは決して自分を許せないわ」

エッタは片手いっぱいのヘアピンを化粧テーブルに投げ出し、げらげら笑いはじめた。「ドラコート卿が心配？　やだ、奥様、よく言うよ！　だいじょうぶ、あの人は自分のやってることぐらい心得てます」

鏡の中のエッタをちらりと見あげ、セシリアは口をすぼめた。「あら、ほんとにそう思う？　ならば言わせてもらうけど、今この瞬間、彼はド＝ローアン警部と〈マザー・ダービンの館〉の地下室に押し入っているのよ」

エッタはしばし黙りこくって、考えこむようにセシリアの髪にブラシを当てていた。やがて、「ふむ、たしかに」と、しぶしぶ認めた。「それは、ちっとばかしあぶない感じだね」

セシリアは鏡に向かって眉をひそめた。「まさに、ここ数日間の彼のふるまいはあぶないことだらけ。しかも今夜の馬鹿げた一件を無事に終えたら、次にはラトレッジと夜明けの決闘をするつもりよ。何かそれをとめる手段を講じる必要がありそうだわ」

「で？」エッタがブラシを動かす速度をゆるめた。「どうするんです？」

セシリアはしばし、思いめぐらした。「ミスタ・ラトレッジと二人きりで話してみるしかなさそうね。彼とデイヴィッドは反目し合ってるけど、わたしなら彼の知ってることを聞き出せそうな気がするの」

たちまち、エッタの手が動きをとめた。「ええっ、奥様……それはまったく感心できないね」

セシリアを家に帰すと、デイヴィッドとド＝ローアンはすばやくブーツと黒っぽい乗馬ズボンに着替え、馬車を呼び出した。そしてケンブルを加えた三人組は、東のブラックホース・レーンへと向かった。デイヴィッドが昨日、セシリアと訪ねたときには比較的静かだったその界隈《かいわい》は、今や驚くほど騒がしい群衆であふれ返っていた。ほとんどは下層階級の者で、ただのごろつきらしき連中もいる。

ド＝ローアンは彼の動揺に気づいたらしく、説明がわりに言った。「今夜は労働者たちが酒場へ賃金を取りにきているのです」

薄暗い車中で、デイヴィッドは警部に鋭い目を向けた。「賃金を取りに？　酒場へ？」

「よくある習慣ですよ、旦那様」ケンブルが口をはさんだ。

ド＝ローアンは鼻を鳴らした。「雇用主の便宜のためとかで」

それを聞いて、ケンブルは苦々しげに笑った。「むしろ酒場の主《あるじ》の便宜のためでしょう。翌週の家賃を一夜で飲みほされてしまう女房や子供たちには、まったくもって迷惑な話だ」

デイヴィッドは驚きに言葉を失った。ほどなく、彼の御者が指示どおり、通りの少し先で馬車をとめた。三人の男たちは静かに路上におり、デイヴィッドが従僕から明かりのついていないランタンを受けとると、そろってその場をあとにした。

「わたしについてきてください」ド＝ローアンが薄暗い横道のほうに首を傾け、「あれはおもて通りと平行に走る抜け道で、売春宿の裏側へ続いています」

ケンブルが歩を進めるにつれ、通りの喧騒《けんそう》がみるみる遠のいた。ド＝ローアンを先頭に、しんがりを務め、月光に照らされた曲がりくねった小道をすばやく進んでゆくあいだ、あたりの静寂を破るものといえば遠い犬の吠え声と、かすかだがリズミカルなカチャカチャという音だけだった。

「そのやかましい音は何だ？」デイヴィッドがついに首をめぐらし、非難がましく尋ねた。

「道具です」と、ケンブルがささやく。

「ほう」ド＝ローアンが苦々しげに口をはさんだ。「その音からして、夜盗の七つ道具だな」

「そんな道具があるのか？」デイヴィッドは信じられない思いで尋ねた。「てっきり帽子用のピンか、ハンマーでも使うのかと思ったよ」

ド＝ローアンがあきれ返ったようにうなった。「これほど多才な使用人をお持ちにしては、あなたは驚くほど情報不足ですぞ、子爵」

またもや何と答えたものかわからず、デイヴィッドは口をつぐんだ。ケンブルはたしかに、ひどく変わっている。ラノック卿はいったいどこで彼を見つけたのだろう？　大金を賭けてもいいが、ケンブルはずっと近侍をしてきたわけではなさそうだ。

五分も歩くと、彼らは〈マザー・ダービンの館〉と煙草屋の裏手を走る路地に出た。ひと筋の月光の中でド＝ローアンが足をとめ、暗がりの奥を指さした。「地下室の入り口はあの窓の下だ」とささやき、「わたしはここで見張っています」

「では、どんな感じか見てみましょう」ケンブルがどこか楽しげに言い、真っ暗な階段の下へと、一度も足を踏みはずさずにおりていった。闇の中で、手袋をはめた彼の手が、扉を手際よくまさぐる音がする。

「例の陶磁器を求めて裏町をさまよい、恐怖を味わったって?」デイヴィッドは冷ややかに言った。

仕事に没頭していたケンブルはその皮肉を無視し、「錠前が三つ」と、およそ気むずかしい柔弱な近侍らしからぬ口調で言った。「どれも似かよったものです。きわめて思慮深い選択、というべきでしょうな」ふたたびカチャカチャ音がして、近侍は道具袋を置いた。

これまた意外にも、ケンブルはいつもの小粋な身なりとはうって変わった、真っ黒なズボンと古びた起毛素材の外套という服装だった。おかげで、ほんの数フィート下にいるのにろくに姿が見えない。路上に立ったド＝ローアンとともに、デイヴィッドは近侍がひざまずいて小さな袋をかきまわすのに耳を傾けた。ケンブルは銀色にきらめくものをいくつか慎重に取り出すと、火口箱のレバーをはじき、ちびた蠟燭《ろうそく》に火をつけた。それを扉のまえで上下に動かしたあと、炎を吹き消して仕事にかかった。

ほとんど即座に、ひとつ目のタンブラーがカチッとかみ合う音がした。錠前はよく使われているらしく、ほかの二つもほどなく開いた。あっけないほど簡単だった。

数秒後にはデイヴィッドも、すえた小便と湿ったカビの臭いのただよう地下へとおりていた。そっと扉を開き、少しだけ内側へ押してみた。中は明かりこそ灯っていないが、長らく使われていない地下室特有のカビ臭さは感じられない。

デイヴィッドは注意深くケンブルのわきをすり抜けて中に入ると、立ちどまって耳をそばだてた。上のほうで、調子っぱずれなピアノのかすかな音と、娼館の客間を動きまわる人々の低い足音がした。だが地下室では、すべてが静寂に包まれている。

デイヴィッドは静かにひざまずき、ランタンに火を灯した。もしも誰かがつかまるのなら、自分だけにしたかった。この馬鹿げた計画は彼の思いつきなのだから。灯心がパチパチ音をたて、ぱっと燃えあがり、天井の低い部屋に黄色い光が広がると、彼はランタンをかかげて隅々の影を追い立てながら、ぐるりと周囲を照らしてみた。窓のない部屋は、ほとんど空っぽだった。

彼はふうっと安堵《あんど》の吐息をつき、そのとき初めて、自分が息を詰めていたことに気づいた。肩越しにケンブルとド＝ローアンに合図を送り、「きみらは危険を冒したくなければ来なくていいぞ」と言いかけたとき、二人が中へすべり込んできた。

ド＝ローアンはドアを閉めると、獲物を捜す豹《ひょう》さながらに室内を調べはじめた。彼のブーツが、ごみひとつない平らな土の床を音もなく踏みしめてゆく。いちばん奥の壁ぎわには、簡素な二台のテーブルにはさまれた背の高い戸棚が置かれていた。両目をきらりと光らせ、警部はすばやく戸棚の扉を開いていった。蝶番《ちょうつがい》にたっぷり油をさされた扉は、どれも難なく開いたが、中は空っぽだ。

デイヴィッドは無言の警告を込め、部屋の右側の、メインフロアへ続くせまい木の階段を指さした。その反対側の広い壁には、厚板で作られた小さい粗末な扉がはめこまれ、荒削りな木のかんぬきがかけられている。

ド＝ローアンがしばし、その扉に目をこらし、「もうひとつ部屋がある」と静かに言った。「見てみましょう」

彼らは一人ずつ、うずくまって這《は》いずるように戸口をくぐり抜けた。中は床がさらに二フィートほどさがっていたが、最初の部屋よりはるかに見るべきものがあった。こちらは天井がやや低く、床には板石がきっちり敷きつめられている。片側の壁ぎわに、藁《わら》のマットレスらしきものが敷かれた粗末な木の寝台が四つ、低いテーブルの上には、粘土の皿に立てられた燃えさしの蠟燭が置かれ、溶けた獣脂が皿からあふれ出している。そしてテーブルの下には、粉々に割れたティーカップ。

「どうやら、われわれは煙草屋の下にいるようだ」ド＝ローアンがささやき、デイヴィッドはランタンをかかげて四方に向けながら部屋の奥へと進んだ。途中で厚板の扉をふり向き、内側にもかんぬきがついているのに目をとめた。では、人目を避けるための部屋というわけだ。

不意に、ブーツのかかとの下で何かがバリッと砕けた。デイヴィッドはあとずさってしゃがみ、それをつまみあげた。小さな木のへぎ板で、真鍮《しんちゅう》の蝶番がついている。「見てくれ、ド＝ローアン」彼はささやいた。「どう思う？」

ド＝ローアンとケンブルが近づいてきて、小さな板切れを囲んだ。ケンブルが真鍮の蝶番を人差し指で撫で、心得顔で警部を見た。「金具は精巧な造りです──東洋かインドのものでしょう」

ド＝ローアンは厳しい顔で板切れを取りあげ、親指の爪でざっと引っかいた。しばし無言で見入ったあと、「マンゴーの木だ」とつぶやいた。「それにきみは金属細工に目がきくな」

そのとき、デイヴィッドの目が寝台のひとつの下に押しこまれた小さな箱をとらえてきらめいた。「ほら、あれ」彼はあごをしゃくってささやいた。「船乗りの荷物入れじゃないかな？」

ド＝ローアンがひざまずき、寝台の下からトランクを引きずり出した。中にはボロ布のかたまりと真鍮のボウル、獣脂の蠟燭が数本、それに長い不気味な鉤爪のように湾曲した、四つ刃の小さなナイフが入っていた。

警部はおそるおそる、その奇妙な道具を取りあげ、うつろな声でつぶやいた。「ナシュターだ」

「そいつはいったい何なんだ？」蓋の開いたトランクの上にランタンをかかげ、デイヴィッドは尋ねた。「何やら悪魔の道具のようだが」

「ある意味では、まさにそうです」ド＝ローアンは陰気に答えた。「これはケシの汁液を採取するための小刀ですよ。誰かが記念に持ち帰ったのでしょう」

「アヘンの密輸か」ケンブルがぽつりと言った。

デイヴィッドは二人を交互に見つめ、「だがアヘンは合法的な薬物だぞ」と、張りつめた声で言った。「すると、誰かが不法な用途のために持ちこんでいるのか？」

ド＝ローアンはいかめしくうなずいた。「おそらくは、悪質きわまる用途のために。税関の目を盗んで」

「やはり一度、〈クイーン・オブ・カシミール〉号を訪ねてみるべきじゃないかな？」とデイヴィッド。

薄暗い光の中で、ド＝ローアンはかぶりをふって精巧な小刀を見おろした。「どうかな」と、考えこむように言う。「たしかに、これはインド製のようだ。だがアヘンは通常、トルコないしはエジプトから輸入されます」

「合法的に持ちこまれるものは、ですね？」ケンブルが口をはさんだ。「しかし、インド航路の商船を定期的に利用できる者がいれば……」

デイヴィッドはなかば上の空でひざまずき、船乗りのトランクから真鍮のボウルを取りあげた。「どこのものでも同じだろ？」手の込んだ意匠に見入りながらつぶやく。「どのみち、合法的な輸入品を売春宿の地下室に保管するとは思えない」

同意のうなり声をあげ、ド＝ローアンは板切れを外套のポケットに押しこんだ。「その点はおっしゃるとおりです」それから、デイヴィッドが黒ずんだ樹脂でおおわれたボウルの底に手を触れるのを見守った。「今度は何ですか、ドラコート？」

ボウルを片手に持ったまま、デイヴィッドはもういっぽうの手をケンブルのほうにのばした。「さあ、きみの銀色の道具のひとつを貸してくれ」

ケンブルはいぶかしげに眉をひそめつつ、即座に袋から二本のレバーを取り出した。

デイヴィッドはいっぽうを選び、その先端で樹脂を少し掻きとると、ランタンの炎の上にかざした。ケンブルとド＝ローアンがしゃがんで見守る中、彼はレバーをあちらこちらに傾けて熱を当てた。みるみるうちに、樹脂のかたまりが白っぽくなり、蠟のように溶けはじめたかと思うと、ふくれあがってシューシュー泡立ちはじめた。

デイヴィッドはすかさずそれを鼻に近づけ、おっかなびっくり、少しだけ吸いこんだ。「うっ！」と叫び、強烈な臭いにのけぞった。「間違いなくアヘンだよ」

ケンブルが気色ばんで言った。「では、アヘン窟へ行かれたことがあるのですね、旦那様？」

ブーツのつま先ですばやくしごき、デイヴィッドはアヘンの残りを掻き落とした。「まあ何度かは」と、石の床を見おろしたまま、静かに認めた。「自堕落な生活の嘆かわしい帰結、ときみらは考えてるんだろうな」

「たしかに、べつのお答えを聞ければ幸いでした」ド＝ローアンがうなった。

デイヴィッドは苦々しげに笑って立ちあがった。「では、失踪者を捜しにいったのだとでも言っておこう。遺憾ながら、友人たちがその手の場所に消え、いつになったらもどるのか不明なことがあるのさ」

ド＝ローアンもがばと立ちあがり、「愚かな友人たちをお持ちですな、子爵」

「アヘン常用者も愚か者も、上流社会ではめずらしくないよ」デイヴィッドは答えた。

「そしてその浮薄な上流社会が、この忌むべき商品の闇市場を生むのにひと役買っているのです」ド＝ローアンが食いついた。

デイヴィッドはレバーをケンブルに返し、「わかっているさ」と静かに言った。「それを誇りに思ってはいないよ」

「せめて、そんな連中は強欲な医者を買収し、合法的なアヘンを手に入れるのに富を使ってほしいものです」ド＝ローアンはぴしゃりと言った。「そうすれば汚らわしい習癖をこちらの地元へ持ちこまず、ウェストエンドの寝床で死んでくれるかもしれない」

ケンブルがうんざりしきったように、ドアへと向かいはじめた。「ではお二人がつまらん受難劇を演じているあいだに、あちらの部屋へもどらせてもらいます。道具をひとつ落としたようなので」だが彼のブーツが戸口の向こうへ引っこむ間もなく、上のほうで蝶番のきしる音がした。

「くそっ！」ド＝ローアンが腹立たしげにささやいた。「誰かおりてくるぞ。逃げろ、ケンブル！」

たちまち、ケンブルは暗がりに姿を消した。ド＝ローアンは厚板の扉をすばやく閉め、小さな金属のかんぬきをかけた。

瞬時にランタンの炎を消し、デイヴィッドは扉のわきの壁に身体を押しつけた。戸口の反対側から、ド＝ローアンのかすかな息遣いが聞こえる。ほかに隠れる場所はなかった。とにかくケンブルが路地に逃れ、誰であれ上からおりてくる者が、この部屋に関心を抱かないように祈るしかない。

自分の心臓がどきどき打つ音にまじって、木の階段をよろめきおりてくる騒々しい足音が聞こえた。どうやら、一人ではないようだ。とつぜん、厚板の扉の向こうで鮮明な女の声がした。

「ううっ！　このいやらしい地下室は大嫌いだよ」今や下町なまりまるだしの、マザー・ダービンの声だった。「今日は月曜じゃないから、家賃は払えないよ。それに、どうして話をするのにここへおりてこなきゃいけないのかね」

「このためさ、うすのろめ」太いしゃがれ声がとどろくと同時に、平手で肌をひっぱたく音が闇を切り裂き、デイヴィッドのかたわらの扉にどさりと頭のぶち当たる音がした。

「売女《ばいた》どもをここから遠ざけておかねえと、これきしじゃすまなくなるぞ」さっきの声が続けた。「おかげでいまいましいド＝ローアンとやつの犬ころが、ウォッピングの川べりをあれこれ嗅ぎまわってやがるんだ。ちくしょうめ」

マザー・ダービンも負けてはいなかった。「そうはいってもね」と冷ややかに言う。「こちらだって日がな一日、あの娘《こ》たちを見張っちゃいられないさ！　店の仕事があるんだ。それは最初に言ったはずだよ」扉の向こうで、彼女が床から立ちあがり、厚板によりかかったとおぼしき音がした。扉はキーッと内側へかしいだが、ド＝ローアンがかんぬきを奥までしっかりかけていた。

「なら、あのあばずれどもを上の階から出さんことだ」しゃがれ声の男は言った。「でなきゃ、どこかよそで商売をするんだな。ボスにはこの地下室が必要なんだ、しかたなかろう。いいか、よく聞け――ブラックウォール・リーチにコンスタンティノープルから着いたばかりの船が停泊してる」

デイヴィッドは懸命に記憶をまさぐった。あの奇妙な冷たい声は以前にも聞いたが、どこでだったろう?

「あたしの予定表に船なぞ載っちゃいないよ」マザー・ダービンが食ってかかった。

「予定表なんぞクソくらえ」男はうなった。「積荷は荷馬車でコヴェント・ガーデン経由で運びこまれるはずだった。ところが、厄介ごとが生じた。誰かがボウ・ストリートの捕り手どもにおれの店を見張らせてるんだ――おおかた、あのいまいましいド＝ローアンだろうがな。だからやばいようなら、積荷は河をさかのぼってここへ運ばれる。おまえさんも馬鹿でないなら、それについてぐずぐず文句は言わんこった」

マザー・ダービンは不満げだった。「けど、今度はちっとは脳ミソのある船乗りを買収しとくれよ」と、皮肉たっぷりにやり返す。

男は低い、不快な笑い声をあげた。「ああ、今度は中国人を雇ったよ――女のことしか考えない馬鹿なフランス野郎どもじゃなくてな。中国人はブツを少々吸っちまうかもしれないが、世間知らずの売女をここへ引きずりこんで相手をさせたりはせんだろう」

マザー・ダービンはしばし黙りこくった。それからついに、そっけなく答えた。「いいわ。荷揚げはいつ?」

「必要になったら、知らせるよ」相手は冷ややかに言った。「たぶんおまえさんには知らせるまでもなかろう、この件はボスがじきじきに処理するようだからな」

「ボスが？」マザー・ダービンはいぶかしげに言った。「なぜさ？」

「なぜって、おれたちはいまいましい捕り手どもに見張られてるからさ」男は吐き捨てた。だから
「まあ、そっちには関係ないことだが、あきらかに誰かがやつらにたれこんだんだ。だから
それを言ってるんだよ。おれたちは誰を信用するか、注意しなきゃならんのさ。さて、じゃあ、そのでかい尻をふって上の階へもどったら、おれのひいきの痩せこけた黒髪の娘を呼んでくれ。その気になってきたが、おまえさんはタイプじゃないからな」

マザー・ダービンが背中を離したとみえ、厚板の扉がぎいっと鳴った。とつぜん、男が鋭く息を吸い、「やれやれ、何てこった」と毒づいた。「みろ、このアマめ——誰かが倉庫のかんぬきをかけ忘れてるぞ」

このアマめ。

その心ない言葉が、ついに記憶を喚起した。コヴェントガーデン、ボウ・ストリート。そうか！　あの冷たい声が今やはっきり思い出された。グライムズ。薄暗い路地でドット・キングを殴った——それにおそらくは陵辱した——男だ。

そのグライムズが、今にも扉を押し開けようとしている。漆黒の闇の中で、デイヴィッドは拳銃をまさぐった。銃床がひやりと指に触れると、不意にグライムズの脳天を吹き飛ばしたくてならなくなった。だがそれでは、女を殴るようなやつには安楽すぎる死に方だ。

どのみち、扉は開かれなかった。かわりにグライムズはマザー・ダービンをもういちどひっぱたき、キーッと耳ざわりな音をたてて木製のかんぬきをはめた。これでこちらは、ケン

ブルがわざわざ地下室へもどってくるほど勇敢か馬鹿でないかぎり、逃げ道を絶たれてしまったわけだ。厚板ごしに、上の階へもどってゆく足音が聞こえた。

「いやはや！」暗闇の中で、ド＝ローアンがささやく。「おかげで寿命が十年は縮みましたぞ、ドラコート」

デイヴィッドはポケットから手を出して金属のかんぬきをまさぐり、そっとはずした。だが今や扉は外側から固定され、どうにもできそうにない。「ケンブルが何か思いつくはずだ」デイヴィッドはじっさいよりも自信ありげな口調で言った。

まさにそのとき、彼の念力が通じたかのように、木のかんぬきのはずれる音がした。静かに蝶番が動き、厚板の扉がさっと内側に開く。

「さあ！」と、ケンブルの切迫したささやき声。「やつらがもどってくるまえに逃げ出しましょう」

うながすように近侍の手が突き出されたのに気づき、デイヴィッドはド＝ローアンを戸口へ押しやりながら尋ねた。「いつのまに中へもどったんだ？」

「外へは出ていません」這いずり出る警部を助けながら、ケンブルは答えた。「戸棚に隠れておりました。じつに興味深い内緒話でしたな？」

ド＝ローアンがとなりの部屋にあがると、デイヴィッドはケンブルにランタンを渡してあとに続いた。ほどなく彼らは地下室を出て、ケンブルが巧みに施錠しなおし、その場をあとにした。運がよければ、マザー・ダービンは彼らが侵入したとは夢にも気づくまい。

薄暗い、曲がりくねった横道をすばやくもどるあいだに、デイヴィッドがあのしゃがれ声の男の正体について話すと、ド＝ローアンも納得したようだった。「ではあいつはじっさい、監視されてるわけか」警部はくすくす笑った。「ただし、本人が考えているのとはちがう理由で！」

「ああ」デイヴィッドは冷ややかに言った。「ぼくがグライムズを監視させたのは、ミス・キングへの仕打ちが理由だ。ひと目でろくでなしだとわかったからさ」

馬車に帰り着いたころには、彼を血祭りにしたい衝動もおさまり、デイヴィッドは徐々に理性を取りもどしていた。だが、ド＝ローアンは一歩先を行っていた。「まずは、グライムズが謎のミスタ・スミスだと証明しなければ」警部は考えこむように言った。「あなたを疑うわけではないが、子爵、まだ治安判事を納得させるのは無理でしょう。やつが言っていた船に乗りこむ手もある……あの説明と一致する船は、それほど多くはないはずですからな。しかし、グライムズは陸《おか》にいる誰かのために働いているようだし、わたしは雑魚《ざこ》より大魚を釣りあげたい」

ほの暗い光の中で、デイヴィッドはド＝ローアンを見つめた。「では、われわれはマザー・ダービンを訪ねてみるべきだろう。しばらく寝たあと、またブラックホース・レーンで落ち合うことにしてはどうかな？　ええと、十時にコーヒーハウスで。あそこなら、売春宿に出入りする連中を残らず見張れる。そのあと彼女を尋問すればいい」

ド＝ローアンが躊躇《ちゅうちょ》しているのがわかった。「ではまだ〝われわれ〟ですか、子爵？」警部はぶっきらぼうに尋ねた。「あなたはこの無謀な追跡劇を続けられるのですね？」

「ああ、そうとも」デイヴィッドは穏やかに答えた。

# 17　ハムステッドへまっしぐら

セシリアは多くの美徳をそなえていたが、しばしば周囲の者たちを悩ませるのは、忍耐と用心に欠ける点だった。そんなわけで、翌日の正午には、しぶしぶ供をするジェドをしたがえ、エッタの不吉な警告などどこ吹く風と、ハムステッドへ馬を進めていた。

ロンドンの街並みが背後に遠ざかるにつれ、セシリアはいよいよ、おのれの使命への確信を深めた。さいわい、デイヴィッドは約束どおり窓に石を投げ、夜明けまえに彼女を目覚めさせていた。窓の下の通りをのぞくと、街灯の光を浴びた彼が歩道にたたずみ、にやりと笑みを浮かべていた。きっと何か見つけ出したのだ。闇の中に広がる固い決意が感じられた。

今や、彼は臭いを嗅ぎつけた猟犬さながらに、勢いこんで殺人者を狩り出すべく、薄暗い危険な場所を探りまわるだろう――すべての背後にベンサム・ラトレッジがいると信じて。そうするうちに、まったくべつの角度からくる脅威に不意をつかれかねないと、セシリアは恐れはじめていた。

そんなことになったらわたしのせいだ。そう、デイヴィッドが初めて〈ナザレの娘たち協会〉にあらわれた日から、セシリアは彼の人格を中傷し、誠意を嘲笑《あざわら》ってきた。何と間違っていたことか！　彼はたぶん、その間違いを証明しようとせずにはいられないのだ——それも危険きわまりない方法で。

どうにかしなければ。眠れぬ一夜が明けるまで、セシリアは何度もラトレッジとの奇妙な会話を思い浮かべた。彼の言葉、彼の顔、注意深く隠された感情——それらが今も気になっていた。ほかにもある。たしかに、ささいなことばかりだ。けれどすべてを足し合わせると、彼はたしかに、今回の事件で、責めを負うべき男ではなさそうだった。とはいえ、彼とデイヴィッドが反目し合っているのは間違いない。なぜか、デイヴィッドがド＝ローアンとの会話で、若き日の自分を彼と比較したのも気になった。ひょっとして、デイヴィッドの敵意は私的なものなのだろうか？

だが、ラトレッジに関する彼女の憶測が事実なら、彼らも態度を軟化させるのでは？　少なくとも、危険な夜明けの果たし合いは回避できるかもしれない。それに、メグとメアリを殺した者を見つけるつもりなら、そのために必要な情報をラトレッジが持っているはずだ。

リージェント・パークからハムステッドの風光明媚《めいび》な村までの道のりは長くはなく、冬のさなかでも周囲の景色は快かった。だがセシリアは、村が近づくと目に飛びこんできたみごとな景観にも、ろくに注意を払わなかった。教会のまえでゼファーの手綱を引き、しばし歩みをとめて、荒れ野の縁に整然とつらなる家々とコテージに目をやった。

「さて、どうします、奥様？」ジェドが尋ねた。「その悪党が見つかるまで、片っ端からドアをたたくわけにもいかんし」

セシリアは馬をそっと小突いて前へ進めた。「何か店が見えるまで、このままハイ・ストリートへ進みましょう」自信たっぷりに答えた。「青果店とか酒屋とか、ラトレッジがちょくちょく使いそうな店」

だがそう簡単には運ばなかった。どの店の主《あるじ》も、ラトレッジなどという男は聞いたこともないという。そもそも、名うての放蕩者がこんな静かな田舎に住むとは妙な話だ。彼がデイヴィッドのいうほど自堕落な男なら、村人たちは妻や娘を家に閉じ込めておくだろう。けれど、村の愛らしい小道は妻や娘たちであふれ、彼女たちの誰ひとりラトレッジを知らなかった。

ブラックホース・レーンでは、コーヒーハウスの朝のにぎわいが一段落し、今では低いざわめきに混じって、ときおりティースプーンがカチャカチャ陶器に当たる音が響くだけになっていた。深煎《ふかい》りのコーヒーとトーストの香ばしい匂いがただよう中、種々の商人や事務員、船乗りたちがドアから踏み出し、今日の仕事にかかるべくいさんで通りへ出ていった。

やがて、よれよれの新聞をポケットから突き出した茶色いコート姿の男がテーブルのわきを通りすぎたが、デイヴィッドはろくに気づかなかった。煤けた窓ガラスごしに、〈マザー・ダービンの館〉の入り口の短い階段にぼんやり見入っていたからだ。

「彼女のことを考えているのですね？」ド＝ローアンは穏やかに尋ねた。せまいテーブルの向かいに腰をおろした彼のその声が、どこか遠くから響いてきたかのようにデイヴィッドの思考を貫いた。

デイヴィッドはやおら、窓から目を引き離して警部に向けた。「マザー・ダービンのことを？」かすかに面白がっているような口調で尋ねる。

ほとんど目につかないほどわずかに、ド＝ローアンはかぶりをふった。「ああ……いや」

自分の考えを口にしたのを大いにくやんでいるようだ。「レディ・ウォルラファンです」

心ならずも、デイヴィッドはゆがんだ笑みを浮かべた。「ああ」と静かに言い、空っぽのコーヒーカップに視線を落とす。「そうだな、たぶん」

ド＝ローアンはさりげなく咳払いした。「わかります」欲望も羨望《せんぼう》も感じさせない声だった。「たいした女性ですからな」

デイヴィッドはとつぜん、キーッと音をたてて椅子を引き、「さしあたり、ぼくの不運な情事は忘れよう」と静かに言うと、硬貨を二枚テーブルに投げ出した。「これでもマザー・ダービンが相手なら、もう少し幸運を期待できるかもしれないぞ。さあ、行こう。どうやらここから見えるものは何もなさそうだ」

だが〈マザー・ダービンの館〉にも、見るべきものはろくになかった。わずか二分でド＝ローアンはにぎやかな通りを突き進み、館のたくましい用心棒を押しのけ、デイヴィッドとマザー・ダービンのオフィスに乗りこんでいた。彼女は即座に二人を値ぶみした。ド＝ローアンへの視線には怖れと嘲笑《ちょうしょう》が入りまじり、ちらりとデイヴィッドに向けた目は、さらに多くを物語っていた。

ド＝ローアンだけなら、悪事にたずさわる者が敵を察知する、例の昔ながらの直感で対処できる。だがウェストエンドからやってきた高貴な客は、あきらかに彼女を戸惑わせていた。彼の交戦規定は彼女には未知のものだった。マザー・ダービンはすぐさま警戒態勢をとり、たんなる疑念を超えた目つきで彼をながめまわした。

よし、いいぞ！　デイヴィッドはひそかな満足を覚えた。扱いなれた悪魔のほうがましだろう、ミセス・ダービン？

今日の彼女はラヴェンダー色のけばけばしい花柄のドレス姿で、豊かな腕と胸がたっぷりあふれ出ている。デイヴィッドは熱湯の輪じみと、吸いさしの葉巻の焦げ痕だらけのテーブルごしに彼女を見つめた。

「ですから、お役に立ちそうなことは何も存じませんわ、警部」彼女はこれで三度目になるせりふを、昨夜とはうってかわった洗練された発音で口にした。とはいえ、たしかに昨夜のあの声で、ド＝ローアンもそれに気づいたようだった。

警部はのどの奥でかすかにうなった。外の歩道に残してきた黒いマスチフ犬とそっくりの声だ。

それに応えて、マザー・ダービンは笑顔でひょいと肩をすくめた。「さっきも申したように、わたくしはここを借りているだけです——地上の三階分を。地下室や屋根裏のことは何も知りません。ミスタ・スミスをお捜しなら、あいにく、どこにいるやら見当もつきませんわ」

「いや、見つけてみせるぞ、ミセス・ダービン」ド＝ローアンは静かに言った。「かならずな。それに、そこでやめるつもりはない」

女主人の顔にちらりと動揺の色が浮かんだが、すぐにかき消えた。「たしかに」彼女はあっさりと認めた。「あなたがうちの玄関を見張りたければ、とめるわけにはいきません。いずれは、彼があらわれるでしょう」

不意に、マザー・ダービンは立ちあがった。あきらかに、この会見は終わったという意味だ。彼女は相手が何も証明できないのを見抜き、あらゆる質問を巧みにかわしていた。ド＝ローアンのじりじりするような欲求不満がデイヴィッドにも伝わってきた。残念ながら、ろくに法的権限のない彼らには、この売春宿をたえず監視することぐらいしかできない。そうしたところで、ただちに成果が得られるか疑問だ。とりわけ例の〝積荷〟とやらがコヴェント・ガーデンのほうに行ってしまえば。グライムズはぶつくさぼやいていたが、警察側の人手は二カ所はおろか、一カ所を見張るのにも不足なぐらいだし、コヴェント・ガーデンは水上警察の管轄区域から遠く離れている。

では、法的権限がないのなら……

デイヴィッドはやにわに立ちあがり、帽子を取りあげた。「いいかな、マダム」と冷ややかに言う。「密輸はさておき、あなたの商売仲間はメアリ・オゲーヴィンを殺すという重大な過失を犯した。今やこちらにとってこの件は、きわめて私的な問題になったんだ。もし警察がこれを……いわば〝通常の手順〟で解決できないなら、ほかにも方法はあるんだよ。どういう意味かわかると思うが」

たちまち、マザー・ダービンの顔から血の気がひき、青ざめた肌にルージュの真っ赤な色だけが浮かびあがった。「まあ……人を脅す気じゃないでしょうね！」怒りのこもる声で言い、彼女はうしろへ飛びのいた。

デイヴィッドは軽く眉をつりあげ、上着のポケットから名刺を一枚とりだした。「今のところ、誰も脅してないさ」尊大な手つきで、名刺をテーブルに投げ出した。「やるとなれば、ぼくの脅しはおおむね明白で、誤解しようのないものだ。では、もしあとで何か話す気になったら、ミスタ・ド＝ローアンの仕事場かこちらのその住所に知らせてくれ」

「そんな気になるかしら」女主人は意地悪く言った。

ド＝ローアンがかぶりをふった。「ちょっと訊くが、ミセス・ダービン、あんたはブライドウェル監獄の中を見たことがあるか？」猫なで声で尋ねた。「あの冷たい、陰気な壁の内側で、あんたみたいな連中に何が起きるか想像できるかね？」

マザー・ダービンは一瞬ためらったあと、何ごとか決意したように、壁ぎわの小さなクルミ材の書き物机にすばやく近づいた。抽出《ひきだ》しを開け、中の仕切りのひとつから紙を取りだし、どこかの住所を走り書きしてド＝ローアンに突き出した。「この家はレドンホール・ストリートの会計事務所から借りたのよ」と、こわばった声で言う。「お捜しの男はそこで見つかるかもしれないわ。さあ、もう出ていって」

用事はすんだ――当面は。驚くほど明るい外の陽射しの中へ踏み出すと、ド＝ローアンは手にした紙をいまいましげに握りつぶした。「例の場所かい？」デイヴィッドはそっけなく尋ねた。

「そうです」とド＝ローアン。「だがまあ、もういちど訪ねてみるとしましょう。あなたも行きますか？」

わき道を出て、待たせておいた馬車へと通りを横切りながら、デイヴィッドはかぶりをふった。「無理だな。今朝はちょっと、伯爵夫人と話をつけたいことがあるんだ。あとで成果を知らせてもらえればありがたい」

ハムステッドに着いて二時間近くがすぎ、セシリアは村はずれの鍛冶屋《かじ》のそばに来ていた。ベンサム・ラトレッジはいっこうにつかまらず、彼女は捨て鉢になりはじめていた。ひょっとして何か、見つからなくて当然の理由があるのでは？　偽名でも使っているとか？

そう考えたとたんに、はたと思い出した。彼は義姉の家に住んでいるのだ！　べつに誰からも隠れているのではない。セシリアは記憶をまさぐり、デイヴィッドが口にしていた名前を思い浮かべた。トレ、イ、ハ、ーン。

ジェドが鍛冶屋に入り、あっという間にもどってきた。「ヒース・ストリートの奥だそうですよ」彼は告げた。「あそこの角を曲がって〈キャッスル〉とかいう旅籠《はたご》を通りすぎたら、左側の三つ目のコテージです」

「ありがとう、ジェド」セシリアは安堵の吐息をついた。

間もなく、二人は旅籠屋のまえに着き、その先の樹木のおいしげる小道へ馬を進めた。三軒目の家は小ぶりだが、コテージと呼ぶには立派すぎるほどだった。蔦《つた》におおわれた赤煉瓦の古い二階家で、急勾配のスレート葺《ぶ》きの屋根の左右に一対の煙突が立っている。こざっぱりした錬鉄のフェンスで囲まれた庭は、手入れが行き届いているようだ。

セシリアは家の正面の冬枯れた樫《かし》の木の下で馬をおり、手綱をジェドに渡した。「すぐにもどるわ」じっさいよりも強気な口調で言い残し、フェンスの出入り口《ゲート》に近づいたとき、背中のまがった老女が玄関からよろよろ姿をあらわした。全身黒づくめの服装で、フリルのついた古風な白い帽子をかぶり、腕には買い物籠《かご》をさげている。

セシリアは胸をどきどきさせながら、ゲートのわきで彼女を呼びとめ、「こんにちは、マダム」と丁重に言った。「ミスタ・ラトレッジはご在宅かしら？」

老女はうなずき、礼儀正しい無関心な表情で掛け金をあげてゲートを開いた。「はあ、ベントレー若旦那様なら」片手を家の裏のほうに向け、「あちらの庭をぶらぶらなすってますよ。ご自由に入ってお声をかけてください」

セシリアはいささか戸惑った。これほどあっさり運ぶとは。それに目のまえの女性は、とうていラトレッジの雇いそうな使用人には見えない。「ありがとう、そうさせてもらうわ」かろうじて答え、老女の指さした砂利敷きの小道へ踏み出した。

背後で老女がジェドに陽気な午後の挨拶をして、錬鉄のゲートをガチャリと閉めるのが聞こえた。乗馬用ブーツで砂利をザクザク踏みしめ、セシリアはきれいに刈りこまれたツゲに縁どられた小道を進んだ。横手の庭には花壇が並び、鋤《す》き返されたばかりの土が春の訪れを待っている。ほどなく、曲がりくねった小道は家のわきのライラックの茂みを迂回して、つるバラにおおわれたトンネルに入っていった。そこを通り抜けるあいだは、夏にはどれほどすてきか想像することしかできなかった。

やがて不意にトンネルが終わり、セシリアは中央に石の噴水がある美しい裏庭に出た。錬鉄のフェンスにそってバラの木が幾重にも並び、それぞれの茂みが低い石垣で巧みに縁どられている。いちばん奥の一角で、熊手を持った男が片ひざをつき、茂みの周囲の土にじっと見入っていた。

男はとつぜん、バラの節くれだった根元をつかんで猛然と揺さぶった。「いまいましいアリめ」と、うなるように言う。「くそっ、まだ三月にもならないんだぞ」夢中でにらみ、毒づいていたせいで、ラトレッジはセシリアが近づいてくるのに気づかなかった。

彼が眉根を寄せたまま、さらに身を屈めると、セシリアは思わず、くすくす笑いそうになるのをこらえた。「ミスタ・ラトレッジ？」ラトレッジはぱっと頭をあげ、午後の空のまぶしさに両目を細めた。

とつぜん、相手が誰かに気づき、立ちあがって熊手をフェンスに投げかけた。「おや、驚かせてくれますね、レディ・ウォルラファン」彼は静かに言い、長い脚のいっぽうをさっと花壇から芝生におろした。「まさか、次はこうくるとは思わなかったな」

　奇妙な言葉、と考えながら、セシリアは切りだした。「お邪魔してごめんなさい、ミスタ・ラトレッジ。でもおたくの使用人に直接こちらへくるように言われたの。彼女は市場へ行くところだったようだわ」

「やあ——いかにも婆やらしいな」食い入るようにセシリアを見ながら彼は答えた。「もちろん、このローズランズ・コテージでは誰も堅苦しい形式にはこだわりませんがね」

「婆《ナニー》やですって？　〝バラの園《ローズランズ》〟などというコテージに婆やと住んでいる男が、放蕩者のはずはない。セシリアは確信しかけたが、それは大きな間違いだった。ラトレッジはじわじわと、獲物をねらう獣の優雅な動きでこちらへ進み続けていた。昨夜の無害なユーモアは影をひそめ、はるかに非情な表情で。何か怒っている……いや、それより……侮辱されたと感じているようだ。

　しだいに近づきながら、ふたたび口を開いたラトレッジの声は、静かな誘惑の響きを帯びていた。「まだ乗馬鞭《むち》を握りしめていますね、伯爵夫人」彼は彼女をながめまわした。「それが必要かもしれないというわけかな？」

「まあ、まさか！」セシリアは神経質に鞭を草むらに投げ出した。「これは——忘れていただけよ」

　ラトレッジはすかさず屈みこんでそれをつかんだ。作業用の手袋はしておらず、有能そうなマメだらけの手をしている。「ひどく緊張しているようですね、レディ・ウォルラファン」

彼女の鞭を長い指のあいだですべらせ、意地悪く両目を光らせた。「ご心配なく。あなたが何のためにいらしたか、すでにわかっているつもりです」

セシリアは一インチだけあとずさり、「いいえ、ミスタ・ラトレッジ、そんなはずはないわ」と、われながら驚くほど落ち着いた声で答えた。「わたしが欲しいのは情報だけです」

「ほう、情報？」ラトレッジは軽やかに言った。「それはたしかですか、伯爵夫人？　何かもう少し具体的なものが欲しいんじゃないのかな？」

「わたしを誤解なさっているわ、ミスタ・ラトレッジ」ぴしゃりとやり返す。

「そうかな？」彼はささやき、もう少しだけ近くへ踏み出した。「あなたは、レディ・ウォルラファン、ぼくに信じこませたいわけか——お友だちのドラコートのさしがねでやって来たわけではないと」なかば上の空で片手をあげ、彼女の襟元に垂れた髪をつかんだ。

「そうでないことは保証します」セシリアは冷ややかに言い、ラトレッジの手をはねのけた。だが、にわかに不安がこみあげていた。

「ならば、マダム」ラトレッジは猫なで声で続けた。「あなたの関心がより利己的なものであることを示したほうがいい」

「そんな強がりで脅そうとなさってても無駄よ、ミスタ・ラトレッジ」セシリアは主張した。「その手は通用しません。わたしはもう、本来のあなたを見てしまったの。根はむしろ素朴な——」

最後までは言えなかった。強靭《きょうじん》な馬車用の鞭さながらに、彼の腕がさっと腰に巻きついて彼女を引き寄せたのだ。あわてて押しとどめようとしたとき、ラトレッジがもがき続ける彼女の唇をとらえ、初めは優しく、しだいに力をこめて口づけした。どっと恐怖がこみあげた。彼のキスは、デイヴィッドのそれとは似ても似つかなかった。冷たい、値踏みするような感触で、両手は容赦なく彼女をつかんでいる。

ジェド！　金切り声でジェドを呼ばなければ！　力なくもがき、ようやく片手が自由になると、セシリアは彼をひっぱたこうと手を引いた。だがその刹那《せつな》、なぜかラトレッジがもんどりうって地面に倒れ、石の噴水の基部に当たった頭がバキッと不吉な音をたてた。

両手をさっと口にあて、セシリアはラトレッジのまえに立ちはだかった男を見つめた。ジェドではない。

まあ、大変……

「このろくでなしの悪党め」デイヴィッドはうなり、草の上に大の字をかいた男を見おろした。「あんなまねをするとは、あばら骨をへし折ってやりたいほどだ」

彼が片足を引くようなそぶりをすると、ラトレッジはすばやく、猫のように身をひるがえして立ちあがった。「ひと暴れしたいなら、ドラコート、喜んで相手になるぞ」片手を握りしめ、反対側の手でデイヴィッドをさし招きながらけしかけた。「さあ、伊達《だて》男！　ちょうど退屈しきってたんだ」

「無礼な、レディのまえだぞ」デイヴィッドはうなった。「今すぐ彼女に謝罪しろ」

ラトレッジは戦闘のかまえを解き、上体を起こすと、「へえ?」と、不気味に静かな声で言った。「なぜかな？　こちらのレディはわざわざ人の家まで訪ねてきたんだぞ。過去の経験からして、それはだいたい情報いがいの何かが欲しいということだ。あるいは女らしい手練手管で役目を果たすために、どこかの男に送りこまれたのさ」

たちまち、デイヴィッドが彼の襟首をつかんで引き寄せた。「今の言葉についてもあやまってもらおう」

「その気はないね」ラトレッジはせせら笑って彼を押しやった。

デイヴィッドは一歩だけあとずさり、「ミスタ・ラトレッジ」と、落ち着きはらった声で応じた。「やはりわれわれは一戦交えるしかなさそうだ」

セシリアはまえへ飛び出した。「デイヴィッド、どうかしてるわ！　彼はわたしにキスしようとしただけよ」

デイヴィッドは両目を怒りにたぎらせてさっとふり向き、「セシリア、きみは黙っていろ」と言うなり、ラトレッジに視線をもどした。「で、そちらの介添え人は？」

「ロバート・ローランド卿かな？」ラトレッジは悪意に満ちた声で言い、上着の袖から草を払い落とした。

「ほかの名を挙げろ」デイヴィッドは迫った。「さもないと神に誓って、今すぐ素手でおまえを殺してやるぞ」

ラトレッジは皮肉たっぷりにくつくつと笑い、「いいだろう」と、愛想よく言った。「男に二人の友人のいっぽうを選ばせるのも気の毒だしな。では明日、ミスタ・ウェイデンにそちらへ挨拶にいかせるよ」

デイヴィッドは横目でちらりと、セシリアが割りこもうとするのをとらえ、すかさず腕をのばして押しとどめた。「デイヴィッド」セシリアは語気を強めた。「こんなの馬鹿げてるわ！」

デイヴィッドは無視した。血なまぐさい欲望が全身で脈打ち、もはやそれを満たすしかないという、冷たい確信がこみあげていた。何か、セシリアへの侮辱よりもさらに重大な理由のために、ぜひともこの若者に思い知らせたかった。「では、武器を選んでもらおうか」デイヴィッドはうながした。

ラトレッジは音に聞こえた射撃の名手で、何を選ぶか疑問の余地はない。ところが、彼は考えこむようにあごをつまんで無精ひげを撫で、やがて、不意に手をおろすと、呆《ほう》けた笑みを浮かべて「剣だ」と答えた。

いやはや！　こいつがそんな間抜けとは。なるほど、デイヴィッドも射撃の腕はいい。だが剣にかけては、致命的な強さで知られている。「では剣で」彼は同意した。

とつぜん、ラトレッジの顔がにやりとほころんだ。「で、あなたはぼくを殺したいのかな、子爵？　それともたんに、このハンサムな顔を傷つけたいだけ？」

この若造には何やら自殺願望でもあるようだ、とデイヴィッドは考えた。「それは、そちらの出方しだいだよ」

ラトレッジはほんの一瞬ためらったあと、「ならばこちらは」と、なめらかに礼をした。

「その完璧な耳を、少なくともひとつはそぎ落とすとしよう」

「まあ、やってみたまえ」

ラトレッジはいそいそと、ご馳走でも待つように両手をこすり合わせた。「では、そういうことで」と、ほとんど陽気な口調で言ったあと、「だが考えてみれば、どうして待つんだ？　すぐそこの家に、フィレンツェ製のすてきな剣《つるぎ》のセットがあるのに。ぼくもまだ使ったことがないんですよ。さっきも言ったように、ここはえらく退屈なところなのでね」

数秒後には、セシリアはバラの柱廊の奥へと追いたてられ、ゲートの外の小道へ連れもどされていた。

「デイヴィッド、気でもふれたの？」セシリアは首をねじまげて彼を見あげた。「これこそまさに、わたしが防ごうとしたことよ！　彼を殺してしまったらどうするの？　あなたが傷ついてしまったら？　いったい何のつもりなの？」

だが、デイヴィッドは何も耳に入らないようだった。暗く硬い表情で、容赦なく彼女の腕をつかみ、そのままずんずん小道の向かい側へと追いたてた。そこではジェドがまだ二人の馬を見張っていたが、今やそれに加えて、汗にまみれた四頭のみごとな騸馬《せんば》の手綱を握りしめている。

美しい四頭の黒馬は、同じように美しい、漆黒の四輪馬車《パエトーン》につながれていた。御者台が高く突き出た、速さが特徴の優美な馬車だ。四頭立てのものは、よほど腕利きの御者にしかあやつれない。どうりで、デイヴィッドはこんなに早く追いついたわけだ――エッタがよけいなことをしゃべって彼を送りこんだにちがいない。

デイヴィッドは無言で彼女を馬車へと引ったて、いささか手荒に座席へ押しこんだ。それからジェドをふり向き、「彼女をここへ連れてきたのは浅はかだったな」とぶっきらぼうに言うと、上着から拳銃を取りだして渡した。「さあ、彼女を見張っていろ。そしてまんいち十五分たってもぼくがもどらなければ、無事に家へ連れ帰ってくれ」

だがセシリアは頑固に高い座席から飛びおり、あやうく足首をひねりかけながら、よろよろ彼のあとを追った。「デイヴィッド！　まさか本気じゃないわよね！　どちらかが死ぬかもしれないのよ！」

すさまじい形相でデイヴィッドが首をめぐらし、彼女とジェドをねめつけた。「それなら、きみらはぼくが殺《や》られるように祈るんだな」

セシリアの胸に怒りがひらめいた。「デイヴィッド、これは決してジェドのせいじゃないわ。わたしが無理やりついてこさせたの。それに、お気づきじゃないかもしれないけど、彼はわたしの使用人よ」

デイヴィッドは信じられないといわんばかりに彼女を見つめた。「きみはお気づきじゃないかもしれないが、マダム」と、彼女を指で小突きながら言う。「彼はじきにぼくの使用人になるかもしれないんだぞ！　きみがここへ来たために巻き起こりそうなゴシップからして、ぼくらは結婚するしかないだろう」

「そんな必要はありません」セシリアは噛みついた。「それはもう何年もまえに話し合ったはずよ」

「セシリア、もう話し合いは終わりだ」デイヴィッドは取りつくしまもない顔つきだった。「ぼくがたどり着きつつある結論によれば、きみには夫が必要だ、ぜひともな。分別ある女性なら、ラトレッジみたいな悪党と対決しに相手のねぐらへ――」

「バラの園《ローズ・ガーデン》よ！」セシリアはぴしゃりとさえぎった。「あなたが罰当たり者と決めつけた男は、バラの手入れをしてたのよ！」

決闘など忘れ果てたかのように、デイヴィッドは小道の真ん中で動きをとめた。「セシリア、きみはぼくらがあの地下室で何を見つけたか、これっぽっちも興味がないのか？　こちらは話したくてうずうずしてるんだがね」

セシリアは少々やましさを覚え、「何なの？」と尋ね返した。

デイヴィッドの怒りはおさまらなかった。「アヘンの密輸の証拠さ」と、声を荒げ、「しかもラトレッジはぼくの知るかぎりでも三人の男を殺し、数えきれないほどの女を破滅させている。さて、では彼と対戦しにいくよ。互いの評判からして、さっさと決着をつけないと、この大失態はティータイムまでにメイフェアじゅうの人間の耳に入ってしまいそうだからな」

セシリアは両手をぎゅっと握りしめて叫び返した。「なぜ彼を挑発したりしたの？　あれはただのキスよ。なのに、あなたは彼を殺しかねない！　でなければ自分が傷つくのよ！」声がヒステリックにうわずった。「ええ、そうよ、この傲慢《ごうまん》なわからず屋！　痛い目に遭うといいわ！」

デイヴィッドの両目が不気味に細まった。「きみの名誉がかかっているんだぞ、セシリア」彼はうなり、足早にゲートのほうにもどりはじめた。「それを守るのはぼくの務めだ」

「あら、本当？」セシリアはあごを突き出し、挑むように言った。「なぜかしら。それはむしろわたしの兄、ハリーの責任よ。それでなければ、ジャイルズの」

かんぬきに手をかけていたデイヴィッドがくるりとふり向き、外套《がいとう》のすそが磨きあげられたブーツの周囲で渦巻いた。馬たちが非難がましく首をはねあげて鼻を鳴らしたが、彼は無視し、小道をこちらへもどりながら、しゃがれ声で言った。「ならば、男の務めとは何か見せてやるさ、赤毛のじゃじゃ馬め――ラトレッジとかたをつけしだいな」

彼が何をするつもりか気づいたときには、セシリアは広々とした胸に抱き寄せられていた。すばやく、ぎごちないほど狂おしい動きで、彼の口がむさぼるように唇をとらえ、焼けつくようなキスをした。ほとばしる感情のままに、所有者然として。ラトレッジの計算された抱擁とは大違いだ。デイヴィッドは片腕を腰にまわして彼女をのけぞらせ、もういっぽうの手でこめかみの髪をつかんだ。彼女の帽子がうしろへころげ落ちそうになるのもかまわず、天下の公道で――ジェドや、ぶらぶら歩いてくるかもしれない者たちのまえで――彼女の口に舌を押しこみ、反応も待たずにむさぼった。

やがてそれは、はじまったときと同じくらい唐突に終わった。

デイヴィッドは両手を彼女の肩にかけ、押しやるように遠ざけた。どうにかひざがくずれないように踏ん張りながら、セシリアが片手でボンネットをおさえたときには、彼はすでにゲートの奥に姿を消し、開け放たれた扉がそよ風の中で揺れ動いていた。

その後、デイヴィッドが足早にバラのトンネルの奥へもどると、ラトレッジは大きく枝を広げた楡《にれ》の木の下に、蓋《ふた》の開いた細長い革のケースを置いて待っていた。「どうぞお好きなほうを、子爵」若者は大きく片手をふり動かした。「どちらもお気に召さなければ、対戦は日のべしてもかまいませんよ」

「これでじゅうぶんさ」デイヴィッドは請け合い、外套と上着を脱いで木陰の枯れ草の中に放った。トップブーツとチョッキがあとに続き、ほどなく、彼はシャツと乗馬ズボンと靴下だけの姿で冬の冷たい空気の中に立った。

「ほう！」ラトレッジが静かに言った。「真剣勝負というわけか」

デイヴィッドは答えず、かわりに、小さなガーデンベンチを噴水と楡の木のあいだのスペースから引きずり出しにいった。ラトレッジの名誉のために言えば、彼も反対側の端をつかんで手伝った。それがすむと、今度はラトレッジが上着とブーツをものうげに地面に脱ぎ捨てた。

それから革のケースのほうにぐいと首をかたむけ、デイヴィッドに剣《つるぎ》を選ぶようにうながした。デイヴィッドは即座に一本をつかみ、なじみのないイタリア式の柄《つか》に指をまわした。どう見ても、好みの剣ではない。しかし、ラトレッジと銃を向け合わずにすむだけ幸運だった。じつのところ、勝利は確実だろう――年齢的な不利を差し引いても。それがラトレッジにはわからないのか？

どちらも堅苦しい形式には触れなかった。戦い方のルール、介添え人の不在はおろか、採点方式にさえ。ラトレッジは気にしていないようだし、たしかにこちらはかまわなかった。

ラトレッジは優雅に身をかがめ、残った剣を取りあげると、自信たっぷりに手の中ではずませた。「みごとな細工でしょう、子爵？」と、さめた口調で言う。「これはいわば、不運に見舞われたイタリア貴族から譲り受けたものでね。だから今日は、ぼくらが同じ憂き目に遭わないように祈りましょう」

よけいなおしゃべりは無用とばかり、デイヴィッドは剣をあげて試合開始の礼をした。

「構えて《アンギャルド》、ミスタ・ラトレッジ」

ラトレッジはさっと礼を返すと、襲いかかるヘビのように剣を突き出した。低い位置で刃と刃が当たり、不穏なメロディの出だしのように、キーッと不協和音をあげてこすれた。

われ知らず、デイヴィッドは身震いした。こんなことは数えきれないほどしてきたが、いまだに、金属のぶつかり合う音には興奮せずにいられない。もはやほかのすべて――セシリア、殺人、ド＝ローアン、彼自身の悩める心までもが消えて、午後の陽射しの中で不気味にきらめくラトレッジの剣しか目に映らなかった。

デイヴィッドは即座に反応し、刃先をさげたまま右足を踏み出し、腕の筋肉を引きしぼって激しく突いた。ラトレッジが両目を光らせて一歩だけ飛びのくと、さらに攻めたて、彼を楡の木へと後退させた。だが、ラトレッジもなかなかの腕前だ。

二本の刃が火花を散らし、ほどなく、どちらの男も息を切らしはじめた。デイヴィッドはしばし、受けにまわって相手の動きを観察し、弱点を注意深く脳裏に刻んだ。ラトレッジは——経験不足な者にありがちなことだが——彼の忍耐をためらいと見たようだった。やにわに、すばやいが稚拙な突きを入れてきた。左側の高い位置、あきらかにデイヴィッドの右肩を狙った動きだ。

巧みな防御でそれをかわすと、デイヴィッドの体内にどっと自信がみなぎった。相手は何度も攻撃をしかけたが、そのたびにうまく刃先をとらえて払いのけ、機敏にかわした。

しかし、ラトレッジも負けてはいなかった。つかのま、デイヴィッドの注意がゆるむと、優雅な動きでほぼ完璧な反復攻撃《ルドゥルブマン》をした。だが用意はできていた。デイヴィッドはふたたび、今度は左へ突いて出た。続けて低めに鋭く突くと、刃先がラトレッジの太腿をかすめた。

またもや若者が反撃し、すばやい危険な突きで彼を後退させた。デイヴィッドは額に汗が噴き出すのを感じた。ラトレッジには、技量の不足を補ってあまりあるスピードがある。その足は冷たい冬の地面を縦横に舞い、ストッキングが枯れ草を軽やかに揺すった。

デイヴィッドはふたたびまえへ飛び出し、刃を合わせて押しもどすと、フェイントをかけ、突きを入れ、相手を楡の木へと後退させた。一瞬、ラトレッジの顔に恐怖がひらめく。空中でまたもや二つの刃が出合い、すべり、低い位置でぶつかったかと思うと、擦れ合いながら徐々にさがってデイヴィッドの刃先が草に埋もれた。

ラトレッジは敏捷《びんしょう》だった――あまりにも。ぱっと剣をあげて躍りかかってきた。デイヴィッドがよけると、すぐさま立ちなおり、不器用ながら力強い一撃で彼の右腕を切り裂いた。即座に、ラトレッジは刃先をさげて飛びのき、二組の目が裂けたシャツの袖に向けられた。

血は出ていない。

「構えて《アンギャルド》、ミスタ・ラトレッジ」デイヴィッドは剣をかかげなおした。

すぐに勝負が再開された。足元の冷たく湿った地面に、力をかきたてられるようだった。剣をもった腕の筋肉があらゆる本能のままに、引きしぼられ、ゆるみ、まえへ飛び出す。それでも再三、ラトレッジは両目をきらめかせ、あざけるような笑みを浮かべて反撃した。デイヴィッドは再三、彼の剣を払いのけ、高く、低くかわして押しもどし、金属の舞う音を冷たい空気の中に響かせた。

一、二度、相手のすばやい防御の隙を突けそうな気がしたが、故意にじわじわと若者をけしかけた。ラトレッジは腕こそ達者だが、精神よりも肉体的な技巧に頼り、しだいに疲れを見せている。

またもや、ラトレッジはしゃにむに防御を突き破ろうとしたが、無駄だった。デイヴィッドの剣が刃をなぎ払った拍子に、彼のクラヴァットのひだをとらえた。

ほどけた布地が風になびき、注意をそらす危険物となった。デイヴィッドは即座に身をひき、「それをはずしたまえ」と、刃先を下げてうながした。「正々堂々ときみを倒したい」

ラトレッジは今や、ぜいぜい息をはずませている。ぎごちなく片手をあげてクラヴァットの残骸をむしりとり、地面に投げ捨てた。「構えて《アンギャルド》、子爵」デイヴィッドが文字どおり飛びかかって刃を押しもどすと、みるみるラトレッジの動きがにぶった。だが肉体は疲れても、表情はまだ敵意に満ちている。デイヴィッドは二度ほど彼をしとめるあきらかなチャンスを見送った。

「ちくしょうめ」若者はあえぎながら言った。

ほう！　少なくとも、慈悲をかけられたとわかるようだな。デイヴィッドは皮肉な笑みを浮かべ、またもや、鋭い音を鳴り響かせて攻撃をかわした。相手が戦意を失いかけているのはあきらかだった。そろそろ、いくつか答えを引き出すときだ。

デイヴィッドはふたたび攻めに出て、ラトレッジを幹のそばまで追いつめた。「知りたいことがある」と、容赦ない口調で言った。「きみはブラックホース・レーンの件にどうかかわっている？」

その質問に、ラトレッジはまさしくたじろいだ。「何だって？」よろめきながら問い返す。

「ブラックホース・レーンだよ！」とデイヴィッド。「さあ！　あそこでのきみの役割は？」

ふたたび、高い位置で刃がぶつかった。「べつに……ただ……人を捜していただけさ」ラトレッジはぎごちなくフェイントを入れながら答えた。

デイヴィッドは刃先を彼の胸に当て、突き刺す寸前に引っこめた。「やめる気はないぞ」と警告した。「誰を、なぜ捜していたのか聞くまでは」

「あんたの知ったことじゃないよ、ドラコート」ラトレッジは怒りにかすれる声で答えた。ぐっと歯を食いしばってはいるものの、動きはリズムを失っている。疲れはてて無防備になり、自分でもそれに気づいているようだ。

がむしゃらに反撃する相手をデイヴィッドはなおも追いつめ、あざけった。「それに〈ホイットビーのプロスペクト号〉亭で何をしていた？」

今度も、ラトレッジの顔に恐怖と戸惑いが浮かんだ。彼は不用意に刃先をさげ、はずみでデイヴィッドの剣が右肩をかすめた。さっと白い布地が裂け、真紅の細長い傷口が開く。飛びすさって足をすべらせた若者は、剣を背後のバラの茂みに飛ばし、ぶざまに手足を広げて芝生の上にころがった。

デイヴィッドは容赦なく彼の上に屈みこみ、鎖骨の中央にぴたりと刃先を向けた。

「お願い、やめて！」遠い彼方から響いてくるように、セシリアの金切り声がした。

それまで、デイヴィッドは彼女が指示にそむいてもどってきたのに気づかずにいた。今や彼女の声とともに、どっと現実が押し入ってきた。さわさわと吹き抜ける風、頭上を旋回する鳥の鳴き声、どれも初めて耳にするようだ。しかし、かまわずそれを払いのけ、ラトレッジののどを少しだけ突いた。最後の降参の合図とともに、ラトレッジは頭をがくりと背後の草むらに沈めた。

「さあ！」デイヴィッドは歯ぎしりしながら言った。「まずはこちらのレディに、不当に名誉を傷つけた詫びを言ってもらおう」

「申しわけ……ない……レディ・ウォルラファン」ラトレッジは力なく言った。「どうやらぼくの……誤解だったようです」

「デイヴィッド、彼は出血しているわ」セシリアの声が震えた。

デイヴィッドはろくに耳も貸さずに、両目をゆっくりと細めた。「さて、では、本題に入ろう」

「わけのわからんやつだな、ドラコート」ラトレッジは苦しげに胸を波打たせて息をしながら、デイヴィッドの剣の先端を見つめた。「さあ、やれよ！　その気ならさっさとすませろ！」

「いや、だめだ」デイヴィッドは静かに言った。「そのまえに、もう少し知りたいことがある。それが何かわかるな？　さあ、ラトレッジ、じわじわ死ぬもよし、それとも一気に死ぬか。選ぶんだ！」

「デイヴィッド！」セシリアがさっきよりも甲高く叫んだ。「ずっとあなたに言おうとしていたの！　わたしたちの思い違いだったのよ！」

だがラトレッジは左手を突き出し、楡の木の下の草むらをひっかきまわしはじめた。「じゃあ、ぼくの上着を」と、しゃがれ声で言う。「いまいましい上着をとってくれ」

片手で彼の上着をひっつかみ、セシリアが真っ青な顔で飛び出した。「ミスタ・ラトレッジ、あなたは怪我をしてるわ！」

「ほんのかすり傷です」ラトレッジはぶっきらぼうに言った。「さあ、上着を」

セシリアは即座に若者の手元に上着を落とした。彼はそれをつかみ、ポケットのひとつを必死に探ってひと握りの紙を取り出すと、さげすむようにデイヴィッドの顔に投げつけた。半ダースほどの紙切れが、霜枯れた草の上に舞い散った。

「このために来たんだろ」ラトレッジは吐き出すように言った。「さあ、それを取って消えてくれ！　あるいはそれを取って、ぼくを殺すか。どうでもかまやしないさ」

刃先を彼に向けたまま、デイヴィッドはひざまずいて紙を一枚とりあげた。二本の指でつまみ、慎重にふり動かして広げると、目のまえで躍る言葉に胸が締めつけられて息がとまった。〝本状の持参人に、請求がありしだい支払うべき千百五十ポンドの負債がある旨を認める――ロバート・ローランド卿〟

デイヴィッドは目をしばたたき、思わず刃先をラトレッジののどからすべり落とした。

「いやはや、ぼくはとんだ馬鹿者だ」ろくでもない賭博の負債だと？　よもや、自分はこんなもののためにあやうく人を殺《あや》めかけたのではあるまいな？

ラトレッジがまだ苦しげにあえぎながら言った。「残りの五通もそこにある。さっさと持っていけ。どうせ取りたてる気はなかったんだ。あの小僧を懲らしめたかっただけさ」

「どういうことだ？」デイヴィッドはつぶやき、夢中で屈みこんでもう一枚の借用証書を取りあげた。二千二百ポンド！　そしてロビンの署名。不意に、すべてが恐るべき意味をなしはじめた。

ラトレッジはまだ話し続けている。「ちくしょう、ドラコート、人を何だと思ってるんだ？　あいつはガキも同然じゃないか。本気で守りたければ、あの甘ったるい母親に、あいつを本来いるべき家から出すなと言ってやれ。まったく、こっちも誰かにそうしてほしかったよ」最後の言葉は苦々しげで、彼はのどを詰まらせながら言い終えた。

われ知らず指が開いてデイヴィッドは剣を足元に落とした。「ひょっとして、ラトレッジ。きみはぼくに追いまわされていたと思ってるのか？　それも……こんなもののために？」

ラトレッジはいぶかしげな顔で、ぎごちなくよろよろ立ちあがった。「だって、そうじゃないのか？　正直いって、驚くには当たらないさ。社交界の半分はあんたが彼の父親だと信じてるんだから」

それは古い噂《うわさ》で、デイヴィッドとしては、ジョネットの結婚で立ち消えになったものと期待していた。だがラトレッジは二年も国外にいたのだ、事情を知らないのかもしれない。あるいは古い噂が死に絶えるのには時間がかかるのか。

そのとき、セシリアが静かに進み出て、ラトレッジに傷に当てるハンカチを渡した。混乱しきったデイヴィッドとは正反対の様子だ。「でもあなたはじっさい、〈クイーン・オブ・カシミール〉号で帰国したわ――インドから」彼女は言った。

ラトレッジは楡の木のそばにそっと腰をおろすと、幹にもたれて肩に麻のハンカチを押しあてた。「ああ、ほかのいろんな土地を経てね」くしゃくしゃに乱れた黒い髪の下から彼女を見あげた。「だが、それがこれと何の関係があるんです？」

セシリアは青ざめた額にしわを寄せ、「そしてあなたは、レディ・キルダモアの子息と賭け事をしてたのね？」

あやうく命を落としかけたにもかかわらず、ラトレッジはさっと首をのけぞらせて笑った。「失礼ながら」と皮肉たっぷりに言い、庭のほうに腕をふり動かした。「まさにそのせいで、こんなことになったんじゃないかな？」

デイヴィッドはロビンの借用証書の残りを手荒にひろい集め、ラトレッジの上着のポケットに押しこんだ。「断言するが、ミスタ・ラトレッジ、よもやぼくの友人が——友人だぞ！——きみに借金しているとは思わなかったよ。知っていれば、はやく返済するように言いきかせたさ。じっさい、今からでもそうしたいところだ。まったく、こんな無節操なやつには債務者拘留所で恐怖の一夜をすごさせるのがいちばんの薬だよ」

ラトレッジは視界を晴らそうとするかのように、かぶりをふった。「しかし、あの坊やの借用証が目当てでなけりゃ、いったいなぜぼくを追いまわしてた？」

「追いまわしてなどいないさ、ラトレッジ」デイヴィッドは静かに答えた。「しかし、きみはたしかにマザー・ダービンとかかわりがあるように思えるぞ。それに〈プロスペクト〉亭に出入りして、あれこれ妙な質問をしてたんじゃないのか？」

すかさず、セシリアが両手を腰に当てて進み出た。「あなたは伝道所でもいろいろ尋ねたはずよ」彼女はやんわり問いつめた。「わたしたちがあそこで働いてるのを知らなかったんでしょう？　いつぞや、メアリ・オゲーヴィンを捜して売店へ来たのはあなたじゃなくて？」

ややあって、ラトレッジはついにうなずき、視線をそらして傷口からハンカチをあげた。さいわい、出血はおさまっていた。デイヴィッドは怒り狂ってはいたものの、彼を殺したかったわけではない。

セシリアがやおら、慎重に考え抜いた結論を下すかのようにうなずいた。「やっぱりね。昨夜のことから、おおむね察しはついてたわ。わたしはそれでここへ来たのよ」

デイヴィッドは彼女の肩に手を置いた。「セシリア、愛しい人、どういうことか説明してくれ」

けれど彼女は見向きもせずに、なぜか、ひたとベンサム・ラトレッジに目を向けている。やがて、「あなたがメアリの赤ちゃんの父親だったのね？」と静かに言った。「それで、彼女を見つけたかっただけなんでしょう？」

たちまち、わずかに残った虚勢が崩れ落ち、ラトレッジは頭をがくりと木にもたせかけ、血まみれのハンカチを握りしめた。「わからない」両目をぎゅっと閉じてつぶやく。「どうしてもわからない。どうしてわが子を……ぼくの子供を……見捨てて養育院で死なせたりできるんだ？　どうして――？」彼は泣いた。「なぜぼくに正直に話してくれなかった？」

「本当に何も知らなかったの？」セシリアがささやく。

ラトレッジは夢中で首をふった。「知らなかったさ！　手遅れになるまで」

徐々に、デイヴィッドにも事情が見えはじめていた。だが、戸惑いは深まるいっぽうだった。

今やラトレッジはセシリアに注意を集中し、彼女の瞳を探るように見つめている。いくらかの理解、あるいは許しを求めるかのように。「ぼくは馬鹿なまねをして窮地におちいった……」彼は苦しげに打ち明けた。「それでも、ある人物に託してメアリに金を送った――かなりのあいだ、じゅうぶん暮らしていけるはずの金を。そのあと、最初に出航する船でベルギーへ発ったんだ。メアリから子供のことはいっさい聞かされていなかった。もし聞いていれば――ああ、くそっ！　彼女も連れていったのに！　あるいは、ぼくの家族の元へやるとか……何かしていた！」

デイヴィッドは信じられない思いで二人を見守った。「では今まで――」首をふりふり切り出した。「きみはずっと、メアリ・オゲーヴィンを捜していただけなのか？」

「最初はね」ラトレッジは答えた。「だがそのうちに、彼女が殺されたことや、赤ん坊が死んだことがわかって……」

デイヴィッドはごくりとつばを呑み、力なく言った。「それで、マザー・ダービンに事情を尋ねに行ったのか」

「マザー・ダービンを絞め殺しにいったのさ」ラトレッジは訂正し、よろめきながら立ちあがった。「あいつがメアリの死に何か関与したのはわかってるんだ」

「で、彼女は何と答えたの？」セシリアが優しく尋ねた。

ラトレッジは陰気に首をふり、「何も知らないの一点張りだ。メアリはぼくが住まわせていた部屋からあの店へもどったときには身ごもってなかったし、一文無しだった。だから好意で置いてやったんだ、と言ってましたよ」

デイヴィッドは混乱しきっていた。「だがきみはなぜぼくに――」脳裏にさまざまな考えが渦巻き、言葉を切った。「つまり、なぜさっさとロビンの借用証のことを話さなかったんだ？」

「ああ、紳士としての信義かな……」ラトレッジは皮肉っぽく言った。「それで納得できなければ、こうとでも考えてくれ。あんたにどう思われるか気になったのさ」

一本とられたな、とデイヴィッドはひそかに認めた。年齢、信条、法的制限すら越えて、紳士の信用借りはあくまで当人同士の問題なのだ。「では謝罪するよ、ミスタ・ラトレッジ」慎重に言葉を選んで言った。「きみはぼくの若き友人に対して、驚くべき自制と敬意をもってふるまった。ロバート卿は必ず負債を清算するだろう」

「あいつの金など欲しくない」

デイヴィッドはうなずき、「ではミドルセックス捨て子養育院に寄付してはどうかな」と穏やかに言った。「それと、これが少しは慰めになるなら、メアリ・オゲーヴィンはきみが国を発ったときには身ごもったのに気づいていなかったんだろう。きみが送った金については、神のみぞ知る。盗まれたのか、不幸な手違いか……何があったとしても不思議はない」

だがラトレッジは耳に入らないようだった。両目を今にも閉じそうにすぼめ、靴もはかずに、楡の木にもたれて身を守るように腕を組んでいる。とつぜん子供じみた表情になった顔は蒼白《そうはく》で、シャツを襟から胸まで染めている鮮血とぞっとするような対照をなしていた。

いつしか午後も遅くなり、冷たい風が強まって、若者の乱れた黒髪を揺さぶっている。デイヴィッドはうんざりしながら屈みこみ、二本の剣をひろいあげると、ガチャッと音をたててケースに投げこんだ。ラトレッジの顔面の感情――というか、感情のなさ――に胸が痛んだ。とうてい、今しがたここで起きたことを誇る気にはなれない。しかし、ほかにどうすればよかったのだ？　ひょっとして自分には、ほかのみんなにそなわっている道徳的指針、あるいは、直感が欠けているのだろうか。そうでなければいいが。ちがいますように。

ともかく、ひとつだけわかったことがある。なぜ射撃の名手が拳銃ではなく剣を選んだか。彼をさんざん挑発し、殺意を抱かせた男を殺さないようにするためだ。それにラトレッジは本人が認めているより、他人の評価を気にしているのかもしれない。ほろ苦い気分で、デイヴィッドは笑いたくなった。今になってそうしたことがはっきり見えるとは。

だが、立ちあがってセシリアを見ると、苦い思いは消え去った。セシリアは片手を彼に、もういっぽうの手をラトレッジにさしのべていた。

「さあ」と、彼女は傷ついた若者に優しく言った。彼はたしかに傷ついていたし、その傷はデイヴィッドの剣の痕より深くに達していたからだ。

ラトレッジがゆっくり目をあげると、セシリアはうながした。「さあ、中へ入って、その傷の手当てをしましょう」

# 18　レディ・ウォルラファン、報いを受ける

「わたしたち、どこへ向かっているの？」しばらくのちに、片手でボンネットを押さえながら、セシリアはついに尋ねた。

きっちり結ばれていたクラヴァットが風にはためくのもかまわず、デイヴィッドは黙りこくっている。彼は先刻、ローズランズ・コテージを出ると、ジェドにセシリアの馬を連れ帰るようにぶっきらぼうに命じ、彼をハムステッドの土埃《つちぼこり》の中に残して馬車を飛ばしはじめたのだ。

以来、四輪馬車は田園地帯を猛然と突き進み、デイヴィッドのほうは青ざめた唇をひき結び、眉間に深々としわを寄せている。あまりの集中ぶりに、セシリアは邪魔をする気になれずにいた。

いいえ、それはちがうわ——彼女が心ひそかに認めたとき、馬車がぐらりと傾き、メリルボーン・ストリートへとカーブを切った。セシリアはぎごちなく、座席の上で身体を起こし

た。本当は、ひとたびこのもろい沈黙が砕け散ったら、彼に何を言われるか恐ろしかったのだ。もちろん、自分の立場を主張するのは簡単だ――普通なら。だが今回、彼女の立場はじつにあやういものだった。

デイヴィッドの言ったとおりだ。彼女のしたことはひどく愚かで、それはラトレッジに抱き寄せられた瞬間に気づいていた。じつのところ、今でも彼は紳士だと思う。けれど万一ちがったら、セシリアは一人で危険きわまるはめに陥っていたはずだ。しかも自分の性急な行動のせいで、ラトレッジ――あるいは何と、デイヴィッドが――死んでいたかもしれないと思うと、なおさら気がめいる。

とはいえ、すでにリージェント・パークへの曲がり目を二つとも通りすぎ、セシリアは好奇心でうずうずしていた。「ねえ、どこへ行くの？」と、今度はいくらか息を殺して尋ねた。彼女の家へ向かっているのでないことはあきらかだった。

ようやくデイヴィッドがこちらを見ると、その顔は夕闇の中で青白くこわばっていた。「カーゾン・ストリートだよ」わざわざ尋ねられて驚いたとでもいうように、彼はそっけなく答えた。

やがてオックスフォード・ストリートに出ると、馬車があざやかに右折し、セシリアはまたどさりと彼にぶつかった。デイヴィッドは苛立たしげな声をあげ、手綱を片手に押しこむと、通りの左右を歩く夕刻の買い物客など眼中にないように、さっとわが物顔で彼女の肩に腕をまわした。

思わず、セシリアはボンネットをつかむ手に力をこめた。いいわ。今度ばかりは、とことん話し合おう。できれば、まともな口論をして。お互い、言うべきことが山ほどあるはずだ。

彼女はデイヴィッドが対戦まえの興奮状態で口にした、結婚の脅しを忘れていなかった。彼は彼女が束縛を嫌うと思いこんでいるようだが、事実はちがう。それこそ彼女の望むもの、欲しくてならないものなのだ。数週間まえなら突飛な考えに思えたろうが、今では断言できた。ところが、デイヴィッドはまだ心を開こうとせず、彼女への求婚を冗談めかしたり、さっきのように、脅しの種にしたりする。

セシリアは笑いだしたい思いをおさえた。すると、そのつかのまの衝動を押しのけ、どっとみじめな気持ちがこみあげた。彼女はずっと、デイヴィッドは結婚に向かないタイプだと考えていたのだが、今では確信がなくなっていた。ただし、二人のあいだには何か名状しがたい、忌まわしいものが居すわっている。まるで、夫婦のちぎりの床《とこ》の真ん中にどっかり落ちた巨大な石のように。

ほどなく、二人はデイヴィッドの屋敷の表口に着いた。無表情な使用人に手綱を渡すと、デイヴィッドはセシリアの手を握りしめ、人気《ひとけ》のない廊下を足早に進んで階上の寝室へ向かった。あきらかに、激しい感情をたぎらせて。

部屋に入ると、彼はすばやくドアを閉めてガチャリと鍵をかけ、それでも誰かが押し入りかねないとでもいうように、羽目板の扉に力をこめてもたれた。そして、彼女の頭からつま先へと視線を走らせ、「いやはや、セシリア」と静かに言った。「こんなまねをして、ただではすまないぞ」

セシリアはあとずさった。「な、何のこと？」

デイヴィッドはしばし、怒りに顔をゆがめてためらった。それから、奇妙に表情がやわらぎ、一気に崩れた。「くそっ、知るものか」両目をぎゅっと閉じてささやく。「何であれ、きみがぼくにしたことさ」

セシリアはかぶりをふった。「デイヴィッド、そんなつもりは――」

彼はさっと片手をふり、猛然とさえぎった。「ちくしょう、セシリア！」声がしゃがれた。「何て女だ。もう堪えられない、こんな……きみがこの胸に巻き起こす痛みには。これは……恐怖、欲望、それに怒りか？　わからない！　とにかくわかるのは、胸が破裂しそうに思えはじめたことだけだ」

ほの暗い光を通して見つめていると、瞬時に彼の表情がまたも変わり、悲痛な葛藤《かっとう》らしきものが浮かんだ。その激しさに、セシリアはぎょっとした。まったく理解できない感情だった。彼は彼女を求めるいっぽうで、その欲求と闘っているかのようだ。これはたんに、男らしい反応なの？

あとは女の直感に頼るしかなく、セシリアは震える手をあげて彼の顔に触れた。指先で頬のカーブをたどり、親指のつけ根で唇の端を撫でながら、そっとてのひらで包みこむ。

彼は両目を閉じたままだが、愛撫に応えて鼻腔が広がった。そして、磁石の針が北を目指すように首をめぐらし、彼女のてのひらに唇を押し当て、苦しげな荒い息で彼女の肌をくすぐった。

デイヴィッドは軽やかな温かい指が、自分の引きしまった頬をかすめ飛ぶのを意識した。その感触は優しく、甘やかでありながら、荒々しく興奮をかきたてた。神経の端々が燃えあがり、彼はかっとすると同時に寒気を覚えた。それに痛みと恐怖、怒りと欲望を。いやはや。もしも感情に色があるなら、自分の脳はろくでもない万華鏡だ。

もっと落ち着いて考えなければ。飢えたように彼女を求める唇を意識しながら、デイヴィッドは無理やり、彼女に磁器を贈った午後を思い浮かべた。あの日、彼は必死に彼女の顔を見つめ、彼女が何を聞きたがっているのか探ろうとした。自分の言うべきことを知るために。そして、どうにか彼女の求めることだけを口にしようと、注意深く言葉を選び、自分をおさえた。おかげで、二人とも傷つけてしまったのだ。

セシリアは何も求めたりはしない、今ではそれがわかった。彼女はうっとうしい、貪欲《どんよく》な女ではない。こちらが進んで与える気になれないものを欲しがるような、卑しいまねはしないはずだ。たしかに何年もまえ、彼がプライドと恥辱から本音を口にしなかったとき、彼女は何ひとつ要求しなかった。今度もそうだろう。もう憶測や決めつけをやめ、彼女に近づくたびに押し寄せる感情に身をゆだねるべきなのかもしれない。

彼の沈黙に、セシリアは怯《おび》えていた。「ごめんなさい、デイヴィッド」何をあやまっているのかもわからないまま、小声で言った。

するとデイヴィッドの両目が開き、そこにめらめらと燃えさかる、熱い欲望が見えた。「きみが必要なんだ」彼がしゃがれ声でささやく。「ああ、くそっ、セシリア、ぼくにはきみが必要だ。どこにもやりたくない。わからないのか？　ずっと……いてほしい。この腕の中に。このベッドに。なぜって、きみはもうぼくの心に入りこんでいる。心を占領してるんだ。ときおり、きみへの欲求で窒息しそうな気がするほど」

セシリアは両手をあげ、彼の顔をそっと、いとしげにはさんだ。「デイヴィッド。心配させてごめんなさい。愛しているわ」そうささやくと、底知れぬ深みをたたえた緑の瞳にひたと見入った。「わからない？　あなたを愛しているの」

「ぼくもきみを愛しているよ、セシリア」彼は静かに言った。「ずっとそうだったみたいだ」

セシリアは震え声で笑った。「あら、まさかずっとじゃないでしょう？」

「ずっとさ」彼はぶっきらぼうに主張した。「これからも。なのに、ぼくはきみの愛にふさわしいことを何ひとつしていない。執念深い、卑劣なろくでなしだ」

セシリアはつま先だってキスし、その不快な言葉を拭い去ろうとしたが、なぜか彼はさっと唇を離し、顔をそむけて彼女の肩の向こうに目をやった。

わけがわからずセシリアが身を引くと、彼はぐいと引きもどした。「ああ、きみが欲しい、セシリア」と、のどをつまらせながら言う。「きみを組み敷き、獣のように交わりたい。きみの中で燃え尽きたくて、息もできないほどだ」

「ならばそうして」セシリアは答えた。

デイヴィッドは両目を閉じ、のどを揺すってつばを呑みこんだ。その顔はやつれ、睡眠不足で目元にくまができ、頬は一日分の黒っぽい無精ひげにおおわれている。いつもの冷たい、優雅な美しさがついに砕けて、限りない疲労にとってかわられたかのようだ。にもかかわらず、彼はいつにも増してすてきだった。

今では、室内はほとんど暗くなっている。セシリアは静かにうしろを向いた。言葉は出ない、何を言えばいいのかわからなかった。そこで、唯一可能な方法で彼の苦痛に応え、茶色いウールの乗馬用スカートを床にすべり落とした。

デイヴィッドはドアにもたれたまま、上着のボタンをまさぐる彼女を静かに見守った。すぐに残りの衣服も床へ落ち、ついに彼女は下着のホックをはずしはじめた。

彼はただ、じっと見つめている。「たぶん……」と切り出し、木綿の下着が床にすべり落ちると、はたと言葉を切った。それから、体内の荒れ狂う力を押さえこもうとするかのように、やっとのことで口にした。「きみはたぶん、セシリア、ぼくがかつて目にしたいちばん美しい人だ」

それに応えてふり向くと、セシリアはクラヴァットの結び目に指をすべりこませて無造作に解いた。ほどけた布地を床にすべり落とすと、今度は上着とチョッキを肩から押しやった。彼はまだ、身をこわばらせてドアから離れない。

「ベッドへ行きましょう、デイヴィッド」セシリアはささやき、そっとシャツのすそを引き抜いた。「ベッドへ行って、わたしをどんなにきれいだと思っているのか見せて。問題を解決するのはあとでもいいはずよ」

とつぜん、鉄の手錠がはずれたように、デイヴィッドはぱっとドアから離れ、片手をセシリアのひざの下にすべりこませて軽々と抱きあげた。すばやくベッドに近づき、彼女をマットの端におろした。

彼はひざまずき、きらめく緑の目で、狂おしく彼女の瞳を探った。そして片手をあげた。震えている。それをとめようとするかのように、てのひらを彼女のひざに当て、指を肉に食いこませた。「セシリア、約束はできない——」のどを詰まらせ、かすれ声で言う。「今夜は、優しくすると約束できない」

彼の目はうっとりするほど美しく、熱い手が彼女の肌を焼き焦がした。わかったというしるしに、セシリアが一度だけうなずくと、彼は立ちあがってシャツを脱ぎ捨てた。無残に切り裂かれた袖《そで》が、現実になりかねなかった惨事を思わせる。いつになく不器用に、彼はズボンの閉じ目をまさぐりはじめた。それから、もどかしげに彼女をやわらかなベッドの深みに押したおす。

床に立ったまま、彼が頭をさげ、ひと房の豊かな巻き毛がはらりと顔をおおった。デイヴィッドは彼女の腰の下に両手を差し入れ、荒々しくマットレスの縁まで引き寄せた。片ひざで彼女の脚を押しひろげ、固く突き出た自分のものに手をやった。

「ああ——セシリア！　ごめんよ」そうささやくなり、すばやく彼女に突き入った。

その強引さにセシリアは息を呑み、遅まきながら、じゅうぶん用意ができていないことに気づいた。けれど、デイヴィッドは気づかなかったようだ。もういちど小声であやまると、ズボンをずり落としながら彼女の腰を抱えあげ、大きく広げて、さらに深く押し入った。

ようやく互いの身体がなじむと、セシリアは彼の腰に脚をからめて肌を合わせた。何もつかむもののない頭上に両手を投げ出すと、重力のない、ふわふわのベッドの中に、のたうちながら浮かんでいるような気がした。彼女の身体に影を落としてそそり立つデイヴィッドの顔は、彼の怒張したものと同じくらい猛々しくこわばっている。彼女の下で、マットの縁が彼の突きの激しさに揺れ動いていた。

「きみはぼくのものだ、セシリア」彼がささやき、彼女を見おろした。「今度こそ、永遠に」

その目の激しさにたじろぎ、セシリアは彼の腰にまわした脚をゆるめた。すると、デイヴィッドはさらに高くぎゅっと彼女を抱えあげ、やわらかな体内に押し入った。「もう逃げるな、セシリア」と荒々しく言った。「もう二度と」

なぜか、彼が言っているのは今ではなく遠い過去——六年近くもまえのことなのがわかった。彼の下で、われ知らず唇を開き、つかのま、彼の欲求に応えたあのときだ。あの日、セシリアは恐怖と分別に打ち負かされた。だが今夜はあきらかに、彼のベッドに分別の入りこむ余地はなく、彼女の恐怖も急速に薄れていた。とはいえ、デイヴィッドは何か彼女には理解できないものに駆り立てられていた。

またもや彼が突きあげ、セシリアはあえぎながら懸命に身を引いた。彼は両手を彼女の肩へとすべらせ、マットに深々と押しこんで動きをおさえた。それから、ひざをあげてベッドに這いあがり、彼女におおいかぶさると、腿のあいだで両脚をつっぱり、容赦なく押し広げた。もうどこにも隠れられない。

「ああ、そうだ、セシリア」彼がしゃがれ声でささやく。「今度こそ、きみのすべてをもらうよ」

それはあまりに強烈な、未知の体験だった。「やめて、デイヴィッド！」セシリアは貫きつづける彼にささやいた。「そんな……だめ……あ！　ああ！　やめて！」

身体じゅうが彼に向かって波打ち、解放のときがすぐそこに近づいた。だがデイヴィッドの深い、リズミカルな動きは、始まりも終わりもないかのように無情にくり返されてゆく。彼の重みと激しい突きに肩と腰が沈み、彼女はがくがく震えはじめた。

「お願い……」セシリアはささやいた。返事はない。それに、どうしてほしいというの？　わたしの心をいっさい穢《けが》さず、ただ熱い精子と情熱で満たしてほしいと？　答えたのはベッドのきしむ音と、デイヴィッドの荒々しい、規則的な息遣いだけだった。

さらに彼は続けた――ペニスと両手と舌で、突き、撫で、なだめすかして。その堪えがたい激しさに、いつしか現実感が薄れ、彼の容赦ないリズミカルな動きに、セシリアの体内のどこかで何か未知のものが目覚めた。

と、デイヴィッドの両手が肩を離れ、胸の上をすべって腕を這いあがり、彼女の両手に指をからめた。それを力なく握り返したとき、セシリアは彼が両目を閉じているのに気づいた。デイヴィッドは首をわずかにかしげて歯を食いしばり、彼女の中で動き続けた。深まりゆく闇の中で肌と肌が触れ、なめらかにこすれあう。セシリアは彼に合わせて腰を突きあげた。蠟燭は灯されておらず、暖炉にも火は入っていない。にもかかわらず、彼の額には玉の汗が浮かび、頰をつたい落ちて、のどの下の堅い骨の谷間にたまった。

彼が突き入り、貫くたびに、セシリアは身を震わせた。あまりに狂おしい欲求をまえに、ふたたびちらりと不安がよぎったが、彼の炎に身を投じたかった。

彼女のためらいを感じとったのか、デイヴィッドが不意に身体をあげ、一気に高々と芯まで押し入った。セシリアはハアハアあえぎはじめた。「お願い……」彼の湿ったのどに口をつけてささやく。

「まだだ、セシリア」彼のくぐもった声が髪の中に響いた。「きみが懇願するのは自由だが、まだだめだ」

それでも、セシリアはわれ知らず反応し、腰をさらにあげて押しつけた。と、強烈な震えが彼女をすっぽり吞みこんで、脈打ちながら腿から子宮、腹へと広がった。もはや息もできず、頭がのけぞった。まるで神経の端々が露出したかのように、デイヴィッドの湿った額が額をこするのが感じられ、セシリアは彼の下で身を震わせた。

「そうよ！」自分が叫ぶのが聞こえた。「ああ、デイヴィッド……そうよ！」

さらに、あらゆる欲求と苦痛を超えた目くるめく解放へと押しやられ、彼女の金切り声が室内に響き渡った。たぶん、家の隅々にまで。

「ああ、セシリア」彼がささやく。「きみはぼくのものだ。二度と同じ過ちは犯さない」

彼はセシリアの手を放して乳房にてのひらを当て、彼女の震えがおさまるまでそっと撫でていた。そのあと、セシリアが息を吸おうと口を開くと、ふたたび――今度は舌で――彼女をとらえ、深さを測るようにのどまで突き入った。そして二人の身体――いや、魂を――ひとつに融け合わそうとするように、可能なかぎりの方法で彼女を満たしていった。

信じがたいことに、セシリアの身体がふたたび彼へと浮きあがり、その感触に、はじかれたようにさがった。消えかけた熱い炎がよみがえり、彼の炎とともに燃えさかるにつれ、彼の歯が肩のやわらかい肌に食いこんできた。彼が腰に指を食いこませ、ぐっとつかんで押し広げると、セシリアは闇の中で叫びをあげた。同時に、彼が低いしゃがれ声をあげ、何度も刺し貫いて彼女の中に自分を注ぎこんだ。

その後の穏やかなひととき、デイヴィッドはセシリアのかたわらで深々とマットをたわませ、静かに身を横たえていた。彼女はやおら、ごろりと寝返りをうち、二日前の晩のように、背後からぎゅっと抱きすくめられるのを待った。

今ではあたりは真っ暗だったが、彼はまだ息をはずませていた。その身体には一日分の男の汗の匂い、髪には馬と路上の土埃の匂いがしみついている。それは快い、素朴な香りで、デイヴィッドがいつもつけている高価なコロンとは大違いだが、同じくらい心をそそられた。セシリアは誘いかけるように片足をうしろへのばし、彼の足首にからめた。

それでも、デイヴィッドはじっと背後に寝そべったまま、彼女にろくに触れずに天井を見あげている。

「愛しているわ」セシリアは上掛けに向かってささやいた。

それに応えるように、彼がするりとベッドから起き出し、静かに絨毯《じゅうたん》を踏みしめてデスクに近づいていった。金属のカチャカチャいう音、火口箱のレバーをはじく音が暗闇に響き、ガラスとガラスがぶつかって、デスクの上のランプにパチパチと火がともる。そのあと、一連の動作を区切るようにカチリと磁器の触れあう音がして、やがてついに、彼がふたたびマットをたわませ、ごろりと身を寄せてきた。

満ちたりた低いうめき声をあげ、セシリアは彼に腰を押し当てた。と、デイヴィッドの手が彼女のまえにまわされ、金属のひやりとする感触が裸の肌をかすめた。

「セシリア」彼が耳元に唇を押し当ててささやく。「ぼくを愛してる？　きみは……ぼくを愛しているかい？」

不意に、デイヴィッドが何をベッドに持ってきたのか気づき、セシリアは彼の腕の中へと身をころがした。「ええ」と答えた声は、震えてはいるが自信に満ちていた。

「もちろん……」彼はつかのま、のどを詰まらせた。「以前にも同じことを求め、当然ながら拒まれたのはわかっているよ。だが今夜は、ぼくの心をきみにゆだねるつもりだ。包み隠さず、すべてを話して」

セシリアは戸惑い、上掛けの向こうの瞳を見つめながら、指先で彼の頬をなぞった。「よくわからないわ……」

デイヴィッドが握りしめた手を開き、あのルビーの指輪がランプの光の中できらめいた。

「セシリア、きみに誤ったプライドや中途半端な真実を示す気はない。ぼくと結婚してほしいんだ、今度ははっきり許しを乞おう。だがそのまえに、話しておくべきことがある」

セシリアは両目を閉じた。「あなたの一部は永遠に彼女を愛しているということ？」

「誰を？」彼はあっさりと尋ねた。「ジョネットかい？」

「それは彼女に贈られた指輪でしょう？　キルダモアの紋章だわ」

「ああ、そうさ」デイヴィッドは皮肉な笑い声をあげた。「センパル・ヴェリタス、常に誠《まこと》を！　ちょっとしたブラックユーモアだと、ぼくは常々考えてるよ。それにジョネットに対する気持ちを言えば、彼女を愛してはいるが、姉を愛する弟としてだ」

「プラトニックな愛という意味？」

「いや、文字どおりの意味さ」デイヴィッドはゆがんだ笑みをうかべた。「残念ながら、きみが恋したはずの青年貴族は、スコットランドの悪党の落とし子なんだ」

わけがわからず、セシリアは彼を見つめた。「何ですって？」

「〝父なし児《バスタード》〟だよ、セシリア」皮肉な響きの消えうせた声で、彼は答えた。「それがぼくの正体さ。たんに比喩《ひゆ》的な意味じゃなく、文字どおり。ぼくはしじゅう――あながち的はずれでもないが――ろくでなし《バスタード》呼ばわりされてるけどね」

セシリアはランプのほのかな光の中で目をしばたたき、「でも、どういうことか……」とささやいた。

そこで、デイヴィッドは心に鞭打ち、忌まわしい事実を洗いざらい話した。母親の受難、彼が父親と信じていた男の高潔さ。キルダモア卿の背信行為。彼が成年に達した日に送られてきた手紙と、それがもたらした衝撃を。ジョネットについても触れ、彼女と互いに抱くようになった奇妙な不変の愛情について話した。

セシリアはしばし黙りこくって、彼の頰、額、唇をそっと撫で続けた。それからついに、「ほんとにお気の毒だわ」とつぶやいた。「お母様の苦しみを思うと」

その素朴な言葉に、デイヴィッドはセシリアが彼の相続権には何の興味もないことに気づいた。心の底では、とうにわかっていたことだ。にもかかわらず、彼女の言葉で古傷が切開されたかのように、彼の体内に何か熱く、おぞましい、腐臭を放つものが噴き出した。

「ああ、デイヴィッド……」セシリアが限りない優しさをこめ、彼の目を見つめた。「まさか、わたしが気にすると思ったわけじゃないわよね？」

「ぼくは気になる」彼はぽつりと言った。

セシリアがふたたび彼に触れ、両手で額を撫でると、デイヴィッドは思わず目を閉じた。

「一時は怖かった……」と、静かな口調で打ち明けた。「それまで生来の権利だと思っていたすべてのものを、剝《は》ぎとられるんじゃないかとね。だが歳月がたつにつれ、気にならなくなった。今では爵位をおびやかされることなど、とうていなさそうに思える。ぼくを憎む者たちもいるが——まあ、それはどうにかなるだろう」

「でも、それじゃ何が問題なの？」セシリアはもどかしげに尋ねた。

「母だよ」デイヴィッドは静かに言い、両目を開いた。「もう自分は周囲にどう思われようとかまわない。金はじゅうぶんあるし、爵位なんて悪趣味なジョークみたいなものさ。だが、噂話や当てこすりで母の名誉が汚されるのは堪えられない。母はもうじゅうぶん傷ついてきたんだからね」

セシリアはいぶかしげに、憂いに満ちた彼の顔を見つめた。「でもデイヴィッド」声がうわずった。「わたしがこれを軽率に話しまわるとでも思うの？」

彼は首をふり、豊かな髪がさっと上掛けを撫でた。「ああ、セシリア」彼は穏やかに言った。「ぼくはめったに人を信じない。時間もかかる。だがきみには命さえ預けるよ」

セシリアは優美な眉をひそめた。「それなら何が気になるの？」

「ぼくはきみと結婚したいんだ、愛しい人。きみに子供を与え、きみが彼らを生み育てるのを見守りたい。だが真実を告げぬままそんなことはできない、一度はやけっぱちでやろうとしたけどね」

不意に、かつての彼の怒り狂った激しい求愛を思い出したのだろう、セシリアは頬を真っ赤に染めた。「あなたの申し出をお受けするわ」彼女は取りすまして言った――あきらかに快楽にひたったばかりの、裸の女に可能なかぎり取りすまして。

デイヴィッドの唇の片端がピクリと苦笑にゆがんだ。「だがセシリア、それできみの血統に誰の血が混ざるか、きみには知っておく権利があるはずだ」さっと彼女の胸を撫でおろし、腹部のふくらみに手を置いた。「きみはマーカム＝サンズ……英国屈指の由緒ある高貴な家柄の出だ。もしも、気が進まないなら……」声が力なく途切れ、眉のいっぽうが気づかわしげにつりあがる。

セシリアは混乱しきって彼を見つめた。そしてふと、すべてに合点がいった。とめどなく思えた彼のプライド、信じがたい傲慢さにも。デイヴィッドはずっと苦い怒りを胸に、ひとつの役柄を演じていたのだ。あの着替えの間が示していたように、外面と内面を切り離し、彼はずっと、何かのために戦ってきた——敬意、あるいは名誉といってもいいが、自分には生得権がないとわかったものを得るために。けれど、彼はとうにセシリアの敬意を勝ちとっていた。彼女が過去に出会った誰よりも。

「でもあなたの父親の血は……ジョネットにも流れているはずよ」セシリアは静かに言った。「それに彼女の息子のマーサー卿とロバート卿にも。みんなすてきな方たちに見えるわ。陵辱の産物であることが、あなたの人格に関係するとは思えない」

「だが現に……キャメロン一族には狂気と放蕩の傾向があるんだ、セシリア」彼は諭すように言った。「最近の例はぼくの従兄で、奇行を尽くしたあげくに自害した」

セシリアはひじをついて上体を起こし、首をふりふり彼を見おろした。「それはわたしたちには何の意味もないわ」と、穏やかに言う。「ほんとに、デイヴィッド！　お天気の話でもしたほうがましよ」

じっさい、心底そう思えた。やれやれ、男の血統など何の価値があるの？　これが馬なら……そう、馬なら話はべつだ。でも人間は？　セシリアは暗がりでそっと鼻を鳴らした。自分はほかのどの女より、血統などお笑いぐさだと知っているはずだ。

たしかに、デイヴィッドが礼儀正しく示したとおり、彼女の血筋は由緒ある純粋なものだ。けれどそれは、これっぽっちもサンズ伯爵家の役には立たなかった。むしろこの家には、新たな血の導入こそが必要だったのだろう。それさえしていれば、無為と愚行の泥沼に沈みこまずにすんだのかもしれない。

とにかくこれ以上、そんなことを話し合っても無駄だ。「じゃあ、あなたはわたしと結婚するつもり?」セシリアは挑むように言い、彼の上に大胆に這いあがった。「もちろん晴れて妻になるほうがいいけれど、そのまえにもう少し罪の風味を味わいたいわ」

絶え間なく響くノックの音が、久方ぶりの満ち足りた眠りからデイヴィッドを揺り起こした。彼はぶつぶつ悪態をつき、セシリアを引き寄せると、形のよいふくよかなヒップにぴたりと身を寄せ、片手をあげて彼女の胸を愛撫した。

セシリアがあの愛らしいうめき声をあげ、腰をそっと揺すって彼の急速に固くなりつつあるものを撫でると、たちまちノックは忘れ去られた。

「脚を開いて、いとしい人」彼はみだらな口調でささやいた。「そうしたら、きみが興味津々の体位をもうひとつ見せてあげよう」

セシリアはショックを受けながらも、そそられたように、あえぎながら息を吸った。

ところが、いまいましいノックがまたも鳴り響き、今度はそれとともに、必死のささやき声がした。「ご主人様——？」どうやら補助の従僕、ヘイニーズのようだ。「どこぞの使者が、火急の用件で、ご主人様とじかにお話ししたいと申しておりますが」

デイヴィッドは未練たっぷりにため息をつき、セシリアの左胸の固くとがりはじめた蕾《つぼみ》にもういちど指を走らせた。「可愛いピーチくん」くしゃくしゃにもつれた銅色《あかがね》の髪に口を寄せてささやく。「一インチも動くんじゃないぞ。すぐにもどるよ」

彼はあわただしく服を着て部屋から出ると、ドアに施錠して鍵をポケットに入れた。階下におりると、たまげたことに、十二歳ぐらいとおぼしき小さな薄汚れた少年が、注意深く密封された手紙を握りしめて戸口に立っていた。

「あんたが子爵様？」少年は片目を細め、彼を値踏みするようにじっと見た。

「そのようだが」デイヴィッドは痩せこけた姿を見おろして答えた。

少年はこくりとうなずき、「んならこれをやる」とおごそかに言って、手紙をデイヴィッドの手に押しこんだ。「それと、伝言があるんだ」

「聞かせてもらおう」

少年は深々と息を吸い、ふたたび吐き出した。「ええっと……ペリカン階段。二時。明日の夜」それだけ言うと、最後までつかえずに復唱できたことに満足したようにうなずいた。

デイヴィッドは驚きに目を見張り、すばやく、手紙のおもてにクモの巣のように書きなぐられた宛名を見おろした。マザー・ダービンの字だ。今朝がた彼女がド＝ローアンに渡したメモと同じ、奇妙な筆跡だった。しかし、あれはたった半日まえのことなのか？

彼はどっと疲れを覚え、片手で乱れた髪をかきあげた。少年はまだじっと見あげている。おそらく、当然のご褒美を待って。「ところで」デイヴィッドは言った。「きみが最後に食事をしたのはいつだ？」

「昨日だよ」少年は薄汚れた上着の袖で鼻をこすった。

デイヴィッドはその肩にそっと手を置いた。この子が今しがた伝えた情報を思うと、とてもこのまま帰す気にはなれない。なにしろ、殺人者が野放しになっているのだ。どうやらマザー・ダービンは、平気で子供たちを使い捨てにするらしい。

「それで、帰る家はあるのかい？」彼は優しく尋ね、はたと気づいた――ほんの一カ月まえなら、こんな質問は思いつきもしなかったろう。

あんのじょう、少年はかぶりをふった。

「名前は？」

「ジョゼフ」

デイヴィッドは暗がりに無表情に立っている従僕をふり向いた。「ジョゼフに手間賃を一ポンドやるようミセス・ケントに言ってくれ、ヘイニーズ。それと、この子にたっぷり食事をさせて、明日になったらストリッカムと仕事をさせるようにな」彼は少年を見おろし、肩にかけた手に力をこめた。「なに、ほんの数日間さ。とにかく……ここにいるのがいちばんだろう」

ジョゼフはどうでもよさそうに肩をすくめたが、喜んでいるようだった。従僕が少年を従えて姿を消すと、デイヴィッドは手紙を開封し、壁際の明かりの下で読んでみた。言葉は慎重にぼかされているものの、要旨は明快そのものだった。

親愛なるドラコート卿――

今朝は拙宅にて、貴兄の特別のご要望に添えず失礼いたしました。光栄にもご再訪くださるとのことでしたが、当方、火急の用件で街を離れましたむね、お知らせ申しあげたく存じます。悲しいかな、親族が病に倒れ、回復には長い、長い時を要するもようです。

例のヴェールをまとわれたご友人のレディにも、宜しくお伝えください。そしてどうぞ、次にお忍びでお出ましのさいには、お顔のみならず、特異な色のおぐしも注意深く隠されるようにお伝えくださいませ。

あなたさまの忠実なるしもべ――
M・D

「誰からの使者?」彼が寝室にもどるやいなや、セシリアは小声で尋ねた。おおむね腹這いに寝そべったまま、マットにひじをついて上体を起こし、首をねじ曲げて戸口を見つめている。

その肩からシーツがずり落ち、うっとりするような象牙色の胸があらわになると、デイヴイッドの口はカラカラに渇いた。上掛けの下で、右のヒップが誘いかけるように盛りあがっている。やれやれ、セシリアにかかると、これで満足ということはないのか？

　どうやらないようだ。デイヴィッドはそそくさと部屋を横切り、手紙をナイトテーブルに投げ出して服を脱ぎはじめた。「何でもないよ」と、ぶつぶつ答える。「あとでもいいことだ」

　彼はするりとシーツのあいだに入ると、セシリアにおおいかぶさり、彼女の頰をやわらかいベッドに沈みこませた。鋭く突き出た肩甲骨が胸に食いこんできた。彼はそのかすように彼女のうなじに鼻をすりつけ、甘い香りを吸いこんだ。

「脚を開いて、ピーチくん」彼女の尻に、自分のものをぐっと押しつけながらささやく。

「そう、その調子で……おっと！」彼女の温かい、湿った通路にすべりこみ、「ああ、それでいい」

　ぺたりと腹這いになって乱れた髪をベッドに広げたセシリアは、まさに官能的退廃を絵にしたようだった。頭をさげて彼女のうなじの白くなめらかな肌を吸いながら、片手を下にまわして彼女の腰をわずかに持ちあげると、デイヴィッドは湿った花弁に二本の指をさし入れ、じらすように撫でた。

　それから一気に突き入り、貪欲なペニスと探りつづける指のあいだに彼女をとらえたまま、容赦なくぐいぐい突いてベッドに沈みこませた。セシリアの爪がシーツをかきむしり、ほどなく彼女は彼の下でのたうちながら、夢中で腰を上げ下げしはじめた。

そうして、彼をふり落とそうとするかのように身をくねらせながら、セシリアは今にも果てようとしていた。「いや、だめだ、ぼくの可愛い子馬さん」まるで他人のような、しゃがれ声で言う。「ぼくは最後まできみを乗りこなすつもりだよ」

それはいたぶるための言葉で、じっさい効果満点だった。セシリアは彼の下でもういちど身をくねらせ、口を開いて小さな歓喜のうめきをあげた。たちまち、デイヴィッドは彼女の中でわれを忘れ、脈打ちながら彼を引っぱる潤いにひたって、命の種を彼女の子宮へほとばしらせた。そして、希望を抱いた。そうとも、今度こそ……

彼女がついにイエスと言った今、彼はそれを守らせるつもりだった。もう二度と放さない。

数時間後、時計が十一時を告げたとき、デイヴィッドは化粧テーブルのまえで、しぶしぶセシリアにコートを着せていた。「今夜は一緒にいてくれ」襟をぐいと引っぱってととのえ、小声で訴えた。

「まあ、デイヴィッド、無理よ」セシリアは哀れっぽく言った。「ジャイルズ、エッタ、それにほかの使用人たち！　みんな疑いはじめているわ」

デイヴィッドは屈みこんで彼女の額にそっと唇を当て、「いいじゃないか、愛しい人」と、彼女の耳に熱い息を吹きかけながらなだめた。「ぼくらは結婚するんだぞ、な？」

セシリアはあごを傾けて彼を見あげたかと思うと、とつぜん両目に涙をためた。彼は鋭い不安に胸を突かれた。「よもや、気が変わったんじゃなかろうね？」

「まあ、まさか」セシリアは震え声で笑った。「心配なら、今すぐ日取りを決めて」

デイヴィッドは眉をつりあげた。「ああ、ならば五月祭の日しかないだろう……もっと早くでもいいが」皮肉たっぷりに言い、彼女の腹へと視線をさまよわせつつ、コートのボタンの最後のひとつをとめた。「何といっても、サー・レスターに間違いなく五十ギニーの賭け金をすらせたいからな」

セシリアはそっと彼にもたれ、うなじに腕をまわすと、唇を開いて口づけした。じつに優秀な生徒だ、ぼくの可愛いピーチくん。彼女の舌が口にすべり込むと、デイヴィッドはひざが崩れそうになった。だが、その不都合きわまりない瞬間に、またもや戸口でせわしないノックの音がした。

デイヴィッドはぐいと口をひき離し、「やれやれ、今度は何だ？」と、無礼なドアをにらんだ。

一瞬の間を置き、彼の従僕がどっしりしたオークの扉ごしにおずおずと答えた。「また客人ですが、ご主人様？　あいにく今度も、火急の用件とかで」

「ちくしょう、ヘイニーズ！」デイヴィッドは怒鳴った。「なぜ家じゅうの用件がとつぜん火急になるんだ？　この部屋でも何か、緊急事態が起きてるかもしれないんだぞ！　誰ひとり、それを考えてみないのか？」

またもや長い間があり、セシリアは彼のシャツに口を押し当てて忍び笑いをおさえた。

「では、追い払いましょうか、ご主人様？」不運なヘイニーズがささやく。「また例の警官なのですが」

今しがたまで舌でしていたすてきなことを忘れたかのように、セシリアがデイヴィッドの首から腕をおろした。「ド＝ローアンだわ」と声をひそめて言い、彼の上着の袖を引っぱった。「すぐに下へ行かなくちゃ！」

彼女に手をつかまれ、デイヴィッドはすばやくナイトテーブルから手紙を取りあげた。「ああ、やれやれ、きみの言葉を借りれば——これがロマンというものさ！」彼はぶっきらぼうに言うと、おとなしく引きずられて部屋をあとにした。

「たしかに同じ筆跡ですな」しばらくのちに、ド＝ローアンが言った。彼らは青と金色の客間で、火を入れられたばかりの暖炉のまえに腰をすえ、デイヴィッドはヴェネツィアングラスのゴブレットにコニャックを注いでいた。綾織りのソファにかけた警部はひざにひじをつき、両手に一枚ずつ、マザー・ダービンのメモと手紙を持っている。

「レドンホール・ストリートでは何が見つかった？」デイヴィッドは彼らが囲んでいるテーブルにデカンタを置きながら尋ねた。「例の会計事務所はまだ閉鎖中かい？」

ド＝ローアンは陰気に首をふり、「あそこは墓場も同然です」と不機嫌に答えた。「この三日間に出入りした者がいるとしても、周囲のオフィスの誰も目にしてません。かなり強引に尋ねてみたんですがね」

「では何もわからなかったのか？」

「たいしたことは」警部はちがいを強調した。「事務所の主のくわしい年格好は聞き出しました。それと、彼は大勢の職員を使っているので、どうにかその一人を近くの酒場でつかまえました」

「で、そいつは何か話しそうかい？」

ド＝ローアンはあいまいなジェスチャーをした。「残念ながら下っ端の筆耕人で、オフィスの鍵は持っていないそうです。ただし、ブラックホース・レーンぞいの地所は知っていて、あそことほかのいくつかは、メイフェアの裕福な紳士が所有しているはずだと言っていました。まあ一種の不在地主ですな。つまらん間借り人のことで手を汚したがらない、上流の御仁がよく使う手だ」

もはやド＝ローアンの辛辣な評言に戸惑うこともなく、デイヴィッドは先をうながした。

「で、事務所の主については？　何か話したか？」

「彼は重い病で、新鮮な空気を吸いにブライトンへ行っているそうですよ」

「名前は？」

「ワインスタイン」ド＝ローアンは簡潔に答えた。「年格好は――五十がらみ、長身の禿げかかった男。足に重度の障害、とその職員は言っていました」

不意に、セシリアが椅子の上でさっと背筋をのばした。「足に障害、とおっしゃった？　それにワインスタインは……ユダヤ系の姓よね？」

ド＝ローアンが冷ややかに両目を細めて彼女に向きなおる。「はい、それが何か？」

デイヴィッドはセシリアの優美な弓形の眉が戸惑ったようにひそめられるのを見守った。

「べつに意味はないと思うけど、でも……」

「続けてください、レディ・ウォルラファン」ド＝ローアンがうながした。

セシリアは彼ら二人を交互に見つめ、「じつは、ちょうどそんな感じの男を見たの」と静かに切り出した。「エドマンド・ローランドの屋敷で。それに先週の木曜日、ハイドパークでばったり彼に出会ったときにも。その男は何だかそそくさと立ち去って、エドマンドによれば……」考えこむように言葉を切り、それからすばやくうなずいた。「そう、レドンホール・ストリートの株式仲買人とかいうことだったわ。ユダヤ人の。それに今にして思うと、とても弱々しげで、具合が悪そうだった。でも、彼らはなぜ、真昼間にハイドパークで会ったりするの？」

「じつにいい質問だ」デイヴィッドは言った。「ひょっとすると、そいつは町を離れるところだったんじゃないか？」

「で、たしかに足が悪かったんですね？」ド＝ローアンが問いつめた。

セシリアは即座にうなずいた。「ええ、銀の象嵌《ぞうがん》細工のみごとなステッキを持って、はっきりわかるほど足を引きずってたわ」

ド＝ローアンは考えこむようにあごを掻き、「これはただならぬ偶然の一致に見えるぞ」とつぶやいた。

「そして、偶然に関するきみの持論はすでに聞かせてもらったよ」彼はしばし議論を中断し、ベンサム・ラトレッジから聞き出したことを――セシリアの果たした役割を注意深くはぶいて――ド＝ローアンに話した。

「驚きですな」話を聞き終えると、ド＝ローアンは言った。

「というわけで、ラトレッジの動きはきみの予測どおり、ただの偶然ではなかったのさ」デイヴィッドは言い添えた。「ただし、彼が例のアヘンの件にかかわってるふしはない」

ド＝ローアンはゆっくり、うなずいた。「ではラトレッジを除外するとなると、残るはワインスタイン＝ローランドの線だ。ワインスタインのほうは、たぶん――十中八九は――何も知らずに使われているだけでしょう」彼はちらりとデイヴィッドに目をやった。「そのローランドとやらについて、何をご存知ですか、ドラコート？」

デイヴィッドは酒をひと口すすってグラスを置いた。「そうだな、一時はかなり困窮し、破産寸前だったようだ。そのあと、資産家の父親が死んだ。だが夫婦ともに派手好みだし、彼は収入を超える生活を楽しんでいる感じだよ」

「では、大いに怪しいと？」

デイヴィッドはしばし考えこんだあと、「彼は何か不健全なことをしていると、広く信じられている。それに、名うての賭博者だ」

「にもかかわらず、あなたは彼が関与しているかもしれないことに驚いておられる」ド＝ローアンは鋭く指摘した。

デイヴィッドはゆっくり、うなずいた。「どうもエドマンドには小船いっぱいのアヘンどころか、小樽《こだる》いっぱいの安酒すら密輸する肝っ玉が——失礼、愛しい人——なさそうに思えてね」

ド＝ローアンは皮肉な含み笑いをした。「いや、子爵、本当に利口な犯罪者はまるで見かけによらぬものです。そこがみそですよ。狡猾《こうかつ》な悪党をとらえるのは複雑なダンスさながらで——そこらじゅうで仲間《パートナー》たちがぐるぐる回って目をくらませる」

不意に、セシリアがさっと口に手を当て、「まあ！」とあえぎながら言った。「ダンスといえば！　レディ・カートンの舞踏会！　明日の晩よ」

デイヴィッドはやんわり、咎《とが》めるような目を向けた。「セシリア、悪いが、こちらを優先すべきだろう」

セシリアは打ち消すように片手を突き出した。「いえ、そうじゃなく。エドマンドも夫婦で参加するつもりなの。明日の夜会に。このまえそう言ってたわ。彼は同時に二カ所にはいられないはずよ」

ド＝ローアンは椅子の背にもたれ、注意深く両手の先を合わせた。「どのみち、それは重要ではないかもしれませんぞ」

デイヴィッドは眉をひそめて口をはさんだ。「だがほら——昨夜グライムズはマザー・ダービンに、荷揚げの日時はまだわからないと言っていた。ひょっとすると、土壇場まで決まらなかったんじゃないか？」

「いや、なるほど」とド＝ローアン。「やはりホシはローランドにちがいない。こちらは少なくとも情報を入手したわけだから、それを使って彼をとらえましょう。伝言によれば、彼とその手下は明日の晩、〈プロスペクト号〉亭の裏でアヘンを荷揚げするはずだ。さもなければ、マザー・ダービンは彼が巧妙な罠《わな》を張るのに手を貸したわけです」

デイヴィッドはさげすむようにうなった。「むしろ、彼女は難を避けて行方をくらましただけだろう。その手紙は慎重に言葉を選んで、まんいちまずい相手の手に渡っても、彼女が密告したとは言えないように書かれている。肝心な情報は口頭で伝えられたんだ。もしも罠なら、そこまで注意を払うとは思えない」

ド＝ローアンは頑固にかぶりをふった。「そうとは限りませんぞ、ドラコート。あなたはああした連中のことをわたしほど知ってはいない。彼らはあなたが思っているよりはるかに賢いし、非情でもある」

セシリアがシェリー酒の入ったグラスを握りしめ、椅子の中で身を乗り出した。「で、どうなさるの、ミスタ・ド＝ローアン？」

「こちらも罠を仕掛けるつもりです」ド＝ローアンは考えこむように答えた。「だが、あの路地は非常にせまい。となると、河のほうにもボートに乗った人員が必要だな」

「ぼくも立ち会いたい」デイヴィッドがきっぱりと言った。

ド＝ローアンはさっと、肩を怒らせて背筋をのばした。「これは密輸事件です」断固たる口調で言う。「つまり危険な――正確にいえば、テムズ河水上警察の――仕事だ。どんな事態に遭遇するかもわからないのですよ。一般市民の出る幕ではありません」

デイヴィッドは椅子の背にもたれ、両手で漫然とグラスを揺すって黄金色《こがね》の液体を跳ね躍らせた。「だが……きみはぼくをとめたりはしないな?」質問というより、宣言だ。

ド＝ローアンの口がきゅっと引き結ばれた。「どうすればそんな奇跡を達成できるのか、考えつきません」辛辣きわまる口調で警部は言った。

デイヴィッドはグラスの上で鼻に手をかざし、満足げに香りを吸いこんだ。「よし」と静かに言い、両目をあげてド＝ローアンの視線をとらえた。「どこで落ち合う?」

警部はあきらめて肩をすくめた。「明日の深夜零時に、ウォッピング警察署で。彼らは川下からライムハウス・リーチを通って来るようだから、こちらの人員を二名ずつ二艘《そう》のボートに乗せて、少し上流の目立たないところで待機させます。それに通りのほうにも、われわれのほかに一名。それ以上は無理でしょう、どこにも隠れる場所がありませんから」

# 19　最後のワルツ

レディ・カートンの舞踏室に張りめぐらされた手すりの上に身を乗り出し、片眼鏡を目に当てると、デイヴィッドはぐるぐるまわる踊り手たちに注意深く視線を走らせた。じれったいことに、どこにもセシリアの姿はない。彼はやっとのことで、予定どおり舞踏会に出るように彼女を説得し、自分はとうてい無理だと話していた。ところが、こうしてここにいる。まったく、セシリアにかかわることとなると、われながら理解に苦しむ行動ばかりだ。彼はケンブルの手を借りて最上の夜会服を着ながら、何度も胸に言い聞かせた——彼女がちゃんとあそこにいるのを確かめたいだけだ、また何か危険なことをしでかしにいったりせずに、無事でいるのを。

そうして結局、着替えの服を馬車に積みこみ、十一時までに出れば支障はないと自分をなだめて、レディ・カートンの催しにやってきたのだ。もちろん、ド＝ローアンとの深夜の約束は守るつもりだ。だがまずは、セシリアとワルツを踊ろう。まんいちの場合にそなえて。

このさい、みんなが仰天するほどぴたりと彼女を抱いて、できれば少々、不適切なほど下まで手をずりさげてやろう。先夜の賭博場でのふるまいや、彼女と馬車でオックスフォード・ストリートを走り抜けたことだけでは不足だったとしても、今夜の露骨なわがもの顔のふるまいで、確実に彼の所有権が知れわたるはずだ。あとは、ド＝ローアンと例の厄介ごとを片づけたらば、彼女の気が変わらないうちに、婚約の告知状をロンドンじゅうの新聞社へ手ずから届けるつもりだった。そんな雑用をするのはこれが最初ではないが、間違いなく最後だろう。

そのとき、セシリアが見つかった。きらめく金色のサテンのドレスに身を包み、長いつややかな髪を優雅に結いあげている。彼女はすでにワルツを踊っていた。ジャイルズ・ロリマーと。

甘やかなバイオリンの音色が舞踏室に響き渡ったとき、セシリアの腰にぐっとジャイルズの指が食いこんだ。彼の顔は怒りで青ざめ、両目がぎらついて、ありえないほど小さく細められている。いやだ！　まるでわたしをひっぱたきたがっているみたい。

それにしてもなぜ、よりにもよってこんな場所でニュースを伝えてしまったのだろう？じつのところ、ろくに選択の余地がなかったからだ。よけいなお世話だとはいえ、ジャイルズは彼女がしじゅう留守なのをいぶかりはじめていたし、例の賭博場でのデイヴィッドの過保護なふるまいのあと——おそらくサー・クリフトンがあおったのだろう——派手に噂が飛び交っていた。ついに秘密がもれたのだ。

だが、これは彼女の秘密だ。それにもう、何が適切だとかそうでないとか、たえずジャイルズと言い争うのにはうんざりだった。とはいえ今は、彼のただならぬ怒りをまえに、周囲でまわる踊り手たちや音楽のリズム、室内の息苦しい暑さまでもが、みるみる遠のいてゆくように思えた。

「まさか本気じゃないでしょうね、セシリア」ジャイルズが冷ややかな、怒りのにじむ声で言った。「あなたは何年もまえに彼を捨てたはずだ。なぜ今さら結婚を？　ドラコートとは！　いやはや、セシリア、彼がどんなやつかは知ってるはずですよ！」

セシリアは必死に笑みを保った。「ジャイルズ、あなたの指が痛いわ」と、歯を食いしばってささやき、「ええ、彼がどんな人間かは知ってます。誠実な、尊敬すべき人よ」

「尊敬すべき人？」ジャイルズはせせら笑った。

「誠実なね」セシリアはきっぱりくり返した。

少しも乱れぬステップで、ジャイルズは彼女を次のターンへとリードした。よほど注意深く観察しなければ、二人は楽しげに見えたにちがいない。

「とにかく、セシリア」ジャイルズがついに、なだめすかすような口調で言った。「あなたはまだひどく世間知らずだ。父が過保護だった――というか、ほったらかしにしたせいで、ドラコートのようなやからのやり口に触れる機会がなかったからね。うまくいきっこない。ぼくに言わせれば、あなたがあんな男とやっていけるものか」

「ぼくに言わせれば？」もはやうわべの愛想すら保てなくなり、彼女は食ってかかった。「じつのところ、ジャイルズ、あなたは何ひとつ言える立場じゃないはずよ」

「ちくしょう、セシリア、ぼくらは――」ジャイルズは歯ぎしりし、ぴったりの言葉を捜しているかのように足どりをゆるめた。「ぼくらは、家族なんですよ」

「それだけじゃない」セシリアは応じた。「大事な友人同士でもあるわ。だから喜びを分ち合おうとしたの。でもあなたがあくまでわたしの選んだ夫を中傷する気なら、その友情も危うくなりそうね」

冷たく言い放たれた言葉に、ジャイルズはダンスフロアの真ん中ではたと動きをとめた。「では失礼ながら、マダム」と、苦々しげに言う。「ぼくはあきらかに邪魔者のようですね。それによそに急ぎの用があるので、もう行かないと」

ジャイルズは彼女の手を放し、くるりときびすを返して立ち去った。セシリアは呆然と、声もなく彼を見送った。こんな仕打ちをされたら、また面白おかしい噂になること間違いなしだ。ところが不意に、温かい指が彼女の手をつかみ、腰にするりとほかの男の手がまわされた。

「こんなに快くきみを譲ってくれるとは、ウォルラファンも親切なことだ」デイヴィッドはささやき、まさにそう見えるように、よどみなく彼女をダンスの流れにのせた。「あんな寛大な男とは、夢にも思わなかったよ」

「デイヴィッド！」どっと興奮がわきあがるのを感じつつ、セシリアはすぐさまわれに返ってそれをおさえた。「それより、ねえ、聞いて！　エドマンド・ローランドを見た？」と、せきたてるようにささやく。「カードルームにいるわ。あの匂いからして、泥酔しかけて」

「やれやれ、とんだロマンだ！」デイヴィッドはため息をついた。「ああ、愛しい人、見たよ。だがあれは演技かもしれない。酔ったふりをして、それを口実に早めに帰るつもりじゃないかな」

セシリアは疑わしげにかぶりをふった。「どうかしら……」しばし考えこんだあと、デイヴィッドに視線をもどした。「ところで、あなたはここで何をしてるの？　来る気はないのかと思ってたわ」

デイヴィッドはじわじわ、彼女を引き寄せた。そしてさらに、みなが目を剝《む》くほど間近に。「意思を表明しにきたのさ」熱い唇を彼女の耳に押し当て、「あとまわしにはできない気がしてね。さっきのウォルラファンの顔つきからして、あぶないところだったよ」

セシリアは軽やかに笑い、徐々に身を引いた。「まあ、ジャイルズとわたしは議論していただけよ。彼がわたしに興味を抱くはずはないわ」

デイヴィッドは眉をつりあげて彼女を見おろし、「そうかな？」と穏やかに言った。「まあ、いいだろう。だがぼくはきみに興味を抱いている。そして、それをみんなに知ってほしいのさ」

セシリアは慎み深くまつげを伏せ、彼のシャツの胸元を見つめた。「それならもう目的を達したはずよ、子爵」非難がましく言った。「今やこの舞踏室の半分近くの人が、あなたの手を見ているわ――わたしの腰のずっと下まで、じりじりおりているほうの手よ」デイヴィッドは小声でくすりと笑い、温かい息が快く彼女の耳をくすぐった。ジャイルズとの口論を忘れ、セシリアはふと、安らぎに包まれた。ちょうどそのとき、音楽がやんだ。デイヴィッドが未練たっぷりに彼女を放し、あとずさって優雅に一礼した。「お相手ありがとう、マダム」それから不意に、ウィンクして言った。「この手が近いうちに、今の続きをさせてもらうのを楽しみにしてるそうだよ」

思いを遂げた彼は、セシリアをそっとダンスフロアの端へ押しやった。セシリアが周囲の目も忘れ、ふり向いて彼の胸に手を当てると、力強く揺るぎない鼓動がてのひらに伝わってきた。

「じゃあ行くのね？」彼女は不安に駆られて尋ねた。「ほんとにこれを最後までやるつもり？」

〝これ〟とは何か訊こうともせず、デイヴィッドは「ああ」と答えた。

セシリアは思わず、彼の手をつかんだ。「行く必要はないわ、デイヴィッド」じれったげにささやく。「ねえ、お願いだからやめて。あなたはもう、わたしに何も証明する必要はないのよ」

彼は例の、腹が立つほど無頓着な顔で彼女を見おろした。眉を軽くつりあげ、恐怖のかけらも見せずに。「だがひょっとすると、愛しい人」と、静かに言った。「ぼくには何か、自分自身に証明すべきことがあるんじゃないか？」

それだけ言うと、彼は悠然と戸口へ向かった。

「おやおや！」かたわらの人ごみで、ろれつのまわらない男の声がした。「あなたはワルツのお相手をさっさと追い払ってしまわれるようだ！　ほんの五分間にあれで二人目、どちらも命がけの任務でもあるように戸口へ突き進んでゆきましたぞ」

いやな予感にぎくりとしながら、セシリアはふり向き、エドマンド・ローランドにとっておきの笑顔を向けた。「本当にがっかりですわ、ミスタ・ローランド」絶望しきった口調をよそおった。「わたくし、知らぬ間にあの方たちのつま先でも踏んだのかしら？」

エドマンドは如才なく笑い、すかさずひじを突き出した。「いや、たんに相手が悪かったのでしょう。次はわたしといかがですかな？」

気づくと、ふたたび音楽が流れはじめている。セシリアはすばやく室内に視線をめぐらし、卑下したような表情をつくろった。「そんな危険を冒す勇気はなさそうですわ。かわりにパンチを一杯、いただけません？」

エドマンドは礼儀正しくうなずいて立ち去った。だが、その間に逃げ出して遠くから彼を観察する望みは、あえなく打ち砕かれた。エドマンドがすぐさま、パンチではなくシャンペンのグラスを二つ手にもどってきたからだ。「これがお好きなのは存じてますぞ」彼はにやけた顔で、馬鹿げた小さなウィンクをした。「わが家の夜会でさかんに飲んでおられたでしょう」

またもや引きつった笑みを向け、セシリアはグラスを受けとった。それからそっと、少なからぬ懸念を抱いて彼の様子をうかがった。もしもあの酩酊《めいてい》ぶりが演技なら、エドマンドはシアター・ロイヤルに専用の楽屋をもらえそうだ。すでに足がふらつき、両目はろくに焦点が合わなくなっている。

彼がよろめきながら腕をさし出し、それから半時間、セシリアはやむなく相手をさせられた。ついに、化粧室がどうとか言い訳して逃げ出したが、自由はつかのまのものだった。時計が深夜の零時を告げたときには、エドマンドがふたたび――さきほど話を交わしたことなど忘れ果てた様子で――彼女の横に立っていた。

彼の両目は血走り、クラヴァットは傾いて、セシリアはまたもや同じ話をくどくど聞かされた。ブライトンでの休暇の計画、妻がひどい頭痛で早めに寝床へひきとったこと、栗毛の猟馬《ハンター》を売ってひと儲けしたこと。さらに十五分間、エドマンドは最近のさいころ賭博でのツキを得意げに話した。あきらかに、この部屋はおろか、セシリアのそばから離れる気さえないようだ。

今では二人は玄関ホールへ続く戸口に立っていた。遠くのほうで、時計が時刻を告げた。一時！　やはりエドマンド・ローランドが事件の首謀者のはずはない、とセシリアは力なく考えた。あるいは、もしも彼がそうだとしても、今夜の荷揚げに立ち会うつもりはなさそうだ。

ド＝ローアンとデイヴィッドはたんに罠に落ちようとしているのだろうか？　大いにありうる。ド＝ローアンもそう言っていた。だからこそ、彼は何とかデイヴィッドを遠ざけようとしたのだ。そう気づき、セシリアは腹の底から恐怖に襲われた。ならば、選択の余地はない。一刻もはやく河岸へ行こう。誰かが二人に警告しなければ。

「失礼、ミスタ・ローランド」セシリアはとつじょ切り出した。「わたくしも急に頭痛が……すぐに馬車を呼ばせて、帰ったほうがよさそうですわ」

エドマンドの返事も待たず、人ごみを押しわけて玄関ホールに出ると、彼女はしゃっちょこばって控えた制服姿の従僕からすばやく黒いヴェルヴェットのマントを受けとった。扉の外では、べつの使用人が歩道を行ったり来たりして、次々と出発する馬車を夜霧の中へと巧みに送り出している。

順番待ちの客が列をなしているのに気づき、セシリアの心は沈んだ。手遅れにならないうちに自分の馬車でウォッピングへ行き、彼らをとめるのは無理だ！　とりわけこの濃霧では。恐怖で息が詰まりかけたが、ぐっとこらえて冷静に考えてみた。そうだわ、ピカディリーまで行けば、たぶん貸し馬車がある。マントをきゅっとかき合わせ、彼女は外へと飛び出した。ところが、あわてるあまり、暗がりに立っていた背の高い男にぶつかって、岩のように堅い胸にまともに腕を打ちつけてしまった。

「おっとあぶない」ひどく聞きなれた声がつぶやき、男がよろけて階段の手すりにもたれた。

「ジャイルズ！」セシリアはぎごちなくわきへ飛びのいた。「あなたはもう帰ったのかと思ってたわ」

ジャイルズはしばし彼女を見つめ、そっけなく答えた。「ああ、そのつもりでしたが、馬車馬の落鉄が見つかって、近くの貸し馬車屋でつけなおさせなければならなくてね」彼は彼女の頭から足へと視線をめぐらせた。「それより、セシリア——いったい何事です？　幽霊でも見たような顔をして」

セシリアは死にもの狂いで通りの左右に目を走らせ、頭の中で馬車をかぞえた。ジャイルズの堂々たる馬車は、出発を待つ列の三番目だ。「じっさいそんな気分よ」彼女は弱々しく言った。「恐ろしい緊急事態なの！」

「緊急事態？」ジャイルズはいささかぎょっとしたようだった。「具合が悪いんですか？」

「ああ、ジャイルズ！」セシリアは必死に彼を見あげた。「あなたが今、わたしにひどく腹を立ててるのはわかっているわ。でも……ああ、お願い、今すぐウォッピングへ連れていってもらえない？」

「ウォッピング？」ジャイルズは声を低めた。「いったいなぜウォッピングなんかへ？」

歩道の上で従僕が次の馬車を送り出し、ジャイルズの馬車を戸口のそばへ進ませた。セシリアはあわててジャイルズの腕をつかみ、「いいから、さあ」と、うながした。「馬車に乗ったらぜんぶ話すわ」

デイヴィッドが約束の十五分まえにウォッピング警察署に着くと、例によって厳しい顔つきのド＝ローアンが戸口で待ちかまえていた。彼がデイヴィッドを見るなりパチッと指を鳴らすと、オッツとかいう名の、仕事熱心な若い巡査が供をしに飛び出してきた。軍隊なみの効率的な手順でデイヴィッドの服装が調べられ、彼の武器――拳銃二丁とナイフ――が点検されたあと、最後に彼の顔が靴墨で真っ黒に塗られた。そこへ二人目の巡査が駆けつけ、警察のボートが川上の位置に着いたことをド＝ローアンに告げた。

今夜の戦略をざっと確認したあと、彼らは徒歩で現場へ向かったが、あまりの濃霧にデイヴィッドとしては、誰も土手を踏みはずして河に落ちないことを祈るのみだった。だがド＝ローアンは猫の視力とロバの頑強さを兼備しているかのように、揺るぎない足どりで夜の闇の中を進んだ。数分後には目的地に着いて、オッツ巡査は暗闇に姿を消し、デイヴィッドとド＝ローアンと彼の犬は、長い待ち時間をすごすべく腰を落ち着けていた。

彼らは今や、都合よく〈プロスペクト号〉亭の真向かいの路上に積みあげられていた、半ダースほどの空き樽の背後にうずくまっていた。そこなら居酒屋のわきを通って裏の河へと続く、せまい通路の入り口を見張れる。それに、店のドアから通りへよろめき出てくる、今夜の最後の呑んべえたちも観察できた。

酒場の日曜の閉店時間は早く、まるで時計仕掛けのようにきっかり零時に亭主のプラットが姿をあらわし、ドアのまえを掃いて戸じまりをした。その後、上の階で揺らめいていた蠟燭の光が――すでに霧の中で黄色いしみのようにぼやけていたが――ひとつ、またひとつと消されはじめた。明かりが消えるにしたがって、あたりは凍てつくような夜の寒さにおおわれた。

デイヴィッドはセシリアとのダンスの温もりが、夜通し支えてくれるかと少々期待していたのだが、一時半ごろには河の湿気が分厚いウールの外套に染み入り、その下のあらゆる衣服に広がっていた。彼はとみに、ド＝ローアンの職務への献身に賛嘆の念を抱いていた。むろん、あのいまいましい不屈の精神にもだ。今やこちらは命がけの事態でも、うずくまった姿勢から立ちあがれそうにない。まさにそんな事態になりかねないというのに。

デイヴィッドは節々の痛みをやわらげようと、わずかに左へ重心をずらし、少しだけ腰を浮かした。とたんに、非情な断固たる手が肩に置かれた。「ちっ、じっとして」暗がりからド＝ローアンがたしなめ、彼の背後でマスチフ犬が不機嫌にうなった。まるで犬まで、デイヴィッドの未熟さに苛立っているかのようだ。

だが緊張のあまり、デイヴィッドはじりじりしはじめていた。「くそっ、今ここで上等の葉巻が吸えるなら何でもしてやるぞ」彼はぼやいた。

ド＝ローアンは伸びあがって樽の向こうをのぞき、「わたしなら、やめておきます」と唇の端でささやいた。「お肌が老化しますぞ」

デイヴィッドはため息をつき、痛むひざを揉《も》みほぐした。「まえにもそう言われたよ」

「もちろん」と、警部は続けた。「あなたがあの路地へ飛びこんで何か勇敢な――あるいは馬鹿げた――ことをして殺されるつもりなら、それでもかまわんでしょうがね」

「ほう、マックス！」デイヴィッドはそっけなく言った。「きみが心配してくれているとは知らなかったよ」

「報告書類作りをね」ド＝ローアンは暗闇でつぶやいた。「しちめんどうな書類作りはごめんです。目のまえで貴族が殺されるのはありがたくない、それだけですよ」そのとき、三階の窓の奥で蠟燭の炎が揺らめき、そして消えた。

「あれが最後の一本です」ド＝ローアンは自信たっぷりにささやいた。

と、合図に応えるように、一台の貸し馬車が通りの先からあらわれ、デイヴィッドは興奮に身を震わせた。馬具のがちゃがちゃいう音も重い蹄《ひづめ》の音も、湿気のせいでくぐもり、奇妙に遠く聞こえたが、ほどなく馬車は居酒屋のまえにとめられた。長い漆黒のマントに包まれた細い人影が静かに飛びおり、霧におおわれた路地へと姿を消した。

「エドマンド・ローランドですか？」ド＝ローアンがひそひそ声で尋ねた。

デイヴィッドは闇の中でコートをもう少しだけかき寄せ、「ああ」とおぼつかなげに答えた。「そうだと思うが」

不意に、かたわらでド＝ローアンが何かを聞きつけたように背筋をのばすのを感じ、デイヴィッドは注意深く耳をすました。すると、彼にも聞こえた。水をかく櫂《かい》のかすかな音。ついで、木材がドサッと石にぶつかる。

路地の奥で、馬鹿でかいランタン、もしくは松明《たいまつ》らしきものが、ぱっと燃えあがり、かき消え、ふたたび光を放った。あきらかに、何かの合図だ。それを見るや、ド＝ローアンは立ちあがり、シャツのすそを引き出すと、ズボンの閉じ目をまさぐりはじめた。

「いったい何をする気だ？」デイヴィッドは小声で尋ねた。

「千鳥足であの路地へ小便をしにいくのです」警部は答え、片手ですばやく髪をくしゃくしゃにした。「まともな目撃者もなしに、ローランドのような身分の男を断罪する治安判事はいません。疑問の余地をなくしておきたい」

デイヴィッドに異議を唱える間も与えず、ド＝ローアンは犬にじっとしていろと小声で命じ、一気に通りを横切った。彼が酒場のわきの路地へ姿を消すと同時に、遠くのほうで、重たげな荷馬車のガラゴロいう音が響いた。あのランタンの光に呼び出されたのか？

霧の奥から、大きな荷馬車がぬっとあらわれ、路地の入り口への視界をさえぎるように、デイヴィッドの真正面にとまった。御者台には一人だけ、大男がすわっていたが、顔はつば広の帽子の陰になって見えない。男は驚くほど身軽に馬車からおり、肩を揺すりながら路地へと姿を消した。どこかで見たような歩きかた……船乗りの足どりだ、とデイヴィッドは考えた。と、ひとつの名前がひらめいた。

グライムズ！

間違いないだろう。すると、今やド＝ローアンは路地へ入っていったグライムズと、奥の河岸の連中に挟まれてしまったわけだ。この馬車は、積荷をあの娼館へ運ぶためのものにちがいない。ド＝ローアンによれば、密輸品は夜の闇にまぎれて艀《はしけ》に積まれ、河上へ運ばれてくるはずだった。その艀が今、路地の先の河岸につながれているのだろう。次にはマンゴー材のチェストがペリカン階段の上へかつぎあげられ、路地を通ってこの道へ運ばれてくるはずだ。しかし、あの路地は男が二人も並んで通れないほどせまい。

ド＝ローアンには逃げ場がないわけだ。デイヴィッドは静かに立ちあがり、装塡《そうてん》ずみの拳銃のひとつをとり出した。霧にかすんだ通りの左右を見やり、荷馬車の向こうの路地の入り口へ進んだ。

今夜は満月に近いうえ、路地は奥までほぼ一直線にもかかわらず、霧のせいでまだろくに何も見えない。デイヴィッドはすばやく祈禱《きとう》を唱え、路地に踏み入ると、居酒屋の向かいの壁に背中を押しつけ、銃をもった右手を突き出して進みはじめた。背後には、じめついた壁、まえにはじっとり湿った空気が感じられ、ブーツの下で砂と小石の踏みしだかれるかすかな音がした。

何も見えぬまま、危険な状況に飛びこむのは不安なものだ。だが意外にも恐怖はなく、彼は醒めた決意だけを感じていた。ド＝ローアンを一人で見捨ててはおけない。そのとき、数フィート前方で、誰かがカタッとゆるんだ敷石を踏みつけた。グライムズならいいが。だがちょっとした奇跡でもないかぎり、あの男がド＝ローアンに気づかずに通りすぎるとは思えない。

いやはや、この路地には今、ローランドの一味が何人いるのだろう？　デイヴィッドは頭の中で数えてみた。むろん、当のローランド――もしくは貸し馬車からおりた男がいる。それにグライムズ。艀の船乗りが少なくとも二人。では最低四人だ。

ド＝ローアンの仲間のほうが多いが、そのうち四人は河にいて、今ごろようやく近づきはじめたはずだった。助っ人のオッツ巡査は居酒屋の反対側で待機している。彼らはみな、ド

＝ローアンの合図を待つことになっており、唯一の例外は、通りでじっとしているように言われたデイヴィッドだ。しかし、今やじっとしている場合でないのはあきらかだった。たしかに、こちらは密輸人たちを追いつめた。だがド＝ローアンがその真ん中に閉じこめられているのだ。

そのとき、路地の奥で何か恐るべき手違いが起き、権威に満ちた声が水上から響き渡った。「御用だ、動くな！　水上警察だ！　荷物を置いて立ちあがれ！」

早すぎる！

くそっ、警察のボートがはやく着きすぎたのだ！　銃声がとどろいた。ド＝ローアンか？　おそらくは。ぞっとして、血が凍りつきそうになった。

と、霧の中からグライムズが飛び出し、デイヴィッドを押しのけて一目散に逃げ出そうとした。デイヴィッドは容赦なく彼の左肩にパンチを入れ、ブーツでさっと足首をすくった。グライムズはぶざまに両手を広げて路地に突っ伏しそうになったが、どうにか立ちなおり、空《くう》をかきながら駆け去った。

「オッツ！」デイヴィッドは巡査が背後の闇の中にいることを祈りながら叫んだ。「そいつをつかまえろ！」

「了解、閣下！」オッツの声が響き、ドサッと人体のぶつかり合う音がした。ひとしきり大きな罵声《ばせい》とうなり声が続き、二人の男が倒れ、ブーツが壁を打ったりこすったりする。やがて、グライムズが苦悶の叫びをあげた。間違いなくあの声だ。

グライムズがこっぴどく痛めつけられたことを願いつつ、デイヴィッドは手探りで奥へと進んだ。今やせまい路地には混乱しきった音が充満し、湿った壁にこだまして、水上へとあふれ出している。闇の中で、バシャッと水がはね、木と木のぶつかる音がした。おそらく水上のボートだ。そして櫂が水をたたくような、大きなビシャッという音。

さらに数フィート進んだが、まだド＝ローアンは見えない。またもや低い罵声と、頭が石にぶち当たる音。それに、人体が水を打つ音がした。デイヴィッドには見えないが、前方の河岸が大混乱に陥っているのはあきらかだ。どこかで窓が割れた。壁のあいだに銃声がとどろき、ガラスの破片がぱらぱらと路上に降りそそぐ。

そのとき、背後の暗闇から、真っ黒な筋肉と骨の塊が空《くう》を切って飛び出し、路地の奥の何かに体当たりした。デイヴィッドは驚くほどしっかりした手でさっと銃をあげ、霧の中へ突き出した。だが、血も凍るようなうなり声に、すんでのところではたと気づいた。

ルシフェルだ！

暗がりで黒い塊が身をよじってうなり、後足で立ちあがるのが見えた。霧の中で二人の男がぱっと分かれ、一人が壁ぎわへ飛びすさったかと思うと、もう一人が躍りかかった巨大なマスチフ犬の下に倒れて手足をばたつかせ、踏みつけられて動かなくなった。

ド＝ローアンが両手で押しやるように壁から離れると、デイヴィッドは「行こう」とささやき、河のほうにぐいと頭をかたむけた。「路地の入り口はオッツが守ってる。やつらはもう排水管に閉じ込められたネズミも同然さ」

二人は河に面した空き地へと進んだ。遠くのランプが水面にちらちら反射して、路地の出口にかすかな光を投げている。背後では、ルシフェルの歯ぎしりする音が濃霧の中に消えようとしていた。やがて、前方に石の堤がぬっと浮かびあがった。河から、路地より三フィートほど高いこの堤へと続くのが、ペリカン階段と呼ばれる石段だ。あたりにはまだ罵声や水のはねる音、叫び声が響き渡っている。

石段のてっぺんにあの黒いマント姿の男が立ち、水上の乱闘を見おろしていた。

「ド＝ローアン！」誰かが下から叫んだ。「二人つかまえました！」

たちまち、黒衣の男がさっとこちらをふり向いた。男は腕をあげ、その手に握られた拳銃に月光がかすかに反射した。ド＝ローアンも進み出て銃をかまえる。そのとき、べつの男が暗がりから飛び出し、骨の砕けそうな一撃でデイヴィッドを倒した。

デイヴィッドの手から拳銃が吹っ飛んだ。それが壁にぶつかり、耳を聾するような音をあげて暴発したのもかまわず、二人は夢中でなぐり合った。だがデイヴィッドのほうが重いうえに機敏だったし、必死になっていた。とつぜん、生きなければならない理由が山ほどあるのに気づいたからだ。

最後の力を込め、相手のあごの下に肘鉄をくらわすと、頭がのけぞって石の壁にぶつかった。骨の砕けるおぞましい音がして、倒れた男は一度だけピクリとし、動かなくなった。

デイヴィッドはよろよろ立ちあがり、ド＝ローアンがまだマント姿の男に拳銃を向けているのをぼんやり意識した。だがあの銃は空っぽのはず……ではないか？　たしかに、誰かの銃が最初に撃たれていた。

だがド゠ローアンは、はったりを通すつもりのようだった。「水上警察だ」と、断固たる声でもういちど叫んだ。「武器を捨てておりてこい」

「いや」階段の上から、驚くほど優しい声が答えた。「その必要はないと思う」

まさにそのとき、べつの人影がすっと路地から光の中へ進み出た。デイヴィッドは視界を晴らそうと目をしばたたき、あっけにとられて見つめた。ウォルラファン？　いったいどういうことだ？

「われわれ三人を同時には撃てまい」ジャイルズ・ロリマーは男に向かって叫び、拳銃を握りしめた手をあげた。「誰か知らんが、武器を捨てろ」

はたと、デイヴィッドはわれに返った。記憶を頼りに外套のポケットをさぐり、有能なオッツが火薬を詰めた予備の拳銃を取り出す。フードつきのマントを着た男はデイヴィッドには目もくれず、死にもの狂いでド゠ローアンとジャイルズに交互に銃を向けていた。ついに、ジャイルズのほうが危険だと判断したのか、狙いを定めて引き金を引く――が、デイヴィッドのほうがはやかった。

響き渡る銃声が闇を切り裂いた。ぎごちなく、くずれるように男がうずくまり、玉石の敷かれた地面に頭から倒れこみながら、耳を聾する轟音とともに撃ち返す。ジャイルズがよろよろあとずさり、がくりと片脚が折れた。ド゠ローアンがすばやく進み出て彼の腕をつかみ、そっと地面にすわらせた。

「ウォルラファン、撃たれたのか？」デイヴィッドはまえへ飛び出しながら叫んだ。ド＝ローアンがジャイルズのクラヴァットをむしり取って脚をしばった。「ほんのかすり傷さ、きみのおかげで」ジャイルズは答え、黒衣の男のほうにあごをしゃくった。「あれは誰なんだ？　死んだのかな？」

デイヴィッドは地面に倒れた男にすばやく近づき、脈をとろうと仰向けにした。と、マントのたっぷりしたフードがゆるやかにすべり落ち、いまいましげに見開かれた目がひたと彼を見あげた。

「まったく……ついてないわ」アン・ローランドは弱々しいしゃがれ声で言った。「ろくでなしのあんたが今夜にかぎって……こんな……まともなことをするなんて」彼女の身体がもういちど波打ち、のけぞり、ぐったりとした。

泥と砂にまみれてひざまずいたまま、デイヴィッドはじっとその目に見入った。まだ開いてはいるが、何も見てはいない不気味な目に。いやはや！　アン・ローランドとは……夢にも想像しなかった。とはいえ、それですべて納得がゆく。ド＝ローアンの警告が脳裏にこだました。

〝本当に利口な犯罪者はまるで見かけによらぬものです……〟

今では、冷たい水がズボンのひざに染み入っていた。デイヴィッドは背後でド＝ローアンがジャイルズを立ちあがらせ、部下にあれこれ指示しているのをぼんやり意識した。グライムズがオッツ巡査を口汚くののしりながら、路地を連れもどされてくるのが聞こえる。ずぶ濡れになった中国人の船乗りが二人、手錠をかけられて引きずられていった。それでもまだ、彼はアンの目から視線をひき離せなかった。

果てしなく思える時がすぎたあと、優しい手がそっと肩に触れ、金色のサテンと黒いヴェルヴェットが彼の足元で渦巻いた。

「デイヴィッド……?」セシリアはささやき、汚物と血の中に彼と並んでひざまずいた。彼女の温かい、心なごむ香りがどっと五感を満たし、彼を正気にたち返らせた。

# エピローグ　おどけ者《ジョーカー》、最後の札を配る

「万愚節！」アマースト牧師はぶつぶつ言い、わが家の客間から居間へとあふれるにぎやかな人ごみに視線をめぐらせた。「まったく、ジョネット！　いったいどんな人間が万愚節に結婚するというんだ？」

かたわらの寝椅子から、ジョネットが腕をあげて夫の手をつかみ、指のつけ根にそっとキスした。「これいじょう待てない人たち、というところね」彼の肌に唇の温もりを残しつつ、彼女はおどけてつぶやいた。

まさにその瞬間を選んだように、新たなレディ・ドラコートが暖炉のそばの席からよろよろ立ちあがり、化粧室へとこっそり駆けだした。

コールはそれを鋭い目で見守りながら、妻の手に指をからめ、寝椅子のわきの椅子にどさりと腰をおろした。「彼女は思いのほか神経質になっているようだな」

ジョネットは夫のそばに身を乗り出し、にやりといたずらっぽい笑みを浮かべた。「あら、

セシリアは怖気づいてるわけじゃないわ、あなた——吐き気よ！　ほんとに、ダーリン、あなたはいまだにときどき、ひどくうぶなことを言うのね」

「どうしてきみと結婚しながらうぶでいられるのか、見当もつかないよ」コールは穏やかにぼやいた。「じゃあ、あまり遠くない将来に、もうひとつ慶事を期待できるというわけかい？」

だが、妻はもう聞いてはいなかった。コールにつかまれていた指を引っこめ、両手をまえにのばして歓迎のしぐさをしている。優雅な身なりの中年男が、部屋の向こうから彼らに近づこうとしていた。

「ミスタ・ケンブル！」ジョネットは叫んだ。「やっとお目にかかれたわ！　主人のアマースト牧師をご紹介させてくださる？」

男は誇らしげにさっと背筋をのばした。「光栄です、奥様。そしてミスタ・アマースト、じつにみごとなお式でした！　心を揺さぶられ、わたくしまで婚姻の至福を考慮しかけたほど！」

「それはどうも、ミスタ・ケンブル」コールはもぐもぐ答え、椅子から立ちあがった。「では、失礼ながら、ちょっとウォルラファン卿に話があるので」

ジョネットはちらりとそちらへ目をやった。ウォルラファン卿はいささか憔悴《しょうすい》した様子で、体重の大半を松葉杖にかけている。かたわらには印象的な風貌の、長身の未知の男が立ち、コールが近づいてゆくと、三人の男たちはすぐさま議論に没頭しはじめた。ジョネットはケンブルに視線をもどし、コールがかけていた椅子をたたいた。「さあ、ミスタ・ケンブル、おかけになって。ほんとにわくわくするわ！　あなたも渦中にいらしたんでしょ、そっくり聞かせてね。ほかの誰も話してくれそうにないの、わたしが身重なのを口実にして。じつのところ、こちらは血なまぐさい話に飢えきっているのよ」

ケンブルは自尊心をくすぐられたようだった。「じつは、奥様、わたくしはウォルラファン卿が撃たれた現場は目にしておりません」と、ささやくように言う。「しかしながら、ウォルラファン卿のかたわらの、あの長身の、いかつい紳士——あれがド＝ローアン警部で、わたくしも先ごろドラコート卿を介して親交を得たのですが——彼が一部始終を話してくれました」

「本当に？」ジョネットは満足げに言った。「それで、警部のお考えでは例の悪党——グライムズとかいう、主人の伝道所の二人の娘さんを殺した男はどうなるの？　吊るし首？」

「それはもう、とびきり高い木から！」ケンブルは不気味な声で請け合った。「あの男はアン・ローランドの密輸工作についても、洗いざらい話したそうです」

ジョネットは軽く眉をつりあげた。「では、あれは事実だとおっしゃるのね？　親愛なるエドマンドは？　本当に妻のしていることを何も知らなかったのかしら？」

ケンブルはためらいがちに答えた。「まあ、ド＝ローアンに証明できるかぎりでは」

「警部はきっと、慎重を期していらっしゃるのね」ジョネットは手厳しい笑みを浮かべた。

「もちろん、アンがエドマンドを尻に敷いていたのは周知の事実よ。彼女がまんまと伝道所に入りこまなくてよかった。そうなれば、気の毒なキティ・オゲーヴィンまで死んでるところだわ。アンは死にもの狂いで彼女を見つけたがっていたはずよ」

ケンブルはすばやくウォルラファン卿に目をやった。「まあ、内務省近辺では、不快な噂が山ほど流れているようですな。聞くところによれば、アン・ローランドはほかにも種々のおぞましい習癖をもち、例のブラックホース・レーンの店でひそかに欲求を満たしていたとか」

ジョネットはしばし黙りこくったあと、「で、ミスタ・ケンブル、その娼館の女主人——彼女は結局のところ、アンと通じていたの？」

ケンブルは優雅に肩をすくめた。「ド＝ローアン警部は、ミセス・ローランドの正体を知っていたのはグライムズ一人だと見ています。あらゆる手がかりからして、彼女はそ知らぬ顔であの店を訪ねていたようですな。おそらく、こっそり偵察するのが面白かったのでしょう。あるいはたんに、隠れ家がほしかったのか。例の——」近侍ははたと言葉を切り、ちらりとジョネットを見て如才なく結んだ。「——ひそかな嗜好にふけるための」

「では、エドマンドは彼女の不法行為を知らなかったか」ジョネットは考えこむように言った。「たんに気にしなかったのね。彼らはともに富と地位を切望していた……ついに、アンは強欲にも密輸に手をそめた。でも、やっぱり彼はうすうす察していたんじゃないかしら」

「もう少し利口な男なら疑いを抱きそうな商取引を、ときおり奥方に頼まれていたはずですからな。しかし、妻のしていることをあまり詮索《せんさく》しなかったのでしょう」

「おっしゃるとおりね」ジョネットは辛辣な笑い声をあげたが、すぐにいつもの快活な口調になった。「で、今後はどうなるの、ミスタ・ケンブル？　わが友ドラコート卿はついに、人生を前進させる気になったようだわ。でもこの恐ろしい一件が片づいた今、ほかのみんなは？」

「まず、エドマンド・ローランドは国外へ去りましたが、それはご存知でしょう」ケンブルはさりげなく、ウォルラファン卿のほうにグラスをあげた。「そしてピール内相の政治的盟友として、ウォルラファン卿がド＝ローアン警部に内務省のとある職務を受諾させたばかりです。ひとこと申し添えるなら、極秘の職務を」

「あら」ジョネットはゆっくり、椅子の背にもたれた。「じつに、わくわくする話ね」

「いや、まったく！」ケンブルはわけ知り顔でささやいた。「警部は何やら、特別の任務に就くとかで、それはすべて、いずれ復活するはずの警察制度改革委員会に関係しているようです」

ジョネットはがぜん興味をそそられた。「あれはもう、立ち消えになったのかと思っていたわ」

「いずれは、ピールが志を遂げましょう」ケンブルは自信たっぷりに言った。「とはいえ、そのまえに探り出すべき腐敗が山ほどある。ド＝ローアンは、その仕事にうってつけの男と言われております。じっさい、水上警察のみならず、市内各所の治安判事の元でも働いてきたようですからな。じつに面白いことになりそうだ」

「まったくね！」ジョネットは相槌《あいづち》をうった。「で、あなたは、ミスタ・ケンブル？　抵抗をやめて、ラノック卿の田舎の地所へいらっしゃる？　それとも、ドラコートの気前のいい申し出を受けるおつもり？」

「ああ、その件でしたら」ケンブルは不意に、遠くを見るような目つきになり、ゆっくりと答えた。「すっぱり身を退《ひ》こうかと考えております」

ジョネットの驚愕《きょうがく》の表情に気づいたとみえ、彼はすばやく言い添えた。「むろん、ラノック卿には非常な好意を抱いております。ドラコート卿にも。ただ、残念ながら、わたくしのご主人様はみな結婚されて、その後はたちまち単調な田園の緑と結婚生活の至福にひたってしまわれるようで。わたくしは町の刺激のほうがはるかに性に合うので、小さな店でも持とうかと思います」

「紳士用品のお店とか？」

ケンブルはかぶりをふった。「いや、たぶん磁器――年代もののガラスや陶器、宝飾品といったものです。ただしもちろん、極上品にかぎります。場所はストランドあたり。人通りが多く、ほどほどの賃料ですから」

「ストランド？」とジョネット。「じゃあ本気で――」

とつぜん、彼女は室内の何かの動きに注意をそらされた。すばやく視線をめぐらすと、デイヴィッドはまだ暖炉の横に立ち、次々と祝福にくる人々と談笑していた。セシリアはまだ、そばにもどっていない。

そのとき、彼が見えた。ロビンだ。何やらたくらんでいるような表情で、人ごみを押しわけて叔父のまえに進み出た。そしてうやうやしく、優雅にくるまれた包みをさし出す。

デイヴィッドはロビンのふるまいにいささか面食らい、渡された包みをじっと見おろした。二週間まえに激しい議論をしていらい、この甥とろくに口をきいていなかった。それでも結局、片はついていた。デイヴィッドはロビンの賭博の負債を――ラトレッジへの借りも含めて――残らず清算し、少々厳しい利息をつけていた。ロビンはそれを四半期ごとの分割払いで彼に返済し、おかげで文無しも同然になるはずだ。少年はひどく渋ったものの、もうひとつの解決法――母親の慈悲にすがるのよりはましだった。

デイヴィッドは視線をあげてロビンの顔を見つめた。「これは何かな？」

「結婚祝いですよ、子爵」彼の甥はウィンクした。「あなたにとってはすごく、個人的に意味深いものだと思うよ」

「きみがそんな感傷的なタイプとは夢にも思わなかったぞ、ロビン」デイヴィッドは皮肉った。「頬を染めた花嫁がもどるのを待って開けるべきかな？」

ロビンは含み笑いを浮かべて首をふり、「いや、どうかな」とささやいた。「これはむしろ同情のしるし――真に輝かしい独身時代の終わりを示す、ささやかな記念品だからな」

デイヴィッドはいさぎよくシルクのひもを解き、包みを開いたが、中身はよれよれの古びた一組のカードだけだ。彼は眉をきゅっとつりあげ、いぶかしげに甥《おい》を見た。「熾烈《しれつ》な一夜の残骸といったところだが。いったい何にひたしたんだ？　安物のブランディか？」

ロビンはさっと首をのけぞらせて笑った。「まさか！　金で買える最高のフランス産コニャック――もっとはっきり言えば、チャーリーのとっておきの酒だよ」

「何てこった」デイヴィッドのかたわらで、ほとんど聞き取れないほど小さな声がした。周囲を見まわすと、いつの間にかコールがやってきていた。ジョネットもケンブルの腕につかまり、どうにか部屋を横切ってきたようだ。スチュワートが母親のうしろに立っている。デイヴィッドは不安げに、彼ら全員を交互に見まわした。「チャーリーのブランディ――？」何かを見落としていそうな気がした。おそらくは、重大な何かを。

ロビンはまだ笑い続けている。「やだなあ、ドラコート！　ぜんぜん憶えがないの？　あなたが最後にカード遊びをしたのはいつだった？」

デイヴィッドは首をふりふり、カードを見おろした。「そういわれても、カードなんてどれも似たり寄ったりだしな。それに、このところひどく忙しかったんだ。伝道所の件や……何やらで」ふと奇妙な胸騒ぎを覚え、彼はカードの束をひっくり返した。するといちばん上のカード、四隅が湿気で汚れてまるまった、スペードの女王が目に飛びこんできた。

思わず、にやりと笑みが浮かんだ。「そうか――これは読書室で勝負したときのカードだな？　コールがぼくをやっつけた、まさにあのカードだ」

ロビンは眉をつりあげて両手を広げ、柄にもない無邪気なジェスチャーをした。「それはたしかに、あの晩ぼくらが使ったカードのひとつだよ。でも厳密にいうと、あなたがやっつけられたものじゃない――少なくとも、一部はね」

「一部は？」そのとき、人ごみからこそこそ逃げ出してゆくコールが目に映り、デイヴィッドは眉根を寄せて考えこんだ。「だが記憶によれば……たしか、誰かがブランディをこぼして——」

「お父さんだよ」ロビンがすばやく口をはさんだ。

「で、そのあと——ああ、勝負を中断してテーブルを拭いたんだ。だがカードは無事だった。はっきり憶えてるよ。コールがスペードの女王を持っていた。彼がそれをめくって切り札を決めたんだ」話しながら、デイヴィッドはひたと甥に目を向け、意志の力で何か言わせようとした。

ロビンはにやりとしただけだった。

「あとで彼が出したとき、女王の札は乾いていた」デイヴィッドは続けた。「憶えているよ。彼はそれを使って、ぼくのダイヤのエースを切ったんだ」

ロビンはにやにや笑い続けた。長い、長い、あいだ。

ついに、デイヴィッドはごくりとつばを呑み、「ぼくはだまされたのか——？」と力なくささやいた。「まんまといっぱい食わされたんだな？　ろくでもない唐変木に」

不意に、かすかに震える温かい手が腕にまわされるのを感じて、デイヴィッドは花嫁の底知れぬ深みをたたえた青い瞳を見おろした。

「誰がだまされたの？」セシリアは興味津々で尋ねた。「それで何を失くしたの？　あなたの表情からして、何かとても貴重なものだったみたいね」

「いや」デイヴィッドはろくに考えもせずに答えた。「何の価値もないものさ」なぜなら、セシリアの青白い、完璧な顔をひと目見ただけで、過去のことはすべて脳裏から消えてしまったからだ。その目もくらむほど甘美な一瞬に思い浮かんだのは、自分が失ったもの――みじめな放蕩ざんまいの生活――ではなく、勝ちとったものだった。それを思い知らされ、ひざがくずおれそうだった。

## 歴史的事実に関して

一般的に、イングランドでは首都圏警察法案が可決されるまで、時には不正も働く〈ボウ・ストリートの捕り手たち〉をのぞいて、組織的な警察は存在しなかったと考えられています。けれど厳密には、それは事実とはほど遠く、ピール卿が一八二九年にロンドンの警察機構を一本化したときには、いわゆる水上警察はすでに三十余年にわたり、この街の大動脈たるテムズ河とその流域の治安を守り続けていたのです。

巡査と監督官（のちに警部と呼ばれる）からなるこの勇猛果敢な一団は、人命救助と積荷の保護に多大の成果をあげたため、活動を開始した半年後には、イーストエンドの二千人の犯罪者たちが暴動を起こし、テムズ河畔の警察署を焼き払おうとしました。

しかし成功はしませんでした。二世紀にわたる激務を経た今も、水上警察は少しも変わることなく、ウォッピング・ハイ・ストリートで職務を果たしています。

# 訳者あとがき

お待たせしました、十九世紀英国を舞台にさまざま恋模様を描き続けるヒストリカル・ロマンスの名手、リズ・カーライルの翻訳第二作をお届けします。

翻訳第一作の『黒髪のセイレーン』では、信心深いきまじめな軍人と子持ちの妖艶な未亡人という異色の主役コンビを配し、熱い大人の恋を描いたカーライル。今回はがらりと趣向を変え、放蕩者の美貌の子爵と純情な伯爵令嬢という、まさにロマンスの王道をゆくような二人の登場です。ただし、若き日の二人が出会うのは、舞踏室のきらめくシャンデリアの下ではなく、競馬場の厩《うまや》の中。しかも酔っ払った子爵は、いきなり不埒《ふらち》な行為におよび、一生許せないほどの怒りを彼女の胸に植えつけてしまいます。そこからはじまる、長い長い試練の道のりは……？

物語のおもな舞台となっているのは、十九世紀初頭、ジョージ四世時代のロンドン。謹厳な先王とは対照的に、享楽的な社交生活を好んだジョージ四世の治世は、彼が摂政《リージェント》時代に着手した市街地整備計画や、それにもとづく優美な建造物、ファッショナブルな伊達男たちの新たなライフスタイルなど、独自の文化が花開いた時代です。そのいっぽうで、産業革命後の社会構造の変化、とりわけ都市の急発展にともない、治安の悪化や風紀の乱れ、貧困者の増加など、種々の社会問題が表面化した時代でもありました。

作者のカーライルは、そうした時代背景を巧みに取り入れ、子爵デイヴィッドと恋人セシリアの遭遇する殺人事件を通して、ロンドンという大都市の光と影をあざやかに描写しています。とりわけ、非情な時代の波に翻弄される貧しい娼婦たちの姿は、哀れをそそります。けれど作者は決して、下層階級の人々を、たんなる哀れな犠牲者として扱ってはいません。彼らの多くは、厳しい環境の中でしたたかに生き抜く力をそなえていますし、セシリアのメイド、エッタの庶民ならではの知恵とたくましさには、思わずにやりとさせられます。

さらに印象的なのは――こちらは出身階級は不明ですが――デイヴィッドの近侍、ケンブルです。近ごろ日本でも人気の、P・G・ウッドハウス描く執事ジーヴスを思わせるキャラクターで、このケンブルが放つ鋭い弁舌には、口のへらない皮肉屋のデイヴィッドも完敗です。また、今や分別盛りの年齢となったデイヴィッドとセシリアが、互いのまえでは、まるで十代の若者のように青臭い意地を張り合ってしまうあたりにも、作者の卓越したユーモア感覚がうかがえます。

リズ・カーライルは米国ヴァージニア州の生まれで、現在も家族と米国東部に住んでいますが、スコットランド系のルーツを持ち、英国にはたびたび取材旅行をしているとか――本書でも、セシリアの住む白亜のテラスハウス〈パーク・クレセント〉や、パブ〈子羊と《ラム・アンド・》旗《フラッグ》〉亭、〈ホイットビーのプロスペクト号《プロスペクト・オブ・ホイットビー》〉亭など、実在の歴史的名所が数多く使われています。

ロマンス作家としてのデビューは一九九九年。本書（原題 *A Woman of Virtue*）は長編第四作で、すでに十四作の長編と、いくつかの中短編を発表しています。他作家と共著のアンソロジーでは現代物にも挑戦しているようですが、今のところ、長編はすべてヒストリカル。いずれも、独立したストーリーを持ついっぽうで、どこかに共通の登場人物が顔を出し、全体的に、大きなひとつの輪でつながっているとのこと。本書も『黒髪のセイレーン』のスピンオフとして、デイヴィッドと姉のジョネット、その夫コールなど、前作でおなじみのキャラクターが活躍しています。また今回、恋に破れた傷心の貴公子たちの一部は、その後の作品で、めでたく運命の恋人にめぐりあっているようです。

ネット上の作者のホームページには、取材で訪れた英国各地の写真のほか、作中で描かれるキャメロン家やロリマー家の家系図なども公開されています。興味をお持ちの方は、ぜひご一読を。

さて、華々しい口喧嘩あり、謎解きあり、アクションシーンあり（もちろん、熱いラブシーンもあり）で、読者をやきもきさせながら、しだいに真の絆を深めてゆくセシリアとデイヴィッド。やはり、長い長い試練の道のりは、決して無駄ではなかったのでしょう。ときには回り道も悪くない、と思わせてくれるすてきな恋の物語、お楽しみいただければ幸いです。

二〇〇八年九月

# 今宵、心をきみにゆだねて

| | |
|---|---|
| 著者 | リズ・カーライル |
| 訳者 | 猪俣《いのまた》美江子《みえこ》 |
| | 2008年10月20日 初版第1刷発行 |
| 発行人 | 鈴木徹也 |
| 発行所 | 株式会社ヴィレッジブックス<br>〒108-0072 東京都港区白金2-7-16<br>電話 03-6408-2325(営業) 03-6408-2323(編集)<br>http://www.villagebooks.co.jp |
| 印刷所 | 中央精版印刷株式会社 |
| ブックデザイン | 鈴木成一デザイン室+草苅睦子(albireo) |

 ISBN978-4-86332-084-0 Printed in Japan

# ヴィレッジブックス好評既刊

## 「心すれちがう夜」

ジュード・デヴロー　高橋佳奈子[訳]　798円(税込) ISBN978-4-86332-680-4

彼の花嫁を見つけることが私の役目だけど……。スコットランドの夏に芽生えた誰にも言えない愛を、人気作家が繊細なタッチで綴るロマンス小説の佳編。

---

## 「眠れる美女のあやまち」

ジュード・デヴロー　高橋佳奈子[訳]　840円(税込) ISBN978-4-86332-733-7

1913年、若くハンサムな教授モンゴメリーは大農場主の娘アマンダに心惹かれ、無垢な彼女に教えたくなった——ダンスやドライヴの楽しさを、誰かと愛し合う悦びを。

---

## 「運命のフォトグラフ」

ジュード・デヴロー　高橋佳奈子[訳]　798円(税込) ISBN978-4-86332-847-1

見合いを斡旋する慈善事業をおこなっていたキャリーは、送られてきた1枚の写真に心を奪われ、この人こそ自分の夫となる運命の人だと信じ、彼の住む町へ旅立つが……。

---

## 「ただ忘れられなくて」

メアリ・バログ　山本やよい[訳]　924円(税込) ISBNISBN978-4-86332-865-5

19世紀前半のイギリス。女教師フランシスはクリスマス休暇からの帰途に子爵ルシアスと知り合い、互いに心を奪われた。しかしその愛は、身分の差により阻まれてしまう…。

---

## 「ただ愛しくて」

メアリ・バログ　山本やよい[訳]　903円(税込) ISBN978-4-86332-945-4

19世紀前半のイギリス。かつて苛酷な体験をしてきたふたりがはぐぐむ崇高な愛の奇跡——。『ただ忘れられなくて』につづく珠玉のヒストリカル・ロマンス。

---

## 「薔薇の宿命　上・下」

ジェニファー・ドネリー　林 啓恵[訳]　〈上〉966円(税込)〈下〉966円(税込)

〈上〉ISBN978-4-86332-905-8〈下〉ISBN978-4-86332-906-5

19世紀末の英国。愛する者を次々と奪われた薄幸の少女は、憎き敵への復讐を糧に新天地NYで成功を掴んだ。そして運命の歯車により再び英国に舞い戻った彼女は……。

---

ヴィレッジブックスの好評既刊

# 黒髪のセイレーン

リズ・カーライル
新谷寿美香＝訳
定価：882円（税込）
ISBN978-4-86332-698-9

**19世紀初頭の英国を舞台に精妙に描いた話題のヒストリカル・ロマンス！**

英国陸軍大尉コールは、遠縁に当たるマーサー侯爵夫人ジョネットの息子たちの家庭教師を引き受けた。マーサー侯爵は先ごろ不審な死をとげ、ジョネットに殺されたという噂がロンドンの社交界に流れていた。コールは妖艶なジョネットに心ならずも惹かれてしまうが……。